Schöne Lesestunden
wünscht herzlichst

Petra Durst-Benning

ullstein

Das Buch

Olga Nikolajewna Romanowa (1822–1892) wird als zweite Tochter des russischen Zaren Nikolaus I. geboren. In prächtigen Palästen und Residenzen wird sie zu einer zukünftigen Regentin erzogen. Das Ziel von Zar Nikolaus ist es, seine Töchter politisch klug zu verheiraten, um die Macht Russlands zu stärken. Doch Olga weiß schon früh, dass der goldene Käfig ihr nicht genug ist. Sie findet ihre große Liebe, aber das politische Kalkül der Königshäuser nimmt auf Gefühle keine Rücksicht. Ein ergreifender Roman über die Liebe und das Leben – und über eine junge Frau, die allen Widerständen zum Trotz ihr Glück findet.

Von Petra Durst-Benning sind in unserem Hause bereits erschienen:

Die Samenhändlerin
Das Blumenorakel

Die Glasbläserin
Die Amerikanerin
Das gläserne Paradies

Die Silberdistel
Die Liebe des Kartographen
Die Zuckerbäckerin
Antonias Wille

Petra Durst-Benning

Die Zarentochter

Historischer Roman

Ullstein

Besuchen Sie uns im Internet:
www.ullstein-taschenbuch.de

MIX
Papier aus verantwortungsvollen Quellen
FSC® C006701

Ungekürzte Ausgabe im Ullstein Taschenbuch
1. Auflage September 2010
5. Auflage 2010

Umschlaggestaltung: HildenDesign, München
(nach einer Vorlage von Zero Werbeagentur, München)
Titelabbildung: unter Verwendung @ dpa,
Gemälde von Franz Xaver Winterhalter
Satz: LVD GmbH, Berlin
Gesetzt aus der Sabon
Papier: Holmen Book Cream von
Holmen Paper Central Europe, Hamburg GmbH
Druck und Bindearbeiten: CPI – Ebner & Spiegel, Ulm
Printed in Germany
ISBN 978-3-548-28278-7

Für die Liebe
meines Lebens

Im Frühling, im Überschwang meiner Jugend
gleiche ich der Schwalbe,
die bald da-, bald dorthin fliegt,
ich ging, wohin das Herz es befahl.

Clément Marot (1496 bis 1544)

PROLOG

St. Petersburg, 14. Dezember 1825

Die Stiefel der Männer klackten laut auf dem gewienerten Parkettboden des Kabinettzimmers. Immer mehr drängten in den Raum. Das Licht wurde von den Mengen schwarzen Leders aufgefressen. Kleine Holzspäne flogen in die Luft, abgerieben von den mit eisernen Kappen und Nägeln beschlagenen Absätzen. Die Stiefel versammelten sich in einem Halbrund vor dem riesigen Schreibtisch, Schneeklumpen lösten sich von den Schäften und fielen kalt und weiß zu Boden. Wasserlachen bildeten sich ringsum.

Voller Entsetzen starrte das Kind auf den geschundenen Boden.

Wenn das Pjotr sah! Vaters Kammerdiener, der immer darauf achtete, dass keines der Kinder mit verdreckten oder nassen Straßenschuhen Vaters Heiligtum betrat!

Unwillkürlich fiel der Blick des Kindes auf die eigenen Füße, die in groben Wollstrümpfen steckten. Genau wie die zwei Fußpaare neben ihm, die Mary und Sascha gehörten.

Zu dritt kauerten die Geschwister hinter dem riesigen Vertiko, das den düster getäfelten Raum in einen Arbeitsbereich und einen halb privaten Wohnraum trennte.

»Was wollt ihr?«, herrschte ihr Vater die Männer an. Wie ein angriffslustiger Löwe stand er hinter seinem Schreibtisch. Rund um seine Füße gab es keine Wasserlachen.

»Du weißt, was wir wollen!« Eine unbekannte Stimme, böse.

»Unsere Freiheit!« Schneidend wie ein Schwert, diese Stimme. »Und Demokratie!«

»Für eine Klärung der Machtverhältnisse wollen wir sorgen!«

»Den Thron für Konstantin!«

Olly hielt sich die Ohren zu, um dem lauten Stimmengewirr zu entkommen. Konstantin! Die Männer meinten ihren Onkel mit den struppigen Augenbrauen, die wie kleine Tiere aussahen. Der Gedanke an Onkel Konstantin vertrieb einen Moment lang Ollys Angst, doch dann erinnerte sie sich daran, dass ihre Mutter immer die Nase rümpfte, wenn die Rede auf ihn kam. Er sei seltsam, meinte sie.

»Eine Klärung der Machtverhältnisse?«

Die Stimme ihres Vaters klang dumpf durch die gewölbten Handflächen an ihre Ohren.

»Freiheit, Demokratie – ihr müsstet euch mal reden hören! Wie ein Haufen Schwachsinniger hört ihr euch an.«

Mary und Olly tauschten einen Blick. Wenn der Vater so wütend war, legte man sich am besten nicht noch mehr mit ihm an. Aber das wussten die fremden Besucher scheinbar nicht …

Durch die offene Tür kroch eisige Winterluft. Um der vom Boden aufsteigenden Kälte zu entgehen, kauerte sich Olly auf ihre Fersen.

Ach, warum waren sie überhaupt in den riesengroßen, schrecklichen Winterpalast gezogen! In ihrem alten Zuhause, dem Anitschkow-Palast, hätten Sascha, Mary und sie jetzt bestimmt in ihren eigenen Zimmern gespielt. Dort war es gemütlich, dort hätten sie sich nicht so verloren gefühlt wie hier. Nach Tagen wussten die Geschwister immer noch nicht genau, wo inmitten der tausend Räume die Gemächer der Eltern lagen. Auch hatten sie Mühe, ihre eigenen Zimmer zu finden.

Die laute Stimme des Vaters beendete Olgas Tagträumereien.

»Ihr wisst, dass ich sofort nach Bekanntwerden von Alexanders Tod einen Eid auf Konstantin geleistet habe. Gern hätte ich ihm meine treue Gefolgschaft zugesichert. Es ist euch jedoch genauso bekannt wie mir, dass mein älterer Bruder schon vor Ewigkeiten in einem Geheimpapier auf die Thronfolge verzichtet hat. Bis er seinen Verzicht nun auch offiziell und in aller Öffentlichkeit ausspricht, kann es sich nur noch um wenige Tage handeln. Danach werde ich als Drittgeborener die Krone übernehmen – so sieht es das Gesetz vor. Was also macht ihr mir zum Vorwurf? Dass ich – im Gegensatz zu euch – Ehre und Großmut im Leib habe?« Bei den letzten Worten machte ihr Vater einen Schritt nach vorn. Sofort wurde der Halbkreis von Stiefeln um ihn herum enger. Mit angehaltenem Atem lugte Olly vorsichtig hinter dem Vertiko hervor.

Die Männer hatten ihre Schwerter gezückt und hielten sie ihrem Vater entgegen! Olly konnte gegen das Wimmern, das aus ihrem Mund drang, nichts tun. Sofort bekam sie von Sascha einen Stoß in die Rippen. Wenigstens schob er nicht ihre Hand weg, sondern drückte sie sogar, was Olly tröstlich fand. Im nächsten Moment spürte sie auch Marys Arm um sich herum. Die ältere Schwester zitterte wie Espenlaub.

»Wir werden es nicht zulassen, dass Ihr auf dem Grab unseres verstorbenen Zaren Alexander einen Freudentanz vollführt! Die Lage ist ernst, Großfürst Nikolaus. Nicht nur wir, auch unsere Regimenter werden Euch den Eid verweigern!«

Olly runzelte die Stirn. War das nicht Onkel Dimitri?

Sascha biss die Zähne aufeinander. Seine Wangen hoben und senkten sich dabei wie die eines Hundes, der auf einem Knochen kaut. Bestimmt hat auch er die Stimme von Onkel Dimitri erkannt, dachte Olly.

Der Bruder war ein glühender Bewunderer von Papas Freund – jedes Mal, wenn der Stabshauptmann der Leibgarde des Moskauer Regiments hier in St. Petersburg weilte, heftete sich Sascha an seine Fersen. Wenn er groß wäre, wolle er auch ein Regiment führen, erklärte er den Schwestern dann großspurig. Weder die dreijährige Olly noch Mary mit ihren sechs Jahren interessierten sich für Saschas Pläne, aber den Onkel mochten sie ebenfalls, denn immer brachte er ihnen eine Kleinigkeit mit. Das letzte Mal waren es Silberkugeln gewesen, in denen kleine Glöckchen verborgen waren. Als sie lautstark gewetteifert hatten, wer die Kugeln am weitesten rollen konnte, hatte Onkel Dimitri gelacht und gemeint, die Romanow-Kinder würden sich auch nicht besser benehmen als gewöhnliche Straßengören.

Doch jetzt baute sich Dimitri vor ihrem Vater auf und schrie: »Die Zeit ist reif für eine Revolution, das Volk ruft nach Demokratie und Freiheit!«

»Ein Aufstand? Und du mittendrin, mein lieber Dimitri? Alles hätte ich von dir gedacht, nur das nicht … Hier, auf meiner Seite müsstest du stehen!« Papas Stimme war eiskalt, so kalt, dass Olly ein Schauer über den Rücken lief.

Die Schwerter funkelten noch immer. Sascha hatte einmal gesagt, man könne damit einen Menschen ermorden.

»Ihr wollt Freiheit und Demokratie? Dann stich zu, mein lieber Freund. Hier, mitten in mein Herz. Aber bedenke, dass du damit auch das Herz Russlands triffst. Denn meine Herrschaft ist von Gott gewollt, daran werdet auch ihr nichts ändern. Euren revolutionären Umtrieben werde ich den Garaus machen, und wenn's das Letzte ist, was ich tue.«

»Nikolaus … Zwing mich nicht, zum Äußersten zu gehen. Wir fordern nicht deinen Tod, nur deine Abdankung und –«

»Stich zu! Los! Sei nicht auch noch ein Feigling, wenn du schon ein Dummkopf bist, Dimitri!«

Die Stimmen verschwammen für Olly zu einem wilden Surren, als wäre ein Bienenstock aufgeflogen. Im nächsten Moment wurde es um ihre Beine herum tröstlich warm.

Die Stiefel trampelten, die Männer schrien. Warm rann es ihre Schenkel hinab.

»Dimitri, Fürst Sergei Petrowitsch Trubetzkoi, Sergei Grigorjewitsch Wolkonski, Pawel Iwanowitsch – alle standen sie hier und verweigerten mir den Gehorsam … Gute Männer. Zumindest habe ich das bis zum heutigen Tag geglaubt.« Müde saß ihr Vater hinter seinem Schreibtisch, während die Mutter seinen Nacken massierte, so wie er es gern hatte.

»Dass etwas in der Luft lag, habe ich schon heute Mittag bei meiner Fahrt durch die Stadt gespürt. Simonow hatte mich außerdem davon in Kenntnis gesetzt, dass sich auf dem Senatsplatz ein paar wild gewordene Matrosen und Soldaten zusammenrotten würden. Aber dass auch viele meiner Generäle und Offiziere darunter sind – davon hat er nichts gesagt. Nie hätte ich gedacht, dass die Männer es tatsächlich wagen würden, mich hier im Palast –« Mit einem Seitenblick auf die Kinder brach er ab. »Wenn Simonow und seine Gefolgschaft nicht gekommen wären, nicht auszudenken!«

Die Geschwister duckten sich – jetzt bloß nicht auffallen und weggeschickt werden. Mit gekreuzten Beinen machte Olly noch einen Schritt zurück. Inzwischen war es ihr um ihre Beine nicht mehr wohlig warm, sondern nass und eklig. Wie ein Säugling hatte sie sich in die Hose gemacht …

»Ausgerechnet Dimitri … Der Mann stand mir nahe wie ein Bruder.« Einen Moment lang klang die Stimme ihres Vaters tränenerstickt.

»Dem Himmel sei Dank hast du ihn und alle anderen zur Räson bringen können. Wenn ich gewusst hätte, was hier los ist, während ich mir in der Eremitage Ölgemälde für meinen Salon aussuche – tausend Tode wäre ich gestorben!«

Beim Anblick seiner Frau, die nun ebenfalls den Tränen nahe war, richtete sich Nikolaus wieder auf. Besänftigend tätschelte er ihre Hand. »Umso besser, dass du nichts wusstest. Aufregung tut in deinem Zustand nicht not …«

Mit Erleichterung sah Olly, dass sich das Gesicht ihrer Mutter wieder erhellte.

»Jetzt, wo du tatsächlich Russlands Kaiser wirst, kommt unser nächstes Kind purpurfarben gewandet zur Welt …« Fast andächtig hielt sie ihren dicken Bauch.

»Aber meine Liebste, wir wollen doch den Namen unserer Vorväter verwenden! Andere Länder mögen vielleicht *Kaiser* haben – unser Russland hat einen *Zaren*, und das von Gottes Gnaden. Und als Zar werde ich Ungehorsam nicht dulden. Den Garaus mache ich den Vaterlandsverrätern, und wenn ich dafür bis an mein Lebensende brauche! Aber als Erstes muss ich mir eine Leibgarde zulegen, die ich bezüglich ihrer Loyalität auf Herz und Nieren prüfen werde.«

Wie stechend Vaters Blick war! Olly schauderte.

»Mein Bruder war ein guter Landesvater, aber nach den Jahren religiöser Verklärung ist es an der Zeit, neue Saiten aufzuziehen.«

»Übernehmen Sie jetzt, wo Onkel Alexander im Himmel ist, seine Arbeit?«, fragte Sascha mit großen Augen. »Braucht man dazu Pferde? Und Regimenter? Und Waffen? Ich könnte Ihnen dabei helfen, eine Uniform hätt ich immerhin schon ...«

Mary erwachte nun ebenfalls aus ihrer Starre. »Das muss eine schreckliche Arbeit sein, wenn man mit so bösen Männern zu tun hat!«

»Wenn die bösen Männer nicht gegangen wären, hätte ich Sie vor ihnen gerettet!«

Eifersüchtig beobachtete Olly, wie Sascha für seine Bemerkung nicht nur ein Lachen, sondern auch noch einen Klaps auf die Schulter bekam. »Mein tapferer kleiner Soldat!«

»Ich war auch tapfer!«, blökte Mary wie ein Schaf hinterher. »Nur Olly hat sich in die Hose gemacht ...«

»Ach Kind, musste das sein?« Unter dem tadelnden Blick ihrer Mutter starrte Olly beschämt auf den Boden.

Ihr Vater kam um seinen Schreibtisch herum und nahm Olly auf den Arm. Sofort versteifte sich ihr Körper. Oje, jetzt wurde auch noch sein Ärmel nass!

»Du brauchst keine Angst mehr zu haben. Uns kann niemand etwas anhaben, niemand.« Eindringlich schaute er von Olly zu seinen beiden Ältesten. »Zwei Dinge müsst ihr Kinder euch merken: Erstens stehen wir Romanows von jeher unter Gottes Schutz. Er hält seine Hand über uns, nichts und niemand kann uns daher etwas anhaben. Und zweitens bin immer noch ich da ...« Ein kleines Lächeln umspielte Papas Mund. »Nie und nimmer werde ich zulassen, dass euch etwas geschieht, versteht ihr das?«

Ollys verkrampfter Leib entspannte sich ein wenig.

Ja, sie verstand. Der Papa war immer für sie da.

TEIL I

Nähe des Frühlings

Im Himmel Stille wohnt;
Geheimnisvoll der Mond,
Von Nebel fein umwoben;
Und übern Berg geschoben
Hat sich der Liebesstern;
Im blauen Abgrund, fern,
Die Körperlosen, schwebend,
Bezaubernd und belebend
Die Stille und die Nacht,
Begrüßen Frühlingspracht.

Wassili Andrejewitsch Shukowski
(1783 bis 1852)

1. KAPITEL

Zarskoje Selo, im Sommer 1833

»Bonjour Madame, je suis Luisa et je –« Olly, die ihre in Fetzen gekleidete Puppe von einem Bein aufs andere hüpfen ließ, brach mitten in der Bewegung ab. »Was ist?« Stirnrunzelnd schaute sie zu, wie Mary ihre Puppe samt selbstgebastelter Krone und anderem Zubehör zurück in die Schachtel packte. »Ich dachte, wir spielen ›Die Königin sucht ein neues Zimmermädchen‹!«

»Du dachtest!«, sagte Mary schnippisch. »Ich möchte aber lieber Mama fragen, ob wir an ihren Kleiderschrank dürfen, ein paar Hüte anprobieren, bevor ich hier vor Langeweile sterbe …«

»Hüte anprobieren – *das* ist langweilig!«, rief Adini voller Inbrunst. »Olly und ich haben dir zuliebe sogar zugestimmt, dass unsere Puppen die armen Bauernmädchen sind, dabei wäre meine Antonia auch gern die Königin gewesen. Wozu habe ich sie so hässlich zurechtgemacht, wenn sie jetzt nicht einmal wegen einer Arbeit vorstellig werden darf?«

Betrübt sah Olly ihre Puppe an, die über ihren ersten Satz im Vorstellungsgespräch nicht hinausgekommen war. Für das von Mary vorgeschlagene Spiel hatte sie Luisas Zöpfe gelöst und regelrecht verfilzt, in der Hoffnung, dass Luisa nun wie ein echtes Bauernmädchen aussah. Ob sie ihre Haare je wieder glatt und glänzend hinbekommen würde?

Normalerweise drängte es die Kinder nach ihren morgendlichen Schulstunden hinaus ins Freie. Die Anlagen der sommerlichen Zarenresidenz Zarskoje Selo mit ihren Parks und Seen, ihren Tiergehegen, Spiel- und Teehäusern waren ein einziger herrlicher Spielplatz, den zu erforschen die Kinder nie müde wurden. So war es kein Wunder, dass sie alljährlich den im Frühsommer stattfindenden Umzug nach Zarskoje Selo kaum abwarten konnten. Zarskoje Selo bedeutete Spiel und Abenteuer.

Doch an diesem kühlen Augusttag pladderten dicke Regentropfen von den Bäumen und Hecken, alles wirkte düster und müde. Die Kieswege rund ums Schloss hatten ihr strahlendes Weiß verloren und sahen schmutzig grau und wenig einladend aus. Rund um den Katharinenpalast war es wie ausgestorben – keine vornehmen Kavaliere führten mit geschwellter Brust ihre Rösser vor, keine Hofdamen spazierten mit Sonnenschirmen die verschlungenen Wege entlang, nicht einmal in der überdachten Galerie, die vom Architekten Cameron extra für Spaziergänge bei schlechtem Wetter angelegt worden war, ließ sich eine Menschenseele sehen.

Lediglich einige Gärtner mühten sich damit ab, vor der Galerie das erste Laub, vom Regen schwer und pappig geworden, mit Rechen und Schaufeln von den Rasenflächen zu entfernen.

Mary schaute missmutig aus dem Fenster. »Bei dem Wetter kommen Natalia und Nastinska sicher auch nicht vorbei, bestimmt sind die Wege viel zu aufgeweicht für die Kutschen. Dabei hätte ich meinen Freundinnen so viel zu erzählen!«, sagte sie mit der Inbrunst ihrer vierzehn Jahre.

»Dann erzähl's doch Adini und mir, uns ist eh langweilig«, sagte Olly.

Mary schaute auf die Jüngere herab. »Für solche Gespräche seid ihr noch viel zu klein.«

Wütend funkelte Olly die Schwester an. »Wenn das so ist, dann spielen Adini und ich zukünftig eben allein.«

»Ach ja, damit du dich wieder heimlich zu deinem *Freund* Mischa schleichen kannst?«, zischte Mary. Das Wort Freund klang bei ihr wie ein Schimpfwort.

»Wer ist Mischa?«, kam es prompt von Adini.

Alexandra Feodorownas Blick schoss zu ihren Töchtern hinüber. »Olly – du triffst dich doch nicht etwa mit diesem … Bootsjungen? Ich habe Charlotte Dunker erst letzte Woche eingeschärft, dass ich derartigen Umgang mit Leibeigenen nicht dulde.«

Olly biss sich auf die Lippen. Das war wieder mal typisch Mary! Nie konnte sie ein Geheimnis für sich behalten. Warum hatte sie ihr nur von Mischa erzählt? Er war der Sohn des Bootsmannes, der für sämtliche Boote und die Admiralität zuständig war. Seine Familie wohnte in einer kleinen Hütte am Rande des Parks.

»Was ist denn nun? Antworte mir«, kam es ungeduldig vom Schreibtisch.

»Ich bin Mischa nur ein, zwei Mal zufällig begegnet«, sagte Olly und schämte sich für ihre Lüge. »Das ist doch kein Verbrechen, oder? Sie selbst sagen doch immer, wir sollen freundlich zu allen Menschen sein.«

Alexandras Augenbrauen hoben sich. »Von wegen *zufällig begegnet* – mir wurde berichtet, dass du sogar schon im Haus des Bootsmannes warst! War das auch nur ein Zufall?«

Olly schluckte. Woher wusste die Mutter das? Von Mary?

Als Mischa sie zum ersten Mal in das kleine Haus gebeten hatte, in dem er, seine sechs Geschwister und die Eltern wohnten, hatte Olly nicht gewusst, ob sie fasziniert oder abgestoßen sein sollte angesichts der drangvollen Enge, die dort herrschte. Kleider, große und kleine Säcke, Werkzeug – alles lag wild zusammengewürfelt herum. Auf der Sitzbank neben dem Ofen hatte sogar ein Huhn gesessen. Seltsamste Gerüche hatten die Luft erfüllt – nach Leder und Bootslack, Tieren und Krautsuppe und vielem mehr. Olly hatte gar nicht gewusst, wohin sie zuerst schauen sollte, wie ein Schwamm hatte sie die neuen Eindrücke in sich aufgesaugt. Dass man so leben konnte …

Mischas Geschwister sahen auch ganz anders aus als ihre eigenen Brüder und Schwestern. Sie hatten kantige Schultern, ein breites Kreuz und Hände mit Schwielen und Rissen.

Das käme vom Arbeiten, hatte Mary gesagt und so angewidert das Gesicht verzogen, dass Olly das Kaninchen, das neben seinem abgezogenen Fell im Spülstein lag, lieber nicht mehr erwähnte. Angeekelt, aber auch fasziniert hatte sie immer wieder auf den blutigen Fleischhaufen starren müssen – gern hätte sie dieses Erlebnis mit jemandem geteilt.

Mischas Mutter war von ihrem Besuch alles andere als begeistert gewesen. Fahrig hatte sie ihre blutbefleckten Hände an der Schürze abgewischt, hatte ungelenk einen Knicks gemacht und Olly einen Tee angeboten. Dabei hatte sie die ganze Zeit über so ausgesehen, als würde sie vor Schreck gleich in Ohnmacht fallen. Olly hatte zwar nicht alles verstanden, was die Frau auf Russisch zu Mischa sagte, aber sie glaubte, dass es Vorwürfe waren, weil er sie mitgebracht hatte. Und dass sie deswegen Ärger befürchtete. Nach ein paar Schlucken bitteren Tees hatte sich Olly schnellstens wieder verzogen. Mischa hatte sie danach nie mehr eingeladen, was Olly schade fand. Dass Menschen derart eng zusammenleben konnten, hätte sie nie gedacht. Zu gern hätte sie mehr über dieses Leben erfahren! Was sie den ganzen Tag über arbeiteten, ob ihnen auch manchmal so schrecklich langweilig war wie ihren Geschwistern und ihr, ob die Hühner wirklich mit in der Hütte schliefen und vieles mehr. Aber wie sollte sie das ihrer Mutter erklären?

»Es ist nur so ... also ich ...«, stotterte Olly und atmete auf, als sie sogleich von ihrer Mutter mit einer abrupten Geste zum Schweigen gebracht wurde. Manchmal hatte es auch sein Gutes, dass Geduld nicht unbedingt zu Alexandras herausragenden Eigenschaften gehörte ...

»Genug davon. Ich muss mich jetzt auf all die vielen Dinge konzentrieren, die mein lieber Willamow und mein ebenso lieber Longinow so eloquent vortragen. Von all den Listen, Plänen und Vorschlägen ist mir schon ganz schwindlig!« Theatralisch hielt die Zarin sich eine Hand an die Stirn.

Die Mädchen kicherten, wobei Marys Lachen eher verhalten ausfiel – mit vierzehn Jahren gackerte man nun einmal nicht mehr so kindisch wie die jüngeren Geschwister.

Auch die zwei Sekretäre des Wohltätigkeitsamtes, die wie an jedem ersten Mittwoch im Monat zu einem Vortrag bei der Zarin erschienen waren, schmunzelten.

»Eine letzte Liste noch, dann haben wir es geschafft, Eure Hoheit«, sagte der ältere von beiden und schaute Alexandra dabei schwärmerisch an.

»Das haben wir nur Ihrer guten Vorbereitung zu verdanken.«

Die Röte schoss ins Gesicht des Sekretärs, und unbeholfen trat er von einem Bein aufs andere.

Olly grinste. Die liebe Mamuschka! Wie sie ihren Blumenschal zurechtrückte und so tat, als merke sie nicht, welche Wirkung sie auf den Herrn hatte. War das nicht typisch für ihre schöne Mutter? Sie wurde von allen Menschen geliebt, verehrt, geachtet – doch sie selbst sah nichts Besonderes darin.

»Wenn eine Frau lieb und freundlich ist, bedarf sie keines Geheimnisses«, hatte sie vor ein paar Tagen zu Mary gesagt, als diese nach Mamas »Geheimnis« im Umgang mit anderen Menschen fragte.

»Maman, dürfte ich Sie bitten –« Bevor Mary ihren flehentlichen Singsang fortsetzen konnte, schüttelte Alexandra schon den Kopf. »Mary, Liebes, ich habe keine Zeit für euch. Warum besucht ihr nicht eure Brüder? Sie würden sich bestimmt über ein bisschen Zuwendung freuen.«

»Das ist aber so langweilig«, seufzte Mary. »Nisis und Mischas Kindermädchen lassen uns die Kleinen nicht halten, geschweige denn mit ihnen spielen. Sie haben ständig Angst, wir würden uns ungeschickt anstellen.«

»Dabei gehen wir mit ihnen um, als wären sie rohe Eier«, bekräftigte Olly die Aussage ihrer Schwester. »Und mit Kosty ist auch nichts mehr anzufangen, seit vor zwei Wochen sein neuer Lehrer angekommen ist. Von früh bis spät sitzen die beiden im Studierzimmer.« Olly hatte den Bruder noch nie so unglücklich gesehen wie in dieser Zeit. Dem Himmel sei Dank beschränkten sich die Studien der Mädchen während der Sommermonate nur auf die Vormittage.

»Herr Lütke ist nun einmal der Ansicht, dass Kosty das Lernen zukünftig umso leichter fällt, je rascher er in den Stoff hineinfindet. Wohnt doch seinem Unterricht ein wenig bei.«

Heftig winkten die drei Schwestern ab – manchmal kam ihre Mutter wirklich auf seltsame Ideen!

Die Zarin wies auf die mit weinrotem Samt bezogene Chaiselongue. »Dann macht es euch hier gemütlich.«

Wohl oder übel trollten sich die drei Mädchen in Richtung der Sitzmöbel – es war besser, ein bisschen zu schlummern, als zurückgeschickt zu werden in die Kinderzimmer, wo einen bloß die Gouvernanten durch die Gegend scheuchten.

»So habe ich mir unseren Sommer auf dem Land nicht vorgestellt«, seufzte Mary, während sich die Schwestern unter die Decke kuschelten. Wenige Momente später waren alle drei eingenickt.

2. KAPITEL

Mutter, ist Kosty bei Ihnen?« Die Tür wurde aufgerissen, eine Brise Regenluft drang ins Zimmer. »Herr Lütke sucht ihn überall, Kostys Kindermädchen weiß auch nicht, wo er ist, sie hat ihn im Unterricht vermutet und –«

Schlaftrunken rappelte sich Olly auf. »Sascha!« Wie so oft in letzter Zeit, wenn sie ihrem großen Bruder gegenüberstand, erschrak sie. Sascha schien seit letzter Woche schon wieder um einen Kopf gewachsen zu sein, mit seinen fünfzehn Jahren überragte er sogar bald den Vater.

»Habt ihr eine Ahnung, wo Kosty ist?«, fragte er nun mit seiner krächzenden Stimme. Die vom Regen durchtränkte Kleidung klebte ihm am Leib, und er wirkte noch schlaksiger als sonst.

Die drei Schwestern verneinten. »Vielleicht weiß Charlotte Dunker etwas? Kosty hängt schließlich fast ständig wie ein Kleinkind an ihrem Rockzipfel«, sagte Mary spöttisch. »Keine Ahnung, was er ausgerechnet an ihr so toll findet.«

»Und was ist mit seinem eigenen Kindermädchen?«, fragte die Mutter stirnrunzelnd.

Olly versetzte ihrer Schwester einen Stoß in die Rippen und fauchte leise: »Kannst du eigentlich gar nichts für dich behalten? Altes Plappermaul!« Dass Kosty um die Aufmerksamkeit ihrer dänischen Gouvernante Charlotte Dunker buhlte, passte ihr selbst auch nicht. Beim abendlichen Bibellesen krabbelte er Charlotte sogar manchmal auf den Schoß, und Olly musste dann sehen, wo sie blieb. Dabei gehörte Charlotte Dunker doch ihr! Ihr allein. Dass Kostys eigenes Kindermädchen eine freudlose, kühle Person war, dafür konnte sie schließlich nichts.

Trotzdem ärgerte sie sich darüber, dass Mary Kostys Vorliebe gepetzt hatte. Nun würde Mutter die beiden Gouvernanten zur Rede stellen, und Kosty würde Ärger bekommen.

Mary konnte manchmal so gemein sein!

Die eilig herbeigerufene Gouvernante wusste allerdings auch nichts über Kostys Verbleib. Und Marys Gouvernante Julie Baranow war ebenfalls ratlos. Adinis englische Betreuerin, die von allen nur Mrs Brown genannt wurde, hingegen glaubte, Kosty vor Stunden an der hinteren Küchentür gesehen zu haben, was kurz darauf von der Hauptköchin bestätigt wurde: Großfürst Konstantin habe um hartgekochte Eier und ein paar Scheiben Brot gebeten. Sie habe sich noch über seinen ungewöhnlich großen Appetit gefreut – wo er doch normalerweise eher zu den schlechten Essern gehörte.

Olly verzog das Gesicht. Großfürst Konstantin – wie pompös sich das anhörte! Genau wie Großfürstin Olga, Großfürstin Maria oder Großfürstin Alexandra – meist dauerte es einen Moment, bis sich die Kinder angesprochen fühlten, wenn sie so gerufen wurden. Zum Glück hatten die Eltern ihnen schon früh Spitznamen verpasst, dachte Olly nicht zum ersten Mal. Das lieblich klingende Adini passte doch tausendmal besser zu ihrer wunderschönen jüngeren Schwester als das gestrenge Alexandra, bei dem jeder sofort an ihre Mutter dachte. Und Mary klang wie die Heldin einer aufregenden Geschichte, vielleicht auch wie eine Theaterschauspielerin, befand Olly, die ihre Schwester um diesen Spitznamen regelrecht beneidete.

»Eier und Brot?« Die Zarin schaute von einer zur anderen. »Was will das Kind damit?«

Die Gouvernanten zuckten mit den Schultern.

»Dabei steht heute ein erster Exkurs in die Arithmetik auf meinem Lehrplan«, warf Herr Lütke vorwurfsvoll ein.

»Sollten wir nicht Vater zu Rate ziehen?«, fragte Sascha. Seine braunen Stirnfransen hingen ihm nass in die Augen.

»Das würde ich nur ungern tun«, sagte die Mutter gedehnt. »Euer Vater hatte heute Nacht eine seiner schrecklichen Kopfwehattacken …«

Olly und Mary tauschten einen Blick. Oje – dann war er schlecht gelaunt und reizbar. Am besten kam man ihm an solchen Tagen erst gar nicht unter die Augen.

»Ich will Sie nicht beunruhigen, aber eventuell müssen wir mit einer Entführung rechnen oder –« Als Sascha die vor Schreck geweiteten Augen seiner Mutter sah, brach er ab.

»Warum sollte jemand ausgerechnet Kosty entführen?«, wollte Mary wissen. »Außerdem patrouillieren die Männer von Vaters Leibgarde Tag und Nacht übers ganze Gelände. Sascha, uns kann doch nichts passieren, oder?«, fügte sie furchtsam hinzu.

»Und wenn das dieselben Männer sind, die Vater ständig Ärger machen mit ihren Aufständen und Rebellionen?«, hauchte Adini und lief ängstlich zu ihrer Mutter.

»Auch mit einem zweitgeborenen Sohn in der Hand lässt sich Druck ausüben …« Noch während Alexandra sprach, verlor ihr Gesicht jegliche Farbe. Eine der Hofdamen hielt ihr eilfertig ein Fläschchen Riechsalz hin, doch Alexandra winkte ab.

Einen Moment lang war es still. Angst schlich Olly den Rücken hinauf.

Wie sagte der Vater immer? Bloß nicht Bange machen lassen! Sie räusperte sich. »Vielleicht hat sich Kosty bloß irgendwo versteckt, weil er die Nase voll hatte vom Lernen. Ich an seiner Stelle hätte das schon längst getan, bei den vielen Unterrichtsstunden –«, *die er bei seinem schrecklichen Lehrer Lütke hat*, wollte sie noch anfügen. Aber wie so oft, wenn sie vor Erwachsenen sprechen sollte, versagte ihre Stimme mitten im Satz. Was ausnahmsweise kein Fehler war – Herr Lütke schaute auch so schon äußerst grimmig drein.

Keine halbe Stunde später war eine große Suche im Gange. Die Gouvernanten durchforsteten gemeinsam mit Mutters Hofdamen sämtliche Räume des Katharinenpalastes, die Gärtner und Hausangestellten durchkämmten die weitläufigen Parkanlagen und Nebengebäude. Nikolaus schickte einen Teil seiner Männer in die nahen Wälder, andere zu Pferd in die offene Landschaft. Sascha und weitere Männer sollten zu den umliegenden Landgütern reiten – vielleicht war Kosty zu einem seiner Spielkameraden unterwegs?

Nisi, Mischa und Adini wurden samt ihren Kindermädchen eingesperrt. Niemand wollte riskieren, dass im allgemeinen Trubel noch ein Kind verlorenging. Mary bot sich an, mit auf die kleineren Geschwister aufzupassen.

Olly war zu nichts eingeteilt worden. Aber einfach nur dasitzen und abwarten? Sie schnappte sich eine Jacke und rannte los.

Immer wieder begegneten ihr Gärtner, Hausangestellte und anderes Personal – niemand hatte Kosty gesehen. Im chinesischen Dorf war er nicht, auch nicht in der knarrenden Laube, nicht in der Grotte und in keinem der Pavillons – Olly sah den Leuten an ihren mutlosen Gesichtern an, dass sie die Suche am liebsten abgebrochen hätten. Verdenken konnte sie es ihnen nicht – alle waren bis auf die Knochen durchnässt, der eisige Ostwind pfiff durch ihre Kleider, so dass man das Gefühl hatte, völlig schutzlos zu sein. Auch ihr selbst war eiskalt, sie spürte ihre Hände und Füße kaum mehr, ihr Gesicht schmerzte vom peitschenden Wind.

»Aufgeben gilt nicht!«, versuchte sie sich Mut zuzusprechen, während sie zum wiederholten Male die Hainbuchenhecken in der Nähe des großen Sees durchstreifte, die als eine Art Labyrinth angelegt worden waren. Aber mit jeder Minute, die verstrich, wurde ihre Sorge größer, malte sie sich die Gefahren, in denen sich ihr Bruder befinden konnte, schrecklicher aus.

Kosty … Das magere Bürschchen mit der Brille, hinter der die Augen so groß wirkten, war ihr von den drei Kleinsten der liebste. Er war ein so frohes Kind, so phantasievoll, so –

Womöglich war er schon … tot!

Tränen schossen Olly in die Augen, das Grün der Hecken verschwamm vor ihren Augen, sie schluchzte auf –

»Großfürstin, sind Sie das? So weinen Sie doch nicht, ich bin's«, ertönte plötzlich eine bekannte Stimme hinter ihr.

»Mischa?« Blind tappte Olly im Labyrinth umher, ihr rechter Blusenärmel verhakte sich im Dickicht der Äste, bis sie endlich den Ausgang gefunden hatte.

»Mischa!«, rief sie und wunderte sich über die große Erleichterung, die sie beim Anblick des Bootsjungen verspürte. Er, der das ganze Jahr über hier in Zarskoje Selo lebte, kannte den Park rund ums Schloss besser als sie alle zusammen – vielleicht hatte er eine Idee, wo man noch suchen konnte!

»Noch immer keine Spur von Großfürst Konstantin?«, fragte der Bootsjunge und zog sich seine Kappe zum Schutz gegen den Regen tiefer in die Stirn.

Olly schaute kopfschüttelnd auf ihn hinab. Er war zwar im selben Alter wie sie, aber einen guten Kopf kleiner. Irgendwie erinnerte er sie an Kosty, jedenfalls war er genauso mager wie ihr Bruder. Und so, wie er ständig die Augen zusammenkniff, war bestimmt auch er blind wie ein Märzenhase! Olly nahm sich vor, ihre Mutter zu fragen, ob man nicht eine Brille für Mischa besorgen konnte.

»Ich weiß wirklich nicht mehr, wo ich noch suchen soll.« Schulterzuckend blinzelte sie gegen die Regentropfen an, die ihr in die Augen liefen.

Mischa wies in Richtung des großen Sees, dessen Wasser vom Wind regelrecht aufgepeitscht war. »Gott sei Dank ist er nicht da draußen …«

Olly nickte. »Ja, Kosty liebt die Seefahrt über alles, da hätte es gut sein können, dass er sich ein Boot schnappt. Aber irgendjemand hat mir gesagt, dass alle Boote im Bootshaus liegen – das stimmt doch, oder?«, fragte sie in stockendem Russisch.

»Ja, sie sollen in den nächsten Tagen überholt werden. Außerdem – auf dem See hätten wir Ihren Bruder ja sofort entdeckt.«

Krampfhaft dachte Olly nach. »Hat auch schon jemand *im* Bootshaus nachgesehen?«

Mit einem lauten Knarren öffnete sich die riesige Tür der Admiralität. Sofort schlug ihnen der Geruch von Teer, Algen und nassem Holz entgegen. Während Olly zaghaft im Türrahmen stehen blieb, trat Mischa an ein Regal und kramte Streichhölzer hervor. Er entzündete eine kleine Laterne.

»Großfürstin, schauen Sie, da!«

Vor dem Steg, der von der Mitte des Bootshauses aus direkt ins Wasser führte und an dessen linker und rechter Seite ein halbes Dutzend Boote vertäut waren, lag im Halbdunkel ein kleiner Rucksack.

Augenblicklich stieß Olly die Tür weiter auf, damit noch mehr Licht in den Raum flutete. »Kosty, wo bist du?« Die hereinschwappenden Wellen hatten den Bootssteg überflutet, auf den glitschigen Planken drohte Olly immer wieder auszurutschen. Jedes Mal, wenn eines der Boote durch eine Welle an den Steg gedrückt wurde, ertönte ein lautes Ächzen. Kosty fanden sie auf keinem der Boote.

»Hier hinten ist er auch nicht«, ertönte Mischas gedämpfte Stimme aus dem hinteren Teil der Admiralität, wo sich Werkbänke und Regale voller Segeltuch und anderer Utensilien befanden.

Im nächsten Moment vernahm Olly ein leises Wimmern. »Kosty?« Hektisch schaute sie sich um. »Kosty! Wo bist du?« Inzwischen zitterte sie so sehr, dass ihre Zähne gegeneinanderschlugen.

Und dann sah sie ihn, eingekeilt im Wasser zwischen zwei Booten. Vergeblich versuchte er, sich an den glatten Bootsleibern hinaufzuziehen, und immer wieder wurde sein Körper gegen eines der Boote geschlagen.

»Hilfe, ich –« Schon verschwand sein Kopf unter der unruhigen Wasseroberfläche.

»Kosty!«, schrie Olly, kniete sich hin, versuchte, die Hand ihres Bruders zu ergreifen. Doch während sie ins aufgewühlte Wasser schaute, begann der Boden unter ihr plötzlich zu schwanken, und sie verlor die Balance.

Wie ein Hund wurde sie jäh im Nacken gepackt, der Stoff ihrer Leinenbluse riss mit einem dumpfen Geräusch, und Olly fiel auf die Holzplanken zurück.

»Lassen Sie mich!«, keuchte Mischa und sprang ins Wasser.

Irgendwie gelang es ihnen kurz darauf, Kostys schlaffen Körper auf den Steg zu hieven.

»Kosty, Kosty, was machst du nur für Sachen?«, heulte Olly, während sie ihn auf ihrem Schoß wiegte. Wenn sie nicht rechtzeitig gekommen wären ... Wenn Mischa nicht gewesen wäre!

Der Bootsjunge kniete erschöpft neben ihr. »Geht es ihm gut?«, fragte er, und seine Zähne klapperten vor Kälte.

»Ich wollte doch nur spielen«, schluchzte der Missetäter. »Calico Jack wollte ich sein, der berühmte englische Pirat! Ich habe nur auf besseres Wetter gewartet, dann wollte ich zu einem Streifzug aufbrechen und mit Gold und Edelsteinen zurückkommen.«

Trotz aller Erschöpfung und Sorge musste Olly lachen. »Du und deine Spiele, unmöglich bist du!« In bemüht strengem Ton fuhr sie fort: »Pirat hin oder her – du kannst dich doch nicht so einfach aus dem Staub machen! Wir dachten schon, du wärst entführt worden!«

»Aber warum das denn?« Verwirrt schaute der Bruder von einem zum anderen, dunkle Schatten, die im Gesicht eines Fünfjährigen nichts verloren hatten, lagen unter seinen Augen. »Und wenn schon!« Urplötzlich erwachte der schlaffe Körper zu neuem Leben. Kosty wand sich aus Ollys Umarmung und rannte ans Ende des Steges. »Dann wäre ich endlich weg von dem schrecklichen Lütke! Ich hasse ihn und seine Bücher! Er lacht, wenn ich etwas nicht auf Anhieb kann. Seitenlang muss ich Buchstaben schreiben, und trotzdem sagt er, meine Schrift wäre krumm und hässlich. Was immer auch Vater will, ich gehe nicht mehr zum Unterricht – lieber bin ich tot!«

3. KAPITEL

Nikolaus' Faust donnerte so heftig auf den Esstisch, dass die Gläser klirrten.

»Sich einfach aus dem Staub zu machen und den ganzen Haushalt in Schrecken zu versetzen! Er wollte Pirat spielen, wenn ich das höre! Der Junge muss endlich verstehen, dass das Leben kein Spiel ist und unablässige Studien für ihn so wichtig sind wie das tägliche Brot. Sollte eines Tages der Fall eintreten, dass Kosty die Krone von Sascha übernehmen muss, muss er dafür gerüstet sein.«

Die Worte ihres Vaters strichen an Ollys Ohren vorbei, ohne einen Sinn zu ergeben.

Kosty war nichts passiert – nur das zählte. Er lag zwar schlotternd vor Kälte in seinem Bett und hatte eine ziemliche Standpauke über sich ergehen lassen müssen, aber weitere Blessuren hatte er nicht davongetragen.

Wären Mischa und sie allerdings später gekommen … Trotzdem hatte bisher keiner auch nur ein lobendes Wort über Mischas Rolle als Lebensretter verlauten lassen.

»Das viele Lernen fällt ihm schwer, unser Kosty hat ein sehr verspieltes Gemüt«, sagte Alexandra. »Nikolaus, bedenke, er ist erst fünf.«

Dankbar schaute Olly ihre Mutter an, die sich gerade einen Schluck Wein nachschenken ließ. Sie hatte also auch bemerkt, wie unglücklich Kosty war. Bestimmt würde sie nun dafür sorgen, dass Herr Lütke weggeschickt wurde.

»Wurde ich nach Alexanders Tod etwa gefragt, ob ich mich reif genug fühlte? Ein einfacher Brigadier war ich, hatte keine Ahnung von der Welt, als ich die Zarenkrone aufgesetzt bekam. Aber ich war ja auch nur der Nachgeborene, da legten meine Eltern keinen Wert auf meine Erziehung. Wäre es mir nicht gelungen, mich in kürzester Zeit in viele Dinge einzuarbeiten – Gott weiß, was aus unserem Russland geworden wäre.«

Olly runzelte die Stirn. Es dauerte doch sicher noch viele Jahre, bis Sascha zum Zaren gekrönt wurde, und ob Kosty je an seine Stelle treten würde ... Das stand doch alles in den Sternen.

»Kostys Kinderfrau kann noch heute ihre Sachen packen, niemand in meinem Haus vernachlässigt seine Pflichten ungestraft.« Erneut donnerte Nikolaus' Faust auf den Tisch.

Olly und ihre Geschwister zogen die Köpfe ein.

»Als ob ich nicht schon genug anderen Ärger hätte – erst vorhin musste ich aus einer Depesche über etliche neue Aufstände im Land erfahren. Manchmal frage ich mich, warum ich nicht gleich in St. Petersburg geblieben bin, von dort aus hätte ich die schädlichen Umtriebe besser kontrollieren können.« Ohne zu kauen, schluckte er ein Stück Brot.

»Aber wir sind so froh, dich bei uns zu haben«, sagte Alexandra und drückte seinen Arm. »Bestimmt ist alles nur halb so schlimm, du bist doch ein solch wundervoller Zar ... Du erlaubst?« Schon tauschte sie ihren leer gegessenen Teller gegen seinen unberührten Teller.

Olly konnte die Mutter für ihren guten Appetit nur bewundern – wenn sie an Kosty dachte, der hungrig und verheult in seinem Zimmer saß, brachte sie keinen Bissen hinunter. Sie würde ihm nachher heimlich etwas zu essen bringen, beschloss sie. Obwohl sie frische Kleider anhatte und Charlotte sie gründlich abgetrocknet hatte, war ihr eiskalt. Schauer liefen immer wieder über ihren Rücken. Vielleicht sollte sie sich ein wenig hinlegen und ausruhen ...

»Das sag diesen elenden Aufrührern, die überall im Land nichts Besseres zu tun haben, als immer wieder neue Brände zu legen!« Beklommen legte Olly ihr Besteck endgültig weg. Wann immer ihr

Vater so sprach, bekamen seine Augen einen eisblauen Schimmer, und seine Lippen wurden zu zwei schmalen Strichen.

»Aber woher kommen diese Aufrührer?«, wollte Sascha wissen. »Nach Ihrem Regierungsantritt machten Sie doch dreitausend von ihnen den Garaus?«

»Tja, diese Leute scheinen wie Unkraut nachzuwachsen. Die Intellektuellen sind dabei die schlimmsten. Aber keine Sorge, ich werde ihre Glut ein für alle Mal löschen.«

»Und ich helfe Ihnen dabei!«, rief Sascha voller Inbrunst. »Von mir aus können wir gleich morgen losreiten und die Aufständischen suchen!«

»Du studierst jetzt erst einmal fleißig weiter. Und dann sorge ich dafür, dass du etwas von der Welt siehst. Von der Welt und von Russland, besser gesagt. Und erst *dann* wirst du mir hoffentlich eine große Stütze sein.«

Unter niedergeschlagenen Lidern musterte Olly ihren Vater. Dunkle Schatten umrahmten seine Augen, aber die erschienen nun nicht mehr gar so düster – Saschas Bemerkung schien seine Laune ein wenig gebessert zu haben.

Sie holte zaghaft Luft. Eigentlich wollte sie ihren Vater heute noch etwas Wichtiges fragen ...

»Genug von den elenden Aufrührern und Brandstiftern. Die Offiziere meiner Leibgarde wollen in einer knappen Stunde ein kleines Pferderennen abhalten. Iwanow ist der Meinung, seine Neuerwerbung würde es mit jedem anderen Zossen aufnehmen. Aber Madjedew hält dagegen. Er wettet fünfhundert Rubel darauf, dass sein Rappe gewinnt!« Der Zar lachte, und seine Miene entspannte sich für einen Moment. »Ich habe eingewilligt, den Startschuss zu geben, du darfst gern mitkommen«, sagte er zu Sascha, der sofort aufsprang.

»Und wir?«, sagte Mary. »Dürfen wir auch –«

»Wehe, ihr lasst euch hinten bei den Stallungen blicken! Ich will nicht dabei zusehen, wie eines meiner Mädchen beim Rennen unter die Hufe kommt.« Im Aufstehen ergriff der Vater ein letztes Stück Brot.

Jetzt oder nie! Olly nahm ihren Mut zusammen und zupfte an seinem Soldatenrock. »Vater, da wäre noch etwas ... Ich ... Darf ich am kommenden Sonntag mit in die Oper? Meine Noten sind diese Woche die allerbesten, sogar in Geographie! Und Sie hatten mir doch versprochen, dass ich, also wenn ich ...«

»Das mag schon sein, mein liebes Kind, dass ich dir etwas versprochen habe. Im Gegensatz zu dir kenne ich allerdings jemanden, der deinen Fleiß leider nicht geteilt hat.« Er warf Mary einen strengen Blick zu. »Somit ist mein Versprechen hinfällig und ihr bleibt alle zu Hause.«

Wer die drei Schwestern durch den ovalen Innenhof des Katharinenpalastes laufen sah, hatte Mühe, sie auseinanderzuhalten: Alle drei waren für ihr jeweiliges Alter eher zierlich, hatten schlanke, schmale Gliedmaßen, ebenmäßige Züge, in denen das Leben noch keine Spuren hinterlassen hatte, dazu seidiges Haar. Obwohl ihre Kleider schlicht waren – cremefarbener Musselin für die Blusen, robuster Zwirn für die blauen Röcke –, sah man ihnen die gute Verarbeitung und perfekte Schnittführung an.

Erst bei näherem Hinsehen wurden die Unterschiede zwischen den Mädchen deutlicher: Während die achtjährige Adini den Weg entlanghüpfte und die elfjährige Olly mürrisch hinterherschlenderte, lief Mary mit ihren vierzehn Jahren verkrampft und mit nach vorn gebeugtem Oberkörper, um nur ja keine Aufmerksamkeit auf ihre sprießenden Brüste zu lenken. Seit ihre Taille geschnürt wurde, strichen ihre Hände immer wieder über den Stoff ihres Kleides, gerade so, als fühlte sie sich in ihrer Haut nicht sonderlich wohl.

»Ans Einschnüren gewöhnt man sich rasch«, hatte ihre Mutter erst kürzlich gesagt und angefügt, dass es nun nicht mehr lange dauern würde, bis sich Mary wie eine Raupe zu einem wundervollen Schmetterling entpuppen würde.

Olly warf ihrer Schwester einen missmutigen Seitenblick zu. Keine Ahnung, was die Mutter damit gemeint hatte – war Mary nicht schon jetzt ein wunderschöner Schmetterling? Allein wie sie ihre schimmernden Haare aufwendig am Hinterkopf festgesteckt trug!

Natürlich hatte sie den mit Blüten und Blätterranken verzierten Kamm eingesteckt, den sie erst vor kurzem von ihrem Vater bekommen hatte. Ihr, Olly, hatte er noch nie so etwas Schönes geschenkt.

Aber sie war ja auch nicht seine Lieblingstochter. Ihre Augen funkelten nicht wie ein grüner Waldsee, auf dem goldene Sonnensprenkel tanzten, so wie Marys Augen es taten.

Mary wirkte stets so aufgeweckt und lebendig! Neben ihr fühlte sich Olly grau und blass.

Dennoch gab sie die Hoffnung nicht auf, was ihr eigenes Aussehen anging. »Aus so manch hässlichem Entlein ist noch ein schöner Schwan geworden«, hatte Tante Helene erst kürzlich gesagt und sie dabei in den Arm genommen. Alles brauche eben seine Zeit, Olly solle ihr Haar fleißig jeden Abend mit tausend Bürstenstrichen pflegen, dann würde es eines fernen Tages ebenfalls herrlich glänzen.

Olly hoffte inständig, dass die Tante recht hatte. War sie erst mal ein schöner Schwan, würde sich Mary gewiss nicht mehr so aufspielen können!

Adinis Haar hingegen glänzte auch ohne tausend Bürstenstriche. Ihre Taille war von Natur aus so schlank, dass man sie später wahrscheinlich nicht einmal würde schnüren müssen. Dazu der schlanke Hals, die feine Nase, die tiefblauen Augen …

Olly war froh, dass von ihnen dreien Adini die größte Schönheit war und nicht Mary.

»Warum hast du dich vorhin nicht für mich eingesetzt? Wegen deiner schlechten Studien muss ich auf die Oper verzichten, dabei hatte ich mich so darauf gefreut«, fuhr sie ihre ältere Schwester nun an.

Mary lachte nur. »Hast du keinen Mund zum Reden? Feigling!«

Olly biss sich auf die Lippen. Was konnte sie denn dafür, dass es ihr in der Gegenwart Erwachsener die Kehle zuschnürte und sie kaum ein Wort herausbrachte. Wegen Mischas Brille hatte sie auch nichts gesagt, dabei wäre die Gelegenheit günstig gewesen, ärgerte sie sich. Unwillkürlich wanderte ihr Blick in Richtung Admiralität. Zu gern hätte sie Mischa einen kurzen Besuch abgestattet. Hoffentlich war bei ihm alles in Ordnung. Im Gegensatz zu ihr war er nämlich nicht sofort nach Hause gegangen, um sich trockene Kleider anzuziehen, sondern hatte erst allen anderen Suchenden mitgeteilt, dass Kosty gefunden worden war. Ob er auch immer noch so fröstelte wie sie?

»Jetzt streitet euch nicht – wollen wir ein Wettrennen machen? Einmal bis zum Pfauengehege und wieder zurück.« Adinis Augen leuchteten voller Vorfreude.

»So was Kindisches, wenn mich jemand sieht!«, sagte Mary.

»Wir könnten auch die Pfauen füttern gehen.« Olly hielt die Brotscheiben in die Höhe, die sie sich heimlich in die Rocktasche gesteckt hatte. Es war ihr nicht gelungen, sie dem Bruder ins Zimmer zu schmuggeln, sein Kindermädchen hatte sie vor der Tür abgewiesen. Armer Kosty – eingesperrt und hungrig.

»Au ja, das machen wir!«, rief Adini.

»Bestimmt sind unter den Teilnehmern von Vaters Pferderennen ein paar schneidige Offiziere«, seufzte Mary. »Wollen wir nicht doch versuchen, ein paar Blicke auf sie zu erhaschen? Das Brot kannst du auch an die Pferde verfüttern.«

»Aber Vater hat doch gesagt, wir dürften nicht.«

»Wenn wir es geschickt anstellen, bekommt er doch gar nicht mit, dass wir da sind!« Lachend sprang Mary davon. Olly und Adini zögerten kurz, dann rannten sie hinterher.

Die Offiziere hatten ihr Rennen auf die Straße in Richtung Petersburg verlegt, daher war es rund um die Pferdeställe wie ausgestorben. Lediglich ein paar Stallburschen fegten den Hof, schleppten Stroh und Heu in die Ställe. Aus dem Inneren der Schmiede war das metallische Schlagen eines Hammers auf den Amboss zu hören.

»Da hast du wieder mal eine tolle Idee gehabt«, schnaubte Olly. Weitere Schauer liefen ihren Rücken hinab. Sie war sich nun ziemlich sicher, dass sie krank werden würde.

Mary stocherte mit einer Peitsche, die an der Stallwand gelehnt hatte, mürrisch im Sand.

»Großfürstin Maria, wollen Sie und Ihre Schwestern ausreiten?«, ertönte hinter ihnen plötzlich die Stimme eines Mannes.

Die Köpfe der Mädchen fuhren herum. »Kolja!«, kam es wie aus einem Mund.

Beklommen schauten sich Olly und Adini an. Das hatten sie nun davon! Wenn Vater von seinem ersten Pferdepfleger erfuhr, dass sie sich nicht an sein Verbot gehalten hatten, drohte ihnen das nächste Donnerwetter.

»Tja, ähm … eigentlich … sind wir gar nicht da«, stammelte Olly.

»Sind denn überhaupt Pferde im Stall?«, fuhr Mary dazwischen.

Kolja schüttelte den Kopf. »Nur die Ponys. Die meisten Pferde sind am Rennen beteiligt, lediglich Lugano und ein paar andere stehen auf der hinteren Weide.«

Marys Augen leuchteten beim Namen des Lieblingspferdes ihres Vaters auf. Kein anderes Pferd war so prachtvoll wie der große schwarze Hengst. »Lugano! Wir wollen ihn nur kurz besuchen, haben sogar Brot mitgebracht. Zeig's her, Olly!«

Warum tat sie eigentlich immer genau das, was Mary ihr befahl?, fragte sich Olly verdrießlich, während sie das Brot aus ihrer Tasche zog.

Der alte Mann kratzte sich am Bart. »Zar Nikolaus ist sehr eigen, wenn es um Lugano geht. Eigentlich darf ich niemanden zu ihm lassen …«

»Kolja! Hältst du uns etwa für *niemanden*? Ich hoffe nicht, dass Vater jemals erfährt, wie unverschämt du uns gegenüber bist.«

Bevor Olly wusste, wie ihr geschah, riss Mary ihr die Brotscheiben aus der Hand. »Wir gehen jetzt Lugano besuchen. Und wehe, du erzählst unserem Vater von unserer Visite, dann Gnade dir Gott.« Sie hob die Peitsche, als wollte sie dem alten Mann eins überziehen.

»Mary!«, rief Olly, doch da hatte diese schon auf dem Absatz kehrtgemacht und stakste mit hocherhobenem Kopf davon.

Olly und Adini folgten ihr stumm.

Außer Nikolaus' wertvollem schwarzen Zuchthengst Lugano standen noch zwei braune Wallache auf der Weide. Das Gras wirkte nach dem anhaltenden Regen des Vormittags noch saftiger und grüner als sonst. Jedes Mal, wenn die Mäuler ein Büschel abrupften, ertönte ein leises Knirschen. Lugano war der Erste, der die Mädchen sah. Wiehernd kam er an den Zaun, seine Gefährten folgten in gebührlichem Abstand.

»Wie schön er ist«, hauchte Adini. »Wenn ich einmal groß bin, möchte ich auch einen Rappen. Jeden Tag würde ich seine Mähne bürsten, bis sie genauso seidig ist wie die von Lugano.«

Unter Marys Aufsicht verteilten die Mädchen die Brotstückchen so gerecht wie möglich, was nicht einfach war, da der Hengst seine Mitstreiter ständig verbiss. Irgendwann war das Brot alle, aber die Pferde blieben in Erwartung von Streicheleinheiten weiterhin am Zaun stehen. Um den Tieren näher zu sein, stiegen die Mädchen durch das Gatter auf die Weide. Olly lehnte ihren Kopf an Luganos Hals und schloss für einen Moment die Augen. Der Hengst grummelte freundlich und fuhr mit seiner Nase sanft über Ollys Schulter, als wollte er ihr Streicheln erwidern. Wie weich sein Fell war – weicher als der feinste Damenhandschuh! Und wie gut er roch! Nach Pferd und gequetschtem Hafer und ein bisschen nach Urin. Olly gähnte. Am liebsten hätte sie sich noch enger an das große Tier gekuschelt, ihre Arme um ihn geschlungen und –

»Und jetzt veranstalten wir unser eigenes Pferderennen!«, ertönte Marys laute Stimme, und die Vertrautheit, in der Lugano und Olly sich befunden hatten, war zerstört. Das Pferd stob mit ein paar Sätzen davon.

»Bist du verrückt geworden? Er hätte mich fast mit seinem Huf getroffen!«, fuhr Olly Mary an, doch die winkte nur ab.

»Passt auf: Ich jage alle drei Zossen mit meiner Peitsche über die Weide, und der Erste, der am gegenüberliegenden Zaun angekommen ist, ist der Gewinner. Aber zuvor wetten wir drei, welches Pferd gewinnt. Pah, nur weil wir Mädchen sind, heißt das noch lange nicht, dass wir keinen Spaß haben dürfen.«

»Das ist die blödeste Idee, die ich seit langem gehört habe«, erwiderte Olly. »Wenn Vater erfährt, dass wir seinen Zuchthengst über die Weide gejagt haben, dann –«

»Ich denke auch, es ist besser, wir lassen das«, bestätigte Adini.

»Vater, Vater! Ich kann's nicht mehr hören. Was seid ihr bloß für Feiglinge«, sagte Mary abfällig.

»Ich und ein Feigling? *Das* kann ich schon nicht mehr hören! Der da ist meiner«, sagte Olly und zeigte auf einen der Wallache.

Mary lachte. »Dann setze ich auf den anderen Zossen. Und Adini bekommt den großartigen Lugano. Na Schwesterherz, ist das etwa nichts?« Drohend hob sie ihre Peitsche hoch und ging den Pferden entgegen.

Der Zaun am anderen Ende der Weide war marode, viele seiner Pfosten morsch oder völlig durchgefault. Daher waren im Abstand von einem Meter zum alten Zaun über die ganze Länge der Weide tiefe Löcher ausgehoben worden, in die an einem der nächsten Tage die Pfosten für einen neuen Zaun gesetzt werden sollten. Ein flüchtig gespanntes dünnes Seil sollte die Pferde von diesem Teil der Weide abhalten.

Während zwei der Pferde in der Mitte der Weide abdrehten, um vor Marys lautem Geheul zu flüchten, rannte eines geradeaus weiter und durchbrach das kaum sichtbare Seil.

Der Tierarzt ließ vorsichtig das rechte Vorderbein des Pferdes sinken und strich ihm über die Flanken. »Da ist nichts mehr zu machen.« Er senkte den Kopf.

Ein dumpfes Aufheulen erklang. Alle Köpfe fuhren zu Zar Nikolaus herum.

Beschämt schaute auch Olly zu ihrem Vater hinüber, der leichenblass dastand. Tränen liefen über ihre Wangen. Im Rücken spürte sie die Hand ihrer Gouvernante, aber nicht einmal Charlottes Gegenwart vermochte den Schrecken des Augenblicks zu dämpfen.

Lieber Gott im Himmel – was hatten sie nur getan?

Nachdem Lugano im vollen Galopp in eines der Löcher getreten war, hatte er sich einmal vollständig überschlagen. Das dumpfe Geräusch beim Aufprall des riesigen Tierleibes auf dem feuchten Boden war das Schrecklichste, was Olly je gehört hatte. Mühevoll hatte sich der Hengst wieder aufgerappelt, seine zuvor seidige Mähne klebte erdverkrustet an seinem Hals. Keine der Schwestern hatte sich getraut, ihm nahe zu kommen, stattdessen hatten sie nur fassungslos auf das verletzte Tier gestarrt – dass mit ihm etwas nicht stimmte, war allen sofort klar gewesen. Es war Adini, ausgerechnet die Jüngste, die zum Stall gerannt war und Bescheid gesagt hatte.

Der Zar erwachte aus seiner Starre, fuhr sich mit der Hand grob übers Gesicht. »Und wenn wir das Bein schienen? Wenn wir ihm absolute Stallruhe gönnen, könnte er dann nicht –« Er brach ab, als er das Kopfschütteln des Arztes sah.

»Bei einer anderen Art von Bruch vielleicht, aber hier? Es tut mir leid, Hoheit.«

Außer dem leisen Rascheln des Windes, der durch die Birken blies, war nichts zu hören. Ein paar Schwalben, die ihre Nester in den nahe gelegenen Stallgebäuden gebaut hatten, zogen in der glutrot untergehenden Sonne ihre Kreise, als erwarteten sie ein besonderes Schauspiel. Das Pferd, dessen rechtes Bein den Boden nicht mehr berührte, zerrte an dem Strick, mit dem der Tierarzt es festhielt. Suchend schaute es sich nach seinen Weidegenossen um.

Alles nur ein böser Traum!, durchfuhr es Olly.

Im nächsten Moment zog ihr Vater seine Reitpeitsche hervor. Bevor die anderen wussten, wie ihnen geschah, ging er auf Kolja, seinen ersten Pferdepfleger, los. »Du Bastard, du bist schuld!« Die Schläge prasselten ungehindert auf den Leib und das Gesicht des alten Mannes ein. Er duckte sich, Blut lief seine Wangen hinab, seine Beine knickten ein.

Olly riss sich von Charlotte los. »Vater, nicht!«

»Olly, lass das!«, rief Sascha, und seine Stimme überschlug sich. Er versuchte, sich ihr in den Weg zu stellen.

»Kolja kann nichts dafür! Wir sind schuld!« Sie zerrte am Arm des Vaters. »Bitte …«

Die Reitpeitsche sank. Der Pferdepfleger sackte auf der Stelle zusammen, und unter dem eiskalten Blick des Vaters begannen Ollys Eingeweide zu rebellieren. O Gott, gleich würde sie sich vor lauter

Angst in die Hose machen … Mit letzter Kraft hielt sie seinem Blick stand. »Uns musst du bestrafen«, wiederholte sie leise.

»Nein!«, kreischte Mary auf. »Vater … Ich … Wir wollten doch nicht, dass Lugano was geschieht. Hätte Kolja uns nicht erlaubt –«

»Seid still, alle beide!«, fuhr Nikolaus auf.

»Madjedew?« Seine Stimme war leblos und leer.

Der Offizier nickte. »Bringen wir es hinter uns.« Mit schwerfälligen Schritten und hängenden Schultern setzte er sich in Bewegung, während die umstehenden Männer zurücktraten und eine Schneise für ihn frei machten. Lugano wieherte.

Hektisch winkte Charlotte Olly wieder zu sich. Auch Mary startete keinen zweiten Anlauf zu ihrer Verteidigung, was normalerweise ihre Art gewesen wäre, sondern ließ sich von Julie Baranow, ihrer Gouvernante, zu Adini und Mrs Brown ziehen.

Olly und Adini schauten sich an, jede sah im Blick der anderen die eigene Verstörung.

»Was haben wir nur angerichtet«, flüsterte Adini.

»Das hättet ihr euch vorher überlegen sollen. Erst Kosty, jetzt ihr. Habt ihr Kinder eigentlich nichts als Unfug im Kopf?«, murmelte Charlotte Dunker so leise, dass es keiner der Männer hören konnte. »Dass das Ihre Idee war, Großfürstin, hätte ich mir denken können!«, zischte sie Mary zu.

»Ach, seien Sie doch still«, sagte Mary, jedoch ohne die übliche Barschheit, mit der sie der Dänin sonst begegnete.

»Ja, die Wahrheit wollen Sie nicht hören, aber –«

Olly zupfte an Charlottes Ärmel. »Bitte. Nicht jetzt.«

Madjedew kam zurück, in der einen Hand hielt er eine Pistole, in der anderen einen Apfel. Kurz bevor er das Pferd erreicht hatte, wies Zar Nikolaus ihn an, stehen zu bleiben. Dann trat er selbst auf das Tier zu, schlang die Arme in derselben Art um dessen Hals, wie Olly es zuvor getan hatte. Vertrauensvoll legte der Hengst den Kopf über die Schulter seines Herrn. Vor dem seidig schwarzen Fell des Tieres stach Nikolaus' Gesicht kalkweiß ab. Die anwesenden Offiziere wandten sich peinlich berührt um, während der Mann, der, ohne mit der Wimper zu zucken, Tausende von Aufständischen hatte deportieren, foltern oder gar töten lassen, seinen Tränen ungehindert freien Lauf ließ.

Olly zitterte am ganzen Leib. *Ich halte das nicht aus! Bitte, lieber Gott, mach, dass ein Wunder geschieht!* Auch ihr schossen die Tränen in die Augen, tropften von ihrem Kinn zu Boden.

Im nächsten Moment löste sich ihr Vater von dem Pferd, das ihn verwundert anschaute.

»Hoheit?« Fragend hielt Madjedew die Pistole hoch.

Zar Nikolaus drehte sich zu Mary um. »Komm her!«

Mary sah sich zögerlich nach Julie Baranow um, doch die Gouvernante machte keine Anstalten, ihr zu folgen.

»Nimm den Apfel!«, herrschte der Vater sie an.

Marys Augen weiteten sich bestürzt.

»Gib ihm den Apfel. Und halte dabei die Hand still. Wehe, ich sehe dich auch nur zucken!«

»Vater, Sie können doch nicht erwarten, dass ich –«

»Los!«

»Entschuldigen Sie, Vater, aber vielleicht wäre es besser, wenn ich –«, krächzte Sascha. Er kam nicht dazu, seinen Satz zu beenden, denn der Zar riss Madjedew die Pistole aus der Hand, packte mit der anderen Hand Marys Arm, zog sie bis vor das Pferd.

Unter dem eisigen Blick ihres Vaters streckte Mary ihren Arm aus.

Das Pferd schnaubte erfreut und öffnete sein Maul, um den Apfel zu nehmen. Im selben Moment setzte Zar Nikolaus die Pistole an die Stirn des Hengstes.

Krampfhaft presste Olly die Hände auf beide Ohren. Sie wollte auch die Augen schließen, um das schreckliche Bild nicht sehen zu müssen, doch es gelang ihr nicht.

»Leb wohl!« Zar Nikolaus drückte ab.

Der schwere Pferdeleib sackte leblos zusammen.

Der Geruch des Schießpulvers mischte sich mit dem metallischen Geruch von Blut. Olly wurde es schwarz vor Augen, dann fiel sie in eine gnädige Ohnmacht.

4. KAPITEL

War das ein Schuss?« Fragend schaute die Frau des Bootsmannes ihren Sohn an, doch der zuckte nur mit den Schultern.

Seit ein paar Jahren wurden alle Angestellten von Zarskoje Selo informiert, wenn die Herrschaften auf Jagd gingen, damit nicht im Eifer des Jagdgefechts anstelle eines Rehs ein Mensch getroffen wurde – was in vergangenen Zeiten mehrmals vorgekommen war. Krampfhaft versuchte die Frau zu rekapitulieren, wo sich all ihre Kinder aufhielten: Die beiden ältesten halfen dem Vater im Bootshaus beim Aufräumen, Naschtinka melkte die Ziegen, Nastja war hinten mit der Wäsche beschäftigt, Grigor war auf dem Kohlacker.

»Mutter, ich bin so müde. Und mir ist so kalt …«

Der Blick der Frau fiel erneut auf das zusammengekauerte Häufchen Elend am Tisch. »Das kommt von deinen Heldentaten! Ich habe dir doch schon einen extra Teller Suppe gegeben, damit dir wieder warm wird, mehr geht nicht, dein Vater und deine Geschwister müssen heute Abend auch satt werden.« Sie strich ihrem jüngsten Sohn über den Schopf, fühlte dabei prüfend seine Stirn, die glühend heiß war. Der Junge war krank, auch das noch. Ein Paar Hände weniger, und das Tagwerk war nur schwer zu bewältigen. Sie stieß einen leisen Fluch aus. Warum hatte ausgerechnet ihr Mischa den Zarenbalg aus dem Wasser retten müssen? Einer von denen weniger – was wäre schon dabei?

»Kann ich wenigstens noch einen Becher Tee haben?«

Die Frau des Bootsmannes verschloss ihre Ohren gegenüber der flehentlichen Stimme. »Und die Arbeit tut sich von selbst, ja? Nichts da, zuerst gehst du nach hinten und hilfst Naschtinka beim Ziegenmelken, sonst wird sie nie fertig. Von mir aus soll sie die Milcheimer heute allein ins Haus schleppen, damit du dich ein wenig ausruhen kannst.« Noch während sie sprach, begann die Frau, mit einer Scheuerbürste einen Topf zu bearbeiten.

Mischa stand auf, schwankte, stützte sich an der Hüttenwand ab. Er warf seiner Mutter einen letzten bittenden Blick zu – vergeblich. Fahrig stolperte er aus der Hütte, um die ihm aufgetragenen Pflichten zu verrichten.

*

Olly wälzte sich unruhig in ihrem Bett hin und her, jeder Knochen tat ihr weh. In ihrem Kopf war jemand mit einem Hammer zugange, der ständig gegen ihren Schädel schlug und die Gedanken zerrüttelte. Und wenn bloß ihr Hals nicht so trocken und rau gewesen wäre! Bei jedem Husten glaubte sie in tausend Teile zu zerbrechen, da nutzte es auch nichts, wenn sie die Hände gegen die Rippen presste.

Zitternd griff sie nach dem Glas Wasser, das Charlotte ihr neben das Bett gestellt hatte. Doch das Schlucken tat ihr weh, und sie hatte das Gefühl, ihr Hals wäre eine glühende Masse.

»Die Lunge arbeitet schneller und heftiger als gewöhnlich, ich befürchte, es handelt sich um eine Lungenentzündung«, konstatierte einer der Leibärzte der Zarin, nachdem er seinen Kopf auf Ollys Brust gedrückt hatte. »Dazu das Fieber, das meiner Ansicht im Laufe der Nacht noch steigen wird …«

»Und was hat das alles zu bedeuten?«, fragte Charlotte.

Der Arzt schüttelte den Kopf. »Nichts Gutes, meine Liebe.«

Drei Tage und drei Nächte kämpfte Olly gegen das Fieber. Unermüdlich tauschte Charlotte warme gegen kalte Tücher aus. Olly nahm den Essiggeruch des feuchten Leinens nur entfernt wahr. Sie wollte keine nassen Tücher auf dem Leib, ihr war doch kalt! Nein, heiß war ihr, so heiß, sie verbrannte, da taten die Tücher gut. Das Stechen in ihrer Brust, es zerriss sie, es tat so weh …

»Schwesterherz, Olly, du musst durchhalten!«

Ist das Saschas Stimme …? Fieber … Hitze … Rote Schwaden in meinem Kopf, die fliegen, wegfliegen, wie die Schwalben auf der Weide …

»Wenn es wegen Lugano ist – das tut mir wirklich leid, Olly, das musst du mir glauben.«

Mary? Was tut Mary leid? Ollys Atem ging so schwer, dass sie außer ihrem eigenen Keuchen fast nichts hören konnte.

»Die Ärzte sagen, wenn das Fieber sinkt, hast du gewonnen.«

»Ich habe dir Luisa gebracht.« *Adini? Die Puppe mit den zerrupften Haaren. Ein Spiel, alles nur ein Spiel.*

»Olly, verflixt noch mal! Du darfst nicht sterben, hörst du?«

Jemand rüttelte so heftig an ihrem Arm, dass Olly glaubte, ihre vom Fieber überempfindlich gewordene Haut würde reißen. »Nicht sterben, nicht meinetwegen – das würde ich mir nie verzeihen!«

Kosty … Zwischen den Booten … regenschwere Glieder, der eisige Wind in ihrer Lunge … Mischa hat Kosty gerettet …

»Kosty?« Ihre Stimme war nur ein Seufzen.

»Schau, wie schwach sie ist! Das kommt von deinem Davonrennen. Wenn deine Schwester stirbt, bist du schuld daran.«

Eine böse Männerstimme. Lütke. Die kleine Hand jäh von Ollys Arm gezerrt.

Mit letzter Kraft riss Olly die Augen auf. »Kosty …«

»Sie ist wach, sie lebt, hurra!« Sein Aufheulen zerriss fast Ollys Ohren. Sie blinzelte, sah um ihr Bett herum Schatten – Charlotte, der schreckliche Lütke, ihre Geschwister.

»Alles wird gut«, keuchte sie. »Ich werde nicht sterben. Wir müssen doch … zusammenhalten …«

»Entspricht es wirklich der neuesten Pariser Mode, den Schal auf diese Art zu tragen? Mache ich es richtig?«

»Schauen Sie, Maman, geht es auch so?«

Zusammen mit Charlotte Dunker schaute Olly vom Sofa aus zu,

wie Mary und Adini sich um den Toilettentisch ihrer Mutter drängten und begierig versuchten, einen Blick in deren Spiegel zu erhaschen.

Erst seit ein paar Tagen durfte Olly immer wieder einmal für kurze Zeit ihr Bett verlassen – wie jeden Tag hatte sie dabei auch heute das Boudoir ihrer Mutter aufgesucht. Am frühen Abend waren dort nicht nur die Zarin Alexandra und ihre Zofen anzutreffen, sondern meistens auch Mary und Adini. Alle genossen den prachtvollen Raum, der ganz in Gold und Weinrot gehalten war, die intime Atmosphäre, in der es nach Puder und dem Parfüm ihrer Mutter duftete, wo Edelsteine glitzerten und Spitzenstoffe verheißend raschelten.

Adini und Kosty hatten sie oft im Krankenzimmer besucht, und trotzdem hatte sich Olly in den nicht enden wollenden Tagen der Bettruhe oft einsam gefühlt. Umso mehr sehnte sie sich nun nach der Gesellschaft ihrer Familie.

Heute Abend hatte sie allerdings noch einen weiteren Grund, ihre Mutter zu besuchen: In wenigen Tagen würden die Eltern zu einer längeren Reise aufbrechen, und Olly wollte sie zuvor unbedingt noch wegen einer Brille für den Bootsjungen Mischa ansprechen. Als sie am Nachmittag Charlotte gegenüber diesbezüglich eine Bemerkung gemacht hatte, war diese kreidebleich geworden und hatte gemurmelt, Olly wäre noch nicht wieder stark genug, um sich derart zu exaltieren.

»Exaltieren? Ich will Mutter doch nur um eine Mildtätigkeit bitten«, hatte Olly lachend erwidert und sich über Charlottes seltsamen Blick gewundert.

»Gräfin Wielhorski hat uns heute Abend eine Tanzaufführung versprochen«, erklärte Alexandra ihren Töchtern gerade. »Maria Taglioni ist die derzeit berühmteste Ballerina der Pariser Oper. Meine Schwestern haben sie schon in Berlin tanzen sehen und waren vollends begeistert. Wer weiß – vielleicht kann euer Vater sie überreden, nach Petersburg umzusiedeln? Mit ihrem ausdrucksvollen Spitzentanz wäre sie für unser Ensemble gewiss eine Bereicherung.« Aus lauter Vorfreude röteten sich Alexandras Wangen, und dennoch begann eine der Zofen, mit einem Schwamm noch künstliches Wangenrot aufzutupfen.

»Opern- und Ballettbesuche, Bälle und Empfänge – ach, ich kann es kaum erwarten, mich endlich auch hübsch machen zu dürfen und die Nächte hindurchzufeiern!« Schwärmerisch wiegte sich Mary hin und her. »Wenn es nur schon so weit wäre ...«

Wie rosig und gesund Mary aussah, dachte Olly neidisch. Ihr eigenes Gesicht war durch die Krankheit spitz und blass geworden, ihre Lippen wirkten schmal und blutleer. Tagtäglich musste sie deswegen rohe Leber und rote Bete essen – die Ärzte waren überzeugt, dass diese Speisen ihr Blut wieder zum Wallen brachten. Olly war sich da nicht sicher, sie hatte Mühe, die rohe Leber bei sich zu behalten, so sehr widerten die wabbeligen rohen Innereien sie an.

»Als ob das alles das reinste Vergnügen wäre! Seit Stunden sitze ich hier und lasse alles Mögliche über mich ergehen.«

Zarin Alexandra Feodorowna wies mit dem Kopf in Richtung ihrer Kammerzofen.

»Ist eure Mama nun schön genug?«, fragte sie, als die Zofe die Dose mit dem Wangenrot zur Seite legte.

Alexandra Feodorowna trug ein tiefrotes Kleid aus Batist. Das enganliegende Oberteil war mit Stickereien verziert, die an Spinnweben erinnerten, dazwischen waren Hunderte von silbernen Blüten angebracht, eine jede in der Mitte mit einem andersfarbigen Edelstein verziert. Die üppigen Ärmel und der Rock waren nicht bestickt, dafür in regelmäßigen Abständen Fäden aus dem Stoff herausgezogen worden, was dem ganzen Ensemble eine federleichte Note verlieh.

»Wunderschön bist du«, hauchte Olly. So viel Aufwand wegen einer Tanzaufführung – war das nicht ein wenig übertrieben?, schoss es ihr durch den Kopf. Fast hätte man denken können, ihre Mutter selbst würde auf der Bühne stehen. Sie holte tief Luft. Jetzt oder nie.

»Mutter – darf ich Sie etwas fragen?«

Die Zarin nickte großmütig, während eine Zofe ihr Ohrgehänge anlegte.

»Es geht um den Bootsjungen, der Kosty gerettet hat, er –«

Der Kopf der Zarin drehte sich so abrupt zu ihr um, dass der Schmuck scheppernd zu Boden fiel.

»Charlotte!«, fuhr sie die Gouvernante scharf an.

»Ich ... Großfürstin Olga weiß noch nichts, Eure Hoheit ... Ich dachte, solange sie krank ist, wäre das Beste zu warten ...«

Stirnrunzelnd schaute Olly von einer Frau zur anderen. »*Was* weiß ich noch nicht?«

»Ach, hier seid ihr alle – das hätte ich mir ja denken können.«

Ruckartig drehten sich alle Köpfe zur Tür. Niemand hatte den Zaren kommen hören. Er trug den Duft von Leder in den Raum.

»Olly, liebes Kind, geht es dir besser?«

»Ja, aber –« Olly brach ab, als sie sah, dass Alexandra hektisch einen Zeigefinger auf ihren Mund legte.

»Nikolaus, mein Liebster! Gefalle ich dir?« Kokett lächelte sie ihren Mann im Spiegel an.

»Ist das wieder einmal Pariser Chic?«, gab Nikolaus stirnrunzelnd zurück.

»Nein, dieses Kleid habe ich in Berlin machen lassen, als ich Vater das letzte Mal besucht habe. Meine Schwestern haben eine neue Schneiderwerkstatt ausgekundschaftet, die –«

Mit einer Handbewegung unterbrach der Zar seine Frau. »Muss die russische Zarin ihre Kleider ausgerechnet in Berlin kaufen? Haben wir in Russland etwa keine guten Schneiderwerkstätten? Haben wir keine eigenen Traditionen und Moden?«, sagte er und schleuderte einen von Alexandras Parfümflakons auf den Boden.

Alle Anwesenden zuckten zusammen. Während sich die Zofen in den Hintergrund verzogen, beschäftigte sich Mary eingehend mit einem Stück Spitze. Adini kroch zu Olly und Charlotte aufs Sofa.

»Ich sage dir, es wird noch der Tag kommen, an dem ich eine Kleiderordnung erlasse, in der steht, dass zu Hofempfängen nur noch Galaroben in russischem Stil getragen werden dürfen.«

»Eine Kleiderordnung?« Verwirrt schaute Alexandra zwischen ihrem Gatten und ihrem eigenen Antlitz im Spiegel hin und her.

»Kannst du nicht ausnahmsweise einmal etwas anziehen, was aus unseren heimischen Werkstätten stammt? *Das* würde sich für die Zarin gebühren!«

»Aber Liebster, ich habe Stunden gebraucht, um mich anzukleiden.«

Olly und Adini tauschten einen beklommenen Blick.

»Tue mir einfach den Gefallen, ja? Ich komme in einer halben Stunde wieder.«

Mit Mühe brachte Alexandra ein Lächeln zustande. »Dann wirst du mit meinem Aussehen zufrieden sein, ich verspreche es dir.«

»Das ist brav.« So, wie ihr Vater seine Frau tätschelte, lobte er auch ein Pferd, dachte Olly bei sich. Erleichtert sah sie, wie sich ihre Eltern im nächsten Moment umarmten.

»Ich an Ihrer Stelle hätte nicht so einfach klein beigegeben. Ihr Kleid war so schön!«, sagte Mary, kaum dass der Vater den Raum verlassen hatte. »Also, wenn ich erwachsen bin, dann –«

Alexandra unterbrach sie lachend. »*Das*, mein liebes Kind, wollen wir uns lieber gar nicht vorstellen!« Sie machte eine wegwerfende Handbewegung. »Was soll's, ein dummes Kleid ist doch keinen Streit wert. Und wenn's euren Vater glücklich macht …«

Olly erwiderte das Lächeln ihrer Mutter. Dann erinnerte sie sich an ihr Anliegen.

»Mutter, was ich Sie fragen wollte: Wäre es möglich, für Mischa, den Bootsjungen, eine Brille besorgen zu lassen? Ich glaube, er sieht ziemlich schlecht. Und –«

»Olly, nicht.« Charlotte zupfte sie am Ärmel, doch Olly ignorierte die Gouvernante.

»Immerhin hat Mischa Kosty das Leben gerettet, da wäre eine Mildtätigkeit ihm gegenüber doch angebracht und – aua!«, rief sie, als Charlotte sie in den Arm zwickte. »Was ist denn?« Wütend funkelte Olly die Dänin an. Da hatte sie sich endlich ein Herz gefasst, und nun das!

In Charlottes hellblauen Augen mischten sich Entsetzen, Scham und Schuld.

»Der Bootsjunge ist tot, Olly. Er ist gestorben, während du krank warst. Anscheinend war es eine Lungenentzündung. Hätte seine Mutter den Arzt geholt, wäre er vielleicht noch am Leben, aber dafür hatte die Familie wohl kein Geld.«

5. KAPITEL

Im Herbst 1834 reisten die Zarin und ihre älteste Tochter nach Berlin ab – die sechzehnjährige Mary sollte in die Gesellschaft eingeführt werden.

Eigentlich hatte Olly geglaubt, dass sie Mary, vor allem aber ihre Mutter, schrecklich vermissen würde. Stattdessen genoss sie die Ruhe, die einkehrte, kaum dass Mary weg war.

Charlotte Dunker schien es nicht anders zu ergehen – nun, da Mary sie nicht mehr provozierte, war sie entspannt und fröhlicher als sonst.

Gemeinsam mit Adini und Mrs Brown machten sie lange Spaziergänge, auf denen sie sangen und kindisch umherhüpften – zumindest hätte Mary ihre Bewegungsfreude so genannt. Manchmal schlossen sich auch Kosty und sein Kindermädchen an, was ungewöhnlich war, da die Frauen normalerweise ihre Zöglinge eifersüchtig bewachten und abschirmten. Aber in diesem Winter erlaubte Mrs Brown Adini sogar, Charlottes abendlicher Bibelstunde beizuwohnen. Dabei entwickelten die Schwestern eine Art Spiel, bei dem täglich eine von ihnen blind die Bibel aufschlug. Mit Charlottes Hilfe versuchten sie dann voller Begeisterung, die jeweilige Stelle zu deuten. Mary hätte sie gewiss langweilige Betschwestern geheißen.

An manchen Abenden fand Olly Trost in der Heiligen Schrift, dann schlief sie traumlos und tief. In anderen Nächten wachte sie schweißnass vor Angst auf, weil schwarze Hengste durch ihre Träume galoppierten. Schlimmer noch war es, wenn sie hinter daumendicken Brillengläsern Mischas tote Augen sah.

Mischa, der nur aus einem Grund hatte sterben müssen: weil seine Familie zu arm war, um sich einen Arzt leisten zu können. Der Gedanke, dass einer der Ärzte, die sich scharenweise um ihr eigenes Krankenbett versammelt hatten, dem Bootsjungen wahrscheinlich hätte helfen können, brach Ollys Herz. Mehrmals versuchte sie mit Charlotte und Adini über Mischas Tod zu sprechen, aber weder ihre Schwester noch die Gouvernante erkannten die himmelschreiende Ungerechtigkeit in dieser Angelegenheit. Und sie verstanden Ollys tiefen Groll nicht. »Das ist der Lauf der Dinge«, sagte Adini nur. Und Charlotte meinte, dass man am besten gar nicht anfing, über solche Dinge nachzudenken, weil man eh nichts daran ändern könne. Olly war sich da nicht so sicher. Der Lauf der Dinge? Lag es nicht an ihnen, diesen aufzuhalten? Oder in andere Bahnen zu lenken? War dies nicht sogar ihre von Gott auferlegte Pflicht? Immerhin waren sie die Romanows. Je länger sie über solche Fragen nachdachte, desto größer wurde ihr Wunsch, etwas für arme und bedürftige Menschen tun zu können. Dass ihr ausgerechnet die Abwesenheit ihrer Mutter eine Chance dazu bieten würde, hätte sie allerdings nicht gedacht. Es war eine Bemerkung von Charlotte, eher nebensächlich hervorgebracht, die den Stein ins Rollen brachte.

»Dieses Jahr scheint der Winter die armen Menschen besonders hart zu treffen. Überall lungern sie herum und betteln. Was für ein Jammer, dass die Zarin nicht hier ist, um wie jedes Jahr die Armen an Weihnachten zu beschenken«, sagte die Gouvernante zu Olly bei ihrer Rückkehr von einem Teehausbesuch. Im ersten Moment reagierte Olly nicht darauf, doch als sie am Abend im Bett lag, ging ihr Charlottes Bemerkung wieder durch den Sinn. Musste die »Armenweihnacht«, wie ihre Mutter ihr alljährliches Ritual nannte, zwingend ausfallen? Was wäre, wenn *sie* anstelle der Zarin die Armenhäuser der Stadt besuchte? Sie würde Decken, Kleider und Süßigkeiten an die Bedürftigen verteilen und somit die größte Not lindern. Ein wenig den Lauf der Dinge ändern. Vielleicht würde Adini mitkommen?

Mehrere Briefe wanderten zwischen St. Petersburg und Berlin hin und her, dann bekam Olly endlich die Erlaubnis, zum Weihnachtsfest Anfang des Jahres 1835 an die Stelle ihrer Mutter treten zu dürfen. Gemeinsam mit Charlotte, Adini und Mrs Brown machte sie sich auf den Weg, wie sonst die Mutter hatten auch sie warme Kleidung, Lebensmittel und Spielzeug für die Kinder dabei.

Bei den Schwestern hinterließ der Ausflug in die schlecht geheizten, stinkenden und hoffnungslos überfüllten Armenhäuser großen Eindruck. Dass es so viele Arme gab, hätten sie nicht gedacht. Woher kamen sie nur? Und wie hoffnungslos die Menschen dreinschauten! Schlimmer noch waren allerdings die, die gar nicht mehr sehen konnten, sondern blind waren. Oder verkrüppelt. Manch einer war nicht älter als Olly oder Adini selbst. Während Olly an die ausgezehrten Kinder mit den hageren, viel zu großen Schädeln Holzpferdchen und Puppen verteilte, fragte sie sich stumm, ob ein paar Säcke Kartoffeln mehr nicht hilfreicher gewesen wären. Doch dann sah sie die ehrfürchtigen Blicke, mit denen die Kinder ihre Spielzeuge bedachten – die meisten von ihnen hatten noch nie in ihrem Leben eine Puppe besessen.

Die erschütterte Adini war froh, dass ihre Mutter im nächsten Jahr die Armenweihnacht wieder selbst übernehmen würde, sie hatte nicht vor, nochmals mitzugehen! Olly hingegen durchforstete ihren Kleiderschrank nach Stücken, die sie bei nächster Gelegenheit an Bedürftige weitergeben konnte.

Bei Tisch langte sie weniger herzhaft zu als bisher, gerade so, als habe sie angesichts der dargebotenen Köstlichkeiten ein schlechtes Gewissen, nun da sie wusste, wie mager die Tafel anderswo gedeckt war. Und allabendlich schloss sie nun die Armen in ihr Gebet ein, woraufhin das Beten doppelt so lange dauerte wie bisher.

Die Zeit ohne Mutter und Schwester verging schneller, als alle Beteiligten geglaubt hatten. Fast über Nacht brach das Frühjahr an und bescherte den St. Petersburgern mit der Eisschmelze der Kanäle auch das leidige Hochwasser. Noch als sich entlang der Straßen Berge von Sandsäcken türmten und einige Stadtteile überflutet waren, kehrten die Zarin und ihre Tochter nach St. Petersburg zurück.

Freudengeheul schallte durch die langen Gänge des Winterpalastes, als Alexandra ihre Kinder in die Arme schloss.

Mary bezog kurz darauf eine eigene kleine Wohnung im Palast – unmöglich konnte sie nun, da sie allabendlich an Gesellschaften teilhaben würde, weiterhin in den Kinderzimmern wohnen!

Olly und Adini bewunderten Marys neue Räume und die Unmengen von Hüten und Kleidern, die sie aus Berlin mitgebracht hatte. Geduldig hörten sie sich Marys Geschichten von Leuten an, die sie nicht kannten, und von Theateraufführungen, von denen sie noch nie gehört hatten. Wollten jedoch sie selbst etwas erzählen, tat Mary gelangweilt oder blätterte in ihrem Kalender, als habe sie Angst, eine wichtige Verabredung zu verpassen.

Adini hatte dafür volles Verständnis – ihre Erlebnisse während des Winters waren nun einmal bei weitem nicht so aufregend gewesen wie die der großen Schwester, da war es doch kein Wunder, dass sich Mary langweilte. Umso geschmeichelter fühlte sie sich, dass die erwachsen gewordene Schwester ihr überhaupt so viel Aufmerksamkeit widmete. Sie konnte nicht genug bekommen von Marys Schilderungen der großen Festlichkeiten, der Musik, den prachtvollen Roben.

Auch andere Zuhörer zog Mary mit ihrer lebhaften Art in den Bann. Ganz gleich, in welcher Gesellschaft sie erschien – sie war der gefeierte Mittelpunkt.

Olly fühlte sich neben Mary noch unscheinbarer als früher und mit ihren Geschichten konnte sie nicht viel anfangen. Vieles davon kam ihr banal und langweilig vor.

In die Gesellschaft eingeführt werden – ein paar Jahre zuvor hatte Olly in ihrer kindlichen Naivität noch geglaubt, dass man dabei ganz unterschiedliche Leute kennenlernen durfte: Ärzte und Fleischer, Wäscherinnen und Schneider, Mönche und all die anderen Menschen, die eine Gesellschaft ausmachten. Wo und wie lebten diese Menschen? Was taten sie den lieben langen Tag über? Was waren ihre Lieblingsspeisen? Inzwischen wusste Olly nicht nur aus Marys

Erzählungen, dass man unter »in die Gesellschaft eingeführt werden« etwas ganz anderes verstand, nämlich eine Aneinanderreihung von Festen, Bällen und endlosem Geplauder. Wenn sie daran dachte, dass ihr in ein, zwei Jahren dasselbe bevorstand, graute ihr schon jetzt.

»Mary ging der schöne Schein eben schon immer über alles«, sagte Charlotte, als Olly bemerkte, sie könne die ganzen Berliner Geschichten nicht mehr hören. »Tiefe wirst du bei ihr vergeblich suchen. Vielleicht fällt dir das nur auf, weil *du* dich verändert hast?«

Olly hatte darauf keine Antwort.

Manche Dinge waren allerdings beim Alten geblieben: Gleich am ersten Tag gerieten Mary und Charlotte aneinander, als Mary von ihren unzähligen Berliner Verehrern schwärmte und mit einem Blick auf die Gouvernante hinzufügte, wie ungerecht es doch sei, dass anderen Damen nicht ein einziger vergönnt war. Charlotte hatte schon zu einer schmallippigen, scharfen Erwiderung angesetzt, als Olly dazwischenfuhr und zuckersüß fragte, wie es denn käme, dass Mary ihnen trotz all der ungezählten Verehrer noch keinen Heiratskandidaten präsentieren könne? Die ältere Schwester war daraufhin beleidigt abgerauscht, und Olly hatte aufgeatmet.

Zum Glück war Mary viel zu beschäftigt, der Petersburger Gesellschaft ihre neue Garderobe vorzuführen, als dass sie sich ernsthaft mit Ollys Gouvernante anlegen konnte.

»Ich weiß gar nicht, was Mary gegen Charlotte hat«, wunderte sich eines Tages auch Adini, der die kleinen Streitereien inzwischen ebenfalls auffielen. »Charlotte ist doch so lieb, sie ist wie eine zweite Mutter für dich.«

Olly nickte heftig. Ja, Charlotte war immer für sie da. Und daran änderte sich auch für den Rest des Jahres nichts. Doch kaum war das Jahr 1836 eingeläutet, begannen sich die Streitereien zwischen Mary und Charlotte noch zu verstärken. Olly intervenierte fast jedes Mal, doch nicht immer erfolgreich. Die Stimmung wurde zusehends angespannter.

Im Spätsommer des Jahres 1836 kam es schließlich zum Eklat.

Russische Winter sind lang, kalt und dunkel, also trachteten die Menschen danach, im Sommer und Herbst so viel Zeit wie möglich im Freien zu verbringen. Auch in der Zarenfamilie waren sich alle einig: Um die letzten Sonnenstrahlen zu genießen, gab es keinen besseren Ort als Peterhof, die idyllisch am Finnischen Meerbusen gelegene Residenz.

Als die Familie im Spätsommer des Jahres 1836 anreiste, bezog sie nicht wie sonst den großen Palast, sondern ihr nahe gelegenes Landhaus Alexander. Vor allem der Zar schätzte die einfachen Rituale, die sich rund um das Landhaus rankten: Allmorgendlich holte er höchstpersönlich – nur in seinen Soldatenrock gekleidet – die Milch vom Bauern. Beim gemeinsamen Frühstück auf dem Balkon, in den vorwitzige Zweige mit kleinen harten Äpfeln hineinwuchsen, wurde keine Konversation gemacht, sondern Zeitung gelesen.

Auch Olly und ihre Geschwister liebten das Landleben: Adini und die kleineren Brüder amüsierten sich stundenlang im großen Park von Peterhof mit den Scherzbrunnen, die einen immer dann mit Wasser bespritzten, wenn man nicht daran dachte.

Olly und Kosty hingegen waren am liebsten am Ostseeufer. Während sich Kosty aus Treibholz kleine Boote bastelte, suchte Olly nach Bernstein und hatte schon nach ein paar Tagen eine stattliche Sammlung beieinander. Es war der Beginn ihrer mit den Jahren immer umfangreicher werdenden Mineraliensammlung.

Mary und die Mutter wiederum hielten im kleinen Schlösschen Monplaisir ihre Teestunden ab und schwelgten dabei in Berliner Erinnerungen. Doch irgendwann hatte Alexandra sämtliche von Marys Geschichten oft genug gehört und widmete sich lieber wieder ihren Handarbeiten und Liebesromanen. Deshalb suchte Mary fast zwangsweise wieder die Nähe ihrer Schwestern.

»Schaut euch nur die prächtigen Getreidefelder an! Und die saftigen grünen Wiesen! Und die Apfelbäume, deren Äste schon ernteschwer nach unten hängen!« Mary machte eine so weit ausholende Handbewegung, dass die Ohren des links laufenden Kutschpferdes nervös nach hinten zuckten.

Olly, die ihr Gesicht der untergehenden Sonne entgegenhielt, lachte. »Willst du den Heimatdichtern Konkurrenz machen? Aber du hast recht, heute ist wirklich ein herrlicher Tag.«

Wie an jedem Nachmittag waren die drei Schwestern mit dem Phaeton unterwegs, einer besonders bodenläufigen Kutsche ohne Dach. Marys bevorzugtes Ziel war das Dorf Novaja Derewnja, in dem die Gardekavaliere ihres Vaters Quartier bezogen hatten. Meistens wurden sie von Julie Baranow begleitet, die entweder nicht mitbekam, wie Mary dem einen oder anderen Kavalier einen Blick zuwarf, oder ein Auge zudrückte.

An diesem Tag jedoch fühlte sich Julie unpässlich, daher begleitete Charlotte die jungen Frauen. Am liebsten hätte Olly den Ausflug in dieser Konstellation abgesagt, weil sie wieder einmal Ärger zwischen Charlotte und ihrer Schwester befürchtete, doch nun genoss sie wie alle anderen die satten Farben des Spätsommers.

Wie gut es duftete! Nach Äpfeln und Erde und feuchtem Gras.

»Ob Wassili Shukowski jemals ein Gedicht über diese Zeitspanne zwischen Sommer und Herbst geschrieben hat?«, fragte sie mit verträumtem Lächeln.

Shukowski war einst der Lehrer ihrer Mutter gewesen und nun für Saschas Bildung zuständig. Er war außerdem ein sehr bekannter Dichter, für dessen einfühlsame Verse alle drei Schwestern schwärmten.

Mary warf ihr einen anerkennenden Blick zu. »Wenn nicht, soll er etwas darüber schreiben, sofort! Russlands Schönheit kann man gar nicht oft genug in Worte fassen. Glaubt mir, nie und nimmer werde ich unser geliebtes Russland verlassen. Entweder ich heirate einen Russen, oder ich heirate gar nicht!«

Charlotte lachte. »Und wofür war dann Ihre Berlinreise gut? Da werden Ihre Eltern gewiss auch ein Wörtchen mitreden wollen.«

Mary funkelte die Gouvernante an. »Das werden wir noch sehen.« Doch gleich darauf wurde ihr Ton wieder versöhnlicher. »›Das Wichtigste im Leben ist die Liebe‹, sagt Mutter immer, da können Sie meine Liebe zu Russland nicht einfach beiseitewischen. Oh schaut nur, die ersten Graugänse, die sich für ihren Zug nach Süden fertig machen.«

Inzwischen hatten sie das Dorf erreicht. Die Kutschpferde wieherten laut, als sie im Schritttempo an den Pferden der Soldaten vorbeikamen. Überall waren Männer mit der Pflege der Tiere beschäftigt: Hier wurde ein Rappe gestriegelt, da einem Braunen neue Eisen aufgezogen. Ein paar Offiziere machten sich für einen Ausritt bereit. Alle unterbrachen ihre Tätigkeiten, als der kaiserliche Phaeton vorüberfuhr, um zu salutieren.

»Müssen Sie in so übertriebener Weise grüßen?«, tadelte Charlotte Mary, die jeden Gruß winkend erwiderte.

Mary kicherte. »Warum nicht? Wer weiß, womöglich befindet sich unter den Herren schon der eine oder andere Heiratskandidat? Sagt man nicht, das Gute läge meist besonders nah?«

»Deshalb will sie, dass wir jeden Tag diese Strecke fahren«, raunte Adini Olly grinsend zu.

»Maria Nikolajewna! Ich untersage es Ihnen, mit den kaiserlichen Offizieren in Blickkontakt zu treten. Ein solches Benehmen ist vielleicht einer gewöhnlichen Dirne würdig, aber nicht einer Großfürstin. Madame Baranow mag solches Verhalten tolerieren, ich jedoch nicht!«

Wie von der Tarantel gestochen fuhr Mary herum. »Wie haben Sie mich gerade genannt – eine gewöhnliche Dirne?«

»Sie haben mich sehr wohl verstanden«, fuhr Charlotte fort. »Von wegen Naturbeobachtungen! Den Burschen wollten Sie hinterherschauen.«

»Ha, das ist wohl etwas, was Sie alte Jungfer noch nie in Ihrem Leben getan haben!«, spie Mary aus. »Sie …«

Vergeblich versuchte Olly, auf die beiden Streithennen einzuwirken. Weitere böse Worte fielen. Als die Kutsche vor dem Landhaus vorfuhr, hatte der Tag für alle vier jegliche Spätsommersüße und Farbigkeit verloren, keine sprach auch nur ein Wort.

Die vier Räder der Kutsche waren gerade zum Stillstand gekommen, da rauschte Mary auch schon davon.

Mit hängendem Kopf ging Olly ins Haus. Dieses Mal hatte Charlotte den Bogen überspannt. Nie und nimmer würde Mary den peinlichen Vergleich mit einer Dirne auf sich sitzen lassen.

Als Charlotte Dunker am nächsten Morgen nicht zum Frühstück kam, dachte sich Olly nichts weiter dabei: Bestimmt war die Gouvernante von Alexandra gerügt worden und schmollte nun. Olly beschloss, nach den ersten Unterrichtsstunden ein paar Blumen zu pflücken – darüber freute sich die Dänin immer.

Doch dann dauerte der Versuch, den ihr Chemielehrer Lenz zusammen mit seinem Assistenten durchführte – es ging um die elektrische Telegraphie – fast doppelt so lange wie vorgesehen. Während die Kinder ihr Staunen nicht in Worte fassen konnten, lief der Russischlehrer schon ungeduldig vor der Tür auf und ab. Der Unterricht ging ohne Pause weiter.

Sofort danach klopfte Olly an Charlottes Zimmertür. Als sie ein leises Rascheln vernahm, presste sie ihr Ohr an die Tür und rief mehrmals Charlottes Namen – nichts rührte sich.

Auch beim Mittagessen fehlte die Gouvernante. Die Art, wie Mary betont gleichgültig dreinschaute, als Olly nach Charlotte fragte, gefiel Olly gar nicht. Genauso wenig wie die kurz angebundene Antwort ihrer Mutter: Die Gouvernante wäre derzeit nicht zu sprechen.

Plötzlich hatte Olly das Gefühl, die Luft im Speisezimmer sei mit etwas Unheilvollem erfüllt. Und dieses Etwas schnürte ihre Kehle zu und verdarb ihr den Appetit. Zu gern hätte sie mit ihrem Vater gesprochen – von ihm hätte sie sicher die Wahrheit erfahren. Doch er litt unter Kopfschmerzen, niemand durfte ihn stören.

Unruhig machte sich Olly auf den Weg ins Studierzimmer. Die Klinke schon in der Hand, kehrte sie auf der Stelle um, rannte durch die Flure, trommelte an Charlottes Zimmertür, rüttelte am Türgriff – und fiel fast kopfüber in den Raum.

Die Tür war nicht verschlossen gewesen.

»Charlotte …?«

Ollys Blick fiel auf den Toilettentisch. Charlottes Bürste, ihre Puderdose, ihre anderen Utensilien – alles fort. Die Umrisse waren in der dünnen Staubschicht, die das Nussbaumholz bedeckte, noch sichtbar.

»Charlotte?«

Charlottes Stiche aus ihrer dänischen Heimat – fort.

Ihre Schreibutensilien – fort.

Nein. Das konnte nicht sein!

Noch hing der Hauch von Charlottes Parfüm im Raum. Hatte sie die Nacht in einem der kleinen Gästehäuser verbracht? War ihre Aversion gegenüber Mary so groß, dass sie nicht mehr mit ihr unter einem Dach schlafen wollte? Hatte ihre Mutter *das* gemeint, als sie sagte, die Gouvernante wäre derzeit nicht zu sprechen?

Zaghaft machte Olly einen Schritt auf den Birnenholzschrank zu. Ihre Hand zitterte, als sie nach dem kunstvoll geschmiedeten Schlüssel griff, an dem eine weinrote Quaste baumelte.

Der Schrank war leer.

»Olly, liebste Olly, es tut mir leid. Dass Charlotte ihre Stellung verliert, wollte ich nicht, das musst du mir glauben! Ich hätte doch nicht gedacht, dass Mutter und Vater ...«

Flehentlich schaute Mary die Schwester an, doch Olly dachte nicht daran, sie zu erlösen.

Du denkst ja nie im Voraus über die Folgen deines Tuns nach, lag es ihr auf der Zunge zu sagen. *Und wir anderen können dann die Suppe auslöffeln, die du uns eingebrockt hast!* Stattdessen blätterte sie demonstrativ eine Seite in ihrem Geschichtsbuch um. »Vielleicht hast du Zeit für sinnlose Gespräche, ich habe keine«, sagte sie kühl. »Es könnte allerdings nicht schaden, wenn du deine Nase öfter einmal in Bücher und nicht in die Angelegenheiten anderer Leute stecken würdest.« Bald würde sie Mary in ihren Studien eingeholt haben, frohlockte sie stumm. Von wegen drei Jahre Vorsprung!

Irritiert schaute Mary sie an. »Ich soll meine Nase in die Bücher stecken? Was soll denn das jetzt?«

Olly seufzte so geziert wie möglich. »Charlotte hatte schon recht, als sie behauptete, du wärst ein wenig schwer von Begriff ...« Während sie sprach, ruhte ihr Blick auf der älteren Schwester, die wie immer der neuesten Mode entsprechend gekleidet und perfekt frisiert war – ein Aufwand, der allmorgendlich Stunde um Stunde in Anspruch nahm. Wenn Mary nur halb so viel Zeit darauf verwenden würde, an andere Menschen zu denken!

Bisher hatte Olly ihre Schwester für deren selbstbewusstes Auftreten und ihre Eleganz stets bewundert, vielleicht sogar ein wenig darum beneidet. Die vielen Verehrer. Vaters stolzer Blick, wenn Mary den Raum betrat. Und wenn schon, dachte Olly abfällig bei sich. Lieber war sie eine graue Maus als eine hübsche Verpackung ohne sinnvollen Inhalt. Wie Mary wollte sie jedenfalls nie werden!

»Olly, liebes Küken, möchtest du heute bei mir schlafen? Ich lasse uns heißen Kakao bringen und erkläre dir nochmals in aller Ruhe, warum Charlotte hat gehen müssen.«

Heißer Kakao bei der Mama im Bett! Fast wurde Olly schwach. »Sie brauchen mir nichts erklären«, sagte sie tapfer und ging aus dem Zimmer. Das kleine Windspiel mit dem seidigen Fell, das die Mutter ihr geschenkt hatte, trabte hinter seiner unglücklichen Besitzerin her.

Ein eigener Hund – das war immer Ollys Traum gewesen. Nicht wie die Jagdhunde, die in den Zwingern untergebracht waren und die man nur unter Aufsicht streicheln durfte.

Bisher hatten die Eltern davon nichts hören wollen – am Ende wollte jedes Kind seinen eigenen Vierbeiner, man stelle sich diesen Trubel nur einmal vor!

Ich weiß genau, warum Sie mir gerade jetzt meinen Herzenswunsch erfüllen!, hätte Olly der Mutter am liebsten entgegengeschrien, als die mit dem Körbchen samt Hund darin ankam. *Weil Sie ein schlechtes Gewissen haben!*

Sie nannte den Hund »Grand Folie« – große Dummheit. Das Tier sollte jeden an die Übeltat erinnern, die an Charlotte und ihr begangen worden war.

Als die Familie am Ende der Sommersaison von Peterhof zurück in die Stadt umsiedelte, konnte sich Olly ein Leben ohne den Hund allerdings schon nicht mehr vorstellen. Nun war *er* derjenige, dem sie alles erzählte. Nun begleitete *er* sie auf Schritt und Tritt. Allabendlich schmiegte sie sich an ihn und genoss die Wärme, die von dem stets etwas zitternden Hundekörper ausging. Doch weder der Hund noch die beginnende Wintersaison in St. Petersburg erreichten, dass Olly bald über den Verlust ihrer ältesten Freundin hinwegkam.

Bekümmert schaute Olly die Schwester an, die mal wieder mit einer Erkältung das Krankenbett hüten musste.

»Was machst du nur für Dinge? Manchmal habe ich das Gefühl, all die Gewaltmärsche, die Mrs Brown mit dir unternimmt, schaden dir eher, als dass sie dich abhärten. Erinnerst du dich, Charlotte hat diese Vermutung auch einmal geäußert, Mrs Brown war deswegen fuchsteufelswild. Und wir haben Charlotte ausgelacht ...« Wie so oft in letzter Zeit schossen Olly die Tränen in die Augen.

»Olly, nicht! Wenn du weinst, muss ich auch weinen. Und dann bekomme ich keine Luft«, röchelte Adini. Mit Ollys Hilfe setzte sie sich ein wenig im Bett auf. Sogleich sprang Grand Folie zu ihr auf die Decke und leckte ihr übers Gesicht. Die Schwestern lachten unter Tränen.

»Diese neue Gouvernante, Madame Doudine, wie ist sie denn so? Erzählt sie etwa gruselige Geschichten aus ihrer Zeit als Vorsteherin des Petersburger Waisenhauses? Werden die Kinder dort wirklich mit Ketten angebunden? Und bekommen sie nur trockenes Brot zu essen?«

Olly winkte ab. »Gar nichts erzählt sie. Madame Doudine traut sich doch kaum, den Mund aufzumachen, aus lauter Angst, ein falsches Wort zu sagen.« Sie konnte nichts gegen den abfälligen Ton in ihrer Stimme tun. »Ständig fragt sie mich, ob sich dieses ziemt und jenes, gerade so, als ob *ich ihre* Gouvernante wäre! Sie ist mit unseren Gepflogenheiten so gar nicht vertraut. Julie Baranow und Mrs Brown lachen hinter ihrem Rücken auch schon über sie. Diese Kuh wird meiner geliebten Charlotte nie das Wasser reichen können.« Olly sprang so rasch vom Bett auf, dass das kleine Windspiel erschrocken zusammenzuckte.

»Dass Mary Charlotte davongejagt hat, werde ich ihr nie verzeihen«, sagte sie und rannte aus dem Zimmer.

6. KAPITEL

»Gibt es etwas Schöneres als unser St. Petersburg im ersten Schnee?«, sagte Alexandra Feodorowna zu ihrem Mann, als sie auf dem Weg in die Oper waren. Eine Hand unter Nikolaus' Ellenbogen gesteckt, schaute sie gedankenverloren aus dem Fenster des Pferdeschlittens.

Vor einer Woche hatte es zum ersten Mal geschneit, noch war das Weiß auf den Dächern der Paläste, auf den Straßen, Brücken und Kanalmauern jungfräulich rein, und selbst die goldene Kuppel der Isaakskathedrale wies ein weißes Hütchen auf.

Alexandra liebte diese ersten Wintertage, in denen die Kutschen endgültig eingemottet wurden und auf Hochglanz polierte Schlitten deren Stelle einnahmen.

Schon jetzt war es deutlich spürbar: Der Rhythmus der Stadt wurde gemächlicher, ihre Geräusche gedämpfter, gerade so, als wolle nichts die weiße Jungfräulichkeit erschrecken. Das Klacken der Pferdehufe war leiser als sonst, das Wasser in den Kanälen floss langsamer, hier und da waren schon einzelne Eisschollen zu sehen. Wenn die Kanäle gänzlich zugefroren waren, kamen die Brückenmeister zum Einsatz: Sie würden die Brücken abbauen und bis zum Eisgang in riesigen Hallen lagern, denn im Winter konnten die Menschen zu Fuß über die vereiste Newa oder die Fontanka von einem Ufer zum anderen gelangen. Die Ruderboote, die in der warmen Jahreszeit Fußgänger dort übersetzten, wo es keine Brücken gab, wurden ebenfalls eingelagert, und die St. Petersburger sparten die Kopeke fürs Übersetzen.

Überall an den Ufern würden Männer mit großen Pickeln und Sägen damit beschäftigt sein, ellenlange Stücke Eis aus der Newa zu schneiden. Die Schlitten, die für den Abtransport der Eisquader in die Paläste bereitstanden, würden die Straßen und Kanäle verstopfen. Das Eis aus der Newa wies Schattierungen von Aquamarin bis zu einem zarten Grün auf.

Genießerisch hob die Zarin die Nase und atmete den Duft nach Honig und Zimt ein, der seit wenigen Tagen die Straßen erfüllte und der von dem heißen süßen Getränk herrührte, das die Sbitenverkäufer mit ihren dick in Tücher eingewickelten Samowaren an jeder Straßenecke verkauften.

Einen Moment lang war Alexandra versucht, ihren Mann zu bitten, den Schlitten anhalten und sich einen Becher des würzigen Tranks geben zu lassen – der Duft erinnerte sie so sehr an den Glühwein aus ihrer Kindheit! Doch sofort verwarf sie diesen Gedanken wieder. Nikolaus befürchtete bestimmt, bei einem solch ungeplanten Zwischenhalt Wegelagerern oder Aufrührern in die Hände zu fallen. Mit einem stummen Seufzen wandte Alexandra ihren Blick in die andere Richtung.

In diesen ersten Wintertagen hatte die kalte Jahreszeit noch ihren verheißungsvollen Charme, man freute sich auf die vielen Monate voller Festlichkeiten, die vor einem lagen.

Man freute sich an der Wintergarderobe, die so viel aufwendiger war als die des Sommers, die mehr Putz erlaubte, schwere Stoffe und enggeschnürte Stiefelchen.

Man freute sich auch noch an den Pelzen, die einen – frisch aufgebürstet und nach Lavendel duftend – umhüllten und warm hielten.

Es hätte ein wundervoller Winter werden können …

Dieses Mal war Alexandras Seufzen so laut, dass es ihr einen Seitenblick von Nikolaus eintrug.

»Ist etwas, meine Liebe?«

»Ach, eigentlich ist nichts«, winkte sie ab und bewunderte im Schein der Laternen die funkelnden Diamanten an ihrer rechten

Hand. »Bestimmt sagst du gleich, ich soll mir meinen hübschen Kopf nicht zerbrechen. Aber es geht um Olly! Seit Charlotte Dunkers Abschied sind Wochen vergangen, und sie lässt immer noch nicht mit sich reden. Nikolaus, ich befürchte, wir haben einen Fehler gemacht.«

Der Zar legte einen Arm um seine Frau. »Ich bin froh, die Frau los zu sein. Schau dir doch an, was sie aus Olly gemacht hat: eine langweilige, sauertöpfische Betschwester!«

»Nikolaus ...« Alexandra nickte mahnend in Richtung des Kutschbockes. Heutzutage wusste man nie, wer wo seine Ohren hatte. Es wäre nicht das erste Mal, dass eine harmlose private Bemerkung des Zaren später aufgebauscht und verfälscht wiedergegeben wurde.

»Erinnere dich nur an das Diner letzte Woche bei Orlow. Olly hat kaum ein Wort herausgebracht, ich hätte sie schütteln mögen ob ihrer Verstocktheit! Und wie mürrisch sie immer dreinschaut – das ist doch nicht normal. Sie könnte sich ruhig ein Beispiel an Mary nehmen, die weiß mit ihrem Charme jede Tischrunde zu verzaubern.« Beim Namen seiner ältesten Tochter leuchtete das Gesicht des Zaren auf.

Alexandra fuhr fort. »Je zauberhafter Mary wird, desto mehr steht Olly in ihrem Schatten. Manchmal frage ich mich, ob es nicht das Beste wäre, sie eine Zeitlang wegzuschicken. Nach Berlin zu meinem Bruder zum Beispiel, dort stünde dann endlich einmal *sie* im Mittelpunkt.«

»Die Tochter des russischen Zaren und eine preußische Erziehung? Nein, meine Liebe, da wird uns wohl etwas anderes einfallen müssen.« Er warf ihr einen finsteren Blick zu.

Hätte sie bloß nicht von Olly angefangen, ärgerte sich Alexandra, sie wusste doch, wie sich Nikolaus in etwas hineinsteigern konnte. Bestimmt würde es den ganzen Abend über kein anderes Thema mehr für ihn geben. Und sie hatte sich so auf den bevorstehenden Theaterabend gefreut ...

»Unsere kleine Olly ist eben ein stilles Mädchen, damit müssen wir uns wohl abfinden«, sagte sie leichthin.

»Wenn ich mich mit allem abfinden würde, wäre es elend um unser Russland bestellt. Nein, mit Olly muss dringend etwas geschehen, sonst kann ich meine Heiratspläne für sie in den Wind schreiben. Glaube mir, einen solchen Sauertopf will niemand haben, Männer schätzen das übertrieben Ernsthafte nicht. Auch eine Kaiserin sollte immer mit einer gewissen Leichtigkeit durchs Leben gehen, so wie du, meine Liebe.«

»Ach, Nikolaus«, lächelte Alexandra glücklich.

Dessen Miene verfinsterte sich allerdings noch weiter. »Charlotte Dunker war nicht gut für Olly. Madame Doudine ist es leider auch nicht. Als ich sie gestern zum Rapport zu mir rief, wurde sie vor lauter Aufregung ohnmächtig.«

Alexandra verzichtete darauf, ihn daran zu erinnern, dass es seine Idee gewesen war, Madame Doudine als Gouvernante für Olly zu engagieren. »Oje, schon wieder? Im Waisenhaus war ihr umsichtiges Regiment sehr geschätzt, doch scheinbar lassen sich ihre Fähigkeiten nicht auf die neue Aufgabe übertragen.«

»Sie muss gehen«, sagte der Zar.

Alexandra wollte gerade fragen, wer sich dann um Olly kümmern sollte, als Nikolaus sagte: »Erinnerst du dich zufällig an eine Dame namens Anna Alexejewna Okulow? Ihr Vater war eine Zeitlang der Hauptkommandeur der Hafenverwaltung.«

Die Zarin runzelte die Stirn, weil vor ihrem inneren Auge das Bild einer unscheinbaren Frau mit einer langen schmalen Narbe auf der Stirn erschien. Was hatte ihr Mann nun schon wieder vor? Warum überließ er die Auswahl des Personals für die Kinder nicht einfach der Obersthofmeisterin? Oder fragte Shukowski um Rat?

»War sie nicht eine Schülerin des Katharineninstitutes? Und war sie nicht auch einer der Lieblinge deiner Mutter? Ich habe sie nur ein oder zwei Mal getroffen, aber mir erschien sie sympathisch«, sagte sie vorsichtig.

»Ihrer Familie ist in den letzten Jahren einiges an Unglück widerfahren, angefangen mit dem Tod des Vaters, der seine Familie nicht sonderlich gut abgesichert zurückgelassen hat. Die Mutter ist krank – die Lunge, glaube ich –, es ist daher wohl allein Anna, die sich um das Landgut und um die Erziehung ihrer jüngeren Geschwister kümmert. Eine sehr patente Frau.«

Alexandra Feodorownas Mundwinkel sanken nach unten. Es gefiel ihr nicht, wenn ihr Mann derart von einem seiner Günstlinge schwärmte, erst recht nicht, wenn es sich um eine weibliche Person handelte. Wahrscheinlich war an dieser Frau gar nichts Besonderes. Was manche Leute anging, war Nikolaus' Geschmack ihrer Ansicht nach ein wenig sonderbar.

»Ich ahne, worauf du hinauswillst, mein Lieber. Aber mir scheint, die Dame hat mit ihren derzeitigen Verpflichtungen genug zu tun. Wie kommst du darauf, dass ausgerechnet sie diejenige sein könnte, die Olly Lebensfreude und Leichtigkeit vermittelt?«

Der Zar antwortete nicht.

»Weißt du, warum ich heute Abend aufbleiben darf?«, fragte Olly Mary, als sie sich dem Salon der Mutter näherten. »Bisher hat es immer geheißen, mit meinen vierzehn Jahren wäre ich für Mutters musikalische Abende noch zu jung!«

»Keine Ahnung, warum das heute anders ist«, sagte Mary und prüfte in einem der vielen Spiegel ihre Frisur. Trotz des missmutigen Untertons in ihrer Stimme schien sie recht zufrieden zu sein mit dem, was sie sah.

Olly hingegen hatte sich keine sonderliche Mühe für ihren Auftritt gegeben. Ihr braunes Samtkleid war schon zwei Jahre alt. Olly liebte es dennoch, denn der Stoff war herrlich weich und die Knöpfe aus echtem Perlmutt.

Mary schien ihre Vorliebe nicht zu teilen, denn sie sagte abfällig: »Wie du wieder herumläufst! Es wird wirklich Zeit, dass du dir ein paar neue Kleider machen lässt. Dieses Braun ist so schrecklich altmodisch, völlig untragbar! Zum Glück ist ein musikalischer Abend nichts Besonderes, sonst hätte ich mich mit dir so nicht gezeigt.« Marys Tonfall sollte wohl den einer Dame von Welt wiedergeben, die schon überall gewesen war und alles gesehen hatte.

»Mutter wird den üblichen Kreis um sich versammelt haben, es werden die üblichen Stücke gespielt werden, man wird wie üblich

Tee trinken und ein wenig Gebäck zu sich nehmen. Vielleicht wird es zur Krönung des Abends eine kleine Ohnmacht geben oder besonders süffisanten Klatsch. Das war's dann, und nach ein paar Stunden geht jeder wieder seiner Wege.«

»Du verstehst es wirklich, jemandem Appetit auf etwas zu machen.« Olly lachte. »Aber etwas Gutes hat Mutters Einladung allemal – ich bin Madame Doudine für den Abend los!«

Es war in der Tat der übliche Kreis, den die Mutter um sich versammelt hatte: vier oder fünf ihrer Hofdamen, Tante Helene, die alte Madame Pletschjew, die in früheren Jahren des Öfteren auf Olly und ihre Geschwister aufgepasst hatte, wenn die Eltern auf Reisen waren, und auch Prinzessin Lieven war da sowie die Gräfin Wielhorski mit ihren Töchtern. Die beiden verzogen sich sofort mit Mary in eine Ecke des Zimmers, um zu tuscheln.

Verloren schaute sich Olly um – alle außer ihr schienen in ein Gespräch vertieft zu sein. Wenn sie es geschickt anstellte, würde sie sich dann heimlich aus dem Saal schleichen können? Grand Folie wartete bestimmt sehnsüchtig auf sie.

»Was für ein herrlicher Saal! Wie das Kerzenlicht das Grün der Malachitverzierungen ausleuchtet! Dazu die Säulen und Pilaster aus Malachit – man hat das Gefühl, in einer verzauberten Waldlandschaft zu sein«, ertönte plötzlich eine Stimme neben Olly. »Gestatten Sie, mein Name ist Anna Alexejewna Okulow.«

Verwirrt und erleichtert zugleich ergriff Olly die ihr angebotene Hand. Jetzt stand sie wenigstens nicht mehr ganz allein herum.

»Die Gelehrten sind sich ja bis heute nicht einig darüber, ob der Malachit nun nach dem griechischen Wort ›malache‹ benannt wurde, welches sattgrün bedeutet, oder eher nach dem ebenfalls aus dem Griechischen stammenden ›malachos‹, das weich bedeutet. Was meinen Sie, Großfürstin Olga? Ich glaube mich zu erinnern, dass Ihr verehrter Herr Vater erwähnte, Sie wären eine große Liebhaberin von Mineralien.«

»Das hat mein Vater Ihnen erzählt?« Olly runzelte die Stirn.

»Hätte er das nicht dürfen? Ich erzähle es gewiss nicht weiter.«

Anna Okulow schmunzelte. »Ach, es ist ein Genuss, in diesem herrlichen Raum sein zu dürfen. Oh, bitte entschuldigen Sie mich einen Moment ...«

Olly schaute Anna Okulow dabei zu, wie sie der betagten Madame Pletschjew half, sich auf einem Fauteuil niederzulassen. Sie nutzte die Gelegenheit, den fremden Gast weiter in Augenschein zu nehmen. Anna Okulow war keine klassische Schönheit, man konnte sie nicht einmal hübsch nennen. Zwar waren ihre Gesichtszüge ebenmäßig, ihre Augen groß und der Blick klar, aber die Narbe, die sich quer über ihre Stirn zog, nahm ihrem Antlitz jegliche damenhafte Eleganz. »Sie sieht aus wie eine Piratin«, hätte Kosty bestimmt gesagt. Anna Okulows Frisur verstärkte diesen Eindruck noch. Anstelle eines Knotens oder einer komplizierten Steckfrisur trug sie eine Art Pferdeschwanz, den sie mit lauter kleinen Perlen geschmückt hatte.

Diese Frau sah so aus, als würde sie dem Leben ständig die Stirn bieten, schoss es Olly durch den Kopf, und sie verspürte einen Hauch von Hochachtung. Wer war die Fremde, die sie so offen angesprochen hatte? Wie sie Mutters Salon bewundert hatte, gerade so, als würde sie solch schöne Räume nur selten zu Gesicht bekommen!

Plötzlich hatte Olly das Gefühl, den Salon ebenfalls zum ersten Mal bewusst wahrzunehmen: die sattgrünen Edelsteinschalen, in denen weiße Rosenblüten schwammen, die Tischplatten aus Lapislazuli, auf denen vergoldete Tischaufsätze und Prunkuhren standen, das Kerzenlicht, das sich in den handgeschliffenen Kronleuchtern spiegelte.

Auf dem großen Tisch in der Ecke blubberte der silberne Samowar, ein paar Karaffen mit Likör standen bereit und auch Champagner für diejenigen, die durstige Kehlen hatten. Dazu kleine silberne Schalen mit Gebäck, getrockneten Früchten und anderem Naschwerk. Alles wirkte sehr einladend.

Anna Okulow hatte recht: Es war wirklich ein purer Genuss, in diesem Raum sein zu dürfen, und ganz und gar nicht gewöhnlich, wie Mary behauptet hatte.

Genau das wollte sie Anna Okulow sagen, als zwei Hofdamen ihrer Mutter angeflattert kamen und den fremden Gast in Beschlag nahmen.

Olly stand eifersüchtig daneben. Sich an dem Gespräch zu beteiligen traute sie sich nicht.

Was die Musik anging, hatte Alexandra Feodorowna sich etwas Besonderes ausgedacht: Ein französischer und überaus gutaussehender Gitarrist namens Napoleon Coste sollte ihre Gäste mit seinem Spiel erfreuen.

Und das tat er auch: Virtuos griff er in die Saiten, begann jedes Stück in langsamem Tempo, nur um kurz darauf rhythmisch exakt in ein höheres Tempo zu wechseln. Die Augen die meiste Zeit geschlossen, die Stirn in höchster Konzentration in Falten gelegt, die etwas zu langen Haare immer wieder aus dem Gesicht werfend, entlockte Coste seiner Gitarre neue, ungewohnte Töne.

Gebannt sah Olly zu, wie seine Finger mit größter Lockerheit über die Saiten des Instrumentes glitten. Glaubte Olly einen Walzer herauszuhören, verwandelte Coste das Stück schon in den nächsten Takten in etwas gänzlich anderes. Hatte Olly die Anfänge eines Menuettes oder Rondos erkannt, improvisierte der Gitarrist und machte sich das jeweilige Stück auf völlig andere Weise zu eigen.

Napoleon Coste hatte schon eine gute halbe Stunde gespielt, als Olly sah, dass sein Instrument anstelle der üblichen sechs Saiten sieben hatte – war dies der Grund für die ungewöhnlichen Klänge? Und wenn schon, wen kümmerte eine zusätzliche Saite, wenn das Ohr und das Herz vor Wonne Sprünge machten! Olly lehnte sich auf ihrem Stuhl zurück und ließ sich von der Musik umschmeicheln, einlullen, in entfernte Länder und Kulturen entführen …

»Ganz nett, was der junge Mann uns da abgeliefert hat – wenn Sie mir bitte den Zucker reichen?«

»Ein bisschen zu ungewöhnlich, finden Sie nicht?«

»Ungewöhnlich? Beileibe nicht, bei meinem letzten Besuch in London habe ich …«

»Sagen Sie, haben Sie auch schon von der neuen Ballerina gehört, die ...«

»Das Bolschoi-Theater soll nächste Woche ...«

Champagnerkelche klirrten, der Samowar blubberte, die Schälchen mit Gebäck wurden herumgereicht. Alle schienen froh, sich nach dem musikalischen Vortrag wieder unterhalten zu können – Coste war schon beinahe vergessen.

Olly hingegen war immer noch wie benommen, sie wollte weder essen noch trinken. Gedankenverloren lutschte sie lediglich an einem Stück Zucker.

»Gestatten Sie, liebe Großfürstin?« Mit einem Lächeln setzte sich Anna Okulow neben Olly aufs Sofa. »So etwas Wundervolles habe ich schon lange nicht mehr gehört – eigentlich noch nie in meinem Leben! Ich glaube, dieser Abend wird noch lange in mir nachklingen.«

»Mir geht es genauso«, sagte Olly verwundert. »Ich habe das Gefühl, als ob ich Costes Spiel entweihen würde, wenn ich zu früh an etwas anderes denke.« Sie spürte, wie ihr die Röte in die Wangen schoss. Es kam selten vor, dass sie vertraut mit einer Fremden plauderte.

Anna Okulow lachte. »Das kann ich gut verstehen. Vielleicht liegt es daran, dass wir zwei eher selten in den Genuss solcher Kunst kommen? Sie, weil Sie zu jung dafür sind. Und ich, weil ich zu arm dafür bin. Für die meisten Gäste hier sind Oper, Theater, das Ballett und Konzerte etwas Alltägliches, da erscheint einem das einzelne Erlebnis als nichts Besonderes mehr.«

Olly war sprachlos – dass sich jemand als arm bezeichnete, hatte sie noch nie erlebt!

Mit einem Lächeln erhob Anna Okulow ihr Glas in Richtung Napoleon Coste. »Auf den Künstler!«

Olly folgte ihrem Blick und sah, dass Mary ihm gerade Champagner und Gebäck brachte und ihn gleich darauf in ein anregendes Gespräch verwickelte. »Das ist wieder einmal typisch für meine Schwester«, platzte sie heraus.

»Großfürstin Maria scheint das Parlieren zu liegen«, konstatierte Anna. Ohne weiter auf Mary einzugehen, fuhr sie fort: »Eigentlich hätte Napoleon Coste wie sein Vater eine militärische Laufbahn einschlagen sollen. Aber dann wurde er schwer krank, was den Plänen des Vaters einen Strich durch die Rechnung machte.«

»Dieser zarte Mann ein Offizier oder General? Schwer vorstellbar.« Olly musste sich zwingen, nicht zu auffällig zu Coste hinüberzustarren.

»Ihr verehrter Herr Vater hat mir von Napoleon Costes Hintergrund erzählt. Er verstieg sich sogar zu der Aussage, zwischen dem Herrn und mir gewisse Parallelen zu erkennen. Wir müssten beide damit zurechtkommen, dass unser Leben gänzlich anders aussieht als das Leben, das uns eigentlich qua Geburt zugestanden hätte. Ihr Herr Vater meinte, dass er diese Gabe in einem Menschen sehr schätze.« Anna Okulow zwinkerte Olly lächelnd zu. »Er hätte mir nicht schmeicheln müssen, ich wäre auch so heute Abend gekommen.«

Ihr Vater hatte Anna Okulow eingeladen? Zu Mutters Abend? Das war ja interessant! »Was hätte Ihnen denn von Geburt an zugestanden?«, platzte sie heraus.

Anna Okulow nahm ein Stück Konfekt und schaute es genießerisch von allen Seiten an.

»Aufgrund meiner Erziehung und Ausbildung hätte ich eigentlich die perfekte Ehefrau für einen Fürsten abgeben sollen. Aber dann hatte ich diesen Unfall ...« Sie zeigte auf ihre Stirnnarbe. »Dann starb mein Vater überraschend, und wir mussten feststellen, dass sich unser gesamtes Vermögen über Nacht in nichts aufgelöst hatte.« In einer kleinen bedauernden Geste, die jeglicher Dramatik entbehrte, hob sie die Hände. »Als Mädchen ohne Mitgift war ich über Nacht uninteressant geworden. Dass mich jemand meiner Schönheit wegen nehmen würde – dieser Hoffnung gab ich mich nicht hin, ein paar Spiegel gibt es selbst in unserem Haus noch. Was blieb mir also anderes übrig, als dafür zu sorgen, dass wenigstens aus meinen Geschwistern etwas wurde. Und dass unser Landgut nicht auch noch verlorenging. Beides ist mir gelungen.« Sie zerbiss ihr Konfekt mit sichtlichem Genuss und bot dann lächelnd Olly die Schale an. »Wollen Sie nicht auch?«

Olly war so perplex, dass sie das Erstbeste – eine Honigdattel – nahm, obwohl sie Honigdatteln hasste. Wie konnte die Frau derart offen und klaglos von ihrem schweren Schicksal berichten? Jede andere hätte alles getan, um ihre Notlage zu verschleiern.

»Jetzt schauen Sie nicht betroffen, liebe Großfürstin«, sagte Anna fröhlich. »Mein Leben ist bei weitem nicht so schlimm, wie es sich anhören mag. Ich habe liebe Freunde wie Madame Pletschjew und andere, die nie zulassen würden, dass meiner Familie größerer Schaden zugefügt wird. Außerdem – der liebe Gott wird schon wissen, was gut für mich ist. Ich nehme das Leben einfach, wie es kommt.«

Olly nickte heftig. »Das nenne ich wahres Gottvertrauen.«

Anna Okulow nahm Ollys Hand und drückte sie sanft. »Ich freue mich, dass Sie das ebenfalls so sehen, liebe Großfürstin. Denn wissen Sie, der liebe Gott und Ihr sehr verehrter Herr Vater haben bestimmt, dass Sie und ich, also … Dass wir fortan viel Zeit miteinander verbringen werden.«

»Sie sollen meine neue Gouvernante werden?« Olly fiel die Honigdattel aus der Hand. »Und was ist mit Madame Doudine?«

»Soviel ich weiß, wird sie dringend wieder im Waisenhaus gebraucht«, sagte Anna zögerlich.

Olly nickte. Jetzt war ihr klar, warum sie heute Abend hier sein durfte. Ihre Eltern hatten nur eine Möglichkeit gesucht, ihr eine neue Doudine unterzujubeln!

Die Freude darüber, mit Anna Okulow einen interessanten Menschen kennengelernt zu haben, erlosch wie ein Strohfeuer. Warum hatte niemand mit ihr gesprochen? Warum griffen ihre Eltern zu solch einem Überrumpelungsmanöver? Warum durfte sie nicht ein Wörtchen mitreden, wenn es um die Wahl ihrer nächsten Gouvernante ging? *Sie* musste doch mit ihr auskommen!

Den Gedanken, dass man mit Anna Okulow höchstwahrscheinlich sehr gut auskommen konnte, schob sie hastig von sich. So einfach würde sie es ihnen nicht machen!

»Meine Eltern werden schon wissen, was richtig ist«, sagte sie lahm. »Dann sind Sie jetzt also meine neue Gouvernante.«

Anna lächelte. »Dass ich Ihre Gouvernante werden soll, war in der Tat das Anliegen Ihres Vaters, als er mich aufsuchte. Ich habe jedoch abgelehnt, in Ihrem Alter brauchen Sie doch gewiss kein Kindermädchen mehr.«

»Aber … was dann?«

Annas Blick war voller Vorfreude, als sie sagte: »Liebe Großfürstin, ich werde als Hofdame zu Ihnen kommen und Sie begleiten, bis Sie in wenigen Jahren als junge Braut Ihren Eltern und Ihrer Familie auf Wiedersehen sagen. Ich werde immer an Ihrer Seite sein, ich werde Sie unterstützen, Ihnen alles beibringen, was ich weiß und kann. Und ich wünsche mir von Herzen, dass ich Ihnen eine gute Freundin sein darf.«

7. KAPITEL

Obwohl es erst drei Uhr nachmittags war, dämmerte es bereits. Vor dem Winterpalast waren die Laternenanzünder damit beschäftigt, den Schlossplatz in Licht zu tauchen.

Schaudernd wandte Anna Okulow ihren Blick vom Fenster ab. Wie sie den Februar hasste! Überhaupt hatte sie die Nase gestrichen voll von der kalten Jahreszeit, die nun schon so lange dauerte und deren Ende noch nicht in Sicht war.

Wie jeden Winter war die Stadt längst in eine Art Starre gefallen: Alles war eingefroren, angefangen bei den Kanälen bis hin zu den flachen und salzarmen Wassern des Finnischen Meerbusens. Nicht einmal eingehüllt in die dicksten Pelze war die Kälte auf längere Zeit zu ertragen. Kaum war man draußen, schossen einem Tränen in die Augen, die gleich darauf an den Wangen gefroren. Nach jedem Spaziergang schauten die Hofdamen verzweifelt in den Spiegel: diese rissige rote Haut! Und wie schrecklich sahen die geplatzten Äderchen aus! Würde man jemals wieder einen glatten, ebenmäßigen Teint bekommen?

Was für Sorgen, dachte Anna jedes Mal bei sich, wenn sie das Gejammer der anderen mitbekam.

Auf ihrem Landgut hatte es auch im eisigsten Winter immer etwas Wichtiges gegeben, worum sie sich kümmern musste: zerborstene Wasserleitungen, ein undichtes Dach in einem der Ställe, schwindende Futtervorräte – geplatzte Äderchen in rissiger Haut waren das

Letzte gewesen, woran sie einen Gedanken verschwendet hatte. Aber diese Zeiten lagen nun hinter ihr.

Der Hauch von Wehmut, den dieser Gedanke mit sich trug, verflog, als Anna vor ihrem Fenster eine vermummte Gestalt sah, die ein Rentier neben sich führte. Ein Samojede! Die Einzigen, die den Winter zu genießen schienen, waren die Samojeden, die wie jedes Jahr mit ihren Rentieren vom Polarkreis angereist waren. Anna hatte ihren Augen nicht trauen wollen, als sie sah, dass die Männer ihr Nachtlager ausgerechnet auf einem der zugefrorenen Seitenkanäle aufgeschlagen hatten. Gerade so, als wäre es ihnen anderswo in St. Petersburg zu warm. Tagsüber bezogen sie meist in der Nähe des Winterpalastes Stellung, in der Hoffnung, ein paar Kinder und abenteuerlustige Erwachsene für ein paar Kopeken auf ihren Rentieren durch die Gegend führen zu dürfen.

Wie urtümlich die Tiere aussahen. Wie Fabelwesen aus einer vergangenen Zeit.

Ob sie Olga einmal einen Rentierritt vorschlagen sollte? Würde sie damit auf ein wenig Begeisterung stoßen? Anna bezweifelte es. Wahrscheinlich würde ihr Zögling auch an dieser Unternehmung etwas auszusetzen haben. Seufzend schnappte sie ihren Fuchsmantel und machte sich auf den Weg zum Zimmer der Großfürstin.

»Sie sind noch nicht angezogen? Unser Fahrer steht schon bereit, wir sind in einer halben Stunde bei Madame Ruschkowa angemeldet!« Fassungslos schaute Anna auf die Großfürstin, die am Tisch vor dem Fenster saß, vor sich ihre Mineraliensammlung, eine Lupe und ein Bestimmungsbuch.

»Ich hab's mir anders überlegt«, sagte Olly und betrachtete dabei eingehend einen rosafarbenen Stein.

»Wie, anders überlegt? Dieser Ausflug steht seit Tagen fest, Madame Ruschkowa hat extra für uns den ganzen Nachmittag reserviert.« Vergeblich versuchte Anna, Ollys Hündchen abzuschütteln, das immer wieder an ihr hochsprang.

»Glauben Sie mir, liebe Großfürstin, Madame Ruschkowas Atelier ist einen Besuch wert, man fühlt sich in eine völlig andere Welt versetzt.

Eine Welt, in der es keinen Winter gibt, sondern duftende Blumenwiesen und Sonnenschein. Und dazu bunte Farben, barocke Muster und sommerliche Szenerien, außerdem Berge von Klöppelspitze, Töpfchen mit echter Goldfarbe. Bei den Materialien ist es kein Wunder, dass ihre Fächer einzigartig sind. Nun kommen Sie schon ...«

Olly schüttelte stumm den Kopf. »Mary meint auch, dass ich mir diesen Besuch sparen kann. Ich wisse sowieso noch nichts mit einem Fächer anzufangen, sagt sie.«

»Aber deswegen gehen wir doch zu Madame Ruschkowa«, sagte Anna und spürte, wie sich Enttäuschung in ihr breitmachte. Sie hatte sich so auf diesen Ausflug gefreut, seit Ewigkeiten davon geträumt, dieses Schatzkästchen besuchen zu dürfen. »Ich zeige Ihnen haargenau, wie man einen Fächer hält. Ihre Schwester wird sich noch wundern, wie graziös Sie bald daherkommen«, versuchte sie Olly erneut zu locken.

Olly rümpfte die Nase. »Graziös, das ist eh nichts für mich.«

Seufzend warf Anna ihren Pelzmantel auf Olgas Bett, wo sich sofort der Hund darauflegte, dann setzte sie sich zu Olga an den Tisch. »Ich verstehe Sie wirklich nicht, jedes andere junge Mädchen hätte diesem Ausflug entgegengefiebert«, sagte sie. »Vor zwei Tagen haben Sie unseren Besuch bei der Hofschneiderin abgesagt, in der Woche zuvor die Visite bei der Hutmacherin. Zum Maskenball für die St. Petersburger Jugend, zu dem Mary und Sie eingeladen waren, wollten Sie auch nicht gehen, der Besuch bei St. Petersburger populärster Blumenbinderin hat Sie ebenfalls nicht gereizt. Gibt es überhaupt etwas, das Sie interessiert?«

Olly schaute nicht einmal auf, aber Anna glaubte, ein kleines Lächeln um ihre Mundwinkel spielen zu sehen.

»Haben Sie etwas gesagt?«, fagte Anna scharf, wohlwissend, dass kein Ton über Ollys Lippen gekommen war.

Die Großfürstin schüttelte nur den Kopf. »Ich bin zufrieden mit dem, was ich habe, vielen Dank«, sagte sie in so betont folgsamem Ton, dass Anna sich erneut genarrt fühlte.

»Sie mögen damit zufrieden sein, Ihr Vater ist es nicht«, sagte sie barscher, als sie wollte.

Zum ersten Mal, seit sie das Zimmer betreten hatte, schaute Olly hoch, wenn auch nur für die Dauer eines Augenaufschlags.

»Warum sagen Sie mir nicht einfach, worauf Sie Lust haben? Wollen Sie einmal eine Bibliothek besuchen? Oder sollen wir ins Theater gehen? Oder ins Ballett?«, fragte Anna fast flehentlich.

Was für ein anstrengendes Mädchen. Nie hätte sie gedacht, dass die Aufgabe, die Zar Nikolaus ihr gestellt hatte, so schwer werden würde.

Als er zu ihr kam, waren seine Worte eindeutig und klar gewesen: Sie, Anna Alexejewna Okulow, sollte dafür sorgen, dass die vierzehnjährige Olga ihre Schüchternheit verlor und sich zukünftig selbstsicher auf jedem Parkett der Welt bewegen konnte. Auch sollte Olga endlich weiblichen Charme und Anmut entwickeln, um damit die bedeutendsten Männer in ihren Bann zu ziehen. Nach Zarewitsch Alexander und Mary sollte auch Olga baldmöglichst in ein mächtiges Herrscherhaus Europas einheiraten, damit die Macht Russlands weiter gestärkt wurde.

Der Gedanke, dass sie mit ihrem Unternehmen scheitern könnte, erschreckte Anna nun so sehr, dass sie zu zittern begann. In der Hoffnung, ihre Fassung wiederzuerringen, nahm sie einen Edelstein und tat so, als bewundere sie ihn eingehend.

Sie konnte es sich einfach nicht erlauben, Zar Nikolaus zu enttäuschen. Nicht nach all dem, was er für sie getan hatte, angefangen bei den Vergünstigungen, die er ihrem Status als Hofdame hinzugefügt hatte, der Übernahme ihrer Schulden, der Schulgeldzahlung für ihre Geschwister bis hin zur Einstellung eines neuen Verwalters für ihr Landgut. Der kranken Mutter bezahlte Nikolaus einen unbegrenzten Aufenthalt in Bad Doberan. Und das alles, um Anna freizustellen für ein Leben an Olgas Seite. Für den Zeitpunkt von Olgas Verheiratung in zwei, drei Jahren, wenn Annas Dienste nicht mehr gefragt sein würden, hatte der Zar ihr außerdem eine »Erfolgsprämie« in Höhe von tausend Silberrubeln versprochen. Und darüber hinaus würde sie eine lebenslängliche Pension von jährlichen fünfhundert Silberrubeln erhalten. Und das sollte alles hinfällig werden, nur weil sie keinen Zugang zu Olga fand?

Anna nahm einen anderen Edelstein in die Hand. Welch skurrile Einschlüsse er unter der Oberfläche aufwies! Wie Olga, schoss es ihr durch den Kopf. Die Oberfläche glatt, aber darunter tobten Stürme.

Nicht, dass es ihr einzig um Geld und Position gegangen wäre. Auch Olgas wegen wollte sie an einen Misserfolg nicht einmal denken. So verstockt und freudlos, wie das Mädchen durchs Leben lief, würde es am Ende tatsächlich als alte Jungfer enden. Undenkbar für eine Großfürstin!

Nein, so einfach warf sie die Flinte nicht ins Korn. Anna holte tief Luft.

Rede mit mir! Gib mir endlich eine Chance, dir zu helfen!, wollte sie sagen. *Ich bin deine Freundin, nicht dein Feind. Ich will und kann dir deine geliebte Charlotte nicht ersetzen. Du kannst mich jedoch gernhaben, ohne dir Charlotte aus dem Herzen reißen zu müssen.*

»Ihre Mineraliensammlung wird immer umfangreicher. Welcher Stein ist denn nun der schönste?«, sagte sie stattdessen.

»Jeder Stein ist auf seine Art schön«, antwortete Olly nach einigem Zögern.

»Aber es muss doch Steine geben, die schöner sind als andere. Schließlich kostet ein Diamant doch mehr als … zum Beispiel dieser hier.« Anna zeigte auf einen grünen Stein.

Ein Lächeln huschte über Ollys Miene. »Das ist Jade, sie kommt aus der Provinz Schlesien, und Vater sagt, sie sei recht günstig. Es gibt aber auch Jade aus China, die ist teurer.«

Anna nickte. »Der ist auch schön«, sagte sie und zeigte auf einen grünen Stein, der an manchen Stellen kupfern funkelte.

»Das ist ein Dioptas, Papa hat ihn mir aus dem Kaukasus mitgebracht.« Olly hielt den Stein näher ans Fenster. »Manch einer verwechselt ihn mit einem Smaragd, dabei ist er doch einzigartig und wunderschön, finden Sie nicht?«

»So einzigartig wie Sie«, sagte Anna. »Und genauso schön.«

Olly schaute sie entgeistert an. »Man kann doch Steine nicht mit Menschen vergleichen!«

»Warum eigentlich nicht?«, erwiderte Anna kühn. »Jeder Stein hat seine Eigenarten, genau wie wir Menschen. Und ist es nicht so, dass Edelsteine erst dann richtig schön werden, wenn sie den richtigen Schliff bekommen?«

Olly schüttelte den Kopf. »Geschliffene Steine funkeln zwar auf den ersten Blick, deshalb werden sie von den Menschen vielleicht höher wertgeschätzt als ungeschliffene, aber schöner sind sie deshalb nicht. Bei ungeschliffenen Steinen erkennt man die Besonderheiten manchmal erst auf den zweiten oder dritten Blick. Aber dafür fehlt den Menschen die Geduld, sie bevorzugen den schönen Schein«, fügte sie abfällig hinzu.

Bevor Anna wusste, wie ihr geschah, fegte Olga mit einer Hand die Steine vom Tisch. Klirrend sprangen Opale, Rosenquarze und Calcite in alle Ecken des Zimmers, zersplitterten, brachen entzwei. Nur die Steine von besonderer Härte blieben heil.

Mit geballten Fäusten stand Olga inmitten der Edelsteine und funkelte Anna an.

»Sie und all Ihre Schneiderinnen, Hutmacherinnen und Fächermalerinnen – Ihr Spiel habe ich längst durchschaut! Aber ich bin kein roher Edelstein, den Sie nach Ihrer Vorstellung schleifen können, bis er gefällig glänzt. Aus mir könnt ihr keine zweite Mary machen, eher beißt ihr euch alle die Zähne an mir aus. Und jetzt gehen Sie, gehen Sie endlich!« Sie packte noch eine Handvoll Steine und tat so, als wollte sie diese Anna entgegenschleudern.

Ich lasse mich nicht schleifen wie ein Edelstein! Aus mir können Sie keine zweite Mary machen!

Zitternd vor Schreck, Wut und Enttäuschung, stand Anna auf dem Gang vor Olgas Zimmer.

Sie war unfähig, das Herz des Mädchens zu gewinnen. Oder ihr Vertrauen. In düstere Gedanken verstrickt, marschierte Anna den Gang entlang.

»Verehrte Madame Okulow, wie schauen Sie denn drein? Eine so missvergnügte Miene bin ich bei Ihnen gar nicht gewohnt …«

Anna zuckte zusammen, sie hatte Wassili Shukowski, den Lehrer des Zarewitschs Sascha, gar nicht kommen sehen. »Entschuldigen Sie, ich bin nur in Gedanken versunken.«

»Sind wir das im Moment nicht alle? Aber ist nicht stille Kontemplation tatsächlich auch angeraten, statt sich an immer neuen Spekulationen zu beteiligen?« Er schaute Anna bedeutungsvoll an.

Neue Spekulationen? Über Olga? Anna runzelte die Stirn. Der Dichter war zwar äußerst charmant, aber nicht immer konnte sie seinen Gedankensprüngen folgen.

»Ich meine die Gerüchte, die derzeit wie Pilze aus dem Boden schießen. Dass Puschkins Tod eine Art versteckter Selbstmord gewesen sei ...«

»Puschkin, natürlich«, murmelte Anna.

Ein anderes Thema gab es für die Dichter und Literaten der Stadt derzeit nicht. Seit dem Verscheiden des Dichters am zehnten Februar war die Stimmung in der Stadt und am Hofe äußerst gedrückt. Selbst Olga hatte ihre geliebte Bibel zur Seite gelegt und las nun allabendlich in Puschkins Werken, um dem Dichter nahe zu sein.

Dass Wassili Shukowski trauerte, war kein Wunder – er hatte den jungen Puschkin einst unter seine Fittiche genommen. Viele behaupteten, dass Puschkins Genie erst durch ihn zur vollen Blüte gebracht worden war.

Shukowski seufzte abgrundtief. »Der verrückte Kerl war wie ein Sohn für mich, was habe ich nicht alles unternommen, um ihn von diesem unsinnigen Duell abzuhalten! Den Mund habe ich mir fusselig geredet, die Finger wund geschrieben in unzähligen Briefen. Vergeblich ...« Seine Stimme war brüchig, in seinen Augen standen Tränen.

Spontan ergriff Anna seine Hand.

»Ich will nicht aufdringlich sein. Seit ich hier bin, hatten wir noch nicht viel miteinander zu tun, aber ... Was halten Sie davon, wenn wir am Newski-Prospekt eine Tasse Tee trinken gehen, und Sie erzählen mir ein bisschen von Ihrem Dichterfreund?«

Von Annas Herz fiel ein Dutzend Steine, als Shukowski freudig zustimmte. Keine Minute länger hätte sie es ausgehalten, in diesem goldenen Käfig eingesperrt zu sein!

»Angefangen hat Puschkins Untergang kurz nach Weihnachten mit anonymen Briefen, in denen ein junger Mann namens Heckeren bezichtigt wurde, Puschkins schöner junger Frau Natalja den Hof zu machen. Kennen Sie Heckeren? Eigentlich ein harmloser Bursche, nicht wert, dass man einen zweiten Gedanken auf ihn verschwendet.« Shukowski winkte ab. »Aber Puschkin ging so in seiner Eifersucht auf, dass er auf nichts und niemanden mehr hörte. Nicht auf die Unschuldsbeteuerungen seiner Frau, nicht auf uns, seine Freunde, die wir ihm die Idee von einem Duell ausreden wollten. Ein Dichter, an Griffel und Feder gewöhnt, mit einer Pistole in der Hand – man stelle sich das vor! Nicht einmal unserem Zaren gelang es, ihm diese Verrücktheit auszureden – und *das* war fast der noch größere Skandal!« Obwohl er flüsterte, drehten sich immer wieder Köpfe nach ihnen beiden um.

Besonders wohl fühlte sich Anna im überfüllten Literaturcafé *Wolf und Béranger* mit seinen roten Wänden und dem Geruch nach alten Kleidern und ungewaschenen Leibern nicht, aber hierher zu kommen war der Wunsch ihres Begleiters gewesen. Hier an diesem Tisch hatte Puschkin gesessen, bevor er zum Duell mit dem vermeintlichen Galan seiner Frau aufbrach, an dessen Folgen er kurz darauf starb.

»Der Einfluss des Zaren auf Puschkin war groß, nicht wahr?« Anna hatte die Hofdamen darüber reden hören, dass Nikolaus sich nun auch äußerst hingebungsvoll um die Witwe Natalja kümmere. Anna beteiligte sich an solchen Gesprächen nicht – solange sich der Zar ausgiebig um die Witwe kümmerte, fragte er sie nicht täglich nach Olgas Fortschritten.

Shukowski nickte. »Jede Zeile, die Puschkin schrieb, bekam zuerst Nikolaus zu lesen, so wollte er sicherstellen, dass nichts und niemand – allen voran die Zensurkontrollen – Puschkin an seinen geistigen Höhenflügen hindern konnte. Und wie hat der Kerl es unserem Zaren gedankt?«

Anna biss sich auf die Lippe. Trotz der Liebe zu Puschkin war offensichtlich, wo Shukowskis Loyalität lag. Deshalb behielt sie geflissentlich für sich, dass ihr Bruder ihr einmal erzählt hatte, was man sich hinter vorgehaltener Hand zuflüsterte: dass Nikolaus'

Gunstbezeugung schlimmer für Puschkin wäre als jede Zensur. Er fühle sich dadurch geistig entmündigt, daher habe er auch schon im Sommer 1834 versucht, seinen Abschied beim Zaren einzureichen, worauf dieser äußerst verstimmt reagiert hatte.

Über ihr Teeglas hinweg warf Anna Shukowski einen Blick zu. Wäre der geniale Dichter womöglich noch am Leben, wenn er Puschkin damals nicht vehement zum Bleiben überredet hätte?

»Genug von der leidigen Geschichte, sie weckt den Toten auch nicht mehr auf.« Shukowski winkte der Bedienung und ließ sich eine Flasche bringen, auf deren Etikett sein Name in groben Lettern vermerkt war. Er schien hier Stammgast zu sein.

»Birnenbrand – wärmt das Herz! Möchten Sie?« Als Anna ablehnte, schenkte er sich ein großzügiges Glas voll.

»Jetzt erzählen Sie. Wie ergeht es Ihnen bei uns? Ich habe den Eindruck, Sie haben sich bestens in unseren streng reglementierten Alltag mit seinen unzähligen Fallstricken eingewöhnt, oder?«

»Jedenfalls genieße ich es, mich nicht mehr um schrumpfende Holzvorräte, zerborstene Wasserleitungen und leere Kassen sorgen zu müssen. Dafür befolge ich gern ein paar kleine, teilweise unsinnige Regeln«, erwiderte Anna lächelnd. »Und wenn ich doch mal in ein Fettnäpfchen trete, dann hoffe ich darauf, dass man mir Landei dies verzeiht.«

»Von wegen Landei – Sie haben sich doch längst unser aller Wertschätzung verdient!« Shukowski hob sein Glas.

Anna runzelte die Stirn. »Schön und gut, aber was meinen Zögling angeht, scheine ich auf ganzer Linie zu scheitern.« Als sie Shukowskis fragenden Blick sah, schilderte sie in knappen Worten, was vorgefallen war. »Wie soll ich sie auf das Leben vorbereiten, wenn sie nichts mit mir unternehmen will? Sie spricht ja kaum mit mir, viel lieber redet sie mit dem lieben Gott oder ihrem Hündchen!« Annas Blick wanderte zu der Flasche mit dem klaren Birnenbrand. Eigentlich war ihr jetzt auch nach einem Schnaps zumute.

Als könne er Gedanken lesen, schenkte Shukowski ein Glas halb voll und reichte es ihr. »Das hat aber nichts mit Ihrer Person zu tun, meine Liebe. Großfürstin Olga ist von Natur aus ein eher in sich gekehrter Mensch. Dafür hat ihre Seele mehr Tiefgang als die der meisten Menschen, die ich kenne.«

Als ob das ein Trost wäre, dachte Anna bei sich. Der Zar wollte keinen seelischen Tiefgang, sondern eine Tochter, die fröhlich durchs Leben tanzte.

Inzwischen war es dunkel geworden, Nachtwächter liefen mit Leitern die Straße entlang und entzündeten die Laternen.

»Jetzt schauen Sie nicht so verzweifelt, liebe Madame Okulow! Überlegen Sie doch lieber, was Sie in der kurzen Zeit schon erreicht haben. Alle Kinder mögen Sie, was man von Ihrer Vorgängerin, der guten Madame Doudine, nicht sagen konnte. Vor allem die kleine Adini scheint sehr anhänglich zu sein.«

»Das stimmt«, pflichtete Anna ihm bei. »Allerdings ist Mrs Brown davon nicht gerade angetan. Es täte nicht not, ein Kind dermaßen zu verzärteln, hat sie mich erst gestern wieder gerügt. Großfürstin Alexandra saß auf meinem Schoß, während ich ihr ein Märchen vorlas. ›*Wir müssen den Kindern eiserne Stärke mit auf den Weg geben. Das wird im Leben benötigt, und nichts anderes*‹!«, ahmte Anna den Tonfall der Engländerin nach. Dann genehmigte sie sich noch einen Schluck Birnenschnaps.

Shukowski lachte. »So ein Blödsinn! Herzenswärme ist mindestens so wichtig wie innere Stärke und eine gute Allgemeinbildung. Aber da scheinen auch Brown und Lütke leider völlig anderer Ansicht zu sein.«

Anna nickte. »Lernen, lernen und nochmals lernen – der kleine Konstantin kann einem wirklich leidtun. Kinder müssen doch auch spielen und Spaß am Leben entwickeln.« Abrupt stellte sie ihr Glas zur Seite. »Am besten gehe ich jetzt und reiche beim Zaren mein Gesuch auf Entlassung ein. Ich bin die Falsche, um Olgas Lebensfreude zu wecken, das weiß ich inzwischen.«

»Das dürfen Sie nicht tun!«, kam es wie aus der Pistole geschossen. »Ohne Sie wäre unsere Großfürstin Olga verloren.«

»Mit mir ist sie es aber auch«, erwiderte Anna. »Sie müssen nur ein paar Worte mit ihr wechseln, um zu sehen, dass ich bisher rein gar nichts an ihrem Wesen verändern konnte.«

Shukowski runzelte die Stirn. »Und wenn es gar nicht darum geht, ihr Wesen zu verändern, sondern darum, das Beste aus ihren gottgegebenen Anlagen zu machen? Aus Olga wird wahrscheinlich nie eine zweite Mary werden, und warum auch? Haben wir nicht schon genug Marys um uns herum?«, fügte er im Flüsterton hinzu. »Vielleicht hat die kleine Olga das vor uns erkannt.«

»Ja schon, aber der Zar hat mich ausdrücklich angewiesen –« Anna brach ab, als der Dichter ihre Hand nahm.

»Ich glaube, Sie sind auf dem Holzweg«, sagte er und klang dabei ziemlich vergnügt. »Bei Olga geht es nicht um *Veränderung*, sondern um *Entwicklung*!«

»Und wo liegt da der Unterschied?« Anna schüttelte den Kopf. Allmählich wurde ihr dieses Gespräch wirklich zu kompliziert. Hier ging es um ein vierzehnjähriges störriges Mädchen und nicht um philosophische Abhandlungen!

Der Lehrer grinste. »Bisher haben Sie nur erfahren, was Olga nicht will. Vielleicht wäre es nun an der Zeit herauszufinden, *was* sie will.«

Am nächsten Morgen nach dem Frühstück bestellte Anna einen Schlitten vor das Haupttor, dann machte sie sich auf den Weg zu Olga. »Und wenn's das Letzte ist, was ich in diesem Haus tun werde, einen Versuch ist es wert!«

Den irritierten Blick einer Kerzenanzünderin ignorierend, lief sie die geschwungene Treppe nach oben, die zu den Studierzimmern der Kinder führte. Das Gespräch mit Saschas Lehrer hatte sie gestärkt, sie fühlte eine innere Zuversicht wie lange nicht mehr.

Trotzdem schüttelte Anna den Kopf über ihre eigene Kühnheit. Entweder würde sie am Ende des Tages hochkant rausgeworfen werden, oder es gelang ihr tatsächlich, Olgas Zunge zu lösen!

8. KAPITEL

Die Fahrt führte über schlecht verlegtes, vereistes Kopfsteinpflaster, dann über notdürftig ausgebessertes Holzpflaster, und erst als sie über eine festgefahrene Schneedecke fuhren, hörte das Rumpeln auf.

Trotz mehrmaligen Nachfragens bekam Olly nicht heraus, wohin es ging – Anna Okulows Miene war ebenso energisch wie unergründlich. Bestimmt hatte sich die Hofdame irgendetwas Gemeines ausgedacht, mit dem sie sich für Ollys gestriges Verhalten rächen wollte. Dass Anna selbst darauf gebrannt hatte, zu Madame Ruschkowa zu gehen, hatte Olly sehr wohl mitbekommen, umso mehr hatte sie ihren kleinen Triumph genossen.

Auch heute würde sie es Anna nicht leichtmachen, beschloss sie. Ganz gleich, was sich ihre Betreuerin ausgedacht hatte, sie, Olly, würde einfach mit ihrem üblichen Gleichmut reagieren. Das regte Anna immer besonders auf.

Zufrieden mummelte sich Olly so tief in ihren Pelzfußsack und unter die vielen Pelzdecken, dass gerade noch ihre Nase und ihre Augen hervorschauten. Eine Schlittenfahrt war in jedem Fall besser, als Mathematik zu lernen. Wie neidisch die anderen geschaut hatten, als Anna sie aus dem Unterricht geholt hatte!

Sehr still war es hier draußen vor der Stadt. Außer dem gedämpften Hufschlag der Pferde, dem sanften Gleiten der Schlittenkufen und den zwei Glöckchen, die über dem Rist der Pferde am Geschirr befestigt waren, war nichts zu hören. Die unzähligen nackten Birken, an denen sie vorbeikamen, ragten wie weiße Gespenster in den Winterhimmel. Im Gegensatz zu anderen Bäumen, deren Silhouette im Winter scharf umrissen wie ein Scherenschnitt wirkte, hoben sich die Birken in der feuchten und trüben Luft kaum von ihrem Hintergrund ab.

»Wir sind angekommen«, sagte Anna schließlich. »Das hier ist das Landgut meiner Familie.« Sie zeigte auf den U-förmigen Hof hinter sich, dann wies sie den Fahrer an, die Pferde in den Stall zu bringen und sie trockenzureiben.

»Der Stallmeister heißt Iljuschin, und falls er dich fragt, von wem du kommst, nenne meinen Namen. Besorge den Tieren eine Portion Heu und dir selbst einen heißen Tee, vielleicht auch einen Wodka. Wir sind in spätestens einer Stunde zurück.«

»Wohin gehen wir?« Obwohl Olly auf Annas Rat hin die wärmsten und dicksten Stiefel angezogen hatte, die sie besaß, hatte sie Mühe, mit Anna im kniehohen Schnee Schritt zu halten. Was wollte Anna hier mitten in der Wildnis?

Sie kamen an einem zugefrorenen Teich vorbei, an einem kleinen Wäldchen und an ein paar zerfallenen Hütten, um die ein Rudel wilder Hunde strich. Sie taten jedoch laut Anna nichts. Olly war dennoch froh, Grand Folie zu Hause gelassen zu haben – sehr vertrauenerweckend sahen die abgemagerten Viecher nicht aus, am Ende hätten sie sich noch auf ihr Hündchen gestürzt.

Der Gutshof und die Stallungen waren nur noch als graue Schatten in der diesigen Winterluft erkennbar, als Anna endlich stehen blieb.

»So, hier sind wir allein. Hier kann uns niemand hören«, sagte sie und schnaubte einmal tief in ihr Taschentuch. »Jetzt schrei!«

»Was?« Olly lachte irritiert.

»Schrei einfach, los!«, forderte Anna sie auf.

»Und was soll ich schreien?«, fragte Olly so zaghaft, dass sie in der Winterstille kaum zu hören war. Unwillkürlich wich sie einen Schritt vor ihrer Betreuerin zurück – Annas Verhalten brachte sie aus dem Gleichgewicht. Gestern noch hatte sie gedacht, den Kampf gegen die Hofdame gewonnen zu haben …

»Das ist mir völlig gleichgültig!«, schrie Anna sie plötzlich an. »Verflixt noch mal, du bist eine Großfürstin! Du bist die Tochter des Zaren! Du hast eine Stimme und nutzt sie nicht! Alles, was ich bisher von dir gehört habe, drehte sich um Dinge, die du *nicht* willst. Du willst keine schönen Kleider, du interessierst dich nicht für Zierrat, Tanzveranstaltungen sind dir ein Gräuel. Sag mir doch endlich, was du willst!«

Einen Moment lang war Olly mehr über Annas plötzliches »du« konsternierter als über den Inhalt ihrer Worte.

»Wie können Sie es wagen, mich zu duzen? Und was fällt Ihnen überhaupt ein, mich hierherzubringen? Den Tod werde ich mir hier holen!«

Anna Okulow schnaubte. »Das soll die laute Stimme einer Großfürstin sein, die ihre Wünsche anmeldet? Für mich ist das nicht mehr als ein Piepsen!«

Annas Beharrlichkeit, die Kälte, die ungewohnte Landschaft, die wilden Hunde, die in immer engeren Kreisen um sie herumstrichen – plötzlich war alles zu viel für Olly.

»Sie wollen, dass ich Wünsche anmelde? Warum lassen Sie mich nicht einfach in Ruhe? Das wünsche ich mir! Ich habe Ihnen doch schon gestern gesagt, dass aus mir keine zweite Mary wird. Meine liebe Schwester ist so flatterhaft, denkt immer nur an sich! Ihr ganzes Leben dreht sich nur um Vergnügungen und darum, den tollsten aller Ehemänner zu bekommen. Aber sie ist Vaters Lieblingstochter, ihr Charme ist tausendmal mehr wert als all mein Fleiß und meine Demut zusammen!« Olly schlug die Hände vor den Mund.

»Das alles habe ich schon gestern verstanden, du warst ja mehr als deutlich«, sagte Anna trocken. »Aber ich weiß noch immer nicht, was du mit deinem Leben anfangen willst. Was wünschst du dir? Welche Träume hast du, welche Sehnsüchte …«

»Träume, Sehnsüchte!« Olly lachte harsch auf. »Als ob das jemanden interessiert.«

Anna machte eine weit ausholende Handbewegung. »Glaubst du, ich wäre mit dir hierhergefahren, wenn es mir nicht ernst wäre? Ich will wissen, was dich wirklich bewegt.«

»Damit Sie heute Abend meinem Vater über jedes Wort von mir Rapport erstatten können?«

»Kind, vertrau mir«, sagte Anna sanft.

Ollys Blick war stur auf die in der Ferne stehenden nackten Birken gerichtet. Sollte sie es auf einen Versuch ankommen lassen?

»So genau weiß ich das selbst nicht«, begann sie schließlich zögernd. »Ich weiß nur, dass ich anders bin als Mutter und Mary. Ich will kein Tanzpüppchen sein. Mir sind die Geschichten in der Bibel lieber als die romantischen Schnulzen, die Mary verschlingt. Ich will nicht immer nur lächeln und fröhlich sein, ich will auch mal traurig sein dürfen. Oder wütend! Aber das ziemt sich für eine *Dame* ja nicht.« Sie spie das Wort Dame regelrecht aus.

»Es hat doch niemand etwas dagegen, dass du in der Bibel liest oder ab und an traurig bist. Aber das können doch nicht deine Pläne fürs Leben sein«, sagte Anna.

Ollys Seufzen blieb als weißes Wölkchen in der eisigen Luft stehen. »Was soll ich großartige Pläne für mein Leben schmieden, das hat doch längst Vater für mich erledigt«, sagte sie. »Wir drei Mädchen sollen eine gute Partie machen, mehr wird von uns nicht erwartet! Dabei –«

Hustend brach sie ab. Die eisige Kälte war ihr in die Kehle gekrochen, doch jetzt, wo sie angefangen hatte zu sprechen, drängten weitere Worte heraus, wie Tiere, die zu lange eingesperrt gewesen waren.

»Dabei ...« Sie räusperte sich und schluckte. »Dabei gäbe es so viel zu tun! Wenn ich nur an die Armenhäuser der Stadt denke. Wie Tiere hausen die Menschen dort, alles ist alt und verkommen, im Winter eiskalt, und stinken tut es, dass einen der Ekel überfällt. Und dann die vielen Kranken, um die sich dort niemand kümmert. Sie liegen so lange in einer Ecke, bis die Kraft sie endgültig verlässt. Es kann doch nicht sein, dass jemand nur deshalb stirbt, weil er zu arm ist, um sich einen Arzt leisten zu können!« So wie Mischa, schoss es ihr durch den Kopf. »Ich weiß auch, dass sich vom Bibellesen und Beten allein nichts ändert, deshalb will ich selbst etwas tun, helfen ... Aber das würden meine Eltern nie zulassen, solch ein Umgang *ziemt* sich schließlich nicht. Außerdem, ich kann ja nicht mal genug Russisch, um mich mit den Leuten unterhalten zu können. Das ist auch etwas, was mich ärgert – als Tochter des russischen Zaren beherrsche ich die Landessprache nicht!« Sie trat so wütend mit ihrer Stiefelspitze in den Schnee, dass dieser aufstob und an Annas Rock hängen blieb.

»Wenn du willst, kann ich Russisch mit dir üben.«

»Wirklich?« Olly merkte auf. Bisher hatte die Hofdame nur in der offiziellen Hofsprache – also in Französisch – mit ihr gesprochen. Im nächsten Moment winkte sie ab. »Es ist doch viel wichtiger, dass aus mir eine *Dame* wird, die man erfolgreich in die Gesellschaft einführen kann.« Ihre letzten Worte trieften wieder vor bitterer Ironie.

Sie wartete auf Annas Einwand, doch die schaute sie nur schweigend an.

»Was schauen Sie denn so komisch? Sie wollten doch, dass ich laut werde«, fuhr Olly sie an. »Ziemen sich meine Träume nicht?«

Anna strich sich über die Stirnnarbe, die in der kalten Luft blassrosa glänzte.

»Ehrlich gesagt, hast du mich ein wenig überwältigt. Im Stillen hatte ich damit gerechnet, dass sich deine Wünsche um etwas Musisches, Künstlerisches drehen. Viele junge Damen wollen schließlich eine berühmte Schauspielerin werden. Oder Primadonna eines bedeutenden Ballettensembles. Aber dass dir Armenhäuser im Kopf herumschwirren, habe ich wirklich nicht erwartet.«

Olly lächelte. »Dabei habe ich Ihnen noch nicht von den Blinden und Gehörlosen erzählt, für die ich auch gern etwas tun würde. Es kann doch nicht sein, dass sich jemand halbblind durchs Leben tastet, nur weil er sich keine Brille leisten kann.« Als sie Annas verdutztes Gesicht sah, musste sie lachen. Das hatte die Hofdame nun davon!

Obwohl ihre Glieder vor Kälte schmerzten und ihre Lunge bei jedem Atemzug zu platzen drohte, fühlte sich Olly so gut wie schon lange nicht mehr.

»Warum sind wir eigentlich hierhergefahren?«, fragte sie mit fröhlicherer Stimme. »Nach meinen Wünschen hättest du mich auch in der Stadt fragen können.« Seltsam, es fühlte sich gar nicht schlecht an, Anna zu duzen.

Anna lächelte. »Aber dort hättest du mir nicht geantwortet. Dieser Ort hier, er hat irgendetwas Magisches ... Plötzlich habe ich mich daran erinnert, dass ich als Kind immer hergekommen bin, wenn ich Sorgen hatte und nicht weiterwusste. Hier konnte ich all das laut werden lassen, was ich nirgendwo anders sagen durfte. Danach war mir immer leichter ums Herz.«

Olly schüttelte den Kopf. »Wenn uns jemand gesehen hätte – zwei Furien, die sich anschreien. Wir würden auf der Stelle ins Irrenhaus gebracht werden. Du lieber Himmel, ich habe gar nicht gewusst, dass ich so laut werden kann.«

»Ich bin wirklich froh, dass du dich mir endlich anvertraut hast.« Über den Rand ihrer Teetasse schaute Anna ihren Schützling an. »Jetzt, wo ich weiß, was du dir wünschst, können wir gemeinsam einen Plan entwerfen.« Im Geiste verdrehte sie die Augen ob ihrer Waghalsigkeit. Wenn der Zar hören würde, was sie hier zum Besten gab! Sei vorsichtig, lass dich nicht zu sehr von Olgas Euphorie mitreißen, versprich ihr nichts, was du nicht halten kannst, mahnte sie sich stumm, während sie sich im Speisezimmer ihres Landhauses umschaute.

Marga, die alte Köchin, war in Freudentränen ausgebrochen, als Anna mit Olga erschien. Endlich wieder jemand aus der Familie, den sie verwöhnen konnte! Seit Annas Geschwister in der Stadt die Schule besuchten und Annas Mutter in Bad Doberan weilte, war es auf dem Gut einsam geworden. Der Verwalter sei zwar ein mürrischer Kauz, der sie nie für ihre Kochkünste lobte, seine Arbeit würde er jedoch bestens erledigen, brachte die Köchin unter Tränen hervor und wollte Anna gar nicht mehr loslassen. Binnen kürzester Zeit trug sie geräucherten Fisch, Schinken, Brot und Gurken auf den Tisch, und der Samowar blubberte vor sich hin – nur das Feuer, das sie hektisch im Kamin des Zimmers entzündet hatte, wollte noch nicht richtig brennen.

»Ein Plan – wie du das sagst! Als ob das so einfach wäre.« Olly blieb wie selbstverständlich beim Du. Dann schob sie sich einen weiteren Bissen Räucherfisch in den Mund.

Anna lächelte. So herzhaft hatte sie ihren Zögling noch nie zulangen sehen.

»Einfach wird das nicht, das ist dir ja wohl selbst klar. Ich denke, du solltest deine Pläne als etwas Längerfristiges betrachten«, sagte sie und schenkte ihnen beiden Tee nach. »Es wäre ein großer Fehler, mit deinen Ideen überall und bei jedem gleich mit der Tür ins Haus zu fallen, vielmehr gilt es, äußerst geschickt vorzugehen.« Mit der Teetasse in der Hand stand sie auf und ging zum Fenster. Sie spürte Olgas fragenden Blick in ihrem Rücken, doch sie ignorierte ihn und schaute stattdessen in die unendliche Weite ihrer russischen Heimat, als ob sie dort die Antworten auf ihre Fragen finden würde. Tief in ihrem Inneren hatte sich zwar in der letzten halben Stunde so etwas wie ein Plan entwickelt, aber war er ausgereift genug, um ihn der jungen Großfürstin schon kundzutun? Durfte sie das überhaupt?

Anna zählte stumm bis zehn, dann drehte sie sich abrupt um.

»Nur wer Macht hat, kann etwas bewirken!«

»Macht? Aber ... wieso ...«

»Schau mich an – wie sollte *ich* jemals etwas für die Alten und Kranken und Blinden tun können? Ich muss froh und dankbar sein, für meine Geschwister und die Menschen hier auf dem Hof sorgen zu können, mehr liegt nicht in meiner Macht. Aber die Tochter des russischen Zaren gehört zu den begehrenswertesten Partien auf der ganzen Welt, wer dich einmal zur Frau bekommt, kann sich glücklich schätzen. Du *bist* zwar noch nicht mächtig, aber du kannst es *werden*. Und nur wer Macht hat, kann damit Gutes tun.«

Sie ging zurück zum Tisch, setzte sich, ergriff Ollys Hand.

»Was ich dir sagen will: Es wird nicht ohne Ehemann gehen. Du musst einen reichen, mächtigen Mann heiraten, um selbst reich und mächtig zu werden. Nur als Ehefrau eines Königs oder Thronanwärters kannst du wohltätig sein und den Armen helfen.«

»Als ob es mächtigen Herren darum ginge, anderen zu helfen! Die meisten Könige und Fürsten, die ich kenne, interessieren sich für ganz andere Dinge: für teure Jagdpferde, für die Falkenzucht, für die Marine ... Die wollen doch nicht in einer Armenküche Suppe verteilen!« Olly wurde wieder wütender. »Allmählich wird mir einiges klar! Das alles hier ...« – sie umfasste das schlecht geheizte Speisezimmer mit einer Handbewegung – »ist nur dazu gedacht, mich gefügig zu machen. Also wirklich, ich muss Ihnen ein Kompliment machen, dass Sie so raffiniert vorgehen würden, hätte ich nicht gedacht. Aber Sie haben die Rechnung ohne den Wirt gemacht – ich lasse mich nicht für den Heiratsmarkt herrichten wie eine Kuh für den Viehhandel.«

Anna zuckte zusammen, als sie Ollys bittere Anschuldigung und das erneute »Sie« hörte.

»Du glaubst also, ich würde es mit meinen Ratschlägen nicht gut mit dir meinen? Dann frage dich doch einmal, welche andere Wahl dir bleibt, als zu heiraten. Los, schauen wir gemeinsam in die große Glaskugel der Zukunft.« Sie formte mit ihren Händen in der Luft eine Kugel, tat so, als würde sie diese eingehend betrachten. »Willst du wissen, was ich sehe? Während deine Geschwister Familien gründen und Kinder bekommen, wirst du für ewig die unverheiratete Tante sein, die man notgedrungen zu Festen einlädt. Vielleicht wird dein Vater dir irgendwo auf dem Land ein kleines Gut schenken, in dem du andere alte Jungfern empfangen kannst. Vielleicht wirst du den Rest deines Lebens auch in einem abgelegenen Teil des Palastes fristen. Aber wehe, du fällst dabei in Ungnade – dann!« Die Hände, mit denen sie noch immer die Form einer Kugel nachgezeichnet hatte, fuhren nach oben. »Alles weg!«

»Sie wollen mir bloß Angst machen«, sagte Olly, deutlich unsicherer als zuvor.

»Dir Angst einjagen? Das will ich gewiss nicht, dazu weiß ich viel zu genau, wovon ich rede. Angst braucht man vor einem Leben wie dem meinen nicht zu haben, aber ob es deshalb wünschenswert ist?« Annas Augen wanderten über den Esstisch, um den sich früher ihre Familie versammelt hatte. »Ein lieber Ehemann, Kinder – das war immer mein Traum.«

Plötzlich hatte sie einen Kloß in der Kehle, und Tränen stiegen ihr in die Augen. Abrupt wandte sie sich ab. Himmel, jetzt bloß nicht heulen! Sie biss die Zähne so fest aufeinander, dass ihre Kiefer schmerzten. Eine Hand zog an ihrem Arm. Unwillig drehte Anna sich um.

»Manche Damen heiraten erst in späteren Jahren. Vielleicht gehören Sie auch dazu?«, sagte Olly zaghaft und sah ziemlich erschrocken aus. »Nicht weinen, bitte …«

Unwillkürlich musste Anna lächeln. Jetzt war es schon so weit gekommen, dass Olga sie tröstete.

»Ach Kind, um mich geht es hier doch gar nicht, es geht allein um dich. Ich will, dass du später einmal das Leben führen kannst, das dir von Geburt an zugedacht ist – das einer reichen, mächtigen Frau, die selbst bestimmen kann, was sie tut und wie sie lebt. Die eine Stimme hat, die gehört wird. Und dafür braucht sie einen Ehemann.«

Olly legte den Kopf schräg und fragte skeptisch: »Ein Ehemann, der mir erlaubt, nicht nur an Weihnachten wohltätig zu sein, sondern immer dann, wenn Not ist – gibt es so einen überhaupt? Die meisten Regenten oder Thronfolger wollen doch lieber nur ein folgsames Tanzpüppchen.«

»Einen dieser Art wird es schon geben«, sagte Anna. »Aber besonders leicht wird die Suche sicher nicht.« Es konnte nicht schaden, die Euphorie ein wenig zu dämpfen, dachte sie bei sich. Oder anders gesagt, Ollys Ehrgeiz ein wenig anzustacheln.

»Und wer weiß, womöglich gefällt der Herr dir so gut, dass du dich unsterblich in ihn verliebst.« Anna seufzte. »Du sollst ja schließlich nicht aus Berechnung heiraten, sondern weil dein Herz zu dir spricht.«

»Weil mein Herz zu mir spricht … Das hört sich schön an.« Olly zupfte gedankenverloren an den Fransen der Tischdecke.

»Um einen reichen, mächtigen Mann zu finden, wirst du dich allerdings ein bisschen anstrengen müssen. Du wirst dich hübsch machen und graziös mit einem Fächer wedeln müssen, du wirst auf Bälle gehen und dich in die Gesellschaft einführen lassen. Du wirst all das lernen müssen, was dir bisher so sehr widerstrebte. Denn in der Bibel wirst du deinen zukünftigen Ehemann nicht finden.« Sie ließ Olgas Hand los. »Es liegt allein an dir, deine Wünsche und Vorstellungen in die Tat umsetzen zu können.«

Olly lehnte sich auf ihrem Stuhl zurück. Ihre Stirn war in viele kleine Falten gelegt, als sie sagte: »Womöglich schnappt Mary mir den Mann meiner Träume vor der Nase weg? Immerhin ist sie als Erste dran.«

Anna musste sich ein Grinsen verkneifen. War das dieselbe Olga, die vor kurzem von dem anstehenden Heiratskarussell noch gar nichts hatte wissen wollen?

»Das, mein liebes Kind, wirst du wohl verhindern müssen. Auf der anderen Seite glaube ich nicht, dass die Gefahr allzu groß ist, eure Geschmäcker sind doch sehr verschieden.«

Olly sprang vom Stuhl auf. »Worauf warten wir dann noch? Lass uns zurück nach Petersburg fahren, wir haben viel zu tun!«

Von diesem Tag an änderte sich fast alles. Olly wies Anna an, all die Termine wieder zu vereinbaren, die sie zuvor abgesagt hatte. Sie ließ sich bei der Schneiderin neue Kleider anfertigen und bei der Hutmacherin die passenden Kopfbedeckungen dazu. Sie suchte sich bei Madame Ruschkowa drei wundervolle Fächer aus, um die Anna sie heftig beneidete.

Jetzt, da all diese Unternehmungen nicht allein um ihrer selbst willen unternommen wurden, sondern Olly sie als Mittel zum Zweck betrachten konnte, fand sie plötzlich Gefallen an ihnen. Voller Eifer blätterte sie Musterbücher durch, ließ sich Dutzende von Gelbtönen vorlegen, bis sie endlich den richtigen Stoff für ein neues Frühlingskleid gefunden hatte. Und als es darum ging, Abendfrisuren auszuprobieren, konnte sie gar nicht genug bekommen. Dies mochten zwar oberflächliche Vergnügungen sein, aber sie bereiteten wirklich Spaß, stellte sie erstaunt fest.

Anna schien es fast, als würde sich Olly mit jedem neuen Kleid auch neues Selbstvertrauen zulegen. Dies zeigte sich zudem in den Gesprächen bei Tisch: Seit neuestem ließ Olly nicht mehr zu, dass Mary diese dominierte. Sie stellte sich zwar nicht in den Mittelpunkt wie die ältere Schwester – das war nicht ihre Art –, aber sie ging immer öfter aus sich heraus, sagte zu diesem Thema ihre Meinung, äußerte zu jenem Gedicht ihre Gedanken.

»Stellt euch vor, vor ein paar Tagen fragte mich unsere Cousine Sophia doch tatsächlich, ob ich mit ihr Schlittschuhlaufen gehe«, sagte Mary eines Tages während eines Abendessens in familiärer Runde. »Tante Helene sollte ihren Töchtern wirklich erklären, dass eine solche Freizeitbeschäftigung für eine junge Dame viel zu kindisch ist.«

»Warum soll Schlittschuhlaufen kindisch sein? Mir macht das nach wie vor Spaß«, antwortete Olly nach kurzem Zögern. »Außerdem – sich in der frischen Luft zu bewegen und sein körperliches Wohlbefinden zu stärken ist doch nichts Schlechtes. Mens sana in corpore sano – heißt es nicht so?«, fügte sie hinzu und schaute fragend in die Runde. Mary, deren Lateinkenntnisse sehr zu wünschen übrigließen, runzelte die Stirn, während der Zar zustimmend nickte und zu einem begeisterten Vortrag über körperliche Ertüchtigung anhob.

Anna, die wusste, wie schwer Olly das Reden vor Erwachsenen normalerweise fiel, freute sich.

»Welchen Zaubertrank haben Sie Ihrem Zögling nur gegeben? So eloquent kenne ich Großfürstin Olga gar nicht«, meinte Wassili Shukowski nach diesem besonders anregenden Gespräch beim Abendessen.

Anna lächelte. »Sie sagten doch, es gehe darum, aus Ollys Anlagen das Beste herauszuholen. Nichts anderes versuche ich gerade.«

Es war zwar keine Wandlung über Nacht, aber im Laufe der Monate wurde aus dem schüchternen Kind eine lebensfrohe und attraktive junge Frau, in deren Nähe sich die Menschen gern aufhielten.

Der Zar war hochzufrieden mit Ollys Fortschritten und äußerte sich lobend gegenüber Anna. Die Zarin wiederum nahm Olly auf eine kleine Reise nach Prag mit und war danach ebenfalls voll des Lobes darüber, welch angenehme Reisebegleitung ihre zweitälteste Tochter geworden war. Olly selbst schwärmte noch wochenlang von der Goldenen Stadt, in der sie sich sehr wohl gefühlt hatte.

Anna war erleichtert – fügte sich nicht alles ganz wunderbar?

9. KAPITEL

»Großfürstin, wachen Sie auf! Der Palast brennt!«

Jemand rüttelte unsanft an Ollys Schulter und riss ihr im nächsten Moment die Decke vom Leib.

»Schnell anziehen, Schuhe, Kleider, Mantel! Die Kutsche wartet schon!«

»Der Palast ...« Einen Moment lang wusste Olly nicht, ob sie sich in einem wirren Traum befand. Sie hatte Weintrauben gegessen, da war ein Rappe mit feuerrotem Zaumzeug und –

Abrupt fuhr sie hoch. »Der Palast brennt?«

Sie kannte den Kammerjungen nicht, der nur mit einer Kerze in der Hand im Türrahmen stand. Womöglich war das ein aufrührerischer Rebell? Ein Entführer oder schlimmer noch – ein Mörder? Die Zahl seiner Gegner steige im selben Maß wie seine Beliebtheit, hörte Olly ihren Vater immer wieder klagen. Und dass er deswegen Augen und Ohren überall haben müsse. Auch die Kinder seien einer gewissen Gefahr ausgesetzt ...

»Verehrte Hoheit, bitte!« Der Bursche sah so verzweifelt aus, dass jeder Gedanke an eine Palastrevolte weggewischt war.

»Warte draußen!« Olly sprang aus dem Bett. »Was ist mit meinen Geschwistern?«, schrie sie durch die angelehnte Tür. Strümpfe, Socken, noch einen Unterrock, falls man sich länger würde draußen aufhalten müssen, das dicke Samtkleid, nein, zu viele Ösen, besser das Wollkleid! Mütze, Schal, Handschuhe.

»Alle in Sicherheit, das Feuer hat diesen Teil des Palastes bisher nicht erreicht«, sagte der Bursche. »Aber Hofmarschall Malikow meint, das komme noch!«

Diese letzte Bemerkung ließ Olly noch hastiger agieren.

Es war nicht das erste Mal, dass sie durch einen Feueralarm nachts aus den Betten gerissen wurden, gerade im Winter, wenn viele Kamine, Öfen und Feuerstellen beheizt wurden, konnte ein Herdfeuer schon einmal auf die Küche oder einen der Wirtschaftsräume übergreifen. Solche Brände waren mit vereinten Kräften schnell gelöscht, derjenige, durch dessen Nachlässigkeit das Feuer entstanden war, bekam seine Strafe, und das Leben ging weiter.

Wenn aber Malikow glaubte, diesmal sei es ernst ...

»Olga, bist du fertig?« Anna schob den Kammerjungen grob zur Seite. Unter ihrem Pelzmantel lugte die weiße Spitze des Nachtkleides hervor. »Beeil dich, es brennt lichterloh!«

»Anna, du musst mir helfen ...« Hektisch schaute sich Olly in ihrem Zimmer um. Die Bibel! Ihre Tagebücher! Ihre schönen neuen Kleider, Grand Folies Körbchen ...

»Wir haben keine Zeit!«, rief Anna, während Olly wahllos nach diesem und jenem Gegenstand griff.

Türen wurden aufgerissen, Adini und Mrs Brown, Kosty, Nisi und Mischa mit ihren Kindermädchen schlossen sich ihnen an. Der Gestank nach Rauch wurde aufdringlicher. Grand Folie zappelte auf Ollys Arm. Sie versuchte, das Hündchen festzuhalten, ohne ihm weh zu tun. Doch es sprang jaulend zu Boden und rannte davon.

»Grand Folie! Bleib hier! Nicht dorthin ...« Olly wollte ihm nachlaufen. »Lass mich, mein Hund!«, kreischte sie, als Anna sie am Ärmel festhielt.

»Endlich, da seid ihr ja. Der Petersaal ist verloren, dort steht schon ein Teil des Daches in Flammen, also los, beeilt euch!« Mit wehendem Gehrock kam Zar Nikolaus ihnen von der Treppe entgegen.

Olly sah ihn flehentlich an. »Grand Folie ist fortgerannt! Papa, wir müssen ihn suchen ...«

»Nichts da, ihr müsst hier raus. Mary und Sascha sind auch schon auf dem Hof«, rief Nikolaus gegen das lauter werdende Knacken und Zischen an, dann scheuchte er sie davon.

»Ab mit euch ins Palais Anitschkow, ich werde versuchen zu retten, was zu retten ist!«

Das Feuer wütete dreißig Stunden lang. Jahrzehnte hatte es gedauert, den weitläufigen Palast zu erbauen. Am vorletzten Dezembertag des Jahres 1837 wurde in kurzer Zeit alles zerstört: Fenster zerbarsten mit lautem Knall, Teile des Daches fielen ein, der ganze Palast war verloren.

Zar Nikolaus und große Teile des in der Nähe des Winterpalastes angesiedelten Preobrajenski-Regiments retteten so viele Bilder, Spiegel und Kunstwerke aus den Prunksälen wie möglich, während die Flammen immer näher kamen. Dank einer eilends errichteten Brandmauer wurde die Eremitage verschont. Nicht auszudenken, welche Kunstschätze sonst vom Feuer verschlungen worden wären!

Als hätte *ein* Unglück in dieser Nacht nicht gereicht, brannte es in einem weiteren Stadtteil von St. Petersburg. Nikolaus blieb nichts anderes übrig, als einen Teil der Löschtruppen unter Führung seines Sohnes Sascha dorthin zu schicken.

Nach und nach trafen Truppen aus entfernter liegenden Kasernen ein. Unter Nikolaus' Leitung gelang es den Männern, auch aus den Privatgemächern einen Teil der Möbel, Teppiche und Bilder zu bergen. Sogar die Liebesbriefe, die er seiner jungen Verlobten einst nach Berlin geschrieben hatte, waren dabei.

Schwarz vom Staub, erschöpft und übernächtigt eilte der Zar am nächsten Morgen zu seiner Familie, auf dem Arm ein graues Fellbündel, das zu winseln begann, kaum dass es Olga gewahr wurde.

»Grand Folie!« Olly, die die ganze Nacht hindurch nicht aufgehört hatte zu weinen, schluchzte erneut auf. Während sie ihren Hund herzte und drückte, zählte der Zar die riesigen Verluste auf.

Olga war dies alles gleichgültig: Ihr Hund war gerettet, und nur das zählte. Außer ihr frohlockte noch jemand: Kosty. Das Feuer hatte all seine Lehrbücher verschlungen. Wenn es nach ihm gegangen wäre, hätte es seinen verhassten Lehrer Lütke auch noch außer Gefecht setzen können!

»Meine liebe Madame Okulow, Sie strahlen ja übers ganze Gesicht!« Obwohl draußen eisige Ostwinde an Laternenpfählen rüttelten, stand Wassili Shukowski mit seiner Pfeife an einem geöffneten Fenster. Als Anna näher kam, schloss er es eilig.

»Danke. Mir geht es auch blendend«, erwiderte sie.

»Anderen offenbar auch«, sagte der Lehrer, als aus dem Salon lautes Kinderlachen ertönte.

Anna runzelte die Stirn. »Fallen etwa schon wieder Schulstunden aus, weil nicht genug Platz für alle ist? Nach Geschichtsunterricht hört sich das jedenfalls nicht an.«

»Da täuschen Sie sich, meine Liebe. Vor ein paar Tagen kam unser verehrter Kollege Lenz mit einer Holzkiste voller Gussformen daher: Soldaten, Pferde, Kanonen. Seitdem sind die drei Jungen mit Rieseneifer dabei, ihre im Feuer verbrannten Zinnsoldaten durch selbstgegossene zu ersetzen.«

»Zinn gießen im Salon?« Manchmal hatte die räumliche Enge im Palais Anitschkow seltsame Auswirkungen.

Die Renovierungs- und Wiederaufbauarbeiten am Winterpalast würden Jahre in Anspruch nehmen, hatte der Zar kurz nach dem Brand verkündet. Also blieb den Familienmitgliedern nichts anderes übrig, als sich mit einem Leben im wesentlich kleineren Palais Anitschkow zu arrangieren: Die Kinder schliefen zu zweit oder zu dritt in einem Raum und freuten sich, wenn wieder einmal Unterrichtsstunden ausfielen, weil nicht genügend Studierzimmer vorhanden waren.

Auch Annas Kammer war kleiner als jene im Winterpalast, doch das störte sie nicht. Im Gegenteil: Das Leben im Palais Anitschkow erinnerte sie auf angenehme Weise an ihr eigenes Zuhause.

»Es ist schon erstaunlich, wie gut wir uns alle hier eingewöhnt haben, nicht wahr?«

»Sagen wir mal, fast alle«, bemerkte Shukowski und nickte

bedeutungsvoll in die Richtung von Marys Räumlichkeiten. »Aber was den Geschichtsunterricht im Salon angeht – es kommt noch besser«, fügte er schmunzelnd hinzu. »Heute ist nämlich die Bemalung der Figuren an der Reihe. Und damit die nur ja authentisch ausfällt, hat Monsieur Gilles einen ganzen Stapel Stiche und Ansichtsbücher aufgetrieben. Wenn er seine Kenntnisse in Waffen- und Uniformkunde zum Besten gibt, ist es da drinnen mucksmäuschenstill.«

»Auch eine Art, Lehrstunden abzuhalten«, befand Anna. »Aber nun müssen Sie mich bitte entschuldigen.« Unruhig schaute sie zur Treppe, sie wollte dringend zu Olga.

Shukowski war ihrem Blick gefolgt. »Heute ist der große Tag, nicht wahr? Die Großfürstin Olga besucht ihren ersten Ball. Kein Wunder, dass Sie bestens gelaunt sind und bestimmt auch ein bisschen aufgeregt.«

Ein bisschen aufgeregt? Das war mehr als untertrieben.

Während aus dem Salon Monsieur Gilles' sonore Stimme ertönte, drückte Anna spontan Shukowskis Hand.

»Danke für alles! Wenn Sie mir damals im *Wolf und Béranger* nicht zugeredet hätten – ich hätte wahrscheinlich aufgegeben.«

»Bestimmt nicht.« Shukowski lächelte und reichte ihr seinen Arm. Gemeinsam gingen sie auf die Treppe zu.

Seit ihrem denkwürdigen Gespräch kurz nach Puschkins Tod hatte sich ein freundschaftliches Verhältnis zwischen dem etwa zehn Jahre älteren Mann und Anna entwickelt. Mindestens einmal pro Monat trafen sie sich auf ein Glas Tee.

»Ich bin gespannt, was Großfürstin Olga von Prinzessin Bariatinskis Tochter halten wird«, sagte er nun. »Ich kann mir gut vorstellen, dass die beiden Freundinnen werden. Schließlich ist Marias Bruder Iwan unserem Zarewitsch seit Jahren ebenfalls ein guter Gefährte.«

»Wir werden sehen. Freundschaft und gegenseitige Sympathie kann man nicht erzwingen, aber eine Freundin täte Olga wirklich gut. Immer nur mit den Schwestern zusammen zu sein oder mit mir ist nicht das Wahre. Vielen Dank, dass Sie mich auf Maria Bariatinski aufmerksam gemacht haben«, sagte Anna warmherzig. »Ich kann mich zudem nicht oft genug bei Ihnen bedanken für den Rat, mich an die Großfürstin Helene zu wenden. Von meiner Idee, Olga vor ihrer offiziellen Einführung in die Gesellschaft auf ein, zwei kleinere Bälle zu schicken, war sie sofort angetan. Sie wollte einen hübschen Abend gestalten und nur nette Gäste einladen. Tja, und keine zwei Wochen später flatterten die Einladungen für heute Abend ins Haus.«

»Die Schwägerin unseres Zaren versteht sich darauf, interessante Menschen zusammenzubringen, sicher ein Resultat ihrer in Paris verbrachten Jugend, wo sie selbst viel Kontakt zu außergewöhnlichen Persönlichkeiten hatte. Ihre Literarischen Abende sind einmalig, daher bin ich überzeugt davon, dass auch der Ball heute etwas ganz Besonderes wird.«

*

»Mary, liebe Mary, jetzt komm doch mit! Tante Helene hat halb St. Petersburg eingeladen, um uns eine Freude zu machen. Es ist das erste große Fest nach dem Brand.« Ungelenk versuchte Olly, die Schwester, die ihr Gesicht in beiden Händen vergraben hatte und weinte, in den Arm zu nehmen.

»Bitte, lass mich nicht allein gehen, du weißt doch, dass ich ohne dich vor Aufregung sterbe!«

Mit tränenüberströmten Augen schaute Mary schließlich auf. »Olly, versteh doch, ich kann nicht! Mir ist nicht nach Feiern zumute. So wie wir hier hausen, kann es einem Menschen doch nur elend gehen.«

»Wie bitte?«, fragte Olly fassungslos. »Du hast dir doch das größte und sonnigste Schlafgemach im ganzen Palais ausgesucht, dagegen sind Adinis und meine Räume Abstellkammern! Und es ist dir immer noch nicht gut genug?«

»Du willst mich einfach nicht verstehen. Meine Berliner Couture-Kleider, mein Schmuck – alles unwiderruflich verloren! Da soll ich Lust aufs Ausgehen haben?« Schon schluchzte die ältere Schwester wieder los. »Mit dem, was es in St. Petersburg zu kaufen gibt, komme ich wie eine Landpomeranze daher.«

Ollys Mitgefühl hielt sich in Grenzen. Im Gegensatz zu ihr hatte Mary einen Großteil ihrer Habseligkeiten retten können. Ihre Kämme, ihr silberner Handspiegel, ein emaillierter Trinkbecher – alles lag wie früher im Winterpalast auch hier an Ort und Stelle, weil ein ihr zugetaner Offizier des Preobrajenski-Regiments ihren Schreib- und Toilettentisch leer geräumt hatte.

Und was ihre Kleider anging: Hätte sich Mary wie Adini und sie damit zufriedengegeben, vorerst im nahe gelegenen Kaufhaus Gostiny Dwor neue Kleider zu kaufen, wäre ihr Schrank heute nicht leer. Aber nein, Mary musste ja unbedingt mit ihrer Mutter in die feinsten Schneiderateliers von St. Petersburg gehen! Dass aufwendige Maßanfertigungen ihre Zeit brauchten, wusste jeder. Welchen Grund hatte Mary also für ihre Wehklagen?

Olly holte tief Luft. »Wie du meinst, dann gehe ich allein«, sagte sie und machte auf dem Absatz kehrt.

»Mir gefällt das Kleid, da kann Mary sagen, was sie will.« Olly drehte sich vor dem Spiegel einmal um die eigene Achse. Das äußerst schmal geschnittene Kleid war in einem zarten Hellblau gehalten, kombiniert mit einem Goldton. Es hatte enganliegende Ärmel und kam gänzlich ohne Spitze aus.

»Was für ein Glück, dass du mit deinen knapp sechzehn Jahren schlank wie eine Pappel bist«, sagte Anna, die mit bewunderndem Blick danebenstand.

Olly trat näher an den Spiegel heran, beäugte sich kritisch – kein Pickel, keine gerissenen Äderchen, sie war sehr zufrieden mit sich. Seit Anna vor ein paar Tagen ihre Augenbrauen mit einer Pinzette in schmale, hohe Bögen verwandelt hatte, wirkten ihre Augen noch größer und strahlender als zuvor. Wie von Zauberhand hatte ihr Gesicht in den letzten Monaten einen Teil seiner kindlichen Weichheit verloren, ihre Wangenknochen zeichneten sich schärfer ab, ihr Kinn und der Übergang zum Hals waren klarer definiert.

Olly lächelte ihr Spiegelbild an. »Tante Helene hat wirklich eine gute Idee gehabt.« Sie hob das Kinn noch ein wenig mehr, schob die Schultern noch etwas nach hinten, dann schritt sie in ihren Seidenstiefelchen durchs Zimmer. Das fühlte sich gar nicht so schlecht an. »Schau, gehe ich so richtig?«

»Gut machst du das, so wirkst du noch größer und schlanker und kommst wahrhaft königlich daher! Aber jetzt setz dich wieder, die Zofen deiner Mutter haben nicht ewig Zeit.«

Nach einer halben Stunde war die Frisur fertig. Zum Abschluss hatte die geschicktere der beiden Zofen seitlich einen kleinen Diamantstern eingefügt. Bei der kleinsten Bewegung, die Olly machte, funkelte das Schmuckstück und zauberte glänzende Lichter in ihr Haar.

»Du bist wunderschön! Die jungen Herren auf Helenes Fest werden Schlange stehen, um auch nur ein Wort mit Ihrer Hoheit wechseln zu dürfen«, sagte Anna.

»Bisher standen die Herren nur bei Mary an«, sagte Olly zögernd und kämpfte gegen das wilde Rumoren in ihrem Bauch, das wie aus dem Nichts gekommen war. »Womöglich würdigt mich keiner auch nur eines Blickes.«

Anna winkte ab. »Mach dich nicht verrückt, Liebes. Du wirst so viele Verehrer haben, dass du bald nicht mehr ein noch aus weißt. Du wirst Körbe verteilen müssen und dir den Richtigen mit Bedacht aussuchen. In zwei, drei Jahren wirst du eine der besten Partien von ganz Europa heiraten – ach was, von der ganzen Welt! Kaiserin eines großen Reiches wirst du werden oder eine mächtige Königin. Und dann … du weißt schon –« Sie brach ab, als eine der Zofen an Olly herantrat, um eine Rockfalte glattzustreichen.

Olly sah ihre Betreuerin zweifelnd an. »Und du glaubst wirklich, ich bin so weit?«

Anna nickte. »Weißt du, was meine Großmutter immer zu mir sagte? ›Auch in deiner Straße wird es einmal ein Fest geben.‹«

Bevor Olly wusste, wie ihr geschah, fasste Anna sie an den Händen und wirbelte mit ihr durch den Raum.

»Und dieses Fest, mein liebes Kind, findet heute Abend statt!«

»Noch einmal jung sein«, seufzte Großfürstin Helene, während sie und Anna zusammen mit den anderen Anstandsdamen von ihrem Tisch aus die jugendlichen Gäste im Blick behielten.

Knapp achtzig junge Damen und Herren hatte Olgas Tante eingeladen, Töchter und Söhne von Freunden und aus dem weiteren Familienkreis, Kinder von Geschäftsleuten, aber auch junge Dichter, Musiker. Sogar ein Freskenmaler und ein Orgelspieler waren heute Abend zu Gast im Michajlow-Palast.

Während die jungen Damen sich angeregt miteinander unterhielten, taten die Herren so, als wären sie eigentlich gar nicht da. Gleichzeitig wanderten im Kerzenschein so viele mehr oder minder auffällige Blicke zwischen den beiden Geschlechtern hin und her, dass die Luft fast zu flimmern schien. Noch hatte keiner die unsichtbare Linie, die die jungen Männer und Frauen voneinander trennte, überschritten. Welcher Herr würde wohl als Erster den Mut fassen, eine der Damen anzusprechen?

»Wem sagen Sie das«, antwortete Anna, deren Augen nicht wussten, wohin sie zuerst schauen sollten, so schön hatte die Großfürstin alles herrichten lassen. Hunderte von Kerzen tauchten den Saal in goldenes Licht, in silbernen Gefäßen jeglicher Art waren riesige Tulpensträuße dekoriert, die dem klassizistisch strengen Raum eine verspielte Atmosphäre gaben. So viele frische Blumen – wo hatte Helene die nur aufgetrieben? Wenn Geld keine Rolle spielte, waren eben viele Dinge möglich, dachte Anna nicht zum ersten Mal.

Ein Streichquartett spielte, es gab Champagner, Fruchtbowle und eine riesige Marzipantorte, um die sich schon jetzt vor allem die jungen Herren scharten.

Anna reckte den Hals, um einen Blick auf Olga zu erhaschen, die seit kurzem in ein Gespräch mit einem jungen Burschen vertieft zu sein schien und immer wieder interessiert nickte.

»Schauen Sie nur, meine Olga führt erste Konversationen! Liebe Großfürstin Helene, ich kann Ihnen nicht genug für diesen Ball danken.«

»Dieses Fest auszurichten war mir ein großes Vergnügen, meine Liebe. Für ein junges Mädchen ist es wirklich viel leichter, auf ungezwungene Art erste gesellschaftliche Kontakte zu knüpfen, ohne dass die Mutter mit strengen Augen hinter ihr steht und jedes Wort belauscht. Olga schlägt sich übrigens tapfer, wenn ich das anmerken darf. Sergei Lobinski scheint ganz entzückt von ihr. Der reizende junge Herr ist Orgelspieler, müssen Sie wissen.«

Einer der Musiker kam und erbat von Helene die Erlaubnis, mit dem Spielen beginnen zu dürfen. Während die ersten Töne eines Beethoven-Streichquartetts erklangen, sagte Helene: »Wenn in zwei, drei Jahren meine Töchter an der Reihe sind, richtet meine liebe Schwägerin vielleicht auch für sie einen Ball im Winterpalast aus.«

»Falls der bis dahin schon fertig renoviert ist«, seufzte Anna. »Das Palais Anitschkow bietet für solche Feste« – sie machte eine Handbewegung, mit der sie den Ballsaal einbezog – »jedenfalls keinen Raum!«

*

»Sie müssen wissen, dass das liturgische Orgelspiel schon seit der karolingischen Zeit große Bedeutung für die abendländische Kirche hat. Unglaublich, nicht wahr?«

»Sehr interessant«, murmelte Olly und schaute sich diskret hilfesuchend um. Keine bekannte Person, niemand, zu dem sie gehen konnte. Niemand, der sie vor diesem Langweiler Sergei Lobinski retten würde.

»Allerdings ist es erst seit gut hundert Jahren Brauch, mit der Orgelmusik die Gesänge der Kirchengemeinde zu begleiten, zuvor –«

»Großfürstin Olga, wie schön, Sie endlich kennenzulernen!«

Blinzelnd ergriff Olly die Hand des blonden jungen Mädchens, das plötzlich neben ihr aufgetaucht war. Sie hatte es nicht einmal kommen sehen, so sehr hatte der Vortrag ihres Gegenübers sie ermüdet.

»Gestatten Sie, ich bin Prinzessin Maria Bariatinski. Madame Okulow ist eine gute Freundin meiner Mutter, sie meinte, Sie hätten wohl nichts dagegen, wenn ich mich ein wenig zu Ihnen geselle.«

Olly lächelte. »Sehr gern, Prinzessin.«

»Mein lieber Sergei, wissen Sie eigentlich, dass unsere Gastgeberin eine große Liebhaberin des Choralspiels ist? Schauen Sie, sie sitzt dort drüben.« Sanft, aber bestimmt winkte die Prinzessin den Orgelspieler davon.

Olly schmunzelte. »Das haben Sie geschickt angestellt, vielen Dank.

Ohne Sie wäre ich vor lauter Langeweile bald umgekommen. Nie hätte ich gedacht, dass mein erster Ball so einschläfernd sein würde.«

Das war also Prinzessin Bariatinski, von der Anna ihr erzählt hatte. Was für ein wunderschönes Mädchen, durchfuhr es Olly. Noch nie hatte sie so tiefblaue Augen gesehen. Und dazu die dunklen vollen Brauen, die im Kontrast zu ihrem hellen Teint standen. Unwillkürlich griff sich Olly an die eigenen, schmal gezupften Brauen.

Und dieses weizenblonde dicke Haar! Wie viele tausend Bürstenstriche mochte Maria wohl allabendlich durchführen? Die junge Prinzessin erinnerte Olly an die Gemälde der alten holländischen Meister, die ihre Mutter so liebte.

»Es gibt wahrlich Interessanteres, als einem Vortrag übers Orgelspiel zu lauschen, zum Beispiel selbst Orgel zu spielen. Oder Piano«, stimmte Maria zu. »Mein Musiklehrer zum Beispiel ...« Schon bald waren sie in eine angeregte Unterhaltung über ihre musikalischen Vorlieben vertieft. Mehr als einmal begann Olly einen Satz und Maria beendete ihn, oder umgekehrt. Beide hatten nach kürzester Zeit das Gefühl, sich schon seit Ewigkeiten zu kennen.

»Wollen wir ein paar Schritte an die frische Luft gehen? Ihr Verehrer scheint sich nämlich mit dem Gedanken zu tragen zurückzukommen ...« Maria Bariatinski nickte in Richtung des Orgelspielers.

»Oje, bloß das nicht«, sagte Olga. Kichernd schlangen sie ihre Schaltücher enger um die Schultern und verschwanden rasch durch die zweiflügelige Terrassentür.

Es war ein frischer Abend. Der Boden glänzte nass und roch nach kaltem Stein, und der Park des Palais war mit Hunderten von kleinen Lichtern erhellt.

Olly hob die Nase und schnupperte. »Riechen Sie es auch? Liegt nicht schon ein Hauch von Frühling in der Luft?«

»Vielleicht ist es auch nur das Eau de Toilette von einem der Herren«, sagte Maria, und sie mussten beide lachen. Im nächsten Moment legte Maria Olly eine Hand auf den Arm. »Aber Sie haben völlig recht, auf der Fahrt hierher habe ich in den Kanälen der Stadt viel mehr Eisschollen gesehen als gestern. Jetzt dauert es nicht mehr lange und das Eis schmilzt völlig weg. Ach, ich kann es kaum erwarten … Wenn die Straßen wieder befahrbarer sind, müssen Sie mich unbedingt in unserem Landhaus besuchen.«

»Sehr gern«, sagte Olly voller Inbrunst. »Dass wir uns über den Weg gelaufen sind, ist das Allerschönste an diesem Abend!«

»Oh, schauen Sie, da ist mein Bruder.« Maria stellte ihr Glas auf einem Fenstersims ab und winkte mit beiden Armen. »Iwan, hierher!«

Olly biss sich auf die Lippe. Zu gern hätte sie Maria noch einen Moment für sich allein gehabt, es gab so viele Dinge, die sie von der Prinzessin erfahren wollte.

Doch im nächsten Moment war Ollys Verdruss verflogen.

Prinz Alexander Iwanowitsch Bariatinski trug die Uniform eines Offiziers der russischen Armee und war älter als seine Schwester, Olly schätzte ihn auf Mitte zwanzig. Wie Maria hatte auch er blondes Haar und dunkle buschige Augenbrauen. Und wie sie war auch er ungewöhnlich attraktiv.

»Sie sind also Saschas kleine Schwester Olga. Ihren Bruder kenne ich seit vielen Jahren, nun darf ich endlich auch Sie kennenlernen.« Iwan Bariatinski nahm ihre Hand und küsste sie formvollendet. Sogleich durchfuhr Olly ein Schauer, der nicht von der kühlen Nacht herrührte.

»Eigentlich kenne ich die meisten von Saschas Freunden. Wie kommt es, dass wir uns noch nie begegnet sind?«, fragte sie mit einem leichten Zittern in der Stimme. Iwans Augen waren von einem noch tieferen Blau als die von Maria. Und wie er sie ansah … In Ollys Bauch summten plötzlich tausend Hummeln.

Iwan lachte. »Das fragen Sie am besten Ihren Herrn Vater, er ist der Ansicht, meine Wenigkeit könne an der polnischen Grenze die besten Dienste leisten. Und genau das habe ich in den letzten eineinhalb Jahren getan.«

»Iwan ist erst gestern zurückgekommen, Mutter und ich sind überglücklich! Anscheinend warten nun neue Aufgaben auf ihn.«

»Ist Sascha nicht hier? Und Großfürstin Maria?« Fragend schaute sich der Offizier um.

»Leider nein … Sascha ist auf Reisen, und meine Schwester war verhindert.« Olly schluckte. Würde er jetzt gehen?

»Aber spätestens in zwei Wochen dürfen wir unseren Zarewitsch wohl zurückerwarten. Ich sage nur ›Stichwort Eisenbahn‹«, sagte Iwan Bariatinski augenzwinkernd.

Olly lächelte. »Sie haben recht, Sascha würde sich die erste Bahnfahrt auf russischem Boden niemals entgehen lassen. Ehrlich gesagt, auch ich bin schrecklich aufgeregt, wenn ich nur daran denke. Auf meiner Reise nach Prag im letzten Jahr habe ich zwar auch schon Eisenbahnen gesehen, aber mitgefahren bin ich noch nie.«

»Ein ganz besonderes Erlebnis. Umso mehr freue ich mich, dass Sascha mich eingeladen hat, ihn bei diesem außergewöhnlichen Ereignis zu begleiten.« Die blauen Augen des Offiziers strahlten. »Einem baldigen Wiedersehen unsererseits steht also nichts im Wege.«

»Sie sind mit von der Partie?« Ollys Stimme überschlug sich fast.

Etwas unsicher schaute sie Maria Bariatinski an. »Dann ist es mir ein Vergnügen, Sie ebenfalls zur bevorstehenden Einweihung der ersten Eisenbahnstrecke Russlands einzuladen.«

Nachdem sie noch ein wenig über dieses bevorstehende Abenteuer geplaudert hatten, sagte Maria: »Bevor du kamst, Bruderherz, waren Olly und ich in ein romantisches Gespräch verwickelt. Wir haben uns über die zauberhafte Nacht unterhalten und darüber, dass es bald Frühling wird. Sag, was hast *du* uns Romantisches anzubieten?« Schmunzelnd hakte sich Maria links bei ihrem Bruder ein, woraufhin er Olly seinen rechten Arm anbot.

Zu dritt schlenderten sie ein paar Schritte über die Terrasse. Iwans Körperwärme drang durch Ollys Schultertuch, und auf einmal war ihr überhaupt nicht mehr kalt. Sie hätte ewig so weitergehen können. Wenn ihr nur auch etwas zu sagen einfiele, dachte sie, während Marias munteres Geplänkel die Nacht erfüllte. Bestimmt hielt Iwan sie längst für einen stummen Fisch.

Bei einer der korinthischen Säulen angelangt, blieb Iwan Bariatinski stehen. »Als Offizier der russischen Armee ist die Romantik nicht unbedingt mein Steckenpferd, aber vielleicht kann ich die Damen mit einem Gedicht erfreuen? Als ich gestern im Palast nach Ihrem Bruder fragte, traf ich unseren lieben Freund Wassili Shukowski. Er las mir spontan seine neueste Dichtung *Sinnen und Trachten* vor, zu der ihn das erwachende Leben in der Natur inspiriert hatte. Mal sehen, ob ich noch alles zusammenbekomme.« Iwan schloss kurz die Augen, als müsse er sich sammeln. Erwartungsvoll schauten Olly und Maria ihn an.

»Oft, unterm Mondlicht in heimlicher Traurigkeit mich verzehrend,
Sitz ich allein in der Stille und seufze und weine, doch plötzlich
Bebt meine Seele in wonnigen Schauern, und jenes frische,
reine, lebendige Leben, es strömt in die Seele mir; und ich
Seh mit den Augen, was sonst in der Saiten Wohllaut verborgen,
Und ich erblicke ein niemals durchmessenes Land, und es leuchtet
Mir aus der Ferne so heiter und hell ein Gestirn der Hoffnung.«

Olly hatte Mühe, ihre Tränen zurückzuhalten. So schöne Worte aus dem Mund eines Mannes …

»Ein Gestirn der Hoffnung, das passt zum Frühling«, sagte Maria seufzend. »Ach Iwan, ich bin froh, dass du wieder da bist.«

»Und Sie, verehrte Großfürstin? Sind Sie darüber auch froh?«, fragte Iwan augenzwinkernd.

»Äh … ja, gewiss«, stotterte Olly, noch immer benommen. Wie sanft er gesprochen hatte, wie süß jedes Wort klang! Zum Glück war es dunkel, da konnte Iwan nicht sehen, wie ihr die Röte in die Wangen schoss. »Ein nie durchmessenes Land, das fängt die Stimmung dieses Abends wundervoll ein.« Sie löste sich von Bariatinskis Arm und machte ein paar Schritte zur Terrassenbalustrade, den Blick in die mondhelle Nacht gerichtet. Ihre Nervenenden prickelten, und sie presste die Hand an ihre Brust. Was war nur los mit ihr? Von einem Glas Champagner konnte sie doch nicht derart berauscht sein. Lachend drehte sie sich zu Maria und Iwan um.

»Seltsam, ich habe das Gefühl, als stehe mir der Aufbruch in ein nie durchmessenes Land bevor!«

TEIL II

Liebe

Im freien Felde,
Auf duftenden Wiesen,
Im blühenden Tale,
In Prunkgemächern,
Und unterm Geglitzer
Der lautlosen Nächte
In dir nur ich atme.
Tiefinnere Wonne,
Tiefinnere Flamme
Verströmst du ins Herz mir.
Im Frühling belebend,
In köstlichen Blüten,
Willst du mich umfangen
Mit himmlischer Ruhe,
Heilige Liebe!

Wassili Andrejewitsch Shukowski

10. KAPITEL

St. Petersburg, Frühjahr 1838

Der Bretterboden des Witebsker Bahnhofs ächzte unter der noch ungewohnten Last der vielen Stiefel, Galoschen, Latschen und Pantoffeln. Ein paar nicht ganz eingeschlagene Nägel standen hervor und bohrten sich durch die Sohlen. Es war das erste Mal, dass sich Bahnreisende hier einfanden.

Eine illustre Gruppe marschierte in diesem Moment aus dem Wartesaal hinaus auf den hölzernen Bahnsteig: Zar Nikolaus und Zarin Alexandra, der Bruder des Zaren, Großfürst Michael, und seine Gattin Helene, Olly und ihre Geschwister. Auch Wassili Shukowski, Anna Okulow und andere geschätzte Angehörige des Zarenhaushalts hatten die Ehre, und ein paar ausgewählten Gästen wie den Geschwistern Bariatinski war es ebenfalls vergönnt, diese allererste Eisenbahnfahrt auf russischem Boden mitzuerleben.

Seit Wochen berichteten die Zeitungen über das bevorstehende Ereignis. Die St. Petersburger saugten jede kleinste Information gierig auf. Die Meinungen waren geteilt: Viele waren gegen solche neuen Moden und verfluchten die Eisenbahn als Teufelszeug des Westens. Andere wiederum waren stolz, dass die erste Bahnlinie Russlands ausgerechnet hier in »Pieter«, wie die Einwohner ihre Stadt liebevoll nannten, errichtet worden war und nicht in Moskau. Und so war es kein Wunder, dass sich eine große Menge Gegner wie Befürworter – abgeschirmt durch Hunderte von Gardisten – vor dem Bahnhof und entlang der Gleise eingefunden hatte.

»… zur Einweihung begrüßen!« Der Zar schaute in die Runde und erntete begeisterten Applaus.

Anna Okulow klatschte, so fest sie konnte, in die Hände.

Sie war hier. An diesem besonderen Tag. An diesem ganz speziellen Ort. Wieder einmal dankte sie der glücklichen Fügung, die sie in den Zarenhaushalt gebracht hatte.

»Im nächsten Sommer soll diese Strecke über Zarskoje Selo hinaus bis nach Pawlowsk verlängert werden, der Bau weiterer Strecken wird folgen, allen voran natürlich die Bahnlinie zwischen St. Petersburg und Moskau«, erklärte der Zar seinem staunenden Publikum weiter. »Vom Schwarzen Meer bis zur Barentssee, von den Weiten Sibiriens bis nach Moskau und St. Petersburg – irgendwann werden Eisenbahnlinien unser ganzes Land durchziehen! Dann werden nicht nur wir Menschen schneller von einem Ort zum anderen kommen, auch die Rohstoffe unseres Landes werden leichter als bisher ihren Weg in die Städte finden. Und …«

Anna versuchte, kein Wort des Zaren zu verpassen und gleichzeitig Olly im Auge zu behalten, die im Gedränge mit Maria Bariatinski und deren Bruder zusammenstand.

Einen Moment lang verdüsterte sich Annas Miene. Dass der Zarewitsch von all seinen Freunden ausgerechnet den Prinzen Bariatinski hatte einladen müssen! Seit dem Fest bei Großfürstin Helene scharwenzelte er mehr um Olly herum, als ihr, Anna, lieb war. Doch lange währte ihr Ärger nicht, denn die Rede des Zaren war zu Ende und tosender Beifall folgte.

»Was für ein wunderbares, passendes Wetter!« Großfürst Michael strahlte übers ganze Gesicht. Gutgelaunt legte er einen Arm um seine Frau Helene.

»Die Eisenbahn ist völlig wetterunabhängig, wenn ich das anmerken darf«, sagte sogleich ein Herr mit Zylinder. »Regen, Schnee, Wind – so etwas mag Pferdekutschen zum Verhängnis werden, die Eisenbahn bringt ihre Passagiere dennoch sicher an ihr Ziel.«

»Wer ist das?«, flüsterte Anna dem Grafen Bobrinski zu, der rechts neben ihr stand.

Auf ihr Anraten hin war er kürzlich zu Olgas Kammerherr ernannt worden. Anna war der Ansicht, dass es manche Dinge im Leben gab, die sich ein junges Mädchen vielleicht lieber von einem feinen älteren Herrn erzählen ließ als von ihr. Der Graf war klug, belesen und vertrat auf vielen Gebieten der Technik, Wirtschaft und Wissenschaft moderne Ansichten. Mehrmals in der Woche nahmen Olly und er ihren Tee zusammen ein und parlierten über Gott und die Welt. Die junge Frau profitierte von seinem Wissen und bildete sich mit seiner Hilfe in allen zeitgemäßen Fragen weiter. Eigentlich hätte Olly auch heute an seiner Seite sein sollen, damit er ihr Einzelheiten zum Eisenbahnwesen erläutern konnte. Aber Olly zog eindeutig andere Gesellschaft vor ...

»Ein berühmter österreichischer Professor, er ist Leiter des Polytechnischen Instituts in Wien. Ihn hat der Zar beauftragt, unsere Eisenbahn zu entwerfen«, sagte der Graf mit glänzenden Augen. »Franz Anton von Gerstner ist sein Name und er –« Seine nächsten Worte gingen im lauten Raunen der Gäste unter, weil durch das riesige Tor des Lokschuppens schnaufend und dampfend die schwarze Lok samt ihren acht Wagen angerollt kam.

Schon vor Wochen hatte Nikolaus genau festgelegt, wer in welchem Wagen mitfahren würde: Adini, ihre jüngeren Geschwister sowie deren Betreuer saßen in einem Wagen. Die älteren Kinder würden mit dem Zarenpaar reisen, auch Anna und Graf Bobrinski sollten im Zarenwagen mitfahren, was Anna als besondere Ehre empfand.

»Und damit geht's jetzt nach Zarskoje Selo«, hauchte Mary, während Adini und die kleineren Geschwister aufgeregt von einem Bein aufs andere hüpften.

»Wenn ich bitten darf?« Graf Bobrinski wollte gerade Olly den Arm reichen, um ihr beim Besteigen des Wagens zu helfen, als ihm Iwan Bariatinski zuvorkam.

Eilig ergriff Olly seine Hand. »Ein wenig aufgeregt bin ich schon«, sagte sie und strahlte übers ganze Gesicht.

Anna runzelte die Stirn. Wie Ollys Augen funkelten, kaum dass der Offizier in ihrer Nähe war!

Es war ja nicht so, dass sie ihrem Zögling diese ersten Verliebtheitsgefühle nicht gönnte – nur galt es, darauf zu achten, dass die Sache nicht zu weit gedieh.

»Verehrter Prinz Bariatinski, wenn ich mich nicht täusche, stehen Sie und Ihre liebe Schwester auf der Gästeliste für den nächsten Wagen«, sagte sie.

»Das mag sein, aber Sascha bat mich ausdrücklich, in seinem Abteil mitzureisen«, sagte Iwan und setzte sich neben Olly.

Anna blieb nichts anderes übrig, als den Platz ihr gegenüber einzunehmen.

»Oje, jetzt sitzt du mit dem Rücken zur Fahrtrichtung! Willst du nicht lieber ins nächste Abteil gehen?«, fragte Olly betont liebenswürdig. »Du könntest neben Wassili Shukowski Platz nehmen.«

»Danke nein«, sagte Anna schmallippig. »Es reicht, wenn andere die Sitzordnung deines Vaters durcheinanderbringen.«

Kaum saßen alle, ertönte ein schrilles Pfeifen. Rumpelnd und stöhnend setzte sich der Zug in Bewegung, er spuckte und keuchte anfangs so sehr, dass sich die Gäste besorgt anschauten und Großfürstin Helene zu beten anfing.

»Es geht los!«, rief Nikolaus und sah aus, als hätte er dem Kohlenschipper am liebsten bei seiner Arbeit geholfen.

Dichter Rauch drang ins Abteil, und einige der Damen begannen zu husten. »Das stinkt ja fürchterlich!«, rief Helene und wedelte hektisch mit ihrem Taschentuch.

»Pferdemist stinkt auch«, entgegnete Olly. Anna musste sich ein Grinsen verkneifen. Mit dem Kohlenqualm war auch ihr Ärger verflogen. »Die erste Zugfahrt Russlands, und wir sind dabei, ist das nicht toll?«, sagte sie zu niemand Bestimmtem.

Nie hätte sie gedacht, dass das Innere einer Eisenbahn so schön wäre! Und so groß. Viel größer und bequemer als jede Kutsche, die sie kannte.

Die Sitzbänke und Wände waren mit tiefrotem Samt bespannt, in den das Wappentier der Romanows, der goldene Doppeladler, eingestickt worden war. Über den Fenstern hingen Schabracken in Dunkelgrün, Öllampen aus Messing rundeten das stilvolle Interieur der Wägen ab. Zwischen den Sitzbänken standen kleine Tische, Getränke jeder Art wurden gereicht.

»Um Himmels willen, der Zug wird ja immer schneller! In der nächsten Kurve werden wir ins Unglück stürzen«, rief Helene und bekreuzigte sich.

»Zur Sorge besteht kein Anlass, meine Damen und Herren. Ich habe die Bahn so gebaut, dass ...« Voller Hingabe erläuterte der österreichische Bahnkonstrukteur seine Arbeit.

Die Fahrt führte durch die Stadt hinaus aufs freie Land. Aus allen Wagen waren laute »Ahhs!« und »Ohhs!« zu hören, kaum ein Gast konnte sich dem Zauber der Fahrt entziehen. Wie schnell die Birken, Espen und Fichten an einem vorüberzogen! Hier – das Landhaus der Gräfin Wielhorski, gerade war das kleine Türmchen zu sehen, auf das sie so stolz war, da flog es im nächsten Moment auch schon an den Fenstern des Waggons vorbei. Der See, an dem man mit den Pferdewagen immer anhielt, um die Rösser zu tränken – schon wieder weg!

Anna jedoch warf kaum einen Blick aus dem Fenster, vielmehr hatte sie ihre Gegenüber genauestens im Auge. Saßen Olly und der junge Prinz nicht viel zu nahe beieinander? Und was hatten die beiden ständig zu flüstern?

»Schaut es euch an, unser herrliches Russland!«, rief Mary mit tränenerstickter Stimme in die Runde.

»Wunderschön«, hauchte Olly, ohne einen Blick aus dem Fenster zu werfen.

»Nichts kann schöner sein, als in Ihre Augen zu schauen, liebste Olga«, flüsterte Iwan ihr zu.

Das ging jetzt aber zu weit! Hektisch schaute sich Anna um, aber außer ihr schien niemand Bariatinskis unverfrorene Bemerkung gehört zu haben.

Sie suchte noch nach einer Möglichkeit, die beiden auseinanderzubringen, als durch eines der offenen Fenster Funken ins Fenster stieben. Ein paar davon trafen Anna am Arm, und sie schrie leise auf. Auch Olly schien etwas von dem Funkenflug abbekommen zu haben, denn sie rückte noch näher an ihren Sitznachbarn heran.

»Keine Angst, ich bin bei Ihnen«, murmelte Iwan – und drückte auch noch Ollys Hand!

»Ungefährlich ist das nicht gerade«, murmelte Anna. Graf Bobrinski schmunzelte.

»Entspannen Sie sich, liebe Madame Okulow. Und genießen Sie das herrliche Erlebnis. Die Fahrt ist mit dreißig Minuten kurz genug.«

»Dreißig Minuten?« Helene bekreuzigte sich. »Das kann nicht mit rechten Dingen zugehen, mit der Pferdekutsche brauchen wir fast einen ganzen Tag nach Zarskoje Selo.«

»Dreißig Minuten sind in der Tat viel zu kurz«, sagte Iwan Bariatinski und schaute Olly durchdringend an.

»Das reicht jetzt aber!«, zischte Anna in äußerst scharfem Ton. »Du lieber Himmel, was …?« Feuerfunken kamen durch die Ritzen der Tür ins Abteil, vielleicht auch durch den Boden, Anna vermochte es nicht genau zu sagen. »Mein Kleid, es glimmt!«

»Nur eine Lappalie, das haben wir gleich«, sagte Bobrinski. Noch während er mit den Händen auf Annas Rocksaum schlug, um die kleinen Brandherde zu löschen, rief jemand weiter hinten im Abteil: »Die Gardine, sie qualmt!«

»Oje, die Tischdecke auch!«

»Anhalten! Jemand soll die Lok anhalten!«

»Um Himmels willen, es brennt!«

»Wasser! Gibt es kein Wasser?«

»Doch, für einen solchen Notfall sind extra ein paar Fässer aufgeladen worden!«

»Mein Sonnenschirm hat Feuer gefangen!«

Helene kreischte, Mary schrie, und Olga starrte schreckensstarr auf die gerade noch winzigen Flämmchen, die stetig höher züngelten.

»So tun Sie doch etwas!«, fuhr Anna Iwan Bariatinski an, als Funken auf Ollys Rock übersprangen und der Stoff an einigen Stellen zu glimmen begann.

Weiter vorn im Abteil hatte der Zar die brennenden Vorhänge heruntergerissen und versuchte nun, mit seinen Stiefeln das Feuer auszutreten.

»Was ist mit den anderen Abteilen?«, bellte er über die Schulter hinweg seinen Sohn an.

Andere Männer wälzten sich auf qualmenden Sofakissen, Graf Bobrinski warf sich auf eine der Hofdamen, deren Hut ebenfalls durch den Funkenflug zu brennen begonnen hatte. Schwarzer Rauch erfüllte das Abteil. »Fenster zulassen!«, keuchte Bobrinski, als Anna eines der Fenster öffnen wollte. »Wo bleibt das Wasser? Schnell her damit!«

Irgendwie gelang es den Männern, die Feuerherde zu löschen.

Vor Erschöpfung und Erleichterung schluchzend lagen sich die Reisenden in den Armen, die Haare wirr, die Kleider schwarz und teilweise triefend nass vom Löschwasser.

»Ich glaube, eine Pferdekutsche ist mir doch lieber«, murmelte Helene und warf ihren einstmals prachtvollen Hut auf den Boden.

Nikolaus starrte mit versteinertem Gesicht auf das Chaos. In kürzester Zeit hatte das Feuer den Großteil der samtroten Pracht zerstört, den Rest hatten die Eimer Wasser erledigt, die mehr oder weniger ziellos gegen die Wände geschüttet worden waren.

Annas düstere Miene glich der des Zaren, allerdings schaute sie nicht auf den verkohlten Doppeladler an der Wand, sondern auf Olly, die in den Armen von Iwan Bariatinski lag und keine Anstalten machte, sich so bald wieder von ihm zu lösen.

11. KAPITEL

Das Frühjahr 1838 war mild, und eine Woche früher als sonst entfernten die Gärtner vor dem Palast die dicke Schicht Tannenzweige von den Rosenbeeten, die sie im Herbst zuvor als Schutz vor dem Frost aufgebracht hatten.

Die Frühlingswärme hüllte Mensch und Tier wie in ein warmes Tuch ein, die Kutschpferde verloren schlagartig ihren dicken Winterpelz und sahen aus wie gerupfte Hühner. An jedem Baumstamm, an jedem Anbindepfahl versuchten sie sich zu reiben, um gegen den Juckreiz anzukommen, den der Fellwechsel alljährlich mit sich brachte.

Aus den dicken Lagen abgestorbener Blätter schauten schon erste grüne Knospen hervor, und auf den Straßen hatte die Sonne den Matsch rasch abgetrocknet, so dass man problemlos spazierengehen konnte.

Olly war im siebten Himmel. Die Sonne schien, und sie war verliebt. So oft es ging, besuchte sie ihre Freundin Maria auf deren Landsitz. Jedes Mal hoffte sie darauf, Iwan anzutreffen. Sie überredete Sascha zu gemeinsamen Ausflügen zu viert. Im offenen Wagen fuhren Maria und sie, Sascha und Iwan ans Meer, das jetzt im Frühjahr metallen glänzte.

Anna wurde zu solchen Ausflügen nicht eingeladen. Ihr blieb nichts anderes übrig, als sich auf Ollys Beteuerungen, dass alles schicklich zugehe, zu verlassen. Wohl war ihr dabei nicht. Sie konnte nur hoffen, dass der Zarewitsch ein Auge auf seine Schwester hatte. Ihm musste schließlich daran gelegen sein, dass es zu keinem Gerede kam.

»Ich verstehe ja, dass Iwan Bariatinski dir gefällt, er ist ein attraktiver Mann, der weiß, was Frauen gern hören. Aber er ist viel zu alt für dich und dir außerdem im Rang weit unterlegen. Wenn dein Vater mitbekommt, welche Gunst du ihm erweist, wird er alles tun, um eine Verbindung zwischen euch zu unterbinden. Ich sage dir, mit deinem Verhalten kannst du uns beide in große Schwierigkeiten bringen«, sagte Anna, als sich Olly wieder einmal für einen Ausflug zurechtmachte.

»Schwierigkeiten, ach was! Wenn du mich nicht verrätst, bekommt Vater nichts mit. Sascha wird gewiss nichts sagen, Iwan ist schließlich sein Freund«, widersprach Olly ihrer Hofdame. Sie hielt prüfend erst einen roten, dann einen rosafarbenen Schal in die Höhe. »Welcher ist schöner?«

»Jetzt lenk nicht ab. Sag mir lieber, was aus dieser Angelegenheit werden soll. Ist Prinz Bariatinski wirklich der Mann, den du heiraten willst? Was ist aus all deinen hehren Plänen geworden? Willst du dich wirklich an einen solchen … Niemand hingeben?« Hilflos fuchtelte Anna mit den Armen.

»Iwan ist kein Niemand, wie kannst du so etwas sagen? Gerade du, die du mich immer lehrst, alle Menschen zu achten.« Olly ließ beide Schaltücher sinken. »Überhaupt – kannst du mich nicht einfach in Ruhe lassen, statt mir ständig diese unsinnigen Fragen zu stellen? Als ob ich ans Heiraten auch nur denken würde, dafür bin ich doch noch viel zu jung. Iwan und ich sind gute Freunde, mehr nicht.« Sie würde den rosafarbenen Schal nehmen, er brachte ihren Teint noch mehr zum Strahlen.

Anna verzog missbilligend den Mund. »Gute Freunde, aha. Deshalb wirst du auch jedes Mal rot im Gesicht, wenn du nur seinen Namen aussprichst.«

»Was du dir nur wieder einbildest«, entgegnete Olly schnippisch, dann sah sie Anna an. »Du weißt, dass ich deinen Rat sehr schätze und dankbar bin für alles, was du für mich tust. Aber was Iwan und mich angeht, möchte ich dich bitten, deine gutgemeinten Ratschläge zurückzuhalten. Ich habe dafür keinen Bedarf!« Temperamentvoll stürmte sie aus dem Zimmer.

»Olly, warte, ich muss mit dir reden.« Sascha hob einen der flachen Kieselsteine auf, die zuhauf am Ufer der Ostsee lagen, und ließ ihn übers Wasser springen.

»Was ist denn?«, sagte Olly ungeduldig. Ihre Augen gegen die Sonne abgeschirmt, schaute sie nach vorn, wo Iwan und Maria ein Picknick vorbereiteten. Am liebsten wäre sie zu den beiden gegangen, aber Sascha hielt sie am Arm zurück.

»Ich habe das Gefühl, deine Zuneigung zu Iwan ist ziemlich groß.«

Olly lachte. »Natürlich ist sie das. Deine doch auch, er ist einer deiner ältesten Freunde.«

Sascha ließ den Stein, den er in der Hand hielt, wieder auf den Strand fallen. »Das ist etwas anderes. Für mich ist er ein alter Kamerad und ein guter Soldat, aber was die Damenwelt angeht ... Iwan steht in Petersburg im Ruf eines Frauenheld. Sollte bekannt werden, dass du dich über Gebühr mit ihm abgibst, wäre das äußerst peinlich. Man hat euch gesehen, ihr habt euch an den Händen gehalten – was bitte schön hast du mir dazu zu sagen?« Wütend starrte er seine Schwester an.

»Gar nichts, weil es dich nichts angeht«, erwiderte Olly schroff. Wer hatte sie verraten? Iwan und sie waren doch so vorsichtig, nur ganz selten erlaubten sie sich eine flüchtige Umarmung. Und nur einmal während einer Ballettaufführung hatten sich ihre Hände gefunden. Sein Händedruck war warm gewesen, zart und fest zugleich. Ihre Finger hatten sich perfekt zwischen die seinen geschmiegt. Am liebsten wäre Olly für immer so sitzen geblieben.

Sie seufzte auf. Hatte etwa Anna geredet? Sie war auch bei jener Ballettaufführung gewesen.

»Olly, das geht nicht, du bist die Tochter des Zaren, die Schwester des Zarewitschs!«

»Ja und?« Irritiert schüttelte Olly den Kopf. »Was willst du mir eigentlich sagen?«

Saschas Blick war eisig geworden wie der Ostwind, der vor Wochen noch übers Land gefegt war. Er schaut wie Vater!, dachte Olly. Sie versuchte, dem Blick ihres Bruders standzuhalten. »Willst du mir drohen? Womit, wenn ich fragen darf? Willst du mich in meinem Zimmer einsperren? Mich in ein Kloster aufs Land verbannen?«

Sascha schaute sie herablassend an. »Es gibt noch andere Mittel und Wege, glaube mir, Schwesterherz.«

»Du hast wirklich Iwan Bariatinski zu deinem Galan gemacht?«, fragte Mary, während sie die Notenblätter nach dem nächsten Stück durchwühlte, das Olly und sie vierhändig üben wollten. »Alle Achtung, da hast du dir ja den größten aller Habenichtse angelacht!«

Olly drehte sich auf der Klavierbank zu ihrer Schwester hin. »Jetzt fängst du auch noch damit an. Was habe ich eigentlich getan, dass jeder auf mir herumhackt, nur weil ich den Bruder meiner besten Freundin nett finde und –«

»Deine beste Freundin!«, spie Mary aus. »Wenn du mich fragst, hat sich Maria Bariatinski nur an dich herangemacht, weil sie hofft, durch dich in unsere Kreise aufsteigen zu können. *Sie* sähe eine Heirat zwischen dir und ihrem Bruder sicher äußerst gern.«

»Wie kannst du so etwas sagen? Du bist bloß eifersüchtig, weil du selbst keine so wundervolle Freundin wie Maria hast.« Olly zitterte vor Wut. Sie klappte den Deckel des Klaviers so heftig zu, dass die Tasten darunter anschlugen. »Von mir aus kannst du allein üben, ich habe keine Lust, mir noch mehr deiner Misstöne anzuhören.«

»Misstöne, ach ja? Warte nur ab, bis Vater Wind von dieser Liaison bekommt, *dann* wirst du wahre Misstöne zu hören bekommen!«, rief Mary hinter ihr her.

Die Hände zu Fäusten geballt, blieb Olly vor dem Musizierzimmer stehen. Alle waren so gemein! Keiner verstand die Innigkeit, die zwischen Iwan und ihr existierte, keiner wollte sie verstehen. Von wegen Frauenheld! Er liebte nur sie, das sagte er ihr immer wieder. Aber von der wahren Liebe verstanden die andern eben nichts.

*

»Was heißt das – die Großfürstin Olga lässt sich entschuldigen? Sie erwartet meine Schwester und mich, wir sind zu einer Bootsfahrt verabredet.« Stirnrunzelnd schaute Iwan den Wachposten vor dem Eingang des Palais Anitschkow an. Doch der Mann wusste nicht mehr und war auch nicht gewillt, Iwans eilig hingekritzelte Nachricht an Olly weiterzuleiten.

»Habe ich es dir nicht gesagt?«, sagte Maria, als er zur Kutsche zurückkam. »Es gefällt ihnen nicht, wie du Olly umgarnst.«

»Du glaubst ...« Iwans Blick irrte zwischen seiner Schwester und der für ihn verschlossenen Palasttür hin und her, und seine Miene wurde hart. »... sie wollen mich loswerden?«

»Iwan, steigere dich bitte nicht in die Sache hinein«, sagte Maria. »Du hast Olgas Gegenwart öfter und länger genießen dürfen als die meisten Menschen, dafür musst du dankbar sein. Nun heißt es klug –«

»Klug sein, ach ja?«, unterbrach Iwan seine Schwester. »Glaubst du wirklich, Olly wäre für mich eine Liebelei unter vielen? Kennst du mich so schlecht?«

»Nein, natürlich nicht«, kam es gequält von Maria.

Der Zug um Iwans Mund entspannte sich, er schaute auf die Wasser der Newa und sagte leise: »Es ist seltsam, aber zum ersten Mal in meinem Leben habe ich eine Ahnung von der wahren Liebe. Wenn ich an Olly denke, erscheint mir alles andere so nebensächlich und trivial. Sie ist –«

»Iwan, um Himmels willen, sprich nicht weiter. Olly und du – das war ein schöner Traum, aber wenn du jetzt nicht aufwachst, wird es ein schreckliches Ende nehmen. Eine Verbindung zwischen einer Großfürstin und einem einfachen Prinzen ist undenkbar, nie würde der Zar euch seinen Segen erteilen.«

Iwan funkelte seine Schwester an. »Dass auch du in solch kleinlichen Dimensionen denkst, hätte ich nicht gedacht. Außerdem, ich bin kein einfacher Prinz, sondern ein hochgelobter Offizier der Armee des Zaren. Nikolaus hat schon immer einen guten Soldaten zu schätzen gewusst. Deshalb traue ich mir durchaus zu, offiziell um Olga zu werben.«

Marias Augen weiteten sich vor Schreck. »Iwan!«

Er sprang aus der Kutsche und rannte auf eine junge Frau zu, die im Schatten der Platanen versuchte, ihren Sonnenschirm aufzuspannen. Ein paar Worte wurden gewechselt, die Frau – wahrscheinlich eine Hofdame – kicherte und nickte heftig.

Maria schaute mit bangem Herzen zu, wie Iwan ihr etwas zusteckte. Offiziell um die Tochter des Zaren werben zu wollen – entweder war ihr Bruder größenwahnsinnig oder er war wirklich bis über beide Ohren verliebt.

Im nächsten Moment kam Iwan zurück und gab dem Kutscher ein Zeichen zur Weiterfahrt. Zufrieden lehnte er sich ins Polster der Kutsche.

»Das wäre geschafft. Gräfin Julia wird Olga meine Nachricht bringen.« Über die Schulter hinweg warf er einen letzten Blick auf den Palast. »Niemand braucht zu glauben, dass ich mich so einfach abweisen lasse!«

*

Olly stand die ganze Zeit am Fenster. Stirnrunzelnd beobachtete sie, wie Iwan beschwingt die Eingangstreppe hinaufrannte, nur um kurze Zeit später wieder zu seiner Kutsche zu gehen. Warum wartete er nicht wie sonst im Salon auf sie? Eine unbestimmte Angst legte sich wie Frost auf ihre Haut.

Am liebsten hätte sie das Fenster geöffnet, ihm und Maria zugewinkt und gerufen, dass sie gleich nach unten kommen werde. Stattdessen beobachtete sie kurz darauf stumm, wie Iwan auf eine der Hofdamen zusprang.

»Ist das nicht Julia von Haucke? Was reden die beiden miteinander?«, sagte nun auch Anna, die sich zu Olly gesellt hatte. »Was will Bariatinski überhaupt schon wieder hier? Ihr habt euch doch erst letzte Woche gesehen.«

»Na und, das ist Ewigkeiten her. Schau nur, wie Julia Iwan anschmachtet. Was bildet sich das Mädchen nur ein? *Das* müsste Mutter einmal sehen!« Der eifersüchtige Ton in Ollys Stimme war nicht zu überhören.

Die attraktive Julia Gräfin von Haucke war nach dem Tod ihres

Vaters, des polnischen Kriegsministers Hans Moritz von Haucke, an den russischen Hof gekommen, wo der Zar sie als Mündel aufnahm. Durch ihren jugendlichen Charme hatte sie sich die Gunst der Zarin erworben und war inzwischen Alexandras besonderer Liebling unter den Hofdamen, was Olly nicht nachvollziehen konnte. Sie fand Julia mit ihrem ewigen Gekicher einfach nur kindisch.

»Oh, er übergibt ihr eine Nachricht. Ob wohl etwas dazwischengekommen ist, weshalb unsere Bootsfahrt nicht stattfinden kann? Seltsam, dass er mir das nicht persönlich sagt ...« Abrupt wandte sich Olly vom Fenster ab. »Bin gleich wieder da!«

»Da bist du ja endlich«, fauchte Olly die Hofdame an, als sie Julia von Haucke gefunden hatte. »Ich suche dich schon im ganzen Palast! Warum kommst du nicht auf kürzestem Weg zu mir, wenn du eine Nachricht für mich hast?«

»Eine Nachricht, Großfürstin? Ich weiß nicht, was Sie meinen.« Julia von Haucke verbeugte sich mit gesenktem Blick.

»Ich habe doch mit eigenen Augen gesehen, wie Prinz Bariatinski dir einen Zettel übergeben hat. Also, wo ist er?« Ungeduldig wedelte Olly mit der Hand. Als Julia nicht gleich reagierte, verdrehte sie die Augen. Begriffsstutzig war sie also auch noch.

Die junge Hofdame schaute hilfesuchend hinüber zu Olga Kalinowski, einer weiteren Lieblingshofdame von Ollys Mutter, die im Türrahmen erschien, dann sagte sie: »Es gab keine Nachricht, Sie müssen sich täuschen, Großfürstin.«

*

»Kommst du auch wirklich ohne mich zurecht?« Annas weinerlicher Frage folgte ein Niesen. Die Narbe auf ihrer Stirn war fast genauso blass wie der Rest ihres Gesichts.

»Aber sicher doch«, sagte Olly in betont geduldigem Ton. »Mach dir um mich keine Sorgen.« Die beiden standen vor dem Landhaus in Peterhof.

»Ausgerechnet zwei Wochen vor Marias Geburtstag muss ich

krank werden!« Anna schaute gen Himmel, als hadere sie gewaltig mit dem lieben Gott. »Und nicht nur ich«, fügte sie mit einem Seitenblick auf Julie Baranow und Mrs Brown hinzu, die sich in ähnlicher Weise von ihren Schützlingen verabschiedeten. Olly und ihre Geschwister zwinkerten sich unauffällig zu.

Als hätten sich die drei Betreuerinnen abgesprochen, waren alle drei von einer heftigen Sommergrippe erwischt worden. Um weder das Geburtstagskind noch die anderen anzustecken, wollten die Frauen nach Pawlowsk reisen, um dort – geschützt vor dem rauen Ostseewind – schnell zu genesen. Noch vor ihrer Abreise hatte Anna die Prinzessin Kotschubej – die Obersthofmeisterin des Zarenhaushalts – gebeten, die Aufsicht im Landhaus zu übernehmen – keinesfalls hatte sie dies Kostys Erzieher Lütke überlassen wollen. Die Obersthofmeisterin ihrerseits hatte sich Prinz Galizin als Unterstützung bei ihrer gewichtigen Aufgabe erbeten.

»Seien Sie unbesorgt, meine Liebe, Ihren Schützlingen wird es unter meinen Fittichen an nichts fehlen«, sagte die Obersthofmeisterin, und Prinz Galizin öffnete den Verschlag der Kutsche, die die drei Frauen nach Pawlowsk bringen sollte.

Anna war den Tränen nahe. »Es ist nur ... Dass in diesem Sommer aber auch alles zusammenkommen muss! Eure liebe Mutter zur Erholung in Bad Kreuth, der Zar wegen seines Schlüsselbeins in Teplitz – ich sage dir, das hat er sich bestimmt bei dieser unseligen Eisenbahnfahrt ausgerenkt! Und nun auch noch die Grippewelle ...«

»Und was machen wir jetzt?«, fragte Mary, kaum dass die Kutsche nicht mehr zu sehen war.

»Ich würde gern an den Badestrand gehen«, sagte Olly spontan, und Grand Folie kläffte aufgeregt, als wollte er diesen Vorschlag unterstützen.

»Und ich in meinem neuen Buch lesen«, sagte Adini.

Mary ergänzte: »Ich würde am liebsten ein paar Decken im Garten ausbreiten und ein Schläfchen halten!«

»Und was nun?«, fragte Olly. Alle drei lachten.

»Was immer Ihre Hoheiten zu tun gedenken, Sie mögen schön

brav dabei sein, ja?« Die Obersthofmeisterin lächelte ihren Schützlingen freundlich zu. »Der Prinz und ich werden jetzt in aller Ruhe eine eisgekühlte Flasche Krimsekt öffnen – eine kreislaufstützende Maßnahme. Falls die Großfürstinnen irgendetwas benötigen – Sie finden uns in der Eremitage.« Sie winkte den Mädchen über ihre Schulter ein letztes Mal zu, und weg war sie.

»Freiheit!«, rief Mary theatralisch.

»Tun und lassen können, wonach uns der Sinn steht«, seufzte Olly. »Und nicht immer jemand in der Nähe, der es *gut* mit einem meint.«

»Genau, wir wissen nämlich selbst, was gut für uns ist!«, rief Adini.

Sie fassten sich an den Händen und rannten kichernd ins Haus, um sich für den Rest des Tages zu rüsten.

Fast täglich spazierten die Schwestern barfuß am Meer entlang und hoben dabei ihre Röcke einen Fingerbreit höher als sonst. Mittags hielten sie zu dritt ihr Schläfchen auf einer Decke im Garten, was viel aufregender war als ein ernsthafter Mittagsschlaf im Bett. Abends aßen sie bei milder Witterung auf der Terrasse – keine großartigen Menüs, sondern einfache Gerichte mit Pilzen, die sie selbst gesammelt hatten.

Die Obersthofmeisterin und Prinz Galizin machten nach dem Abendmahl einen Verdauungsspaziergang durch den weitläufigen Park oder spielten zusammen Schach, während die Schwestern im kleinen Landhausgarten blieben. Ihr Lieblingsplatz war eine mit Efeu bewachsene Laube, in der eine Bank stand. Hier war es warm und windstill, hier konnten sie im Licht von zwei Ölfunzeln stundenlang plaudern. Ein paar Kissen, eine Decke, manchmal auch eine vom Tisch weggeschmuggelte Flasche Wein samt Gläsern ... Mehr brauchten sie zu ihrem Glück nicht.

»Was für ein Leben! So stelle ich mir das Schlaraffenland vor«, sagte die mittlerweile dreizehnjährige Adini und hielt ihren Schwestern eine Schale mit Kljukwabeeren hin, die sie am Nachmittag in einem nahe gelegenen Wäldchen gepflückt hatten.

Mary nahm sich eine Handvoll, dann reichte sie die Schale an Olly weiter. »Fließen dort nicht Milch und Honig in den Bächen? Und gebratene Tauben fliegen einem in den Mund? Also, mir sind Kljukwabeeren lieber, ich liebe ihren bitteren und leicht säuerlichen Geschmack«, sagte sie und schob sich eine Beere in den Mund.

»Ich liebe sie auch, aber immer wenn sie reif sind, hat der Sommer bald ein Ende, und dann kommt der Herbst, und dann –« Ein Kissen traf Olly am Kopf und hinderte sie am Weitersprechen.

»Du alte Spielverderberin! Musst du uns daran erinnern, dass unsere schöne Zeit bald ein Ende hat?«, rief Adini.

Mary seufzte. »Ich will noch gar nicht an den Herbst denken, dann schicken sie mich wieder auf Bräutigamschau. Wie ein Paradepferd führen sie mich dabei vor, das ist schrecklich. Und immer halten sie Ausschau nach demjenigen, der Russland den größten Nutzen bringt. Aber *eine* Gerechtigkeit gibt es.« Mary grinste schadenfroh. »Im Herbst muss auch Sascha durch Europa reisen, um die schönste und herrlichste aller Bräute zu finden, da wünsche ich ihm jetzt schon viel Spaß. Und dann ... kommt auch bald schon unsere liebe Olly an die Reihe!«

Nun war es Olly, die aufstöhnte. Grand Folie, der es sich auf ihrem Schoß gemütlich gemacht hatte, schaute fragend zu ihr auf.

»Ich werde gewiss keine ›Diplomatenware‹ abgeben, die es bestmöglich an den Mann zu bringen gilt. Wenn's ums Heiraten geht, werde ich ein Wörtchen mitreden, auch wenn Vater das nicht gefallen wird.« Dass sie sich den Mann ihres Herzens selbst aussuchen könne – hatte Anna ihr nicht genau das all die Jahre gepredigt?

Adini schaute Olly vorwurfsvoll an. »Wenn Vater dich so reden hören würde! Dass es die romantische Liebe nur in Gedichten und in der Oper gibt, weiß doch jedes Kind. Mutter sagt, die Liebe wäre schön und gut, aber es würden ganz andere Dinge zählen. Und Mutter weiß schließlich Bescheid. Ich werde ihrem und Vaters Urteil einmal vertrauen. Unsere Eltern wissen doch immer, was das Beste für uns ist.«

»Das Beste für uns oder für Russland?«, entgegnete Mary ungewohnt sarkastisch. Adini schaute ihre älteren Schwestern betroffen an.

Warum hatte sie nur diese blöde Bemerkung machen müssen?, ärgerte sich Olly. Eigentlich ging sie dieses Thema doch gar nichts an. Zugegeben, Iwan war vielleicht nicht die beste Partie, die sie machen konnte, aber er war ein sehr guter Soldat und ein wunderbarer Mann. Bestimmt würden ihre Eltern das zu gegebener Zeit genauso sehen, dachte sie mit erzwungener Zuversicht.

Iwan ... Sie sehnte sich so sehr nach ihm. Nach seinem Lachen, seinen Gedichten und seiner Nähe. Doch seit Wochen hatte sie nichts von ihm gehört, genauer gesagt seit dem Tag, an dem sie ihn vor dem Palais Anitschkow gesehen hatte.

Natürlich wusste Olly, dass Iwan Sascha derzeit auf einer Reise begleitete. Aber hätte er nicht wenigstens einmal schreiben können? Sascha tat dies doch auch!

Olly seufzte auf. Wahrscheinlich nahm Sascha seinen Freund so sehr in Beschlag, dass Iwan einfach keine Zeit zum Briefeschreiben blieb. Oder hatte sein Schweigen womöglich doch mit dem Zettel zu tun, den er Julia von Haucke zugesteckt hatte, den es angeblich aber nicht gab? Was wohl darauf gestanden hatte?

Inzwischen war sich Olly ziemlich sicher, dass sie das Schreiben wichtigtuerisch an ihre Eltern weitergegeben hatte. Immerhin war Julia von Haucke ein Mündel des Zaren, und sie war ihm zutiefst ergeben. Aber falls Ollys Eltern von ihrer Zuneigung zu Iwan erfahren hatten, warum hatte dann niemand ein Wort zu ihr gesagt?

So viele Fragen und keine Antworten. Wie sollte sie da je die Wahrheit herausfinden? Zu gern hätte Olly mit ihren Schwestern darüber gesprochen, aber sie befürchtete, von Mary nur wieder Gemeinheiten zu hören zu bekommen. Und Adini war für solche Gespräche noch zu jung, das hatte man ja gerade wieder sehen können.

Nun, bald würde das Rätselraten ein Ende haben. Ihr Bruder wollte spätestens zu Marys Geburtstagsfest zurück sein – endlich. Ollys Seufzer war dieses Mal voller Hoffnung.

Zum Glück hatte sie Mary überreden können, die Geschwister Bariatinski zu ihrem Fest einzuladen. Olly fieberte diesem Wiedersehen entgegen, wann immer sie in ihrem Bett lag und nicht einschlafen konnte, malte sie es sich in den schönsten Farben aus: Iwan würde aus der Kutsche springen, elegant gekleidet in seine Festuniform, alle anwesenden Damen würden ihn bewundernd anschauen. Aber er würde nur Augen für sie haben und ihr eine weiße Rose überreichen, während das Geburtstagskind Mary eifersüchtig danebenstand …

Im Festtrubel würde es ihnen gewiss gelingen, sich für ein paar Minuten wegzustehlen. Dann würde er sie küssen und ihr sagen, dass er vor Sehnsucht nach ihr fast gestorben war. Und sie würde ihm beipflichten und –

Eigentlich war es ganz gut, dass sich Anna weit weg in Pawlowsk aufhielt, schoss es Olly durch den Kopf.

»Auf Bälle gehen und nette junge Männer kennenlernen – ich für meine Fälle kann kaum erwarten, bis es so weit ist«, griff Adini unerwartet das Thema nochmals auf. »Das ist doch viel besser, als mit Mrs Brown elende Gewaltmärsche zu absolvieren. Und Kosty würde auch bestimmt lieber auf Brautschau gehen, als immer nur zu lernen.«

Olly und Mary schauten sich an. »So habe ich das noch gar nicht gesehen«, murmelte Mary. »Zugegeben, ein bisschen mehr Freiheit habe ich inzwischen schon. Und das viele Lernen vermisse ich auch nicht.«

»Mir tut Kosty leid«, sagte Olly heftig. »Erst gestern hat Lütke ihn wieder einmal zu Stubenarrest verdonnert. Und das nur, weil er sein Russischbuch mit Schlachtschiffen verziert hat.«

»Dabei zeichnet er so wunderschön. Und naturgetreu«, sagte Adini. »Ich würde das auch gern können. Wenn ich ein Pferd male, sieht es aus wie eine Mischung aus einer Ziege und einem Esel.«

»Wir Mädchen haben nachmittags frei und die Jungen müssen lernen – das ist doch einfach nicht gerecht«, sagte Olly. »Ich verstehe wirklich nicht, warum Mutter und Vater nichts gegen diesen blöden Lütke tun.«

»Man muss nicht alles verstehen, viel wichtiger ist es, jede Sekunde unseres Glücks auszukosten«, sagte Mary und hob ihr Weinglas. »Auf einen unvergesslichen Sommer!«

Olly bugsierte Grand Folie auf den Boden, dann zog sie die Beine unter sich. »Nochmals zurück zu deiner Bräutigamschau ... Sag, gefällt dir denn immer noch keiner? Ich meine, immerhin hast du schon drei Saisons hinter dir.« Über Adini hinweg hangelte sie nach der Schale mit den Kljukwabeeren.

Mary beantwortete Ollys Frage mit einem geheimnisvollen Lächeln. Eine leichte Röte überzog ihre Wangen, ihr Blick wurde weich und liebevoll. »Einer könnte mir schon gefallen. Die anderen ...« Sie winkte ab.

»Erzähl schon!«

»Wer ist es denn?«

»Wie sieht er aus? Kennen wir ihn?«

Mary lächelte abermals. »Wisst ihr, die Bälle und Empfänge, die ich besuchen darf, sind wirklich schön. Aber nach jedem Abend muss ich mich gegenüber den Eltern rechtfertigen, weil mir wieder einmal keiner der anwesenden Herren gefallen hat. Doch was kann ich dafür? Der eine stottert, der nächste hat Mundgeruch, der dritte ist ein tödlicher Langweiler. Keiner kann unserem Vater annähernd das Wasser reichen.«

Olly und Adini tauschten einen Blick. Das verstanden sie, natürlich. Iwan ist da ganz anders, dachte Olly bei sich, der Papa war von seinen Offizierstugenden sogar sehr angetan.

»Und wer ist derjenige, der dir gefallen könnte?« Mit ihrer rechten Hand schlug Olly nach einer Schnake – der einzige Nachteil, den ihr Lieblingsplatz hatte, waren die vielen Blutsauger, die sie allabendlich quälten.

»Ihr werdet ihn schon bald kennenlernen«, sagte Mary geheimnisvoll.

»Was meint ihr – werden wir je einen schöneren Sommer verbringen?«, fragte Olly, als sie später am Abend zu dritt unter die kühlen Laken krochen. Seit der Abreise ihrer Betreuerinnen hatten sie es sich angewöhnt, in einem Zimmer und in einem Bett zu schlafen, und so ging das Getuschel, Gekicher und Gemurmel manchmal bis weit nach Mitternacht.

»Schöner als jetzt kann's kaum werden«, seufzte Adini. »Schaut nur, sogar der Mond lächelt uns zu!« Sie zeigte auf den pausbackigen Vollmond, der von einem wolkenlosen hellgrauen Himmel direkt in ihr Zimmer schien.

Mary nahm Ollys und Adinis Hand, und zu dritt bildeten sie einen Kreis. »Sprecht mir nach: Niemals in unserem ganzen Leben werden wir diesen Sommer vergessen!«

Und mit diesem Schwur schliefen die drei Schwestern endlich ein.

12. KAPITEL

Als Olly am Morgen des sechsten August 1838 aus dem Fenster schaute und eine strahlende Sonne vom Himmel blitzen sah, war ihr erster Gedanke: Ist das nicht typisch? An Marys Geburtstag muss die Sonne scheinen, kein Regen, keine düstere Wolke, nicht für sie.

Ohne viel Aufhebens zog sich Olly allein an: Unterwäsche, Unterkleid, darüber ein hellblaues einfaches Sommerkleid, ein dünnes Tuch über die Schultern – mehr Aufwand lohnte sich jetzt nicht. Am Mittag würde ihre Zofe noch genug Arbeit mit ihr haben.

Nur die zweihundert Bürstenstriche für ihr Haar, die gönnte sie sich. Erst über den Kopf, dann gegen den Strich, und am Ende ließ Olly die Bürste der Länge nach durch ihre Haare gleiten, bis sie jeden vom nächtlichen Schlaf verursachten Knick, jedes gewellte Härchen glattgezogen hatte.

Zufrieden betrachtete sie ihr Werk im Spiegel. Ihre Haarpracht war zwar nicht so spektakulär wie die ihrer Freundin Maria, deren Haar ihr, wenn es offen war, glatt und schwer bis übers Knie ging. Aber immerhin reichte ihr eigenes auch bis zur Hüfte und glänzte wie goldfarbener Taft.

Rasch begann Olly, einen Zopf zu flechten und diesen mit wenigen Nadeln am Hinterkopf festzustecken. Sie konnte es kaum erwarten, bis sich die Friseurin, die man anlässlich von Marys Geburtstag extra aus St. Petersburg nach Peterhof hatte kommen lassen, heute Mittag ans Werk machte.

Ein weiterer Blick aus dem Fenster überzeugte Olly davon, dass es das Wetter wirklich ernst meinte mit seinen guten Absichten – auch im Westen, von wo die meisten Wetterfronten heranzogen, war kein Wölkchen zu sehen. Ein leichter Wind wehte vom Meer herüber, sanft und süß erzählte er vom nahenden Herbst.

Leichtfüßig sprang Olly die Treppe hinab. Sie hatte dem Gärtner wegen der weißen Lilien zwar schon gestern Bescheid gesagt, aber zur Sicherheit wollte sie ihn nochmals daran erinnern, einen Boten mit den Blumen zum Haus der Bariatinskis zu schicken.

Eine sanfte Brise streichelte Olly, als sie vor die Haustür trat. Maria und sie geschmückt mit den weißen Blüten im Haar – was wohl Iwan zu diesem Anblick sagen würde?

Die Vorbereitungen für Marys »russisches« Geburtstagsfest waren längst in vollem Gange, als Olly mit Grand Folie zu einem Spaziergang aufbrach. Im oberen Park wurden ein Karussell sowie Schiffschaukeln aufgebaut, dazu Wurfbuden mit bunten Bällen. In einer Ecke des Gartens war schon vor Tagen eine Freilichtbühne gezimmert worden, hier würde es später Auftritte von Trachtengruppen geben, Tänze, Gesang, vielleicht auch kleine Theaterstücke. Auf allen Wegen würden Losverkäuferinnen unterwegs sein. Jedes Los sollte ein Gewinn sein, und das Geld, das die Lose einbrachten, käme einem Kinderheim zugute, hatte Mary beschlossen. Zu gewinnen gab es russische Handarbeiten: Silberdosen aus Tula, kleine geflochtene Körbchen, Haarspangen und Tabaksdosen aus sibirischer Birkenrinde, Handschmeichler aus Bernstein – und wehe, es fand sich ein Gegenstand darunter, der nicht von russischen Händen geschaffen worden war! Mary war in ihren Anweisungen sehr strikt gewesen.

Auf der Terrasse vor dem Palast standen Dutzende von Tischen, so dass die Gäste hier später am Tag speisen und gleichzeitig den Blick aufs Meer genießen konnten. Bisher waren lediglich Tischdecken aus feinstem Leinen aufgelegt, die silbernen Schalen und Vasen waren noch leer und Stühle fehlten ebenfalls.

Hofmarschall Malikow, der eigens aus der Stadt angereist war, um die Festlichkeit zu organisieren, versicherte Olly im Vorbeigehen, dass bis zur Ankunft der Gäste alles mit üppigstem Blumenschmuck und exotischen Früchten dekoriert sein würde.

Gutgelaunt und voller Vorfreude auf das Fest spazierte Olly in Richtung der Orangerie. Sie wusste, dass dies einer von Saschas Lieblingsorten war, und hoffte, den Bruder dort anzutreffen.

Er war erst am Vorabend von seiner Reise zurückgekehrt. »So viele Erkundungen wie ich haben Humboldt und Kolumbus zusammen nicht getätigt«, hatte er bei seiner Ankunft gesagt. Nun war er froh, wenigstens für kurze Zeit die Unbeschwertheit des Peterhofer Sommers genießen zu dürfen.

Olly hoffte auf ein ungestörtes Gespräch. Vielleicht – wenn sie es geschickt anstellte – konnte sie ihm ein paar Worte über Iwan entlocken.

Schon vor der Orangerie begann Grand Folie freudig zu bellen, dann raste er zwischen den Ananasstauden, Zitronen- und Orangenbäumen davon.

Sascha saß tatsächlich in einem der Korbsessel, den Blick aufs Meer gewandt. Olly schmunzelte – die Geschwister kannten sich und ihre Gepflogenheiten wirklich gut. Geistesabwesend streichelte Sascha das Hündchen, ohne sich nach seiner Besitzerin umzudrehen.

Einen Moment lang zögerte Olly, ob sie ihn stören sollte. Solche Momente der Ruhe und inneren Einkehr waren selten und daher kostbar für sie alle. Meist wuselten Hofdamen, Kammerdiener und anderes Personal um die Zarenkinder herum. Doch als Olly näher kam, stellte sie fest, dass ihr Bruder sehr unglücklich aussah. Sie setzte sich neben ihn und wartete ab. Stumm nahm er ihre Hand.

Einen langen Moment schauten sie hinaus aufs Meer, das fast so still wie ein See dalag. Der Anlegesteg, an dem später am Tag ein Teil der Gäste mit Booten ankommen würde, glänzte matt im Sonnenlicht. Ein paar Möwen fischten in der tiefstehenden Sonne und krächzten wütend, wenn ihr Bemühen nicht erfolgreich war.

»Hier ist es so friedlich und still. Als ob es nichts anderes gäbe. Am liebsten würde ich für immer hierbleiben«, sagte Sascha plötzlich.

Olly lachte. »Du hörst dich schon an wie Mary. Bei der soll auch immer alles bleiben, wie es ist. Bloß keine Veränderungen! Und aus ihrem geliebten Russland will sie auch nicht weg, nicht einmal die Mama hat sie zur Kur begleiten wollen.«

»Mary und ihre vermeintliche Vaterlandsliebe«, sagte Sascha sarkastisch. »Das hier …« – er zeigte auf die Bäume in der Orangerie und die Körbe voller Ananas, Mangos und anderer Früchte, die für die Tischdekorationen gepflückt worden waren und zum Abtransport bereitstanden – »… ist doch nicht Russland!« Er trat mit seinem Fuß gegen einen Korb voller Ananas, so dass dieser polternd umfiel. Grand Folie, der es sich daneben gemütlich gemacht hatte, rannte jaulend davon.

»Sascha! Was ist denn in dich gefahren?«

»Ich kann dieses ganze aufgesetzte Getue einfach nicht mehr ertragen. Das Leben da draußen ist kein Karussell, das sich fröhlich im Kreise dreht. Und die Abermillionen von Menschen in Russland, für die ich als Zar eines Tages verantwortlich sein werde, tragen keine so herrlich bunten Kostüme, wie Mary sie heute Abend an ihren Gästen zu sehen wünscht. Nicht überall ist St. Petersburg oder Moskau! Die Tataren, Tschuwaschen, die Udmurten, Mordwinen und Mari – all die Völker der Wolga, sie leben in uns völlig fremden Welten. Alle haben ihre Eigenheiten, viele sind untereinander zerstritten, bekämpfen sich bis aufs Messer. Der ganze Kaukasus ist ein einziges Pulverfass –«

»Der Kaukasus?«, unterbrach Olly ihn. »Was ist da so besonders schlimm?«

Sascha winkte ab. »Ein Beispiel von vielen. Die Bergvölker und die Wolgavölker – Vater würde sie lieber heute als morgen alle zusammen in unser russisch-orthodoxes Reich integrieren. Aber wie willst du einen bekehren, der weder Russisch noch Französisch spricht, der Tierblut trinkt und zu irgendeiner seltsamen Gottheit betet?«

Olly verzog das Gesicht. »Tierblut? Von welchem Tier –«

»Ist doch bloß ein Beispiel!«, unterbrach Sascha sie ungeduldig. »Manche Traditionen mögen uns ungewohnt, teilweise rückständig oder barbarisch gar anmuten, aber warum müssen wir ihnen unseren Glauben gewaltsam aufzwingen? Warum lassen wir sie nicht einfach weiterhin zu ihrem Allah beten, wenn sie dabei friedlich sind? Oder zu einem anderen Gott? Viel wichtiger wäre es doch, ihnen ein menschenwürdiges Leben zu ermöglichen.«

Olly schaute den Bruder erstaunt an. »Solche Worte habe ich von dir bisher noch nicht gehört.«

»Tja, ich gebe zu, es hat eine Weile gedauert, bis ich die Wahrheit erkennen konnte. Und diese bittere Wahrheit lautet: Um unser Land ist es arm bestellt. Wenn Mary wüsste, was ich auf meinen Reisen alles zu sehen bekomme – die Armut, die Krankheiten, der Schmutz – vielleicht wären ihre Schwärmereien über unser Mütterchen Russland dann nicht mehr ganz so laut.«

»Aber wir tun doch schon einiges für die Armen und Kranken«, sagte Olly mit wenig Überzeugung. Wie oft war auch ihr schon der Gedanke gekommen, dass ihre mildtätige Arbeit für die Armenhäuser nicht mehr als ein Tropfen auf den heißen Stein war! Doch sie fügte stattdessen hinzu: »Und es ist auch nicht so, als ob wir aus unserem goldenen Käfig nicht hinauskämen. Immerhin waren Mary, Adini und ich vor ein paar Tagen in der Württemberger Kolonie, du weißt schon, hier ganz in der Nähe. Und ich sage dir – das ist auch ein wunderliches Völkchen.«

Der Besuch bei den Bauern, die aus einer deutschen Stadt namens Heidenheim stammten, hatte Olly mächtig beeindruckt, allerdings nicht nur im positiven Sinn. Zum einen hatte sie die Leute nur schlecht verstanden und immer wieder nachfragen müssen. Wofür plagte sie sich eigentlich jahrelang mit dem Erlernen der deutschen Sprache ab, wenn sie nicht einmal eine einfache Unterhaltung führen konnte?

Auch war ihr vieles in dem kleinen Dorf fremdartig und seltsam vorgekommen: Die düsteren Gesänge, die ihnen zu Ehren vorgetragen wurden. Die schwarzen Kleider der Frauen, die keine Trauergewänder, sondern Festtagstrachten waren, das gutturale Lachen der Männer mit ihren Schnurrbärten. Das dunkle Brot, das bitter schmeckte.

Mary und Adini war es nicht anders ergangen, alle drei waren sie froh gewesen, als sie sich nach einiger Zeit wieder verabschieden konnten.

»Seltsame Leute sind das ... Mit welchem Feuereifer die ihre Fahnen geschwenkt haben! Wir hatten richtig Angst, eine davon auf den Kopf zu bekommen«, sagte Olly und kicherte. Ermutigt von dem kleinen Lächeln auf Saschas Gesicht, fuhr sie fort: »Und dann überall dieser Geruch nach saurem Kraut! Sogar unsere Kleider haben danach gerochen, mir war ganz schlecht davon. Ehrlich gesagt habe ich mir von diesem Besuch mehr versprochen. Tante Helene schwärmt doch immer so von den alten württembergischen Bräuchen.«

Sascha zuckte mit den Schultern. »Den Württembergern hier in der Gegend geht's wirklich gut. Denen gehört der Grund und Boden, den sie bearbeiten, die werden von ihrer eigenen Hände Arbeit satt. Die Bauern hingegen, die Vater in den Steppengebieten zwischen der Wolga, ihrem Nebenfluss, der Kama, und dem Südural anzusiedeln versucht, denen gehört gar nichts! Selbst wenn sie den unfruchtbaren Boden Tag und Nacht beackern würden, hätten sie noch immer nicht genügend zu beißen. Der Boden gibt nichts her, daran werden Abermillionen fleißiger Hände nichts ändern, auch wenn Vater das glauben mag. Bis er sich eines Besseren belehren lässt, sterben Jahr für Jahr Abertausende an Krankheiten, Hunger oder Seuchen. Das ist Wahnsinn!«

Saschas Augen glänzten, und einen Moment lang befürchtete Olly, der ältere Bruder würde anfangen zu weinen.

»Und wie diese Menschen hausen! Dieser unvorstellbare Dreck in ihren Hütten, der Gestank ihrer Feuer, die so qualmen, dass man die Hand nicht vor den Augen sehen kann. Ich habe noch nie so viele Blinde gesehen wie dort, selbst kleine Kinder torkeln blind durch die Gegend. Weißt du, wie hoch die Kindersterblichkeit in den Sumpfgebieten ist? Von fünf Kindern sterben vier, hat man mir gesagt.«

Kinder, die blind durch die Gegend torkeln? Olgas Herz drohte überzulaufen vor Mitleid. *Ich helfe dir!*, hätte sie am liebsten geschrien. Und: *Lass uns heute noch aufbrechen. Und Iwan soll auch mitkommen.* Nie im Leben hätte sie gedacht, dass in ihrem Bruder dasselbe Feuer brannte wie in ihr, dass auch er verzweifelte an dem Wunsch, helfen zu wollen und es nicht zu können.

Trotzdem zwang sie sich zur Ruhe und sagte nur: »Aber Sascha, das ist ja schrecklich. Dagegen muss man etwas tun, du musst unbedingt Vater davon erzählen, er weiß bestimmt Rat und Abhilfe –«

»Vater will von alldem nichts hören. Ich frage mich allmählich, wozu er mich überhaupt durchs Land schickt. Meine Berichte und meine Einschätzung von dieser Lage oder jener will er jedenfalls nicht hören. Als ich ihn in Teplitz besucht habe, wollte ich ihm erzählen, unter welchen Bedingungen die Arbeiter der Silberminen von Tula hausen müssen. Richtiggehend böse ist er geworden! Er habe mir nicht aufgetragen, mir die Behausungen der Leute anzuschauen, und was mir einfalle, die von ihm aufgestellten Reisepläne eigenmächtig zu ändern. Ich frage mich, was so schlimm daran ist, dass ich den Kutscher ab und zu anweise, von der geplanten Route abzuweichen? Warum will Vater nicht, dass ich mitbekomme, wie es im Landesinnern aussieht?«

Unangenehm berührt rutschte Olly auf der Bank ein Stück zur Seite. »Du redest gerade so, als müsstest du durch Potemkinsche Dörfer fahren! Dabei sind diese Zeiten doch gewiss vorbei«, sagte sie naserümpfend. Plötzlich empfand sie den muffig-süßen Geruch, der von den vor ihren Füßen liegenden Ananasfrüchten aufstieg, als unangenehm, fast ekelig. Hoffentlich kam bald jemand und holte die Früchte ab.

»Bist du dir da so sicher?«, fragte Sascha. »Hast du in der Württemberger Kolonie in die Häuser geschaut? Hast du mit eigenen Augen gesehen, wie sie leben? Oder hast du dich mit dem zufriedengegeben, was die Leute anlässlich eures Besuches für euch vorbereitet haben? Ein paar Fahnenschwenker, sauber geschrubbte Kinder, die Gedichte aufsagen und euch Blumen überreichen …«

Olga runzelte die Stirn. »Nicht jeder schätzt unangemeldete Besuche in seinem Zuhause«, sagte sie lahm. In Wahrheit hatte sie schon daran gedacht, sich in dem Dorf der Württemberger ein wenig näher umzuschauen. Aber als dann Mary und Adini auf einen eiligen Aufbruch drängten …

»Da siehst du's, euch reicht der schöne Schein. Und genauso wird Marys Fest heute auch ausfallen: Ein paar bunte Trachten und Gesänge, und schon glaubt ein jeder, er habe das wahre Russland vor sich«, sagte er höhnisch. »Aber weißt du, was sich all die Trachtenträger und Sänger zuraunen werden, wenn sie wieder in ihren elenden Hütten sind? Sie wollten nur einmal so leben wie ein russischer Großfürst. Für sie ist das gleichbedeutend mit dem Himmel auf Erden.«

Olly war entsetzt. »Wenn das Vater hören würde! Sein ganzes Leben hat er nichts anderes als das Wohl der Russen im Sinn. Und dann sind die Menschen so undankbar? Das glaube ich nicht.«

»Ach Olly, manchmal bist du wirklich sehr naiv«, entgegnete Sascha. »Wenn du mir nicht glaubst, erkundige dich beim Volk. Vielleicht solltest du nicht immer nur die vor Gefühlen triefenden Gedichte unseres lieben Wassili Shukowski lesen, sondern dir auch einmal andere Schriftsteller zu Gemüte führen. Es gibt da einen jungen Kerl, er heißt Iwan Turgenjew. Er ist so alt wie ich und studiert derzeit in Berlin, was der –«

»Wahrscheinlich einer dieser westlichen Aufwiegler, die Vater das Leben so schwermachen«, unterbrach Olly ihn. »Sag bloß, du liest so einen Schund?«

»Woher willst du wissen, was Schund ist? Diese Leute schreiben doch nicht, um Vater das Leben schwerzumachen. Sie riskieren ihre Freiheit, manche gar ihr Leben, um auf unhaltbare Zustände in unserem Land aufmerksam zu machen, um uns die Augen zu öffnen! Etwas, was Marys Fest heute gewiss nicht tun wird.«

Olly rutschte näher an den Bruder heran, legte einen Arm um seine Schulter und rüttelte ihn. »Jetzt sei nicht so streng mit uns, sonst verdirbst du mir noch die gute Laune. Ein Fest ist ein Fest, nicht mehr und nicht weniger. Und was all diese Missstände angeht … vielleicht gibt es wirklich das eine oder andere, was du später anders machen kannst als Vater.« Sie brachte es nicht übers Herz, »besser« zu sagen. Wie um alles in der Welt sollte sie jetzt noch das Gespräch auf Iwan bringen, fragte sie sich stumm. Dabei hätte sie so gern gehört, wie es ihm auf der Reise ergangen war.

»Eins ist mir jetzt schon klar: Man kann Russland nicht in ein riesiges Heerlager verwandeln. Vater sähe es am liebsten, wenn wir all die verschiedenen Völker wie Bataillone und Schwadronen aufstellen und exerzieren ließen. Aber damit liegt er völlig falsch. Das soldatische Marschieren kann er vielleicht auf dem St. Petersburger Marsfeld mit seiner Garde exerzieren, aber nicht in den Weiten Russlands.« Sascha stand auf und begann, wie ein eingesperrter Tiger hin und her zu laufen. »Alles muss immer nur nach seinem Kopf gehen. Wenn ich nur an diese Brautschau denke, die er für mich geplant hat! Durch halb Europa will er mich schicken, und wehe, ich finde nicht die perfekte Frau. Ich frage mich, warum er nicht gleich selbst loszieht und mir eine aussucht.«

Unwillkürlich musste Olly lachen – Saschas Aufbegehren hatte fast etwas Komisches.

»Mir scheint es, dir kann man es derzeit nicht recht machen«, sagte sie und stand auf. Schlagartig war auch Grand Folie, der unter einer Palme gedöst hatte, wieder wach. »Bestimmt wirst du viel Spaß auf deiner Reise haben, alle jungen Frauen werden dich umschwärmen und umgarnen. Du wirst die Qual der Wahl haben, um die Richtige herauszupicken. Und diese eine besitzt eine gute Seele und ein großes Herz, auch für die Armen und Kranken Russlands. Wer weiß, am Ende verliebst du dich noch ganz schrecklich in sie?«, fügte sie hinzu und kam sich sehr erwachsen dabei vor. Ha, wenn das Anna gehört hätte, sie wäre stolz auf sie. Olly sonnte sich so sehr im wohligen Gefühl, einen guten Rat gegeben zu haben, dass sie zunächst gar nicht bemerkte, wie entgeistert Sascha sie anschaute.

»Die Richtige! Was wäre denn, wenn ich die längst gefunden habe?«, entgegnete er und lief davon.

*

Als der berittene Bote beim Landgut der Bariatinskis eintraf, waren Maria, ihre Schwester Léonile, Iwan und ihre Mutter beim Mittagessen.

»Das sind bestimmt die Blumen, die Olly mir als Haarschmuck

für heute Abend schickt.« Freudig sprang Maria auf. Doch kurz darauf kam sie stirnrunzelnd zurück.

»Es ist ein Gesandter des Zaren, er will zu dir, Iwan.«

Sie hörten die Männer vor dem Fenster sprechen. Iwan wies den Boten an, sein Pferd abzusatteln und in den Stall zu führen. Maria und ihre Mutter schauten sich an – was hatte das zu bedeuten?

Mit einem wichtig aussehenden Bogen Papier in der Hand kam Iwan wieder herein. »Ich bin befördert worden«, sagte er verwundert.

»Iwanschi! Das ist doch wunderbar!« Seine Mutter umarmte ihn. »Zeig her, welches berühmte Bataillon sollst du zukünftig befehligen? Oder gehörst du fortan sogar der Leibgarde des Zaren an?« Sowohl sie als auch Léonile bekamen bei diesem Gedanken einen ganz andächtigen Blick. »Das hast du schon lange verdient.«

Es war Maria, die ihrem Bruder die Depesche aus der Hand riss. »Ein Einberufungsbefehl. Du sollst in den Kaukasus? Als Oberbefehlshaber der russischen Truppen ...« Bevor sie wusste, was sie tat, bekreuzigte sie sich.

»Eine große Ehre«, sagte Iwan tonlos. »Und eine große Aufgabe. Nikolaus würde sie nicht jedem zutrauen.« Er schaute die drei Frauen an. »Ich muss heute schon los, der Bote wird mich nach Moskau begleiten, dort werde ich weitere Instruktionen bekommen.«

»Heute? Aber heute ist Marys Geburtstagsfest«, sagte Maria, während ihr Tränen in die Augen schossen. »Darauf hast du dich doch so gefreut. Und ich mich auch ...«

»Du bist doch gestern erst zurückgekommen«, schluchzte auch Léonile.

»In den Kaukasus? Aber Iwanschi, dort herrscht Krieg! Und der Winter kommt ... Ist das alles nicht sehr gefährlich?«

Die drei Frauen schauten Iwan mit angstgeweiteten Augen an.

»Ja, Mutter, ja«, sagte Iwan und straffte seine Schultern. Danach sagte niemand mehr etwas.

*

»Da seid ihr ja endlich. Willkommen in Peterhof!« Olly flatterte so aufgeregt in ihrem golden glänzenden Kleid um die Kutsche der Bariatinskis herum, dass der Fahrer Mühe hatte, die erschreckten Pferde zum Stehen zu bringen. Unter dem Schutz seiner Schirmkappe warf er ihr einen unfreundlichen Blick zu.

»Hattet ihr eine gute Fahrt? Bist du mit den Lilien zurechtgekommen?« Noch bevor der Kutscher helfen konnte, riss sie den Verschlag des Fahrzeugs auf.

»Olly, Liebste ...« Hoheitsvoll stieg Maria Bariatinski aus, die großen Lilienblüten wippten bei jeder Bewegung in ihrem Haar.

»Wunderschön siehst du aus. Ach, wie ich dich um dein prachtvolles Haar beneide! Wenn ich dich sehe, könnte ich mir jede einzelne Fluse auf meinem Kopf ausrupfen«, sagte Olly lachend, doch das Lachen erstarb, als sie die geröteten Augen der Freundin sah.

»Maria, was ist los? Hast du geweint? Und wo ist Iwan? Er reitet doch nicht etwa hierher?« Fragend schaute sie in die Richtung, aus der die Kutsche gekommen war.

»Olly, mein Bruder ist ...« Die junge Prinzessin verlor ihre Haltung, und nur im letzten Moment gelang es Olly und dem Kutscher, sie zu stützen. Gemeinsam führten sie Maria zu der Sitzgruppe, die von den Fahrern während ihrer Wartezeiten genutzt wurden. Olly scheuchte die Männer weg. Unter Tränen erzählte Maria, was sich zugetragen hatte.

»Hat Sascha dir nichts davon gesagt? Oder dein Vater?«, schluchzte sie, als sie zum Schluss gekommen war.

»Vater ist doch in Teplitz, schon den ganzen Sommer über«, sagte Olly geistesabwesend. »Und Sascha? Nein.«

Iwan war weg. Weit weg. Auf dem Weg in den Kaukasus. Heute abgereist.

Wie vom Schlag getroffen, versuchte sie, die Nachricht zu verstehen. Kein Wiedersehen? Keine innigen Momente? Kein ... gar nichts?

»Das kommt so plötzlich! Steht denn wenigstens schon fest, wann er zurückkommen soll?« Tränen stiegen ihr in die Augen. Sie schluckte, bis sie den Kloß in ihrem Hals hinuntergewürgt hatte.

Wenn sie jetzt anfing zu heulen, würde sie nicht mehr aufhören können.

Maria schüttelte den Kopf. »Ich dachte, du wüsstest mehr. In dem Schreiben stand nur, er solle –«

»Prinzessin Bariatinski! Und mein Schwesterherz. Was um alles in der Welt tut ihr hier?« Mit in die Hüfte gestemmten Händen schaute Mary auf die beiden Freundinnen herab. »Adini und ich suchen euch schon überall. Ist die Aussicht auf mein Fest so schrecklich, dass sie euch in Tränen versetzt?« In Marys humorigem Ton war eine Spur von Ärger nicht zu überhören. »Die Gäste warten auf dich, Olly. Seit Onkel Michael einen Blick auf deine Frisur erhaschen konnte, erzählt er allen Leuten davon, fast könnte man meinen, du wärst heute die Jubilarin.«

»Mary, stell dir vor ...« Krampfhaft blinzelte Olly ihre Tränen fort. »Marias Bruder hat einen Versetzungsbefehl bekommen, er muss in den Kaukasus.«

»Und wird dort Oberbefehlshaber der russischen Truppen. Eine große Ehre für ihn! Und deshalb schaut ihr drein wie sieben Tage Regenwetter? Wollt ihr mir etwa mein Fest verderben? Maria, Olly, reißt euch zusammen, alle beide.«

Mit gesenkten Köpfen folgten die beiden jungen Frauen dem Geburtstagskind, als würden sie zur Schlachtbank geführt.

Die Mehrzahl der über dreihundert Gäste war sich einig: Von all den hübschen Anblicken auf Marys Fest – und von denen gab es reichlich – waren die Großfürstin Olga Nikolajewna und ihre Freundin, Prinzessin Maria Bariatinski, der schönste.

In ihren identischen golden glänzenden Kleidern mit den enganliegenden Oberteilen und den weitschwingenden Ärmeln hätte man die Freundinnen fast für Zwillinge halten können. Wo immer die beiden erschienen – ob am Champagnerausschank oder am Kuchen- und Tortenbuffet, ob auf der großen Sonnenterrasse oder entlang der vielen Wasserspiele –, waren sie von einer Schar Gäste umringt, die sich mit ihnen unterhalten oder einfach nur in ihrer Nähe sein wollten.

Noch während sie hinter Mary hertrotteten, hatten die Freundinnen sich an der Hand genommen und beschlossen, den schlechten Nachrichten zum Trotz das Fest so gut wie möglich hinter sich zu bringen. Genau das waren sie Iwan schuldig. Iwan, der seit Stunden im Sattel auf einer staubigen Straße gen Moskau unterwegs war. Wie sehr hätte er die eisgekühlten Getränke genossen. Und die guten Speisen, die anregenden Gespräche. Bestimmt würde er sich wünschen, dass wenigstens sie es sich gutgehen ließen.

»Dieses Goldbraun … als würde der Herbst nochmals innig vom Sommer geküsst«, sagte Ollys Onkel, Großfürst Michael, beim Anblick der beiden jungen Frauen.

»So poetisch kenne ich dich gar nicht«, sagte Tante Helene und bedachte ihren Mann mit einem schrägen Seitenblick. Aber auch sie geriet ins Schwärmen: Was für wunderbare Frisuren die beiden sich ausgedacht hatten!

Sowohl Olly als auch Maria hatten ihre Hochsteckfrisuren mit Ranken aus frischen Lilienblüten schmücken lassen, die sich bis über ihren Rücken ergossen. Während Ollys Blumen schon in voller Blüte gestanden hatten, als die Friseurin sie kundig einflocht, waren Marias Blüten bei ihrer Ankunft noch knospig verschlossen. Aber je weiter das Fest voranschritt, desto weiter öffneten sich auch die Blüten und verströmten bei jedem Schritt, den die Mädchen taten, ihren einzigartigen Duft.

»Wenn das Nikolaus und Alexandra sehen könnten«, sagte Tante Helene. »Oder wenigstens Anna Okulow – sie wäre so stolz auf ihren Schützling.«

»Zu Recht, Großfürstin Olly ist elegant und erwachsen geworden. So schön, wie sie ist, stiehlt sie dem Geburtstagskind fast ein wenig die Schau«, pflichtete die Obersthofmeisterin ihr bei. »Ein wenig ernst schauen die beiden allerdings drein …«

Helene runzelte die Stirn. »Dafür strahlt Mary über beide Wangen. Ihre Tracht wirkt dagegen ein wenig … schwerfällig, finden Sie nicht? Ach, man müsste noch einmal jung sein!«

Beide Damen seufzten so laut auf, dass sich Onkel Michael eiligst verzog und es an Prinz Galizin lag, die Laune der Damen mit Champagner und Kaviarhäppchen wieder zu heben.

»... und dann, wir waren ein paar Meilen geritten, springt eine Gams hinter einem Felsen hervor. Mein Valentino erschrickt und steigt, ich versuche, ihn zu bändigen. Er drängt zur Seite, stolpert, ich versuche, ihn vom Abgrund wegzuhalten, vergeblich. Wir stürzen unglücklich den Abhang hinab. Ich zerre mir den Arm und hole mir blaue Flecken, mein armer Valentino aber bricht sich beide Vorderbeine. Ich also die Flinte angesetzt und –«

Olly zuckte zusammen, sie wollte nicht hören, wie der Mann, der sehr zu ihrem Unmut nicht mehr von ihrer Seite wich, sein Lieblingspferd erschossen hatte. Er hatte sich als Max Prinz von Bayern vorgestellt und angefügt, er wäre ein guter Freund von Sascha. Warum erzählte er dann nicht ihm seine blutrünstige Geschichte, fragte sich Olly ärgerlich.

Der Bayernprinz runzelte die Stirn, als er ihre Miene sah. »Hätte ich das Tier etwa seinem Schicksal überlassen sollen?«

»Natürlich nicht«, entgegnete Olly heftig. »Aber vielleicht eignen sich solche schrecklichen Dramen nicht unbedingt als Gesprächsstoff für den heutigen Tag«, fügte sie mit erzwungener Freundlichkeit hinzu. »Oh, da kommt eine der Losverkäuferinnen. Habe ich schon erwähnt, dass die Erlöse einem guten Zweck gespendet werden?«

Pflichtschuldig kaufte Max von Bayern ein paar Lose, dann schlenderten sie zu einer der Buden, um ihre Gewinne abzuholen: ein Taschenmesser aus Tula für ihn und ein kunstvoll geflochtener Korb für Olly.

Ohne den schönen Handarbeiten auch nur einen zweiten Blick zu widmen, hob Max von Bayern aufs Neue an: »Meine Liebe, jetzt muss ich Ihnen aber unbedingt erzählen, wie ich auf jenem Ausritt über die Ruine Hohenschwangau gestolpert bin, im wortwörtlichen Sinne. Wäre das Drama um Valentino nicht gewesen, wäre ich doch nie zu Fuß diesen zugewachsenen Feldweg entlanggegangen. Inmitten meiner schönen bayerischen Berge fand ich ein zerfallenes

Schloss, wie deutsche Dichter es in den schönsten Geschichten nicht besser hätten beschreiben können. Ganz famos war das ...« Max von Bayern schien von seiner Erinnerung völlig ergriffen zu sein. Seine Augen glitzerten, als würden ihm im nächsten Moment die Tränen aufsteigen. Olly verzog den Mund. Was für ein Wichtigtuer!

Schon den ganzen Nachmittag über verwickelte er sie in Gespräche, in denen es einzig um seine Person, seine Besitztümer und sein schönes Bayernland ging. Detailliert sprach er nun über die Renovierungsarbeiten, die seiner Entdeckung folgten. Olly hatte das Gefühl, bald jeden Mauervorsprung, jede Balustrade und Deckenvertäfelung dieses Hohenschwangau zu kennen. Hilfesuchend schaute sie sich um. Warum errettete niemand sie von dem Langweiler?

Doch Mary war in ein Gespräch mit einem Herrn verwickelt, Maria unterhielt sich angeregt mit Tante Helene, Sascha war nirgendwo zu sehen ...

Bei dem Gedanken an ihren Bruder verdüsterte sich Ollys Miene noch mehr. Wehe, wenn sie ihn in die Finger bekam! Zuerst hatte er ihr nichts über Iwans Versetzungsbefehl gesagt, und nun musste sie sich auch noch um seinen »guten Freund« Max kümmern.

»Und dann die Malerarbeiten! Liebste Olga, ich kann Ihnen sagen ...«

Olly hätte vor Ungeduld am liebsten laut aufgeschrien. War es eigentlich immer so, dass einen auf einem Fest gerade jene Herren als Erstes ansprachen, denen man selbst am wenigsten zugeneigt war? Oder hatte nur sie dieses Pech?

Iwan hätte sie von Herzen gern zugehört, er hätte sie keinen Moment gelangweilt, dachte Olly bei sich, während der bayerische Prinz von Pilastern und Marmorvertäfelungen schwärmte.

Iwan ... Wie es ihm wohl gerade erging? Warum hatte er ihr keine Nachricht hinterlassen? Er hätte sie Maria mitgeben können. Nach Auskunft der Freundin war sein Aufbruch allerdings sehr überstürzt gewesen, der Gesandte des Zaren drängte sehr. Irgendetwas stimmte hier nicht, das hatte Olly im Gefühl. Doch bevor sie weiter über alles nachdenken konnte, hüstelte es neben ihr.

»Wissen Sie, verehrte Großfürstin, dass Sie mich auf faszinierende

Art an die Abbildung einer Frau auf einer Freske in meinem Schloss erinnern? Der gleiche schlanke Wuchs, die seelenvollen Augen, der schwanenhafte Hals – ganz famos! Fast möchte ich glauben, in Ihren Adern flösse heimlich bayerisches Blut«, sagte er und schaute sie dabei ganz verträumt an. »Ob das wohl das Zeichen einer höheren Himmelsmacht ist, die uns zwei zusammenführen will?«

Olly war sprachlos. Bayerisches Blut in den Adern einer russischen Großfürstin? Für Max mochte dies das höchste aller Komplimente sein, ihr ging es jedoch absolut zu weit!

»Wenn Sie mich entschuldigen …« Sie drückte ihrem Gegenüber den Korb in die Hand, dann lief sie davon.

»Kann es etwa sein, dass meine Nichte mit dem bayerischen Kronprinzen schäkert?« Mit schräggelegtem Kopf lugte Großfürstin Helene zu dem Paar hinüber. »So viel Koketterie hätte ich Olly gar nicht zugetraut.«

Maria Bariatinski lachte gezwungen. »Bestimmt will sie nur dafür sorgen, dass sich jeder Gast gut unterhält.« Olly und kokett – wie kam die Großfürstin denn darauf? Die Miene der Freundin drückte eher eine Mischung aus Langeweile und Unwohlsein aus.

»Das will ich hoffen!« Helene winkte Maria näher zu sich heran. »Unter uns gesagt, ich habe Max von Bayern für Mary auf die Gästeliste gesetzt, heimlich, als sie mit ihrer Liste fertig war.« Die Gattin des Großfürsten Michael lächelte verschmitzt. »Als sich die beiden in Berlin kennenlernten, waren sie sich nicht unsympathisch, aber glauben Sie, dass einer von ihnen einen nächsten Schritt gewagt hätte? So viel Schüchternheit! Da dachte ich mir, ich werde ihrem Glück ein wenig auf die Sprünge helfen. Eine wunderbare Verbindung wäre das. Von daher will ich jetzt nicht miterleben, dass die jüngere Schwester der älteren einen Heiratskandidaten einfach vor der Nase wegschnappt. Für Olly habe ich längst jemand anderen im Sinn.« Helenes Mund verzog sich zu einem missbilligenden O, das von tausend Runzeln umkränzt wurde. »So schauen Sie nur, was macht das Mädchen denn jetzt?«

Maria schmunzelte. »Es sieht so aus, als gibt Olly Max von Bayern einen Korb. Ihre Sorgen waren also völlig unbegründet, verehrte Großfürstin«, sagte sie, während Olly so hastig auf sie zugesprungen kam, dass sich mehrere Lilienblüten aus ihrer Frisur lösten.

»Keine Minute länger hätte ich mir die langweiligen Reden dieses ›Max Famos‹ anhören wollen! Einen derart von sich eingenommenen Menschen habe ich selten erlebt.«

»Deine Tante hat mich auch ziemlich in Beschlag genommen«, sagte Maria. »Ach, wenn nur Iwan hier wäre, er hätte uns aus jeder Notlage gerettet.«

Die Freundinnen seufzten abgrundtief. Sie saßen auf einem kleinen Mauervorsprung am Ende der Sonnenterrasse, eine jede balancierte einen Teller mit Häppchen auf dem Knie, eine Flasche Champagner und zwei Gläser standen zwischen ihnen. Die silbrig schimmernde Ostsee schien vor ihren Augen mit dem Horizont zu verschmelzen.

Das viele Parlieren und Umherwandern hatte die Gäste hungrig gemacht, und nun widmeten sich alle den Platten mit Pelmeni – kleinen gefüllten Teigtaschen –, den herrlich dekorierten Sülzen vom sibirischen Buckellachs, den in Portwein gekochten Früchten, dem würzigen Rentierschinken und vielem mehr.

Statt sich ihre Serviette auf den Schoß zu legen, setzte sich Maria darauf, um das Kleid vor dem porösen Mauerwerk zu schützen.

Olly tat es ihr gleich. »Sag, fandest du es nicht auch seltsam, dass Mary sofort Bescheid wusste, als wir ihr von Iwans Versetzung erzählten? Sie hat sogar gewusst, welchen Posten er bekommen soll.«

Maria Bariatinski zuckte mit den Schultern. »Vielleicht hat Sascha ihr davon erzählt. Als ich ihn vorhin auf Iwans Beförderung ansprach, meinte er, dies stünde schon seit einiger Zeit im Raum.«

»Na, wenn das so ist … Eine Beförderung ist ja eine große Ehre«, sagte Olly, die tief drinnen noch immer das diffuse Gefühl verspürte, dass mit Iwans »Beförderung« etwas nicht stimmte. Doch die Vorstellung, dass man Iwan in den Krieg geschickt hatte, um ihn von ihr fernzuhalten, war zu schrecklich, als dass sie weiter darüber nachdenken wollte.

»Oje, der Bayernprinz scheint dich zu suchen.« Maria nickte in Richtung Orangerie, wo Max ziellos umherirrte.

»Mit ein bisschen Glück wird er von einer herabfallenden Pampelmuse getroffen und bekommt fürchterliche Kopfschmerzen, so dass er sich zurückziehen muss.«

»So boshaft kenne ich dich gar nicht.« Maria kicherte.

»Weißt du, ich finde es einfach schrecklich, dass manche Menschen immer nur an sich denken. Während unseres ganzen Gesprächs hat er nicht einmal gefragt, wie es mir geht oder –« Lautes Lachen lenkte Olly ab. Sie schaute hinüber zum üppig mit Blumen geschmückten Ehrentisch.

»Wenigstens Mary scheint sich bestens zu unterhalten.«

»Wie ihre Augen glänzen, nur weil der Herr zu ihrer Rechten ihr den Brotkorb reicht. Schau, jetzt tut sie schon wieder so, als würde sie seinen Arm rein zufällig berühren.« Maria kicherte abermals.

Olly schaute die Freundin schräg an. »Weißt du vielleicht, wer das ist?«

Maria nickte. »Er heißt Maximilian von Leuchtenberg. Ich hatte vorhin die Gelegenheit, ein paar Worte mit seiner Mutter zu wechseln, sie kommen aus Deutschland und sind auf großer Reise. Auguste von Leuchtenberg ist übrigens eine Tochter von König Maximilian.«

»Leuchtenberg, irgendetwas sagt mir der Name …«

Maria stupste Olly an. »Schau, wie sie turteln! Jetzt wissen wir endlich, in wen deine Schwester verliebt ist.«

Olly, die gerade von ihrer Pirogge abgebissen hatte, verschluckte sich so heftig, dass sie husten musste.

»Du glaubst, er ist der große Unbekannte, den Mary in Berlin kennengelernt hat?« Jetzt war ihr klar, warum Mary nie in Gegenwart der Eltern von diesem Mann sprach … Als die Mutter nach ihrer Rückkehr aus Berlin ihren Hofdamen von den »skandalösen familiären Verhältnissen« der Leuchtenbergs erzählte, hatte Olly der Unterhaltung heimlich gelauscht. Sie konnte sich noch gut an den missbilligenden Blick der Mutter erinnern.

»Und wenn es so wäre?«, sagte Maria. »Gefällt er dir etwa nicht?«

Olly ließ ihre Pirogge sinken und beugte sich näher zu Maria heran. »Das Problem ist seine Herkunft. Prinzessin Auguste von Bayern wurde einst mit Eugène Beauharnais verheiratet. Die Tochter des bayerischen Königs und Napoleons Stiefsohn, du weißt, was das bedeutet ...«, fügte sie dunkel hinzu.

»Dieser Max ist der Sohn von Napoleons Stiefsohn? Oje, kein Wunder, dass du so grimmig dreinschaust.« Maria runzelte die Stirn. »Trotzdem, er scheint nett zu sein. Und wie er Mary anhimmelt!«

»Aber darum geht es doch nicht. Er ist nichts, seine Titel sind nur von Gnaden Napoleons! Und er hat nichts, seiner Familie gehören irgendwo im Bayerischen ein paar Güter, das ist alles.« Urplötzlich lachte Olly auf. »Ist das nicht verrückt? Da hat unsere Mutter Mary mit so viel Aufwand in die Gesellschaft eingeführt, und was macht mein Schwesterherz? Verliebt sich in einen *Beauharnais*!«

»Ich kann schon ein bisschen verstehen, was deine Schwester an ihm findet, auch wenn er keine Aussichten auf einen Thron hat«, sagte Maria seufzend. »Er sieht ziemlich gut aus.«

»Du hast leicht reden. Niemals würde mein Vater eine solche Heirat erlauben! Wenn Mary es gut mit diesem Leuchtenberg meint, schickt sie ihn heute noch weg, bevor jemand Wind von dieser Sache bekommt.« Olly spürte, wie ihr Herz angstvoll schlug. Sie und Iwan hatte man schon getrennt – warum sollte es Mary mit Max besser ergehen? Max von Leuchtenberg war in den Augen ihrer Eltern gewiss eine noch viel schlechtere Partie als Iwan, von daher würden sie sicher alles tun, um ihn von ihr fernzuhalten.

Jetzt siehst du schon Gespenster, rügte sie sich. Als ob hinter jeder Ecke böse Mächte lauern! Vielleicht ist Iwans Versetzung nur eine harmlose militärische Entscheidung, mehr nicht. Sie versuchte, die unguten Gedanken abzuschütteln.

»Jedenfalls möchte ich mir nicht vorstellen, wie Vater reagiert, wenn ihm jemand zuträgt, dass Max Leuchtenberg bei diesem Fest war. Das gibt Ärger, und Mary tut mir jetzt schon leid.«

»Wie ich deine Schwester kenne, denkt sie sich nichts dabei und ist nachher ganz entsetzt, wenn sie hört, was man ihr zur Last legt.

Wahrscheinlich ist das nur eine kleine Schwärmerei, mehr nicht«, sagte Maria.

Olly war sich da nicht so sicher. Ihr Eindruck war ein gänzlich anderer.

Gegen Abend zog vom Meer her ein frischer Wind auf und blies einige der in den Blumenbeeten und an den Wegesrändern aufgestellten Fackeln aus. Vor allem die älteren Gäste wanderten fröstelnd in den Ballsaal und den angrenzenden Tschesme-Saal, vor dessen riesigen Ölgemälden Mary ebenfalls Tische und Stühle hatte aufstellen lassen. Tee aus mehreren silbernen Samowaren sorgte dafür, dass es den Gästen schnell wieder warm wurde.

Draußen im Park und auf der Schlossterrasse blieb die Jugend zurück. Was bedeutete schon ein bisschen Frösteln, wenn man dafür den gestrengen Blicken der Älteren entkommen konnte? Kleine Grüppchen wanderten über die Kieswege, manch ein Paar versuchte, sich abzusetzen, um in einer der Lauben ein paar ungestörte Momente zu verleben. Die Losverkäuferinnen machten nun gute Geschäfte, besonders viel Gelächter gab es, wenn eine von Marys Freundinnen eine Pfeife gewann und einer von Saschas Offizierskameraden ein Schmuckstück aus Tula.

Mary hatte ein paar der kleineren Tische in der Nähe der Terrassenmauer zusammenrücken lassen, wo es windgeschützt war und die Mauer außerdem noch ein wenig der gespeicherten Sonnenwärme abgab. An dieser improvisierten Tafel, die von Dutzenden von Kerzen beleuchtet wurde, hielt Mary nun Hof, an ihrer Seite Prinz Max von Leuchtenberg oder »Max Beau«, wie Olly ihn im Stillen nannte.

Olly fühlte sich mit ihrem Glas Champagner in der Hand sehr erwachsen. Vor ein, zwei Jahren noch hätte man sie wie Adini zu dieser Zeit ins Bett geschickt, nun saß sie mit Blumen im Haar und einem Kleid, das im Licht der Kerzen wie geschmolzenes Gold glänzte, hier bei den Erwachsenen. Ach, wenn nur Iwan bei ihr wäre …

Sobald sie Zeit hatte, würde sie sich darüber informieren, was sich im Kaukasus zutrug. Vielleicht war alles gar nicht so schlimm? Ein paar kleine Unruhen, die es niederzuschlagen galt, und Iwan konnte zurückkommen, als verdienter General ihres Vaters.

Die Mitglieder einer Tanzgruppe bauten sich vor ihrem Tisch auf, ausstaffiert mit bunten bäuerlichen Kostümen. Eine der Frauen überreichte Mary einen Korb mit Äpfeln, Brot, Salz und Honig, wofür diese sich überschwänglich bedankte.

Oje, war dies nicht genau die Art von Auftritten, über die Sascha heute Vormittag gelästert hatte? Aus dem Augenwinkel versuchte Olly die Reaktion des Bruders auf dieses Spektakel zu erkennen, doch er war so ins Gespräch mit Olga Kalinowski vertieft, einer Hofdame ihrer Mutter, dass er den Aufmarsch der Tänzer gar nicht zu bemerken schien.

Es waren Tataren aus Kasan, die nun zum Spiel zweier Geigen zu tanzen begannen. An den Fußknöcheln der Frauen klirrten kleine Glöckchen, an ihren Handgelenken waren geflochtene bunte Bänder festgebunden, die bei jeder Bewegung im Licht der Kerzen immer wieder anders schimmerten.

Diese Freiheit der Bewegungen! Fast konnte man die Steppenlandschaften, aus denen die Männer und Frauen stammten, erahnen. Wie alle anderen klatschte Olly begeistert im Takt der Musik mit, bis alles mit einem letzten Crescendo ausklang.

»Bei uns in Bayern wird der Volkstanz auch großgeschrieben, allerdings geht's bei uns etwas … kultivierter zu, wenn ich das anmerken darf«, sagte Max von Bayern mit alkoholschwerer Zunge.

Olly funkelte ihn an. Weg war der verzauberte Moment.

Mary verteilte Münzen an die Männer und Frauen. Anschließend wandte sie sich ihren Gästen zu, beide Hände an die Brust gelegt. »Versteht ihr nun, dass ich nie – niemals – mein geliebtes Russland verlassen könnte? Man würde mir mein Herz herausreißen!«, rief sie theatralisch.

Max von Bayern schaute Mary an, als habe sie den Verstand verloren. Olly schmunzelte. Zum ersten Mal an diesem Tag war sie nahe daran, dem Bayern beizupflichten. Marys Verhalten war wirklich übertrieben. Und wie belämmert Max von Leuchtenberg nach Marys Sprüchen dreinschaute! Er konnte doch nicht ernsthaft gehofft haben, dass Mary künftig auf irgendeinem bayerischen Landgut leben würde, oder? Olly tat der naive »Max Beau« fast ein wenig leid.

»Sie kommen also auch aus Bayern?«, wandte sie sich an ihn. »Darf ich fragen, was Sie nach Russland führt, es ist ja nicht gerade nahe gelegen.« Was für eine dumme Frage – sie wusste doch genau, warum er hier war!

Max Beau lächelte verlegen.

»Ehrlich gesagt bin ich vor allem der Begleiter meiner Mutter, eigene Pläne hatte ich nicht, als wir zu dieser Reise aufbrachen. Umso erfreulicher war es für mich, Ihre Schwester wiedersehen zu dürfen.« Dabei warf er Mary einen so unglücklichen Blick zu, dass Olly sich peinlich berührt abwandte.

Sie fand Max' unprätentiöse Art, über seine Rolle als Begleiter seiner Mutter zu sprechen, sehr angenehm. Wahrscheinlich hätten die meisten anderen Herren in seiner Situation irgendwelche Kongresse oder Audienzen erfunden, um nicht gar zu unbedeutend zu wirken.

Max hingegen fuhr fort: »Zu Hause verpasse ich nichts, unsere Eichstätter Güter werden in meiner Abwesenheit gut geführt, wahrscheinlich sind meine Verwalter froh, ihre Ruhe vor mir zu haben.« Sein Lachen hatte etwas Entwaffnendes.

Eigentlich schade, dass aus Mary und ihm nichts werden konnte, schoss es Olly gerade durch den Sinn, als neben ihr Max von Bayerns unangenehm laute Stimme ertönte:

»Eine Einstellung, die ich nicht teile, wenn ich das anmerken darf. Meiner Ansicht nach ist es unabdingbar, dass sich unsereiner verantwortlich fühlt für die eigenen Besitztümer. Hätte ich die Arbeiten an meinem Schloss nicht Tag für Tag höchstpersönlich überwacht, wäre Hohenschwangau heutzutage noch immer eine uralte Ruine.«

Oje, nicht schon wieder! Olly verdrehte die Augen.

Sascha, der die letzte Bemerkung des bayerischen Kronprinzen sowie Ollys Reaktion darauf mitbekommen hatte, sagte lachend: »Vielleicht hättest du einen ordentlichen Architekten mit der Bauleitung beauftragen sollen, statt diese Aufgabe einem Kunstmaler zu überlassen. Dann hättest du erst gar nicht den Aufpasser spielen müssen.«

»Aber er hat seine Arbeit famos gemacht, der Domenico Quaglio! So einen Kunstmaler gab's nur einmal, ganz famos. Wenn du auf deiner Brautschau nach München kommst, musst du meinem Hohenschwangau unbedingt einen Besuch abstatten, Alexander. Vielleicht kann ich sogar ein Treffen zwischen meinen Schwestern und dir in meinem Schloss arrangieren, sie sind schon voller Vorfreude wegen deines Besuchs.«

Über Saschas Miene flog ein Schatten, bissig sagte er: »*Famos* mag Quaglios Arbeit vielleicht gewesen sein, aber am Ende hat er sie mit dem Leben bezahlt. Täusche ich mich, oder ist dein Kunstmaler nicht vor Erschöpfung gestorben, bevor die Bauarbeiten beendet waren?«

Ollys Blick sprang zwischen ihrem Bruder und dem Gast hin und her. »Ihr Kunstmaler ist vor lauter Erschöpfung gestorben?« Schlagartig wurde der Bayer ihr noch unsympathischer. So einer war er also. Jemand, der nicht auf seine Leute aufpasste!

Max von Bayern nickte. »Das war ärgerlich, sehr ärgerlich. Er hätte nur noch sechs, sieben Zimmer zu machen gehabt … Natürlich war es auch äußerst schade um den Mann«, fügte er hinzu, als er die betroffenen Mienen seiner Tischnachbarn sah.

»Lasst uns anstoßen, Freunde!« Im flackernden Kerzenlicht öffnete Sascha eine Flasche Champagner und schenkte höchstpersönlich allen nach.

Die Geigenspieler, die zuvor die Tanzgruppe begleitet hatten, spielten nun zum Tanz auf. Sascha war der Erste, der von seinem Stuhl aufsprang. »Darf ich bitten?« Mit einer übertrieben tiefen Verbeugung forderte er die neben ihm sitzende Olga Kalinowski auf.

Wenigstens schien ihr Bruder im Laufe des Festes seine gute Laune wiedergefunden zu haben. Ganz so verwerflich war es anscheinend doch nicht, das Leben eines Großfürsten zu führen, dachte Olly bei sich. Kam es ihr nur so vor, oder verbrachte Sascha heute besonders viel Zeit mit Mutters polnischer Hofdame?

»Sag mal, warum ist die Kalinowski eigentlich nicht mit Mutter auf Reisen?«, raunte sie Mary ins Ohr, doch die zuckte nur mit den Schultern.

»Das musst du Sascha fragen, er wollte partout, dass ich sie einlade.« Dann erhob sie sich, um Max Beaus Aufforderung zum Tanz zu folgen.

Während Maria den Tänzern sehnsüchtig zuschaute, fielen von Ollys Herzen tausend Steine, als sich der bayerische Max entschuldigte und steif davonging. Alles, bloß nicht mit ihm tanzen müssen.

Wie sich diese Olga Kalinowski an Sascha schmiegte und ihn mit ihren katzenhaften Augen anfunkelte! Obwohl die Polin nur vier Jahre älter als Olly war, hatten sie kaum miteinander zu tun: Meist war Olga Kalinowski mit Julia von Haucke zusammen, jener weiteren Lieblingshofdame ihrer Mutter. Olly konnte mit den beiden jedoch nicht viel anfangen. Julia von Haucke traute sie seit dem Vorfall mit dem vermeintlich nicht existierenden Zettel nicht mehr über den Weg, und die Kalinowski fand sie einfach nur langweilig. Sascha schien dies allerdings ganz anders zu sehen.

Olly versetzte Maria neben sich einen kleinen Stoß. »Schau mal, wie Sascha und die Kalinowski zusammen turteln – wenn Mutter das sehen würde!«

»Liebste Olly, du naives Schaf.« Maria Bariatinski hauchte Olly einen Kuss auf die Wange und flüsterte ihr zu: »In ganz St. Petersburg pfeifen es die Spatzen doch schon von den Dächern, dass unser Zarewitsch ein Auge auf das polnische Waisenkind geworfen hat. Inzwischen werden schon Wetten darauf abgeschlossen, wie weit die Sache gedeihen wird, bevor dein Vater ihr einen Riegel vorschiebt. Sag bloß, du hast davon noch nichts mitbekommen?«

13. KAPITEL

Und? Hat sie heute etwas gegessen?« Ollys Stimme war nicht mehr als ein Flüstern, als sie Julie Baranow, die gerade aus Marys Zimmer trat, abfing. Ein Schwall abgestandene, säuerliche Luft wehte Olly um die Nase. Unwillkürlich wich sie einen Schritt zurück.

Die Hofdame schüttelte den Kopf. »Blinis, Kaviar, Wachteleier – alles unberührt. Das Kind stirbt am Hunger und am gebrochenen Herzen.«

Brüsk nahm Olly der Hofdame das Tablett mit Marys Lieblingsspeisen aus der Hand. »Lassen Sie mich mal versuchen!«

»Mary, schau mal, ein Vögelchen.« Zum wiederholten Male ließ Olly ihre Hand mit einem gefüllten Wachtelei durch die Luft kreisen. Dann wollte sie es in Marys Mund fliegen lassen, wie man es bei kleinen Kindern machte, die schlechte Esser waren. Doch jedes Mal drehte Mary ihren Kopf weg.

»Lass mich, ich will nichts. Ich will sterben.«

Olly ließ das Ei sinken. »Wenn du so weitermachst, gelingt dir das auch, Mamas Leibarzt sagte gestern, du hättest schon hochgradige Blutarmut. Aber vielleicht erstickst du auch zuerst.« Sie sprang auf und öffnete eines der Fenster. Sofort kroch nassfeuchte Novemberluft in den Raum und wischte den säuerlichen Geruch weg.

Olly schlang ihr Tuch enger um die Schultern und wartete darauf, dass Mary sie anfauchte – die Schwester hasste offene Fenster und hatte ständig Angst, sich zu erkälten. Doch inzwischen war Olly fast jedes Mittel recht, um Mary aus ihrer Lethargie zu reißen. Dazu gehörte auch die Nachricht, die sie den ganzen Tag über wie einen Schatz in ihrer Brust gehütet hatte.

»Stell dir vor, Prinz Bariatinski hat mir geschrieben. Er hat seinen Posten inzwischen erreicht und sich auch schon eingelebt. Aber der Kaukasus sei eine völlig andere Welt als die, die er bisher erlebt hat. Weiter dürfe er dieses Thema nicht ausführen, schreibt er, da man nie wisse, ob eine Nachricht nicht in die Hände Aufständischer falle. Aber das ist ja völlig klar«, fügte sie ein wenig besserwisserisch hinzu – was den Kaukasus anging, wusste sie Bescheid. Schließlich hatte sie in den letzten Wochen jeden Schnipsel an Information aufgesaugt wie ein Schwamm.

»Iwan Bariatinski ... Wie ruhig du über ihn reden kannst. So groß kann deine Liebe nicht gewesen sein.«

»Was weißt du schon von meiner Liebe! Nur weil ich nicht mit rotgeweinten Augen herumlaufe, heißt das noch lange nicht, dass ich keine Gefühle habe. Es gibt Dinge, die mache ich eben mit mir allein aus«, entgegnete Olly barsch. Dass sie sich noch immer vor lauter Sehnsucht nach Iwan fast jede Nacht in den Schlaf weinte, ging niemanden etwas an.

Für einen langen Moment schwiegen die Schwestern, eine jede vertieft in ihre Gedanken.

»Tut mir leid, ich wollte nicht gemein sein«, sagte Mary schließlich und nahm Ollys Hand. »Ich bewundere dich wirklich.«

Olly lachte traurig. »Ich und bewundernswert? Ich versuche doch nur, so gut es geht damit zu leben, dass das Schicksal Iwan und mich so jäh auseinandergerissen hat.«

»Das Schicksal! So kann man es auch nennen«, murmelte Mary zynisch.

Olly hob den Kopf. »Was meinst du damit?«

Aber Mary sagte nur: »Ich bewundere dich für deine Vernunft. Wenn ich Maximilian nicht heiraten darf, hat mein Leben keinen Sinn mehr. Er ist meine große Liebe, und wenn Papa glaubt, mir die entreißen zu können, bitte schön!« In der Art, wie Mary mit den

Schultern zuckte, lag noch ziemlich viel Energie, Blutarmut hin oder her, befand Olly.

»Du und dein Sturschädel«, sagte sie und versetzte Mary einen liebevollen Stoß.

Ihre Schwester lächelte schwach. »Ach Olly, wenn du eines Tages auch einmal liebst, mit ganzem Herzen und bedingungslos, dann wirst du mich verstehen.«

Natürlich waren die Eltern entsetzt gewesen, als sie von Marys Verliebtheit hörten. Noch entsetzter waren sie allerdings, als ihnen klar wurde, wie ernst ihre Tochter es meinte. Zar Nikolaus hatte seine Kur sofort abgebrochen und war nach St. Petersburg zurückgeeilt, um Mary die Leviten zu lesen. Olly hatte damit gerechnet, dass Sascha wegen seiner Tändelei mit der Kalinowski dasselbe blühte – zu ihrem Erstaunen hatte ihr Vater dazu jedoch nichts gesagt, woraus Olly schlussfolgerte, dass den Eltern entweder niemand etwas darüber zugetragen hatte oder dass sie die Sache als harmlos einschätzten.

»Entweder ich heirate Max von Leuchtenberg, oder ich heirate gar nicht!« Mary war nicht müde geworden, diesen Satz gebetsmühlenartig zu wiederholen. Als der Vater sich nicht hatte erweichen lassen, griff Mary zu einem neuen Mittel: Seit vier Tagen lag sie nun in ihrem Bett und verweigerte jegliches Essen.

»Entweder ich heirate Max von Leuchtenberg, oder ich sterbe!«, hieß es von da an.

Olly stellte das Geschirr wieder auf das Tablett. »Wenn ich dir nur helfen könnte …«

Marys Gesicht glänzte fiebrig, ihre Augen waren milchig getrübt, doch ihre Stimme klang so fest wie eh und je. »Nur Vaters Zustimmung kann mir helfen, Schwesterherz. Wenn du wirklich etwas für mich tun willst, dann rede mit ihm!«

Wie an jedem Abend dieser Tage herrschte am Tisch gedrückte Stimmung. Statt der üblichen fröhlichen Neckereien war nur das Geräusch der silbernen Messer und Gabeln zu hören. Sehnsuchtsvoll dachte Olly an das kleine Speisezimmer am Ende des Ganges, wo Anna und Wassili Shukowski im Kreis der anderen Betreuer speisten. Bestimmt war die Laune dort wesentlich fröhlicher!

»Dass du dich für Mary einsetzen willst, ehrt dich sehr«, hatte Anna vor dem Essen zu ihr gesagt. »Aber ich halte es für keine gute Idee. Erstens muss jeder Mensch lernen, seine Kämpfe selbst auszufechten, und Mary kann das eigentlich ganz gut. Und zweitens: Woher willst du wissen, dass du ihr wirklich hilfst, wenn du mit deinem Vater sprichst?«

Olly hatte Anna verständnislos angeschaut. Natürlich half sie Mary, was denn sonst!

Als sie nun ihrem Vater gegenübersaß, der lustlos an einem Stück Brot kaute, war sie sich allerdings nicht mehr so sicher, ob sie das Thema erneut anschneiden sollte. Der Zar hatte wieder einmal eine seiner Kopfschmerzattacken und hockte blass und erschöpft am Tisch.

Alexandra saß ihm mit verweinten Augen gegenüber. Im Gegensatz zu ihrem Mann hatte es ihr den Appetit jedoch noch nicht verschlagen, sie ließ sich sogar eine zweite Portion des Hühnerragouts auftragen.

»Und? Sind alle Vorkehrungen für deine bevorstehende Reise getroffen?«, fragte Nikolaus seinen Sohn ohne echtes Interesse.

Sascha nickte. »Spätestens in zwei Wochen reise ich ab. Du kannst unbesorgt sein«, fügte er spitz hinzu.

Adini seufzte. »Wie aufregend! Ich würde dich so gern begleiten, um all die hübschen Prinzessinnen kennenzulernen und dir bei der Brautschau ein wenig über die Schulter schauen, damit du uns nur ja die Richtige mit nach Hause bringst.« Sie kicherte, brach jedoch ab, als sie merkte, dass niemand außer ihr diese Bemerkung witzig fand.

Olly räusperte sich. Jetzt oder nie – sie hatte es Mary schließlich versprochen.

»Vater, Mutter – ich weiß, Sie sind diese ewigen Gespräche leid, aber ich mache mir wirklich große Sorgen um Mary, sie wird von Tag zu Tag schmaler und blasser. Glauben Sie nicht, dass es noch eine

Möglichkeit gibt, ihr diese Liebesheirat zu erlauben?« Flehentlich schaute sie die Eltern an.

Mit einem tiefen Seufzer legte ihr Vater sein Brot aus der Hand. »Ist ein Problem vom Tisch, wird einem schon das nächste serviert.« Er hatte den Mund zu einer weiteren Bemerkung geöffnet, als Sascha ihm zuvorkam:

»Liebesheirat hin oder her. Olly, verstehst du denn nicht, es geht einfach nicht an, dass die Schwester des zukünftigen Zaren einen derart niedriggestellten Mann heiratet.«

»Aber dieser Maximilian ist wirklich sehr, sehr nett«, sagte Adini, zog jedoch den Kopf ein, als sie den strafenden Blick ihres Vaters bemerkte.

»Nett, wenn ich das schon höre! Ein *Beauharnais* kann nicht *nett* sein. Ich könnte vor Wut platzen, wenn ich daran denke, dass Mary in ihrer Borniertheit Maximilian von Bayern keines zweiten Blickes gewürdigt hat. *Das* wäre ein Schwiegersohn nach unserem Geschmack!«

Nur mit Mühe verkniff sich Olly eine garstige Bemerkung über den famosen Max. »Aber wenn Mary nun einmal partout nicht aus Russland fortwill? Sie selbst haben uns doch von klein auf gelehrt, unser Russland zu lieben und zu ehren. Mit Beauharnais als Ehemann könnte sie hierbleiben …«

Nikolaus schnaubte. »Wir alle lieben Russland. Gerade deshalb ist es Marys erste Pflicht, Russlands Einfluss *außerhalb* des Landes zu vermehren. Stattdessen gibt sie sich der fixen Idee hin, sich hier in St. Petersburg niederlassen zu wollen. Was glaubt ihr, welche Unruhe das im Volk erzeugen würde?«

»Unruhe und Unmut«, bestätigte Sascha. »Wenn sie hier in der Stadt bliebe, würde das meiner späteren Regentschaft nur schaden. Wann immer ich eine Entscheidung träfe, die nicht das Wohlwollen aller findet, würde es heißen, ich hätte mir von meiner Schwester reinreden lassen.«

»Wieso das denn?«, fragte Olly entgeistert. »Es wäre doch schön, Mary weiterhin in unserer Mitte zu haben. Würdest du sie gar nicht vermissen, wenn sie wegzieht?« So wie es aussah, konnte Sascha es ja kaum erwarten, sie alle loszuwerden und auf den Thron zu kommen.

Sascha schaute Olly an, als wäre sie ein besonders dummes Kind. »Wann verstehst du endlich, dass nicht persönliche Gefühle und Neigungen unser Leben bestimmen dürfen. Einzig die Pflichterfüllung sollte uns leiten. Und Gottes Wort!«

Immer der gleiche Sermon, dachte Olly verärgert bei sich. Das Gespräch verlief bisher ganz und gar nicht in ihrem Sinn.

Der Zar nickte wohlwollend. »Als Marys Gatte würde Max von Leuchtenberg hier in Russland nicht nur zum russischen Glauben übertreten müssen, auch würden all seine zukünftigen Kinder im orthodoxen Glauben getauft und erzogen werden. Ich weiß über den Mann zwar nicht viel Gutes zu sagen, aber er ist gewiss keine Marionette, die alles mit sich machen lässt.«

»Und wenn er sie so sehr liebt, dass er selbst *dieses* Opfer bringt?«, fragte Olly sanft. »Mutter, warum sagen Sie nichts? Sie haben Vater einst doch auch aus Liebe geheiratet. Sie sind ebenfalls aus Liebe zum orthodoxen Glauben übergetreten. Sie müssten Mary und Max doch verstehen ...«

»Euer Vater war und ist meine große Liebe.« Alexandra warf ihrem Gatten einen innigen Blick zu, der jedoch sehr schnell wieder neutral wurde, als sie sagte: »Aber ich hätte ihn auch geheiratet, wenn es nicht so gewesen wäre. Weil es der Wunsch meines Vaters war.« Fahrig strich sie sich eine Haarsträhne aus der Stirn. »Oje, ich spüre schon wieder dieses Pochen hinter den Schläfen. Meine Nerven! All dieser Hader ist meiner Gesundheit nicht zuträglich. Nikolaus, Liebster, glaubst du nicht auch, ein wenig Distanz täte mir gut? Ein Winter in Berlin bei meinen Schwestern, die Oper, das Ballett, Theateraufführungen – vielleicht würde ich dort ein wenig Ablenkung bekommen.«

»Aber Sie haben doch versprochen, mich mitzunehmen, wenn Sie im Dezember die neue Blindenanstalt im Norden der Stadt einweihen. Da können Sie doch nicht einfach verreisen und –«, rief Olly verzweifelt.

»Sei still«, unterbrach Nikolaus Olly scharf, während er Alexandra eigenhändig einen Schluck Wein zur Beruhigung einschenkte. »Willst du die Nerven deiner Mutter noch vollends ruinieren?«

»Ob ich Mary mitnehmen sollte? Ein bisschen Abwechslung würde ihr vielleicht auch guttun.« Fragend schaute die Zarin ihren Gatten an.

»Aber Mutter, Mary steht doch der Sinn jetzt nicht nach einer Reise, vielmehr –« Olly brach ab, als sie Saschas Tritt an ihrem Schienbein verspürte.

»Dein Verhalten ist unmöglich«, murmelte er, während der Zar die Hand seiner Frau nahm und küsste.

»Das sagt ja gerade der Richtige«, zischte Olly zurück. »Wer ist denn hier heimlich in eine polnische Hofdame verliebt?«

Sie hatte den Satz noch nicht zu Ende gesprochen, als Sascha seine Serviette auf den Tisch warf und aus dem Raum stürmte.

Olly biss sich auf die Lippen. Das hatte sie ja wunderbar hinbekommen! Anstelle etwas für Mary zu erreichen, schienen sich die Fronten eher noch mehr zu verhärten. Sie hätte das Gespräch viel taktvoller, sensibler und geschickter angehen müssen, ärgerte sie sich. Eine große Diplomatin war an ihr wohl nicht verlorengegangen.

Die arme Mary. Wenn nicht bald ein Wunder geschah – würde sie dann wirklich sterben?

Sosehr das Drama um Mary auch das Familienleben dominierte, der Alltag im Palais Anitschkow musste dennoch weitergehen. In wenigen Tagen sollte Sascha abreisen, seine Brautschau würde ihn quer durch Europa führen. Niemand hatte damit gerechnet, dass Marys Verheiratung derartige Komplikationen mit sich bringen würde – umso wichtiger war es, dass wenigstens beim Zarewitsch alles reibungslos verlief. Laut dem gothaischen Taschenkalender gab es an mehreren Höfen Prinzessinnen im heiratsfähigen Alter. Gespannt wartete der russische Hof darauf, dass Sascha ihm baldmöglichst eine junge hübsche Braut präsentierte.

Saschas Reise wurde generalstabsmäßig geplant: Letzte Depeschen bestätigten nochmals Termine in den einzelnen Herrscherhäusern, Ausweichrouten wurden festgelegt für den Fall, dass eine geplante

Strecke wegen schlechten Wetters unbefahrbar sein würde. Saschas Mitreisende wurden ein letztes Mal vom Zaren instruiert – Wassili Shukowski war ebenso erwählt worden wie eine Handvoll Adelsmänner, sie sollten dem jungen Zarewitsch mit Rat zur Seite stehen.

Natürlich schickte es sich, den Damen bei seiner Aufwartung kleine Geschenke zu überreichen. Sascha, der großzügig auftreten wollte, besuchte zu diesem Zweck kurz vor seiner Abreise den Hofjuwelier Carl Edvard Bolin in seinem eleganten Ladengeschäft.

Da er in solchen Dingen reichlich unbedarft war, bat er Olly, ihn zu begleiten. Auch Adini wäre gern mitgekommen, musste aber wie so oft in letzter Zeit erkältet das Bett hüten. Dass sie sich ständig einen Husten oder Schnupfen einfing, wunderte alle – in der Vergangenheit war Adini stets mit einer robusten Gesundheit gesegnet gewesen.

An ihrer Stelle nahm Olly kurzerhand noch Maria Bariatinski und Anna Okulow mit. Alle drei brannten darauf, der berühmten Goldschmiedewerkstatt einen Besuch abzustatten.

Es war einer jener düsteren Novembertage, an denen die Straßen von St. Petersburg wie leergefegt waren – lediglich auf der Newa und der Fontanka hatten ein paar Kähne an den Anlegestellen festgemacht. Männer mit missmutigen Gesichtern und hochgestellten Pelzkrägen luden Waren ab, um die Paläste und Geschäfte vor dem Winter letztmalig mit Vorräten zu versorgen. Doch die St. Petersburger, die es sich leisten konnten, saßen an diesem Nachmittag rund um ihre Samoware im Warmen und hofften, so den elenden Winterkrankheiten wie Husten, Schnupfen und fiebrigen Erkältungen, die der eisige Ostwind mit sich brachte, zu entgehen.

Nach einer kurzen Kutschfahrt hatten Sascha und seine Begleiterinnen das Juweliergeschäft erreicht und saßen rund um einen hochglanzpolierten Nussbaumtisch, auf dem der Juwelier Carl E. Bolin seine Preziosen auf tiefrotem Samt präsentierte.

»Was meinst du, eignet sich die Taube für unsere württembergische Cousine?« Mit diesen Worten legte Sascha Olly eine filigran gearbeitete Brosche in die Hand.

»In diesem Stück sind mehr als dreihundert Diamanten eingearbeitet, der Zweig, den die Taube im Schnabel hält, besteht aus achtunddreißig Smaragden, natürlich ist alles in achtzehnkarätigem Gold gefasst«, bemerkte der Juwelier.

»Ganz nett, aber ob es zu Maria Friederike passt?« Olly legte die Taube zurück auf den Samt. »Ich habe die Cousine nur einmal gesehen und kann mich kaum an sie erinnern.«

Anna schmunzelte, als sie Ollys Augen sah. Sie hatten einen eigentümlichen Glanz angenommen, wie immer, wenn die junge Frau mit Edelsteinen hantierte. Im Laufe der Jahre war nicht nur ihre Mineraliensammlung immer größer geworden, auch Ollys Wissen rund um die Preziosen war gewachsen, sie kannte inzwischen Dutzende von unterschiedlichen Steinen und konnte deren Qualitäten treffsicher beurteilen. Mit ihrer Leidenschaft für die funkelnden Steine hatte sie Anna längst angesteckt.

Fast ehrfürchtig nahm sie, Anna, nun die Brosche an sich, um sie genauer zu betrachten. Was für ein herrliches Stück!

»Diese Maria Friederike ist die Tochter eurer verstorbenen Tante Katharina, nicht wahr? Sie soll eine wahre Schönheit sein, genau wie dieses Schmuckstück«, sagte sie. »Und eine Taube passt doch sehr gut ins bescheidene Württemberg.«

Seit ihrer Ankunft in dem feinen Juwelierladen war sie wie verzaubert: die Farben der Edelsteine, die vielfältigen Formen, die feine Handarbeit ... Der aus Schweden stammende Juwelier Bolin hatte wirklich gute Arbeit geleistet, seine Idee, verschiedene Vogelbroschen für den Zarewitsch als Gastgeschenke herzustellen, hatte sofort den Zuspruch aller gefunden.

Tauben, eine Henne, Diamantschwalben im Flug, ein Adler aus Gelbgold, rotem Jaspis und Tigerauge, eine Entenmutter mit drei Jungen auf einem Saphirsee, eine niedliche Blaumeise, eine Eule – die Schmuckstücke auf dem Tisch waren allesamt aus den feinsten Edelsteinen und dem besten Gold gearbeitet, die Handarbeit selbst exquisit und außergewöhnlich.

Während die drei Frauen hingerissen waren und immer wieder dieses und jenes Stück genauer begutachteten, saß Sascha inzwischen stumm daneben. Anna konnte sich nur zu gut vorstellen, woran das lag.

Erst vor ein paar Tagen hatte Wassili Shukowski ihr mit großer Sorge anvertraut, dass die Tändelei zwischen dem Zarewitsch und der polnischen Hofdame noch immer heimlich fortgeführt wurde. Gedankenverloren schaute Anna den jungen Mann an. Wäre es darum gegangen, eine Brosche für Olga Kalinowski auszusuchen, hätte sich Sascha vor Eifer bestimmt kaum halten können.

Die Kinder konnten einem fast ein wenig leidtun, schoss es ihr durch den Kopf. Wie kannst du so etwas auch nur denken, rügte sie sich gleich darauf. Aber war es nicht so? Weder Mary noch Sascha durften den Neigungen ihres Herzens folgen. Und was Olly anging –

Anna wusste bis heute nicht, was vorgefallen war, aber sie war sich ziemlich sicher, dass Bariatinskis Versetzung etwas mit Olly zu tun hatte. Hatte Sascha diese unpassende Liaison im Keim erstickt? Oder hatte womöglich der Zar Wind von der Sache bekommen und sie auf seine Art gelöst?

Ihr lief ein leiser Schauer über den Rücken. Unfroh über den Verlauf der Geschichte war sie allerdings nicht. Seit Bariatinskis Verschwinden hatte sich Olly ihr wieder enger angeschlossen, teilte ihre Gedanken und Sehnsüchte mit ihr, so dass Anna das Gefühl hatte, wieder positiven Einfluss auf ihren Schützling nehmen zu können.

»Ob wir wohl in die Werkstatt dürfen, um den Goldschmieden ein wenig über die Schulter zu schauen?«, flüsterte Olly ihr nun ins Ohr.

Sehnsüchtig lugte auch Anna in die Richtung, aus der das metallische Hämmern kam. Doch sie schüttelte resolut den Kopf. »Wir sind nicht zu unserem Vergnügen hier, sondern um deinem Bruder zu helfen«, sagte sie und nahm flugs die größte und schönste der Broschen in die Hand.

»Verehrter Großfürst, wäre dieser wundervolle Paradiesvogel nicht schön für Victoria in England?«

Als Sascha nur mit den Schultern zuckte, sagte Maria Bariatinski: »Mein Lieber, ich bin ja so gespannt, wo du deine Herzensdame finden wirst, ob in Italien, England oder Deutschland. Ach, das wird alles sicher sehr romantisch!«

»Auf Kommando die Liebe seines Lebens zu finden, was soll denn daran romantisch sein?«, fuhr Sascha die Prinzessin an. Mit einem Wisch fegte er die Schmuckstücke durcheinander, als handelte es sich um einen Haufen ausgepulte Erbsen. »Am liebsten würde ich diese verflixte Reise absagen. Nur weil Mary auf stur schaltet, hängt jetzt alles von mir ab.«

Anna, die den schockierten Blick des Hofjuweliers sah, sagte hastig: »Aber Hoheit, Ihre Eltern haben vollstes Vertrauen in Sie. Bestimmt werden Sie sich unter den schönsten und liebenswertesten Prinzessinnen die allerschönste und allerliebenswerteste heraussuchen.«

»Warte nur ab, bald wirst du der glücklichste Bräutigam auf Gottes Erdboden sein«, versuchte auch Olly, ihn zu beschwichtigen.

Gemeinsam ordneten sie die Broschen wieder ordentlich auf dem roten Samt an. »Wehe, du verschenkst den Paradiesvogel an eine der bayerischen Prinzessinnen.« Scherzhaft versetzte Maria Sascha einen Klaps auf die Hand. »Die langweilige Adelgunde oder schlimmer noch die kindliche Hildegard mit solch einer Brosche am Revers, unvorstellbar!«

Sascha lachte. »Für wie ungeschickt hältst du mich? Nein, für Max' Schwestern habe ich eher an so etwas gedacht.« Grinsend hielt er eine Brosche in die Höhe, die in Form einer Henne auf ihrem Nest gearbeitet war.

Anna hob seufzend die Augenbrauen. So war der Zarewitsch – gerade noch zu Tode betrübt und dann wieder gut gelaunt. Sie war sich nicht sicher, ob diese Sprunghaftigkeit immer ein Segen war, aber im Moment kam sie ihm zugute.

»Jedes der Eier im Nest besteht aus einem achtkarätigen Rubin«, sagte der Juwelier. »Es ist eines der wertvollsten Stücke und hat keinesfalls etwas Bayerisches«, schob er ein wenig beleidigt hinterher.

»Das würde ich auch nie behaupten«, sagte Großfürst Alexander mit einem entwaffnenden Lächeln. Er zeigte auf eine Schwalbe aus hellblauem Aquamarin und Diamanten.

»Wäre das etwas für Victoria? Ich habe nicht die geringste Ahnung, was in England derzeit *en mode* ist.«

Während die Jugend über die englische Mode diskutierte, entspannte sich Anna ein wenig.

Sobald Ollys Bruder erst einmal unterwegs war, würde er Olga Kalinowski sicher schnell vergessen. Andere Mütter hatten schließlich auch hübsche Töchter. Mary würde ebenfalls zur Vernunft kommen, vielleicht stimmte sie sogar einem neuerlichen Treffen mit Maximilian von Bayern zu. Und was Olga anging – sie würde sich ganz bestimmt einmal für den Richtigen entscheiden, jetzt, wo Bariatinski aus dem Weg war.

*

Anna mit ihrem unerschütterlichen Optimismus sollte zumindest teilweise recht behalten, wenn auch auf andere Art, als sie glaubte.

Als Zar Nikolaus sah, wie seine älteste Tochter von Tag zu Tag mehr dahinschwand, gab er – vielleicht zum ersten Mal in seinem Leben – klein bei: Der Bräutigam in spe, Maximilian von Leuchtenberg, wurde zu ausführlichen Gesprächen nach St. Petersburg beordert.

Sascha, der angesichts dieser Wende auch für sich neue Hoffnung schöpfte, wollte kurzerhand seine Reise absagen, woraufhin der Zar ein sehr langes und sehr ernstes Gespräch mit ihm führte. Eigenhändig verfrachtete er seinen Sohn auf das Schiff, das ihn nach Rostock bringen würde, von wo aus er nach Berlin reisen sollte. Saschas Liebelei war für ihn damit erledigt.

Am sechsten Dezember, kurz nach Saschas Abreise, wurde in der Kirche der Eremitage feierlich die Verlobung zwischen Maria Nikolajewna Romanowa und Max von Leuchtenberg gefeiert. Die Hochzeit sollte im kommenden Sommer folgen – Mary wählte dafür den ersten Juli, also den Geburtstag der Mutter, was diese sogleich milder stimmte.

Was keiner geglaubt hatte, war Wirklichkeit geworden: Mary durfte dem Ruf ihres Herzens folgen. Und zumindest für sie wurde alles gut.

14. KAPITEL

»Eigentlich habe ich gar keine Zeit!« Mit wehendem Rock kam Mary in den Salon und setzte sich zu ihnen an den Tisch, der zu seinem Schutz mit alten Zeitungen abgedeckt worden war. Körbe mit hartgekochten Eiern standen bereit, und wie jedes Jahr ließen es sich die Schwestern auch im Frühjahr 1839 nicht nehmen, die Eier eigenhändig rot zu färben. Später in der Woche würden sie in der Kirche geweiht werden, danach wollten die Zarin und ihre Töchter sie an die Armen der Stadt verteilen. Olly machte dieser eher symbolische Akt zwar sehr viel Freude, viel lieber aber hätte sie mehr praktische Hilfe geleistet, die eine wirkliche Linderung der Not bewirkte.

»Mutter will mich nachher zur nächsten Anprobe begleiten, ihr glaubt ja nicht, wie schrecklich aufwendig es ist, sich ein Brautkleid anfertigen zu lassen.«

Stirnrunzelnd ließ Olly ihren Pinsel sinken. Wann und vor allem *wie* war es Mary eigentlich gelungen, die Stimmung im Haus so grundlegend zu ändern? Als Mary im vergangenen Herbst mit ihrer Verweigerung jeglichen Essens ihre Heiratspläne durchgesetzt hatte, hatte die Mutter noch von einer »Schande« gesprochen. Ihre Tochter und eine morganatische Ehe! Inzwischen war die Zarin jedoch mit Feuereifer in sämtliche Hochzeitsvorbereitungen involviert, angefangen beim Brautkleid über die Gästeliste bis hin zur Gestaltung von Marys und Max' zukünftiger Stadtvilla.

»Dann dürfen wir es also als Ehre empfinden, dass du uns hilfst«, sagte Olly sarkastisch und malte mit raschen Pinselstrichen ein weiteres Ei rot an. Für Mary und ihre Kleiderproben hatte die Mutter also Zeit, ärgerte sie sich. Aber als sie die Zarin am Vormittag aufgesucht hatte, um mit ihr über weitere Hilfsmaßnahmen für die Armen zu sprechen, war sie weggeschickt worden.

Mary grinste. »Nein, ich helfe, weil es mir Spaß macht. Hast du noch einen Pinsel übrig?«, wandte sie sich zuckersüß an Adini, die der Schwester gleich zwei Pinsel und ein Töpfchen mit roter Farbe zuschob.

Nach einer Stunde war der Korb mit den roten Eiern gut gefüllt, die weißen Eier gingen allmählich zur Neige – dasselbe galt für den Eifer der Malerinnen. Umso erfreuter waren alle drei, als Anna mit einem dicken Umschlag in der Hand hereinkam.

»Olly, hier ist ein Brief für dich, von deinem Bruder.«

Hastig wischte Olly die farbverschmierten Finger an einem Küchentuch ab. Sascha hatte ihr geschrieben! Ihr ganz allein.

»Unterstehe dich, jetzt zu gehen«, knurrte Mary, als Olly Anstalten machte aufzustehen.

»Genau, wir wollen auch hören, was Sascha schreibt«, sagte Adini und machte Platz, damit sich Anna neben sie setzen konnte.

Olly schaute lachend von einer zur anderen. »Dass man in diesem Haus aber auch nie etwas für sich allein hat.« Vorsichtig ritzte sie den dicken Umschlag auf, um nur ja keine der dichtbeschriebenen Seiten zu zerreißen.

»Darmstadt, im März 1839.«

»Darmstadt? Was macht er denn dort?«

Olly funkelte Mary an. »Jetzt warte doch ab! Also: *Liebe Schwester, ich hoffe, mein Brief trifft euch alle bei bester Gesundheit an? Mir geht es gut, obwohl ich sagen muss, dass ich froh bin, den größten Teil meiner Reise hinter mir zu haben. Vor allem* –«

»Oje, was hat ihm nicht gefallen?«, kam es von Adini.

»Vor allem bin ich froh, den Frühling in wärmeren Gefilden verbringen zu dürfen, das Wetter im Norden war eine wahre Katastro-

phe. Was meine Brautschau angeht, so möchte ich nicht en détail darauf eingehen, nur so viel sei gesagt: Der Besuch in Berlin war eher freudlos, von einem sehr erquicklichen Abend, den ich mit Iwan Turgenjew verbringen durfte, einmal abgesehen. Sicher erinnerst Du Dich an den Dichter, von dem ich Dir einmal erzählte?«

»Wer soll das denn –«, hob Mary an, brach aber auf Ollys Blick hin sofort wieder ab.

»Auch meine Fahrten nach Bayern, London und Stockholm blieben in Sachen Brautschau fruchtlos. Dasselbe gilt für Italien, an welches ich dennoch mein Herz verloren habe. Olly, stell Dir vor, dort haben sie blühende Zitronenbäume im Garten und nicht nur in der Orangerie. Aber ich will auf meine Brautschau zurückkommen: Ich sei zu wählerisch, musste ich mir in den letzten Wochen mehr als einmal anhören, vor allem Shukowski wird nicht müde, mich zu necken.«

Die Schwestern und Anna lachten.

»Warum schreibt er nichts von Stuttgart? Sollte er dort nicht unsere Cousine treffen?«, fragte Mary stirnrunzelnd. Hastig überflog Olly den nächsten Absatz.

»Stuttgart ist eine gemütliche Stadt und Maria Friederike ein reizendes Mädchen, aber leider schaffte auch sie es nicht, mein Herz zu erwärmen. Bestimmt sagt sie dasselbe von mir. Allerdings hatte ich Gelegenheit, mich mit Tante Helenes Bruder Friedrich zu unterhalten. Ein etwas seltsamer Zeitgenosse, wenn ich das anmerken darf. Liebste Olly, mir ist bekannt, dass Helene eine Verbindung zwischen euch zu gern sähe. Aber weißt Du eigentlich, dass er nur ein Jahr jünger ist als sie selbst?«

Olly schaute grimmig vom Brief auf. »Und ob ich das weiß. Ich habe Tante Helene klipp und klar gesagt, dass Friedrich als Ehemann viel zu alt für mich ist.«

»Aber du würdest eine gute Partie machen«, sagte Mary. »Tante Helene hat mir erzählt, er habe beste Aussichten auf den Württemberger Thron, weil der Kronprinz Karl ein schwächlicher Kerl sei, der es nie auf den Thron schaffen wird.«

Olly verzog das Gesicht. »Das hat sie mir auch gesagt. Und dass

Friedrich bei seinem Besuch hier in St. Petersburg vor zwei Jahren von mir so angetan gewesen wäre. Das mag ja sein, aber –« Sie schaute in die Runde. »Wenn ich einmal heirate, dann sollte mein Bräutigam jung und gutaussehend sein! Tante Helene soll ihren alten Bruder, den bisher keine haben wollte, anderswo unter die Haube bringen.«

»Olly, sei nicht so frech«, sagte Anna. »Hat Max von Bayern dir nicht einen Brief geschrieben und darin gebeten, dich baldmöglichst wiedersehen zu dürfen? Er ist doch jung und hübsch …«

»Du weißt aber ganz genau, dass ich mit dem Bayernprinzen auch nichts anfangen kann.« Olly warf ihrer Gesellschafterin einen wütenden Blick zu.

»Olly hat dem Bayern doch auf Marys Geburtstagsfest einen Korb gegeben – im wortwörtlichen Sinne!« Adini kicherte.

»Wenn's sein muss, verteile ich noch viele Körbe, wartet nur ab. Nicht nur Sascha ist wählerisch, ich bin es auch. Ein Mann, der mir gefallen soll, muss nicht nur gut aussehen, er muss auch herzenswarm sein und liebevoll und gütig und …« So wie Iwan es ist, ging es ihr unvermittelt durch den Kopf. Ach, warum konnte er nicht irgendein hochwohlgeborener König sein? Dann würden ihre Eltern gewiss ihren Segen geben.

»Das ist ja alles schön und gut«, sagte Mary gedehnt. »Aber du weißt schon, dass Vater von dir erwartet, auch im politischen Sinne eine kluge Partie zu machen. An dir und Sascha liegt nun alles.«

Olly glaubte nicht richtig zu hören. »*Ich* soll im politischen Sinne klug heiraten? Das sagst gerade *du*? Das ist ja …« Nach Worten suchend wedelte sie mit den Händen.

Temperamentvoll schlug Mary an der Tischkante ein Ei auf. »Jetzt beruhige dich wieder. Was kann ich denn dafür, dass mich Amors Pfeile derart verwundet haben. Glaubst du, das habe ich mir ausgesucht? Was ich durchgemacht habe, wünsche ich niemandem.«

Mary und etwas durchgemacht haben? Olly hatte es nun völlig die Sprache verschlagen. Wer hatte denn hier etwas durchgemacht? Doch nicht Mary, die seelenruhig ihr hartgekochtes Ei aß!

»Keine Sorge, ich werde schon den Richtigen finden. Einen, den ich liebe und der auch den Eltern gefällt«, sagte Olly spitz. »Eine *kluge Partie* eben.«

»Davon sind wir alle überzeugt«, ging Anna beschwichtigend dazwischen. »Und jetzt streitet nicht länger. Wollt ihr nicht wissen, ob euer Bruder nun seine zukünftige Frau gefunden hat?«

Olly und Mary tauschten noch einen unfreundlichen Blick, dann las Olly weiter.

»Ich war schon bereit, meine Reise als Misserfolg zu akzeptieren, als Iwan meinte, es gäbe in Darmstadt noch eine vierzehnjährige Prinzessin, die ebenfalls als Braut in Frage käme.« Olly überflog die nächsten Zeilen, und ein Grinsen breitete sich auf ihrem Gesicht aus.

»Was ist? Sag bloß, die hessische Prinzessin hat ihm gefallen?«, fragte Adini mit großen Augen.

»Eine Vierzehnjährige?« Mary runzelte die Stirn.

»Es ist eben nicht jede so spät dran mit dem Heiraten wie du und ich«, sagte Olly. In versöhnlicherem Ton fuhr sie fort: »Jetzt hört euch an, wie er sie kennengelernt hat. *Die ganze Familie hatte sich versammelt, um uns zu begrüßen. Wahrscheinlich hat es am Hof von Großherzog Ludwig noch nie solch hochgestellte Gäste wie uns gegeben. Alle waren überaus ehrerbietig und wollten sich mit uns unterhalten, dabei hatte ich nur eines im Sinn: Marie von Hessen anschauen und schnell wieder losziehen!*

Sie stand etwas abseits, hatte anscheinend gar nicht damit gerechnet, dass sich jemand für sie interessieren würde. Jedenfalls aß sie seelenruhig Kirschen aus einer Schüssel. Ihr Mund, ihre Hände – alles war verschmiert, und als ich sie ansprach, musste sie erst einen Kirschkern ausspucken, bevor sie mir antworten konnte.«

Die Schwestern schauten sich an und kicherten. Anna machte missbilligende Schnalzgeräusche.

»Eine Kirschprinzessin mit langen Locken und einem Engelsgesicht! Ich war so gerührt von diesem herzigen Anblick, dass ich Marie als Erstes fragte, ob ich sie zukünftig Cerise nennen dürfe. Sie lachte lauthals und erlaubte es mir.«

»Er will seine zukünftige Frau Kirsche nennen?« Anna runzelte die Stirn. »Schreibt er noch mehr über sie?«

Olly nickte. *»Meine kleine Cerise ist so unverdorben, so gar nicht darauf aus, zu gefallen und zu kokettieren – liebe Olly, sie erinnert mich sehr an Dich.«*

»Unser Bruder ist verliebt«, seufzte Adini. »In eine Kirsche, ist das nicht romantisch!«

»Also, ich weiß nicht, was ich davon halten soll«, murmelte Olly. Für ihre Ohren hörte sich das alles ein wenig *zu* romantisch an.

Bevor sie wusste, wie ihr geschah, hatte Mary ihr den Brief aus der Hand gerissen. »Er schreibt, die kleine Hessin würde einmal eine wundervolle Zarin abgeben. Und er wünscht sich, dass sich unsere beiden Familien baldmöglichst in Bad Ems treffen sollen – auf neutralem Boden sozusagen. Aber vor meiner Hochzeit bleibt dafür keine Zeit, das sage ich euch gleich«, sagte Mary, die engbeschriebenen Seiten hastig überfliegend. »Oh, das ist ja interessant ... Jetzt ist mir auch klar, warum er den Brief an unsere liebe Olly gerichtet hat.« Triumphierend schaute sie in die Runde. *»Liebste Olly, ich glaube, den für Dich perfekten Ehemann gefunden zu haben.«*

Olly stieß einen spitzen Schreckensschrei aus, und selbst Anna war für den Moment sprachlos.

»Sascha schreibt, dass er bei seinem Besuch in Wien die drei österreichischen Erzherzöge Albrecht, Karl-Ferdinand und Stephan kennengelernt hat. Alle seien sie in seinem Alter und sie hätten sich auf Anhieb bestens verstanden.« Mary ließ den Brief sinken. »Das kann ich gut verstehen, Albrecht ist furchtbar reich und ein netter Kerl. Karl-Ferndinand ... nun ja. Aber Stephan! Ein so gutaussehender Mann wie er ist mir selten begegnet. Feine Züge, leicht gelocktes Haar, schlank, und er hat so eine beseelte Ausstrahlung. Der hätte mir auch gefallen können, aber er hat mich damals in Berlin keines Blickes gewürdigt«, fügte Mary stirnrunzelnd hinzu.

»Das ist ja kaum vorstellbar, wo du während deiner Einführung in die Gesellschaft doch nur so von Verehrern umschwärmt worden bist«, sagte Adini unschuldig.

Olly grinste in sich hinein. »Ja und? Was hat das alles mit mir zu tun?« Eine beseelte Ausstrahlung – vor ihrem inneren Auge erschien ein fein gemeißeltes Männergesicht, zartgliedrig, fast engelsgleich.

Um Aufmerksamkeit heischend, schaute Mary in die Runde. »Sascha schlägt eine Heirat zwischen Olly und Stephan vor. Er schreibt: *»Liebste Schwester, ich weiß, ich greife dem Schicksal weit voraus mit meinem Vorschlag. Aber bedenke: Mit dieser Entscheidung würdest Du Dir das ganze unselige Heiratskarussell ersparen – anders als ich. Wie sagte Mary so trefflich: Man wird dabei vorgeführt wie ein Paradepferd!«* Mary nickte heftig, fuhr aber gleich fort: *»Damit Du Dir ein Bild von Stephans Zukunftschancen machen kannst, möchte ich dir folgende Informationen geben: Stephan liebt Ungarn über alles, er spricht neben etlichen anderen Sprachen auch die ungarische perfekt. Alle rechnen damit, dass er später einmal der Nachfolger seines Vaters und somit Palatin von Ungarn wird. Darüber hinaus soll er schon in den nächsten Jahren die General-Statthalterschaft in Böhmen übernehmen. Sollte eine Verbindung zwischen Dir und ihm zustande kommen, wäre deine neue Heimat vielleicht Prag …«*

»Was ist ein Palatin?«, fragte Adini.

»So nennt man in Ungarn den von König und Reichstag vorgeschlagenen königlichen Stellvertreter. Bei uns gibt es ein solches Amt nicht, in Deutschland würde man ihn vielleicht einen Pfalzgrafen nennen«, erklärte Olga geistesabwesend. Prag, die Goldene Stadt … Es war die allererste größere Reise gewesen, auf die ihre Mutter sie mitgenommen hatte. Noch nie zuvor in ihrem Leben hatte sie sich der Zarin so nahe gefühlt wie in jenen Tagen. Vielleicht hatten die schönen Erinnerungen, die sie mit Prag verband, auch mit diesem Wohlgefühl zu tun?

»War sein Vater, Erzherzog Joseph, nicht in erster Ehe mit einer Schwester eures Vaters verheiratet? Großfürstin Alexandra ist nur kurz nach der Heirat verstorben, wenn ich mich richtig erinnere …« Annas Blick hellte sich auf. »Es gab also schon früher Verbindungen zwischen Prag und Russland, bestimmt ist deinem Bruder dieser Gedanke auch durch den Kopf gegangen. Und dazu noch deine Begeisterung für Prag.«

»Willst du mich so dringend loswerden, dass du mich an den Erstbesten verschacherst?«, fragte Olly lachend. »Aber im Ernst, mein Aufenthalt in Prag gehört zu den schönsten Erinnerungen meines Lebens.« Von den Momenten mit Iwan abgesehen, fügte sie innerlich hinzu.

Iwan – aus den Augen, aus dem Sinn. Der Spruch schoss ihr nicht zum ersten Mal durch den Kopf. Seine anfängliche Briefflut hatte rasch nachgelassen, inzwischen schrieb er nur noch in unregelmäßigen Abständen, und wenn Olly die wenigen belanglosen Sätze las, aus denen seine Briefe bestanden, kam ihr der Schreiber fast fremd vor. Manchmal hatte sie sogar Mühe, sich an sein Gesicht zu erinnern. Hatte sie sich getäuscht? War dies doch nicht die große Liebe gewesen? Und war deshalb ihr Herzschmerz im Laufe der Zeit immer schwächer geworden?

Seufzend holte sie Luft und sagte: »Die schönen Parks, die Moldau, ein unbeschreiblicher Geruch in der Luft – in Prag fühlte ich mich so frei! Und dem Himmel nahe, was vielleicht damit zu tun hatte, dass Mutter und ich ganz oben im Hradschin wohnten«, ergänzte sie trocken.

»Du schwärmst ja richtig«, sagte Adini. »Ach, wenn ich doch auch nur jemanden hätte, für den ich schwärmen könnte.«

»Dafür bist du noch viel zu jung«, sagten Olly und Mary wie aus einem Mund. Alle lachten.

»Wenn du Stephan kennenlernst, werden die Parks und die Moldau nur noch Nebensache sein, er ist wirklich ein Traum von einem Mann«, seufzte Mary.

»Auf alle Fälle sind die Ungarn ein sehr liebenswertes Volk«, sagte Olly unverbindlich.

»Das schreibt Sascha auch. Und dann schreibt er noch, dass dir an Stephans Seite die große Aufgabe obliegen würde, die slawischen Völker zu vereinen.« Mary schaute auf. »Was meint er denn damit? Du bist doch nicht im diplomatischen Korps. Na, wie auch immer. Jedenfalls hat er Stephan schon ein wenig von deinen Vorzügen erzählt.«

»Er hat was?« Olly schlug eine Hand vor den Mund.

»Sascha schreibt, Stephan habe schon viel Gutes von dir gehört und könne sich eine solche Verbindung sehr gut vorstellen. Schließlich eile dir in ganz Europa der Ruf großer Schönheit und Klugheit voraus.«

Mit leiser Genugtuung bemerkte Olly den eifersüchtigen Unterton in Marys Stimme.

»Tja, liebes Schwesterherz, du wirst dich daran gewöhnen müssen, dass von nun an ich an der Reihe bin, was die Herrenwelt angeht.«

»Von wegen, zuerst wird meine Hochzeit gefeiert, und zwar so prachtvoll, wie die Stadt noch keine gesehen hat«, erwiderte Mary. »Du solltest diesem Festtag übrigens auch entgegenfiebern, unser lieber Bruder hat nämlich Stephan dazu eingeladen. Falls du damit nicht einverstanden wärst, sollst du ihm eine Nachricht übermitteln, ansonsten setzt er dein stilles Einverständnis voraus.«

»Mein stilles Einverständnis ...« Gedankenverloren ließ Olly eines der roten Eier bis über die Tischkante rollen, wo sie es mit ihrer anderen Hand auffing. Von allen Geschwistern kannte Sascha sie am allerbesten. Wenn er meinte, Stephan und sie würden zueinander passen, musste etwas daran sein.

Der zukünftige Palatin von Ungarn und sie ein Paar – was für ein aufregender Gedanke! Womöglich war er tatsächlich der Mann ihres Lebens? Wenn er wirklich so großartig war, wie alle behaupteten ...

»Natürlich vertraue ich Saschas Intuition, aber ihr müsst zugeben, dass das alles sehr plötzlich kommt.« Stirnrunzelnd schaute sie in die Runde. »Wenn ich jetzt mein ›stilles Einverständnis‹ gebe, Stephan kennenlernen zu wollen, bedeutet das, also, bin ich dann sozusagen ... verlobt?«

»Nun, wenn der russische Thronanwärter schon Gespräche über eine mögliche Verbindung führt. Ganz ohne Bedeutung ist das jedenfalls nicht«, sagte Anna vorsichtig.

Vielleicht war Saschas Brief ein Wink des Himmels?, schoss es Olly durch den Kopf, während Mary und Anna weiter über die Auswirkungen von Saschas Gesprächen debattierten.

Wenn sie sich diesem unbekannten Stephan als Verlobte verschrieb, würde sie dann vor anderen lästigen Anträgen verschont bleiben? Kein Bayernprinz und auch sonst niemand würde sie umwerben dürfen. Falls Stephan ihr gefiel – umso besser. Womöglich war es sogar Liebe auf den ersten Blick? Und falls nicht, konnte sie immer noch ins sogenannte Heiratskarussell einsteigen. Bis dahin aber würde sie von Großfürstin Helene und all den anderen, die sie unbedingt verkuppeln wollten, in Ruhe gelassen werden.

Ein Wink des Schicksals, in der Tat. Olly lachte befreit auf. »Stephan soll kommen. Ich kann es kaum erwarten, ihn kennenzulernen. Ich weiß nicht, was ihr alle habt, so schwierig scheint die Bräutigamschau doch nicht zu sein. Ich zumindest bin schon verlobt«, sagte sie gespielt überheblich.

Im nächsten Moment schluchzte Adini auf.

»Was ist, warum weinst du denn?«

»Weil ... weil das Leben so schön ist«, erwiderte Adini unter Tränen. »Mary heiratet ihren Prinzen, Sascha seine Kirschprinzessin und Olly den ungarischen Palatschinken!«

15. KAPITEL

Ende Juni 1839 war es so weit: Nach monatelanger Reise kehrten Sascha und seine Begleiter nach St. Petersburg zurück. Sascha schwärmte viel von seiner zukünftigen Gattin Cerise. Marie von Hessen-Darmstadt sei nicht nur klug, charmant und wunderschön, sondern besitze auch eine schnelle Auffassungsgabe. Die kleine Cerise erinnere ihn sehr an die junge Zarin Alexandra, merkte Wassili Shukowski an, gewiss würde sie sich schnell in Russland einleben.

Nikolaus und Alexandra lächelten. Spätestens Mitte Juli wollten sie nach Hessen aufbrechen, um sich die Kirschprinzessin anzuschauen.

Doch zuvor galt es, am ersten Juli Marys Hochzeit so prunkvoll wie möglich zu feiern. Und vielleicht Ollys Verlobung mit dem österreichischen Erzherzog gleich dazu?

Während sich im Kaukasus Iwan Bariatinski und seine Truppen heftige Schlachten mit Teilen muslimischer Bergvölker aus Dagestan und Tschetschenien lieferten, die sich gegen die russische Kolonialisierung zur Wehr setzten, läuteten in St. Petersburg die Hochzeitsglocken.

Die Braut im obligatorischen kaiserlich roten und für Juli viel zu warmen hermelinbesetzten Mantel strahlte übers ganze Gesicht, was ihr die Missbilligung vieler Gäste einbrachte – schließlich war eine Hochzeit eine überaus ernste und getragene Angelegenheit.

Auch der aufgeregte Bräutigam war glücklich. Der Zar hatte ihm einen russischen Adelstitel verliehen, fortan war er Prinz Romanowski. Außerdem bekamen Mary und er ein Landhaus in der Nähe von Peterhof geschenkt, dort sollten sie wohnen, während an ihrem Stadtpalais gebaut wurde.

Erlesene Speisen, prunkvolle Gewänder, Gold, Silber und edelstes Porzellan – Zar Nikolaus hatte keine Kosten und Mühen gescheut, das war die einhellige Meinung aller Gäste. Was für ein Jammer, dass der Ehemann nicht standesgemäß war, flüsterte man sich hinter vorgehaltener Hand zu. Nicht nur ein Jammer, sondern eine Schande, hieß es auch. Womöglich war die Großfürstin Maria in anderen Umständen, ansonsten hätte der Zar dieser unwürdigen Verbindung doch nie zugestimmt.

»Was ist, warum jaulst du denn?« Kaum hatte Olly Grand Folie aus ihrer Umarmung gelassen, eilte der Hund zur Tür und kratzte daran.

Olly seufzte. »Du hast ja recht, ich sollte dringend zurück zu den Gästen gehen.« Doch sie sank nur noch tiefer in ihre Kissen. Wenn ihr bloß nicht so schwer ums Herz wäre! Bis zur letzten Minute hatte sie gehofft, dass ihr »Verlobter« kommen würde. In der Kirche hatte sie sich noch zusammenreißen können, aber seit sie in Peterhof angekommen waren, war sie ständig den Tränen nahe. Sie hatte sich so auf Stephan gefreut …

Statt sich an die Festtafel zu setzen, hatte sie Kopfschmerzen vorgetäuscht und sich in ihre Räume zurückgezogen. Natürlich wollte Anna sie begleiten, aber Olly hatte abgelehnt. Ihre Hofdame hätte ihr nur wieder gesagt, sie solle sich nicht so sehr in die Sache hineinsteigern – als ob das eine Hilfe wäre.

Mit Maria hätte sie sich gern unterhalten, aber ihre Freundin hatte den ganzen Tag über nur Augen für Michael, den Sohn der Obersthofmeisterin.

Lustlos warf Olly ihrem Hund einen Ball zu. Alle waren verliebt … Und sie wäre es auch so gern!

Leider sei der Erzherzog derzeit verhindert, die Reise nach Russland würde später stattfinden – mehr hatte nicht in der lapidaren Depesche gestanden, die zusammen mit einem Hochzeitsgeschenk für Mary angekommen war. *Verhindert*, was hieß das?, fragte sich Olly zum wiederholten Male, während sie sich im Spiegel betrachtete.

In ihrem traditionell russischen Festtagsgewand sah sie wunderschön aus. Jeder hatte das gesagt, Anna und Maria und Adini, selbst Mary hatte ihr Komplimente gemacht. Aber was nutzte das alles, wenn *er* sie nicht sehen konnte? Brannte er denn nicht auch darauf, sie kennenzulernen? Warum hatte er ihr nicht persönlich geschrieben?

Ein anderer Freund von Sascha hingegen war gekommen: Erzherzog Albrecht von Österreich. Olly war der junge Kürassier vom ersten Augenblick an unsympathisch gewesen, ihr Vater hingegen war völlig angetan von ihm und bot ihm an, seine militärische Ausbildung in Russland fortzusetzen. Schließlich hatten sich die beiden Männer zu einem Gespräch zurückgezogen. Zum Glück war Sascha nicht auf die Idee gekommen, sie mit *diesem* Herrn verheiraten zu wollen. Und zum Glück ließ man sie auch mit weiteren Vorschlägen in Ruhe – dafür allein mochte sie Stephan.

Er könne sich dessen Fortbleiben auch nicht erklären, hatte ihr Bruder vor der Kirche gesagt. Da immer mehr Gäste aus der Kirche drängten, hatten sie ihr Gespräch nicht fortsetzen können. Sascha war ihr sowieso ziemlich mürrisch vorgekommen. Vermisste er seine Cerise so sehr, dass er an nichts anderem mehr Freude empfand? Olly warf Grand Folies Ball gegen die Tür, wo er laut abprallte. Und wenn schon, so leicht würde sie sich von ihm nicht abspeisen lassen!

Sie würde Sascha in die Pflicht nehmen, schließlich war es seine Idee gewesen, Stephan hierher einzuladen. Nun sollte sich ihr Bruder ruhig etwas überlegen, um baldmöglichst ein Treffen zu arrangieren. Schon hangelte Olly nach ihren seidenen Stiefeln, die sie zuvor achtlos neben das Bett geworfen hatte. Wie auf ein geheimes Stichwort nahm Grand Folie seine Leine zwischen die Zähne und setzte sich erwartungsvoll vor die Tür. Unwillkürlich musste Olly lachen. »Hat man vor dir denn gar keine Ruhe? Also gut, gehen wir!«

»Wenn ich in Olga Kalinowskis Augen sehe, sehe ich meine Heimat, wenn ich sie in den Armen halte, fühle ich mich lebendig. Das alles weiß ich, seit ich wieder in St. Petersburg bin.« Saschas schmaler Oberkörper wurde von Schluchzern erschüttert. »Verstehst du, ich *kann* die Hessin nicht heiraten!«

Großfürst Michael, der neben Sascha auf einer Bank saß, legte linkisch seinen Arm um die Schultern des Neffen. »Aber Junge, vor ein paar Monaten hast du noch in deinen Briefen verkündet, die wahre Liebe gefunden zu haben.«

»Das glaubte ich auch, aber als ich dann Olga wieder gegenüberstand, war Cerise in meinem Kopf und meinem Herzen wie ausgelöscht. Als ob es sie nie gegeben hätte.«

»Dann war die ganze Reise umsonst?«

Das kann doch nicht wahr sein!, dachte Olly, als sie Saschas heftiges Nicken sah. Ihr war auf einmal so schwindlig, dass sie sich an der Wand des kleinen Badehauses festhalten musste. Sascha und die Kalinowski? Wann hatte das denn wieder angefangen? Und was war mit der Kirschprinzessin? Die arme Cerise …

Der Bruder war nirgendwo auf dem Fest zu finden gewesen, und es war schließlich Tante Helene, die den entscheidenden Hinweis gab – Sascha und Onkel Michael seien zu einem Verdauungsspaziergang zum Strand aufgebrochen.

Zum Strand? Umso besser, dort würde sie in aller Ruhe mit ihm reden können. Olly hatte sich kurzerhand auch auf den Weg gemacht.

Hoffentlich begann Grand Folie nicht ausgerechnet jetzt zu bellen, hoffte Olly, als sie noch einen Schritt weiter hinter das Badehaus zurücktrat. Doch der Hund spielte zufrieden mit einem Stück Treibholz.

Was tun? Sich heimlich wieder davonschleichen? Bisher hatte niemand sie bemerkt, so sehr waren die Männer in ihr Gespräch vertieft. Oder sollte sie aus ihrer Deckung hervorkommen und tun, als habe sie nichts gehört? Olly runzelte die Stirn. Mit ihren Fragen bezüglich Stephan brauchte sie Sascha jetzt gewiss nicht kommen.

»Ich weiß, die Hochzeit zwischen mir und Cerise ist beschlossene Sache. Aber ich kann nicht ...«

O Gott, so hatte sie Sascha noch nie heulen sehen. Alles in Olly drängte danach, den Bruder tröstend in den Arm zu nehmen, aber dann hätte sie sich als heimliche Lauscherin offenbaren müssen, was ihr zu peinlich war.

»Verflixt noch mal, dann geh zu deinem Vater und trete für deine Liebe ein!«, rief Großfürst Michael und fuchtelte dabei wild mit seinem Gehstock. »Dieser elende Heiratsmarkt ist mir so zuwider, diese ganze Kuppelei sollte man ein für alle Mal abschaffen. Schau dir doch an, wohin das bei mir geführt hat. Glaubst du, ich hätte jemanden wie deine Tante Helene freiwillig geheiratet?«

Olly schlug eine Hand vor den Mund. Das war ja ... Wie konnte der Onkel so etwas Gemeines sagen?

»Brauchst nicht so erschrocken zu schauen, dass unsere Ehe ein einziges Fiasko ist, weiß doch ganz St. Petersburg.« Michael schnaubte. »Glaub deinem alten Onkel, am besten klärst du die Sache so schnell wie möglich. Du bist der zukünftige Zar Russlands, du hast das Recht, dir deine Braut selbst auszusuchen, und wenn's eine arme Polin ist.«

In Saschas tränennassen Augen blitzte ein erster Hoffnungsschimmer auf. »Meinst du wirklich?«

Großfürst Michael nickte. »Mein Bruder muss sich eben daran gewöhnen, dass sein Sohn ein Mann ist und kein Jammerlappen, der alles mit sich machen lässt. Und wenn du noch einen Rat von mir hören willst: Diese arrangierte Verlobung zwischen deiner Schwester und dem österreichischen Erzherzog mündet in die nächste Katastrophe. Die slawischen Völker vereinen, von wegen! Glaubst du etwa, dass der junge Mann grundlos nicht erschienen ist? Da stecken sicher böse Mächte dahinter.«

Nächste Katastrophe? Böse Mächte? Was bedeutete das? War ihr Onkel übergeschnappt? Anders konnte sich Olly seine Bemerkungen nicht erklären. Himmel, das hatte sie nun von ihrer Lauscherei.

»In diesem Fall kann ich dich beruhigen, lieber Onkel. Stephan ist an Olly sehr interessiert, das hat er mir in Prag selbst gesagt. Vielleicht sieht das nicht jeder in seiner Familie gern, aber Stephan wird sich durchsetzen, davon bin ich überzeugt.« Sascha stand auf und strich seinen Offiziersrock glatt. Ein harter Zug trat auf sein Gesicht, wie immer, wenn er einen Entschluss gefasst hatte. »Und ich werde mich auch durchsetzen. Du hast völlig recht, lieber Onkel, warum soll für mich nicht gelten, was für Mary gilt? Das Volk wird sich einfach an die neuen Umstände gewöhnen müssen. Am besten bitte ich Vater noch heute um ein Gespräch. Solange er in Feststimmung ist, wird er offene Ohren für meine Argumente haben.«

Sascha stürmte so rasch am Badehaus vorbei in Richtung Schloss, dass er Olly nicht bemerkte.

Keine zwei Tage später rollte eine Kutsche vom Hof. Darin saß eine völlig eingeschüchterte Olga Kalinowski, körperlich erschöpft und mit den Nerven am Ende. Ihre Reise führte sie zu einem zwischen Moskau und St. Petersburg gelegenen Gut, wo polnische Verwandte die in Ungnade Gefallene aufnehmen mussten. Was blieb ihnen anderes übrig, da dies der ausdrückliche Wunsch des Zaren war? In dem Umschlag, den der Gesandte des Zaren dem Familienoberhaupt überreichte, war nicht nur ausreichend Geld für Olgas Logis gewesen, sondern auch die Information, dass Olga Kalinowski nicht lange bleiben würde, da ihre Eheschließung mit einem gewissen Prinzen Oginski kurz bevorstand.

Seinem Bruder Michael las Nikolaus so heftig die Leviten, dass dieser danach fluchtartig die Stadt verließ. Nikolaus sei ein Despot, und das nicht nur seine Untertanen betreffend, hörte man den Großfürsten noch auf der Straße nach Moskau schreien.

Sascha tobte und heulte, er flehte und bettelte seinen Vater an – vergeblich. Was für Mary möglich gewesen war – eine Heirat aus Liebe – galt für den zukünftigen Zaren Russlands noch lange nicht. Immer wieder hielt Nikolaus seinem Sohn vor, wie wichtig es war, durch politisch kluge Verbindungen Russland aus seiner jahrhundertealten Isolation zu holen und die Bindung mit dem Westen zu stärken, ohne sich dabei in Abhängigkeiten zu begeben.

»Du bist heute wieder einmal nicht gesprächiger als dieser Bursche hier«, sagte Olly, während sie an der Bronzestatue von Paul I. vorbeiritten. Sie warf erst ihrem bronzenen Großvater, dann Sascha, der neben ihr ritt, einen missmutigen Blick zu. »Jetzt sind wir schon seit fünf Tagen in Gatschina, und du hast den Manövern noch keinen einzigen Besuch abgestattet. Ich frage mich wirklich, warum wir die lange Strecke von fünfzig Kilometern auf uns nehmen mussten, wenn es dir gar nicht um einen Besuch der Truppen ging! Mit der Eisenbahn wären wir im Handumdrehen in Zarskoje gewesen. Dort oder in Peterhof hätten wir es viel schöner gehabt als hier an diesem schrecklich ungemütlichen Ort, der mehr einer Festung gleicht als einem Palast.«

Es war ein nebliger Herbsttag. Sascha und sie waren ausgeritten, während hinter ihnen die Truppen ihres Vaters die Herbstmanöver abhielten. Ab und an drangen durch den Dunst Wortfetzen einzelner Befehle zu ihnen herüber, ansonsten war außer dem Rascheln des Laubes unter den Pferdehufen nicht viel zu hören.

»Vielleicht ist mir nicht nach einer schönen Umgebung zumute«, sagte Sascha verdrießlich.

Noch während Olly versuchte, durch das Anwinkeln ihres linken Beines mehr Halt in dem Damensattel zu bekommen, spürte sie, wie ihr in den letzten Wochen strapazierter Geduldsfaden immer dünner wurde. Der Sattel war unbequem, die neblige Kälte war ihr in die Glieder gekrochen, seit Tagen schmerzte ihr Kopf, und kein Hausmittelchen, das Anna ihr zubereitete, half dagegen. Sie gehöre ins Bett, hatte sie erst am Morgen wieder schimpfend gesagt. Aber nein, statt ihr Kopfweh auszukurieren, leistete sie ihrem mürrischen Bruder beim Ausritt Gesellschaft oder begleitete ihn auf Spaziergängen. Spielte mit ihm Schach. Schwieg mit ihm. Hörte seinem Lamentieren zu. Trocknete seine Tränen und versuchte, das Feuer seiner Wut zu löschen. Oder ihn bei der Ehre zu packen. Alles vergeblich.

Kurz nach Olga Kalinowskis Abreise hatte ihr Vater Olly gefragt, ob sie sich nicht ein wenig um Sascha kümmern wolle. Sascha bräuchte nun jemanden an seiner Seite, der ihn tröstete und ihm gleichzeitig dabei half, wieder zur Besinnung zu kommen. Olly hatte sich geschmeichelt gefühlt und gern zugesagt. Sascha und sie hätten schließlich schon immer einen besonderen Draht zueinander gehabt. Ihr Vater hatte ihr lobend auf die Schulter geklopft und gesagt, sie sei ihm eine wahrlich große Stütze.

Das war ja alles schön und gut, sagte sich Olly jetzt, während ihr linkes Bein dank der abgewinkelten Haltung einschlief. Aber auch die anderen könnten sich ein bisschen mehr kümmern. Stattdessen stolzierte ihre Mutter im renovierten Winterpalast umher, und die schwangere Mary machte es sich in ihrem Landhaus gemütlich. Die jüngeren Geschwister wurden durch ihre Erzieher sowieso von Sascha und seinen bitteren Reden ferngehalten.

Manchmal fragte sie sich wirklich, ob sie nicht einfach zu gutmütig war.

»Wie lange willst du eigentlich noch schmollen?«, fragte sie müde. »An Vaters Entscheidung wird sich nichts ändern, das weißt du ganz genau.«

»An meiner Liebe zu Olga hat sich aber auch nichts geändert!«, schrie er.

Ollys Wallach machte vor Schreck einen Satz nach vorn. Nur mit Mühe konnte sie sich im Sattel halten. Ihr Kopf schmerzte durch die Erschütterung noch mehr, und sie hatte schon eine scharfe Erwiderung auf der Zunge, als sie die Tränen sah, die über Saschas blasse Wangen rollten. Wenn er nur nicht so unglücklich wäre! Vielleicht hätte sie ihm dann längst schon einmal den Marsch geblasen.

»Vater kann mich nicht zwingen, eine Frau zu heiraten, die ich nicht liebe«, presste Sascha hervor. »Wenn er glaubt, ich werde Olga vergessen, nur weil er sie weggeschickt hat, hat er sich getäuscht. Liebe ist kein Geschwür, das man sich einfach herausschneiden kann.«

Wie oft hatte sie diese Sätze schon gehört? Olly presste eine Hand an ihre Stirn, mit der anderen hob sie die Zügel ihres Pferdes an, so dass das Tier zum Stehen kam. Wenn wenigstens dieses schreckliche Pochen in ihrem Kopf aufhören würde.

»Weißt du was?« Sie funkelte ihren Bruder an. »Ich kann dein Gejammer nicht mehr hören! Seit Wochen und Wochen nichts als ewiges Selbstmitleid, du tust gerade so, als habe Vater seine Entscheidung nur getroffen, um dir persönlich eins auszuwischen. Dabei geht es doch um viel mehr – du bist der zukünftige Zar Russlands, du kannst nicht irgendeine zur Frau nehmen. Du brauchst eine starke Frau, eine, die auch dann an deiner Seite sein wird, wenn der Wind einmal etwas rauer weht. Und nicht eine schmächtige Hofdame, die nichts kann, außer hübsch auszusehen.«

»Also hör mal, Olga spricht mehrere Sprachen und –«

»Erzähl mir nichts von Olga, ich kann den Namen schon nicht mehr hören«, blaffte Olly. »Sag mir lieber, wie lange sollen unsere Eltern die Menschen noch anlügen und behaupten, du wärst krank? Wahrscheinlich glaubt es eh keiner mehr, ich möchte mir jedenfalls nicht vorstellen, was derzeit in Hessen geredet wird. Oder an anderen europäischen Höfen. Als zukünftiger Zar gibst du kein gutes Bild ab, lass dir das gesagt sein. Aber das bekommst du vor lauter Selbstmitleid ja gar nicht mit. Wie es der armen Cerise bei alldem ergeht, interessiert dich ebenfalls nicht. Und von mir will ich erst gar nicht reden.«

»Du? Aber ... Ich habe doch die Sache mit Stephan für dich eingefädelt. Da dachte ich ...«

»Gar nichts kannst du dir gedacht haben, sonst wäre dir aufgefallen, dass dein lieber Stephan sich bis heute nicht bei mir gemeldet hat. Was glaubst du, wie elend ich mich dabei fühle?« Olly biss sich auf die Lippen, eigentlich hatte sie *davon* gar nicht reden wollen.

Saschas Blick hatte fast etwas Tragikomisches. »Ach Olly, irgendwie hast du ja recht, ich bin ein schrecklicher Jammerlappen. Ich hasse mich selbst für meine Art. Aber wenn ich an Mary denke, wie sie –«

»Komm mir bloß nicht mit Mary! Eure beiden Schicksale sind nicht zu vergleichen, und das weißt du selbst am besten«, fuhr Olly erneut auf. Du lieber Himmel, was war nur los mit ihr? Normalerweise war es nicht ihre Art, so garstig zu werden. Wenn nur ihr Kopf nicht so weh täte.

»Mary hat noch nie weitreichende Zukunftspläne geschmiedet«, sagte sie. »Im Gegensatz zu dir! Wenn ich daran denke, wie du mir von der Not der Wolgavölker erzählt hast ... Was wolltest du nicht alles besser machen als Vater! Hast du wirklich all deine Pläne für die Zukunft aufgegeben? Sascha, lieber Bruder, um Gutes zu tun, ist es nicht zu spät. Als Zar verfügst du später über die größte Macht auf Gottes Erdboden«, beschwor sie ihn nicht zum ersten Mal. »Mit der richtigen Frau an deiner Seite –«

»Jetzt versuche nicht schon wieder, mir ein schlechtes Gewissen einzureden«, unterbrach er sie. »Verstehst du denn nicht? Ich bin nicht bloß der Zarewitsch, in erster Linie bin ich ein Mann, der Liebe und Leid empfindet. Dass ausgerechnet du mir in den Rücken fällst, hätte ich nicht gedacht. Bei dir hoffte ich auf mehr Verständnis«, fügte er voller Enttäuschung hinzu.

Olly glaubte ihren Ohren nicht zu trauen. »Wer hört sich denn seit Wochen dein ewiges Gejammer an? Nur, weil ich dir nicht nach dem Mund rede, wirfst du mir vor, dir in den Rücken zu fallen?« Trotz ihrer pochenden Stirn schüttelte sie heftig den Kopf. »Offen gesagt habe ich nie viel von Olga Kalinowski gehalten. Aber im Nachhinein muss ich ihr gegenüber Abbitte leisten, denn sie hat sich wirklich als edler Mensch herausgestellt.«

»Wieso denn das? Was –« Sascha wollte Olly in die Zügel greifen, doch sie trieb ihr Pferd zur Seite.

»Du willst wissen, warum ich eine einfache Hofdame für edler halte als meinen eigenen Bruder?«, sagte sie. »Nun, im Gegensatz zu dir hat Olga Kalinowski die Notwendigkeit von Vaters Entscheidung eingesehen, für sie scheinen Verzicht und Opfer selbstverständlich zu sein. Für den zukünftigen Zaren Russlands hingegen sind diese Tugenden Fremdwörter geworden.« Damit gab sie ihrem Pferd die Sporen und galoppierte davon, ohne sich noch einmal umzudrehen.

Als sie am Abend in ihrem Bett lag, hasteten wieder einmal tausend Gedanken wie Ameisen durch ihren Kopf.

Was war nur in sie gefahren? Sie hatte Sascha angeschrien, dabei litt er wie ein Hund. Warum konnte sie nicht einfach für ihn da sein und Geduld aufbringen für seine Traurigkeit, statt so hart mit ihm ins Gericht zu gehen? Wer gab ihr dazu eigentlich das Recht?

Aber mit der Geduld war es leider aus und vorbei, und sie war nur noch wütend auf ihren großen Bruder, den sie von jeher bewundert hatte, der für sie immer ein Vorbild an Stärke und Ehrbarkeit gewesen war. Scheinbar war er nicht mehr Herr seiner Sinne.

Olly fand das erschreckend. Und wenn Stephan noch so ein toller Mann war – nie wollte sie der Liebe wegen dermaßen den Kopf verlieren.

Unruhig warf sie sich von einer Seite auf die andere.

Dass sich ihr Vater nicht mehr um Sascha kümmerte! Auch darüber ärgerte sie sich. Schließlich war er es gewesen, der die Hofdame wie einen Stachel aus Saschas Fleisch entfernt hatte – dass man die zurückgebliebene Wunde versorgen musste, damit sie gut heilte, interessierte ihn nicht.

»Du bist noch wach?«, sorgte sich Anna, als sie wie jede Nacht kurz nach Mitternacht bei Olly vorbeischaute. »Das kommt davon, dass du dir für deinen Bruder den Kopf zerbrichst. Es ist sein Leben, nicht deines«, rügte sie die junge Frau. Dann brachte sie Olly heiße Milch und Honig ans Bett, und als das nicht half, eine Karaffe süßen, starken Wein. Nach ein, zwei Gläsern glitt Olly in einen unruhigen Schlaf, nur um am nächsten Morgen mit noch stärkeren Kopf- und Gliederschmerzen wieder aufzuwachen.

Woche für Woche ging ins Land, ohne dass Saschas gebrochenes Herz heilte. Sein Leid versteckte er weiterhin hinter einer dicken Mauer aus Wut, Sarkasmus und Bitterkeit.

Bald war die höfische Festsaison im vollen Gange, doch Olly begleitete Sascha weiterhin auf Reisen oder teilte seine Einsamkeit. Beides fiel ihr zusehends schwerer. Immerhin konnte sie so der Einführung in die Gesellschaft entgehen. Wozu das Ganze, argumentierte sie gegenüber ihrer Mutter, die schon einen Plan für Ollys Ballbesuche aufgestellt hatte. Sie war doch längst mit dem ungarischen Palatin verlobt.

Sosehr sich Olly um Saschas Wohlergehen sorgte – um ihre eigene Gesundheit kümmerte sie sich nicht. Die Kopfschmerzen hielten an, Olly ignorierte sie.

Irgendwann hatte sie jedes Wort des Trostes gesagt und jedes bisschen Geduld aufgebracht. Sie war müde, ausgelaugt. Und noch immer kein Wort von Stephan.

Kurz vor Weihnachten brach Olly ohnmächtig zusammen.

Ein Nervenfieber, konstatierten die eilig herbeigerufenen Ärzte und schauten sich besorgt an.

16. KAPITEL

Sommer 1840, Weimar

»Gott schütze dich und deine Familie!«

»Und Gott schütze auch dich und deine Familie!«

Ungeduldig stand Anna daneben, während Zar Nikolaus und seine Schwester Marie, die Großherzogin von Sachsen-Weimar-Eisenach, sich in den Armen lagen.

Außer den flusigen weißen Pappelsamen, die durch die morgenfrische Luft Weimars flogen, trübte keine Wolke das Himmelblau, die Schönwetterperiode schien weiter anzuhalten.

Gutes Reisewetter, dachte Anna bei sich und hoffte, dass sich der Abschied nicht über Gebühr hinziehen würde. So wie vor zwei Wochen in Berlin, als die Zarin sich nicht von *ihrer* Familie hatte loseisen können. Schließlich war es zum Abreisen zu spät gewesen, also hatte man für eine weitere Nacht das Nötigste wieder ausgepackt.

Zugegeben, der Tod des preußischen Königs Friedrich Wilhelm, des Vaters der Zarin, hatte die ganze Familie schwer erschüttert. Aber sollte man nicht dennoch ein wenig auf die Einhaltung von Reiseplänen achten? Hofmarschall Malikow, der den ganzen Reisetross zu organisieren hatte, war mit seiner Geduld jedenfalls fast am Ende – Trauer hin oder her.

Anna seufzte.

Eigentlich hätten sie schon im späten Frühjahr in Bad Ems eintreffen sollen, um dort die Familie von Saschas zukünftiger Gattin zu treffen, nun war es Sommer geworden.

Wie es der hessische Großherzog wohl aufnahm, dass dieses erste Kennenlernen immer wieder verschoben wurde, fragte sich Anna, während Nikolaus zu einer weiteren Umarmung ansetzte. Da saßen Cerise und ihr Vater allein in Bad Ems, was nicht der erste Affront war, den man den Hessen zumutete. Zuerst hatte Saschas langwierige »Krankheit« die Reise verzögert. Dann hatte die Nachricht vom nahenden Tod des preußischen Königs die Reisepläne über den Haufen geworfen, und zu guter Letzt hatte Nikolaus auch noch spontan beschlossen, einen Abstecher zu seiner Schwester in Weimar zu machen, damit sich Alexandra dort von ihrer Trauer erholen konnte.

Dass Cerise dadurch länger warten musste, interessierte niemanden – die Wünsche des Zarenpaares gingen nun einmal vor. Der einzige Vorteil der zeitlichen Verzögerung war der, dass es nun zu Ollys großer Freude auch Erzherzog Stephan möglich war, zu ihnen zu stoßen.

Im nächsten Moment kam Olly übers ganze Gesicht strahlend aus dem Palais. Was für eine schöne junge Frau, durchfuhr es Anna mit fast mütterlichem Stolz. Wenn da nur nicht der Jammer mit Ollys Haaren wäre …

Während ihrer Gehirnentzündung im vergangenen Winter hatten die Ärzte keine andere Möglichkeit gesehen, als ihre prachtvollen langen Haare abzuschneiden. Die kleinste Berührung am Kopf hatte Olly vor Schmerz aufheulen lassen, die Haare zu kämmen oder gar zu waschen war unmöglich gewesen. Olly selbst hatte um eine Kahlschur regelrecht gebettelt. Seitdem war es vorbei mit den zweihundert Bürstenstrichen am Abend, die kurzen Locken waren schnell gekämmt.

Zum Glück machte Olly selbst am wenigsten Aufhebens wegen ihres Schopfes – und das trotz des bevorstehenden Treffens mit dem Österreicher. »Wenn Stephan mich mit dieser Frisur nicht mag, mag er mich gar nicht«, hatte sie erst am Morgen gesagt, als die Zofen die Kämme und Bürsten verpackten.

Haare hin oder her, Olly wurde immer schöner, befand Anna. Die rosigen Wangen, der strahlende Blick … Spontan umarmte sie ihren Zögling. »Du strahlst so – hat das einen Grund?«

»Und ob. Stell dir vor, ich habe ein Bild von Stephan gesehen, oben im Salon!«, erwiderte Olly atemlos. »Es ist zwar an den Ecken verkohlt und auf der linken Seite voller Ruß – irgendjemand scheint sehr unachtsam damit umgegangen zu sein. Viel sieht man nicht, aber, Anna, ich glaube, Erzherzog Stephan sieht einfach grandios aus. Diesmal hatte Mary ausnahmsweise recht: Der Mann hat wirklich eine beseelte Ausstrahlung!«

Als sich die drei Kutschen ihrer Reisegesellschaft kurze Zeit später tatsächlich in Bewegung setzten, konnte Anna es kaum glauben. Endlich!

»Gott sei Dank«, sagte auch Olly. »Sosehr ich meine Tanten, Onkel und Cousinen mag, jetzt reicht's mit den Verwandtschaftsbesuchen. Auf nach Bad Ems!«

»Es ist aber nicht das berühmte Emser Kränchen, nach dem du dich so sehnst, oder?«, neckte Anna sie.

Olly verzog das Gesicht. »Salziges Heilwasser – das können sich die Eltern schmecken lassen. Mich dürstet es nach etwas anderem ...« Sie seufzte tief auf. »Ob Sascha wohl schon ein Treffen zwischen Stephan und mir arrangiert hat? Jetzt, da ich ihn auf diesem Bild gesehen habe, kann ich es erst recht kaum erwarten, ihm zu begegnen.«

»Das glaube ich dir gern, aber du darfst nicht zu euphorisch sein, was die Aktivitäten deines Bruders in dieser Hinsicht angeht. Er hatte in letzter Zeit genügend andere Dinge um die Ohren ...«

»Du hast recht«, murmelte Olly und schaute aus dem Fenster. »Aber mit Cerise ist wieder alles in Ordnung, und sie haben sogar schon ihre Verlobung gefeiert. Da sollte sich Sascha ruhig ein wenig um meine Belange kümmern. Findest du nicht, dass er mir das schuldig ist?«

Anna zuckte mit den Schultern. Sie würde sich hüten und etwas gegen den Zarewitsch sagen.

Eine Zeitlang hingen beide Frauen ihren Gedanken nach, während die sattgrüne Landschaft an ihnen vorbeizog.

Der Zarewitsch verlobt ... Nach tausend Gesprächen, Debatten und Aussprachen, die sein Vater, Shukowski und vor allem Olly im

Laufe der Monate mit ihm geführt hatten, hatte Sascha endlich seinen Schmollwinkel verlassen. Seine Verliebtheit wäre töricht gewesen, er wisse selbst nicht, was in ihn gefahren sei, hatte er Olly gegenüber gesagt. Und dass er nun alles richtig machen wolle.

Anna hatte die ganze Zeit darauf gewartet, dass er sich in irgendeiner Form bei Olly für ihren Beistand bedankte – vergeblich. War der Zarewitsch wirklich so blind, nicht zu erkennen, dass seine Schwester vor lauter Sorge um ihn krank geworden war?

Saschas »Krankheit« hatte fast ein halbes Jahr gedauert. Kurz darauf hatte er sich mit frischer Tatkraft in Richtung Hessen verabschiedet, in der Hoffnung, den entstandenen Vertrauensverlust noch einmal gutmachen zu können.

Olly, die zu jener Zeit wieder auf den Beinen, aber noch äußerst schwach gewesen war, hatte er versprochen, baldmöglichst auch Kontakt mit Prag aufzunehmen, was sie sehr freute. Die Nachricht von Saschas Verlobungsfeier am vierten März in Darmstadt hatte ihrer Genesung weiteren Auftrieb gegeben. Und als Ende März Marys erstes Kind zur Welt kam, war Olly wieder ganz die Alte gewesen – und die Erste, die das kleine Mädchen im Arm hielt.

»Bad Ems liegt doch an der Lahn.« Ollys Bemerkung riss Anna aus ihren Gedanken. »Womöglich hat Sascha eine romantische Schiffsfahrt geplant und Stephan dazu eingeladen. Oder es findet sich irgendwo ein Piano, und ich spiele Stephan etwas von Schumann oder Liszt vor ...«

Anna, die Ollys verträumten Blick sah, schwieg. Ihr gefiel es ganz und gar nicht, wie sehr sich ihr Schützling inzwischen in diese Verlobungsgeschichte hineinsteigerte. Und darin von ihren Eltern noch unterstützt wurde. Sogar in Berlin hatte die Verwandtschaft sie in ihrer »Verlobung« bestärkt. Sicher, der zukünftige Palatin von Ungarn war eine der besten Partien, die Olly machen konnte. Aber noch kannten sie den Mann nicht, hatten nur Saschas Wort darauf, dass er ein feiner Kerl sei. Anna war sich da längst nicht mehr sicher. Ihrer Ansicht nach hätte Stephan schon lange einmal selbst Kontakt zu Olly aufnehmen müssen, statt dies irgendwelchen Diplomaten zu überlassen, die sich dafür so viel Zeit ließen.

Gute Partie hin, beseelte Ausstrahlung her – sie würde sich den Burschen jedenfalls genau anschauen, beschloss Anna. Und wehe, er war nicht gut genug für ihre Olly!

*

Das darf doch alles nicht wahr sein, dachte Olly und konnte sich nur mit Mühe ein Lachen verkneifen. Fast kam es ihr vor, als wäre sie inmitten eines seltsamen Traums gelandet. Stattdessen stand sie ganz real mit ihrer Familie vor dem Badeschloss in Bad Ems, wo Cerise und ihre Angehörigen sie begrüßen wollten. Doch statt Hände zu schütteln, Willkommensgrüße entgegenzunehmen und die ersten Höflichkeiten auszutauschen, starrten Gäste wie Gastgeber auf einen jungen Mann und seinen Jagdhund, der sich jaulend am Boden wälzte.

»Wenn der junge Herr die Freundlichkeit besäße, das Tier endlich wegzubringen?«, sagte Großherzog Ludwig II. mit erzwungener Ruhe. »Einen Moment noch, Eure Hoheit, das haben wir gleich«, wandte er sich dann entschuldigend an Zar Nikolaus.

Oje, Vaters Miene wirkte wie versteinert. Kein Wunder, dass dem Hessen sein Lächeln verging.

Auch Ollys Schmunzeln schwand, als sie die nervösen Blicke ihrer Mutter sah. Normalerweise wurde das Zarenpaar überall unterwürfigst empfangen, dass etwas bei einem Empfang nicht wie am Schnürchen klappte, hatte es noch nie gegeben. Dementsprechend unsicher reagierte Alexandra auf diese neue Situation.

Olly überlegte noch, wie sie ihre Mutter ein wenig beruhigen konnte, als ihre Aufmerksamkeit erneut von dem jungen Mann und seinem Hund in Anspruch genommen wurde.

»Ich bringe Orpheus erst weg, wenn Sie mir versprechen, dass er am Leben bleiben darf!« Breitbeinig baute sich der schmächtige Bursche vor dem Großherzog auf. »Nur weil er Angst vor Schüssen hat und nicht zur Jagd taugt, muss er noch lange nicht getötet werden.«

»Das können die doch nicht machen«, flüsterte Olly Anna hektisch zu. Schon wollte sie einen Schritt nach vorn treten, als Anna sie am Arm packte.

»Wehe, du mischst dich da ein. Am besten gehen wir spazieren, bis sich die Gemüter beruhigt haben.«

»Keinesfalls, ich bleibe.« Entsetzt und fasziniert zugleich verfolgte Olly den weiteren Wortwechsel zwischen Großherzog und Hundehalter, dem anzusehen war, dass er sich in seiner Haut gar nicht wohl fühlte. Dennoch gab er keinen Fußbreit nach, und das im wortwörtlichen Sinne …

Wer war der Mann, der hier eine solche Szene machte? Einer von Cerises Brüdern? Hatte Cerise überhaupt Brüder? Olly konnte sich nicht daran erinnern, dass Sascha welche erwähnt hatte.

War das etwa Stephan? Olly, von Anna immer noch im Klammergriff gehalten, durchfuhr ein heißkalter Schauer. Gewisse Ähnlichkeiten mit dem Bild waren vorhanden.

Unauffällig setzte Olly ihre Betrachtung fort: Er war nicht viel größer als sie, hatte schmale Schultern, einen schönen Mund, um den ein energischer Zug lag, dunkle Augen und buschige Augenbrauen, die in einem seltsamen Kontrast zu seinen feinen Gesichtszügen standen. »Beseelt« sah der Hundeführer zwar nicht gerade aus, aber irgendwie hatte er etwas an sich, was Olly sehr einnehmend fand. Sie seufzte auf.

Bisher war der ganze Wortwechsel auf Französisch vonstattengegangen, doch nun mischte sich ein älterer Mann in Jägergrün ein, wild gestikulierend und in Deutsch schilderte er den Jagdvorfall, in den Orpheus scheinbar unrühmlich verwickelt gewesen war. Olly verstand wieder einmal kaum etwas, wie so oft, wenn deutsch gesprochen wurde. Die Entgegnung des Hundehalters, alles sei ganz anders gewesen, verstand sie dagegen bestens.

Olly grinste. *Weiter so!*, hätte sie ihm am liebsten zugerufen, während der Hund sich inzwischen tot stellte.

Im nächsten Moment hob der Jäger sein Gewehr, stieß ein paar gutturale Laute aus und –

»Nicht schießen!« Olly riss sich von Anna los, sprang nach vorn und stellte sich schützend vor den Hund.

»Olly!«, ertönte es entsetzt aus mehreren Mündern gleichzeitig.

Nervös fuhr sie sich durch ihre Haare, die sogleich in alle Richtungen abstanden. »Ich ... Verzeihen Sie, ich will mich ja nicht einmischen, aber ... Sie dürfen nicht ...«

Alle Blicke waren auf sie gerichtet. Olly schoss die Röte ins Gesicht. O Gott, was hatte sie sich nur dabei gedacht, ihre Familie so zu blamieren?

Der junge Mann schaute sie fast genauso fassungslos an wie alle anderen, doch um seinen Mund spielte ein leises Schmunzeln. Er reichte Olly die Hand.

»Stephan, endlich«, hauchte sie und verschluckte sich fast vor Aufregung.

Der Hundehalter schaute sie stirnrunzelnd an. »Wie meinen Sie? Nun, jedenfalls vielen Dank für Ihre Hilfe. Aber unser Förster wollte lediglich nochmals demonstrieren, wie nervös Orpheus bei Schüssen wird. Sie glauben doch nicht, ich hätte etwas anderes zugelassen?«

Sprachlos schaute Olly zu, wie er seinen fröhlich mit dem Schwanz wedelnden Hund davonführte, als wäre nichts gewesen.

Ollys Knie waren weich und zittrig, und hätte Anna sie nicht gehalten, wäre sie zu Boden gesunken. Ihr war bewusst, dass Anna ihr fortwährend etwas ins Ohr zischte, den Sinn der Worte verstand sie jedoch nicht. Das prunkvolle Badeschloss, das sich in dem träge dahinfließenden Wasser der Lahn spiegelte, Sascha und die hübsche Cerise, ihr Vater, der ungeduldig von einem Bein aufs andere trat – vor Ollys Augen verschwomm alles. Stephan ...

»Olly, träumst du? Was sollte dein Auftritt wegen des Hundes gerade eben? Spielen heute eigentlich alle verrückt?« Lachend wedelte Sascha mit seiner Hand vor ihren Augen hin und her. »Darf ich dir nun endlich meine Braut Cerise vorstellen?«

Nur mit Mühe wandte Olly den Blick von dem Mann ab, der mit seinem Hund in Richtung Lahn spazierte. Reflexartig gab sie dem jungen Mädchen die Hand. Doch bevor sie etwas dagegen tun konnte, sah sie erneut zu dem Hundehalter hinüber. »War das ...?«, hauchte sie.

Sascha folgte ihrem Blick stirnrunzelnd. »Alexander, ja. Ich weiß auch nicht, was in ihn gefahren ist. Uns alle in solch eine peinliche

Lage zu bringen! Normalerweise ist dein Bruder ganz anders, nicht wahr, Cerise?«

Die nächsten Wochen wurden fröhlich und sehr abwechslungsreich. Nachdem die erste Schüchternheit auf beiden Seiten verflogen war, verstand man sich von Tag zu Tag besser. Großherzog Ludwig von Hessen, der seinen russischen Gästen unbedingt etwas bieten wollte, wartete mit tausendundeiner Zerstreuung auf: musikalische Soireen, Kurkonzerte, Bälle, Ausflüge, Kaffeerunden, Weinverköstigungen – natürlich war das russische Zarenpaar überall der gefeierte Mittelpunkt. Bald hatten Nikolaus und Alexandra ihr Herz an Bad Ems verloren und sprachen davon, dort ein Sommerdomizil erwerben zu wollen. Die zukünftige Schwiegertochter hatte es ihnen ebenfalls angetan. Cerise würde später einmal eine wundervolle Zarin abgeben.

Auch Olly hatte spontan Gefallen an dem jungen Mädchen mit den hellen Haaren und den vollen Lippen gefunden. Cerise war fröhlich und unkompliziert, ohne dabei oberflächlich zu sein. Vielmehr war sie für ihr Alter schon ziemlich erwachsen. Auch hatte sie eine schnelle Auffassungsgabe und übertraf mit ihrer Schlagfertigkeit die meisten in ihrem Kreis. Bestimmt würden sie gute Freundinnen werden.

Großherzog Ludwigs ehrgeiziges Vergnügungsprogramm hatte einen weiteren Vorteil: Die Erwachsenen waren derart beschäftigt, dass sie darüber die Jugend fast vergaßen. Und so genossen Sascha, Cerise, ihr Bruder Alexander und Olly die größtmögliche Freiheit. Zu viert unternahmen sie täglich Ausflüge, besuchten ein Pferderennen, machten eine Schiffsfahrt auf der Lahn – wobei Ollys Sonnenschirm über Bord ging –, wanderten oder spazierten einfach in den weitläufigen Kuranlagen umher und fütterten die Schwäne.

»Schauen Sie, auf dem Hof da hinten durfte ich mir als kleiner Junge bei der Bäuerin stets ein Glas Milch und ein Stück Schwarzbrot abholen. Sie war so stolz, dass der Sohn des Großherzogs sie besuchen kam!« Alexander lachte. »Und ich war als Kind immer sehr hungrig, also haben wir uns bestens ergänzt.«

Olly stimmte in sein Lachen ein. »Bei fremden Leuten einzukehren, das hätte man uns Kindern nie erlaubt.« Unwillkürlich musste sie an ihren Besuch im Haus des Bootsmannes denken.

»Ach, das sind doch alles unsere Leute, mein Vater wusste stets, dass wir Kinder bei ihnen gut aufgehoben sind.« Alexander winkte ab. Er zeigte auf eine kleine sonnenbeschienene Lichtung in dem Wald, durch den sie gerade spazierten. »Dort drüben habe ich mit meinem Bruder Karl oft Pilze gesammelt, Anfang September wachsen hier überall herrliche Steinpilze. Die haben wir gleich über einem Lagerfeuer gebraten. Manchmal waren wir so vertieft, dass es darüber dämmerte. Dann ist uns mulmig geworden, hinter jedem Stamm haben wir böse Räuber vermutet.«

»Pilze sammeln, das liebten wir als Kinder auch, allerdings wurden uns solche Vergnügungen nur selten erlaubt.« Olly warf ihrem Begleiter einen entzückten Blick zu. »Ich glaube, ich bin noch nie einem so naturverbundenen Menschen wie Ihnen begegnet! Sie kennen wirklich jeden Stein und jede Pflanze, nicht wahr?«

»Oje, ich langweile Sie. Wir können auch zurückgehen und im Kurgarten einem Konzert lauschen. Aber davon wären die beiden sicher nicht begeistert.« Lächelnd wies er auf Sascha und Cerise, die sich wie so oft ein wenig abgesondert hatten.

»Sie langweilen mich nicht, ich könnte Ihnen stundenlang zuhören«, sagte Olly hastig. Um nichts in der Welt wollte sie zurück in den Kurgarten mit seinen exakt angelegten, akkuraten Rosenbeeten. Hier im Wald war es viel schöner. Es duftete nach Erde und Bäumen, nach Baumrinde und Harz, nach Freiheit und etwas anderem, für das sie noch keinen Namen fand. Fast schüchtern schaute sie zu Alexander hinüber.

»Ich beneide Sie. Die vielen Tiere, mit denen Sie aufgewachsen sind – Hunde, Ponys, der verwaiste Rabe, den Sie von Hand aufgezogen haben, das hätte ich auch gern erlebt. Als Kinder mussten wir von morgens bis abends studieren. Manchmal brummte uns regelrecht der Kopf vom vielen Lesen und Auswendiglernen.«

»Nun ja, ein bisschen hat uns Hauptmann Frey, so heißt mein Erzieher, auch beigebracht.« Alexander brach einen Zweig ab und reichte ihn ihr. »Solche Eicheln haben wir früher ausgehöhlt und dann mit Ästen durchbohrt, so dass wir richtige kleine Pfeifen bekamen. Darin haben wir den Tabak geraucht, den wir Vater entwendeten.« Er lachte. »Meine Güte, war mir davon übel. Aber all das hier ...« – er machte eine weit ausholende Geste, mit der er den duftenden Wald einschloss – »war mir tausendmal lieber als all die Tanz-, Musik- und Klavierstunden, die Sie ertragen mussten. Und dazu noch Benimmunterricht, Mal- und Zeichenkurse? Sie müssen ja ein wahres Genie sein«, sagte er stirnrunzelnd. »Eigentlich sollte mir in Ihrer Gegenwart vor lauter Ehrfurcht ganz schwindlig werden.«

Olly lachte auf. »Und tut es das?«

Er legte den Kopf schräg und musterte sie so eindringlich, dass Olly ganz verlegen wurde.

»Nun ja, Sie sehen mit Ihren kurzen Haaren nicht gerade ehrfurchteinflößend aus ...«

Es waren solche Bemerkungen, die Olly derart amüsierten, dass ihr abends vor lauter Lachen der Bauch weh tat. Noch nie hatte sie mit einem Mann so viel Spaß gehabt.

Andererseits war mit Alexander auch das Schweigen angenehm. Wenn er ihr auf einem Hochsitz einen Vierzehnender zeigte und sie beide dabei kaum zu atmen wagten. Wenn sie einem Vogelpaar beim Nestbau zuschauten – die beiden würden dieses Jahr schon zum zweiten Mal Eltern!, flüsterte er ihr zu, während er den Vögeln vorsichtig ein Büschel von Orpheus' ausgekämmten Hundehaaren hinlegte.

Cerises Bruder war wirklich ein ganz besonderer Mensch.

Gebannt beobachtete Olly, wie er mit ausgebreiteten Armen über einen gefällten Baumstamm balancierte. Am Ende angekommen, reichte er Olly seine Hand. »Jetzt Sie.«

»Das kann ich nicht!«, rief sie lachend, raffte aber im selben Moment schon ihren Rock. Durch die dünne Sohle ihrer Stiefel spürte sie die borkige Rinde. Mit angehaltenem Atem setzte sie Fuß für Fuß nach vorn, geführt von Alexanders festem Händegriff erreichte sie sicher das Ende des Stammes. Voller kindlicher Freude hüpfte sie auf den weichen Waldboden. Da ertönte links von ihnen ein lautes Meckern.

»Das ist bestimmt Wilfried mit seinen Ziegen«, sagte Alexander. »Ab und zu streifen sie durch den Wald, die hiesigen Kräuter sind anscheinend eine wahre Delikatesse für die Tiere. Wollen wir ihn besuchen?«

Olly nickte begeistert.

Der Ziegenhirte war schon in Sichtweite und winkte ihnen freudig zu, als Alexander auf einer kleinen Erhöhung stehen blieb. Er hob die Nase in ähnlicher Weise, wie es sein Hund Orpheus tat.

»Riechen Sie es? Ein Kartoffelfeuer! Es steigt da hinten auf, sehen Sie die Wagen? Das sind Zigeuner. Mir war gar nicht bewusst, dass es schon wieder so weit ist.«

Was war wohl schon wieder so weit? Olly kniff die Augen zusammen, erst auf den zweiten Blick erkannte sie die Wagen im Schutz der Bäume.

»Fahrende Leute, die gibt's in Russland auch«, sagte sie stirnrunzelnd. Einmal, als ihre Familie auf dem Weg nach Zarskoje Selo gewesen war, hatten diese Leute am Wegesrand ihr Lager aufgeschlagen. Ihr Vater hatte einen Wutanfall bekommen, als er sah, dass die Frauen der Zigeuner ausgerechnet in dem Teich, in dem Forellen für die Zarenfamilie gezüchtet wurden, Wäsche wuschen. Seine Leibgarde hatte die Leute auf der Stelle vertrieben.

Vergessen war der Besuch beim Ziegenhirten, schon steuerte Alexander auf die Wagenburg zu. Was will er dort, fragte sich Olly, während sie ihm folgte. Wohl war ihr dabei nicht. Wenn Anna erfuhr, dass sie sich in der Nähe von solchen Leuten aufgehalten hatte! Das würde ein Donnerwetter geben. Und wo waren eigentlich Sascha und Cerise?

»Alexander, wollen Sie nicht lieber Hilfe holen, um die Leute zu vertreiben? Allein ist das viel zu gefährlich.«

»Wieso vertreiben?«, sagte er über seine Schulter. »Vater hat den Zigeunern ein Liegerecht eingeräumt, sie kommen jedes Jahr um diese Zeit für ein, zwei Wochen in die Gegend. Irgendwo müssen sie ihr Lager schließlich aufschlagen, und hier stören sie niemanden. Wenn es Ihnen recht ist, würde ich gern auf einen Sprung bei ihnen vorbeischauen.«

»Oh«, sagte Olly mit leiser Stimme.

Selten hatte sie so zerlumpte Gestalten gesehen. Die Frauen ausgemergelt, die Kinder hohlwangig mit viel zu großen Köpfen, die Männer hager, die Pferde struppig und ebenfalls knochig. Ein paar Hunde, die sich ständig kratzten und glasige Augen hatten, lungerten in der Nähe herum. Erwachsene wie Kinder trugen durchscheinende Fetzen, die so löchrig waren, dass die geschicktesten Hände sie nicht mehr hätten flicken können. In dem Kartoffelfeuer, das sie schon von weitem gerochen hatten, kohlten fünf ärmliche Knollen vor sich hin. Und davon wollen die Leute satt werden?, fragte sich Olly entsetzt. Den Menschen hier ging es fast noch schlechter als den Bewohnern der Armenhäuser in St. Petersburg – die hatten wenigstens noch ein Dach über dem Kopf, während die Menschen hier in dünnwandigen Wagen ohne Heizung lebten.

Alexander starrte auf das magere Kartoffelfeuer. Seine Hände ballten sich zu Fäusten, als er fragte: »Wo ist euer Anführer?«

»Unterwegs.« Eine der Frauen, die einen vor Schmutz starrenden Säugling auf der Hüfte trug, schaute Alexander feindselig an.

Die Blicke der anderen Umstehenden waren nicht freundlicher.

»Vielleicht sollten wir besser gehen«, murmelte Olly.

»Gleich«, sagte Alexander mit gesenkter Stimme, dann wandte er sich wieder an die Frau. »Ich bin Alexander, der Sohn des Großherzogs, mein Vater hat euch die Erlaubnis erteilt, auf unserem Land zu lagern. Ich –«

»Wir haben nichts Unrechtmäßiges getan!« Ein halbwüchsiger Junge, der sich bisher im Hintergrund gehalten hatte, baute sich nun vor Alexander auf. »Bitte, jagen Sie uns nicht weg. Es geht uns schon elend genug.«

Alexander schaute ihn und die anderen Männer, die nun ebenfalls hervortraten, nachdenklich an. »Ich will euch nicht wegjagen, ich will wissen, was euch widerfahren ist. Die Wagen, eure Frauen und Kinder … Mir scheint, ihr hattet das Glück im letzten Jahr nicht gerade gepachtet.«

»Und was geht das euresgleichen an?«, sagte ein anderer Mann, der beschützend seinen Arm um die Frau mit dem Kind legte. »Seit wann interessiert ihr euch für unser Glück?« Seine Worte trieften nur so vor Sarkasmus.

»Alexander«, flehte Olly und wischte sich über ihre Oberlippe, wo sich vor lauter Aufregung ein kleiner Schweißbart gebildet hatte. Wenn sie jetzt nicht gingen, würden die Männer sie womöglich angreifen, so unfreundlich, wie sie aussahen.

»Und wenn sich wirklich mal einer für uns interessiert?«, sagte der junge Bursche. »Vielleicht gibt es so etwas tatsächlich?« Sein Adamsapfel hüpfte vor Aufregung auf und ab. Er drehte sich zu den anderen um, ein Wortwechsel in einer fremden Sprache folgte.

»*Sie* sind der junge Kerl, der uns letztes Jahr einen Hundewelpen abkaufte?« Argwöhnisch starrte der erste Mann Alexander an.

»Ich sag's dir doch! Er hat meiner Mutter im letzten Jahr auch eine Kanne Milch für meinen jüngsten Bruder gegeben«, raunte der junge Bursche ihm zu.

Alexander nickte. »Das würde ich dieses Jahr gern wieder tun. Milch für die Kinder und Brot für euch alle. Aber zuerst will ich wissen, was hier los ist.« Die Autorität, die plötzlich in seiner Stimme mitschwang, stand in einem seltsamen Kontrast zu seiner Jugend. »Dass ihr dabei seid zu verhungern, sieht ein Blinder. Dabei seid ihr doch geschickte, fleißige Leute.«

Fasziniert beobachtete Olly, wie aus den Augen der Umstehenden Feindseligkeit und Misstrauen schwanden und an deren Stelle etwas anderes trat. Verwunderung. Ungläubigkeit. Respekt?

»Und wenn wir eure Hilfe nicht wollen?«, sagte der ältere der beiden Rädelsführer, doch seine Stimme klang unsicher. Er kratzte noch einen Moment lang unschlüssig mit seinem Schuh im Waldboden, dann räusperte er sich.

»Also gut, wenn Sie uns danach wieder in Ruhe lassen: Janschi, unser Anführer, hat sich bei einem Unfall den rechten Arm gebrochen. Für einen Geiger das Schlimmste, was passieren kann. Für unsere Gruppe auch. Ohne ihn sind unsere Auftritte, mit denen wir in den Städten Geld gesammelt haben, nur noch halb so viel wert«, erklärte er. »Für unsere Familie war die Musik schon immer die wichtigste Einnahmequelle. Keine Musik, kein Geld, kein Brot, so ist das Leben nun einmal.« Sein gleichgültiges Schulterzucken stand im krassen Gegensatz zu seiner ausgemergelten Erscheinung. »Aber von so etwas habt ihr im Schloss ja keine Ahnung!« Schon spiegelte sich wieder Ablehnung in seinem Blick.

Alexander nickte. »Da magst du recht haben.«

Lange sagte niemand etwas. Der Säugling jammerte leise vor sich hin. Die Frau warf Olly einen schüchternen Blick zu, den Olly ebenso schüchtern lächelnd erwiderte.

»Ist euer Janschi inzwischen wieder gesund genug, um auftreten zu können? Wir haben Besuch aus Russland.« Alexander nickte in Ollys Richtung. »Eure musikalische Einlage würde unseren Gästen bestimmt gefallen. Gegen gute Bezahlung, versteht sich.«

Die Männer tauschten skeptische Blicke. »Wir? Im Schloss musizieren? Das wäre ja etwas ganz Neues«, sagte der Wortführer, dessen Frau eindringlich auf ihn einredete.

Alexander nickte. »Mein Vater plant für den kommenden Samstag einen großen Empfang. Ihr könntet vor dem Eingang den anreisenden Gästen aufspielen.«

Atemlos wartete Olly auf eine Antwort der Männer, bis ihr klar wurde, dass deren Schweigen Zustimmung bedeutete.

»Wir freuen uns auf euch.« Lächelnd nahm Alexander Ollys Arm. »Kommen Sie, die anderen warten bestimmt schon auf uns.«

Olly, die völlig durcheinander war, deutete eine Art Knicks an.

Im Gehen wandte sich Alexander noch einmal um. »Schickt zwei von euren Leuten zum Hintereingang des Schlosses, damit man euch etwas zu essen und Milch für die Kinder gibt.«

Sie hatten die kleine Lichtung, auf der die besten Pilze wuchsen, schon erreicht, als Olly endlich ihre Sprache wiederfand. »Das … Was Sie da gerade getan haben …«

»Sie hatten doch nicht etwa Angst?« Erheitert schaute Alexander sie an. »Keine Sorge, wir waren nicht einen Moment in Gefahr, das sind harmlose Menschen.«

Olly blieb stehen, kämpfte gegen den Kloß an, der sich plötzlich in ihrem Hals gebildet hatte. »Das ist es ja! Ich wäre trotzdem am liebsten vorbeigegangen. Weil sie mir zu schmutzig, unfreundlich und zu angsteinflößend erschienen. Sie hingegen haben den Ärmsten der Armen geholfen.«

Er sah sie verständnislos an. »Gerade die brauchen doch unsere Hilfe. Um die Kinder in den Waisenhäusern kümmern sich genügend andere Wohltäter. Also helfe ich lieber auch einmal da, wo's stinkt und einem schon das Hinschauen weh tut.«

Bevor Olly etwas dagegen tun konnte, stiegen ihr Tränen in die Augen. »Ich dachte immer, ich hätte das Wohl der Armen im Sinn, aber jetzt wird mir klar, wie dürftig ich bin. Ach, ich schäme mich so ...« Sie weinte los. Helfen, wo schon das Hinschauen weh tut – so etwas hatte sie noch nie gehört.

»Olly!« Im nächsten Moment spürte sie seine Arme um sich, sein Atem kitzelte warm in ihrem Ohr, als er sagte: »Nicht weinen, den Leuten geht's bald besser, das verspreche ich.«

Olly schluchzte. »So viel Edelmut habe ich noch nie erlebt. Sie sind ein guter Mensch«, sagte sie und umarmte Alexander innig.

17. KAPITEL

Schon vor der Begegnung mit den Zigeunern hatte Olly Alexander äußerst liebenswert gefunden, nun aber kam es ihr so vor, als bestünde eine tiefe innere Beziehung zwischen ihnen. Ihre Gespräche rankten sich nicht mehr allein um fröhliche Kindheitserinnerungen, sondern um Erlebnisse und Momente, die sie tief berührt hatten. Zum ersten Mal in ihrem Leben erzählte Olly einem fremden Menschen von dem Bootsjungen, der hatte sterben müssen, weil seine Familie zu arm war, um sich einen Arzt zu leisten. Und Alexander sprach zum ersten Mal über die Einsamkeit, die nach dem Tod seiner Mutter seine erst dreizehnjährige Seele fast zerfressen hätte.

Immer öfter ertappte sich Olly dabei, dass sie in jeder Runde stets zuerst nach Alexander Ausschau hielt. War er nicht anwesend, verlor die Unternehmung sogleich einen Teil ihres Zaubers. Im umgekehrten Falle jedoch erschien die Sonne doppelt so strahlend, war jede Speise noch einmal so köstlich, jede Melodie noch romantischer.

»Cerises Bruder und du – ihr habt euch ja viel zu erzählen. Seid ihr dabei nicht ein wenig sehr schnell zu einem vertraulichen Du übergegangen?«, bemerkte Anna am Ende der zweiten Woche, als sie Olly am Abend beim Umkleiden half. »Ich hoffe nur, ihr versteht euch nicht allzu gut.«

»Was soll denn das schon wieder heißen?«, entgegnete Olly konsterniert. »Alexander ist ein wunderbarer Mensch. Er ist nicht so affektiert wie viele Petersburger Herren, sondern ganz natürlich. Er bringt mich zum Lachen! Und *das* hat noch keiner geschafft, wenn ich nur an all die Bayernmaxen und österreichischen Albrechts denke.«

Anna, der gerade ein paar Haarklammern zwischen den Lippen steckten, hob nur vielsagend die Augenbrauen.

»Anna!« Unwillkürlich musste Olly lachen. »Nur weil du dich mit Hofmarschall Malikow zu Tode langweilst, muss es mir doch nicht ebenso ergehen. Gönnst du mir Alexanders angenehme Gesellschaft etwa nicht?«

Ihre Blicke trafen sich erneut im Spiegel. »Ach Kind, du weißt ganz genau, dass ich dir alles Glück der Welt gönne. Und deshalb kann ich nur hoffen, dass Erzherzog Stephan über den gleichen Unterhaltungswert verfügt wie Cerises Bruder. Apropos, hast du schon etwas von *deinem Verlobten* gehört?«, fügte sie zuckersüß hinzu.

Olly funkelte sie wütend an.

Eigentlich war es viel zu heiß für einen Ausflug, dachte Olly bei sich, während ihr Esel schwer atmend den schmalen Bergweg hinaufstakste. Schweiß rann ihr den Busen und den Rücken hinab. Unter dem Hut, den sie als Schutz gegen das gleißende Sonnenlicht aufgezogen hatte, kochte ihr Kopf fast. Doch abnehmen wollte sie den Hut auch nicht, denn bestimmt klebten ihre Haare hässlich am Kopf. Dabei hatte Alexander beim Aufbruch gemeint, sie sähe heute besonders reizend aus. Ihm schien die Hitze nichts auszumachen – statt zu reiten, stapfte er voller Elan neben seinem Esel den Berg hinauf. Was für ein Mann! Olly wurde es noch heißer.

Sie waren auf dem Weg zur Burg Lahneck, von der aus man laut Cerise einen atemberaubenden Ausblick über das ganze Tal hatte. Als Saschas Braut am Vorabend einer gespannten Zuhörerschaft die romantischen Sagen erzählt hatte, die sich um die uralte Burg rankten, waren alle fasziniert gewesen, und man dachte über einen Ausflug in großer Runde nach. Doch die Sonne, die schon während des Frühstücks unangenehm durch die Fenster drückte, hatte die Begeisterung rasch schwinden lassen. Bei dieser Hitze blieb man doch besser innerhalb der kühlen Schlossmauern. Am Ende waren sie wieder einmal zu viert aufgebrochen: Sascha, Cerise, Olly und Alexander.

Sie waren dem steil hervorspringenden Felsen mit der Burg schon ein gutes Stück näher gekommen, als Alexander plötzlich in Ollys Zügel griff. »Anhalten! Sascha, Cerise, wartet bitte. Ollys Esel lahmt.« Schon reichte er ihr die Hände, um ihr beim Absteigen zu helfen.

»Das habe ich gar nicht gemerkt«, murmelte Olly.

»Er hat sich einen Stein eingetreten«, konstatierte Alexander, nachdem er den Huf des Tieres angehoben hatte.

»Bedeutet das etwa, dass wir umkehren müssen?«, fragte Cerise sichtlich enttäuscht. »So kurz vor dem Gipfel?«

Alexander zuckte mit den Schultern. »Ollys Esel kann jedenfalls nicht weiterlaufen, es wird schon schmerzhaft genug für ihn, den Nachhauseweg zurückzulegen.«

»Dann geht doch ihr drei allein«, sagte Olly. »Ich warte hier irgendwo.« Mit einer unbestimmten Geste zeigte sie hinter sich.

»Das kommt überhaupt nicht in Frage«, sagten Sascha und Alexander wie aus einem Mund. Alexander ergänzte: »Dein Vater würde mir den Kopf abreißen, wenn ich dich hier allein zurücklasse, und das zu Recht.«

»Und wenn Burg Lahneck noch so schön ist – schöner als hier kann es nirgendwo sein«, sagte Olly und seufzte vor Wohlbefinden laut auf.

Nachdem sie sich von Sascha und Cerise verabschiedet hatten, die darüber alles andere als unglücklich schienen, war Alexander auf halbem Weg bei einem Winzer, den er kannte, eingekehrt. Der alte Mann hatte sie auf seine Terrasse eingeladen. Dann war er ins Haus gerannt, hatte Wein, Brot und Speck gebracht und ihnen eine frohe Mahlzeit gewünscht. Nun saßen sie auf wackligen Stühlen unter knorrigen Bäumen, deren Namen Olly nicht kannte, aßen und unterhielten sich. Der Esel stand zufrieden daneben, staubte ab und an ein Stück Brot ab, kühlte sein Bein in einem Eimer Wasser und schien die grandiose Aussicht ins Tal ebenso zu genießen wie die Menschen.

Lächelnd schenkte Alexander Olly einen Schluck Wein nach. »Es freut mich, dass es dir hier gefällt. Das hier« – er machte eine ausholende Handbewegung – »ist ja nicht gerade ein Grandhotel. Aber du verblüffst mich jeden Tag aufs Neue. Euch Zarenkinder habe ich mir viel verwöhnter vorgestellt.«

Olly verschluckte sich fast an ihrem Stück Brot. »Wie kommst du denn auf so etwas?«

»Schau nicht so entsetzt, das war ein Kompliment«, sagte Alexander und strich ihr leicht über die Wange.

»Na dann …« Musste er sie ausgerechnet jetzt so genau anschauen? Bestimmt war ihr Gesicht vor Hitze puterrot. Und das Kleid mit seinen tausend Rüschen sah inzwischen auch nicht mehr besser aus als die Arbeitsschürze der Winzergattin, zerknittert, angegraut und verschwitzt. Verlegen nahm Olly einen Schluck Wein.

»Ich meine, für die Tochter des russischen Zaren bist du ziemlich normal. Sitzt mit mir bei einem einfachen Winzer und trinkst einfachen Wein.«

»Und schwitze wie ein einfacher Mensch, hast du vergessen«, sagte Olly trocken und wischte sich ein paar Schweißperlen von der Stirn. Oje, jetzt konnte sie kaum noch atmen. Und schwindlig war ihr auch. Wie so oft, wenn sie in Alexanders Nähe war.

»Genau das meine ich«, kam es triumphierend von Alexander. »Wo sind denn all die Zofen, Hofdamen und Bediensteten, die dir jeden Handgriff abnehmen? Wo ist all der Prunk und Pomp, von dem die Leute, die nur einmal bei euch waren, ein Leben lang schwärmen? Eigentlich müsste hier doch eine Garde von Leibwächtern stehen und die Brotzeit vorkosten. Du und Sascha, ihr kommt mir jedoch sehr bodenständig vor.«

Olly lachte laut auf. »Das hätte jetzt mein Vater hören sollen. Er wirft uns nämlich immer vor, wir wären schrecklich verwöhnt und faul.«

Alexander stimmte in ihr Lachen ein. Mit dem großen Messer, das der Winzer ihnen dazugelegt hatte, säbelte er eine weitere Scheibe Speck ab. Nachdem er sie in kleine Teilchen geschnitten hatte, gab er immer eines an Olly, bevor er sich selbst eins nahm.

Olly war längst satt. Auch hatte der salzige Speck sie so durstig gemacht, dass sie ein ganzes Fass Wein hätte trinken können. Dennoch nahm sie mit zittriger Hand ein Stückchen Speck nach dem anderen.

»Vater hat uns immer zu einem bescheidenen Leben angehalten, im tiefsten Herzen ist auch er ein einfacher Mann. Eine Brotzeit wie diese hier würde ihn zum glücklichsten Menschen machen. Und was die Bediensteten angeht, die wir Kinder haben – bei den meisten handelt es sich um unsere Lehrer. Anna hingegen ist meine allerbeste Freundin«, sagte sie voller Inbrunst. »Aber sie ist gewiss nicht da, um hinter mir herzuräumen oder mir einen goldenen Löffel in den Mund zu schieben. Meine Anna, Wassili Shukowski und die anderen – von ihnen sollen wir lernen, lernen, lernen! Das ist für Vater das Wichtigste. Vielleicht rührt dies daher, dass er als drittgeborener Sohn selbst nur eine mindere Ausbildung genießen durfte. Uns, seinen Kindern, soll es da besser gehen.«

»Dein Vater ist als drittgeborener Sohn Zar von Russland geworden? Wer weiß, was die Zukunft dann mir erst bringt«, sagte Alexander lachend.

»Apropos bodenständig, du müsstest mal meine Schwester Mary sehen. Wie sie sich mit Mann und Kind in ihrem Haus eingerichtet hat! Wie eine brave Hausfrau.«

»Ihr Mann ist doch der mit der zweifelhaften Herkunft, nicht wahr? Sozusagen einer wie ich.«

»Blödsinn«, sagte Olly rasch. Natürlich hatte Anna ihr längst brühwarm erzählt, was die Schlossbediensteten hinter vorgehaltener Hand tratschten: dass Alexander gar nicht der drittgeborene Sohn Ludwigs war, sondern einer Affäre seiner vor vier Jahren verstorbenen Frau entstammte. Olly hatte das Gespräch sofort beendet, so etwas wollte sie nicht hören.

Der Esel, dem allmählich langweilig wurde, blökte und stieß seinen Wassereimer um. Sie mussten lachen, der angespannte Moment war vorüber.

»Trotzdem, einen drittgeborenen Sohn würden deine Eltern als Ehemann für dich nie akzeptieren«, setzte Alexander erneut an. »Jeder kann sehen, wie sehr dein Vater dich vergöttert.« Sanft hob er Ollys Hand und küsste jeden einzelnen speckigen Finger.

Gleich blieb ihr Herz stehen, bestimmt! Wie es klopfte und raste! Vor lauter Aufregung nahm Olly einen tiefen Schluck Wein, woraufhin ihr noch schwindliger wurde.

»Soll das … ich meine, was … willst du mir damit sagen?«, fragte sie stockend.

»Als ob ich dir etwas sagen *dürfte*, dazu habe ich doch gar kein Recht!« Alexander sprang auf und trat bis nach vorn an den Abgrund. Seine Schultern bebten. »Immerhin bist du mit dem zukünftigen ungarischen Palatin verlobt.«

»Ach das …« Olly lachte verkrampft auf. Sollte sie sagen, das wäre nur eine Jungmädchenspinnerei gewesen? Ein verrückter Einfall, mit dem sie sich vor gut einem Jahr ein wenig Ruhe vor dem schrecklichen Heiratskarussell verschafft hatte? Sollte sie sagen, dass sie in einem spontanen Moment einer Sache zugestimmt hatte, die sie seitdem schon tausendmal bereut hatte? Genauer gesagt seit sie *ihn* kannte. Jeden Abend dankte sie ihrem Herrgott, dass Stephan nun doch nicht wie geplant nach Bad Ems kam. Das Warum und Wieso seiner Absage interessierte sie nicht einmal.

»Das ist doch nicht so wichtig«, sagte sie schließlich lahm. Plötzlich war ihr, als habe sich eine düstere Wolke vor die Sonne geschoben. Verflixt, warum hatte er sie unbedingt an Stephan erinnern müssen?

»Du täuschst dich, für mich ist das sehr wichtig.« Im nächsten Moment war Alexander bei ihr, fiel vor ihr auf die Knie. »Sag mir einen Grund, warum ich meine Schwester nach St. Petersburg begleiten sollte, wenn du kurz darauf nach Österreich oder Ungarn wegziehst?«

»Du würdest mitkommen?«, flüsterte Olly, die den Gedanken an ihre Heimreise und die bevorstehende Trennung bisher erfolgreich verdrängt hatte. »Ich weiß nicht, was ich sagen soll …«

Für einen langen Moment hielten sie sich mit ihren Blicken fest, dann begann Alexander zu rezitieren:

»Sur le printemps de ma jeunesse folle
Je ressemble à l'hirondelle, qui vole
Puis çà, puis là, j'allais,
Où le cœur me disait …«

Zärtlich strich er Olly eine Haarsträhne hinters Ohr. »Das sind Verse von Clément Marot. Wann immer ich dich sehe, kommen mir seine Worte in den Sinn. In meiner Muttersprache lauten sie ungefähr so:

»Im Frühling, im Überschwang meiner Jugend
gleiche ich der Schwalbe,
die bald da-, bald dorthin fliegt,
ich ging, wohin das Herz es befahl.«

»Ich liebe Gedichte. Es ist wunderschön«, hauchte Olly.

Alexander lachte auf.

»Wunderschön und eine Tollheit zugleich. Mein ganzer Verstand sagt mir, dass es verrückt ist, dir nach Russland zu folgen, aber ich kann nicht anders! Weil mein Herz es mir befiehlt.«

An diesem Abend konnte Olly lange nicht einschlafen. Immer und immer wieder spielte sie in Gedanken das Gespräch im Weinberg durch. Alexander wollte Cerise nach Russland begleiten, um in ihrer, Ollys, Nähe bleiben zu können. Sie würden sich weiterhin sehen. Sie würden Zeit haben, sich noch besser kennenzulernen. So, wie er ihr seine Heimat gezeigt hatte, würde sie ihm Russlands Schönheiten vorführen.

Er könne nicht anders, als dorthin zu gehen, wohin sein Herz es befehle, hatte er gesagt und sie geküsst. Wenn sie tief in ihr Innerstes hineinhorchte, wusste sie längst, dass ihre Gefühle für Alexander viel mehr waren als bloße Sympathie.

Er war der Richtige.

Sie jubelte darüber so sehr, dass ihr Herz vor Freude aus ihrer Brust zu hüpfen drohte. Im nächsten Moment jedoch war jegliche

Zuversicht verloren, und ihr wurde schlecht vor Angst. Sie und Alexander? Wie sollte das gehen? Sie war doch Stephan versprochen! Wenn jemand erfuhr, wie tief ihre Gefühle für Cerises Bruder waren, würde man nichts unversucht lassen, sie auseinanderzubringen.

Im Dunkeln fingerte sie nach Streichhölzern, entzündete die Kerze auf ihrem Nachttisch. Sie hätte so gern mit jemandem über alles geredet! Aber das ging nicht. Ihre Liebe zu Alexander war zerbrechlich wie ein rohes Ei, und genauso sorgsam musste sie darauf aufpassen.

Irgendwann drehten sich ihre Gedanken nur noch im Kreis. Getrieben vor innerer Anspannung tat Olly etwas, was sie schon lange nicht mehr gemacht hatte, sie griff nach ihrer Bibel. Wie hatte Charlotte, ihr altes Kindermädchen, immer gesagt? »Gott weiß am besten, welche Zeilen für dich hilfreich sind.«

Also schlug Olly die Bibel auf. Ließ mit geschlossenen Augen die dünnen Blätter durch ihre rechte Hand gleiten. Der leise Luftzug, den sie auf ihren Wangen spürte, hatte etwas Beruhigendes. Nach ein paar Sekunden hielt sie den Blätterfächer mit ihrem Zeigefinger an.

Ist der Geist Gottes in euch, so wird Gott, der Jesus von den Toten auferweckte, auch euren sterblichen Leib durch seinen Geist wieder lebendig machen; er wohnt ja in euch. Darum, liebe Brüder, müssen wir nicht länger den Wünschen und dem Verlangen unserer alten menschlichen Natur folgen. Denn wer ihr folgt, ist dem Tode ausgeliefert. Wenn du aber auf die Stimme Gottes hörst und ihr gehorchst, werden die selbstsüchtigen Wünsche in dir getötet, und du wirst leben. Alle, die sich vom Geist Gottes regieren lassen, sind Kinder Gottes.

Stirnrunzelnd schaute Olly nach, wo sie gelandet war: im Neuen Testament, im Römerbrief. Seltsam, was hatten diese Zeilen mit ihr zu tun?

Wenn du auf die Stimme Gottes hörst ... selbstsüchtige Wünsche ... getötet ... du wirst leben. Alle sind Kinder Gottes.

Olly starrte so krampfhaft auf die Bibelzeilen, bis diese vor ihren Augen verschwammen. War Stephan ein selbstsüchtiger Wunsch gewesen? Weil sie allen hatte zeigen wollen: Schaut her, so geht's! So schnell habe ich mir einen mächtigen Thronfolger geangelt.

Wollte Gott ihr sagen, dass sie nicht vorwitzig sein sollte? Dass sie besser *seiner* Stimme folgte als der ihren?

Der Gedanke war so erregend, dass Olly aus dem Bett sprang, das Fenster aufriss und in den nächtlichen Himmel schaute, als würde ihr Gott von dort eine Antwort zurufen. Doch außer einem trüben Firmament, an dem ein paar Sterne milchig glänzten, war da nichts.

War Stephan womöglich nichts als eine Sternschnuppe gewesen? Flüchtig, vergänglich …

Stattdessen hatte Gott dafür gesorgt, dass Alexander und sie sich über den Weg liefen. Ein Mann von solch innerer Stärke und Herzenswärme, wie sie noch keinen erlebt hatte. Sollte sie dafür nicht dankbar sein, statt ängstlich an alles Wenn und Aber zu denken?

Sie wäre nicht die Erste, die eine Verlobung wieder löste. Außerdem, so richtig ernsthaft war alles eh noch nicht, oder?

Trunken vor Glück, sog Olly tief die kühle Nachtluft ein. Wenn Alexander den Mut hatte, seine geliebte Heimat für Russland aufzugeben, dann würde auch sie Mut und Gottvertrauen haben.

Mary hatte für ihr Glück gekämpft. Warum sollte sie das nicht auch können? Sie musste es nur geschickt anstellen.

18. KAPITEL

»Madame Okulow!«

Anna drehte sich so rasch um, dass ihr Tuch von den Schultern rutschte.

Der Zar bückte sich im selben Moment wie sie, um es aufzuheben, was zur Folge hatte, dass ihre Köpfe zusammenstießen. Erschrocken wich Anna einen Schritt zurück. »Verzeihen Sie, Hoheit, ich wollte nicht …«

Der Zar winkte ab und bat sie, ihm ein Stück zu folgen. Mit bangem Herzen stapfte Anna hinter ihm her. Schlagartig fielen ihr mindestens ein Dutzend Dinge ein, die der Zar auszusetzen haben könnte: Dass sie ihren Schützling zu viel allein gelassen hatte. Dass Olly mit ihrem Schopf noch immer wie ein Kadett aussah. Dass sie jemandem ins Wort gefallen war oder sich anderweitig danebenbenommen habe. Den schlimmsten aller Gedanken traute sie sich erst gar nicht zu denken, nämlich dass Olly zu innig mit dem hessischen Prinzen beisammen gewesen war.

Es war der Morgen des großen Aufbruchs. Während sich in den Kastanien immer mehr Vögel für den langen Flug gen Süden sammelten, wurden die russischen Kutschen mit immer mehr Koffern beladen, bevor sie nach Osten zogen. Im Badeschloss verabschiedete sich Cerise tränenreich von ihrer Familie. Und auch der Rest der Zarenfamilie nahm Abschied von den im Laufe der Wochen liebgewonnenen Menschen.

So schön die Zeit in Bad Ems gewesen war, Anna freute sich unbändig auf St. Petersburg und sein städtisches, elegantes Treiben.

»Liebe Madame Okulow, jetzt sind Sie schon fast vier Jahre bei uns.«

»Ja«, sagte Anna gedehnt. Was kommt jetzt?, dachte sie. Ging ihm Ollys Verheiratung mit Stephan nicht schnell genug? Was sollte sie daran ändern?

»Ich wollte Ihnen nur verkünden, wie zufrieden ich mit Ihnen bin«, sagte der Zar, kaum dass sie sich ein paar Schritte von den Kutschen und dem großen Trubel entfernt hatten. »Von allen Seiten bekamen wir die löblichsten Komplimente für Olga zu hören, für ihren Charme, ihre Anmut, ihre Klugheit.«

Also hatte er nichts an Olly auszusetzen. Oder an ihr. Tausend Steine fielen von Annas Herzen. Um ihre Erleichterung zu verbergen, knotete sie umständlich ihr Schultertuch.

»Ach, ich könnte die Welt umarmen«, sagte der Zar aufgeräumt. »Olly hat sich prächtig entwickelt. Sascha hat mit der kleinen Cerise eine wunderbare Wahl getroffen. Und als würde das nicht reichen, bekomme ich ihren Bruder als Dreingabe für meine Armee. Was für ein Glücksfall!«

Ein Glücksfall? Für Anna war dieser Umstand vielmehr ein Wermutstropfen im vollen Kelch ihrer Vorfreude auf Petersburg. Wie konnte es sein, dass so kluge Männer wie der Zar manchmal so blind waren?, fragte sie sich nicht zum ersten Mal.

Als sie erfahren hatte, dass Alexander mit ihnen nach St. Petersburg reisen wollte, war sie aus allen Wolken gefallen. Mehr als einmal hatte sie das Gespräch mit Olly gesucht, ihren Schützling immer wieder gemahnt, nichts Unbedachtes zu tun, sich in nichts hineinzusteigern, was keine Zukunft haben konnte. Doch Olly wollte davon nichts hören. »Das verstehst du nicht, Anna«, bekam sie stattdessen zu hören. Und: »Vertrau mir, Gott hat mir den Weg gezeigt, nun weiß ich wirklich, was gut und richtig für mich ist. Lass mich einfach nur machen.«

Anna wurde es ganz anders bei dem Gedanken an das, was dabei herauskommen würde. Wenn Nikolaus von Ollys Amour etwas mitbekam – er würde ihr, Anna, den Kopf abreißen!

»Ich weiß nicht«, fing sie vorsichtig an, »der junge Prinz von Hessen scheint mir sehr heimatverbunden zu sein. Vielleicht wäre es doch besser, er entschiede sich hierzubleiben.«

»Wegen ein bisschen Heimweh? Nichts da, verlässliche Männer, die mir und meiner Familie treu ergeben sind, kann ich gut gebrauchen«, antwortete der Zar irritiert.

Treu ergeben? Das war Alexander nur einem Menschen, und der hieß Olly.

»Verzeihen Sie meinen dummen Einwand«, sagte Anna rasch. Sie nahm all ihren Mut zusammen und fuhr fort: »Da wäre noch etwas ... Gibt es denn endlich neue Nachrichten aus Wien?«

Ein Schatten huschte über die aufgeräumte Miene des Zaren. »Leider nein. Oder sollte ich sagen: Nicht die Nachrichten, die Olly herbeisehnt. Es sollen gesundheitliche Probleme gewesen sein, die Erzherzog Stephans Reise nach Ems unmöglich machten.« Der Zar, der selbst über die Konstitution eines Schlachtrosses verfügte, schüttelte verständnislos den Kopf. Im nächsten Moment lächelte er. »Aber Stephan ist ja nicht der Einzige, der um Olly werben möchte. Der Charme und die Schönheit meiner Tochter sind in ganz Europa zum Gesprächsthema geworden. Stellen Sie sich vor, jetzt trägt sich auch schon Erzherzog Albrecht aus Österreich mit dem Gedanken!« Jedes Wort war von väterlichem Stolz erfüllt.

Anna runzelte die Stirn. »Soviel ich weiß, war Olly nicht allzu angetan von ihm«, sagte sie bedächtig. Die Wahrheit lautete: Olly hatte den Mann schrecklich unsympathisch gefunden.

»Was ich nicht nachvollziehen kann. Albrecht ist ein tapferer Soldat, ich werde ihm gewiss nicht verbieten, um meine Tochter zu werben«, sagte der Zar. »Aber keine Sorge, wenn ihr Herz wirklich so sehr an Stephan hängt, soll er den Vorzug bekommen. Nur sollten Sie Olly eines klarmachen: Die Österreicher sind keine einfachen Verhandlungspartner, das Ganze wird seine Zeit brauchen. Nichts anderes habe ich zu Sascha von Anfang an gesagt. Aber die Jugend weiß ja immer alles besser. Allein die Frage der unterschiedlichen Religionen wird noch einiges an Verhandlungsgeschick brauchen. Nicht, dass ich darauf nicht vorbereitet wäre. Während wir hier stehen und uns unterhalten, wird in St. Petersburg ein Korps von Gesandten zusammengestellt, dessen Aufgabe es ist, in Wien die Lage zu sondieren.«

»Sicher eine kluge Vorgehensweise«, sagte Anna dumpf. Hoffentlich bekam Olly nie mit, wie über sie gesprochen wurde. Zugegeben, wenn zwei Königskinder zueinanderfanden, ging das anders vonstatten, als wenn der Bäckergeselle die Metzgerstochter aus dem Nachbarladen heiratete, das wusste sie auch. Aber ein Gesandtenkorps, das die Lage sondierte und Verhandlungen führte? Das hörte sich alles schrecklich geschäftsmäßig an.

»Olly ist so ein zauberhaftes Mädchen, jeder müsste sich glücklich schätzen, sie zur Frau zu bekommen«, sagte sie heftiger, als sie eigentlich wollte.

»Sie haben völlig recht, meine Liebe. Die Wiener werden es gewiss nicht wagen, sie als Gattin für Stephan abzulehnen.«

Anna fröstelte, als sie den eisigen Blick des Zaren sah, in dem so viel Bestimmtheit lag. Und was, wenn Olly inzwischen den Wiener ablehnte?

Zar Nikolaus wischte ein unsichtbares Stäubchen von seinem Soldatenmantel. »Unter uns gesagt: Ich bewundere Olly für ihre Haltung. Mary hätte sich in solch einer Situation längst aufs Zetern und Toben verlegt, aber Olly hält sich soldatisch aufrecht. Dass sie so froher Stimmung durchs Leben schreitet, ist gewiss auch Ihrem Einfluss zu verdanken, meine Liebe.«

Anna lächelte verkrampft. Ganz anders wurde es ihr, wenn sie daran dachte, wem Ollys frohe Stimmung in Wahrheit zu verdanken war.

Die Heimreise nach St. Petersburg dauerte Ewigkeiten, verlief aber glimpflich. Teile der Strecke legten sie komfortabel mit der Bahn zurück, andere weniger komfortabel in Kutschen oder per Schiff. Obwohl es Tag für Tag eine immense Leistung bedeutete, den großen Reisetross zu organisieren, blieben sie von Unfällen, Krankheiten und anderen Katastrophen verschont. Doch als sie am dritten September endlich Zarskoje Selo erreichten, schien die Welt untergehen zu wollen.

Seit sie am frühen Morgen zum vorletzten Wegstück ihrer Reise aufgebrochen waren, regnete es unaufhörlich. Den Kutschpferden rann das Wasser in die Augen, mürrisch senkten sie ihre Köpfe, ähnlich dem Kutscher, der wie ein Häufchen Elend auf seinem Bock kauerte.

Anna entgingen die beklommenen Blicke nicht, die Cerise und ihr Bruder tauschten. Bestimmt fragten sich die beiden, wo sie hier gelandet waren.

Sie hingegen war so froh, wieder zu Hause zu sein, dass sie am liebsten durch den Regen getanzt wäre. Als schließlich von weitem der Katharinenpalast von Zarskoje Selo in Sicht kam, hätte nicht viel gefehlt und sie hätte vor Freude in die Hände geklatscht. Ein heißes Bad! Ein blubbernder Samowar! Dazu eine ordentliche Portion Klatsch und Tratsch aus den Petersburger Salons. Anna konnte es kaum erwarten.

Olly, die ebenfalls von Wiedersehensfreude gepackt zu sein schien, sagte lächelnd: »Keine Sorge, dieser Dauerregen ist nicht typisch für unseren Herbst. Bestimmt reißt morgen der Himmel auf, und ihr dürft eure neue Heimat bei herrlichem Sonnenschein erleben. Aber ein Jammer ist's dennoch. Vater hat sich für unseren großen Einzug in die Stadt gewiss besseres Wetter gewünscht.«

»Bleiben wir nicht noch eine Nacht hier? Ich dachte, nur dein Vater und Sascha sind als Vorhut in die Stadt geritten?«, sagte Alexander, während zwei Wachen das schmiedeeiserne Tor öffneten, das die Einfahrt zum Katharinenpalast bewachte.

Olly lachte. »Von wegen! Das Volk würde schön murren, wenn wir ihm den Anblick von Saschas Braut noch länger vorenthielten. Deshalb werden wir Damen uns jetzt hübsch machen, die Zähne zusammenbeißen, den Regen ignorieren und lächeln.« Sie drückte ihre Stirn an das beschlagene Wagenfenster. »Schaut, steht da hinten nicht Adini? Und neben ihr sehe ich Mutters Gewandmeisterin mit einer ganzen Armada an Zofen. Oje, die werden uns einschnüren, bis uns die Luft wegbleibt. Die Gewandmeisterin ist extra mit unseren russischen Kostümen aus St. Petersburg angereist. Für dich hat sie auch eines mitgebracht, es wird dir bestimmt gefallen«, fügte sie zu Cerise gewandt hinzu.

Die angehende Braut nickte. Sie war so blass, dass Anna Angst hatte, sie würde im nächsten Moment ohnmächtig werden.

»Hoffentlich werdet ihr nicht krank, wenn ihr bei dem Regen stundenlang auf dem Balkon des Winterpalastes stehen müsst«, sagte sie besorgt. An die Abertausende von Menschen, die die Straßen der Stadt säumten und sich auf dem Platz vor dem Palast versammelt hatten, um im kalten Regenwetter einen Blick auf die Zarenfamilie zu erhaschen, wollte sie erst gar nicht denken.

Ächzend legten die Wagen im schwergängigen Kiesbett die letzten Meter bis zum Schloss zurück. Die Räder standen noch nicht, als schon der Verschlag aufgerissen wurde.

»Da seid ihr ja endlich! Wir warten seit Stunden auf euch, ich bin vor lauter Ungeduld fast verrückt geworden. Du bist also Cerise …« Schüchtern schaute Adini in Cerises Richtung.

»Adini!« Lachend umarmte Olly ihre Schwester. »Ich habe dich so vermisst. Darf ich vorstellen: unsere zukünftige Schwägerin Cerise. Und Alexander, dein Schwager.«

Rasch stiegen alle aus. Während die Begrüßungen vonstattengingen, hielt sich Anna im Hintergrund. Großfürstin Adini musste während ihrer Abwesenheit mindestens eine Handbreit gewachsen und noch schlanker und eleganter geworden sein. Sie war von den Zofen schon vollständig herausgeputzt worden und trug die russische Tracht, die aus schwerem Samt und vielen Stoffbahnen bestand. An Adinis schlankem Körper wirkte der etwas klobige Schnitt wie das feinste Abendkleid.

Noch ein schöner Schwan, der darauf wartete, das Fliegen zu lernen, dachte Anna bei sich und hatte Mühe, den Hauch Beklommenheit, der sie überfiel, wieder abzuschütteln. In Bad Ems hatte Ollys atemberaubende Schönheit so sehr im Mittelpunkt gestanden, dass Anna darüber vergessen hatte, wie attraktiv auch die anderen Zarentöchter waren.

»Am besten verabschieden Sie sich jetzt von Ihrer Schwester«, sagte sie leise zu Alexander, der wie sie etwas im Abseits stand.

»Warum das denn?« Stirnrunzelnd drehte er sich zu ihr um.

Anna seufzte. »Nun, ich befürchte, Sie werden sie für lange Zeit das letzte Mal gesehen haben.« Dass dasselbe für Olly galt, behielt sie geflissentlich für sich. Das würde der junge Mann schon selbst herausfinden.

*

In einem achtspännigen goldenen Galawagen fuhren die Zarin, Olly, Adini und Cerise in die Stadt. Über vierzigtausend Menschen säumten die von den russischen Truppen mühsam abgesperrten Straßen und jubelten ihnen zu. Wie die Kutsche funkelte. Und wie schön die Großfürstinnen in ihren prachtvollen russischen Kostümen waren. Und da, die Fremde, die zukünftige Zarin. Fast genauso schön wie die Zarentöchter.

Während die Zarin und ihre Töchter ihrem Volk huldvoll winkten, schaute Cerise mit schreckgeweiteten Augen auf das immer dichter werdende Menschenspalier. Bei jedem Kanonendonner, der ihnen zu Ehren ertönte, zuckte sie zusammen.

»Sind diese Menschenmassen wirklich nur meinetwegen gekommen?«, wollte sie ungläubig von Olly wissen.

»Warum denn sonst? Uns kennen sie ja schon«, erwiderte Olly lachend. Und Cerise verspürte ein erstes Hochgefühl angesichts ihres neuen Lebens.

Anna, Alexander und weitere Bedienstete wurden indessen zusammen mit dem Gepäck durch ein Labyrinth von abseits gelegenen Gassen geschleust. Der Zufall wollte es, dass sie fast zeitgleich mit den Hoheiten am Winterpalast ankamen.

Anna platzte fast vor Stolz, als sie ihren Zögling zusammen mit Cerise, Adini und der Zarin auf dem Balkon des Palastes stehen sah. Wie das Volk ihnen zujubelte und sie lobpreiste! Bei so viel Schönheit war es kein Wunder, dass der Himmel doch noch aufriss und eine gleißende Sonne den Balkon des Palastes wie eine Theaterbühne beleuchtete.

Auch Alexander stockte der Atem. Noch nie in seinem Leben hatte er solche Huldigungen erlebt. War das wirklich seine Olly, die mit ihm durch den Wald gestreift war? Die hoheitsvolle Figur dort oben auf dem Balkon kam ihm auf einmal so fremd vor, so … unerreichbar. Dasselbe galt für seine Schwester, die mit hocherhobenem Haupt den Menschen zuwinkte, als hätte sie nie etwas anderes getan.

Was mache ich hier eigentlich?, schoss es ihm durch den Sinn. Wer ist sie und wer bin ich? Was um alles in der Welt habe ich hier verloren?

Als er versuchte, zur Zarenfamilie aufzuschließen, hielten Wachen ihn zurück. Fassungslos bekam er zu hören, dass er nicht auf der Gästeliste des Empfanges stand. Er war doch der Bruder der zukünftigen Zarin, da musste er doch einen Ehrenplatz bekommen! Die Wachen zuckten nur mit den Schultern.

Am Tag darauf wurde er den Chevalier-Gardes vorgestellt, deren Kapitän er auf Wunsch des Zaren werden sollte. Er atmete auf. Wenigstens würde er in der Stadt stationiert sein, so konnten Olly und er sich nach Dienstende sehen. Oder an seinen freien Tagen.

Dachte er.

*

Die nächsten drei Wochen wurden für Olly zu den anstrengendsten ihres Lebens – und das in vielerlei Hinsicht. Ein Empfang jagte den nächsten, sämtliche Hoheiten aus Politik, Kirche und Adel wollten Saschas zukünftige Gattin vorgestellt bekommen, Ollys und Adinis Anwesenheit war bei diesen Empfängen ebenfalls Pflicht. Natürlich kam sie jedem Wunsch ihrer Eltern nach, parlierte und lächelte hoheitsvoll. Dabei wollte sie doch nur einen sehen – Alexander. Aber nicht einmal für ihre Sehnsucht hatte sie genügend Zeit.

Als würden diese Termine nicht reichen, war Anna der Ansicht, dass Olly ihre Klavierstunden, den Zeichenunterricht und weitere Fertigkeiten viel zu lange sträflich vernachlässigt hatte.

Der Stundenplan, den sie für Olly organisierte, konnte fast mithalten mit dem, den Cerise vor ihrem Übertritt zum orthodoxen Glauben zu absolvieren hatte: Religionsunterricht, Russisch, Heimatkunde – die zukünftige Thronfolgerin stürzte sich mit einem solchen Eifer in ihre neuen Aufgaben, dass am Hof bald der Spruch die

Runde machte, die Deutsche wolle russischer werden als die Russen. Ihren Bruder schien sie bei alldem nicht sehr zu vermissen, jedenfalls nahm sie am höfischen Protokoll, das Alexander bisher keinen Platz zubilligte, keinen Anstoß.

Olly half Cerise bei ihren Studien, wo es ging. Viel lieber hätte sie ihr allerdings die Stadt gezeigt, wäre mit ihr Maria Bariatinski und andere Freundinnen besuchen gegangen, hätte mit ihr gelacht, geredet, getuschelt. Doch den gesellschaftlichen Part von Cerises Eingewöhnung hatte die Zarin einer ihrer jüngeren Hofdamen übertragen. Sehr zu Ollys Missfallen war dies ausgerechnet Julia Gräfin von Haucke. Sie, die sich einst in kürzester Zeit auf unkomplizierte Art eingelebt habe, würde Cerise bei deren Eingewöhnung bestimmt eine große Hilfe sein, hatte Ollys Mutter argumentiert.

Tatsächlich verstanden sich die beiden auf Anhieb, was Ollys Aversion gegen Julia nur weiter schürte. *Sie* wollte doch diejenige sein, der sich Cerise anvertraute! *Sie* wollte mit ihr Freud und Leid teilen, ihre beste Freundin werden.

Dass stattdessen Julia von Haucke einen solchen Einfluss auf Cerise bekam, passte Olly ganz und gar nicht. Adini verstand Ollys Ressentiments nicht, sie fand die bildhübsche Julia mit den Wangengrübchen sehr nett.

»Julia von Haucke ist Cerise wirklich eine große Stütze«, befand auch Anna, fügte dann jedoch stirnrunzelnd hinzu: »Dass Julia sich allerdings im gleichen Maße um Cerises Bruder kümmert, finde ich eher ... unpassend. Mich wundert, dass deine Eltern nichts dagegen einzuwenden haben, wenn die beiden ständig durch St. Petersburg spazieren. Immerhin ist sie nur eine gewöhnliche Hofdame und Alexander der Bruder der zukünftigen Zarin.«

Olly glaubte nicht richtig zu hören. Julia und Alexander trafen sich? Davon hatte sie noch gar nichts mitbekommen. Und ihre Eltern bestimmt auch nicht, so etwas hätte ihr Vater doch nie toleriert! Von ihm wusste Olly, dass sich Alexander gut in die Chevalier-Gardes eingefügt und den Respekt der anderen Männer erlangt hatte. Diese Nachricht war eine Beruhigung für sie gewesen. Wenn sie sich schon nicht sehen konnten, so ging es ihm doch wenigstens gut.

Nun hörte sie jedoch noch aus anderen Quellen, dass Julia und Alexander schon mehrmals bei gemeinsamen Fahrten durch die Stadt gesehen worden waren. Julia habe ihn sehr angeregt auf die Sehenswürdigkeiten aufmerksam gemacht, man hatte den Eindruck, dass die Hofdame und der Bruder der zukünftigen Zarin sich prächtig verstanden.

Olly, die vor Eifersucht fast platzte, versuchte daraufhin noch verzweifelter, ein Treffen mit Alexander zu arrangieren, doch immer wieder kam etwas dazwischen.

Dann, fast drei Wochen nach ihrer Ankunft in St. Petersburg, stand ein Wiedersehen endlich bevor.

Es war Marys Idee gewesen, alle Geschwister sowie die neue Schwägerin und den Schwager in ihrem Landhaus zu versammeln. Ohne anstrengendes höfisches Protokoll. Ohne Eltern, Tanten und andere Verwandte, nur sie, die nächste Generation.

Den ganzen Vormittag über hatte Olly Kleider anprobiert und wieder verworfen, dasselbe galt für ihre Frisur. Inzwischen waren ihre Haare wieder lang genug zum Hochstecken. Am Ende entschied sie sich für ein schlichtes, aber elegantes Baumwollkleid, das sie auch schon in Bad Ems getragen hatte. Ihre Haare ließ sie offen.

Sehr viel mehr Mühe hatte es Olly gemacht, für Anna an diesem Tag eine Einladung ins Katharineninstitut zu organisieren, wo sie andere ehemalige Schülerinnen treffen sollte.

Die rotbraune samtene Tischdecke, darauf der Samowar aus Tula, unzählige kleine Schalen mit Köstlichkeiten aller Art, golden verzierte Kerzen – Mary hatte alles wunderschön hergerichtet. Doch trotz der opulenten Tafel verspürte Olly weder Appetit noch Durst. Ihr Blick wanderte immer wieder unruhig in Richtung Tür. Als sie Cerises Lachen und Alexanders Stimme in der Eingangshalle hörte, wurde ihr vor Freude fast schwarz vor Augen. Gleich …

»Und, freust du dich, Saschas Braut und ihren Bruder auch endlich kennenzulernen?«, fragte sie Kosty beiläufig, der neben ihr saß. Oje, wie ihre Stimme zitterte!

»Mir egal«, murmelte der Dreizehnjährige mürrisch und spielte mit der einzelnen Dattel, die auf seinem Teller lag.

»Darf ich vorstellen, unsere liebe Schwägerin Cerise. Und Alexander, ihr Bruder.« Mit großer Geste bat Mary ihre Gäste ins Zimmer.

Olly blieb fast der Atem stehen. Wie schneidig er aussah in seiner Uniform! Er wirkte ganz anders als in Bad Ems, erwachsener und –

»Olly!« Schon stand er vor ihr, nahm ihre Hand, deutete einen Handkuss an.

»Lieber Schwager, am besten setzt du dich neben Olly, auf dieser Seite des Tisches stehen die Chancen besser, etwas Essbares zu ergattern als drüben bei den Banausen«, sagte Mary lachend zu Alexander und zeigte dabei auf ihre jüngeren Brüder, die sich ihre Teller mit Trockenfrüchten, Keksen und andere Dingen vollhäuften. »Das sind übrigens Michael und Nikolaus, am besten gewöhnst du dich aber gleich an ihre Spitznamen Mischa und Nisi«, erklärte sie. »Der nette junge Herr hier ist Kosty, daneben sitzt mein Gatte Max, und Adini kennst du ja schon. Sascha konnte leider nicht kommen«, ergänzte sie bedauernd an Cerise gewandt. »Damit ist die Vorstellungsrunde beendet, setzt euch und lasst es euch gutgehen.« Schwungvoll füllte Mary Alexanders Teeglas.

»Eine typisch russische Teestunde mit Samowar!« Cerise klatschte freudig in die Hände. »Liebste Mary, gilt es dabei spezielle Regeln zu beachten?«

Ollys Herz klopfte so heftig, dass sie befürchtete, jeder am Tisch würde es hören. Den ganzen Morgen hatte sie krampfhaft überlegt, wie sie es wohl anstellen sollte, dass Alexander neben ihr sitzen durfte. Und nun hatte Mary es ihnen so leichtgemacht …

Durch den seidenen Stoff ihres Rockes spürte sie seine Wärme, unauffällig rutschte sie noch ein Stück an ihn heran.

»Du siehst wunderhübsch aus«, murmelte er.

»Du hast mir so gefehlt«, gab sie flüsternd zurück.

»Du mir erst.« Verstohlen drückte er unter dem Tisch ihre Hand. »Wir verschwinden so bald wie möglich, und wenn's nur für ein paar Minuten ist, ja?«

»Und die anderen?«, fragte er skeptisch.

Olly grinste verschwörerisch. »Lass mich nur machen.«

Die nächste Stunde verging mit viel Plauderei, Gelächter und geschwisterlichem Necken, in das Cerise und Alexander schnell einbezogen wurden. Olly frohlockte. So wie es aussah, war Alexander auf dem besten Weg, auch die Herzen der Geschwister zu gewinnen.

Vor lauter Freude lief ihr nicht nur das Herz über, sondern auch ihr Mund. Und so erzählte sie eine Geschichte nach der anderen aus ihrer Bad Emser Zeit. Den Vorfall mit dem Jagdhund Orpheus, den Alexander vorm Erschießen gerettet hatte, schmückte sie derart aus, dass ihre jüngeren Brüder sowie Adini gebannt an ihren Lippen hingen.

Lachend unterbrach Alexander schließlich ihre Tirade. »Du stellst mich hin, als wäre ich der griechische Gott der Jagd. So rühmlich war mein Part nun auch wieder nicht!«

»Wenn es nur einen Gott der Jagd gäbe«, bemerkte Kosty spöttisch. »Aber in der griechischen Sagenwelt nimmt diesen Platz ein weibliches Wesen ein, ihr Name ist Artemis, was jeder einigermaßen gebildete Mensch wissen sollte. Aber sei's drum.« Er winkte großspurig ab. »So viel Getue um einen Hund ist ja tatsächlich ein wenig ... weibisch.«

»Kosty!« Olly versetzte dem Bruder einen Knuff, und auch Adini und Mary schauten konsterniert drein. Wie konnte der jüngere Bruder nur so unhöflich sein?

Alexander starrte auf Kosty mit seiner riesengroßen Brille, als gehöre er einer ganz besonderen Spezies an. »Verehrter Großfürst Konstantin, ich danke für Ihre Aufklärung. Bestimmt ist es eine Zumutung für Sie, mit einem deutschen Rüpel wie mir am selben Tisch sitzen zu müssen. Aber keine Sorge, davon kann ich Sie augenblicklich befreien.« Alexander stand so ruckartig auf, dass die kleine Teekanne auf dem Samowar zu wackeln begann. Ohne sich um die betroffenen Gesichter am Tisch zu kümmern, ging er aus dem Raum.

Fassungslos starrte Olly Kosty an. »Wie kannst du nur? Alexander ist unser Schwager!«

»Das war wirklich sehr, sehr unhöflich«, rügte auch Adini den Bruder. Mary hingegen versetzte ihm nur wortlos eine Kopfnuss.

»Soll ich nach ihm schauen?«, fragte Cerise zögerlich, doch Olly war längst aufgestanden.

»Kannst du mir verraten, was das gerade sollte?«, fuhr Alexander sie an, kaum dass sie ihn im Garten eingeholt hatte. »Was fällt deinem Bruder ein, mir gegenüber ein derartig herablassendes Gehabe an den Tag zu legen? Eine feinere Art, mir zu sagen, dass ich nicht gut genug bin für euch, hätte er nicht finden können.«

»Alexander, Lieber, gräme dich nicht, Kosty ist manchmal ein dummer Kindskopf, mehr nicht«, sagte Olly.

»Das muss ich mir trotzdem nicht bieten lassen«, grummelte Alexander, sah aber schon wieder ein wenig versöhnlicher aus.

Rasch zog sie ihn in Richtung Marys Gartenlaube, und kaum aus der Sichtweite des Hauses, schlang sie ihre Arme um seinen Hals. »Du hast mir so gefehlt, keinen Tag hätte ich es länger ohne dich ausgehalten«, murmelte sie und hauchte zwischen den Worten fedrig leichte Küsse auf seinen Hals, seine Wangen und seine Brust.

Er schob Olly sanft, aber bestimmt von sich. »Was glaubst du, wie es mir erging? Seit über drei Wochen habe ich dich nicht mehr gesehen. Jedes Mal, wenn ich versuche, dich oder Cerise zu treffen, werde ich von irgendeinem Wichtigtuer in Uniform abgewiesen, allmählich komme ich mir vor wie der schlimmste Aussätzige. Ganz schlecht wird mir dabei!«

»Das wusste ich nicht«, sagte Olly betroffen. »Zugegeben, das höfische Protokoll ist manchmal ein wenig unflexibel, aber –«

»Ein wenig unflexibel?«, unterbrach er sie. »Euer höfisches Protokoll macht mich wahnsinnig! Ich habe nicht die geringste Ahnung, was du tust, ob du überhaupt noch an mich denkst oder schon andere Männer triffst. Die Ungewissheit hat mich fast umgebracht.«

»Du Armer, das brauchst du nicht, ich denke doch Tag und Nacht nur an dich«, sagte Olly und schmiegte sich wieder an Alexanders Brust. Sie atmete auf, als sie seinen Kuss in ihrem Haar spürte. Zum

Glück hatte er nicht vor, die ganze Zeit über zu schmollen. Sie wollte ihm doch viel lieber nahe sein, ihn küssen und liebkosen.

»Der ganze Hof spielt verrückt, nur weil Sascha heiratet. Von früh bis spät gibt es hochoffizielle Empfänge, ich hatte wirklich keine freie Minute. Dabei dreht sich der Zirkus in erster Linie doch um das Hochzeitspaar.« Unruhig schaute sie in Richtung Haus. Niemand am Salonfenster, keine Bediensteten am Hinterausgang, die Kutscher waren auch nicht zu sehen. Zur Sicherheit trat sie noch einen Schritt weiter in die von wildem Wein berankte Laube.

»Ist doch klar, was sie wollen«, sagte Alexander verdrießlich. »Dich und Adini verheiraten sie als Nächstes. Stimmt es eigentlich, dass Prinz Max von Bayern kommen will, um erneut um dich zu werben?«

»Bist du etwa eifersüchtig?« Olly kitzelte ihn mit einem nassen Blatt am Kinn, doch er schüttelte ihre Hand unwirsch ab. »Was soll *ich* erst sagen? Der ganze Hof spricht davon, wie wunderbar du dich mit Gräfin Julia verstehst.« Obwohl sie sich um einen leichten Ton bemühte, war das Gift der Eifersucht in ihren Worten nicht zu überhören.

»Julia? Was ist mit ihr?«, fragte er verwirrt. »Sie hat mir lediglich ein paarmal die Stadt gezeigt. Einmal waren wir Tee trinken. Und dann hat sie mir noch einen Herrenschneider empfohlen. Alles Dinge, für die du keine Zeit hast. Ich finde sie sehr nett, ja.«

Sehr nett! Olly hätte vor Wut platzen können.

Alexander winkte ab. »Vergiss Gräfin Julia. Stimmt es nun oder nicht?«

»Was?« Verwirrt schüttelte Olly den Kopf. Warum stritten sie sich eigentlich? Sie wollte doch nur, dass er sie im Arm hielt …

»Na, dass Max von Bayern kommt!«

Olly seufzte. »Ja, leider bleibt mir dieses Unheil nicht erspart. Albrecht von Österreich will scheinbar auch kommen. Und Stephan wird ebenfalls zu Saschas Hochzeit erwartet. Mein Onkel Wilhelm hat ihn bei einem Manöver in Böhmen getroffen, er berichtete mir, dass Stephan vollendete Umgangsformen habe.« Sie schaute Alexander unschuldig an. »Warum hast du dich auch ausgerechnet in eine solch begehrte Partie wie mich verlieben müssen«, sagte sie kühn, dabei war ihr der Gedanke an die vielen Herren, die um sie warben, eher lästig.

»Das frage ich mich allerdings auch, seit wir in Russland sind«, sagte er, ohne auf ihren leichten Tonfall einzugehen. »Vollendete Umgangsformen, wenn ich das schon höre! Wahrscheinlich ist er auch so ein affektierter Kerl wie gewisse andere Herren.« Er schaute zum Haus hinüber, wo Kosty mit seiner großen Brille saß. Dann löste er Ollys Arme von seinem Hals und trat einen Schritt zurück. »Schau uns doch an, du bist die Tochter des russischen Zaren. Und ich bin ein Nichts, dessen Schwester zufällig mit dem Zarewitsch vermählt wird. Dass ich jemals hochoffiziell einen Termin vereinbaren muss, um meine Schwester treffen zu können, hätte ich auch nicht gedacht.«

Um der Kälte zu entgehen, die durch ihre dünnen Sohlen kroch, trat Olly zitternd von einem Bein aufs andere. »Vor ihrer Firmung Anfang Dezember muss Cerise eben viele Unterrichtsstunden in Russisch und Religion hinter sich bringen«, sagte sie leicht ungeduldig. »Aber spätestens nach ihrer Hochzeit im April wird der Alltag einkehren. Dann wirst du deine Schwester wieder regelmäßig treffen, und wir können uns auch viel öfter sehen als bisher.«

»Wer's glaubt, wird selig«, antwortete er muffig. »Wie soll ich um dich werben, wenn uns der Umgang verboten ist?«

»Alexander, so einfach ist das nicht, jetzt, wo wir in St. Petersburg sind. Hier herrschen andere Regeln –«

»Und die besagen, dass wir beide nie und nimmer eine Chance haben werden«, unterbrach er sie heftig. »Ein Tor war ich, dass ich je das Gegenteil geglaubt habe. Dass wir keine Zukunft haben, ist mir erst heute wieder klargeworden. Ich muss doch nur all deine Geschwister anschauen, um zu wissen, dass ich ungeschliffener Bauerntölpel hier fehl am Platze bin.« Er sackte in sich zusammen. »Am besten reise ich wieder zurück nach Hessen. Dort geht man respektvoller mit mir um.« Traurig streichelte er über ihre Wange, dann wandte er sich zum Gehen.

»Bleib hier«, sagte Olly scharf. »Glaubst du etwa, die Tage in Bad

Ems waren nur ein hübsches Spielchen für mich? Warum machst du dich so klein? Du bist der Prinz von Hessen, du bist mit der zukünftigen Zarin verwandt – ist das etwa nichts? Und du kannst mein Ehemann werden, Mary und Max haben es doch auch geschafft! Willst du mich wirklich so einfach aufgeben?«

Alexander bebte am ganzen Leib, als er sagte: »Und was ist mit all den Thronfolgern, die dein Vater für dich ausgesucht hat?«

Olly biss sich auf die Lippen. Welche Qualen musste er ausgestanden haben, während sie von einem Fest zum anderen getanzt war. Und sie hatte nichts anderes zu tun, als ihn auch noch mit den Heiratskandidaten zu necken.

»Ich werde sie alle wegschicken. Du bist es, den ich liebe! Alexander – du und ich, wir müssen für unsere Liebe kämpfen.« Der Gedanke beflügelte Olly, und noch mehr beflügelte sie das Leuchten in Alexanders Augen. Im nächsten Moment spürte sie seine Arme um sich, seine Lippen auf ihrem Mund.

»Sag mir, was ich tun soll. Ich mache alles, nur um mit dir zusammen sein zu können.«

»In erster Linie müssen wir geduldig sein, abwarten, bis Saschas Hochzeit vorüber ist und alles wieder seinen normalen Gang geht. Gott im Himmel hat dafür gesorgt, dass wir uns über den Weg laufen, mit seiner Hilfe werden wir schließlich auch zusammenkommen. Wir müssen nur Vertrauen haben«, sagte sie atemlos.

»Gottvertrauen ist schön und gut«, sagte Alexander stirnrunzelnd. »Ein paar irdische Verbündete wären aber auch nicht schlecht. Hast du mir nicht erzählt, dass du dich damals bei deinem Vater sehr für Mary eingesetzt hast, als es um ihre Liebesheirat ging? Da hilft sie dir jetzt bestimmt auch. Und ich spreche mit Cerise, vielleicht kann sie bei Sascha für uns eintreten.«

»Olly? Alexander?«, ertönte es plötzlich vor der Laube.

»Wenn man den Esel ruft«, murmelte Olly.

»Hier seid ihr also.« Stirnrunzelnd schaute Mary von einem zum anderen.

Olly stieß einen schrillen Schmerzensschrei aus, Alexanders verwunderten Blick ignorierend. »Mein Knöchel, ich habe ihn mir vertreten! Wenn der Schmerz nachlässt, mache ich mich auf den Weg ins Haus.«

»Nichts da, im Haus kannst du dich besser ausruhen als hier, komm, wir stützen dich«, sagte Mary resolut.

Alexander wurde zurück in den Salon geschickt, Olly folgte Mary in einen der kleineren Räume. Während Mary eine Schublade nach der anderen nach Verbandszeug durchsuchte, schwappte eine Welle von Schwesternliebe über Olly. Mary hatte einst genau dasselbe durchgemacht wie sie. Sie hatte für ihre Liebe gekämpft wie eine Löwin. Bestimmt hatte sie die anfängliche Heimlichtuerei auch gehasst. Aber am Ende hatte sie gewonnen. Alexander hatte recht – Mary würde gewiss Verständnis für die beiden unglücklich Verliebten aufbringen. Und den einen oder anderen guten Ratschlag hatte ihre ältere Schwester auch immer parat.

»Ach Schwesterherz, ich habe dich so vermisst!«

Mary schaute sie befremdet an. »Den Eindruck hatte ich aber nicht, als du vorhin derart angeregt über Bad Ems erzähltest«, entgegnete sie und legte umständlich einen blütenweißen Verband um Ollys Fuß.

Vielleicht war es besser, nicht sofort mit der Tür ins Haus zu fallen, beschloss Olly. »Oje, bestimmt habe ich euch mit meinen Geschichten aus der Provinz fürchterlich gelangweilt. Aber jetzt bist du an der Reihe: Wie waren die Weißen Nächte in diesem Jahr?«

Mary zuckte mit den Schultern. »Wie immer. Langweilige Bälle, Einladungen ans Meer, ein paar Konzerte und Ballettvorführungen – Max und ich halten uns inzwischen von den meisten Amüsements fern. Diese arrogante St. Petersburger Gesellschaft! Und dann dieser Prunk und Pomp, der einen auf Schritt und Tritt verfolgt – nein danke. Glaube mir, da warst du in deinem provinziellen Hessen gut aufgehoben. Max und mir ist das einfache Landleben inzwischen auch lieber.«

»So kenne ich dich gar nicht«, antwortete Olly lachend. »Früher warst du doch immer die Erste, wenn es etwas zu feiern gab. Nie konnte es dir prunkvoll genug sein.«

Mary hob missbilligend die Brauen.

»Die Zeiten ändern sich. Und die Menschen ändern sich auch. Ich jedenfalls habe keine Lust, mir bei jeder Gelegenheit Gemeinheiten wegen Max anzuhören, nur weil er ein Ausländer ist. Keiner sieht, mit wie viel Mühe er sich eingelebt hat, ständig bekommt er die Verpflichtungen auferlegt, die kein anderer verrichten mag.« Bei den letzten Worten spannte Mary den Verband so heftig, dass Olly aufschrie.

»Sachte, du tust mir weh«, sagte sie und rieb sich den schmerzenden Knöchel. »Übertreibst du nicht ein bisschen? Immerhin kommandiert Max die Brigade von Peterhof, das ist doch ein sehr ehrenvoller Posten.«

»Ach ja? Das sag mal unserem *lieben* Onkel Michael. Der drangsaliert Max nämlich am meisten von allen.«

Olly runzelte die Stirn. Was waren denn das für Töne? »Jetzt sind ja Papa und Sascha wieder da, bestimmt nehmen sie Max unter ihren persönlichen Schutz. Dann wagt keiner mehr, auch nur ein Wort zu sagen.«

Mary lachte bitter auf. »Als ob Vater auch nur einen Finger für Max krümmen würde. Kaum ist er wieder im Land, hängt er schon erneut seinen Verschwörungstheorien hinterher, wittert hier einen Aufstand und da ein Komplott. Wahrscheinlich verdächtigt er im Stillen sogar meinen Max – immerhin ist er ja ein gemeiner *Ausländer*.«

»Mary!« Entsetzt schlug Olly eine Hand vor den Mund. »Wie kannst du nur so reden? Vater tut doch alles für dich und Max, für uns alle …«

»Ach ja?« Marys Arme sackten kraftlos nach unten, der Verband erschlaffte und wickelte sich von Ollys Knöchel ab. »Du hast ja keine Ahnung. Nur weil ich gute Miene zum bösen Spiel mache, herrscht hier noch lange nicht eitel Sonnenschein. Die Menschen können wirklich gemein sein. Manchmal tut es so weh, dass ich schreien möchte. Aber diese Genugtuung gebe ich Papa nicht.« Sie schluchzte auf.

Beklommen nahm Olly die ältere Schwester in den Arm und streichelte ihr über den Rücken wie einem kleinen Kind. So unglücklich hatte sie Mary noch nie erlebt, nicht einmal in der Zeit, als sie wegen ihrer Liebe jegliche Nahrung verweigerte.

Zum Glück hatte sie der Schwester noch nichts von Alexander und ihr verraten, wie es aussah, würde sie in ihr doch keine Verbündete finden.

19. KAPITEL

Am fünften Dezember fand Cerises Firmung statt, sie wurde außerdem zur russischen Großfürstin ernannt und hieß fortan offiziell »Maria Alexandrowna«. Am Tag darauf wurde ihre Verlobung mit Sascha nach russischem Brauch gefeiert, das deutsche Verlöbnis vom Frühjahr war in Russland nichtig.

Olly war es gelungen, für Alexander einen Platz an der Tafel der Familie zu arrangieren, immerhin wäre er der Bruder der Braut, argumentierte sie gegenüber ihrer Mutter, die die Tischordnung überprüfte. Allerdings saß Alexander an letzter Stelle und nicht wie die Familienmitglieder in einem bequemen Sessel, sondern auf einem hölzernen Hocker, genannt Taburett. Sein Besteck war nicht aus Gold, sondern aus Silber. Olly hätte inzwischen die ganze höfische Etikette in der Luft zerreißen können. Was waren das für schreckliche Regeln, die Menschen in ihrem Kreis ausgrenzten, ohne dass darüber auch nur ein Wort verloren wurde? Warum waren ihr diese himmelschreienden Ungerechtigkeiten früher nie aufgefallen?

Doch nicht alles lief schlecht in diesen Wochen. Olly weihte Adini in ihr Geheimnis ein und fand in der jüngeren Schwester eine geduldige Zuhörerin für ihre Schwärmereien. Auch Cerise und Maria Bariatinski ließen sich als Verbündete gewinnen. Die Verlobung mit Stephan war ein großer Fehler – dafür zeigten beide Verständnis. Hatten sie das nicht gleich geahnt?

Vor allem Cerise war entzückt: zuerst die große Liebe zwischen Sascha und ihr, und nun auch noch Olly und ihr Bruder!

Maria Bariatinski, deren eigene Hochzeit mit Michael Kotschubej, dem Sohn der Obersthofmeisterin, ebenfalls für das Jahr 1841 festgelegt worden war, schwärmte gar schon von einer Doppelhochzeit.

Beide junge Frauen erklärten sich umgehend bereit, Olly und Alexander zu helfen. Cerise ging zur Zarin und bat um verschiedene Änderungen im höfischen Protokoll, damit ihr Bruder, den sie so schrecklich vermisste, fortan gesellschaftlichen Ereignissen würde beiwohnen können. Angesichts von so viel geschwisterlicher Verbundenheit stimmte die Zarin zu.

Olly war überglücklich. Endlich wurde Alexander nicht mehr wie ein Aussätziger von den schönsten Festen ausgeschlossen. Wenn er erst einmal sah, wie fröhlich und zugleich opulent die Russen feiern konnten, würde er sich in seiner neuen Heimat bestimmt schneller einleben.

Maria Bariatinski lud Alexander, Cerise und Olly, so oft es ging, in ihr Landhaus ein. Gemeinsam unternahmen sie Schlittenfahrten ins verschneite Petersburger Umland, gingen spazieren oder tranken Tee zusammen, wobei sich Maria und Cerise meistens rasch zurückzogen. Alexanders Arme um sich zu spüren, seine Lippen auf den ihren, seinen Atem in ihrem Haar – in diesen Augenblicken fühlte sich Olly glücklich, unbeschwert und frei von jeglichem höfischen Zwang.

Olly weihte Anna nicht ausdrücklich ein, aber die Hofdame wusste auch ohne große Worte längst über Ollys Gefühle Bescheid.

»Bewahre einen kühlen Kopf, lass dich nicht nur von deinem Herzen leiten. Ich vertraue darauf, dass du nie vergisst, wer du bist«, mahnte Anna ihren Zögling zwar immer wieder, ließ Olly jedoch gehen, wenn ein Ausflug mit Alexander und einer ihrer »Anstandsdamen« geplant war. Dass Anna sie nicht ständig mit Vorwürfen überschüttete oder an ihre Verlobung mit dem Österreicher erinnerte, rechnete Olly ihr hoch an.

Damit sie sich auch von sonst niemandem etwas anhören musste, schwor sie ihre Mitwisserinnen auf absolutes Schweigen ein. Aber was war mit Sascha?, wollte Cerise wissen. Ihr zukünftiger Ehemann würde doch gewiss erfahren dürfen, wie es um seine Schwester und den Schwager bestellt war.

Olly verneinte erschrocken. Seltsamerweise hatte sie vor Saschas Reaktion fast noch mehr Angst als vor der ihres Vaters – warum, konnte sie nicht erklären. Fast abergläubisch fieberte sie stattdessen dem achtundzwanzigsten April entgegen. Wenn es ihr gelang, bis zum Tag von Saschas Heirat ihre Liebe zu Alexander geheim zu halten, würde alles gut werden!

Noch nie in ihrem Leben war Olly so glücklich gewesen. Ihr Strahlen war derart offensichtlich, dass es fast niemandem in ihrer Umgebung entging. »Du grinst die ganze Zeit wie ein Honigkuchenpferd«, bemerkte Mary mürrisch.

»Das kommt davon, dass ich mich so auf Stephans Besuch zu Saschas Hochzeit freue«, erklärte Olly forsch. Gleichzeitig schickte sie ein stummes Bittgebet gen Himmel – von ihr aus konnte der Österreicher bleiben, wo er war.

Endlich war der Jahreswechsel vorüber und mit ihm das Weihnachtsfest am sechsten Januar 1841. Während Cerise jedes russisches Ritual rund um die zahlreichen Festlichkeiten wie ein Schwamm in sich aufsaugte, sang Olly die weihnachtlichen Choräle ohne innere Beteiligung, aß die festlichen Köstlichkeiten ohne Appetit – selbst die Bescherung bereitete ihr in diesem Jahr weniger Freude als sonst. Was nutzten ihr goldene Haarbürsten und dicke Stränge von Perlenketten, wo sie doch nur einen wollte …

Das laute Knacken der schmelzenden Eisschollen auf den Kanälen der Stadt ließ die Menschen vor Erleichterung aufseufzen: Nun war das Frühjahr nicht mehr weit!

Das Hochwasser durch die Eisschmelze war gerade überstanden, als schon die ersten Reinigungskräfte durch die Gassen zogen. Mit eisernen Hacken kratzten sie braunschwarzen Dreck aus den Ritzen des Kopfsteinpflasters, dann wurde alles blank gefegt. Zerbrochene Steine wurden ausgetauscht, Stolperfallen beseitigt, schadhafte Treppenstufen erneuert. Andere Arbeiter reparierten defekte Regenrinnen, strichen die Fassaden der Paläste, schnitten überlange Baumzweige entlang der Alleen ab und erledigten dazu noch tausend andere Dinge. Die St. Petersburger, die die Besen- und Schaufelträger normalerweise keines Blick würdigten, lächelten sie plötzlich freundlich an – schließlich lag es an ihnen, dass sich ihr St. Petersburg zur Hochzeit des Zarewitschs am achtundzwanzigsten April von seiner allerschönsten Seite zeigte.

»Und dann die Alpen im Morgenrot! Wenn die Spitzen wie geschmiedetes Eisen glühen – ganz famos ist das, ganz famos!« In fast kindlicher Manier klatschte Maximilian von Bayern in die Hände.

Olly warf ihm einen schrägen Seitenblick zu. Selten hatte sie jemanden kennengelernt, der sich so ereifern konnte.

»Das Morgenrot, tja ...«, sagte sie gedehnt. »Habe ich Ihnen eigentlich schon erzählt, dass ich Langschläferin bin? Vor dem frühen Nachmittag verlasse ich das Bett eigentlich nie, heute bin ich nur Ihnen zuliebe schon wach.«

»Wie ärgerlich! Ich hingegen bin meist schon vor dem Morgengrauen auf den Beinen«, entgegnete der bayerische Prinz.

Bis zu Saschas Hochzeit waren es nur noch wenige Tage. Der Bayernprinz war frühzeitig angereist, um mit Olly über eine eventuelle Vermählung zu sprechen. Eigentlich hatte Olly ihn gar nicht sehen wollen, doch Anna hatte sie überredet. Auch wenn sie dem Bayern nicht zugeneigt sei, solle sie ihn wenigstens empfangen, das gebiete die Höflichkeit. Ihre Eltern wären zutiefst betrübt, wenn sich Olly anders verhielte.

Also schlenderte Olly höflich mit Max durch den Michaelspark, gefolgt von Anna in geziemendem Abstand. Es war ein warmer Frühlingstag, in den Bäumen zirpten die Vögel um die Wette, Bienen tranken den frischen Nektar der blühenden Forsythiensträucher, und Grand Folie schnupperte am Wegesrand aufgeregt in jedes Mauseloch.

»Wissen Sie, wer in die Berge will, muss früh hinaus«, sagte der Bayer voller Inbrunst.

»Die Berge, oje«, seufzte Olly. »Die Berge bekommen mir leider gar nicht, ich habe nämlich Höhenangst.«

Er schaute sie stirnrunzelnd an. »Höhenangst? Aber mein schönes Hohenschwangau liegt auf einem Berg.«

Olly konnte nur mit Mühe ein Kichern unterdrücken. »Das macht doch nichts. Ob Berg, ob Tal, ich bin sowieso nicht gut zu Fuß, ich habe nämlich …« – sie winkte ihn näher zu sich heran und schaute sich gleichzeitig um, ob keine Mithörer in der Nähe waren – »Krampfadern!«

»Krampf-« Mehr brachte Max von Bayern nicht heraus. Seine von unzähligen roten Äderchen durchzogenen Wangen liefen noch eine Spur röter an, das Gespräch wurde ihm zusehends peinlicher. »Dafür gibt es doch Ärzte …«

Olly seufzte leidgeprüft. Für *sie* verlief das Gespräch ganz nach ihrem Geschmack.

Unauffällig warf sie einen Blick auf die Kugeluhr, die an einer goldenen Kette um ihren Hals baumelte – ein Weihnachtsgeschenk ihres Vaters. Kurz vor halb zwölf. Um dreizehn Uhr war sie mit Cerise und Alexander verabredet, gemeinsam wollten sie Maria besuchen. Bis dahin würde es ihr bestimmt gelingen, den famosen Max abzuschütteln.

Max von Bayern blieb stehen. »Liebste Olly, habe ich Ihnen eigentlich schon von meiner Sammlung antiker Musikinstrumente erzählt? Cellos, Bratschen, Violinen – dafür habe ich im Schloss einen eigenen Raum herrichten lassen. Man erzählte mir, Sie wären sehr musikalisch …«

Olly zückte ihr Taschentuch und tat so, als wische sie sich eine Träne aus den Augen. »Ach, wie mich Ihre Worte schmerzen …«

»Aber wieso denn das?«

»Nun, mit meiner Musikalität ist es leider aus und vorbei. Seit meiner Nervenentzündung im vorletzten Winter höre ich auf dem rechten Ohr nur noch so ein Brummen. Nein, eher ein Surren, oder soll ich sagen, ein Hämmern?« Theatralisch hielt Olly ihre Hand ans rechte Ohr.

»Hämmern, Surren, Brummen – was denn nun?«, fragte Max von

Bayern ziemlich ungehalten. Er musterte Olly von oben bis unten. »Mir scheint, um Ihre Gesundheit ist es nicht gerade gut bestellt. Wenn das mein Vater erfährt …« Er zog eine Grimasse. »Er hat mir so sehr damit in den Ohren gelegen, welch gute Partie ich mit Ihnen machen würde, dass ich selbst auch schon halb taub davon bin.«

Olly stutzte. »Eine kränkelnde Dame würde in Ihrem rauen Bayernland gewiss keine gute Figur abgeben, das wird Ihr Vater bestimmt einsehen«, sagte sie unsicher.

»Sie in Bayern? Das ist in der Tat schwer vorstellbar.« Auf dem Gesicht des Prinzen breitete sich plötzlich ein Schmunzeln aus, das ihn richtig sympathisch aussehen ließ. »Liebe Olga, mir scheint, wir haben trotz aller Unterschiede eine große Gemeinsamkeit.«

»Ach ja?« Schon wich sie einen Schritt zurück. Er würde sie doch nicht etwa küssen wollen?

»Soll ich ehrlich mit Ihnen sein? Wahrhaft ehrlich?«

Sie nickte beklommen. Was für ein seltsamer Kauz.

Der bayerische Prinz nahm ihre Hand, gab ihr einen verspielten Handkuss. »Nun, weder Ihnen noch mir ist an dieser Heirat gelegen, vielmehr sind wir beide nur hier, weil unsere Eltern uns dies nahelegten. Dabei hätte mich mein Herz viel lieber woandershin geführt.«

Olly glaubte nicht richtig zu hören. »Ihr Herz hätte Sie woandershin geführt? Aber das ist ja … das …«

Ich gebe Sie frei! Folgen Sie dem Ruf Ihres Herzens, am besten jetzt gleich!, hätte sie am liebsten gerufen, doch Maximilian von Bayern lachte so herzhaft, dass sich seine Brust blähte.

»Krampfadern, Taubheit und Höhenangst – dass eine russische Großfürstin so schamlos lügen kann, hätte ich nie gedacht.«

Olly spürte, wie ihr die Röte ins Gesicht schoss. War ihr Manöver wirklich so durchsichtig gewesen?

»Dann kann ich ja auf der Stelle wieder gesund werden«, sagte sie schmunzelnd.

Gott hatte es für sie gerichtet! Gott hatte dafür gesorgt, dass Max von Bayern sie fortan in Ruhe lassen würde. Und zwar auf eine Art, dass die Eltern ihr keinen Vorwurf machen konnten. Erleichtert fiel sie in Max' Lachen ein.

Hand in Hand liefen die beiden zurück zum Winterpalast, gefolgt von Anna, die sich auf das Ganze nicht den geringsten Reim machen konnte.

»Und? Bist du den Bayern losgeworden?«

»Nicht so laut«, raunte Olly ihrer Schwägerin zu, doch dann platzte sie heraus: »Max von Bayern hat eingesehen, dass wir nicht zusammenpassen. Ach Cerise, ich bin so froh! Jetzt muss sich nur noch die unselige Geschichte mit Stephan klären, und dann bin ich endlich, endlich frei …« Aus dem Augenwinkel registrierte sie den Blick von Julia von Haucke, die mit betont uninteressierter Miene eines von Cerises Kleidern ausbürstete. Sie runzelte die Stirn. Musste die Hofdame eigentlich ständig in Cerises Nähe herumwuseln?

»Julia, wenn du so freundlich wärst, in mein Zimmer zu gehen? Anna soll dir meine Perlenketten aushändigen. Ich möchte sie Cerise für unseren heutigen Ausflug unbedingt leihen.«

Unwillig schlenderte die junge Gräfin davon, man konnte ihr ansehen, dass sie viel lieber dem spannenden Gespräch gelauscht hätte.

»Du kannst sie nicht leiden, nicht wahr?« Cerise seufzte, kaum dass Julia außer Hörweite war.

»Wie kommst du denn darauf?«, fragte Olly lahm. Wenn sie ehrlich war, machte allein der Anblick der attraktiven Gräfin mit dem tiefbraunen Haar, den funkelnden Augen und den verschmitzten Wangengrübchen sie wütend, vor allem, seit sie bei mehreren Gelegenheiten selbst hatte mit ansehen müssen, wie Julia Alexander anschmachtete. Und wenn er ihr noch so oft versicherte, dass ihm dies gar nicht auffiele, Olly blieb misstrauisch.

»Dabei habt ihr doch eine Gemeinsamkeit, auch sie schwärmt sehr für Alexander.« Cerise kicherte.

Olly versetzte der Schwägerin einen Knuff. »Das finde ich nicht lustig. Wehe, du lädst sie ein, mit uns aufs Land zu fahren. Alexander und ich haben so selten Gelegenheit, in Ruhe miteinander zu sprechen, da brauche ich nicht auch noch eine Julia von Haucke, die uns ständig am Rockzipfel hängt. Ich will ihm doch unbedingt von dem Gespräch mit Max von Bayern erzählen.«

Cerise lächelte. »Was denkst du denn von mir? Ich habe meiner Hofdame für heute Nachmittag in der Stadt etliche Besorgungen aufgetragen. Ach Olly ...« Sie ergriff Ollys Hand, drückte sie. »Alexander wird erleichtert sein zu hören, dass es einen Konkurrenten weniger gibt, der um dich wirbt. Mein Bruder und du, das ist so unglaublich romantisch! Was für ein Jammer, dass eine Doppelhochzeit nicht möglich ist.«

Keine von beiden hörte das leise Scheppern der Perlenketten, die der fassungslosen Gräfin Julia aus der Hand glitten und auf den Dielenboden fielen.

*

Wie eine schlecht geführte Marionette winkte Julia von Haucke der Kutsche nach. Das Treiben auf dem Schlossplatz, die Leibgarde des Zaren, die eines ihrer zahlreichen Manöver abhielt, der eisige Ostwind, der urplötzlich aufgekommen war – von alldem bekam Julia nichts mit.

Alexander Prinz von Hessen und Großfürstin Olga?

Der Gedanke lähmte sie, erschreckte sie, verwirrte sie, und das alles auf einmal. Nie im Leben wäre sie darauf gekommen! Sie hatte doch geglaubt, er würde etwas für sie empfinden. So wie sie für ihn.

Als Alexander an den Hof gekommen war, war es für Julia, als ginge endlich auch für sie die Sonne auf. Vom ersten Moment an hatte sie sich ihm nahe gefühlt. Und geglaubt, dass es ihm ähnlich ging. Spätabends, wenn ihre Pflichten endlich erledigt waren und sie erschöpft in ihrem schmalen Bett lag, hatte sie sich ausgemalt, wie es wäre, seine Frau zu sein. Ein Ehemann, ein eigener kleiner Haushalt, nicht mehr nur ein geduldetes Anhängsel zu sein, den Launen ihrer Herren auf Gottes Gnaden ausgeliefert. Eigene Kinder, für die man da sein konnte, die es einmal besser haben sollten als sie ...

Und nun ... alles vorbei?

Dicke Tränen kullerten über ihr Gesicht. Warum musste die Welt so schrecklich ungerecht sein? Großfürstin Olga hatte an jedem Finger einen Verehrer, außerdem war sie mit dem Erzherzog von Österreich verlobt, wozu brauchte sie da auch noch Alexander? Die beiden passten gar nicht zusammen!

Wohingegen Alexander und sie denselben Hintergrund hatten: Beide waren sie aus der Fremde gekommen. Doch während es ihr längst gelungen war, Russland als neue Heimat anzunehmen, musste Alexander von Hessen dies erst noch lernen. Ach, wie gern würde sie ihm weiter dabei helfen.

Hinter ihr fiel mit einem lauten Knall eine Tür zu. Julias Traum platzte wie eine Seifenblase.

Alexander war in die Zarentochter verliebt, nicht in sie. Wahrscheinlich war sie nur ein Lückenbüßer gewesen. Ein nützlicher Ersatz, wenn Olga keine Zeit für ihn hatte.

Julias Gedanken gingen durch wie wild gewordene Pferde: Die vielen Ausflüge, die Großfürstin Maria Alexandrowna und Olga unternahmen, immer begleitet von Alexander. Die verstummenden Gespräche, wenn sie, Julia, den Raum betrat. Ollys Strahlen. Im Nachhinein wurde ihr einiges klar.

Ihr Schluchzen war so heftig, dass sie zunächst gar nicht bemerkte, wie jemand auf sie zukam. Erst als ein langer Schatten auf sie fiel, schaute sie auf.

»Großfürst«, hauchte sie und versuchte, ihr verheultes Gesicht hinter ihrem Tuch zu verbergen. Ausgerechnet der Zarewitsch.

»Julia! Du bist nicht mit meiner Verlobten aufs Land gefahren?«

Julia schüttelte stumm den Kopf.

Der Zarewitsch räusperte sich. »Da wir zwei gerade allein sind … Es gibt etwas, was ich dich fragen wollte. Du und Olga Kalinowski, ihr steht doch sicher noch in regem Briefkontakt? Geht es ihr gut?«

Julia zuckte unverbindlich mit den Schultern. War das nicht typisch? Da stand sie hier heulend und mit gebrochenem Herzen – und der Zarewitsch fing von Olga Kalinowski an. Ihre allerliebste, beste Freundin, die den Hof hatte verlassen müssen, weil dem Zarensohn sein Spielzeug lästig geworden war.

»Weinst du etwa? Steht es um Olga denn schlecht?«

Nein, um mich steht es schlecht!, hätte sie dem jungen Mann am liebsten entgegengeschrien, doch stattdessen zückte sie ihr Taschentuch, trocknete ihre Tränen. Eine Welle von Erbitterung durchflutete Julias Körper. Sie warf Sascha einen hasserfüllten Blick zu, den er jedoch gar nicht wahrnahm. Stattdessen rief er einem vorbeireitenden Offizier über die Schulter hinweg einen Gruß zu.

Wie sich die Großfürstin Maria Alexandrowna und Olga vorhin amüsiert hatten! Wahrscheinlich hatten sie über sie gelacht, über ihre Schwärmerei für Alexander. Bestimmt hielten die beiden jungen Frauen sie für eine äußerst dumme Kuh.

Julia schloss die Augen, holte tief Luft. »Ich weine nicht wegen Olga Kalinowski, vielmehr bin ich in größter Sorge um eine andere junge Dame. Eine, die Ihnen mindestens so sehr am Herzen liegt ...«

*

Das Landhaus der Fürstenfamilie Bariatinski lag außerhalb der Stadt inmitten einer von viel Wald umgebenen Wiese. Schon beim ersten Anblick nahm man die schnörkellose Schönheit wahr, die sich der malerischen Natur anpasste und nicht umgekehrt. Gäste, die zum ersten Mal herkamen, atmeten unwillkürlich tief aus, und eine friedvolle Stimmung erfasste jeden, der länger hier weilte. Fuhrwerke gelangten lediglich über eine einzige breite Birkenallee zu dem Anwesen, um das sich jedoch unzählige Fußwege schlängelten. Kleine Teiche wechselten sich ab mit sanften Hügeln, ein Bach plätscherte hinter dem Haus vorbei und ergoss sich ein Stückchen weiter in eine Art Sumpflandschaft.

»Ist es nicht wunderschön hier? Wie in einem Zauberland. Ich habe noch nie so viele verschiedene Grüntöne auf einmal gesehen.« Die Arme ausgebreitet, drehte sich Olly im Kreis. »Ach, ich könnte die Welt umarmen!«

»Umarme lieber mich«, sagte Alexander lachend. Er zog sie an sich, und gemeinsam tanzten sie zu einer Melodie, die nur sie hören konnten.

»Nur noch zwei Wochen. Dann haben wir es geschafft«, murmelte Olly an seiner Brust. »Ich kann es kaum erwarten, die Heimlichtuerei endlich hinter uns zu lassen. Nach Saschas Hochzeit sind wir an der Reihe.«

»Dein Wort in Gottes Ohr«, sagte er. »Auch Cerise kann den Tag kaum erwarten, sie scheint ziemlich erschöpft zu sein. Die Stunden bei deiner Freundin Maria tun ihr daher mindestens so gut wie uns.«

Wie in geheimer Absprache warfen beide einen Blick in Richtung Gutshaus, wo auf der mit naiven Schnitzereien verzierten Veranda Maria und Cerise bei Tee und Kuchen saßen und sich unterhielten.

Inzwischen hatten sie die kleine Birkenholzbrücke erreicht, die über den Sumpf weiter hinein in den Wald führte. Olly hatte mehr als einmal das Gefühl, eine Rusalka, eine Waldfee, hinter einem Baum hervorblinzeln zu sehen.

Goldene Sonnenstrahlen kreuzten ihren Weg, während Olly Alexander von ihrem Gespräch mit dem bayerischen Erbprinzen erzählte.

»Willst du ein wenig ausruhen?« Alexander wies auf eine verwitterte Parkbank, doch Olly verneinte. Sie war viel zu aufgewühlt, als dass sie längere Zeit hätte stillsitzen können. Stattdessen liefen sie immer tiefer in den Wald, bewarfen sich wie Kinder mit Tannenzapfen, rannten einander nach, küssten sich, wann immer einer den anderen zu fassen bekam, oder balancierten über gefällte Baumstämme.

»Wie in Bad Ems«, sagten sie beide im selben Moment, und Olly hätte vor Glück heulen können.

Sie lief gerade hinter Alexander über einen besonders großen Baumstamm, als sich ihre Schuhspitze in der Rinde verhakte und sie stolperte. Kreischend ruderte sie mit den Armen, um die Balance wiederzugewinnen.

Alexander drehte sich zu ihr um, wollte sie festhalten – doch zu spät. Olly verlor das Gleichgewicht und landete mit einem lauten Platsch im knietiefen Morast.

Einen Schrecksekunde lang sagte keiner etwas, dann lachten sie beide los.

»Pfui Teufel! Ist das eklig«, rief Olly und schlug mit der flachen Hand auf den sumpfigen Waldboden.

Alexander kniete sich auf dem Baumstamm nieder und reichte ihr seine Hand. Doch der Morast war so schwer, dass er Ollys Kleider und sie selbst nach unten zog. Brauner Matsch durchweichte in Windeseile ihre Röcke und ihre Bluse, deren Puffärmel sich tonnenschwer anfühlten.

»Eins, zwei, drei – jetzt!« Schwer atmend zog Alexander an ihren Armen. Olly kam sich vor wie ein Pferd, das in Treibsand gestrandet war.

Endlich hatten sie es geschafft. Triefend vor Morast, mit zittrigen Knien stand Olly auf dem Baumstamm und schaute ratlos an sich hinunter. Wie sie derart zugerichtet auch nur einen Schritt gehen, geschweige denn den weiten Weg bis zum Haus zurücklegen sollte, war ihr schleierhaft.

Alexander biss sich auf die Lippe. »Es hilft alles nichts, du musst dich ausziehen.«

»Bist du verrückt? Ich kann doch nicht …« Entgeistert starrte sie ihn an, doch er hatte schon wieder ihre Hand gepackt und zog sie hinter sich her. Bei jedem Schritt gaben ihre Schuhe schmatzende Geräusche von sich.

Nach wenigen Minuten hielt Alexander auf einer kleinen mit Moos bewachsenen Lichtung an und zeigte auf einen Stapel Brennholz, der wohl zur Abfuhr bereitstand. »Hier bist du vor Blicken geschützt. Außerdem sind wir sowieso allein.« Noch während er sprach, zog er erst seine Jacke aus, dann sein Hemd.

»Alexander, was machst du?«, rief Olly mit weit aufgerissenen Augen.

Er grinste. »Ich teile meinen Mantel wie einst der heilige Martin. Oder willst du nackt nach Hause laufen?«

Olly sank kraftlos auf den weichen Moosboden. Der Tag war so schön gewesen, und nun versank alles in dieser braunen Pampe! Schrecklich musste sie aussehen, und bestimmt stank sie auch ganz fürchterlich.

»Olly, nicht weinen, du bist auch nach deinem Schlammbad noch wunderschön.« Mit einer zärtlichen Geste wischte Alexander ihr eine feuchte Haarsträhne aus dem Gesicht.

Unwillkürlich musste sie lachen. »Von wegen wunderschön! Wenn ich ein Wildschwein wäre, könntest du damit vielleicht recht haben.« Obwohl es ein warmer Tag war, spürte sie, wie die feuchte Kälte rasch in ihre Glieder kroch. »Brrr, ist mir kalt.«

»Du musst dringend die nassen Sachen ausziehen, damit du nicht krank wirst. Wenn du möchtest, helfe ich dir«, sagte er mit fragendem Blick. Er ließ seine Hand über ihren Oberkörper gleiten, umkreiste dabei einmal sanft ihre Brust. Geschickt öffnete er den obersten Knopf ihrer Bluse, dann den zweiten, den dritten …

Olly wagte kaum zu atmen, als sie sich mit seiner Hilfe von dem nassen Oberteil befreite. Die Gänsehaut, die sich auf ihrer Haut ausbreitete, rührte nur teilweise von der nasskalten Kleidung her, ihre Härchen prickelten vielmehr vor Lust.

»Ist es in Ordnung, wenn ich …« Alexander zupfte am hinteren Bändel ihres Rockes. In seinem Blick lag eine so unendliche Zärtlichkeit, dass sich Olly zu ihm nach vorn beugte. Ihr Mund war vor lauter Aufregung trocken, und sie brachte kaum ein Wort heraus.

»Ja, mach nur, bevor ich in diesen klammen Röcken erfriere«, krächzte sie bemüht scherzhaft.

»Und ist es auch in Ordnung, wenn ich …« Er hob ihre Unterröcke an.

»Ja«, wisperte sie. Endlich glitt der letzte der völlig verschmutzten Unterröcke von ihren Schenkeln. Mit halbgeschlossenen Augen legte sie sich zurück, genoss das goldene Sonnenlicht, das wärmend durch die Wipfel der Tannen auf sie fiel. Der weiche Moosboden duftete so würzig wie die Kräuterkissen, die Anna im Herbst nähte. Als sie im nächsten Moment Alexanders nackten Körper neben ihrem spürte, erschrak sie nur kurz. Wie hatte er sich nur so schnell ausziehen können?

Ein wenig verlegen, unter niedergeschlagenen Lidern, ließ sie ihren Blick über seinen Oberkörper gleiten – weiter nach unten zu schauen traute sie sich nicht.

Die Haut seines Körpers war blass, viel blasser als die seiner Arme und seines Gesichts. Vorsichtig, fast andächtig legte sie ihre Hand auf seine Brust, deren Härchen viel zarter waren als die seines Bartes. Nie hätte sie sich vorstellen können, dass Männerhaut so weich war.

»Alexander …« Mit ihren Lippen liebkoste sie die Narbe auf seiner Schulter, die von einem Ritterspiel mit seinem älteren Bruder herrührte. Vertrauensvoll legte Olly ihre Wange in die Beuge an Alexanders Hals, Haut schmiegte sich an Haut, als wären sie nicht zwei Körper, sondern einer.

Im nächsten Moment setzte sich Alexander auf und breitete sein Jackett auf dem Waldboden aus. Ihre Blicke trafen sich in stillem Einverständnis.

»Olly … Liebe meines Lebens …«

Seine Zunge glitt in ihren Mund, rau und zart zugleich liebkoste er ihr Innerstes. Erst zaghaft, dann gespeist von immer mehr Selbstvertrauen versuchte Olly, es ihm gleichzutun. Zärtlich nahm sie seine Unterlippe zwischen die Zähne, saugte daran, reizte ihn, bis er vor Wohlgefühl zu stöhnen begann.

Mit einem Lächeln löste er sich von ihr. Sein Kopf wanderte nach unten, seine Lippen berührten ihre Brust – lang genug, um ihr ein wohliges Seufzen zu entlocken, kurz genug, um ihre Sehnsucht nach mehr zu entfachen.

Olly fühlte, wie ihr Körper vor Leidenschaft zu glühen begann. Mit einem Wissen, das sie tief in sich getragen hatte, hob sie ihm ihr Becken entgegen, schlang ihre Beine um die seinen. Wie gut er roch! Und wie viel besser noch er sich anfühlte.

Vielleicht musste sie später für das, was sie gleich tun würden, in der Hölle schmoren – Olly war es gleichgültig. So oft hatte sie davon geträumt. So oft hatte sie sich vorgestellt, wie es wohl sein würde, wenn Alexander und sie … Nun war die Wirklichkeit tausendmal schöner als jeder Traum.

»Kann man jemanden so lieb haben, dass es weh tut?«, flüsterte sie und kämpfte gegen die Woge Traurigkeit an, die sie urplötzlich überfiel. Ihre Lippen öffneten sich zu einem unausgesprochenen Flehen. *Halte mich! Halte mich für immer fest!*

Seine Hände wanderten ihren Leib hinab, streichelten sie, mal fordernd, mal spielerisch, sie wollte mehr, bekam mehr. Jede seiner Berührungen war wie ein unerwartetes Geschenk, staunend wie ein Kind nahm sie seine Zärtlichkeiten entgegen. Als seine Hand die verborgene Stelle zwischen ihren Beinen ertastete, verschwammen die tausend Grüntöne vor ihren Augen zu einem einzigen wild aufbrausenden Meer. Sie klammerte sich noch fester an ihn, um nicht darin unterzugehen.

Über ihnen stieß ein Eichelhäher seinen heiseren Schrei aus, als Ollys Hand nach unten glitt und sich um seinen Schaft legte. Er fühlte sich stark und seidig an.

Längst hatten die Sonnenstrahlen jede ihrer Poren durchdrungen. Olly spürte, wie sie innerlich zu schmelzen begann und der letzte Vorbehalt von ihr abfiel. Sie wollte ihn in sich fühlen, ganz und gar in sich aufnehmen, mit ihm eins werden, für immer und ewig …

Alexander beugte sich über sie. »Olly?«

Als Antwort schlang sie ihre Arme um seinen Hals, zitternd öffnete sie ihre Beine, um ihn zu empfangen.

»Je vais, où le Coeur me disait – ich gehe, wohin das Herz es mir befiehlt …«

20. KAPITEL

Noch nie hatte der Zarewitsch Anna so sehr an seinen Vater erinnert wie nun. Derselbe durchdringende Blick, der einen zur selben Zeit röstete und erfrieren ließ. Anna lief ein Schauer den Rücken hinab, sie zog ihr Schultertuch enger um die Schultern. Dabei brannte im Kamin von Saschas Amtszimmer ein erquickliches Feuer.

»Madame Okulow, ich frage Sie noch einmal, ist etwas dran an den Gerüchten über eine Liaison zwischen meiner Schwester und Prinz Alexander?«

Fieberhaft suchte Anna nach einer Erwiderung. Woher wusste der Zarewitsch von Ollys Liebschaft? Hatte sich Adini verplappert? Oder Cerise? Hatte jemand die beiden gesehen? Aber wo und wann? Olly war doch äußerst diskret. So diskret, dass selbst sie – Anna – sich fast im Glauben wiegen konnte, dass nichts zwischen ihrem Zögling und Alexander von Hessen vonstattenging.

Anna entschloss sich zur Wahrheit. »Ich weiß es nicht. Großfürstin Olga ist Ihrem Schwager sehr zugetan, ob ihre Gefühle jedoch über das erwünschte Maß hinausgehen, ist mir nicht bekannt.« Unruhig trat sie von einem Bein aufs andere. Dass der Zarewitsch ihr keinen Stuhl angeboten hatte, sondern sie stehen ließ wie einen Lakaien, war ein weiteres Zeichen seines Unmuts.

»Was soll das heißen? Hat mein Vater Sie nicht eingestellt, damit Sie *alles* über meine Schwester wissen?« Er stand auf, kam auf Anna zu.

Sie zwang sich, keinen Schritt zurückzuweichen. So einfach würde er sie nicht einschüchtern können! Mit ihrer linken Hand musste sie sich dennoch am Schreibtisch festhalten, so wackelig waren ihre Knie.

»Hat mein Vater Sie nicht eingestellt, damit Sie Olly zu einer standesgemäßen Heirat führen? Ihnen muss doch klar sein, dass weder mein Vater noch ich etwas anderes dulden werden. Olly *muss* einen Herrscher ehelichen!«

»Nun, aus diesem Grund ist Ihre Schwester angeblich seit über zwei Jahren mit dem geheimnisvollen Erzherzog Stephan verlobt, nicht wahr?«, erwiderte Anna schärfer, als sie wollte. »Einen unsichtbaren Geist könnte man ihn auch nennen. Da wäre es doch kein Wunder, wenn Ihre Schwester einem Mann aus Fleisch und Blut den Vorzug gäbe ...«

Wie ein Blasebalg, aus dem die Luft gewichen war, ließ sich Sascha auf seinen Schreibtischsessel fallen. Endlich gestattete er Anna, auf dem Besucherstuhl Platz zu nehmen.

»Die Sache mit dem Österreicher verläuft bisher leider nicht nach unseren Vorstellungen. So wie es aussieht, kommt Stephan nicht einmal zu meiner Hochzeit. Stephans Stiefmutter, Maria Dorothea von Württemberg, scheint alles zu unternehmen, um ein Kennenlernen der beiden und damit eine spätere Heirat zu verhindern. Vielleicht aus Eifersucht.«

»Die Stiefmutter ist eifersüchtig auf Olly?«

Sascha lachte traurig auf. »Ein wenig komplizierter ist es schon. Sie wissen doch, dass Stephans Vater in erster Ehe mit der Schwester meines Vaters, Großfürstin Alexandra Pawlowna, verheiratet war. Sie war die große Liebe seines Lebens, er trauert ihr bis heute nach. Die Ehe mit Maria Dorothea, seiner dritten Frau, scheint dagegen nicht sehr glücklich zu sein, worunter sie sehr leidet. In ihren Augen ist ihre russische Vorgängerin an der Gefühlskälte ihres Mannes schuld.«

»Aber deswegen gleich einen Widerwillen gegen jede Russin zu entwickeln, ist das nicht übertrieben?« Anna hatte Mühe, diese Informationen zu verdauen. Politische Rangeleien waren das eine, eine bösartige Schwiegermutter wog jedoch mindestens so schwer.

»Mich ärgert vielmehr, dass Stephan nicht die Willenskraft aufbringt, trotzdem zu meiner Hochzeit zu kommen. Er kann sich doch nicht alles gefallen lassen.« Die Geringschätzung in Saschas Stimme war nicht zu überhören.

Anna hob die Augenbrauen. Ein erschreckender Gedanke durchfuhr sie: Wenn es zu keiner Verbindung zwischen Stephan und ihrem Zögling kam und Alexander von Hessen seines niedrigen Standes wegen nicht akzeptiert wurde – wer blieb dann für Olly übrig? Das Frösteln von eben war fort, nun spürte sie, wie ihr der Schweiß ausbrach.

Als könne Sascha ihre Gedanken lesen, sagte er: »Olly wird in diesem Jahr neunzehn Jahre alt, wir müssen uns dringend nach einer neuen Partie für sie umsehen, bevor es zu spät dafür ist. Was für ein Jammer, dass sie Max von Bayern ablehnte.«

Was auf Gegenseitigkeit beruhte, lag es Anna auf der Zunge zu sagen.

»Zurück zum vorliegenden Problem. Wer weiß noch von Ollys Neigung zu Alexander?«, fragte Sascha und drehte seinen Briefbeschwerer wie einen Kreisel. Das kratzende Geräusch des Glases auf dem Eichenholz tat Anna in den Ohren weh.

»*Wissen* ist zu viel gesagt …«, begann sie vorsichtig. »Vielleicht trägt Ihre zukünftige Gattin eine leise Ahnung in sich. Eventuell hat sich Olly auch ihrer jüngeren Schwester anvertraut, sicher bin ich mir nicht.«

»Und Mary weiß nichts?«

Anna zuckte mit den Schultern. »Sie erwähnten eine neue Partie«, sagte sie gedehnt. Sollte sie oder sollte sie nicht? Sie holte tief Luft und sagte: »Dafür ist Ollys Herz möglicherweise nicht bereit. Ein Zustand, den Sie besser als die meisten nachempfinden können. Was also wollen Sie tun? Olly das Herz herausreißen? Es brechen? Wäre es nicht viel besser für alle Beteiligten, über andere Wege nachzudenken?« Du lieber Himmel, sie redete sich um Kopf und Kragen! Anna erschrak so sehr vor ihrer eigenen Courage, dass ihr schwindlig wurde.

Sascha kaute gedankenverloren auf dem Ende seines Federkiels.

»Großfürst, ich flehe Sie an.« Anna beugte sich über den Schreibtisch. »Zwingen Sie Olly nicht zu einer glücklosen Ehe. Sie hat so unendlich viel Liebe zu schenken …«

Er schaute erst den zernagten Federkiel, dann Anna an. »Ich weiß«, sagte er sanft. »Der Bruder meiner Frau ist ein feiner Mensch, er wäre Ollys Liebe wert. Glauben Sie nicht, ich hätte nicht selbst schon bemerkt, wie gut die beiden miteinander auskommen? Hätte ich allerdings gewusst, dass die Geschichte schon weiter gediehen ist …« Er warf Anna einen ärgerlichen Blick zu. »Was wir denken, fühlen und uns wünschen, ist nachrangig. Olly ist die Tochter des russischen Zaren. Das Wohl Russlands hat immer Vorrang vor ihren Gefühlen.« Seine Hände ballten sich zu Fäusten, jegliches Mitgefühl war aus seinen Augen verschwunden.

Annas Herzschlag setzte für einen Moment aus. Alles umsonst! Jedes ihrer Worte.

»Und was wollen Sie nun tun? Mit beiden reden in der Hoffnung, die Vernunft möge über die Liebe siegen? Alexander wegschicken in der Hoffnung, Olly möge ihn vergessen? Wer weiß besser als Sie, dass diese Maßnahmen nicht funktionieren?«

»Sie sind eine kluge Frau, Anna Okulow. Deshalb hätten Sie auch früher zu meinem Vater und mir kommen müssen, um mir zu sagen, was ich heute aus anderer Quelle hören musste. Auf der anderen Seite schätze ich Ihre Loyalität meiner Schwester gegenüber …«

Sascha stand auf, sie tat es ihm gleich.

»In der Tat weiß niemand besser als ich, dass man Gefühle nicht auf Kommando abschalten kann. Natürlich will ich nicht, dass sie an gebrochenem Herzen leiden muss, das hat Olly nicht verdient. Ich werde mir also etwas einfallen lassen müssen …«

Anna war schon im Begriff zu gehen, als der Zarewitsch sie am Ärmel packte. »Kein Wort zu Olly! Wir belassen alles beim Alten, bis ich eine Idee habe, wie wir ihr am besten helfen können. Und auch zu sonst niemandem auch nur eine Andeutung! So kurz vor meiner Hochzeit sind die Nerven aller aufs äußerste gespannt. Also kein Wort zu meiner Gattin, nicht einmal zu Ihrem lieben Freund Shukowski. Falls mein Vater Sie ansprechen sollte, sagen Sie ebenfalls nichts. Vielleicht gelingt es mir, die Sache zu bereinigen, bevor er Wind davon bekommt.«

»Aber –«

»Kein Aber«, unterbrach er sie. »Vertrauen Sie mir, ich will für alle Beteiligten nur das Beste!«

*

Maria Bariatinski lieh Olly eines ihrer Kleider, ihre Zofe wusch Ollys Haare und half ihr beim Ankleiden. Obwohl alle meinten, man sehe ihr den Sturz in den Morast nicht mehr an, wollte Olly im Winterpalast niemandem unter die Augen kommen. Schon am Haupteingang verabschiedete sie sich von Cerise. Noch nie waren ihr die Gänge so endlos lang vorgekommen wie nun, wo sie dringend die Abgeschiedenheit ihrer Räume erreichen wollte.

Allein sein. Alles nochmals Revue passieren lassen. Im Bett liegen und unter der Decke nach den Stellen tasten, die Stunden zuvor Alexander mit seinen Küssen bedeckt hatte.

Eine Magd, die gerade die Kerzen in den Gängen anzündete, öffnete ihr eilfertig die Tür zu ihrem Zimmer.

»Hier drinnen kannst du auch gleich die Kerzen anzünden«, sagte Olly und blieb im Türrahmen stehen, während sich das Mädchen vorsichtig in den dunklen Raum vortastete. Im nächsten Moment erfüllte der Geruch von Schwefel den Raum, der Kopf eines Streichholzes erglühte – und die Magd schrie vor Schreck auf.

»Anna!«, sagte Olly und schaute stirnrunzelnd auf die zusammengekauerte Figur am Boden. »Warum sitzt du im Dunkeln? Ist dir nicht gut? Bist du ohnmächtig geworden?« Eilig nahm sie der Magd die Streichhölzer ab, scheuchte sie aus dem Raum, machte sich selbst an den Kerzen zu schaffen.

»Du bist schon zurück? Ich habe gar nicht gemerkt, wie die Zeit vergangen ist«, murmelte Anna tonlos, während Grand Folie, der auf ihrem Schoß gesessen hatte, wie verrückt um Olly herumsprang.

Ohne viel Aufheben setzte sich Olly einfach neben die Freundin. Vertrauensvoll lehnte sie ihren Kopf an Annas Schulter. »Ich bin so glücklich … Heute ist der schönste Tag meines Lebens.« Sie schloss die Augen, ließ das Lächeln, das die Erinnerungen ihr brachten, wie eine Liebkosung über ihr Gesicht wandern.

Eigentlich hatte sie ja allein sein wollen, aber nun merkte sie, wie gut es tat, ihre Freude mit jemandem teilen zu können. Ein bisschen wenigstens.

»Der schönste Tag, was willst du damit sagen? Und wie siehst du überhaupt aus?«

»Ach, ich hatte nur einen kleinen Unfall. Nichts Schlimmes«, wiegelte Olly lächelnd ab.

»Aber wieso ... Du sagtest doch gerade –« Anna starrte Olly angespannt und blass an.

Widerwillig verabschiedete sich Olly von den schönen Bildern in ihrem Kopf. »Jetzt sieh mich nicht so erschreckt an. Alles ist gut. Mir ist nichts geschehen, zumindest nichts Böses. Eher trifft das Gegenteil zu ... Ach, Anna!« Ein abgrundtiefer Seufzer folgte, der genauso gut ein Juchzer sein konnte. »Dass die Liebe so schön sein kann, hätte ich nie gedacht.«

Olly verstand die Welt nicht mehr, als Anna daraufhin zu weinen begann und nicht mehr aufhören wollte.

*

»Was heißt das, einer Heirat zwischen mir und Prinz Alexander von Hessen stünde nichts im Weg? Verzeihen Sie, Großfürst, aber ich verstehe nicht ganz ...« Auf Julia Gräfin von Hauckes Gesicht wechselten sich Ungläubigkeit, Unverständnis und Hoffnung in so rascher Folge ab, dass ihre Miene wie ein Zerrbild wirkte.

»Was gibt es denn da nicht zu verstehen?« Sascha hatte Mühe, nicht vor Ungeduld die Augen zu verdrehen.

Nachdem Anna Okulow ihn verlassen hatte, hatte er nichts anderes getan, als sich den Kopf zu zerbrechen.

Olly und Alexander! Der Gedanke hatte ihn rasend gemacht. Wütend. Traurig. Hilflos. Warum musste seiner kleinen Schwester dasselbe Unglück widerfahren wie ihm?

Plötzlich war der ganze Schmerz, den er nach Olga Kalinowskis

Verlust erleiden musste, wieder da. Nie würde er vorübergehen, auch wenn die anderen das glaubten. So fürchterlich sollte Olly niemals leiden müssen. Aber wie sollte er dieses Unglück von ihr abwenden? Dass eine Fortsetzung ihrer Liebesgeschichte unmöglich war, stand fest. Das Einzige, was er für Olly tun konnte, war, ihr dabei zu helfen, die Trennung von Alexander so schmerzlos wie möglich hinter sich zu bringen. Er würde ihr dabei helfen müssen, sich zu »entlieben«.

»Entlieben« – was für ein sperriges Wort. Er lachte abfällig über seine eigene Kreation. Kein Wunder, dass es dies in keiner Sprache der Welt gab.

Aber was war eigentlich das Gegenteil von Liebe? Gleichgültigkeit? Gefühllosigkeit? Ein kühles Herz. Hass? Hass …

Du lieber Himmel – niemand hätte ihn je dazu bringen können, Olga Kalinowski zu hassen. Seine Olga, deren Herz allein für ihn geschlagen hatte, die so hingebungsvoll war, so anschmiegsam und lieb. Außer vielleicht … Hätte er sie auch noch geliebt, wenn sie all das nicht mehr gewesen wäre?

Plötzlich war er da gewesen, der Ansatz einer Lösung. Sascha hatte hin und her überlegt, jeder Gedanke war wie ein Messerstich in sein eigenes Herz gewesen.

Verzeih mir, Olly, verzeih mir!, hatte er stumm gefleht, als er glaubte, eine Lösung gefunden zu haben. *Aber es ist das Beste so.*

Bevor ihn die eigene Courage verließ, hatte er Julia von Haucke zu sich gerufen. Sein Plan konnte nur gelingen, wenn sie mitspielte, also musste er so schnell wie möglich mit ihr reden.

Er fuhr sich mit der Hand über Augen und Stirn, wischte seine Müdigkeit fort. »Was deine *vermeintlichen* Beobachtungen hinsichtlich meiner Schwester und des Prinzen von Hessen betrifft, so kann ich dir versichern, dass sie jeglicher Grundlage entbehren. Eine Bemerkung hier, ein missverständliches Wort an anderer Stelle – und schon hast du dir einen falschen Reim auf alles gemacht. Keine Sorge, ich nehme dir das nicht übel, vielmehr bin ich froh, dass du zu mir gekommen bist. Denn so habe ich die Freude, dir mitzuteilen, dass die Sachlage eine ganz andere ist: In Wahrheit ist mein Schwager nämlich dir sehr zugetan!«

»Wirklich?«

Sascha nickte. »Warum sollte ich dich belügen? Du weißt, für meine Eltern bist du wie eine weitere Tochter. Und auch wenn wir zwei nie viel miteinander zu tun hatten, so will ich nur dein Bestes. Es ist nur so ...« Er schaute auf die Uhr. Schon Viertel nach fünf. Kaum noch Zeit, sich fürs Diner umzukleiden. Noch mehr Gespräche ... Dabei wollte er doch nur seine Ruhe haben.

»Ja?«, piepste die junge Gräfin.

»Leider ist mein Schwager sehr schüchtern. Er braucht vielleicht ein wenig Ermunterung deinerseits, bevor er sich traut, offiziell um dich zu werben.«

»Ermunterung meinerseits?«

Sascha verzog den Mund. So eloquent Julia ihre treffenden Vermutungen am Vormittag hervorgebracht hatte – jetzt, wo es um sie selbst ging, war sie einsilbig wie ein schlecht dressierter Papagei.

»Ermunterung, jawohl. Schmeichle ihm! Und geize nicht mit deinen Reizen, sondern lasse ihn ruhig schon jetzt ein wenig daran teilhaben. Du bist eine gutaussehende junge Frau, nutze den Vorteil, den dir deine Schönheit bringt.«

Zufrieden beobachtete Sascha, wie sich die Gräfin bei diesen Worten aufrichtete.

»Ich bin mir sicher, dass du deine Sache sehr gut machen wirst. Ich werde dafür sorgen, dass mein Schwager in der nächsten Zeit öfter einmal von seinen Aufgaben bei den Chevalier-Gardes befreit wird. Dann liegt es an dir, Treffen zu arrangieren.« Er würde außerdem dafür sorgen müssen, dass Olly in dieser Zeit beschäftigt war, ging es ihm durch den Kopf. Und ein Auge auf Cerise musste er ebenfalls haben, damit die beiden hinter seinem Rücken keinen weiteren Unfug trieben.

»Jedenfalls wünsche ich mir, dass ihr so schnell wie möglich ein Paar werdet.« Er stand auf, um zu signalisieren, dass das Gespräch beendet war.

»Alexander und ich ein Paar? Damit würde mein allergrößter Wunsch wahr werden.« Die junge Gräfin strahlte so sehr, dass Sascha den Blick von ihr abwenden musste.

Verzeih mir, Olly, verzeih mir ...

»Ich sehe, wir verstehen uns«, sagte er. »Und das ist gut so, denn weitere Missverständnisse werde ich in dieser Angelegenheit gewiss nicht dulden.«

Die verwirrte Julia hatte den Türgriff schon in der Hand, als Sascha sie nochmals zurückrief.

»Noch etwas – kein Wort zu niemandem! Sonst kann ich nicht garantieren, dass ich euch vor all den Kleingeistern und eifersüchtigen Menschen, die es am Hof leider auch gibt, zu schützen vermag.«

Julia nickte beklommen. »Und was ist mit Ihrer Verlobten? Sie ist meine Herrin, ich will sie nicht anlügen.«

Er lächelte. »Das verlangt doch keiner. Ich erwarte lediglich, dass du äußerst diskret vorgehst. Wenn du niemandem etwas sagst, brauchst du auch nicht zu lügen.«

Die Hochzeit war in vollem Gange, das Festbankett samt Champagnerausschank vonstattengegangen, als Zar Nikolaus mit seiner strahlend schönen Schwiegertochter die Polonaise in den Sankt-Georgs-Saal anführte. Der Tanz war eröffnet.

»Schau sie dir an, unsere schönen Töchter«, sagte Zarin Alexandra und wies zur Tanzfläche. »In Ollys und Adinis Tanzbüchlein ist gewiss kein Blatt leer geblieben, alle Herren wollen die Ehre genießen, mit ihnen tanzen zu dürfen. Ach, was gäbe ich darum, auch noch einmal so herumwirbeln zu können ...« Ein tiefer Seufzer folgte, den Nikolaus geflissentlich ignorierte. Im Gegensatz zu seiner Frau konnte er dem Tanzen schon lange nichts mehr abgewinnen. Er legte seine Hand auf die ihre. »Das denkst du nur, in Wahrheit bist du genauso froh wie ich, dass wir all das hinter uns haben.«

Das Ehepaar tauschte einen liebevollen Blick. Sie beide, Großfürst Michael und Großfürstin Helene saßen in bequemen Polstersesseln auf einer leicht erhöhten Empore, von wo aus sie das Geschehen unten im Saal bestens verfolgen konnten. Auch das Brautpaar hatte hier seine Plätze, doch seit Eröffnung der Tanzrunde blieben deren Sessel leer.

»Mit Olly muss dringend etwas geschehen«, sagte der Zar so unvermittelt, dass Alexandra erst gar nicht wusste, wovon er sprach.

»Dass Stephan wieder nicht gekommen ist, ärgert mich über alle Maßen. Am liebsten würde ich einen bösen Brief nach Wien schreiben. Wie lange soll Olly eigentlich noch auf ihn warten? Die Blockadehaltung Österreichs in dieser Angelegenheit bestärkt mich nur weiter in meiner Überzeugung, dass Olly doch Erzherzog Albrechts Antrag hätte annehmen sollen. Stell dir vor, er ist inzwischen schon zum Generalmajor ernannt worden, nun dauert es nicht mehr lange und er wird Feldmarschallleutnant.«

»Wie schön«, sagte Alexandra geistesabwesend. Wer war nur der attraktive junge Mann, mit dem Olly gerade tanzte? Wie glücklich sie dabei aussah. Und das trotz Stephans Nichterscheinen – Ollys Contenance war wirklich bewundernswert.

»Äußerst wohlhabend ist Albrecht obendrein. Man sagt, er habe ein Händchen darin, sein Vermögen zu mehren«, fuhr Nikolaus fort.

»Aber mein Lieber«, sagte Alexandra. »Du selbst warst doch der Ansicht, dass es eher schädlich wäre, wenn sich Albrecht und Stephan mit ihrer Werbung um Olly in die Quere kommen. Weil dabei die Gefahr bestünde, dass am Ende beide aus Respekt vor dem anderen abspringen. Nur aus diesem Grund hat Olly Albrechts Werben brieflich eine Absage erteilt.« Sie verzichtete darauf zu erwähnen, dass der Mann Olly sowieso zuwider und sie dem Rat ihres Vaters mehr als willig gefolgt war.

»Damals dachte ich, dass Stephan mehr Mumm in den Knochen hat. Das kommt davon, wenn man sich keinen Soldaten aussucht.« Nikolaus knallte sein Glas so missgelaunt auf den Tisch, dass sich ein Kristallsplitter löste.

»Und wenn wir uns diskret nach einem anderen Kandidaten umsehen würden?«, flüsterte Alexandra. Ihr war gerade eingefallen, wer Ollys Tänzer war. »Was würdest du beispielsweise vom Herzog von Nassau halten? Schau nur, welch hübsches Paar er und Olly abgeben. Wiesbaden könnte Olly gefallen.«

Im nächsten Moment schoss Helenes Kopf zu ihr herum. »Sprecht ihr etwa über Adolph Herzog von Nassau? Dass er nun schon den dritten Tanz mit Olly führt, gefällt mir überhaupt nicht.«

Alexandra biss sich auf die Lippen. Helene hatte ihre Ohren wieder einmal überall, das hätte sie sich eigentlich denken können.

»Meine Liebe, eines möchte ich gern klarstellen«, fuhr Helene fort. »Besagter Herr ist für meine Elisabeth vorgesehen, wir führen schon seit Anfang dieses Jahres entsprechende Gespräche mit Wiesbaden. Äußerst vielversprechende Gespräche«, fügte sie überheblich hinzu.

»Nun, an einem Tag wie heute entscheiden immer noch die jungen Leute selbst, mit wem sie das Tanzvergnügen haben möchten, nicht wahr?«, erwiderte Alexandra frostig.

Helene winkte ab. »Hätte Olly damals, als ich meinen Bruder für sie vorgeschlagen habe, die richtige Wahl getroffen, wäre sie längst unter der Haube. Aber nein, ein Württemberger war ihr nicht gut genug, für sie muss es der ungarische Palatin sein. Wenn sie nun leer ausgeht, liegt das gewiss nicht an mir.«

»Himmel noch mal, jetzt beruhige dich«, fuhr der Zar seine Schwägerin an. »Olly wird schon nicht als alte Jungfer enden. Vielmehr wird sie ihren Stephan bekommen, dafür sorge ich. Gleich morgen werde ich Graf Medem anweisen, in Wien die Dinge etwas dringlicher als bisher voranzutreiben.«

»Ach Nikolaus, du hast wie immer die besten Ideen«, sagte Alexandra, der das Gespräch allmählich lästig wurde. Die Musik war so beschwingt! Der Champagner schmeckte herrlich! Alle waren froh und glücklich. Nur Nikolaus fand wieder einmal das einzige Haar in der Suppe.

Auch Julia von Haucke war glücklich. Zusammen mit den anderen Hofdamen saß sie an einem Tisch am Ende des Saales und beobachtete das Treiben der Hochzeitsgesellschaft. Während sie die prachtvollen Kleider der Damen und die mit Orden und goldenen Litzen verzierten Uniformen der Herren bewunderte, hielt sie Ausschau nach Alexander.

Schließlich erspähte sie ihn an einem der äußeren Tische. Auch er trug Uniform und den Andreasorden, den der Zar ihm anlässlich der

Hochzeitsfeierlichkeiten verliehen hatte. Wie gut er aussah! Julia mühte sich ab, zu ihm durchzukommen.

Die letzten zwei Wochen waren wie ein Traum für sie gewesen. Der Zarewitsch hatte Wort gehalten und Alexander mehrere freie Nachmittage verschafft. Ihr war es fast jedes Mal gelungen, ihn »zufällig« in der Eingangshalle des Palastes abzupassen.

Ein paarmal waren Alexander und sie spazieren gegangen, letzte Woche hatte sie ihn zu dem Herrenschneider begleitet, der seine Uniform für die Hochzeit in Auftrag hatte. Als Dank hatte er sie zu einem Tee ins Café am Newski-Prospekt eingeladen.

Eigentlich war jedes Zusammentreffen sehr schön gewesen, sie hatten sich unterhalten und zusammen gelacht. Allerdings hatte ihr Zukünftiger – noch immer scheute sie sich, dieses Wort auch nur zu denken – des Öfteren von Großfürstin Olga gesprochen. Julia wollte dem Zarewitsch gern glauben, dass ihre Vermutungen Alexander und Olga betreffend grundlos waren, aber letzte Zweifel blieben.

Jemand berührte sie im Gewühl der Menge am Arm. Julia schrak zusammen. Der Zarewitsch hatte wirklich die Gabe, sich wie eine Katze anzuschleichen.

»Mein Schwager hat sich gerade in die Bibliothek zurückgezogen. Er hat dem Alkohol etwas heftig zugesprochen, gewiss könnte er eine mitfühlende Schulter zum Anlehnen gut gebrauchen«, raunte er ihr ins Ohr.

»Sie meinen, ich soll ihm Gesellschaft leisten?« Julia zwinkerte ihm vertraulich zu.

Der Blick des Zarewitschs war äußerst kühl, als er erwiderte: »Ich meine es nicht, ich befehle es dir!«

Alexander saß am Flügel vor dem Fenster, eine Flasche Wein und ein halbvolles Glas neben dem durchwühlten Notenstapel. Die Augen geschlossen, klimperte er mit der rechten Hand eine einfache Weise, die sich so traurig anhörte, wie er aussah.

»Prinz Alexander, warum feiern Sie nicht mit den anderen?« Lächelnd gesellte sich Julia zu ihm. Sie lehnte sich so an den Flügel, dass ihm ein guter Einblick in ihr Dekolleté gewährt war.

»Dann hat mich ja wenigstens ein Mensch vermisst«, grummelte er, ohne aufzuschauen. »Den anderen fünfhundert ist es völlig gleichgültig, wo ich bin, wer ich bin … Ach, verdammt!« Er leerte sein Glas in einem Zug.

Julia runzelte die Stirn. Eigentlich mochte sie angetrunkene Männer nicht. Sie konnten weinerlich werden wie kleine Kinder und Dinge sagen oder tun, die sie am nächsten Tag bereuten. Alexander schien da leider keine Ausnahme zu sein, so wundervoll er in nüchternem Zustand auch war. Aber der Zarewitsch hatte mehr als deutlich gemacht, was er von ihr erwartete.

Graziös glitt sie neben den Prinzen auf die Sitzbank und hoffte, dass ein Hauch des teuren Parfüms, das sie sich eigens für diesen Tag geleistet hatte, zu ihm hinüberwehte.

»Ich weiß, was Sie meinen«, sagte sie sanft. »Auch unter Tausenden von Menschen kann man sich einsam fühlen. Weil der geliebte Mensch nicht bei einem ist.« Sie hielt die Luft an, als sie seinen verletzten, erstaunten Blick sah. So deutlich hatte sie ihm noch nie gesagt, dass sie ihn liebte.

»Sie fühlen genauso?«, fragte er fassungslos.

Julia von Haucke nickte heftig.

Der weinerliche Ausdruck in seinen Augen verschwand schlagartig. Er griff nach ihren Händen, küsste sie und sagte: »Dann sollen Sie die Erste sein, die von meinem Glück erfährt! Ab morgen, wenn diese verdammte Hochzeit endlich vorüber ist, werde ich hochoffiziell um Großfürstin Olga werben.«

Julias Lächeln verblasste.

»Da staunen Sie, was? Ab morgen ist's vorbei mit der Heimlichtuerei, als offizieller Heiratskandidat der Großfürstin können die feinen Herren mich nicht länger ignorieren und an den letzten Tisch setzen!«

»Aber … aber …« Erschüttert schaute sie ihn an. »Ich dachte, Sie und ich, ich dachte, Sie mögen mich …« Ihr Atem kam auf einmal so flach, dass ihr schwarz vor Augen wurde. Jetzt bloß nicht ohnmächtig werden! Sie blinzelte gegen den Schwindel an. »Der Zarewitsch meinte doch –« Ihre Stimme versagte. Sie heulte los.

Lügen! Alles, was der Zarewitsch behauptet hatte, nichts als Lügen. Und sie war so dumm gewesen, ihm zu glauben. Wieder einmal hatten die feinen Herren sie benutzt, und sie wusste noch nicht einmal, wie das Spiel hieß und welche Rolle sie darin innehatte.

»Gräfin Julia, was haben Sie denn? Ich dachte, Sie freuen sich für mich.«

Sie spürte seine Hand auf ihrem Kopf, er streichelte sie wie ein Kind, das sich das Knie aufgeschlagen hatte. So wollte sie nicht von ihm angefasst werden. Sie wollte seine Frau sein, das Weib, das er liebte und begehrte.

»Halten Sie mich, Alexander«, schluchzte sie. »Halten Sie mich nur ein einziges Mal. Mir ist nun auf schmerzliche Weise klargeworden, dass Ihr Herz nicht mir gehört, aber ich möchte es mir wenigstens einen Wimpernschlag lang einbilden ...« Ein Gefühl der Sinnlosigkeit überfiel sie, als sie ihre Arme um ihn schlang. Was tust du nur?, schalt sie sich. Warum quälst du dich selbst? Doch sie konnte nicht anders.

Zu ihrem Erstaunen stieß er sie nicht weg, sondern legte seine Arme schützend um sie. Dann wiegte er sie in so tröstlicher Weise, dass ihr Schluchzen allmählich versiegte.

»Ich bin nicht der Mann, den Sie suchen. Ich habe die große Liebe längst gefunden. Und Ihnen wird dieses Glück auch noch zuteilwerden, Julia.« Seine geflüsterten Worte verfingen sich in den kunstvollen Locken ihrer Frisur, und er blies eine besonders vorwitzige Haarlocke weg.

Die Geste hatte etwas so Vertrauliches, so Anrührendes. Die Faust, die Julias Herz in ihrer Umklammerung zu zerquetschen drohte, öffnete sich ein wenig. Ach, es wäre so schön gewesen.

»Könnten Sie, ich meine, könnten Sie sich vorstellen«, wisperte sie mit tränenerstickter Stimme, »mich ein einziges Mal zu küssen?«

*

»Sag mal, hast du Alexander gesehen?«, fragte Olly atemlos, als sie sich zusammen mit Cerise in einem der Nebenräume die Nase puderte. Um sie herum taten es ihnen Dutzende von Damen gleich, manch eine nutzte die Gelegenheit, ein paar Minuten die Beine auf einen der Stühle hochzulegen oder das Mieder ein wenig zu lockern, um besser atmen zu können.

Olly hatte nichts dergleichen vor, sie wollte schlank und schön sein für ihren Liebsten. Ach, wie sie sich nach ihm sehnte …

Die erschöpfte Braut zuckte mit den Schultern. »Den ganzen Abend nicht. Hoffentlich ist er nicht böse, dass es mir nicht gelungen ist, ihm einen Platz an der Haupttafel zu sichern.«

Olly seufzte. »Einen Freudensprung wird er deswegen nicht gemacht haben. Bestimmt ist er auch etwas verärgert, weil ich in den letzten Wochen kaum Zeit für ihn hatte. Aber ich konnte ja nicht wissen, dass Erzherzog Albrecht gerade jetzt um meine Hand anhält.«

Cerise legte beschwichtigend eine Hand auf Ollys Arm. »Du hast alles richtig gemacht. Die Gespräche mit deinen Eltern, die sicher nicht einfach waren, die daraus resultierende Entscheidung, der Brief an Albrecht, den du so sorgfältig verfasst hast, um seine Gefühle nicht zu verletzen – all das brauchte eben seine Zeit.«

Olly nickte heftig. »Du hast recht, ich mache mir wahrscheinlich viel zu viele Sorgen. Alexander weiß so gut wie ich, dass alles besser wird, wenn dieser Tag erst einmal vorbei ist.«

Lachend und Arm in Arm betraten die beiden Schwägerinnen den Tanzsaal, wo Sascha an der Tür wartete, um seine Braut in Empfang zu nehmen.

»Geliebter Ehemann, weißt du zufällig, wo Alexander ist? Olly sucht ihn.«

»Alexander?« Sascha runzelte die Stirn. »Wenn ich mich nicht täusche, hat er sich in die Bibliothek zurückgezogen, er schmollt wohl ein wenig, weiß der Himmel, warum.« Er machte eine wegwerfende Handbewegung, dann fasste er Cerise am Arm. »Darf ich bitten? Ich glaube, ich bin derjenige, der bisher am seltensten mit der Braut tanzen durfte.«

Ollys Blick begleitete das Hochzeitspaar auf die Tanzfläche. Wie die beiden strahlten! Bald würde auch sie so glücklich sein.

Auf dem Gang vor der Bibliothek war weit und breit keine Menschenseele zu sehen. Kerzenlicht fiel in einem goldenen Strahl durch die angelehnte Tür. Alexander saß mit dem Rücken zur Tür am Flügel, das Licht der Flamme verzerrte seinen Rumpf zu einem ungewöhnlich breiten Schatten.

Olly lächelte. Womöglich wartete er seit Ewigkeiten auf sie? Warum hatte er ihr nicht Bescheid gesagt? Sie mussten doch jede Minute zur Zweisamkeit nutzen.

Alexander, Liebster, hier bin ich!, wollte sie schon rufen, als sie es sich anders überlegte.

Sie würde ihn überraschen. Sich anschleichen und ihm von hinten die Hände auf die Augen legen. Ihn küssen …

So sachte wie möglich drückte Olly die Tür weiter auf, schlich auf Zehenspitzen hinein, ganz leise …

Das Lächeln auf ihren Lippen erstarb. Sie blinzelte ungläubig, schlug die Lider nieder und hob sie wieder, als traute sie ihren Augen nicht.

Auf der Bank am Piano saßen Alexander und Julia von Haucke und küssten sich so innig, dass sie den Eindringling gar nicht bemerkten.

Olly erstarrte wie die Figur in einem Scherenschnitt.

So sehr hatte sie auf ihre Liebe aufgepasst. Sie gehütet vor den Blicken anderer. Sich gewunden wie ein Aal, sogar gelogen hatte sie, wenn es hatte sein müssen. Wenn sie nur Saschas Hochzeit hinter sich brachten, würde alles gut werden – besessen und abergläubisch zugleich hatte sie sich an diese Hoffnung geklammert.

Die Klänge von Frédéric Chopins *Abschiedswalzer* schwebten über den Flur des Winterpalastes, vor den Fenstern fuhren ächzend die Kutschen vor, die die ersten Gäste abholten, als Ollys große Liebe starb.

TEIL III

Schwermut

Leichten Sinns die Jugend flattert
Unterm Kranz des frohen Muts,
Und das Leben ist ihr herrlich,
Reich geschmückt mit Blumen frisch.
Doch für mich liegt in den Düften
Dieses Frühlings, der betört,
Eine Sehnsucht, nicht zu sagen,
Schwermut, die nichts sagen kann.
Und mein Herz ist ganz durchdrungen
Tief von namenloser Qual;
Ach, es ruft mich eine Stimme
Fort von hier und lässt nicht ab.

Wassili Andrejewitsch Shukowski

21. KAPITEL

St. Petersburg, Mai 1843

Ihren Rock mit einer Hand zusammengerafft, stürmte Olly ohne anzuklopfen in das Kabinett ihres Bruders. Ihr Herz schlug so heftig, dass ihr ganzer Brustkorb schmerzte, wie immer, wenn sie sich sehr über etwas aufregte.

»Sascha, stell dir vor, gestern ist schon wieder ein blindes Mädchen gestürzt und hat sich dabei ein Bein gebrochen! Was muss eigentlich noch passieren, bis die Blinden im Armenhaus Räume bekommen, in denen sie sich gefahrlos zurechtfinden können? Oh, du hast Besuch –« Stirnrunzelnd brach Olly ab.

»Wie du siehst«, sagte Sascha ärgerlich. Um den großen Besprechungstisch, der mit Landkarten, Listen und anderen Unterlagen übersät war, standen ein halbes Dutzend Männer. Graf Bobrinski, Olgas Kammerherr, löste sich von der Gruppe und ging auf sie zu.

»Großfürstin Olga, was für eine Freude, Sie zu sehen. Wollen Sie Ihrem Bruder etwa bei der großen Aufgabe helfen, die Flurbereinigung vorzubereiten, die unserem Zaren so sehr am Herzen liegt? Wir alle wären für ein wenig Hilfestellung sehr dankbar.«

Sascha lächelte gequält. »Meine Herren, wenn Sie mich kurz entschuldigen?« Er schnappte nach Ollys Arm und trat mit ihr vor die Tür.

»Großfürstin Olga schien ziemlich erhitzt«, sagte einer der Männer, kaum dass Graf Bobrinski sich wieder zu ihnen gesellt hatte. »Dabei heißt es doch immer, sie besäße einen eher unterkühlten Charakter.«

Sein Nebenmann hob erstaunt die Brauen. »Wird nicht eher erzählt, sie sei arrogant? Immerhin hat sie einigen der wichtigsten Thronfolger Europas einen Korb gegeben. Maximilian von Bayern zum Beispiel, er war ihr wohl nicht gut genug. Nun hat er eine andere geheiratet, eine Preußin, ausgerechnet!«

»Und hat nicht auch der österreichische Erzherzog Albrecht sich vergeblich um sie bemüht?«

»Meine Herren, ich muss doch sehr bitten«, sagte Graf Bobrinski und nickte in Richtung Flur, wo sich noch immer der Zarewitsch und seine Schwester unterhielten.

»Über meine Lippen kommt nichts, was nicht längst überall geredet wird«, murmelte der Verwalter eines nahe St. Petersburg gelegenen Bezirks. »Auf wen oder was will die Großfürstin mit ihren fast einundzwanzig Jahren eigentlich noch warten, fragt sich das Volk, und das mit Recht.«

»Am Ende geht sie noch ins Kloster, und das war's mit Russlands Herrlichkeit«, stimmte ein anderer ein. »Mich wundert nur, dass der Zar oder sein Sohn hier kein Machtwort sprechen.«

»Gab es nicht vor Jahren einen Skandal um ihren Schwager Alexander von Hessen? Wenn ich mich richtig erinnere, munkelte man damals etwas von einer Liaison zwischen ihm und der Großfürstin. Nach Kloster hört sich das nicht gerade an.«

Die Männer lachten süffisant.

»Ich verbitte mir solche Reden! Großfürstin Olga ist mit dem österreichischen Erzherzog Stephan verlobt«, erwiderte Graf Bobrinski. »Mit dieser Heirat wird sie Russlands Einfluss in Ungarn erheblich steigern. Und in Böhmen ebenfalls, man sagt, Stephan stehe kurz davor, dort die General-Statthalterschaft zu übernehmen.«

Die Männer schauten ihn skeptisch an. »Die Großfürstin in Prag – das bleibt abzuwarten«, erwiderte einer von ihnen.

»Es gibt ja auch noch Großfürstin Alexandra«, sagte sein Gegenüber konziliant. »Ist die jüngste Zarentochter nicht auch schon achtzehn Lenze alt? Wahrscheinlich wird sie noch vor ihrer großen Schwester heiraten.«

Olly biss sich auf die Unterlippe. So düster, wie Sascha dreinschaute, brauchte sie ihm mit ihren Vorschlägen für einen Blindenwohntrakt im Armenhaus nicht kommen. »Tut mir leid, Sascha, ich wollte eure Unterredung nicht unterbrechen. Bobrinski hat mir am Morgen noch von diesem Treffen erzählt, aber vor lauter Ärger über die Vorfälle im Armenhaus ist es mir entfallen.«

»Olly, ich schätze dein Engagement wirklich sehr. Aber es kann nicht angehen, dass du mich täglich in irgendwelchen wichtigen Besprechungen störst«, sagte Sascha genervt. »Vater hat sich auch schon über dich beschwert. Hier nötigst du ihm Gelder für eine Mädchenschule ab, da drängst du auf eine weitere Armenspeisung – lange macht er das nicht mehr mit.«

»Was soll denn das heißen? Ich bitte ihn doch nur um Geld, mein eigenes reicht vorn und hinten nicht«, fuhr sie auf. »Irgendjemand muss sich schließlich um die Armen und Kranken kümmern.« *Du tust es ja nicht*, fügte sie im Stillen hinzu.

»Aber doch nicht du allein! Schau dir nur deinen Auftritt von gerade eben an: Nur weil irgendjemand nicht den linken Fuß ordentlich vor den rechten setzen konnte, machst du so ein Theater.« Sascha lächelte, um seine harten Worte etwas abzuschwächen. »Du siehst blass aus, fast kränkelnd. Aber ist es denn ein Wunder? Warum nimmst du diese ständigen Armenhausbesuche überhaupt auf dich, wo sie so auf dein Gemüt drücken? Besuche doch stattdessen wieder einmal Mary. Sie und die Kinder würden sich bestimmt freuen. Am besten nimmst du Cerise und deine Anna mit, dann könnt ihr euch alle zusammen einen schönen Tag machen.«

»Und manchmal, da fühle ich solch ein Stechen im Bauch. Nein, eher ist es ein Ziehen, ein … Drücken.« Cerise schaute Mary mit großen Augen an. »Beim ersten Kind verspürte ich nichts davon.« Sie schaute hinüber zu der Wiege, in der ihre einjährige Tochter Alexandra seit Stunden schlief. »Ob das wohl Anzeichen dafür sind, dass es diesmal ein Junge wird?«

Mary tätschelte ihren eigenen dicken Bauch und lachte. »Dann bekomme ich wahrscheinlich gleich zwei davon, so sehr rumort es da drinnen. Was bin ich froh, wenn ich es in ein paar Wochen hinter mir habe!«

»Noch fünf Monate ... Hoffentlich wird's dieses Mal ein Junge. Ich habe keine Lust, mir nochmals so viel Häme wegen eines Mädchens anhören zu müssen.« Cerise seufzte.

»Was glaubst du, was Max und ich uns deswegen schon alles anhören mussten«, sagte Mary mit bitterem Unterton. Sie warf ihren beiden zwei- und dreijährigen Töchtern, die in einer Ecke des Raumes mit Bauklötzen spielten, einen liebevollen Blick zu. »Willst du eine heiße Schokolade?«, fragte sie die ältere Adini. »Dann geh in die Küche und hole dir welche.«

Das Kind nickte selig, vergessen waren die roten und blauen Holztürme. Es sprang auf, und die jüngere Schwester tapste hinterher.

Olly schluckte. Bei Mary herrschte stets eine heimelige Stimmung. Sie kümmerte sich liebevoll um ihre Kinder, mindestens ein, zwei Stunden am Tag durften die Kleinen zu ihr. Nicht anders hatte es ihre Mutter einst gehalten. Und genauso hätte Olly es auch gemacht.

Ihr Blick glitt an ihrer schlanken Taille hinab. Wie es sich wohl anfühlte, erwachendes Leben in sich zu haben? Hastig wandte sie sich ab, blinzelte, kramte in ihrem Perlenbeutel nach einem Taschentuch. Bloß nicht weinen.

»Fühlst du dich nicht gut? Bist du krank?«, sagte Anna und war sogleich bei Olly, um sie in den Arm zu nehmen.

»Lass nur.« Olly verbarg ihr Gesicht hinter den Händen. »Ich muss gerade an Maria Bariatinski denken. Sie hatte sich auch so sehr auf ihr erstes Kind gefreut«, brachte sie stockend hervor. »Ich vermisse sie so.«

Die Frauen schauten sich betreten an. Adini sagte sanft: »Deine Maria ist jetzt bestimmt der schönste Engel im ganzen Himmel, schau, vielleicht winkt sie uns gerade zu?« Sie wies auf das Fenster, wo sich am violetten Himmel kleine weiße Wölkchen jagten.

»Was für eine Tragödie«, seufzte Anna. »Keine zwei Jahre waren sie und Michael Kotschubej verheiratet. Sie haben sich so sehr geliebt ...«

Jedes Wort bohrte sich wie ein Schwert in Ollys Herz. Am liebsten wäre sie hinausgerannt. Sie wollte allein sein mit sich und ihrer

Trauer. Oder sich in ihren wohltätigen Verpflichtungen vergraben. Alles andere war so anstrengend.

Hätte sie nur nicht auf Sascha gehört! Dann säße sie jetzt allein mit Grand Folie in ihrem Zimmer und nicht hier mit der schwangeren Schwägerin und Schwester sowie deren Kinderschar. Wie konnte es sein, dass das Glück der anderen ihr weh tat?

Mary klingelte nach dem Dienstmädchen, das kurze Zeit später eine Flasche Sekt und Gläser auf den Tisch stellte.

Fassungslos schaute Olly zu, wie Mary sich daranmachte, die Flasche zu öffnen. »Das ist ja schamlos. Hast du denn gar keinen Sinn für Pietät? Wie kannst du gerade jetzt –« Sie sprang auf. Keine Minute würde sie es länger hier aushalten.

Doch als sie sich zwischen Anna und Adini hindurchschlängeln wollte, hielt die alte Freundin sie fest. »Setz dich wieder, bitte.«

Mary schenkte indessen ungerührt den Sekt ein. Die goldgelbe Flüssigkeit perlte in den fein geschliffenen Kelchen besonders schön.

»Deine Maria hätte nicht gewollt, dass wir an diesem schönen Frühlingsabend Trübsal blasen. Sie hätte auch nicht gewollt, dass du dich Tag für Tag nur für die Armen und Bedürftigen aufopferst, anstatt dein Leben zu genießen. Du kennst die Armenhäuser und -schulen der Stadt bald besser als unsere Häuser! Maria Bariatinski war eine lebenslustige junge Frau. Sie hat so gern gefeiert und kann es nun nicht mehr. Aber wir können es – deshalb hebt die Gläser und trinkt auf das Leben! Es ist das Kostbarste, was wir haben.«

Einen Moment lang zögerten die Frauen, dann taten sie es ihrer Gastgeberin gleich. Auch Olly hob ihr Glas. Zu ihrem Erstaunen prickelte der Sekt angenehm auf ihrer Zunge. Sie entspannte sich ein wenig. »Verzeih mir, ich wollte dich nicht beleidigen«, sagte sie zu Mary. »Es ist nur so … Seit Marias Tod ist alles irgendwie anders geworden.« Sie zuckte mit den Schultern, besser konnte sie einfach nicht erklären, was tief in ihr rumorte.

Es war nicht nur der Verlust der geliebten Freundin. Es war auch das Wissen, wie schnell alles vorbei sein konnte. Ein heftiges Fieber, und ausgelöscht war ein strahlendes Menschenleben, noch bevor es richtig begonnen hatte.

Mary winkte ab. »Du weißt doch, dass ich mir nicht jedes Wort zu Herzen nehme. Lass uns von etwas Erfreulicherem reden. Sag, gibt es Neuigkeiten von Stephan?«

»*Das* nennst du erfreulicher?« Olly lachte auf. »Dann kannst du Vater die Hand schütteln. Er sagte erst gestern wieder, die ganze Angelegenheit würde zwar länger dauern als gedacht, dennoch liefe alles nach Plan.« Sie zog eine Grimasse. »Das müsse dann aber ein Plan für alle Ewigkeit sein, habe ich erwidert.«

Die Frauen tauschten einen betroffenen Blick.

»Jetzt schaut nicht so entgeistert, was ich sage, ist nichts als die Wahrheit!«, fuhr Olly auf. »Vater kann doch nicht allen Ernstes glauben, dass das mit Stephan noch etwas wird. Überlegt doch mal: Erst hieß es, die böse Stiefmutter würde meinen lieben Verlobten davon abhalten, mich zu besuchen. Dann waren es irgendwelche Krankheiten. Letztes Jahr hieß es schließlich, Stephan trauere so sehr um seine verstorbene Zwillingsschwester, dass er keine Kraft zum Reisen habe. Dann kam die Nachricht, er habe erfahren, dass auch Erzherzog Albrecht um mich werbe, woraufhin er sein ›Werben‹ eingestellt habe, weil er Albrecht nicht in die Quere kommen wollte. Als unsere Diplomaten ihm mitteilten, dass ich Albrechts Werbung abgelehnt habe, hat er sich allerdings auch nicht weiter ins Zeug gelegt.« Während sie sprach, hatte sie die Punkte an den Fingern ihrer rechten Hand abgezählt. »Sehr wichtig kann ich ihm jedenfalls nicht sein.«

»Wie bitter du klingst«, erwiderte Adini. »Wahrscheinlich siehst du alles zu schwarz. Heißt es nicht, gut' Ding will Weile haben? Du und der ungarische Palatschinken – das wäre so schön.«

Die drei Schwestern lachten.

»Wie lange ist es her, dass Sascha mir in seinem Brief diesen Vorschlag unterbreitete?« Olly seufzte. »Vier ganze Jahre bin ich nun schon *verlobt*.«

Mary warf ihr einen scharfen Blick zu. »Jetzt tu nicht so mitleiderregend. Es gab Zeiten, in denen du dich ganz und gar nicht verlobt fühltest. Wer weiß, ob du nicht längst verheiratet wärst, hättest du dich nicht so beirren lassen.«

»Falls ihr wieder einmal über meinen Bruder schimpfen wollt –« Schon machte Cerise Anstalten, sich zu erheben.

»Keine Sorge, *ich* werde auf dieses Thema gewiss nicht eingehen, du kannst dich beruhigt wieder setzen«, erwiderte Olly. Sie warf Mary einen giftigen Blick zu. »Konversationen mit dir sind wirklich wunderbar, da du immer alles besser weißt.«

»Ganz unrecht hat Mary nicht, ich kann mich auch an Zeiten erinnern, in denen du froh warst, nichts von Stephan zu hören«, sagte Adini.

»Mir könnte er für alle Zeiten gestohlen bleiben«, erwiderte Olly heftig. »Aber Vater und Sascha ist es ja so wichtig, dass wenigstens *eine von uns* eine für Russland wünschenswerte Ehe schließt.« Mit leiser Genugtuung registrierte sie Marys schuldbewussten Blick.

»Also, ich kann mir immer noch gut vorstellen, dass Stephan und du füreinander bestimmt seid«, sagte Adini betont fröhlich. »Vielleicht wird eure Liebe durch all die Hindernisse nur einer Art Prüfung unterzogen?«

Olly runzelte die Stirn. »Einer Art Prüfung? Ich glaube inzwischen vielmehr, dass hinter alldem nur Kanzler Metternich steckt! Er ist derjenige, der gegen mich intrigiert. Kaiser Ferdinand, Stephan, sein Vater, der Palatin Joseph – sie alle sind zu schwach, um sich gegen Metternich aufzulehnen. Er ist derjenige, der die Geschicke Österreichs verwaltet. Und dazu gehören anscheinend auch Verehelichungen. Stephan und ich sind ja nicht die Einzigen, gegen deren Verbindung er intrigiert – schon vor Jahren trieb Metternich ähnlich Schindluder mit Ferdinand Philippe, dem Herzog von Orleans.«

Mary schüttelte den Kopf. »Was du alles zu wissen glaubst! Stehen diese Intrigen etwa in den vielen Zeitungen, die du ständig liest? Du bist ja bald studierter als alle Professoren zusammen.«

Adini lachte. »Stimmt, wenn du so weitermachst, kannst du bald selbst in die Politik gehen.«

»Macht euch nur lustig«, sagte Olly. »Ich hätte schon viel früher beginnen müssen, mich über die Verhältnisse in Österreich zu informieren. Dann wäre mir bald klargeworden, dass diese Verheiratung alles andere als leicht werden würde. Nur wer nichts weiß, kann für dumm verkauft werden.«

»Olly«, mahnte Anna. »Jetzt übertreibst du aber wirklich. Alle wollen nur dein Bestes, das weißt du.«

»Vater setzt Himmel und Hölle in Bewegung, damit die Österreicher eurer Heirat zustimmen. Gerade eben hat er wieder Graf Orloff nach Wien geschickt, um die Lage zu sondieren. Ich dachte immer, das einzige Problem läge darin, dass du keine Katholikin bist?« Mary gab ihrer Tochter eine silberne Rassel in die Hand, die diese sogleich in hohem Bogen wegwarf.

»Ach ja, die Frage nach der richtigen Religion vergaß ich zu erwähnen«, sagte Olly sarkastisch. »Falls Stephan wirklich Palatin in Ungarn wird, würde man dort natürlich lieber eine katholische Frau an seiner Seite sehen. Aber Vater meint, dass eine gemischte Ehe durchaus möglich ist, so etwas hätte es sogar schon einmal gegeben. Als seine Schwester Alexandra vor vielen Jahren den Erzherzog Joseph heiratete, ist anscheinend ein Geheimvertrag geschlossen worden, in dem beide Kaiserhäuser festlegten, dass eine Russin, die nach Österreich einheiratet, weiterhin ungehindert ihren Glauben leben darf.«

»Aber das ist doch wundervoll! Solch ein Dokument ist bindend, solange keine der Parteien Einspruch erhebt. Also würde dieser Vertrag auch für dich gelten.« Adini klatschte in die Hände, auch Anna merkte sichtbar auf.

»Schon, aber das verflixte Dokument ist nirgendwo auffindbar. Vater lässt sämtliche Archive auf den Kopf stellen.« Olly lächelte müde. »Es ist nicht so, dass ich seine Anstrengungen nicht zu schätzen weiß, aber ich glaube einfach nicht, dass dieser Geheimvertrag noch etwas bewirken würde. Ach, ich habe die ganze Sache so satt!« Am liebsten hätte sie hinzugefügt, dass Stephan ihr völlig egal war. Er war ein Fremder für sie, dem sie sich eine Zeitlang auf romantische Art verbunden gefühlt hatte. Ihr Herz jedoch hatte für einen anderen geschlagen.

Mary klingelte erneut nach ihrem Dienstmädchen und wies es an, die Kinder, die um mehr Kakao bettelten, mitzunehmen. Sofort ertönte lautes Protestgeschrei. Kaum war es verebbt, schenkte Mary ihren Gästen Sekt nach.

»Nehmen wir einmal an, aus Olly und Stephan würde wirklich nichts werden …« Um Aufmerksamkeit heischend, schaute Mary in die Runde. »Dann wäre es doch sinnvoll, sich einen weiteren Plan zu überlegen, oder?«

Adini und Cerise nickten zögerlich.

Olly seufzte. »Glaubst du, das habe ich nicht längst getan? Viel ist mir nicht eingefallen.« Sie hielt für einen Moment inne, dann sagte sie: »Vielleicht sollte ich Adini im kommenden Herbst nach Berlin begleiten? Womöglich treffe ich Stephan *zufällig* auf einem der großen Bälle. Oder ich lerne einen anderen Herrn kennen. Was ist – warum sagt ihr nichts?«

Adini biss sich auf die Unterlippe, schaute fast flehentlich zu Mary, die plötzlich eingehend ihr Kleid glattstrich.

»Ich bin mir nicht sicher, ob dies eine gute Idee wäre«, sagte Adini gedehnt.

»Aber warum denn nicht?«, erwiderte Olly. »Zu zweit hätten wir sicher viel Spaß.«

»Schon, aber überlege doch mal, wie viele Verehrer du schon hattest. Immer geht es nur um dich …«

Olly starrte ihre Schwester verblüfft an. »Es geht immer nur um mich?«

Adini rutschte auf ihrem Stuhl hin und her, ihr war die Wendung, die dieses Gespräch genommen hatte, sichtlich peinlich. »So meine ich das nicht. Aber jetzt bin einfach *ich* an der Reihe, in die Gesellschaft eingeführt zu werden. Du weißt genau, dass dies schon letzten Herbst hätte geschehen sollen. Leider hat damals meine Gesundheit verhindert, dass ich mich ins Ballgetümmel stürze. Und nun bin ich auch schon achtzehn Jahre alt.«

Olly sah sie höhnisch an. »Schon achtzehn? Du Ärmste! Hast du etwa Angst, dass ich dir einen Ehemann vor der Nase wegschnappe? Keine Sorge, das wird nicht geschehen.« Mit zittriger Hand nahm sie einen Schluck Sekt. Die Flüssigkeit rann sauer ihre Kehle hinab. Wie konnte die Schwester in ihr nur eine Konkurrentin sehen?

»Du als Adinis Anhängsel in Berlin, das halte ich auch für keine gute Idee«, sagte Mary. »Wahrscheinlich würden die Leute hinter deinem Rücken gemein tuscheln.«

»Vielleicht wäre es am sinnvollsten, wenn wir weitere Pläne Sascha und eurem Vater überlassen. Ich könnte mit den beiden sprechen«, bot Cerise an. »Ganz sicher fällt ihnen etwas ein, wie dir zu helfen wäre.«

Olly spürte, wie sich in ihr sämtliche Stacheln aufstellten. Dass sie nun schon die Schwägerin als Fürsprecherin brauchen sollte, war ihr neu. »Ich brauche keine Hilfe. Warum lasst ihr mich nicht einfach in Ruhe? Niemand braucht sich um mich zu kümmern, die Männer können mir gestohlen bleiben. Alles ist gut so, wie es ist!« Die Tränen, die ihr in die Augen stiegen, zeugten allerdings von etwas anderem.

Mary stand auf, ließ sich neben Olly auf die Chaiselongue fallen, umarmte sie. Ihr dicker Bauch drückte dabei unangenehm in Ollys Seite.

»Den Kopf in den Sand zu stecken macht die Sache auch nicht besser. Damit ist jetzt Schluss.« Mary hob Ollys Kinn an, so dass dieser nichts anderes übrigblieb, als in Marys vor Aufregung gerötetes Gesicht zu schauen.

»Ich habe nämlich eine wundervolle Idee für dich. Eigentlich ist es gar keine Idee, vielmehr ist es schon ein richtig ernsthafter Plan. Also, pass auf ...«

»Und, was sagst du zu Marys tollem Plan?«, fragte Olly, während Anna ihr wie jeden Abend die Haare bürstete. »Also, ich finde es unmöglich, dass sie einen wildfremden Herrn in ihr Landhaus eingeladen hat, um ihn mir vorzustellen. Ohne mich zu fragen. Und nun erwartet sie, dass ich entzückt bin.«

Anna musste sich ein Schmunzeln verkneifen. Wenn Olly wütend war, war sie noch hübscher als sonst. Dann kräuselte sich ihre makellose Stirn, ihr Mund schürzte sich vor Empörung, wodurch er noch voller und rosiger wirkte, ihre Augen funkelten strahlender als all ihre Edelsteine. All das würde sie ihrem Zögling natürlich nie sagen. Olly wusste auch so, dass sie zu den schönsten Damen in ganz Europa gehörte. Aber was nutzte es ihr?

Mit einem Seufzer legte Anna die Bürste weg und suchte im Spiegel Blickkontakt. Ollys Augen hatten in den letzten zwei Jahren eine Tiefe bekommen, die Anna fast Angst machte. So viel Seele in solch einem jungen Menschen …

»Mary wollte dir eine Freude bereiten. Sehr bemerkenswert, wenn man bedenkt, wie garstig du zu ihr warst. Du könntest dir den Herrn zumindest anschauen. Laut Mary scheint Friedrich von Hessen wirklich sehr nett zu sein.« Sie teilte Ollys Haare in drei Stränge, dann begann sie, einen Zopf zu flechten.

»Du weißt so gut wie ich, dass Mary sehr gut darin ist, Dinge, die ihr wichtig sind, in einem schönen Licht darzustellen. Sie und Max haben diesen Friedrich ein einziges Mal auf einer Reise getroffen, wie will sie da eine Aussage über seinen Charakter treffen können? Außerdem stammt er nur aus einer Seitenlinie des Hauses Hessen-Kassel, was meine liebe Schwester beiläufig in einem Nebensatz erwähnte.«

»Sei nicht so schnippisch. Bei Alexander hätte es dich doch auch nicht gekümmert, dass er keinerlei Ansprüche auf einen Thron hat.« Anna zog Olly halb spielerisch, halb tadelnd an dem Zopf. Sie nahm eine Zitronenscheibe von dem Teller, der jeden Abend von der Küche bereitgestellt wurde, und rieb damit Ollys Gesicht in kreisenden Bewegungen ab. Nicht umsonst hatte ihr Zögling einen so strahlenden, reinen Teint, dachte sie voller Stolz bei sich. Als Nächstes öffnete sie einen der silbernen Tiegel, die auf Ollys Toilettentisch standen. Sofort zog der Duft von Bienenwachs und süßen Mandeln durch den Raum. Vorsichtig holte Anna mit dem Zeigefinger ein wenig der duftenden Creme heraus und verteilte sie auf Ollys Gesicht.

»Und wohin hat mich diese Haltung gebracht?«, murmelte Olly mit geschlossenen Augen. »Belogen und betrogen hat er mich.«

»Ach Kind, woher willst du das so genau wissen.« Anna hatte keine Ahnung, wie oft sie diesen Satz schon gesagt hatte. Sie zauderte für einen Moment, dann fuhr sie fort: »Es ist wieder ein Brief von ihm angekommen. Ich habe ihn dort drüben hingelegt.«

Olly öffnete kurz ein Auge und blinzelte in Richtung ihres Sekretärs. »Wirf ihn weg. Besser noch, verbrenne ihn. Warum lässt er mich nicht endlich in Ruhe?«

Anna, die sich dasselbe fragte, schwieg. Der Zarewitsch Sascha hatte seine Fäden einst wirklich sehr geschickt gesponnen, dachte sie nicht zum ersten Mal. Ollys Liebe für den hessischen Prinzen war abgestorben wie eine Pflanze, auf die man Gift geschüttet hatte.

Natürlich hatte Alexander versucht, Olly alles zu erklären.

In den Tagen und Wochen, die auf Saschas Hochzeit folgten, hatte er Olly immer wieder um ein Treffen gebeten, vergeblich. Einmal trafen sie sich zufällig auf dem Gang des Palastes, vielleicht hatte er Olly auch aufgelauert, Anna wusste es nicht. Olly hatte sich seine Beteuerungen mit versteinerter Miene angehört. Die Umarmung mit Julia von Haucke, nichts als ein Missverständnis. Der Kuss ebenfalls! Er hatte sie um Verzeihung gebeten, sie regelrecht angebettelt. Doch sie war wortlos davongegangen.

»Glaubt er, ich wäre nicht nur dumm, sondern auch noch blind? Ich habe doch mit eigenen Augen gesehen, wie innig sie sich geküsst haben! Wie konnte er mir das antun? Ich dachte, er liebt mich! Ich dachte, wir wären füreinander bestimmt«, hatte sie Anna gegenüber immer wieder lamentiert und sich Nacht für Nacht in den Schlaf geweint. »War alles nur gelogen? Alles nichts wert? Mich so zu hintergehen, das verzeihe ich ihm nie!«

Seine Briefe hatte sie nicht geöffnet. Jeden einzelnen hatte sie vernichtet.

Anna war zwar einerseits froh, diese Liaison, aus der nichts hatte werden dürfen, beendet zu sehen. Über die Art und Weise allerdings war sie sehr betrübt. Was war besser, fragte sie sich: an einem gebrochenen Herzen zu leiden oder sein Herz vom Dolch des Verrats durchbohrt zu bekommen?

Sascha hatte sich liebevoll um die untröstliche und in ihrem Stolz gekränkte Olly gekümmert. Sie dürfe dem Schwager nicht böse sein, meinte er sanft. Ein junger Mann sei in Gefühlsdingen nun einmal etwas flatterhaft. Und ein so attraktiver Bursche wie Alexander brach die Blüten eben, wo er sie fand. Auch das sei normal, wo die

Damen doch so sehr für ihn schwärmten. Wie, Olly habe noch nicht gehört, dass es außer Julia von Haucke noch andere Verehrerinnen gab? Konnte es sein, dass Olly in Alexander mehr gesehen hatte, als in seiner Person zu finden war? Hatte Olly den Schwager womöglich zu einer Art Traummann stilisiert? So etwas sei immer ein Fehler, besser wäre es, den Tatsachen ins Auge zu sehen. Er, Sascha, wisse, wovon er spräche. Und er wolle nur Ollys Bestes.

Deshalb schlug er auch vor, Cerises Hofdame Julia von Haucke eine Zeitlang aufs Land zu schicken. Dem Schwager legte er einen längeren Urlaub in der Heimat nahe. Seine Geschwister und Cerise schwor er ein, die Angelegenheit mit Stillschweigen zu behandeln, um Ollys Gefühle nicht weiter zu strapazieren. Woran sich diese natürlich nicht hielten – in solch einer dramatischen Angelegenheit wollte jeder seine Meinung kundtun.

So war es nicht ausgeblieben, dass immer mehr Mitglieder des Hofes von den Vorkommnissen Notiz genommen hatten. Immer wildere Gerüchte kursierten, die so weit gingen, dass behauptet wurde, Olly würde von ihrem Schwager ein Kind erwarten.

Auch an anderen Höfen wurde über die Affäre geredet – und über den Zaren und seine fruchtlosen, fast peinlichen Bemühungen, Kanzler Metternich von den Vorzügen seiner Tochter zu überzeugen.

Zum Glück bekam Olly von den weiten Kreisen, die ihre Affäre zog, nicht viel mit. Gegen das Gerede in St. Petersburg schützte sie sich auf ihre Art: Sie trug den Kopf noch höher als sonst, ihre Miene wurde maskenhaft, außer einem kleinen Kreis Vertrauter ließ sie niemanden mehr an sich heran. Lächelte ein Mann sie an, wich sie argwöhnisch zurück. Versuchte er, ihr Komplimente zu machen, ließ sie ihn stehen aus lauter Angst, noch einmal hintergangen zu werden. Großfürstin Olga sei arrogant und abweisend, hieß es bald darauf.

Nicht jeder Mann ist schlecht, sagte ihr Anna immer wieder, und dass sie ihr Misstrauen wieder ablegen müsse. Doch Olly hatte ihr Innerstes wie eine Auster fest verschlossen.

Inzwischen war Julia von Haucke wieder an Cerises Seite, doch Olly ging sie geflissentlich aus dem Weg. Auch Alexander von Hessen war seit Anfang des Jahres zurück in der Stadt. Sogleich hatte er sich in den Petersburger Festtrubel gestürzt, er wurde bei allen Karnevalsveranstaltungen gesehen. Ob er und Julia sich trafen, wusste Anna nicht. Dagegen bekam sie immer wieder zu hören, dass sich Alexander mit zweifelhaften Französinnen herumtrieb, und auch die eine oder andere Adelsdame wurde mehrmals in seiner Begleitung gesehen. Der Name Bijoutte Scheremetjeff tauchte immer wieder auf, auch eine gewisse Orange wurde genannt. In einigen Hofkreisen schien es derzeit in Mode zu sein, Wetten darauf abzuschließen, welche der Damen Alexander als Erste ins Unglück stürzen würde: die verheiratete Bijoutte oder die ledige Orange.

Besonders froh sah Alexander trotz all seiner Eroberungen jedoch nicht aus, dachte Anna, wann immer er ihr, gekleidet in seine schmucke Uniform, zufällig begegnete. Zumindest lief alles, was seine militärische Laufbahn anging, bestens – trotz seines jugendlichen Alters war Alexander vom Zaren zum Generalmajor der ersten leichten Gardekavalleriedivision ernannt worden.

Anna seufzte tief auf. Bestimmt hatte der Zarewitsch es durch sein Eingreifen gut mit seiner Schwester gemeint, aber war gutgemeint nicht meist das Gegenteil von gut?

Inzwischen war die Gesichtscreme völlig in Ollys zarte Haut eingezogen, und Olly wirkte nach dieser Massage etwas entspannter.

Annas Blick blieb im Spiegel auf ihrem eigenen Antlitz hängen. Ihre Miene verdüsterte sich. In den letzten Monaten war die Narbe an ihrer Stirn dunkler und die Runzeln um ihre Augen tiefer geworden. Was bist du nur für ein altes, unnützes Weib geworden, ärgerte sie sich.

Nachdem Grand Folie es sich neben Olly im Bett bequem gemacht hatte, setzte sich Anna auf den Bettrand, nahm Ollys Hand und sagte: »Zugegeben, Friedrich von Hessen ist vielleicht das, was man einen *Jean sans terre* nennt, aber Mary hat doch ebenso erwähnt, dass seine Familienverhältnisse diverse Aussichten auf zukünftige Würdentitel bieten. Für den vagen Fall, dass sich die Angelegenheit mit Stephan wirklich zerschlagen sollte, wäre Friedrich von Hessen also ein geeigneter Heiratskandidat.«

»Ein ›Hans ohne Land‹? Ist es so weit schon gekommen?« Olly seufzte traurig.

Im Stillen gab Anna ihr recht. Es war geradezu empörend, mit ansehen zu müssen, wer alles wagte, um die Tochter des Zaren zu werben. Emporkömmlinge niedrigster Gesinnung! Der eine steinalt, der andere dumm, der nächste ohne ein Mindestmaß an Erziehung. Einen hatte Anna sogar laut sagen hören, der Zar könne froh sein, wenn sich jemand einer alten Jungfer wie Olga erbarme. Alle glaubten sie, ihre ärmlichen Höfe mit dem »Erwerb« einer Zarentochter aufwerten zu können. Gott sei Dank wies der Zar jeden Einzelnen von ihnen ab!

Olly ließ Annas Hand los, rutschte tiefer unter ihre Decke. »Ich weiß, ihr meint es alle gut mit mir. Aber mir ist die ganze Angelegenheit so zuwider. Seit ich denken kann, wollte ich auf keinen Fall in dieses schreckliche Heiratskarussell geraten, wo man selbst nichts zu sagen hat und auf das Wohlwollen sämtlicher beteiligter Parteien angewiesen ist. Ich wollte keine ›Diplomatenware‹ werden, sondern selbst entscheiden, wessen Frau ich werde. Und ich wollte etwas Sinnvolles mit meinem Leben anstellen und nicht nur von einem Ball zum nächsten tanzen. Aber nun ist alles schlimmer gekommen, als ich es mir je vorstellen konnte. Ach Anna, in welchen Schlamassel bin ich da nur geraten?«

Das fragte sich Anna allerdings auch.

22. KAPITEL

»Was meint ihr – sollen wir hier im Hauptsalon eindecken oder im Garten?«, fragte Mary ihre Schwestern.

Es war Anfang Juni, die drei Schwestern hielten sich seit Pfingsten im Familienlandhaus in Peterhof auf. Später am Tag sollte Friedrich von Hessen anreisen. Außer ihm hatte Mary auch noch einen ihrer Cousins, den Großherzog Franz von Mecklenburg, eingeladen.

Das erste Diner mit den Gästen sollte in einem familiären Rahmen stattfinden: Olly und Adini, Mary und Max, das Zarenpaar, Sascha und Cerise. Es tat nicht not, Friedrichs Aufmerksamkeit durch die Anwesenheit hübscher Hofdamen oder von Helenes Töchtern in die Irre zu führen, hatte Mary in ihrer Rolle als inoffizieller Gastgeberin beschlossen. Niemand hatte ihr widersprochen.

Mit verschränkten Armen betrachtete Olly den großen sonnenbeschienenen Salon, dessen grüne Wände in eine weiße Stuckdecke übergingen. Auf dem Boden lag ein gewebter Teppich, dessen Muster auf die gotischen Fensterrosetten abgestimmt worden war. Alles zusammen strahlte eine spielerische, anheimelnde Atmosphäre aus, die Olly sehr liebte.

»Hier ist es so langweilig«, sagte Adini und hustete. »Und staubig obendrein. Warum planen wir für unsere Gäste kein Picknick am Strand?«

Mary schüttelte heftig den Kopf. »Das ist mir viel zu unbequem.

Aber du hast mich auf eine Idee gebracht.« Triumphierend schaute sie ihre Schwestern an. »Wir geben unser Diner in der Eremitage.«

Zu dritt wanderten sie durch den Park. Im Sonnenlicht wirkte die Eremitage mit ihrem weißen Stuck wie eine riesengroße, mit Zuckerguss verzierte Torte. Über die Zugbrücke, die einen Wassergraben überspannte, gelangten sie ins Innere des Gebäudes. Es stammte noch aus der Zeit ihres Urahns Peters des Großen, der auf seinen Reisen durch Frankreich und Italien entzückt davon gewesen war, dass Gäste dort in pittoresken Gartenpavillons bewirtet wurden. Die Eremitage im Park von Peterhof war seine pompöse Umsetzung der europäischen Tradition.

Unter Gelächter quetschten sich Mary, Adini und Olly in den Fahrstuhl, der eigentlich nur für zwei Personen gedacht war. Diese Art, in den Speisesaal im ersten Stock zu gelangen, ist wirklich originell, dachte Olly. Dass auch die Speisen per Aufzug in den ersten Stock transportiert wurden, war die zweite Besonderheit dieses Gebäudes.

Oben angekommen, begann Adini erneut zu husten.

»Du wirst doch nicht etwa schon wieder krank?«, sagte Olly und beäugte die Schwester kritisch. Violette Schatten lagen unter ihren Augen, die Haut wirkte dünn und spröde wie Papyrus.

»Es ist nur der Staub«, keuchte Adini.

Natürlich hätten sie das Eindecken des großen runden Esstisches an das Personal delegieren können, aber für ihre ganz speziellen Gäste wollten sie selbst alles hübsch herrichten. Auf die schneeweiße Tischdecke folgte Porzellan aus der Petersburger Manufaktur, dazu gesellten sich rote Sektschalen und grüne Wasserkelche aus Muranoglas, silberne Pokale für den Wein, Etageren …

Irgendwann waren die Fächer der großen Anrichte leer geräumt. Der Tisch sah wunderschön aus.

»Das hat richtig Spaß gemacht«, sagte Olly erstaunt. Mary zwinkerte ihr verschwörerisch zu. »Warte nur ab, wie viel Spaß du haben wirst, wenn du den wichtigsten Gast erst siehst …«

Friedrich von Hessen sowie Großherzog Franz von Mecklenburg trafen am frühen Nachmittag wohlauf und in bester Laune ein. Während sich die unglückliche Adini, erschöpft von ihrem Husten und einer drohenden Erkältung, in ihr Zimmer zurückgezogen hatte, um zu ruhen, begrüßten Olly, Mary und ihr Gatte Max die Gäste herzlich. Ja, die Reise sei gut verlaufen. Ein langer Weg, gewiss. Aber äußerst interessant. Vor allem das letzte Stück, die Seepassage von St. Petersburg zur Sommerresidenz der Zarenfamilie, hatte es den beiden jungen Männern angetan. Falls möglich, wollten sie während ihres Aufenthalts unbedingt noch eine Bootsfahrt unternehmen.

Olly nickte heftig. Natürlich wäre das möglich, am besten würden sie alle gemeinsam zu einem solchen Ausflug aufbrechen.

Bei Tee und Gebäck unterhielten sie sich angeregt. Als man sich am späten Nachmittag in die jeweiligen Zimmer zurückzog, um sich für das Diner herzurichten, war bereits jegliches Gefühl von Fremdheit verflogen.

Was Olly selbst am wenigsten erwartet hatte, war eingetroffen: Sie fand Friedrich von Hessen-Kassel-Rumpenheim äußerst sympathisch und freute sich darauf, ihn am Abend wiederzusehen.

Während des Ankleidens erzählte sie Anna von ihren ersten, positiven Eindrücken. Doch recht bald wich sie weiteren Fragen ihrer Hofdame aus, um sich voll und ganz auf ihr Äußeres zu konzentrieren. Vielleicht schadete es nicht, sich für den heutigen Abend ein wenig aufwendiger zurechtzumachen als sonst?

Am Nachmittag hatten Mary und sie einfache Baumwollkleider getragen, für das Essen in der Eremitage durften es dagegen feinster Taft und Spitze sein. Das Kleid, das Olly wählte, war in einem schimmernden Blaugrün gehalten, das sie an die aufgewühlte See an stürmischen Tagen erinnerte. Olly fand es sehr passend. Zur Feier des Tages schlang sie mehrere Perlenstränge um ihren Hals, die perfekt sowohl zu dem Meeresblau als auch zu ihrer aufwendigen Hochsteckfrisur passten. Selten hatte sie so schön ausgesehen wie heute, befand sie, wozu auch ihr beständiges Lächeln beitrug – ihr schönstes Accessoire.

»Ach Adini, kannst du dich nicht doch aufraffen? Komm, ich helfe dir auch beim Anziehen.« Traurig betrachtete Olly ihre Schwester, die noch immer ermattet im Bett lag. Hätten sie bloß nicht erlaubt, dass Adini ihnen beim Tischdecken half, ärgerte sie sich stumm. Dass diese Anstrengung für die zarte Schwester zu viel war, hätten sie sich doch denken können.

»Später vielleicht«, sagte Adini leise. »Erzähl mir lieber noch ein bisschen von Friedrich. Ist er wirklich so sympathisch, wie Mary ihn schilderte?«

Olly brauchte keine zweite Aufforderung. Übersprudelnd begann sie, die Vorzüge des Gastes aufzuzählen: seine Universitätslaufbahn, die ihm eine äußerst gute Bildung verliehen hatte. Die militärische Karriere, die darauf gefolgt war. Sein offener Blick, der so vertrauensvoll wirkte. Seine Art, immer dann einen Scherz ins Gespräch einzuflechten, wenn keiner damit rechnete. Sie und Mary hätten sich deswegen vor Lachen geschüttelt!

»Und das Beste ...« Olly holte tief Luft. »Friedrich hat zwar sechs Schwestern, aber er ist der einzige Sohn von Landgraf Wilhelm. Seine Mutter ist Luise Charlotte von Dänemark, hast du das gewusst? Aufgrund dieser Beziehung hat Friedrich Chancen, nach dem Tod des dänischen Königs, der keine Kinder hat und wahrscheinlich auch keine mehr bekommen wird, selbst König von Dänemark zu werden. Die hessische Kurwürde bekommt Friedrich nach dem Tod seines Vaters außerdem noch verliehen«, fügte sie hinzu. »So gesehen ist er wohl tatsächlich eine gute Partie, gegen die auch Vater nichts sagen könnte.«

Adini schüttelte matt den Kopf. »Und woher weißt du das alles? Du hast ihn doch hoffentlich nicht ausgefragt?«

Olly lachte. »Was denkst denn du? Das hat Mary für mich übernommen. Und wenn du mich fragst, hat sie es äußerst geschickt angestellt. Ach, ich bin so glücklich wie lange nicht mehr.« Ohne Rücksicht auf ihr Kleid und ihre Frisur umarmte sie die jüngere Schwester. »Du musst Friedrich unbedingt auch bald kennenlernen und mir sagen, was du von ihm hältst.«

Adinis schmaler Körper wurde von einem weiteren Hustenanfall erschüttert. Erschrocken wich Olly zurück, bloß nicht anstecken und auch noch krank werden!

»Viel wichtiger ist doch, was *du* von Friedrich hältst«, sagte Adini, nachdem sich der Husten gelegt hatte.

Olly lächelte geheimnisvoll. »Ich glaube, er könnte mir gefallen ...«

Der Abend hielt, was sich die Schwestern während ihrer Vorbereitungen davon versprochen hatten: Die farbenfrohe Tischdekoration wurde von den Gästen ebenso goutiert wie die feinen Speisen. Sie erschienen wie von Zauberhand auf einem Tisch, der durch eine Öffnung im Fußboden aus dem Erdgeschoss hochgefahren wurde. Was für eine angenehme Abwechslung, endlich einmal nicht von dienstbaren Geistern umringt zu sein, sondern sich selbst bedienen zu können, fanden beide Gäste.

»Darf es noch ein wenig Ragout sein?« Olly lächelte Friedrich an. Wie gut, dass sie den Platz neben dem Speisenaufzug gewählt hatte, so konnte sie von den Gerichten, die mit dem Aufzugstisch geliefert wurden, stets zuerst ihm etwas anbieten.

»Sehr gern«, antwortete er lächelnd und nahm ihr die Servierschale ab.

»Und Sie sind letztes Jahr wirklich mit einer dänischen Fregatte bis nach Konstantinopel gekreuzt? Ist das nicht schrecklich weit?«, nahm sie das vorangegangene Gespräch wieder auf.

»Konstantinopel«, warf ihr Cousin wegwerfend ein. »Mich dürft ihr bewundern, denn ich bin bis in den Orient gekommen! Stürme hatten wir und ...«

»Was für ein Jammer, dass Kosty nicht hier ist, er hätte solchen Seefahrergeschichten mit Begeisterung gelauscht«, seufzte Olly, nachdem Friedrich seine Geschichte beendet hatte.

»Warum in die Ferne schweifen?«, sagte Mary leichtherzig. »In den nächsten Wochen stehen uns so viele herrliche Festlichkeiten hier und in St. Petersburg bevor, dass bestimmt niemand Reisefieber bekommt.«

Rasch nahm Olly den Faden auf. »Sagen Sie, verehrter Prinz, kennen Sie eigentlich schon die berühmten Weißen Nächte von St. Petersburg? Damit meinen wir Russen die Juninächte, in denen es nie richtig dunkel wird. Zauberhaftes silbriges Licht umwebt wie ein feiner Gazeschleier die goldenen Türme unserer Stadt. Sie wirkt dadurch wie ein in zarten Farben gehaltenes Aquarellgemälde. Ich fühle mich jedes Jahr aufs Neue wie in ein Märchen versetzt.« Olly seufzte auf. Dieses Jahr würden die Weißen Nächte vielleicht besonders märchenhaft werden …

»Wie poetisch Sie sind, liebe Großfürstin«, sagte Friedrich. »Würden Sie mir die Freude bereiten, in einer dieser Nächte mit mir einen Spaziergang entlang der Petersburger Kanäle zu machen? Selbstverständlich nur unter Aufsicht einer Anstandsdame«, fügte er hastig hinzu, als er das Stirnrunzeln der Zarin sah.

»Wir gehen so bald wie möglich«, sagte Olly. Wie gut, dass sie ihre Mutter neben Franz gesetzt hatten, frohlockte sie. Seine Mutter war Alexandras fünf Jahre jüngere Schwester, und sehnsüchtig lauschte die Zarin seinen Berichten über die Familie in Berlin. Genauso begierig saugte sie jedes Detail preußischen Hofgeflüsters auf, das ihr Neffe zu berichten wusste. Olly war das sehr recht – je weniger sie Friedrich in Beschlag nahm, desto besser.

Ihr reichte die etwas übertriebene Aufmerksamkeit, die ihr Vater dem jungen Mann schenkte. Dass ein so junger Mann schon Generalmajor war, beeindruckte ihn, und so verwickelte er den Gast immer wieder in Gespräche über seine militärische Laufbahn.

»Ein stolzer Soldat! An seiner Seite würde es dir nicht schlecht ergehen«, raunte der Zar Olly zu. Einerseits freute sie sich über die Sympathiebekundung ihres Vaters, andererseits hätte sie sich mit Friedrich gern ein wenig allein unterhalten. Sie hatte das Gefühl, dass es ihm ebenso erging, jedenfalls blinzelte er ihr immer wieder zu.

Mary, die dies wohlwollend beobachtete, versuchte daraufhin, ihren Vater in ein Gespräch zu verwickeln. Olly zwinkerte ihr dankbar zu.

»Habe ich Ihnen schon erzählt, wie bei uns in Russland die heldenhaften Soldaten verehrt werden, die sich im Kampf gegen die kaukasischen Völker ihre Lorbeeren verdienen?«, sagte sie gerade zu Friedrich, als ein Quietschen sie unterbrach. Auch die übrige Konversation am Tisch erstarb, und die Gäste schauten ihre Gastgeber fragend an.

»Der Aufzug«, sagte Mary und zeigte zum Eingang. »Das kann nur Adini sein.«

Olly lächelte. Hatte es die jüngere Schwester doch noch geschafft, wenigstens zum Dessert zu erscheinen.

»Darf ich vorstellen – Großfürstin Alexandra, unsere Schwester. Leider war sie früher am Abend unpässlich«, sagte Mary.

»Und nun platze ich mitten in eure Tischrunde. Ich hoffe, ich störe nicht allzu sehr?« Zögerlich trat Adini an den Tisch.

Wie schön ihre Schwester aussah, dachte Olly ein wenig eifersüchtig, während Mary die Gäste und Adini bekannt machte. Im Gegensatz zu Mary und ihr hatte Adini ihre Haare nicht aufgesteckt. In langen, seidig schimmernden Wellen fielen sie ihr über die Schulter, wo sie von einem cremefarbenen Band und einer Rose zusammengehalten wurden. Ihr cremefarbenes Kleid aus Rohseide wies als einzigen Schmuck kleine Perlmuttknöpfe auf, die im Licht schwach glänzten. Seltsam, befand Olly, durch die Schlichtheit ihrer Aufmachung wirkte Adini noch hoheitsvoller und schöner als sonst.

»Cousinchen, du bist ja richtig erwachsen geworden!«, rief Franz. »Und eine Schönheit noch dazu.«

Auch Friedrich schien beeindruckt. Wie der Blitz stand er auf, um den Stuhl zu seiner Linken für Adini zurechtzurücken. Huldvoll lächelnd nahm sie Platz.

Der Speisenaufzug polterte und brachte das Dessert. Einen Moment lang wurde die Aufmerksamkeit aller von der fünfstöckigen Torte in Anspruch genommen. Jedes einzelne Stockwerk war wie ein Backwerk für sich, wobei das oberste – mit Nüssen, Mandeln und Schokolade verziert – am aufwendigsten erschien. Olly wollte sich daranmachen, die Torte anzuschneiden, doch Adini war schneller.

»Sie gestatten?«, sagte sie zu Friedrich und reichte ihm ein Stück Torte aus der obersten Etage. Olly runzelte die Stirn. Das hatte sie machen wollen!

»Türkische Haselnüsse und feinstes Mandelmarzipan, dafür

könnte ich sterben, Sie auch?« Statt gleich den nächsten Teller zu nehmen, verweilte Adinis Blick länger als nötig auf Friedrichs Miene.

»Mir geht es ebenso«, sagte er, ohne das Tortenstück auf seinem Teller eines Blickes zu würdigen.

Olly räusperte sich. »Soll *ich* vielleicht die Torte weiter aufschneiden?« Der leicht gereizte Unterton in ihrer Stimme war nicht zu überhören. Erst verbrachte ihre Schwester den halben Abend gemütlich im Bett, und nun spielte sie sich dermaßen in den Mittelpunkt!

Lächelnd machte sich Adini daran, auch die anderen Teller zu füllen. Olly entging nicht, dass außer Friedrich kein anderer etwas von der obersten Etage bekam. Die Eltern erhielten Stücke aus der zweiten Etage, Cerise und Sascha von der Buttercremetorte im mittleren Teil und Olly teilte Adini ein Stück schlichten Obstkuchen aus dem untersten Stockwerk zu. Normalerweise hätte Olly deswegen protestiert, doch heute wollte sie kein Aufhebens machen. Stattdessen wandte sie sich wieder an ihren Gast: »Lieber Friedrich, ich wollte Ihnen doch gerade vom St.-Georgs-Kreuz erzählen, welches unsere tapferen Soldaten im Kaukasuskrieg verliehen bekommen. Und von den prachtvollen Uniformen der Nischni-Nowgorod-Dragoner.«

Friedrich nickte beiläufig. »Davon habe ich schon gehört«, sagte er. »Großfürstin Alexandra, Sie frösteln ja. Ist Ihnen kalt wegen der Zugluft? Wollen wir die Plätze tauschen?« Schon war er im Begriff aufzustehen.

»Es ist alles in Ordnung«, sagte Adini und zog ihr Schultertuch enger um sich. Friedrich beeilte sich, ihr dabei zu helfen.

Ollys Lippen kräuselten sich missbilligend, ihre linke Fußspitze wippte nervös auf und ab.

»Kosty wird uns sicher auf unserer Bootsfahrt begleiten, nicht wahr, Olly?«, sagte Mary.

Olly, die das Gespräch der anderen nicht mitbekommen hatte, nickte stumm.

»Ihr wollt eine Bootsfahrt machen?« In Adinis Augen leuchtete ein Strahlen auf, nur um im nächsten Moment wieder zu erlöschen. »Wenn ich doch nicht so schnell seekrank werden würde ...«

»Aber dagegen gibt es einen Trick. Man muss nur auf eine bestimmte Art geradeaus schauen«, sagte Friedrich. »Wenn Sie mögen, zeige ich Ihnen das gern.«

»Das würden Sie tun? Wirklich?«

Wirklich?, äffte Olly ihre Schwester stumm nach. »So kränklich, wie du dich heute Nachmittag noch gezeigt hast, ist eine Bootsfahrt gewiss nicht das Richtige für dich«, sagte sie mit geschürzten Lippen.

»Vielleicht würden mir die Strapazen leichter fallen, wenn Landgraf Friedrich dabei an meiner Seite wäre«, sagte Adini leise. Sie und der Gast schauten sich dabei tief in die Augen.

Nach der Torte wurden Mokka und Likör aufgetragen. Zar Nikolaus und die anderen Herren zündeten sich Zigarren an. Normalerweise war dies der Zeitpunkt, an dem sich die Damen zurückzogen – in der Intimität der Eremitage war dies jedoch nicht vorgesehen, und so blieb die Tischrunde auch dann noch zusammen, als dicker Zigarrenqualm durch den Raum zog. Olly, die geglaubt hatte, dass Adini nun rasch das Weite suchen würde, wurde eines Besseren belehrt. Seltsamerweise machte der Rauch der jüngeren Schwester heute nichts aus. Sie schien nicht einmal ihr gelegentliches Husten wahrzunehmen, so angeregt unterhielt sie sich mit Friedrich.

Es war nicht so, als wäre er Olly gegenüber unhöflich. Er beantwortete jede ihrer Fragen, richtete auch immer wieder einmal das Wort an sie, doch nur um sich gleich darauf wieder Adini zu widmen.

Was ging hier vor? Welches unsichtbare Band wurde zwischen Adini und Friedrich geknüpft?

Auch Mary schien bemerkt zu haben, dass sich seit Adinis Eintreffen etwas gewandelt hatte. Immer wieder nickte sie Olly auffordernd zu, was diese nicht verstand: Sollte sie Friedrich etwa mit Gewalt von Adini entfernen? Sollte sie der Schwester das Wort verbieten?

Olly lächelte, bis ihr der Mund steif wurde. Doch irgendwann hielt sie es nicht mehr aus. Mit einem knappen Nicken verabschiedete sie sich. Den behäbigen Aufzug ignorierend, stürzte sie die enge Wendeltreppe hinab.

»Er liebt sie! Es war Liebe auf den ersten Blick, ich hab's genau gesehen!« Hysterisch schluchzte Olly in ihr Kopfkissen. »Kaum tauchte sie auf, war ich nur noch Luft für ihn.«

Hilflos streichelte Anna Ollys Kopf, doch die fuhr, wie von der Tarantel gestochen, hoch.

»Adini hat ihn mir ausgespannt. Vor meinen Augen. Dass sie so gemein sein kann, hätte ich nie gedacht.« Vor Wut und Enttäuschung schlug Olly immer wieder auf ihr Kopfkissen.

»Das bildest du dir gewiss ein, Friedrich von Hessen wollte wahrscheinlich nur höflich zu Adini sein«, versuchte Anna sie zu besänftigen. »Ausgerechnet Adini soll den Herrn so schnell umgarnt haben? Das mag ich kaum glauben, was Romanzen angeht, ist deine Schwester doch noch ein Kind, ein unbeschriebenes Blatt.«

»Ein unbeschriebenes Blatt?« Olly spuckte die Worte wie etwas Giftiges aus. »Ich würde Adini eher ein Naturtalent nennen. Ich hasse sie!«

Die nächsten Tage wurden für Olly zu einer einzigen Tortur. Auch die anderen merkten sehr rasch, dass sich zwischen Adini und Friedrich von Hessen zarte Bande entwickelten. Jeder reagierte darauf auf seine Art.

Zar Nikolaus kam gleich am nächsten Tag zu Olly ins Zimmer, um sie zu trösten. »Gräme dich nicht, Friedrich ist zwar ein guter Soldat, aber letztendlich ist ein Regent doch passender für dich. Von nun an werde ich den Österreichern richtig Feuer unterm Hintern machen! Du wirst deinen Stephan schon noch bekommen, das verspreche ich dir.«

Seine mitleidigen Worte vertieften die Wunde in Ollys Herzen eher noch, als dass sie Balsam waren.

Die Zarin tat so, als hätte sie gar nicht mitbekommen, dass Friedrich eigentlich für Olly eingeladen worden war. Sie beglückwünschte Adini zu ihrem Erfolg. Wenn sich die beiden unbeobachtet fühlten, schmiedeten sie eifrig Zukunftspläne, in denen das Wort »Verlobung« ebenso fiel wie die Wörter »Hochzeit« und »Kinder«.

Wo die Liebe hinfällt, war Marys trockener Kommentar. Wenigstens habe sie zum Liebesglück *einer* ihrer Schwestern beigetragen.

Olly war fassungslos – wie konnte Mary so unsensibel sein? Zu ihrer Erbitterung wegen Adini gesellte sich nun auch noch Groll auf Mary.

Dem Liebespaar versuchte Olly, so gut es ging, aus dem Weg zu gehen. Hätte sie es nicht getan, hätte sie Adini womöglich die Augen ausgekratzt.

Am liebsten wäre sie nach St. Petersburg zurückgereist. Doch inzwischen hatte sich auch noch der Rest der Familie im Sommerdomizil Peterhof eingefunden – welche Rechtfertigung hätte Olly also gehabt, sich ganz allein in der Stadt aufzuhalten?

So blieb ihr nichts anderes übrig, als gute Miene zum bösen Spiel zu machen. An manchen Tagen gelang ihr dies besser als an anderen.

»Ich bewundere dich für deine Haltung«, sagte Anna, als sie nach einem besonders fröhlichen Ausflug zurück ins Landhaus kamen.

Olly lächelte müde. »Das brauchst du nicht. Ich lache nur, damit ich nicht weinen muss.«

Der Sommer 1843 ging turbulent weiter. Ende Juni fand Adinis und Friedrichs inoffizielle Verlobung statt, die offizielle sollte im Dezember folgen. Adinis Strahlen in diesen Tagen ließ die Sonne erblassen. Der einzige Wermutstropfen war ihr anhaltender Husten, der durch die Meeresbäder, die ihre alte Erzieherin Mrs Brown ihr tagtäglich empfahl, nicht besser wurde.

Weitere Gäste trafen in Russland ein: der Herzog von Nassau, der um Helenes Tochter Elisabeth werben wollte, sowie sein Bruder Moritz, der sich eingehend um Olly bemühte. Sofort witterten die Frauen in Ollys Umgebung eine weitere Romanze, doch Olly winkte ab. Moritz war zwar unterhaltsam und nett, mehr aber auch nicht.

Natürlich sehnte sie sich nach einem liebenden Mann, nach einer eigenen Familie und Kindern. In manchen Nächten war ihr Sehnen so groß, dass es sich faustgroß in ihrem Bauch zusammenknüllte und weh tat. Aber deswegen den Nächstbesten nehmen? Olly hatte ihren Traum von einem edlen, guten Mann, den sie achten und dem sie vertrauen konnte, noch nicht aufgegeben.

Deshalb trauerte sie auch Friedrich nicht länger nach. Er war ein lieber Kerl – und Adini war ganz vernarrt in ihn –, aber in mancher

Hinsicht ein wenig langsam, das erkannte sie im Laufe der Zeit immer deutlicher. Manchmal, wenn jemand einen Scherz machte, dauerte es einen Moment zu lange, bis er die Pointe verstand. Wenn ein Dichter oder Denker zitiert wurde, wusste er nicht immer, um wen es sich handelte. Auch seine Ansichten zur Welt im Allgemeinen und im Besonderen teilte Olly nicht immer. Sie spürte in solchen Augenblicken eine leise Ungeduld in sich aufsteigen, und sie bewunderte Adini für das langmütige Lächeln, das sie Friedrich stets schenkte. Er und Olly – eine Schnapsidee war das Ganze gewesen, mehr nicht.

Außerdem gab es eine neue Entwicklung. Stephan hatte tatsächlich die Einladung zu Adinis Hochzeit angenommen. Nach vier Jahren würde sie endlich den Mann kennenlernen, mit dem sie sich verlobt fühlte. Olly traute sich kaum, daran zu glauben. Würde am Ende doch noch alles gut werden? Im Geiste malte sie sich immer wieder aus, wie sie sich das erste Mal gegenüberstünden und lachen würden angesichts der Schwierigkeiten, die ihr Zusammentreffen bereitet hatte.

»Endlich«, würde Stephan flüstern. Und er würde ihre Hand nehmen, sie küssen und ihr tief in die Augen schauen. So tief und so lange, dass die Umstehenden sich nervös zu räuspern begannen. Erst da würde Stephan aufmerken und etwas in die Runde sagen wie: »Wer kann es mir verdenken? Wo wir doch die verlorene Zeit wettmachen müssen …« Und alle würden ihnen, den Königskindern, die endlich zueinanderfanden, applaudieren.

Danach würde alles ganz schnell gehen. Mindestens so schnell wie bei Adini und Friedrich: die Verlobung, bald darauf die Hochzeit und dann ein Neuanfang in Ungarn, Österreich oder am besten gleich in Prag. Auf alle Fälle weitab von St. Petersburg mit all seinem Klatsch, seinen Neidern und Intrigen – das war es, wonach sich Olly am allermeisten sehnte.

Vorsichtig schaute sich Adini um. Da auf dem Gang vor ihrem Zimmer weit und breit niemand zu sehen war, winkte sie Olly herein.

»Willst du mir nicht endlich sagen, was diese Geheimniskrämerei soll?«, fragte Olly halb amüsiert, halb gereizt.

Es war der fünfzehnte Januar, der Tag vor Adinis Hochzeit. Jeden Moment konnte Stephan ankommen. Olly hatte eigentlich vorgehabt, von einem zum Haupteingang ausgerichteten Fenster aus einen ersten heimlichen Blick auf ihren Zukünftigen zu werfen. Doch statt an ihrem Späherplatz ausharren zu können, schleppte Adini sie nun in ihr Zimmer.

»Setz dich am besten in diesen Sessel«, wies Adini sie an, dann trat sie an eine Staffelei. »Schau mal!« Mit großer Geste enthüllte sie unter weißen Tüchern ein riesiges Aquarellgemälde. »Friedrichs Hochzeitsgeschenk, glaubst du, es wird ihm gefallen? Es soll einmal im Salon des Palastes hängen, der in Kopenhagen gerade für uns hergerichtet wird.«

Schweigend betrachtete Olly das Bild, für das Adini der englischen Malerin Christina Robertson in den letzten Wochen Modell gestanden hatte. Es zeigte sie in einem rosafarbenen Seidenkleid mit enthüllter Schulterpartie. Die Schwester hatte ihren Kopf zur Seite geneigt, was ihr edles Profil wirkungsvoll zur Geltung brachte. Adinis Porträt wurde von einem ovalen Säulengang eingerahmt, in dessen Hintergrund ein blauer Himmel mit Schleierwolken zu sehen war, der Adinis Schönheit noch untermalte.

»Du bist wunderschön«, murmelte Olly aufrichtig. Schmunzelnd zeigte sie auf Grand Folie, der zu Adinis Füßen abgebildet war. »Aber musste das wirklich sein?«

»Was hätten wir denn tun sollen?«, antwortete Adini mit übertrieben tragischem Gesichtsausdruck. »Dein Hündchen ist ja ständig in unsere Malsitzungen geplatzt, irgendwann hat Mrs Robertson beschlossen, dass es einfacher wäre, ihn mit aufs Bild zu nehmen, statt ihn immer wieder wegzujagen.«

Im nächsten Moment war Adini bei Olly, kniete neben ihrem Sessel nieder, nahm ihre Hand.

»Ach Olly, ich danke dir tausendmal, dass du uns deinen Segen gegeben hast. Ich hätte es nicht ertragen, wärst du mir weiter gram gewesen.«

»Ich auch nicht«, flüsterte Olly.

»Das werde ich dir nie vergessen.« Adini sprang auf und zog Olly vom Sessel hoch. »Ich bin die glücklichste Frau der Welt! Eine eigene Familie – endlich wird mein Traum wahr ... Und du wirst auch bald genauso glücklich sein, jetzt, da Stephan endlich kommt.«

Ausgelassen tanzten die beiden durch den Raum. Weder Olly noch Adini hörten das zaghafte Türklopfen. Erst als ihre Mutter in der Tür stand, hielten sie in ihrem Freudentanz inne.

»Mutter, was ist los? Sie sind kreidebleich!«, sagte Olly. Schon verspürte sie ein erstes Rumoren im Bauch. Sie vermochte sich nicht daran zu erinnern, wann ihre Mutter das letzte Mal eines der Mädchenzimmer aufgesucht hatte. Dieser Besuch konnte daher nichts Gutes bedeuten.

Adini führte die blasse Zarin zum Sofa, fächerte ihr ein wenig Luft zu.

»Eine Eildepesche aus Österreich.« Die Zarin schaute gequält von einer Tochter zur anderen. »Olly, ich weiß gar nicht, wie ich es dir schonend beibringen soll. Hier steht, dass Erzherzog Stephan nicht kommen kann, weil er derzeit an Schwindsucht leidet.«

»Was? Aber das gibt's doch nicht«, sagte Olly fassungslos. »Seit wann leidet Stephan an Schwindsucht?« Ihre Nervenenden auf dem ganzen Kopf prickelten plötzlich so heftig, als hätte sie eine besonders straffe Hochsteckfrisur geöffnet. Schwindel erfasste sie, sie musste sich setzen. Nicht noch einmal. Nicht schon wieder.

»Stephan soll schon wieder krank sein? Ist das etwa eine weitere Gemeinheit, die sich Fürst Metternich ausgedacht hat?«, sagte Adini. »Was steht denn noch in diesem Schreiben?«

Die Zarin zuckte mit den Schultern. »Die Depesche ist äußerst knapp gehalten.«

Ratloses Schweigen setzte ein, während jede der Frauen ihren Gedanken nachhing.

Adini war die Erste, die ihre Sprache wiederfand. »Verehrte Maman, Sie halten noch ein zweites Schreiben in der Hand, beinhaltet das wenigstens gute Nachrichten?«

Die Zarin winkte ab, doch Adini hakte in ungewohnter Hartnäckigkeit nach, bis die Mutter ihr das Schreiben aushändigte.

»Eine Einladung zu einer Hochzeit. Erzherzog Albrecht freut sich, seine Vermählung mit Hildegard von Bayern bekanntgeben zu können«, murmelte Adini, während sie die Zeilen überflog. »Albrecht war doch so vernarrt in dich! Hast du gewusst, dass er auch um Max' Schwester wirbt?«

Olly schüttelte nur den Kopf. Noch jemand aus ihrem Kreis, der sein Glück gefunden hatte. Warum ging dies bei allen gut, nur nicht bei ihr? Was war nur mit ihr los?

Sie zwang sich zu einem künstlichen Lächeln. »Das ist doch wunderbar! Wenn Sie und Vater der Einladung folgen, richten Sie Albrecht unbedingt meine herzlichsten Glückwünsche aus.«

»Ach Olly«, seufzte die Zarin.

»Allmählich glaube ich wirklich, dass du fürs Kloster bestimmt bist«, sagte Adini trocken.

Olly wollte schon zu einer barschen Antwort anheben, doch dann besann sie sich anders. Lachen, um nicht weinen zu müssen, lautete nicht so ihre Devise?

Ihre Mundwinkel hoben sich unmerklich. »Wenn das so ist, kann ich mein Ballkleid für den morgigen Tag verschenken und besser schon heute damit anfangen, eine Kutte zu tragen.« Noch während sie sprach, zerrte sie die Wolldecke vom Sessel und drapierte sie über ihren Kopf, so dass nur noch das runde Oval ihres Gesichts zu sehen war. »Was sagt ihr, steht mir das? Wäre ich wenigstens eine hübsche Nonne?«

Unter den entgeisterten Blicken ihrer Mutter fingen die Schwestern hysterisch an zu lachen.

23. KAPITEL

Zarskoje Selo, Sommer 1844

Als Olly von der Terrasse aus Friedrich auf das Familienlandhaus zukommen sah, durchfuhr sie ein beklemmendes Déjà-vu.

Fast auf den Tag genau vor einem Jahr waren Friedrich von Hessen und ihr Cousin Franz in Russland angekommen. Es war wie heute ein sonniger Tag gewesen. Die Baumkronen waren voller Vogelgezwitscher, der Himmel glänzte wie mattes Silber, Rosenduft erfüllte die Luft. Die Gäste hatten sich gewundert – ein solches Wetter hätten sie eher in südlicheren Gefilden vermutet, nicht aber in Russland, hatte Friedrich bemerkt.

Die Zeit der Weißen Nächte sei berühmt für ihr schönes Wetter, hatte Olly strahlend erwidert.

Nun wanderte ihr Blick fast flehentlich gen Himmel. Liebend gern hätte sie jeden Sonnenstrahl eingetauscht gegen die unbeschwerte Stimmung des vergangenen Sommers.

Adini, die in dicke Decken verpackt in einem Korbsessel saß, lächelte. »Schau, da kommt mein lieber Gatte.« Im nächsten Moment schwand ihr Lächeln, fahrig griff sie nach Ollys Hand. »Falls er wieder auf die Idee kommt, mir den ganzen Nachmittag Gesellschaft leisten zu wollen, musst du ihm das ausreden, ja?«

»Aber warum denn? Es ist doch natürlich, dass ein Mann Zeit mit seiner schwangeren Frau verbringen möchte«, erwiderte Olly. Adinis Hand war kalt wie Eis.

»Du weißt doch, wie schnell sich Friedrich langweilt, wenn er längere Zeit stillsitzen muss. – Friedrich, Liebster, stell dir vor, mir geht es heute schon viel besser. Ich habe gerade zu Olly gesagt, dass ihr euch alle unnötig viele Sorgen macht.«

Friedrich küsste Adinis Stirn. Über ihren Kopf hinweg traf sein Blick den von Olly. Jeder konnte in den Augen des anderen die Besorgnis lesen.

Geistesabwesend folgte Olly der Unterhaltung der Eheleute. Wie blass Adini heute wieder war. Die gute Landluft, die ihr von den Hofärzten empfohlen worden war, schien ihren Zweck zu verfehlen: Adini wurde von Tag zu Tag hohlwangiger, sie hatte keinen Appetit und nahm nur winzige Häppchen zu sich.

Wenn sie Nacht für Nacht von dreißig, vierzig Hustenanfällen geplagt würde, wäre sie gewiss auch zu erschöpft zum Essen, dachte Olly wütend. Warum fand niemand ein Mittel, um Adinis elenden Husten endlich zu stillen? Warum gab es außer heißer Milch nichts, was den Schmerz in ihrer Brust linderte? Warum fiel den Ärzten nichts anderes ein, als Adini unzählige Gläser kaltes Wasser gegen ihre Erstickungsanfälle aufzuzwingen?

Galoppierende Schwindsucht. Keinerlei Hoffnung auf Genesung. Jedes Wort ein Stich ins Herz.

Die Ärzte *mussten* falschliegen, dachte Olly zum tausendsten Mal. Wie hatten sie die Familie mit solch einer Diagnose nur so erschrecken können. Vater hatte völlig recht gehabt, sie hinauszuwerfen. Einzig Dr. Scholtz durfte bleiben, er war als Geburtshelfer für die Niederkunft der Schwangeren in drei Monaten vorgesehen. Noch gute drei Monate … Und dann die Geburt. Würde Adinis Kraft so lange ausreichen? Der Gedanke brachte Olly fast um.

Mit aller ihr zur Verfügung stehenden Kraft lächelte sie Friedrich und Adini an, dann verließ sie die Terrasse unter dem Vorwand, sich eine Jacke holen zu wollen.

Sie war gerade auf dem Weg in die Küche, als ihr Anna entgegenkam. Die Hofdame trug einen schmutzigen Beutel bei sich.

Auf Ollys Gesicht breitete sich das erste echte Lächeln seit Tagen aus. »Sag bloß, die Heilerin hat dir doch noch ein Mittel mitgegeben?«

»Ein Tee aus allerlei Kräutern. Spitzwegerich, Salbei, Wermut, Angelika, Lungenkraut –«

»Lungenkraut? Das hört sich gut an! Darf ich mal sehen?«

Anna öffnete den fleckigen Leinenbeutel und hob eine Handvoll der graugrünen Kräuter so andächtig an, als wären sie reines Gold. »Die Heilerin meinte, man könne die Kräuter auch in Wein oder Essig einlegen und der Kranken davon täglich ein paar Schnapsgläser geben.«

Die Erleichterung, die Olly angesichts dieser Worte verspürte, war so groß, dass ihre Knie weich wurden. Wenn es sogar mehrere Möglichkeiten gab, die Kräuter anzuwenden, dann waren sie bestimmt sehr wirkungsvoll.

Froheren Herzens als zuvor gingen sie in die Küche, um den neuen Tee von der Köchin zubereiten zu lassen.

Seit Januar war Adini nun schon krank. Eine Erkältung, nicht unüblich im Winter, hatten die drei Leibärzte der Zarenfamilie einhellig beschieden, so wie sie stets ein einstimmiges Urteil abgaben. Dr. Mandt, den Olly nicht leiden konnte, hatte der Kranken drei Wochen Bettruhe in einem abgedunkelten Raum verordnet. Adini hatte dagegen heftig protestiert. Auch einer der anderen Ärzte brachte zaghaft den Einwand vor, ob ein Aufenthalt in wärmeren Gefilden nicht dienlicher wäre. Auf den herrischen Blick Mandts hin war der junge Arzt jedoch verstummt.

Eingesperrt in den feuchtkalten Räumen des Winterpalastes, hatte Adini zu husten begonnen. Immer neue Fieberschübe schwächten ihren Körper.

Es war schon Frühjahr gewesen, die Stadt hatte unter den alljährlichen Überschwemmungen gelitten, als Mandt seiner ersten Diagnose eine zweite hinzufügte: die Lunge. Galoppierende Schwindsucht. Nicht unüblich bei jungen Damen hohen Adels. Leider.

Die Ärzte waren daraufhin entlassen worden, andere, aus Moskau, wurden einbestellt. Ihre niederschmetternde Diagnose war dieselbe. Aussicht auf Heilung versprach niemand. Ein Wundermittel hatte auch keiner. Von Monat zu Monat verlor Adini mehr an Kraft, ohne dass jemand dies aufhalten konnte.

Doch bei einem Waldspaziergang war Olly plötzlich eine Idee gekommen: Heilende Kräuter, die seit Jahrtausenden auf russischer Erde wuchsen – vielleicht hatten sie die Macht, Adini zu neuem Leben zu verhelfen? Weder ihr Vater noch ihre Mutter hätten solche bäuerlichen Methoden gutgeheißen, deshalb hatte Olly Anna in aller Heimlichkeit auf die Suche nach einer kräuterkundigen Frau geschickt.

Vor ein paar Tagen hatte ein Gutsverwalter der Hofdame schließlich einen Hinweis gegeben. Ja, es gäbe in der Nähe eine heilkundige Babuschka, zu ihr ging, wer ein Zipperlein oder mehr hatte. Anna hatte die Frau sogleich aufgesucht. Als diese allerdings hörte, für wen das Heilmittel sein sollte, hatte sie schlichtweg abgelehnt. Am Ende hieße es noch, sie habe der Zarentochter geschadet! Und was dann geschähe, könne man sich ja ausmalen. Anna hatte sich aufs Flehen verlegt und der Frau geschworen, niemals ihren Namen gegenüber der Zarenfamilie zu erwähnen. Außer im Falle einer Heilung natürlich, denn dann wäre ihr die immerwährende Dankbarkeit des Vaters sicher.

»Wusste sie auch ein Mittel gegen den brennenden Schmerz in Adinis Brust?«, fragte Olly nun hoffnungsvoll, während sie darauf warteten, dass das Wasser zu kochen begann. Der Köchin hatten sie gesagt, es handle sich um Kamillentee, was diese mit einem skeptischen Blick quittierte.

Anna nickte. »Adini soll morgens auf nüchternen Magen und abends vor dem Schlafengehen je ein halbes Glas Öl, vermengt mit Honig und etwas geriebenem Meerrettich, trinken.«

Olly verzog das Gesicht. »Hoffentlich kann ich sie davon überzeugen. Aber wenn's hilft …«

»Mach dir keine allzu großen Hoffnungen, die Kräuterfrau sagte, wer schon so lange hustet, sei dem Tod näher als dem Leben. Sie selbst habe noch niemanden eine solche Krankheit überstehen sehen.«

»Abwarten! Wir Romanows haben von jeher mehr Kampfgeist als andere Menschen«, sagte Olly mit mehr Überzeugung in der Stimme, als sie verspürte.

Adini war eine willige Kranke, die tat, wie ihr geheißen wurde. Also trank sie den bitteren Tee, würgte das Öl hinunter und ebenso den geriebenen Meerrettich.

Und tatsächlich hatte es nach ein paar Tagen den Anschein, als würden die neuen Heilmittel helfen. Der Tee reduzierte die nächtlichen Hustenanfälle auf die Hälfte, das Honigöl linderte Adinis Schmerzen. Ihr Appetit kam zurück, auch gelang es ihr, täglich für ein, zwei Stunden das Bett zu verlassen, um im Garten oder auf einer Chaiselongue im Salon zu verweilen.

Der Zar – informiert von der Köchin, die sogleich gewusst hatte, dass das Gebräu auf ihrem Herd kein gewöhnlicher Kamillentee war – lobte Olly für ihren Einfall mit der Kräuterfrau. Um Adini eine Freude zu machen, setzte er sich so oft es ging abends an ihr Bett und trank ebenfalls eine Tasse »russische Kraftbrühe«, wie er den Tee nannte.

Leise Zuversicht machte sich in der Familie breit, Adini selbst begann Reisepläne nach Kopenhagen zu schmieden. Ihr Kind, das sich immer deutlicher in ihrem Bauch bemerkbar machte, sollte in ihrer neuen Heimat Dänemark zur Welt kommen. Keiner glaubte an diese Möglichkeit, für eine solche Reise war die Kranke einfach zu schwach, aber niemand brachte es übers Herz, Adinis Träume zu zerstören.

Mitte Juli schlug das Wetter um. Die klaren, trockenen Frühsommertage wurden abgelöst von feuchter Schwüle. Die Sonnenblumen, die sich am Zaun des Landhauses entlangschlängelten und deren Knospen am Vortag noch fest verschlossen waren, öffneten sich und zeigten ihre ganze Pracht. In den nicht dunkel werdenden Nächten kühlte es nicht mehr ab, und die Menschen stöhnten, weil ihnen bei der kleinsten Bewegung der Schweiß ausbrach.

Für Adini war die Witterung umso schlimmer. Wie angestrengt sie nach Luft schnappte, wie schmerzerfüllt sie nach einer besonders schlimmen Attacke stöhnte, brach Olly und den anderen Hausbewohnern fast das Herz. Vor der Kranken selbst taten alle betont fröhlich, doch kaum hatten sie das Krankenzimmer verlassen, wurden sie von einem unsichtbaren Netz aus Angst und Trauer umhüllt, aus dem es kein Entrinnen gab.

Dann kam der Tag, an dem Adini zu schwach war, um ihr Bett zu verlassen. Damit sie nicht ganz vom häuslichen Leben abgeschnitten wurde, funktionierte man kurzerhand das Kabinett der Zarin in ein Krankenzimmer um. Der luftige Raum lag ebenerdig, hatte große Fenster mit einer schönen Sicht auf den Park. Jeder, der im Haus zu tun hatte, kam irgendwann hier vorbei, so dass es Adini an Besuchern nicht mangelte.

Doch die Besuche wurden ihr bald zu anstrengend, selbst ihren Mann schickte sie nach wenigen Minuten weg. Mit geschlossenen Augen, beide Hände auf den Bauch gelegt, siechte Adini dahin. Manchmal, wenn Olly unbemerkt ins Zimmer schaute, glaubte sie, eine aufgebahrte Tote zu sehen.

Die Hebamme flehte die Kranke an, wenigstens ein bisschen zu essen. Das Kind in ihrem Bauch brauche dringend Nahrung und sie, die Mutter, auch! Doch Adini verlor immer mehr Gewicht. Eines Tages rutschte ihr der Ehering vom Finger. Vor Erschöpfung konnte sie nicht einmal mehr weinen.

Olly bekam das Bild von Adinis knochigem Finger nicht mehr aus dem Kopf, das Klirren des Goldrings, der auf dem Boden aufschlug, nicht mehr aus den Ohren.

Höchstpersönlich suchte sie die Kräuterfrau auf, flehte sie um neue, stärkere Kräuter an. Der Reichtum der russischen Natur war doch unerschöpflich, es *musste* etwas geben! Die alte Frau schüttelte nur den Kopf und bekreuzigte sich.

Olly packte Kosty am Handgelenk. »Wenn ihr zu Adini ins Zimmer geht, schaut bitte recht fröhlich drein. Seid nicht zu laut und stellt keine dummen Fragen. Und wehe, ihr streitet euch da drinnen«, fügte sie mit Blick auf ihre beiden jüngsten Brüder Nisi und Mischa hinzu.

Zusammen standen sie vor dem Kabinett ihrer Mutter. Der zwölfjährige Mischa zog mit seiner Schuhspitze ein unsichtbares Muster auf dem Boden nach. »Weißt du, was sie von uns will?« Der angstvolle Unterton in seiner Stimme war nicht zu überhören.

Olly schüttelte den Kopf, dann straffte sie sich. »Lasst uns reingehen.«

»Adini, Liebes, schau, ich habe dir Blumen gepflückt«, sagte sie betont fröhlich. Dann warf sie den Brüdern, die sich Stühle neben das Bett der Schwester gezogen hatten, einen strafenden Blick zu. Mussten sie solche Grabesmienen aufsetzen?

Eine Träne tropfte auf Adinis Bettdecke. »Ich weiß, du meinst es gut, aber bitte bring mir keine Blumen mehr«, wisperte sie. »Sie erinnern mich nur daran, dass ich selbst nie wieder über eine Blumenwiese streifen werde.«

»Was redest du für einen Unsinn! Dass du dich bei diesem schwülen Wetter elend fühlst, ist kein Wunder. Aber heute Abend soll es gewittern, und morgen ist die Luft bestimmt wie reingewaschen. Dann kannst du wieder durchatmen.« Noch während sie sprach, begann Olly Adinis Kissen aufzuschütteln. Es war nassgeschwitzt und roch nach Kampfer. Sollte sie ein wenig das Fenster öffnen?, fragte sich Olly und entschied sich dagegen.

Adini winkte ihre Brüder zu sich, übergab ihnen kleine in Seidenpapier gewickelte Päckchen, die auf einem Tisch rechts neben ihrem Bett deponiert gewesen waren.

»Geschenke? Am 28. Juli? Wir haben doch erst im Herbst Geburtstag«, sagte Kosty stellvertretend für alle drei.

»Ich weiß. Und bis Weihnachten ist es auch noch lange hin. Trotzdem möchte ich –« Schon wurde Adini von einem neuerlichen Hustenanfall geschüttelt.

Während Olly ihr mit einem feuchten Tuch das Gesicht abtupfte, hätte sie vor Wut, Angst und Verzweiflung am liebsten losgeheult. Warum ausgerechnet sie?

Beklommen schauten die Jungen ihre Geschenke an – silberne Taschenuhren aus Tula.

»Friedrich hat sie ausgesucht, sie sollen euch immer an eure ältere

Schwester erinnern, der so früh die Stunde geschlagen hat«, sagte Adini mit einem seltsamen Lächeln. Ihr Blick ruhte eindringlich auf jedem der drei Jungen, dann erlaubte sie ihnen, das Zimmer zu verlassen.

»Du hast ihnen Angst gemacht. Warum redest du vom Tod? Daran darfst du nicht einmal denken«, sagte Olly gequält. »Vielmehr musst du ans Leben denken. An das Kind, das in deinem Bauch wächst. An deinen Ehemann, euer Zuhause in Kopenhagen –« Olly brach ab, als Adini ihr eine lederne Schmuckschatulle in die Hand drückte.

»Ach Adini …« *Ich will kein Geschenk, ich will, dass du wieder gesund wirst!*, hätte sie am liebsten geschrien. Ihre Hände zitterten so, dass es eine halbe Ewigkeit dauerte, bis sie den Verschluss aufbekam. Auf silbergrauer Seide lag ein Armband mit blauen Steinen, die Olly sofort als Saphire erkannte.

»Es ist wunderschön«, hauchte Olly.

»Vater sagt, der Saphir sei ein Stück vom Himmel. Wenn du das Armband trägst, soll es dich daran erinnern, dass ich nur vorangegangen bin. Im Geiste werde ich immer bei euch sein.« Sie ergriff Ollys rechte Hand mit ihrer eiskalten linken. »Jetzt komme ich doch nicht mehr nach Kopenhagen. Dabei hätte ich so gern den Palast gesehen, den sie für uns vorbereitet haben …«

Tausendmal hatte sich Olly vorgenommen, nie vor Adini die Fassung zu verlieren. Weinen und beten konnte sie nachts. Doch ihr innerer Damm war im Laufe des Sommers brüchig geworden, Adinis Bemerkung über Kopenhagen spülte den letzten Rückhalt weg, die mühsam zurückgehaltenen Tränen schossen hervor. Adinis blasses Antlitz verschwamm vor Ollys Augen wie Tinte auf einem nassen Blatt.

»Nicht weinen. Sonst fange ich auch noch an.«

Mit bebenden Schultern beugte sich Olly nach vorn, nahm ihre Schwester voll unendlicher Zärtlichkeit in den Arm, um Abschied zu nehmen.

In der Nacht bekam Adini heftige Bauchschmerzen. Olly, die auf einem Stuhl neben Adinis Bett wachte, rief nach Dr. Scholtz und der Hebamme. Die ersten Wehen!, bestätigten beide mit sorgenvoller Miene. Viel zu früh.

Olly bat Anna, sofort den Priester Bajanow zu wecken.

Ein Blick in Adinis Gesicht reichte, und der Priester verzichtete darauf, ihr die Beichte abzunehmen. Im gelblich blassen Kerzenlicht erteilte er ihr gleich die Absolution.

Doch Adinis Körper bäumte sich ein letztes Mal auf. Am Morgen gebar sie einen winzigen Jungen, den Bajanow auf den Namen Friedrich Wilhelm Nikolaus taufte.

Der Junge lebte einen halben Tag. Adini folgte ihm wenige Stunden später in den Tod.

Ihr Kind im Arm, ein erschöpftes Lächeln auf dem Gesicht, wurde Adini in der Kapelle des Alexanderpalastes aufgebahrt. Mutter und Kind wurden von einem Meer aus Blumen umflutet.

Olly legte eine einzelne weiße Rose dazu.

24. KAPITEL

Zarskoje Selo, August 1845

Wie still es hier war. Kniend, die Hände zum Gebet gefaltet, versuchte Olly, irgendein Geräusch zu hören. Einen Vogel. Ein Rufen oder ein Lachen. Ein Türschlagen oder ein Topf, der in der Küche scheppernd zu Boden fiel. Sie gab ihre kniende Haltung auf und setzte sich zurück auf die Kirchenbank. Nicht einmal deren Holz knarzte bei dieser Bewegung.

Ollys Blick wanderte durch den Raum, in dem außer einem überlebensgroßen Porträt von Adini nur noch ein kleiner Altar stand, der von Blumenbuketts in zwei Bodenvasen gesäumt wurde.

War das Zimmer vor seiner Umwandlung in Adinis Gedenkkapelle auch schon so still gewesen? Olly konnte sich nicht daran erinnern, sie hatte das ehemalige Blaue Arbeitszimmer ihres Onkels Alexander I. nur selten aufgesucht.

Totenstille ringsum. Oder kam die Stille aus ihrem Inneren?

Seit Adinis Tod fühlte sich Olly leer und ausgebrannt. Mit Mühe schleppte sie sich durch die Tage. Malen, Musizieren, Lesen – für nichts konnte sie ernsthaftes Interesse aufbringen. Selbst ihre wohltätigen Unternehmungen verrichtete sie ohne innere Beteiligung. Einzig wenn sie bei Mary oder Cerise war, umringt von deren wachsender Kinderschar, fühlte sie so etwas wie Leben in sich.

»Ach Adini, du fehlst mir so …« Sie schloss die Augen, versuchte zu beten. Doch statt sich in tröstlichen Bibelworten zu verlieren, wanderten Ollys Gedanken weit, weit zurück.

Es war der Sommer 1838 gewesen ... Ein heißer Sommer, getränkt vom Fliederduft. Mary, Adini und sie allein im Landhaus ... Kühle Laken, tausend Schnakenstiche, nächtliches Getuschel, das berauschende Gefühl der Freiheit, und ein pausbackiger Mond lachte dazu.

»Was meint ihr – werden wir je einen schöneren Sommer verbringen?« Das hatte sie gesagt, mit einem Kloß im Hals.

Mary hatte Adini und sie an der Hand genommen, zu dritt bildeten sie einen Kreis. »Niemals, nie in unserem ganzen Leben werden wir diesen Sommer vergessen!«

Und mit diesem Schwur waren sie eingeschlafen.

Olly schlug die Augen auf, schaute die überlebensgroße Adini an. Wenigstens blieben die schönen Erinnerungen.

Auf dem ovalen Platz vor dem Katharinenpalast kam ihr Sascha entgegen. Vorn am großen schmiedeeisernen Tor sah sie ihre Mutter stehen, daneben Anna, umringt von einem Kreis Hofdamen und geschäftig wirkender Herren.

»Und, bist du bereit für die Abreise?« Zärtlich legte Sascha einen Arm um ihre Schulter. Eng umschlungen gingen sie über den weißen knirschenden Kies.

»Ohne Adini habe ich an nichts mehr Freude«, sagte sie mutlos. »Mit ihr ist auch ein Teil von mir gestorben.« Friedrich ging es nicht anders, dachte sie bei sich. Der Witwer war anlässlich Adinis Todestages nach Russland gekommen. Doch sofort nach dem Gedenkgottesdienst war er hastig und mit hängendem Kopf wieder abgereist. Olly hatte das Gefühl, er verstand noch immer nicht, was ihm widerfahren war.

»So schlimm ist es noch immer?«, sagte Sascha. »Es wird wirklich Zeit, dass du zurück ins Leben findest.«

»Gibt es etwa Gesetze, die vorschreiben, wie lange es sich ziemt zu trauern?« Abrupt blieb Olly stehen, wollte mehr sagen, überlegte es sich dann jedoch anders. Im Gleichschritt gingen sie weiter auf das Tor zu.

»Ich fühle mich innerlich so leer. Und jetzt soll ich auch noch Mutter auf diese Reise begleiten, ihr eine Stütze sein. Dabei weiß ich selbst nicht, woher ich die Kraft zum Leben nehmen soll. Ganz davon abgesehen befürchte ich, dass die lange Reise für Mutter mit ihrem schwachen Herzen eine ernsthafte Gefahr darstellt. Ich frage mich, warum wir durch die halbe Welt reisen, statt hierzubleiben und zu versuchen, neuen Lebensmut zu finden.«

Verzweifelt schaute sie hinüber zu der Kutsche, mit der ihre Mutter, Anna und sie reisen sollten. Weitere Kutschen standen bereit, um die begleitenden Ärzte, Hofdamen und andere Mitglieder des Zarenhofs zu transportieren.

»Die Ärzte sind nun einmal der Ansicht, dass eine Überwinterung in einem warmen südlichen Klima für Mutter das Beste ist. Palermo wird euch gefallen, glaube mir. Es ist genau der richtige Ort, um neue Lebenskraft zu schöpfen«, sagte Sascha nicht zum ersten Mal. Er war derjenige gewesen, der diesen Ort vorgeschlagen hatte. Das Klima und die liebliche Landschaft würden Balsam für ihre Seelen sein, versprach er ihnen. Seit er Italien vor vielen Jahren auf seiner Brautschau kennengelernt hatte, hatte er es nie vergessen können.

Olly war skeptisch. Neun Monate fort von zu Hause, wie sollte sie das aushalten? Ihr graute vor dem Gedanken, für so lange die geliebte Heimat verlassen zu müssen. Wenn man sie schon auf eine Erholungskur schicken wollte, wäre Olly die Krim tausendmal lieber gewesen, aber dort grassierte anscheinend ein gefährliches Fieber. Und warm war es dort auch nicht.

»Ich habe Nachrichten aus Dagestan bekommen, auch ein Brief von Alexander ist dabei, ich soll dir Grüße von ihm ausrichten«, sagte Sascha so unvermittelt, dass Olly einen Moment glaubte, nicht richtig zu hören. Wie immer, wenn sein Name fiel, setzte ihr Herz für einen Schlag aus.

»Danke«, sagte sie knapp.

»Alexander schreibt, die Eroberung von Dargo sei nur ein Pyrrhussieg gewesen, der dort ansässige Tscherkessenführer habe sich vor Eintreffen unserer Truppen längst in Sicherheit gebracht. Aus einem Hinterhalt heraus wurden unsere Männer angegriffen, kaum dass sie sich aus der niedergebrannten Stadt zurückzogen. Es gab viele Tote, vor allem auf unserer Seite. Sein Brief klang sehr deprimiert.«

Olly schnaubte. »Soll ich etwa Mitleid haben?«, fragte sie und ärgerte sich gleichzeitig über das beunruhigte Rumoren in ihrem Bauch. Hoffentlich geschah Alexander nichts.

»Dass der Kaukasus ein gefährlicheres Pflaster ist als die Tanzsäle von St. Petersburg, hätte er sich denken können. Jetzt kann er zeigen, dass er nicht nur ein Frauenheld ist, sondern auch ein Soldat, der seine Orden verdient.« Erneut blieb sie stehen. »Warum musstest du überhaupt mit diesem Thema anfangen? Dieser Mann interessiert mich nicht, das weißt du ganz genau.« Sie spürte, wie ein Nerv über ihrer rechten Augenbraue heftig zuckte, wie immer in letzter Zeit, wenn sie sich aufregte.

Beschwichtigend hob Sascha beide Hände. »Ich wollte dich nur ein bisschen ablenken. Dir das Reisefieber nehmen, sozusagen.«

»Wenn das so ist«, sagte Olly ironisch. »Ich kann es nun kaum mehr erwarten, von hier wegzukommen.«

»Außerdem ist Alexander immer noch Cerises Bruder. Er hat sich dir gegenüber zwar nicht sehr ehrenhaft benommen, trotzdem mag ich ihn.«

»Weiß er, dass ich nach Palermo reise?«, fragte sie leise.

Alexander ... Sehnsucht streifte sie wie ein lauer Wind. In der Zeit nach Adinis Tod hatten sie sich auf mehreren Familientreffen gesehen und auch ein paar Worte gewechselt. Olly war es so vorgekommen, als habe er sie in ihrer Trauer besonders gut verstanden. Sie waren ein, zwei Mal zusammen spazieren gegangen, und zaghaft war die frühere Zuneigung in beiden wieder erwacht. Doch dann war Alexander zu mehreren Manövern aus der Stadt beordert worden. Ollys Hoffnung, ihn wiederzusehen, hatte sich im Frühjahr vollends zerschlagen, als seine Einheit als Verstärkung im Kampf gegen die aufsässigen Bergvölker in den Kaukasus zog.

Olly seufzte. Vielleicht war es am besten so, für weitere Dramen hatte sie keine Kraft.

Sascha schüttelte den Kopf. »Übrigens ist noch ein Brief angekommen. Von Vater. Er rechnet damit, Anfang nächster Woche in Prag einzutreffen.«

Olly stöhnte auf. »Was habe ich ihn angefleht, die Sache endlich auf sich beruhen zu lassen. Aber nein, jetzt muss er als Zar Russlands höchstpersönlich nach Prag reisen, um seine Tochter erneut anzupreisen. Das ist alles so erniedrigend, ich könnte im Erdboden versinken, wenn ich nur daran denke. Wie stellt sich Vater das eigentlich vor? Dass sich Stephan urplötzlich über sämtliche politischen Intrigen hinwegsetzt und laut seine Liebe zu mir verkündet? Und selbst wenn er das täte – wie sollten wir uns nach all den Jahren begegnen? Ich *will* ihn nicht mehr, verstehst du?«

Sascha schüttelte erneut den Kopf. »Sei doch froh, dass sich Vater nach seinem Trauerjahr sogleich wieder für dich einsetzt. Er will, dass du endlich glücklich wirst. Wir alle wollen das!«

»Olly?«, rief Anna. »Wir sind bereit zur Abfahrt.«

Dankbar wandte sich Olly um. Vielleicht war es doch keine so schlechte Idee, endlich aus St. Petersburg fortzukommen, wo es alle so furchtbar gut mit ihr meinten.

Die Reise dauerte ewig. Berlin, Weimar, Nürnberg, Augsburg, München, Innsbruck – an jedem Hof gab es Empfänge für die russische Zarin und ihre Tochter. Niemand wollte sich vor den hohen Gästen lumpen lassen, überall wurde aufgetischt und gezeigt, was man hatte.

Olly musste ihre Mutter nur anschauen, um zu erkennen, dass sie beide dieselben Gefühle hegten: Sie hatten das ewige Parlieren, die scheinheiligen Fragen nach ihrem Wohlbefinden, die geheuchelte Anteilnahme an Ollys »unglücklicher Liebe« so satt! Beide sehnten sie sich nur nach Ruhe.

Je mehr sie sich den Alpen näherten, desto größere Zweifel hegte Olly jedoch, was ihr Reiseziel anging. Am nebelverhangenen Himmel jagten sich dunkle Wolken wie mystische Urtiere, hinter denen die Berge nur zu vermuten waren. Die Landschaft wirkte eng und bedrückend. Wie sie hier neuen Lebensmut schöpfen sollten, war Olly schleierhaft. In Partenkirchen war sie kurz davor umzukehren, wenn es sein musste, ganz allein und auf eigene Faust! Doch ein Blick ins blasse, schmal gewordene Gesicht ihrer Mutter erstickte ihre Phantasien sogleich.

Die Villa Olivuzza war wie die meisten ihrer Nachbarvillen im 17. Jahrhundert erbaut worden. Sie gehörte der Familie Butera. Als Prinzessin Butera, eine gebürtige Russin, erfuhr, dass Zarin Alexandra gedachte, den Winter in Palermo zu verbringen, hatte sie sogleich ihre wunderschöne Barockvilla als Domizil angeboten.

Und so kam es, dass Olly und ihre Mutter am zehnten November 1845 im Garten der Villa saßen. Der Lieblingsplatz der Zarin war ein schmiedeeiserner, rosenberankter Pavillon, der mit weißen Korbmöbeln ausgestattet war. Große komfortable Sessel mit dicken Polstern, dazu kleine Tischchen, auf denen man Getränke, Bücher und andere Dinge, die den Aufenthalt noch angenehmer machten, abstellen konnte.

Olly nahm die rechte Hand ihrer Mutter. Mit belegter Stimme sagte sie:

»Ist diese Aussicht nicht unglaublich schön? Jedes Mal, wenn ich meinen Blick schweifen lasse, wird mir von so viel Schönheit fast schwindlig.«

Vor ihnen erstreckte sich das Mittelmeer, dessen Farben von strahlendem Eisvogelblau über ein mattes Indigo bis hin zu einem grünlich schimmernden Türkis reichten. Hier und da schaukelte ein Schiff mit weißem Segel durchs Wasser.

Die Zarin seufzte. »Irgendwo inmitten dieses Meeres aus Blautönen liegt Malta und dahinter auch noch Afrika. Afrika ... Wie exotisch sich das anhört. Was meinst du – ob wir in unserem Leben je auch nach Afrika kommen?«

»Afrika?« Olly lachte ungläubig auf, eine solche Unternehmungslust kannte sie an ihrer Mutter nicht. »Was Exotik betrifft, reicht mir der Park der Villa Olivuzza vollauf. Ich habe noch nie so viele ungewöhnliche Pflanzen auf einmal gesehen: Sykomoren, Palmen, Oleander ...« Sie atmete tief das Lorbeeraroma ein, das sich mit dem Duft der Zitronenbäume mischte. Die Bäume standen üppig in Blüte und trugen Früchte zugleich. Olly liebte es, ihre Fingernägel in die festfleischige Schale einer Zitrone zu drücken, um sich an dem aufsteigenden Duft zu betören. Ein Hauch Vanille hing außerdem in der lauen Luft, Olly wusste nicht, woher er rührte. Von den Lotosblumen vielleicht, die im künstlich angelegten Teich wuchsen?

»Wenn ich mir vorstelle, dass zu Hause gerade die Kanäle zufrieren und die Brücken abgebaut werden … Da ist mir dieses sonnige Klima hier doch lieber«, sagte ihre Mutter schläfrig.

»Kein Wunder, dass sich hier eine solche Blütenpracht entfalten kann.« Olly sah zum Seerosenteich, dessen Ufer von geschwungenen Blumenrabatten eingefasst waren: Tieflila Veilchen, Rosen aller Art, zartgelbe Mimosen wuchsen in einer Fülle und Fruchtbarkeit, dass Olly immer wieder der Garten Eden einfiel. »Ob so auch das Paradies ausgesehen hat? Was meinen Sie, Maman?« Sie drehte sich zu ihrer Mutter um und stellte fest, dass die Zarin eingeschlafen war. Ihr Buch war ihr auf den Schoß gerutscht, ihr Mund stand ein wenig offen, leise Schnarcher ertönten dann und wann.

Olly lächelte. So entspannt hatte sie die Mutter selten gesehen …

Seit gut einem Monat waren sie nun schon hier. Bei ihrer Ankunft war die Zarin so schwach gewesen, dass sie von vier Männern auf einer Sänfte ins Haus getragen werden musste. Olly hatte sich im Geiste schon erneut wochenlang an einem Krankenbett sitzen sehen.

Doch bereits nach der ersten Nacht war Alexandra wie ausgewechselt gewesen. Sie hatte nach einem kräftigen Frühstück verlangt und dann verkündet, zu einem ersten Spaziergang aufbrechen zu wollen.

Olly, die selbst danach lechzte, die nähere Umgebung zu erkunden, war dennoch skeptisch gewesen. Was, wenn die Anstrengung zu viel für Mutters angegriffenes Herz war? Alexandra hatte nur abgewinkt. Sie fühlte sich so gut wie lange nicht. Frohen Herzens, untergehakt wie Freundinnen, waren Mutter und Tochter aufgebrochen.

Auf die ersten kleinen Spaziergänge folgten weitläufigere Ausflüge und Besichtigungstouren. Dass diese südlichste Region Italiens so viel an Historie zu bieten hatte, hätten beide Frauen nicht gedacht.

Die Wallfahrtskirche Santuario S. Rosalia. Die große Kathedrale aus dem 12. Jahrhundert. Der kleine Ort Solunto, wo sie Überreste hellenistischer und römischer Baukunst bestaunten. So interessant der archäologische Aspekt des Ortes auch war, Ollys Blick schweifte doch immer wieder hinüber zur sanft geschwungenen Küste und dem Meer.

Die Tage waren weiterhin mild und sonnig. Das befürchtete Heimweh blieb aus, nur selten wanderten Ollys Gedanken zu den Daheimgebliebenen. Die kräftige sizilianische Küche, der laue Wind, die wärmenden Sonnenstrahlen auf ihrem verspannten Körper – von Woche zu Woche heilten Ollys Wunden auf der Seele und im Herzen immer mehr. Ihr Kopf wurde klar, es war eine Wohltat, nicht mehr in sich endlos drehenden Schleifen zu denken und zu fühlen. St. Petersburg und das Heiratskarussell waren weit, weit weg. Genau wie die Bemühungen, die ihr Vater für sie unternahm. Natürlich hatte er ihr vom Verlauf seiner Pragreise geschrieben. Hin und wieder faltete Olly den Brief auf.

Liebe Olly,
ich habe Stephan getroffen und einen guten Eindruck von ihm gewonnen. Selten habe ich einen so schönen Mann gesehen, ihr beide würdet ein großartiges Paar abgeben. Nun werde ich auf direktem Weg nach Wien weiterreisen, um höchstpersönlich bei Metternich vorstellig zu werden. Vielleicht hätte ich das schon längst tun sollen, statt lediglich Graf Orloff und andere Diplomaten zu schicken. Mir, dem Zaren, gibt schließlich niemand so schnell einen Korb.

Doch ganz gleich, wie oft Olly den Brief auch las – er erreichte weder ihren Verstand noch ihr Herz. Die Sonne, der Himmel … das war Realität und Traum zugleich. Alles andere war unwichtig.

Eine leise Bewegung riss Olly aus ihren Gedanken.

Wie eine schläfrige Katze blinzelnd, streckte Zarin Alexandra dehnend beide Arme.

»Diese frische Luft wirkt wahre Wunder. Ich kann mich nicht erinnern, mich je so gesund und kräftig gefühlt zu haben.« Sie griff nach ihrem Glas mit frisch gepresstem Orangensaft und trank es in einem Zug aus.

Olly schmunzelte. »Unser gestriger Ausflug auf den Monte Pellegrino scheint Ihnen weniger ausgemacht zu haben als mir. Ich wusste gar nicht, dass ich so viele Muskeln in den Beinen habe und dass diese so weh tun können.«

Alexandras perlendes Lachen ertönte. »Ihr jungen Leute seid nichts gewöhnt! Unsere Esel haben doch den Berg erklommen, nicht wir. Was für eine herrliche Aussicht hatten wir von dort oben, nie werde ich diesen Blick vergessen …« Ein sehnsuchtsvoller Seufzer begleitete ihre Worte.

Olly nickte. »Und ich werde die Grotte nie vergessen. Wie düster es dort war. Muffig gerochen hat es auch. Und dann die Statue mit dem schwarzen Band um den Hals – ganz unheimlich wurde mir bei ihrem Anblick.«

Nachdem sie den grandiosen Ausblick vom Berg genossen hatten, brachte ihr Führer sie zwischen engen Felsen hindurch zu einer Grotte. Hierher war der Legende nach die heilige Rosalia am Tag vor ihrer Heirat geflohen. Sie, die Schutzpatronin Palermos, hatte anscheinend freiwillig auf den Thron und alle Würden verzichtet, um ihr Leben Gott zu widmen. Jahrelang hatte sie in der Grotte gelebt, allein, versunken in ihre Gebete. Ob der verschmähte Ehemann wohl je versucht hatte, sie dort herauszuholen?, fragte sich Olly.

»Du hättest ja nicht mit hineingehen müssen«, sagte die Zarin leichthin.

»Mir war aber so, als befehle mir eine innere Stimme genau das! Finden Sie es nicht seltsam, dass unser Führer uns inmitten all der Naturschönheit ausgerechnet diese düstere Höhle gezeigt hat?« Olly runzelte die Stirn. »Womöglich hat gar nicht er, sondern Gott uns dorthin geführt. Wollte er mir in Gestalt von Rosalia ein Zeichen senden?«

»Ein Zeichen? Was bildest du dir nun schon wieder ein?« Eine kleine Furche erschien auf Alexandras Stirn.

»So abwegig ist das gar nicht, liebe Maman. Vielleicht wollte Gott mir sagen, dass auch ich zu einem Leben ohne Ehemann bestimmt bin.«

»Wie kannst du das glauben? Gerade jetzt, wo Vater solche Fortschritte in deinen Angelegenheiten macht.«

»Fortschritte!« Olly ignorierte den missbilligenden Blick ihrer Mutter. »Sie müssen zugeben, dass Vaters Schreiben äußerst vage gehalten war. Davon, dass Stephan es kaum erwarten könne, mich endlich zu treffen, hat er nichts geschrieben.« Sie setzte sich aufrecht hin, straffte ihre Schultern. »Aber das ist mir auch egal! Für mich steht schon lange fest, dass dieser Stephan ein Schwächling ist. Womöglich ist es dieser Rosalia ähnlich ergangen: Wahrscheinlich hätte auch sie einen solchen Schwächling heiraten sollen. Deshalb hat sie es sich einen Tag vor der Hochzeit anders überlegt.« Ein trotziger Zug umspielte Ollys Mund, als sie fortfuhr: »Nun, diese Möglichkeit bleibt mir ja auch immer noch ...«

Für einen langen Moment schwiegen beide Frauen. Olly, die sich ärgerte, dieses Thema überhaupt angeschnitten zu haben, war nicht gerade glücklich, als ihre Mutter das Schweigen brach.

»Du wünschst dir also einen starken Mann. Sag, wie sollte er denn deiner Ansicht nach beschaffen sein?«

Olly stutzte. Warum wollte ihre Mutter das ausgerechnet jetzt wissen? Ihre Wünsche hatten doch bisher niemanden interessiert, ihre Mutter am allerwenigsten. »Nun ja, so wie Vater«, sagte sie unsicher. »Eben ein Mann, der weiß, wer er ist, was er kann und was er will. Und nicht so einen *Stephan*, der selbst keine Meinung hat.«

Alexandra lachte spröde. »Du und ein Mann wie dein Vater! Das würde nie und nimmer gutgehen.« Sie rückte ihren Stuhl ein wenig mehr in die Sonne, dann fuhr sie fort: »Das Leben an der Seite eines starken Mannes ist nicht immer leicht. Es heißt zwar, Gleich und Gleich gesellt sich gern. Aber meine Erfahrung lautet anders. Wo ein starker Wille herrscht, ist kein Platz für einen zweiten Willen.«

»Wie meinen Sie das?«, fragte Olly und winkte Anna zu, die zusammen mit Grand Folie aus dem Haus kam.

Alexandra zögerte, als wäre sie sich nicht sicher, ob sie weitersprechen sollte. »Ich spreche von Verzicht und Unterordnung. Also von Charakterzügen, die deinem Wesen so gar nicht entsprechen«, sagte sie. »Meine Schwestern und ich, wir sind so preußisch erzogen worden, dass wir uns gar nichts anderes vorstellen konnten, als uns einem Mann unterzuordnen. Ein solches Benehmen liegt uns im Blut. Du, Mary und Adini jedoch ... Ihr hattet schon immer euren eigenen Kopf.« Sie zuckte mit den Schultern. »Manchmal denke ich, dein Vater und ich waren einfach zu nachsichtig mit euch.«

Olly lachte irritiert auf. »Sie sprechen in Rätseln, Mutter. Wollen Sie etwa behaupten, ich sei keine gute Tochter?« Sie konnte sich nicht daran erinnern, die Eltern in letzter Zeit verärgert zu haben.

Die Zarin vertrieb mit der rechten Hand eine Fliege, die sich auf dem Rand ihres Glases niederlassen wollte.

»Was ich sagen will, ist: Ein Mann mit einem nicht ganz so starken Willen mag ein durchaus angenehmer Ehegatte sein. Eine solche Beziehung bietet wahrscheinlich mehr Spielraum für eigene Ideen als jede andere.«

Olly konnte sich nicht erinnern, je mit ihrer Mutter ein solches Gespräch geführt zu haben. Oftmals hatte Olly die Zarin für ihre Art, das Leben leichtzunehmen, bewundert. Manchmal hatte sie sich auch darüber geärgert. Ihr selbst ging diese Leichtigkeit ab, sie konnte sich über viele Dinge aufregen, die Alexandra gleichgültig beiseitewischte.

Vorsichtig, um den besonderen Moment nicht zu zerstören, sagte sie nur: »Eigene Ideen?«

»Stell dir vor, die hatte ich wirklich einmal. Unglaublich bei deiner Mutter, nicht wahr?« Die Zarin lachte spöttisch, dann fuhr sie fort: »Ich wollte so gern auf dem Land leben, am liebsten am Meer! Vielleicht fühle ich mich deshalb hier so wohl. Aber als Zarin des Russischen Reiches heißt es präsentieren, präsentieren, präsentieren. Und das geht nicht von einem beschaulichen Landsitz aus, sondern nur mitten in der Stadt, vor den Augen aller, im Winterpalast. Ach, wie ich den alten Kasten hasse!«

Olly griff nach ihrem Glas. Der Orangensaft war warm geworden und schmeckte klebrig.

»Aber Vater hat Ihnen auf der Krim doch einst einen ganzen Ort geschenkt. Wie hieß er noch? Wurde dort nicht eine riesengroße Sommerresidenz eigens nach Ihren Wünschen und Ideen erbaut? Ländlicher geht es doch nicht.« Wie konnte sich die Mutter über zu wenig Freiraum beschweren? Vater legte ihr doch die Welt zu Füßen! Olly fand ihre Mutter ziemlich undankbar.

Alexandra lächelte dünn. »Dir fällt nicht einmal der Name des Ortes ein. Livadia heißt er. Kannst du dich erinnern, wie oft wir bisher den Sommer dort verbrachten?«

Olly schwieg.

»Kein einziges Mal«, fuhr die Zarin sogleich fort. »Weil dein Vater lieber ins Landhaus nach Peterhof fährt. Dass ich allein nach Livadia reise, erlaubt er nicht. Ständig will er mich um sich haben.« Ein Hauch Müdigkeit zog in Alexandras Miene. »Bitte verstehe mich nicht falsch. Ich liebe Nikolaus, würde alles für ihn tun. Es ist nur ... Mein Leben lang habe ich mich nach einem Ort gesehnt, wo ich auch einmal allein sein kann. Wo ich tun und lassen kann, was ich will. Ohne Rücksicht nehmen zu müssen auf die Etikette oder sonst etwas.« Sie lachte auf. »Wahrscheinlich wäre mir in kürzester Zeit langweilig! Am besten vergisst du, welchen Blödsinn ich geredet habe.«

Olly schwieg. Irgendwie kam ihr die Mutter seltsam vor.

Als sie Anna zusammen mit Grand Folie auf den Pavillon zukommen sah, war sie fast ein wenig erleichtert.

»Es ist Post angekommen. Für Großfürstin Olga«, sagte Anna und reichte Olly zwei Briefe.

»Das ist doch das Siegel des württembergischen Königs, oder?« Fragend schaute sie ihre Mutter an. Als diese nichts antwortete, brach Olly das Siegel auf. Ein einzelner Bogen kam zum Vorschein, den Olly hastig überflog.

»Tatsächlich, der Brief kommt aus Stuttgart. Der württembergische König fragt an, ob sein Sohn Karl mich besuchen dürfe. Mich kennenzulernen wäre der sehnlichste Wunsch des Prinzen.« Olly ließ den Brief sinken. »Der Prinz von Württemberg, was will ausgerechnet der von mir? Ist er nicht als Gemahl für Cousine Luise vorgesehen? Deshalb war er im Frühjahr doch in Berlin, oder täusche ich mich?« Krampfhaft versuchte sie sich daran zu erinnern, was ihre Cousine darüber geschrieben hatte. Aber wie so vieles war auch Luises Brief an ihr vorübergegangen.

Sie schaute von Anna zu ihrer Mutter. Kam es ihr nur so vor, oder hatten die beiden gerade einen seltsamen Blick getauscht?

»Was meinen Sie, liebe Maman?«

»Karl von Württemberg ist ein reizender junger Mann.« Alexandra klatschte in die Hände. »Alle aus meiner Familie mögen ihn, er ist in Berlin immer willkommen. Dass aus Luise und Karl nichts wurde – nun, es gehören immer zwei dazu. Vielleicht war er meinem Bruder ein wenig zu leger. Zu unpreußisch!« Ein irritierter Zug, den Olly nicht deuten konnte, umspielte Alexandras Mund. »Fürst Gortschakoff berichtet ebenfalls nur Gutes über den jungen Mann. Keine Sorge, ich will dir nichts einreden«, sagte sie, als sie Ollys Blick sah. »Aber gegen ein harmloses Treffen ist nun wirklich nichts einzuwenden. Schreibt Wilhelm auch, *wo* sein Sohn dich kennenlernen möchte?«

Olly zuckte mit den Schultern. »Das ist ihm anscheinend gleichgültig. St. Petersburg, Wien, Palermo – woher weiß er eigentlich, dass wir hier sind?« Wieder kam es ihr so vor, als wechselten ihre Mutter und Anna verstohlen einen Blick. Sie beschloss, abends Anna danach zu fragen. War etwa Fürst Gortschakoff, ihr Gesandter in Stuttgart, der Ansicht, nun ebenfalls ein bisschen am unseligen Heiratskarussell drehen zu müssen? Oder wollte dieser Prinz Karl sie wirklich aus freiem Willen kennenlernen?

Ein freier Wille! Sie lachte leise auf.

»Warum lädst du ihn nicht einfach hierher ein?«, fragte Anna. »Dieser Prinzenbesuch wäre eine nette Abwechslung.«

»Der Württemberger soll übrigens sehr attraktiv sein«, fügte Alexandra schmunzelnd an. »Jetzt schau nicht so kritisch! Lass es dir in aller Ruhe durch den Kopf gehen. Und sag endlich, was in dem zweiten Schreiben steht.«

Erst da bemerkte Olly, dass dieser Brief das Wappen mit dem russischen Doppeladler trug. »Er ist von Vater!« Mit dem Zeigefinger ihrer rechten Hand riss sie den Umschlag so hastig auf, dass sie einen der innen liegenden Papierbögen verletzte. Ihre Augen flogen über die engbeschriebenen Seiten.

»So kann ich heute berichten, dass mein Besuch in Wien recht erfreulich war. Dem Anschein nach ist mir mit Leichtigkeit gelungen, was unsere Diplomaten nicht schafften: Ich konnte Fürst Metternich für Dich, geliebte Tochter, einnehmen. Das Kaiserhaus kann sich inzwischen eine Heirat zwischen Dir und Stephan unter gewissen Umständen vorstellen.« Ollys Augen funkelten ungläubig. »Das gibt's doch nicht …«

»*Gewisse* Umstände?«, wiederholte Anna, doch die beiden anderen beachteten sie nicht.

Alexandra seufzte. »Wer hätte daran noch geglaubt?«

»Die Österreicher haben ihrer Hoffnung Ausdruck verliehen, dass durch eure Heirat die Unterdrückung der römischen Kirche in Russland gemildert werden möge –«

»Welche Unterdrückung der römischen Kirche in Russland?«, wurde Olly von ihrer Mutter unterbrochen. »Solche Reden werden deinem Vater nicht gefallen.«

Olly zuckte mit den Schultern. »Das liest sich anders. Vater schreibt, er mache sich nun voller Hoffnung auf den Weg nach Rom. Ein Treffen mit dem Papst sei anberaumt, seiner Ansicht nach dürften die Verhandlungen bis Ende des Jahres erledigt sein und dann stünde einer Heirat wohl nichts mehr im Wege. Danach will er kommen und mit uns den Jahreswechsel feiern.«

Einen Moment lang herrschte fassungslose Stille. Alle hatten Mühe, die guten Nachrichten zu verarbeiten. Schließlich war Olly die Erste, die ihre Sprache wiederfand. »Mutter, Anna – versteht ihr, was das bedeutet? Nach sieben Jahren kommen der Palatschinken und ich zusammen. Wenn Adini das hätte erleben können …« Freudentränen rannen über ihre Wangen, sie drückte, küsste und umarmte Anna und ihre Mutter im Wechsel. »Endlich! Ich dachte schon, es liegt an mir, dass kein Mann etwas von mir wissen will. Aber nun sieht alles wieder ganz anders aus.« Olly schluchzte auf.

»Ich freue mich so für dich!« Auch der Zarin liefen Freudentränen übers Gesicht. »Aber was wird denn nun aus dem württembergischen Prinzen Karl?«

»Karl?« Olly stutzte. Den hatte sie schon wieder vergessen. »Wenn er mich unbedingt kennenlernen will, soll es so sein«, sagte sie gnädig, fuhr aber fort: »Nur, sollten wir damit nicht warten? Vater wird bis Jahresende hier sein, dann wissen wir mehr.«

Die Zarin nickte. »Eine kluge Entscheidung. Den Prinzen Karl kannst du auch noch im Januar einladen.«

Oder ihm absagen, fügte Olly im Stillen hinzu. Gott würde es für sie richten, so wie er es ihr einst versprochen hatte. Wie hatte sie nur an ihm zweifeln können?

Triumphierend drehte sie sich zu Anna um. »Wie lautete dein Spruch mit dem Fest in der Straße? Lange dauert es nun nicht mehr, bis wir feiern können. Ich kann's nicht fassen, Anna, jetzt wird alles doch noch gut!«

25. KAPITEL

Frohen Herzens fieberte Olly dem Jahresende entgegen. Jeden sonnenbeschienenen Tag spekulierte sie mit ihrer Mutter darüber, wo sich ihr Vater gerade befand, wen er traf, mit wem er sprach, wie seine Gespräche verliefen und so weiter. Briefe aus St. Petersburg trafen ein, die guten Nachrichten hatten sich wie ein Lauffeuer im Kreis der Familie verbreitet. Sascha und Cerise boten an, erste Vorbereitungen für die kommenden Feierlichkeiten zu treffen, Mary schrieb, sie habe am guten Verlauf der Dinge nie gezweifelt, sondern diese vorausgesehen. Sogar Kosty meldete sich. Ein wenig steif übermittelte er seine Glückwünsche.

Dann traf die heißersehnte Depesche aus Rom ein. Der Besuch des Zaren bei Papst Gregor sei bestens verlaufen, stand darin. Nikolaus habe dem über siebzigjährigen Oberhaupt der katholischen Kirche einen Handkuss und das Versprechen gegeben, dass alle Katholiken in Russland ihre Religion ohne Repressalien ausüben durften. Auch würden Ollys Kinder katholisch erzogen werden, nur Olly selbst würde ihrem Glauben treu bleiben, was dank des zwischen beiden Kaiserhäusern einstmals geschlossenen Geheimvertrags, der inzwischen wieder aufgetaucht war, ja erlaubt war.

Der Papst habe sich das blass gewordene alte Dokument angeschaut und war damit zufrieden gewesen. Im Allgemeinen sei der kleine, schmächtige Mann sehr wohlwollend und angenehm erschienen, schrieb Nikolaus. Sämtliche Hindernisse waren endlich aus dem Weg geräumt, er hatte dem Wunsch Wiens voll und ganz entsprochen. Nun wollte er es sich nicht nehmen lassen, Fürst Metternich dies höchstpersönlich mitzuteilen.

Olly konnte ihr Glück nicht fassen: So viele Jahre hatte auf ihrem Weg ein Stolperstein nach dem anderen gelegen. Und nun lief auf einmal alles so glatt. Ein tiefer Frieden erfüllte ihr Herz und ließ sie von innen heraus strahlen.

Ein paar Tage vor Jahresende erreichte eine weitere Depesche die Villa Olivuzza. Sie kam aus Wien.

Ollys Herz pochte vor lauter Aufregung so heftig, dass es fast weh tat. Gefolgt von Anna und ihrer Mutter rannte sie zum Sekretär, griff mit zittrigen Händen nach dem Brieföffner.

Die Nachricht war äußerst knapp. Ollys Blick blieb an jedem Wort eine Ewigkeit lang kleben. Ihre Augen weiteten sich, die Pupillen wurden dunkler, tiefer ... Ihr Oberkörper schwankte ein wenig, sie musste sich mit einer Hand am Sekretär festhalten. Einen Moment lang schien die Welt sich zu bewegen, dann wurde es ganz still. Ollys Gedanken lösten sich auf.

Anna und die Zarin hielten sich an den Händen, kicherten wie aufgeregte Schulmädchen ob Ollys Ergriffenheit.

Schmunzelnd sagte die Zarin: »Was meinst du, soll die Schneiderin deines Brautkleides heute kommen oder doch erst morgen?«

Ein Lachen ertönte. Vielleicht war es auch ein Schrei. Ein Schluchzer. Ein Geräusch aus den Tiefen von Ollys Seele. Sie schaute auf.

»Es ist alles aus! Vater schreibt, es ist aus und vorbei. Keine Hochzeit. Nichts. Er hat den Wienern die Freundschaft gekündigt.«

Eigentlich war für die Silvesternacht ein fröhliches Fest geplant gewesen. Die Zarin und Olly, die mitgereisten Hofdamen, Nikolaus' Gefolge, auch ein paar befreundete russische Adlige, die ebenfalls im Süden Siziliens überwinterten, waren eingeladen worden. Der Jahreswechsel *und* die Verkündung von Ollys Verlobung waren zwei gewichtige Gründe, um die Gläser zu heben. Doch nun saß das Zarenpaar allein im Salon der Villa Olivuzza. Auf einer Anrichte stand ein silbernes Tablett mit feinsten Häppchen, daneben eine Reihe ungeöffneter Champagnerflaschen. Das Eis in den Kühlern war zu einer trüben Brühe geschmolzen.

Nikolaus' Blick war düster wie selten.

»So habe ich mir den Jahreswechsel gewiss nicht vorgestellt. Da sitzen wir hier in einem fremden Land ... All meine Anstrengungen, die vielen Reisen – für nichts und wieder nichts.« Er versetzte einer kleinen Kommode einen Fußtritt.

Alexandra zuckte zusammen. »Könnte es nicht sein, dass du in Wien zu ... heftig reagiert hast, mein Lieber? Vielleicht –«

Der Zar unterbrach seine Frau barsch. »Zu heftig? Viel früher hätte ich dem ganzen Theater ein Ende setzen sollen. Man stelle sich vor, der russische Zar kriecht vor dem österreichischen Kanzler zu Kreuze! Wie saures Bier habe ich Olly angeboten. Was glaubst du wohl, wie ich mich dabei fühlte? Aber damit ist Schluss, mit Wien bin ich fertig.«

Olly presste eine Hand auf ihren Mund, bevor ein Schluchzer sie verraten hätte.

»Komm jetzt endlich da weg«, zischte Anna und legte ihr eine Hand auf die Schulter. »Warum tust du dir das an?«

Olly schüttelte Annas Hand ab, drängte wieder ans Schlüsselloch der Salontür.

»Ich hatte wirklich geglaubt, den Wienern ginge es um die Religionsfrage«, sagte ihr Vater und klang ratlos. »Als ich Metternich erklärte, dass Papst Gregor seine Einwilligung gegeben hat, hat er nur gelacht. Und von vorn angefangen und erneut seine Vorbehalte gegen diese Verbindung vorgetragen. Ich dachte, ich höre nicht richtig! Ob er Angst habe, dass Russland im Falle dieser Heirat in Ungarn zu viel Einfluss gewinnen würde, wollte ich von ihm wissen. Aber statt mir eine ehrliche Antwort auf eine ehrliche Frage zu geben, hat er erneut nur herumlaviert. Da ist es doch kein Wunder, dass mir der Kragen platzte. ›Schluss, aus, vorbei!‹, habe ich zu ihm gesagt.«

Zarin Alexandra nickte gequält.

»Was für ein armseliger Wicht dieser Metternich ist«, spuckte Nikolaus voller Abscheu aus. »Ich wüsste, was ich mit so einem machen würde. Nicht nur eine Methode, ihn zum Schweigen zu bringen, würde mir dazu einfallen, sondern gleich ein ganzer Haufen. Aber in Wien wimmelt es leider von Schlappschwänzen ohne Mumm in den Knochen. Kaiser Ferdinand, Erzherzog Ludwig, Graf Lützow und nicht zuletzt dieses Bürschelchen Stephan selbst. Alle sind sie Wachs in den Händen Metternichs. Widerlich! Die einzig wahren Männer, die ich angetroffen habe, waren brave Soldaten, die vor dem Schloss Wache hielten. Ich sage dir, deren Gesellschaft wäre mir zehnmal lieber gewesen als die dieser intriganten Würdenträger.«

Stumme Tränen rannen über Ollys Gesicht, ihre Nase schwoll zu, und sie hatte Mühe, Luft zu bekommen. Sie hasste sich dafür, wie ein einfaches Zimmermädchen, das seine Herrschaft belauschte, an der Tür zu stehen. Aber als sie ihren Vater bei seiner Ankunft angefleht hatte, ihr haarklein zu erzählen, was in Wien vorgefallen war, hatte er abgewinkt. Sie solle froh über den Verlauf der Dinge sein und ihn nicht wegen sinnloser Details löchern. Jedes weitere Wort sei unnötig.

Nikolaus fuhr herum, ein eisiges Glimmen im Blick. »Glaube mir, ich habe die Österreicher deutlich spüren lassen, dass wir miteinander fertig sind. Mit meiner ganzen Art, mit jeder Geste, mit jedem Wort habe ich's denen gezeigt.«

»Daran zweifle ich keinen Moment.« Die Zarin seufzte. »Aber unserer Tochter hilft das leider gar nicht weiter.«

Laut polternd flüchtete Olly die Treppe hinauf in ihr Zimmer.

Normalerweise genoss Anna es, gemächlich in den ersten Tag eines Jahres hineinzugleiten. Die Feierlichkeiten zum Jahreswechsel waren meist lang und anstrengend, da war es keine Schande, erst am Nachmittag das Bett zu verlassen, um einen ersten vorsichtigen Blick auf das neue Jahr zu riskieren.

Am ersten Januar 1846 war Anna jedoch schon beim Morgengrauen wach. Nachdem sie sich angezogen hatte, warf sie einen Blick ins Nebenzimmer, wo Olly endlich, nach stundenlangem Weinen, eingeschlafen war.

Selbst mit den Tränen kämpfend, schlang Anna ihr Tuch fester um die Schultern, dann lief sie hinaus in den Garten. Luft! Sie brauchte Luft, hätte es keinen Moment länger in der Beengtheit der Villa ausgehalten.

Es war empfindlich kühl. Die Sonne stand noch nicht hoch genug, um über die Wipfel der hohen Palmen zu gelangen. Eine Gänsehaut kroch über Annas Rücken, dennoch inhalierte sie dankbar die kristallklare, frische Luft. Sie brauchte dringend einen klaren Kopf! Doch statt klarer Gedanken überfiel Anna eine wütende Ohnmacht, wie sie noch keine gekannt hatte.

Lieber Gott, warum hast du nicht endlich ein Erbarmen?

Sie reckte eine Faust gen Himmel, als wollte sie dem Allmächtigen drohen. Ach, sie war so zornig!

Wie sollte sie Olly später aufmuntern? Was sollte sie ihr zum Trost sagen? Dass alles gut werden würde? Dass das neue Jahr neue Chancen böte? Dass die neue Entwicklung vielleicht zum Besten wäre? Dass nach Regentagen auch wieder die Sonne schiene?

Anna schnaubte. Mit solchen Plattitüden wollte sie ihrem am Boden zerstörten Zögling nicht kommen.

Annas Blick wanderte in Richtung Haus. Die Fensterläden des Zarenschlafzimmers waren noch geschlossen. Nachdem auch Nikolaus die halbe Nacht unruhig durch die Villa gegeistert war, schlief er nun bestimmt den Schlaf der Gerechten.

Auf ihn war Anna am wütendsten. Warum hatte er Olly nicht von Angesicht zu Angesicht die Gründe seines Scheiterns dargelegt? Vielleicht wäre es ihr nach einem solchen Gespräch gelungen, einen Hauch von Würde zu bewahren. Stattdessen hatte er sie wie einen seiner Lakaien weggeschickt, die Silvesterfeier abgeblasen und sich mit seiner Gattin im Salon verbarrikadiert. Und Olly hatte als Lauscherin an der Tür die Wahrheit erfahren müssen.

Die Wahrheit ... Dass jemand es wagte, dem Herrscher des mächtigen Russischen Reiches einen Korb zu geben, war für Nikolaus unfassbar. In seinem verletzten Stolz erkannte er nicht, wie sehr seine Tochter litt. Alles hätte Anna gegeben, hätte sie ihrem Zögling den gestrigen Abend ersparen können!

Als wäre das alles nicht schon schlimm genug gewesen, stand heute auch noch der überfallartige Besuch des württembergischen Prinzen an. Anna verstand nicht, wie das Zarenpaar seiner Tochter dies zumuten konnte. Hatten die Eltern denn kein Herz? Ratlos unterbrach sie ihren morgendlichen Spaziergang, schaute hinaus aufs Meer, das so blau wie eh und je glänzte.

Sollte sie einfach mit Olly in die Berge fahren? Ein Ausflug am Neujahrstag, war das nicht das Normalste der Welt? Wenn sie sich beeilte ... Wenn das Zarenpaar aufwachte, wären sie längst fort. Irgendwie würde sie Zarin Alexandra ihre Abwesenheit schon erklären können.

»Der württembergische Prinz war da? Verzeihen Sie, Hoheit, seinen Besuch hatte ich ganz vergessen.«

Warum ließ man Olly nicht Zeit, ihre Wunden zu lecken? Zeit, Luft zu holen. Zeit, über die Schmach hinwegzukommen.

Offenbar hatte der Zar den württembergischen Prinzen schon vor einigen Wochen in Venedig getroffen, um ihn in Augenschein zu nehmen. Der junge Mann habe einen guten Eindruck auf ihn gemacht, hatte die Zarin kurz vor dem Schlafengehen zu Anna gesagt. Ihrem Mann wäre viel daran gelegen, dass auch Olly einen guten Eindruck bei dem Württemberger hinterließe. Dass Anna dafür zu sorgen hatte, verstand sich von selbst.

Gift. War Gift eine Möglichkeit? Als sie bei der russischen Kräuterfrau nach Medizin für Adini gefragt hatte, hatte die Heilerin in einem Nebensatz erwähnt, dass manche Kräuter auch tödlich waren.

Aber wo sollte sie hier giftige Kräuter herbekommen? Vielleicht gab es so etwas in Italien gar nicht.

Jemand kam ins Zimmer, wahrscheinlich Anna. Warum lasst ihr mich nicht einfach in Ruhe?, hätte Olly am liebsten geschrien. Stattdessen zog sie ihre Decke übers Gesicht. Sie wollte niemanden sehen. Sie wollte allein verrückt werden. Vielleicht war sie es längst.

Und wenn sie nichts mehr essen würde? Wie schnell würde sie verhungern? Mary war damals zwar von Tag zu Tag schwächer gewor-

den, aber ob sie wirklich den Hungertod gestorben wäre? Nein, sich zu Tode zu hungern dauerte einfach zu lange.

Ein Sturz aus dem Fenster? Zu gefährlich. Am Ende brach sie sich lediglich ein Bein.

Aber ein Sturz von einem hohen Berg … Der Monte Pellegrino. Das war eine Möglichkeit.

Eine Hand zupfte an der Bettdecke. »Olly, Kind, wach auf! Ich weiß doch, dass du wach bist.« Anna setzte sich zu ihr auf die Bettkante. »Schau mal, ich habe dir einen Teppich aus Rosenblüten gelegt. Das sind meine Neujahrswünsche für dich: Du sollst nur noch auf Rosen gebettet sein …«

Stirnrunzelnd schaute Olly auf den dunkelbraunen Parkettboden, der über und über mit roten Rosenblättern bestreut war. Die gute Anna. Mit einem Aufseufzen drehte sie ihr Gesicht zur Wand.

»Das neue Jahr kann mir gestohlen bleiben«, murmelte sie in ihr Kissen.

»Ach Kind, ich weiß, wie dir zumute ist, aber –«

Auf einmal war Olly Annas Mitleid so zuwider, dass sie die Hofdame am liebsten gepackt und geschüttelt hätte. Zornig fuhr sie wieder herum. »Nein, das tust du nicht! Keine Ahnung hast du davon, wie es ist, ständig abgewiesen zu werden. Einen Korb nach dem anderen zu bekommen. Du weißt doch auch längst, dass ich ein hoffnungsloser Fall bin. Mich will keiner! Warum trägst du deinen Optimismus also weiterhin vor dir her wie eine brennende Kerze? Warum soll gerade ich *auf Rosen gebettet sein* – so ein Blödsinn!«

»Aber du kannst doch nichts für diese ganze Misere. Nichts davon ist deine Schuld, so etwas darfst du nicht einmal denken.«

Olly schnaubte. »Irgendeinen Grund wird es schon haben, dass kein Mann auf dieser Welt mich haben will. Ich werde als alte Jungfer sterben. Und du an meiner Seite, wenn du nicht endlich dein Pflichtgefühl überwindest und das Weite suchst.«

Annas Augen weiteten sich voller Entsetzen. »Ich bin doch nicht aus Pflichtgefühl bei dir, sondern weil ich dich liebe! Keinen Tag, den wir miteinander verbracht haben, möchte ich missen.«

Olly lachte bitter auf. »Dann bist du der einzige Mensch, der so denkt. Sogar meinen Eltern bin ich eine Last geworden. Du hast es doch gestern selbst gehört: Wie saures Bier hat Vater mich angepriesen. Wahrscheinlich spottet ganz Europa über mich, so wie St. Petersburg es längst tut.« Sie schluckte. Der Gedanke, dass ihr Vater sich ihrer schämte, brachte sie fast um.

»Wie soll ich jemals wieder den Leuten unter die Augen treten? Alle werden über mich lachen. Am besten wäre ich tot! Warum lässt der Allmächtige mich nicht einfach sterben? Er hat ja doch keine Verwendung für mich.«

»Olly, Kind, versündige dich nicht. Du wirst sehen, es kommen auch wieder bessere Tage. Und dann ...«

Olly schloss die Augen. Sie wollte Annas verzweifelt um Munterkeit bemühte Miene nicht sehen. Sie wollte ihre optimistischen Hirngespinste nicht hören. Sie wollte nicht an bessere Tage denken. Sterben wollte sie.

Probeweise faltete sie die Hände über ihrer Brust und hielt den Atem an.

Vielleicht, wenn sie ganz ruhig dalag, würde ihr Herz irgendwann aufhören zu schlagen ...

Kurze Zeit später wurde die Zimmertür so schwungvoll aufgerissen, dass Grand Folie vor Schreck von Ollys Bett sprang. Der Geruch nach Zitronen und Alexandras Eau de Parfum durchdrang rasch die abgestandene Luft im Zimmer.

»Anna sagt, du willst partout nicht aufstehen? Was soll das, Olly? Findest du dein Verhalten nicht ziemlich kindisch?«

War das die Stimme ihrer Mutter? Unter ihrer Bettdecke zwickte sich Olly rasch in den Arm. Ein leiser Schmerz breitete sich aus. Sie lebte also immer noch. Unwillig schlug sie die Augen auf, zog die Decke von ihrem Gesicht.

Stirnrunzelnd wanderte der Blick der Zarin über den Rosenteppich.

»Anna sollte dir den Hintern versohlen, statt deine Bockigkeit auch noch zu belohnen.«

»Warum lassen Sie mich nicht allein? Ist es denn ein Verbrechen, wenn man seine Ruhe haben möchte?«, sagte Olly barsch.

Alexandras Augenbrauen bildeten hohe Bögen. »Mäßige deinen Ton und höre mir zu: Vorhin erreichte mich die Nachricht, dass Karl von Württemberg am frühen Nachmittag hier eintreffen wird. Deine Ruhebedürftigkeit wirst du daher auf später verschieben müssen.«

»Karl von Württemberg?« Schlagartig war Olly wach. »Aber ... Ich dachte ... Ich habe ihm gegenüber doch noch gar keine Einladung ausgesprochen! Wie kann er hier so einfach –«

»Dein Vater hat ihn eingeladen, schon vor Wochen, wenn du es genau wissen willst. Sie haben sich in Venedig getroffen, als Nikolaus auf der Durchreise von Rom nach Wien war. Dein Vater wünscht, dass du den Prinzen triffst. Heute noch.«

Olly schaute verwundert auf. So gestreng kannte sie die Zarin gar nicht. »Mutter, ich bitte Sie, das müssen Sie doch verstehen, nach den Nachrichten von gestern ist mir nicht nach irgendwelchen Plauderstündchen zumute.«

»Du weißt so gut wie ich, dass es hier nicht um ein Plauderstündchen geht«, entgegnete die Zarin ungewohnt scharf.

Olly runzelte die Stirn. »Aber –«

»Schau mich nicht so entgeistert an. Karl kommt, weil er um dich werben möchte, das muss dir doch klar sein. Für ein Plauderstündchen hätte er gewiss nicht die Alpen überquert und Tausende von Kilometern zurückgelegt. Angeregte Gespräche kann man auch in Stuttgart führen.«

»Aber Mutter –«, hob Olly an, wurde jedoch sofort unterbrochen.

»Spar dir deine Worte, ich kenne jeden Einwand, den du vorbringen willst, zur Genüge. Aber du kannst nicht immer nur an dich denken. Bis jetzt haben Nikolaus und ich dich gewähren lassen. Wir haben akzeptiert, dass du Max von Bayern ablehnst. Schweren Herzens hat dein Vater sogar akzeptiert, dass du Erzherzog Albrechts Werbung abgelehnt hast, obwohl der Mann ihm sehr gut gefällt. Stattdessen war Nikolaus zu allen möglichen Konzessionen bereit, um dir die Ehe mit Stephan zu ermöglichen – nicht, dass du seine Bemühungen auch nur im Geringsten geschätzt hast.«

»Das stimmt nicht«, entgegnete Olly lahm. »Ich bin Vater und Ihnen wirklich dankbar für alles.«

Die Zarin winkte ab. »Und was deine Liebelei mit Alexander angeht … Glaub nicht, eure Zuneigung wäre uns damals entgangen. Ich war es, die deinen Vater besänftigte, die seinen Blick von euch ablenkte. ›Olly weiß, was sie tut. Niemals würde sie sich Leidenschaften hingeben, die uns oder Russland schaden‹, habe ich zu ihm gesagt und allabendlich gebetet, dass ich recht behalten möge.«

Unter Alexandras strengem Blick senkte Olly die Lider. *Wenn du wüsstest*, schoss es ihr durch den Kopf. »Und was erwarten Sie nun von mir?«, fragte sie leise.

Alexandra seufzte. »Nichts, was ich nicht auch von mir selbst in solch einer Situation erwarten würde. Ich möchte, dass du stolz und aufrecht durchs Leben gehst!« Mit ihrer Fußspitze zertrat sie ein paar der welken Rosenblätter, dann ging sie zu Ollys Kleiderschrank und warf einen prüfenden Blick hinein. Sie zog ein weißes Baumwollkleid heraus. Es war mit Spitzen und rosafarbenen Stickereien verziert und gehörte zu Ollys Lieblingskleidern. Kurzerhand drapierte sie es über einen der Stühle, dann durchwühlte sie unbeholfen die Schubladen.

Mit sinkendem Herzen schaute Olly zu, wie sich zu dem Spitzenkleid die passenden Handschuhe und Strümpfe gesellten. Dass sich ihre Mutter höchstpersönlich an ihrer Garderobe zu schaffen machte, überzeugte Olly mehr als alles andere.

Die Zarin trat erneut an Ollys Bett. Ihr Blick war voller Liebe, als sie sagte: »Ach Kind, glaubst du etwa, ich wüsste nicht, wie elend dir zumute ist? Am liebsten würde ich mich zu dir setzen und mit dir weinen. Aber Gott bürdet uns nicht mehr auf, als wir tragen können. Er steht uns bei. Wir Romanows lassen uns nicht unterkriegen, ganz gleich, wie schlimm uns das Leben mitspielt. Ganz gleich, wie gemein die Menschen hinter unserem Rücken über uns reden. Wir bewahren unseren Stolz in jeder Lebenslage. Und –« Sie ergriff Ollys Hand. »Wir halten zusammen. Immer und überall.«

Olly nickte bedächtig. Für einen langen Moment schwiegen sie beide, dann schwang Olly ihre Beine über die Bettkante.

»Und wenn er mir nun gar nicht gefällt?«, sagte sie flehentlich.

Alexandra schüttelte entnervt den Kopf. »Jetzt schau ihn dir doch wenigstens an, bevor du schon wieder alles schwarzmalst.«

Mit Annas Hilfe zog sich Olly an. Sorgfältig richtete sie ihre Frisur, gab ein wenig Rouge auf ihre blassen Wangen, legte Schmuck an.

»Ich bin bereit«, sagte sie schließlich mit gekünstelt fröhlichem Lächeln.

»Du brauchst nicht zu übertreiben«, sagte Anna kopfschüttelnd. »Es reicht, wenn du den Wünschen deiner Eltern entsprichst und den Herrn empfängst. Niemand verlangt von dir, Theater zu spielen.«

Ollys angestrengtes Lächeln erlosch, ihre Züge entspannten sich wieder. »Ach Anna, wenn ich dich nicht hätte.« Sie umarmte die alte Freundin stürmisch. »Verzeih mir meine Gemeinheiten von heute früh. Ich bin Gott so dankbar dafür, dass du bei mir bist. Ohne dich würde ich das alles doch gar nicht überstehen.«

»Als ob ich dich je allein lassen würde.« Anna gab Olly einen Kuss, dann befreite sie sich aus ihrer Umarmung. »Wie sagst du selbst immer so treffend: ›Lachen, um nicht zu weinen‹ – genau das werden wir beide jetzt tun!«

26. KAPITEL

»Und direkt an meine Studien in Berlin schloss sich im Frühjahr 1843 eine weitere Bildungsreise an, nach England.« Der württembergische Thronfolger lächelte versonnen. »Eine verrückte Zeit war das, ich –«

»Der Eifer unseres Prinzen war wirklich bemerkenswert!«, fuhr sein Sekretär dazwischen. »Es verging kein Tag, an dem wir nicht irgendwelche englischen Fabriken, Handelsunternehmen, Bergwerke oder Eisenbahnanlagen besichtigten. Ich glaube, ich habe noch nie in meinem Leben so viel Kohlenstaub eingeatmet wie in diesen Wochen. Und ich bete zu Gott, dass ich es nie mehr tun muss.«

Die Tischrunde lachte.

Auch über Ollys Gesicht huschte ein Lächeln. Zu ihrem Erstaunen stellte sie fest, dass es ihr gutging. Seit sie den Salon betreten hatte, hatte sie kein einziges Mal an die Schmach wegen Stephan gedacht. Außerdem war das Gespräch weniger anstrengend als befürchtet. Die ersten paar Minuten waren zwar ein wenig steif gewesen, aber das hatte sich dank Karls Sekretär und dessen eloquenter Erzählung einer früheren Italienreise schnell gelegt.

Prinz Karl war tatsächlich inkognito nach Italien gereist? Er hatte sich als »Graf von Teck« ausgegeben? Was für eine amüsante Scharade!, hatte das Zarenpaar gemeint.

Auch Olly hatte Karls Schilderung interessiert zugehört. Dass jemand freiwillig seine Privilegien aufgab, um die Welt mit anderen

Augen zu sehen, gefiel ihr. Die meisten Menschen, die sie kannte, hielten sich für etwas Besonderes und erwarteten ständig, dass um ihre Person viel Aufhebens gemacht wurde. Der württembergische Prinz war da scheinbar anders.

Während ihre Mutter Wein nachschenken ließ, nahm sie ihre Gäste unauffällig weiter in Augenschein.

Prinz Karl war nicht allein erschienen, sondern hatte seinen Sekretär Friedrich Wilhelm Hackländer sowie seinen Reisemarschall, Freiherr von Spitzemberg mitgebracht. Während es sich bei Letzterem um einen charmanten älteren Herrn handelte, war Olly über die Jugend von Karls Sekretär erstaunt: Dieser Hackländer war höchstens drei, vier Jahre älter als Karl selbst, den Olly auf ihr Alter schätzte. Ein so junger Mann auf einem derart wichtigen Posten?

Dem Benehmen nach schien sich dieser Herr Hackländer jedoch wesentlich älter und reifer zu fühlen. Schon hob er zu einer neuen Geschichte aus der Zeit von Karls Englandreise an. Das Zarenpaar, Anna und die anderen Hofdamen lauschten interessiert. Olly hingegen hörte nur mit einem Ohr zu. Zugegeben, Hackländer war ein guter Erzähler, aber viel mehr hätten sie Karls eigene Eindrücke von Königin Viktoria und ihren Gemahl Albert interessiert. War seine Reise womöglich auch eine Art Brautschau gewesen, so wie Sascha sie einst hatte machen müssen? Dann war diese erfolglos geblieben, sonst säße Karl heute nicht hier, oder?

Olly verzog spöttisch den Mund – andere Menschen waren also auch wählerisch, nicht nur sie.

»Kennen Sie Irland, verehrte Großfürstin?«

Olly zuckte zusammen. Sie war so in ihre Gedanken vertieft gewesen, dass sie Karls Frage im ersten Moment nicht mitbekam.

»Leider nein. Aber man sagt, es sei wunderschön.« Sie lächelte ihn fragend an.

»Eine grüne Insel, in der Tat! In Irland verbrachten wir tatsächlich noch einige erholsame Tage, nicht wahr, Prinz?« Schon hob Hackländer zu einem weiteren Vortrag an.

Olly und Karl wechselten einen scheuen Blick, dann schauten beide wieder weg.

Karl, der sich schon zuvor am Kuchen gütlich getan hatte, ließ sich ein weiteres Stück geben. Olly hingegen winkte das Serviermädchen davon. Wie konnte ihr Gast solch einen Appetit haben?, fragte sie sich. Sie war viel zu angespannt, um einen Bissen hinunterzubringen.

»Dampfschiffe! Zugegeben, noch hat England die Nase vorn, was diverse technische Errungenschaften angeht«, sagte Nikolaus, der wie Olly bisher eher stummer Zuhörer gewesen war. »Aber Russland ist dabei aufzuholen. Sagen Sie, lieber Prinz, was halten Sie von der Idee, dass …«

Olly lächelte. Ihr Vater schien von den Gästen ziemlich angetan. Von Anna hatte sie erfahren, dass er am frühen Morgen unter schlimmer Migräne gelitten hatte. Nun aber war seine Miene gelöst, seine Wangen waren leicht gerötet, er sprach dem Wein zu und schien sich wohl zu fühlen. Immer wieder schaute er beifallheischend zu Olly hinüber, als wollte er sagen: *Hatte ich nicht recht? Ist der württembergische Prinz nicht ein sehr sympathischer Zeitgenosse?*

Zu seinem Wesen konnte Olly zwar noch nicht viel sagen, aber er war zumindest rein äußerlich ein sehr attraktiver Mann. Sein Gesicht hatte feine, weiche Züge. Sein buschiger Schnurrbart sorgte jedoch dafür, dass die Miene nicht zu weiblich weich wirkte. Seine Augenfarbe konnte Olly nicht genau erkennen, vielleicht war es ein dunkles Braun? Seine Augen waren groß und hatten breite Brauen, sein Blick war interessiert und freundlich, keinesfalls arrogant oder affektiert. Auf seinem Kinn zeigte sich ein kleines Grübchen, das tiefer wurde, wenn er lachte. Seine Lippen waren voll und fast sinnlich geschwungen. Sie erinnerten Olly ein wenig an Alexanders Lippen.

Karls Statur war durchschnittlich. Er war nicht drahtig und muskulös wie Kosty, Sascha oder ihr Vater. Er war allerdings auch nicht so aufgedunsen wie sein Sekretär, dessen Jackett sich über einem unübersehbaren Wanst spannte.

Hackländer … Olly spürte, wie allmählich ein leiser Missmut in ihr aufstieg. Es war ja schön und gut, dass Karls Sekretär die ersten peinlichen Minuten des Zusammentreffens mit seinen Reden überbrückt hatte, aber musste er deswegen den ganzen Nachmittag lang das Wort führen? Fast hätte man meinen können, es ging darum, dass *er* sich bestmöglich präsentierte und nicht Prinz Karl.

Bisher hatte sich Olly als stumme Beobachterin ganz wohl gefühlt. Aber nun wandte sie sich mit einem aufmunternden Lächeln an den württembergischen Thronfolger.

»Sie erwähnten vorhin, dass Sie dem Theater zugetan seien. Darf ich fragen, wie Sie bei all den schönen Künsten ausgerechnet zum Theater gekommen sind?«

Karl zuckte in derselben Art zusammen, wie sie es zuvor getan hatte, auch er schien gar nicht mehr damit gerechnet zu haben, dass jemand ihn direkt ansprach. Olly schmunzelte.

»Nun, ich ...«, fing er unsicher an.

»Ja? So erzählen Sie nur«, sagte sie und warf dem Sekretär einen etwas unwirschen Blick zu, woraufhin dieser tatsächlich schwieg.

Karl lächelte. »Interessanterweise habe ich meine Leidenschaft fürs Theaterspielen ausgerechnet Ihrem Onkel und seiner Familie zu verdanken«, sagte er. »In meiner Berliner Zeit verging kein Abend, an dem ich nicht zu einem interessanten Schauspiel eingeladen worden wäre. Die Art und Weise, wie Menschen auf der Bühne in eine andere Haut, ja, sogar in ein anderes Leben schlüpfen, wie sie Gefühle ausdrücken ...« Er schüttelte fast andächtig den Kopf. »Faszinierend ist das!«

Die Zarin nickte erfreut. »Meine Familie liebt das Theater, vor allem mein Bruder Karl. Ach, Ihre Reden wecken sogleich mein Heimweh nach Berlin ...«

Olly hörte interessiert zu, wie ihre Mutter und der Gast Bemerkungen über gemeinsame Berliner Freunde austauschten. Dass der Württemberger bei den Geschwistern ihrer Mutter sozusagen ein und aus ging, hatte sie bisher nicht gewusst. Scheinbar schätzte ihn Onkel Wilhelm ebenso wie ihr Onkel Karl, der dem namensverwandten Württemberger sogar seine Tochter Luise zur Frau gegeben hätte. Nun interessierte es sie noch mehr, warum es zwischen Karl und Luise nicht zur Heirat gekommen war.

»Der Prinz spielt übrigens auch selbst Theater, müssen Sie wissen. Durch ›Die Glocke‹, eine von mir gegründete Künstlervereinigung, kommt er mit vielen Schauspielern in Kontakt. Da lag es nahe, es auch einmal selbst zu versuchen, nicht wahr?«

Karl winkte ab. »Eine kleine Liebhaberei, mehr nicht.«

»Von wegen«, erwiderte Hackländer. »Das Schlosstheater, das ich für unseren Prinzen eingerichtet habe, ist zwar klein, dafür aber mit der neuesten Bühnentechnik ausgestattet. Und die Theaterstücke, die wir einüben, sind keinesfalls banal oder alltäglich. Vielmehr würde ich sie als anspruchsvoll bezeichnen und –«

»Verzeihen Sie, wenn ich Sie unterbreche«, fuhr Olly dazwischen. Die entsetzten Blicke, die die Zarin und Anna ihr wegen dieser Unhöflichkeit zuwarfen, ignorierte sie und sagte: »Aber vielleicht möchte der Prinz uns seine Eindrücke selbst mitteilen? Schließlich ist es ja *sein* Theater, nicht wahr?«

Karl, der sich gerade ein weiteres Stück Kuchen genommen hatte, schaute Olly skeptisch an. »Ich will Sie aber keinesfalls langweilen.«

Olly lachte. Als ob sich darum je ein Mann geschert hätte! Wenn sie nur an die langatmigen Beschreibungen bayerischer Landschaften des Prinzen Max von Bayern dachte. Oder an Erzherzog Albrechts Ausführungen über seine geschäftlichen Transaktionen – *damals* war sie wirklich vor Langeweile fast gestorben.

»Ich höre Ihnen wirklich sehr gern zu«, sagte sie aufrichtig.

Mehr brauchte es nicht. Glücklich, über eines seiner Lieblingsthemen sprechen zu können, legte Karl los, während Hackländer schmollend danebensaß.

Olly hörte angeregt zu.

»Und? Wie findest du ihn?«, fragten die Zarin und Anna wie aus einem Mund, kaum dass die Tür am frühen Abend hinter den Gästen ins Schloss gefallen war. In ihren Augen mischten sich Interesse, Hoffnung und auch ein Hauch Verzweiflung.

Olly seufzte. Die Frage hatte ja kommen müssen. Was wollten sie von ihr hören? Dass sie hellauf begeistert war? Dass sie Karl am liebsten heute noch geheiratet hätte?

Sie fand ihn nett. Sehr nett sogar. Karl schien sein Herz am rechten Fleck zu haben. Dass er vorhatte, bei seinen Vorführungen im

Schlosstheater Eintrittsgelder zu verlangen, um diese mildtätigen Zwecken zu spenden, hielt sie für eine grandiose Idee. Ob so etwas wohl auch bei Konzerten möglich wäre, hatte sie von ihm wissen wollen. Und angefügt, dass sie ganz manierlich Klavier spielte. Warum war ihr bisher solch ein toller Einfall nicht gekommen? Wo die Armenhäuser St. Peterburgs doch jede Geldspende so bitter nötig hatten.

Jetzt zuckte sie mit den Schultern und sagte so neutral wie möglich:

»Er scheint ein sehr ungewöhnlicher Mann zu sein.«

Am nächsten Tag empfing die Zarin zu einem Diner im Kreis der Familie. Außer Olly, ihren Eltern und Anna war nur noch Karl anwesend, Hackländer und von Spitzemberg waren nicht eingeladen worden.

Zum ersten Mal seit ihrer Ankunft in Sizilien regnete es, die Außenwände der Villa waren nass und fleckig. Auch die Stimmung im Haus war verändert. Im Licht Dutzender von Kerzen glühten die terrakottafarbenen Wände des Salons rötlich wie ein Kaminfeuer. Die Farben der zarten Blumenaquarelle erschienen intensiver und erinnerten an Ölgemälde. Nun, da die Fenster geschlossen und die Vorhänge vorgezogen waren, konnte man sich fast der Vorstellung hingeben, in einem russischen Palast zu sein und nicht in einer südländischen Villa.

Palermo war auch bei Regen schön, fanden die Bewohner der Villa Olivuzza einstimmig. Karl hingegen bedauerte den Wetterumschwung so kurz nach seiner Ankunft.

Die Zarin hatte ein russisches Menü zusammenstellen lassen. Ob Alexandra einfach nur Sehnsucht nach Kaviar und Blinis hatte oder Karls Reaktion auf die ungewohnten Speisen testen wollte, wusste Olly nicht. Falls Letzteres zutraf, bestand Karl den Test mit Bravour. Schmunzelnd beobachtete sie, wie er mit gutem Appetit den Kaviarhäppchen zusprach.

Das Gespräch war zwar nicht so unterhaltsam und fröhlich wie am Vortag, dafür nahm Karl entschieden mehr Anteil. Was für eine gute Idee von Mutter, den redseligen Sekretär nicht einzuladen, dachte Olly bei sich, während Karl angeregt von seinen Berliner Studienjahren erzählte.

»Ich hatte das Glück, mit etlichen Künstlern Freundschaft zu schließen«, erklärte er ihrer Mutter gerade. »Unter anderem bin ich im Haus von Bettina von Arnim ein und aus gegangen. Sie und ihre Tochter Armgard sind reizende Damen.«

Armgard. Der Name war nun schon öfter gefallen. Hatte es hier romantische Verstrickungen gegeben? War deshalb aus ihrer Cousine Luise und Karl kein Paar geworden?

Je länger Olly Karl zuhörte und ihn unauffällig beobachtete, desto mehr erinnerte er sie an Kosty, stellte sie erstaunt fest. Beide jungen Männer machten auf den ersten Blick einen robusten Eindruck. Dass sich unter ihrer hart wirkenden Schale ein sehr weicher Kern befand, versuchten sie, so gut es ging, zu verbergen. Oder bildete sie sich das nur ein?, fragte sich Olly, während die zweite Vorspeise aufgetischt wurde.

Doch es gab auch Unterschiede. Kosty versteckte seine Unsicherheit gern hinter übergroßer Burschikosität, machte derbe Witze – oft auf Kosten anderer – und verletzte die Menschen in seiner Umgebung manchmal, ohne es zu merken.

Wurde Karl hingegen unsicher, zog er sich eher in Schweigen zurück. Das geschah vor allem, wenn ihn jemand nach seinem Vater fragte. Aber auch als der Zar ihm anbot, seinen Lieblingshengst, den er auf jeder Reise mitführte, zu reiten, hatte er rasch das Thema gewechselt. Ob er wohl einst einen schlimmen Reitunfall erlitten hatte? Der Mann interessierte Olly immer mehr, stellte sie mit Erstaunen fest. Dabei hatte sie eigentlich gedacht, dass sie die Nase von den Männern gestrichen voll hatte. Aber Karl war auf eine ganz besondere Art anders als alle Herren, die sie bisher kennengelernt hatte. Und er wirkte so sanft, als könne er keiner Fliege etwas antun. Karl war kein Mann, der einer Frau das Herz brach, schoss es Olly jäh durch den Sinn.

»Hört ihr das?«, sagte die Zarin seufzend, als der Regen immer heftiger gegen die Scheiben prasselte. »Hoffentlich durchkreuzt das schlechte Wetter nicht Ihre Pläne für die nächsten Tage. Bestimmt haben Sie einige Besichtigungen eingeplant? Der Monte Pellegrino ist sehr empfehlenswert, nicht wahr, Olga?«

Karl lächelte scheu. »Ich befürchte, die herrliche Landschaft wird warten müssen. In den nächsten Tagen möchte ich mir unbedingt ein paar Villen anschauen, um mich für den Bau meines eigenen italienischen Palazzos inspirieren zu lassen.«

»Sie haben vor, hier ansässig zu werden?«, fragte Olly erstaunt.

Der Prinz lachte. »Der württembergische Thronfolger in Italien lebend, da würde mir mein Vater etwas erzählen! Nein, meine italienische Villa soll mitten in Stuttgart stehen, oder besser gesagt auf einem wunderschönen Hügel am Stadtrand. Dort habe ich ein großes Grundstück gekauft, mit herrlicher Aussicht. Mein Freund, der Architekt Christian Friedrich Leins, hat schon erste Pläne für meine städtische Landhausvilla gezeichnet.« Er grinste. »Doch noch erscheinen mir die Zeichnungen ein wenig dürftig. Deshalb ist mir sehr daran gelegen, einige der großen italienischen Vorbilder anzuschauen. Wissen Sie, ich stelle mir vor, dass die Räume einerseits groß und luftig wirken sollen, andererseits aber auch …« Mit weit ausholenden Gesten untermalte der Prinz seine Ausführungen. Wieder röteten sich seine Wangen, diesmal vor lauter Begeisterung und nicht aus Verlegenheit. Seine braunen Augen blitzten, er lachte belustigt, als er im Eifer des Gefechts sein Weinglas umstieß.

Olly schmunzelte. Karl war wirklich sehr begeisterungsfähig. Auch darin unterschied er sich von den vielen anderen Herren, die immer so blasiert taten, als hätten sie in ihrem Leben schon alles gesehen und erlebt.

»Ein eigenes Haus, das man vom ersten Strich auf dem Papier bis hin zur letzten Deckenlampe selbst planen kann, das stelle ich mir herrlich vor.« Olly seufzte sehnsüchtig auf. »Zu gern würde ich einmal einen Blick auf Ihre Pläne werfen. Haben Sie auch an einen Wintergarten gedacht? Sie wollen doch ein Stück Italien nach Württemberg bringen, nicht wahr? Also brauchen Sie dringend Zitronenbäume und Bananenstauden. Die Wände würde ich in hellen, sonnigen Farben halten, dafür aber –«

»Olly, sei bitte nicht so naseweis. Der Prinz wird schon selbst wissen, was nach seinem Gusto ist«, unterbrach ihre Mutter sie lachend. »Sie müssen sich unbedingt unsere Nachbarvillen anschauen«, wandte sie sich dann wieder an ihren Gast. »Bestimmt können Sie hier noch sehr viele Eindrücke sammeln.«

Karl räusperte sich, die viele Aufmerksamkeit schien ihn verlegen zu machen. »Es ist ja nur ein Haus«, winkte er ab und strich eine Falte in seiner Serviette glatt. Im nächsten Moment schaute er Olly an.

»Ob Sie mich eventuell auf meiner Besichtigungstour begleiten würden? An der weiblichen Sichtweise wäre mir sehr gelegen.«

»Sehr gern«, antwortete Olly erfreut. »In den letzten Wochen durften wir einige unserer Nachbarn kennenlernen, bestimmt öffnen sie uns die Tür, wenn ich ihnen sage, zu welchem Zweck wir ihre Häuser besichtigen.«

»Das ist schön.« Der Zar, der während des Gesprächs über Häuser geschwiegen hatte, nickte zufrieden. »Warum begleitest du die beiden nicht, meine Liebe?«, sagte er zu Alexandra. »Du weißt ja, dass ich morgen nach St. Petersburg abreisen muss. Dringende Amtsgeschäfte, Sie verstehen«, fügte er Karl gegenüber an.

»Sie reisen morgen ab? Aber warum?« Dass ihr Vater sie verlassen würde, hörte Olly zum ersten Mal.

Die Zarin lächelte. »Ich glaube, dein Vater sehnt sich nach dem russischen Winter. Merkst du nicht, dass er in der Villa umherläuft wie ein eingesperrter Tiger? Nicht wahr, mein Lieber – dich gelüstet es nach Schnee und Eis, nach Männern in schweren Uniformen mit spitzen Pelzmützen. Und nach Pferden, deren Winterfell so dicht wie das eines Bären ist.«

»Du hast den Geruch eines Kartoffelfeuers vergessen.« Nikolaus lachte. »Und wenn ich daran denke, dass bei uns zu Hause in diesen Tagen Weihnachten gefeiert wird, dann bekomme ich erst recht Heimweh. Niemand kennt mich so gut wie du, meine Liebe.« Voller Zuneigung tätschelte er die Hand seiner Frau. »Deshalb fällt mir der Abschied auch schwer. Wenigstens weiß ich dich in Ollys Obhut und der des Prinzen.« Einen langen Moment hatten Nikolaus und Alexandra nur Augen für sich.

Scheu wandte sich Olly ab, auch Karl rutschte verlegen auf seinem Stuhl hin und her. Wie sich solch eine Vertrautheit nach so vielen Ehejahren wohl anfühlte?, fragte sie sich und konnte gegen das Sehnen in ihrer Brust nichts tun.

»Müßiggang ist nun einmal nichts für mich«, sagte Nikolaus schließlich. »Es wird höchste Zeit, dass ich meine Truppen besuche, ein paar Paraden abhalten lasse. Zucht und Ordnung sind in einer Armee unerlässlich, ohne eine feste Hand reißt schnell der Schlendrian ein, nicht wahr, lieber Prinz?«

Karl zuckte mit den Schultern. »Ich muss gestehen, dass mir am Militärischen nicht viel liegt. Die glänzenden Uniformen, die blitzenden Orden, das ewige Getue um die besten Rösser – mich erinnert das alles an kleine Jungen, die mit Rittern und Zinnsoldaten spielen.«

Olly verschluckte sich fast an ihrem Brotstück. Gerade noch hatte Karl einen so guten Eindruck gemacht und nun redete er sich um Kopf und Kragen. Wusste er denn nicht, dass das Militär die größte Leidenschaft im Leben des Zaren war?

»Schaut nur, wie köstlich die gebratenen Kapaune aussehen«, rief sie enthusiastisch, als die beiden Serviermädchen mit dem ersten Hauptgang ins Zimmer kamen. Dabei war ihr das fette Fleisch des Masthahnes eigentlich zuwider. Sie hätte sich ihr Ablenkungsmanöver sparen können.

»Ich verstehe Ihre Bemerkung nicht ganz«, sagte der Zar irritiert. »Als Sohn des württembergischen Königs werden Sie doch bestimmt die vorzüglichste militärische Ausbildung genossen haben.«

Mit sinkendem Herzen beobachtete Olly, wie sich Karl auf seinem Stuhl wand. Weggeblasen war seine Selbstsicherheit von zuvor, stotternd sagte er: »Oh, gewiss. Mit sechzehn Jahren begann ich meine Offiziersausbildung an der Kriegsschule in Ludwigsburg, derzeit habe ich den Rang eines Leutnants inne.«

»Erst Leutnant? In Ihrem Alter?« Nikolaus verzog das Gesicht, als habe er Zahnweh. »Nun ja, bei uns in St. Petersburg oder Moskau wären Sie rascher vorangekommen. Aber wenn man berücksichtigt, dass die württembergische Armee nur sehr klein ist … Bestimmt haben die Ausbilder nicht dieselbe Eignung wie unsere hervorragenden Männer.«

Karl nickte erleichtert.

Olly konnte sich ein leises Kichern nicht verkneifen, die Situation war aber auch zu komisch! Da saß ihr Vater mit einem weiteren potentiellen Schwiegersohn am Tisch und musste das Schlimmste über ihn erfahren, was es seiner Ansicht nach über einen Mann zu sagen gab: dass er kein Soldat war.

Damit hatte sich das Thema Heirat bestimmt erledigt, schoss es ihr durch den Kopf. Schade, irgendwie hatte sie sich schon auf den gemeinsamen Villenspaziergang gefreut.

Am Abend kam Nikolaus zu Olly ins Zimmer. Schweigend setzte er sich an ihr Bett und nahm ihre Hand.

»Weißt du, was seltsam ist? Seit Prinz Karl hier erschienen ist, muss ich immer wieder an meine Schwester Katharina denken. Fast fühlt es sich an, als würde sie mir aus dem Grab heraus Dinge zuflüstern.«

Olly stutzte. Warum kam ihr Vater ausgerechnet jetzt auf die vor Ewigkeiten verstorbene Schwester zu sprechen? Sie hatte vielmehr damit gerechnet, dass er seine Entrüstung ob Karls Einstellung zum Militär kundtat. Und ihr offenbarte, dass ein solcher Mann für seine Tochter nie in Frage kommen würde.

»Leider habt ihr Kinder eure Tante Katharina nie kennengelernt. Ihr früher Tod war solch eine Vergeudung, von uns Geschwistern war sie die Beste – klug, schön und weise schon als Kind.«

Der Zar lächelte versonnen. »Du erinnerst mich an Katharina, weißt du das? Das ist schon immer so gewesen. Wie deine Tante bist auch du zu Höherem bestimmt, davon war ich schon immer überzeugt.«

»Vater, Sie machen mich ganz verlegen«, sagte Olly und strich sich eine Haarsträhne aus dem Gesicht. »Wozu soll ich schon bestimmt sein?«

»Woher rührt das Verächtliche in deiner Stimme, mein Kind? Weißt du etwa immer noch nicht, welche großen Aufgaben und

Pflichten Gott dir zugeteilt hat? Reicht ein Intrigant wie Metternich aus, um dich in deinem Glauben an ein gütiges Schicksal zu beirren? Vergiss die ganze Geschichte endlich!«

»Das ist leichter gesagt als getan. Abgewiesen zu werden tut ziemlich weh.« Olly wandte ihren Blick zum Fenster, in dessen Scheibe sich das Gesicht ihres Vaters spiegelte. Sie und große Aufgaben und Pflichten, wenn das nicht zum Lachen war!

»Du darfst nicht an dir zweifeln. Für dich ist das Beste gerade gut genug. Ruhm, Reichtum, Macht – es sind immer nur wenige Menschen, die das Rad der Geschichte weiterdrehen, und du gehörst dazu.«

»Aber –«

»Kein Aber, lass deinen alten Vater ausreden. Deine Mutter, Mary, deine Brüder Nisi und Mischa – sie alle sind wertvolle, feine Menschen. Aber ihnen genügt es, im Strom des Lebens mitzuschwimmen. Bei Kosty bin ich mir noch nicht sicher. Bei dir und Sascha hingegen schon, ihr zwei seid wie ich und Katharina. Auch ihr wollt etwas verändern. Ihr seid dazu bestimmt, Menschen zu führen, sie hinzuleiten zu einem besseren, wahrhaftigeren Leben.«

»Etwas für die Armen, Kranken und Siechen zu tun, das war wirklich einmal mein größter Wunsch«, sagte Olly leise. In den letzten Tagen hatte sie immer wieder an die Armenhäuser in St. Petersburg denken müssen. Wer wohl in diesem Jahr die Armenweihnacht übernommen hatte, jetzt, da die Zarin und sie weg waren? Mary vielleicht?

Hilflos hob sie die Arme. »Wünsche, Träume, Hoffnungen – das sind doch alles nur kindische Phantasien. Ich weiß gar nicht mehr, was mir noch wichtig ist. Eigentlich möchte ich nur meine Ruhe haben, mehr nicht.« Auf einmal hätte sie losheulen mögen. Warum musste Karl ausgerechnet jetzt in ihr Leben spazieren? Jetzt, wo ihr Herz noch wund vor Schmerz und Schmach war. Oh, er könnte ihr schon gefallen. Aber das würde sie ihrem Vater gegenüber nicht zugeben. Denn mit einer solchen Äußerung würde sie die große Maschinerie sofort wieder in Gang setzen. Allein bei dem Gedanken daran wurde ihr schwindlig vor Angst. Die Vorstellung, erneut zum

Spielball der großen Politik zu werden, war ihr unerträglich. Ihr Vater auf der einen Seite. Karl und dessen Vater auf der anderen. Was, wenn sie wieder abgewiesen wurde? Noch ein solches Drama würde sie nicht überleben.

»Wie traurig du dreinschaust! Willst du nicht wissen, warum ich ausgerechnet heute von Katharina erzählt habe?« Nikolaus lächelte. »Weißt du, dass meine Schwester die erste Frau von Karls Vater war? Katharina hat einst den König von Württemberg geheiratet und in ihrer neuen Heimat so viel Gutes getan, dass man dort heute noch in den höchsten Tönen von ihr spricht. König Wilhelm hat Katharina nach ihrem Tod ein riesengroßes Denkmal errichtet, genau an dem Platz, wo sich früher die Stammburg der Württemberger befand. Sehr beeindruckend, ich habe die Grabkapelle als junger Kerl einmal besucht.«

Was hat das alles mit mir zu tun?, wollte Olly ihren Vater fragen, traute sich aber nicht. Es war ihm anzusehen, dass er in Gedanken weit weg war.

»Württemberg ist zwar nur ein kleines Land und verfügt über keinerlei Bodenschätze, dafür ist es das Land der klugen Köpfe. Meine Schwester hat einst dafür gesorgt, dass etliche technische Erfindungen aus Württemberg nach Russland gelangten, was für uns sehr hilfreich war. Überhaupt war die Verbindung zwischen Russland und Württemberg sehr fruchtbar. Das könnte sich nun wiederholen …«

Olly schnaubte leise. Sie hatte es gewusst.

»Katharina war außerdem Wilhelms große Liebe. Man erzählt sich, dass seine jetzige Frau – Karls Mutter Pauline – ihr nie das Wasser reichen konnte, weswegen die Ehe wohl eher unglücklich ist.«

»Und Sie denken nun, ich könnte in die Fußstapfen einer so großen Frau wie Katharina treten, indem ich Karl heirate? Vater, merken Sie nicht, dass Sie mir damit Angst einjagen?«, sagte Olly atemlos. War das seine Art, sie überreden zu wollen?

»Wir werden dir, was Karl angeht, keine Vorschriften machen«, sagte ihr Vater. »Ich wollte dir nur erzählen, dass schon einmal eine Romanow nach Stuttgart gegangen ist, mit frohem Herzen. Ach

Olly, mir bricht es das Herz, dich so verzagt zu sehen. Ich will dich endlich wieder glücklich und lachend erleben. Der Prinz würde dich bestimmt auf Händen tragen.« Er streichelte ihre Wange, und Olly entspannte sich ein wenig.

»Aber Karl hat so gar keine soldatische Haltung«, sagte sie in der Hoffnung, das Thema damit zu beenden.

Nikolaus verzog das Gesicht. »Ein Wermutstropfen, zugegeben. Doch er kann nichts für die Versäumnisse seines Vaters. Ich habe läuten hören, dass sich Wilhelm von seiner Frau allzu sehr in die Erziehung des Sohnes hat reinreden lassen. Die Königin hat Karl vielleicht ein wenig verzärtelt. Aber das ist nichts, was sich im Mannesalter nicht noch ändern ließe. Wenn Karl erst einmal mit eigenen Augen sieht, wie fabelhaft unsere russischen Truppen ausgebildet sind ...«

Vor Ollys innerem Auge erschien Alexander in seiner schneidigen Uniform. Sein Regiment hatte er bestens im Griff, sich und seine Leidenschaften dafür umso weniger. Was nutzte eine edle Uniform, wenn der Mann darin nicht gar so edel war?

»Ich persönlich finde es nicht schlimm, wenn ein Mann lieber Theater spielt, als an Militärparaden teilzunehmen«, sagte sie spröde. »Und es ist auch nicht so, als ob Karl mir unsympathisch wäre. Aber das alles kommt so plötzlich! Außerdem, woher wollen Sie wissen, ob Karl mich überhaupt zur Frau nehmen würde? Der Prinz ist mir gegenüber höflich und zuvorkommend, aber ob er mehr empfindet?« Sie zuckte ratlos mit den Schultern. Alles war so schrecklich kompliziert! Und je mehr sie über alles nachdachte, desto verwirrter wurde sie.

Ihr Vater lachte. »Hast du Karls verliebte Blicke etwa nicht bemerkt? Als wir uns vorhin mit unseren Zigarren zurückgezogen hatten, sagte er mir gegenüber, dass sämtliche Berichte über deine Schönheit gelogen wären, weil du in Wahrheit noch tausendmal schöner seiest.«

»Das hat Karl gesagt?« Olly war fassungslos. Ein so attraktiver Mann wie Karl machte ihr solche Komplimente? Früher hätte sie diese Nachricht beiläufig zur Kenntnis genommen. Doch inzwischen war ihr Selbstbewusstsein so brüchig geworden, dass sie Mühe hatte, ihrem Vater zu glauben. Andererseits wusste sie, dass der Zar sie nicht anlog. Vielleicht sagte er ihr nicht immer alles, aber angelogen hatte er sie noch nie.

Der Zar nahm Ollys Hand, drückte sie sanft. »Wie oft habe ich in den letzten Jahren davon geträumt, dich mit einer Königskrone auf dem Haupt zu sehen. Ich trage das Bild wie eine detailreich gemalte Miniatur in mir: du an der Seite eines Herrschers, ihr zwei auf dem Balkon eines prächtigen Palastes, wie ihr die Huldigung eures Volkes entgegennehmt …« Er lachte verlegen auf. »Verzeih deinem Vater seine Sentimentalitäten. Vielleicht ist es die bevorstehende Trennung, die mich so reden lässt. Der Gedanke, deine Mutter und dich hier zurücklassen zu müssen, gefällt mir nicht. Andererseits ist Alexandra noch nicht kräftig genug für die lange Heimreise. Ich bin dir wirklich sehr dankbar, dass du ihr weiterhin Gesellschaft leisten wirst.«

»Das tue ich doch gern«, murmelte Olly. In ihren Augen war ihre Mutter so gesund und erholt wie schon lange nicht mehr, die Reise hätte ihr gewiss nichts ausgemacht. Bestimmt will Vater, dass ich wegen Karl noch hierbleibe, dachte sie. Nicht, dass sie viel dagegen einzuwenden hätte, stellte sie erstaunt fest. Doch gleich darauf schoss ihr ein weiterer, weniger erfreulicher Gedanke durch den Kopf.

»Wenn ich Karl wirklich heirate, würde ich Tausende von Kilometern von euch entfernt leben. Das Herz würde mir vor lauter Heimweh brechen!«

Der Zar gab ihr einen kleinen Nasenstüber. »Als ob ich das zulassen würde. Natürlich würden wir dich in Stuttgart besuchen, so oft es geht. Und andererseits bist du bei uns auch jederzeit willkommen. St. Petersburg wird immer dein Zuhause bleiben, ganz gleich, welche Königskrone du trägst.«

27. KAPITEL

Am Tag darauf erschien Karl in Begleitung seines Architekten Friedrich Leins. Olly war froh, weder General Spitzemberg noch Karls Sekretär Hackländer zu sehen.

Ehrfürchtig breitete der Architekt seine Bauzeichnungen für die Stuttgarter Villa vor der Zarin aus. Alexandra, die schon mehr als ein Haus mitgestaltet hatte, machte die eine oder andere kluge Anmerkung. Als Olly, Karl und der Architekt zu ihrer Besichtigungstour aufbrachen, blieb sie jedoch lieber in der Villa zurück. Die Abreise ihres Gatten hatte sie sehr betrübt, nach einem Ausflug war ihr nicht zumute.

In den Nachbarvillen wurde das Trio bereits freudig erwartet, voller Stolz zeigten die Bewohner jeden Winkel ihrer prunkvollen Häuser. Friedrich Leins' Zeichenblock füllte sich immer mehr. Hier war es ein aufwendiges Portal, das Karl gezeichnet haben wollte, da eine Fenstereinfassung, die ihn begeisterte, ein Zimmer weiter das ungewöhnliche Muster eines Mosaikbodens.

Als Olly Friedrich Leins' Hand über den Zeichenblock huschen sah, packte auch sie die Lust. Sie bat um einen Zeichenblock und skizzierte gekonnt vielflammige Leuchter, marmorne Sockel samt Büsten und andere Details.

Karl war fasziniert von Ollys Zeichenkünsten. Er selbst sei zeichnerisch völlig unbegabt, gestand er. Dafür habe er jedoch schon recht genaue Visionen von seiner Villa auf dem Berg.

Dass Karl so viel Liebe zum Detail zeigte, begeisterte wiederum Olly. Die meisten Menschen sähen nur das große Ganze, für die kleinen Dinge nebenbei hätten nur die wenigsten einen Blick, merkte sie an, und er nickte dazu.

Am frühen Nachmittag hatten sie sich drei Häuser samt deren weitläufigen Gärten angeschaut. Als Karl vorschlug, sich auch noch Villa Nummer vier vorzunehmen, winkte Olly ab. »Tut mir leid, aber mir schwirrt schon der Kopf von den vielen Eindrücken. Wenn ich noch einen einzigen Kronleuchter zu Gesicht bekomme, wird mir schwindlig«, sagte sie lachend.

Karl schickte daraufhin seinen Architekten zurück in ihr Quartier, den Palast der Marchesa Sessa, wo er die Skizzen in aller Ruhe sortieren konnte. Schüchtern fragte er Olly anschließend, ob sie Lust auf einen Spaziergang hatte.

»Solange ich dabei den Himmel sehe und nicht irgendeine Deckenbemalung, gern«, sagte Olly und schlug einen Weg entlang der Steilküste vor, von wo aus sie das lapislazuliblaue Meer immer im Blick hatten.

Eine Zeitlang erfüllten die vielen architektonischen Eindrücke ihr Gespräch, doch irgendwann erschöpfte sich dieses Thema und sie spazierten schweigend weiter.

Mehr als einmal schaute Olly zu Karl hinüber. Manchmal traf ihr Blick dabei auf seinen, woraufhin beide hastig wegschauten, nicht ohne sich zuvor ein schüchternes Lächeln zuzuwerfen. Er war wirklich nett, befand sie. Weder aufdringlich noch anstrengend. Nicht affektiert oder künstlich bemüht. Sondern nur ein ganz natürlicher, normaler Mann.

Sie setzten sich auf eine kleine schmiedeeiserne Bank, die links und rechts von zwei Lorbeerbüschen gesäumt wurde. Olly schloss die Augen und genoss den würzigen Geruch der Büsche und die nachmittägliche Stille, die nur vom Gesang einiger Vögel durchbrochen wurde. Dass sie sich nicht ständig unterhielten, machte ihr nichts aus, im Gegenteil. Die Stille hatte etwas Wärmendes wie die Sonne, die heute wieder von einem wolkenlosen Himmel schien. Es war angenehm, mit Karl einfach nur ruhig dazusitzen.

»*Die Harmonie von Himmel, Meer und Erde ... Die Luft duftet süß, der Wind weht lau ... Wer es gesehen hat, der hat es auf sein Leben.*«

Fast ein wenig enttäuscht darüber, dass er ihr einträchtiges Schweigen gebrochen hatte, schlug Olly die Augen auf. »Diese Zeilen stammen von Goethe, nicht wahr?«

Karl nickte erstaunt. »Woher wissen Sie das? Ja, es sind Goethes Worte, er ist wohl auch auf einer Italienreise zu dieser Dichtung inspiriert worden.«

Olly schmunzelte. »Wir Russen lieben zwar unseren Puschkin über alles, dennoch sind uns ausländische Schriftsteller nicht ganz unbekannt. Unser lieber Lehrer und Dichterfreund Wassili Shukowski hat etliche von Goethes Werken ins Russische übersetzt, daher kenne ich Ihren großen deutschen Dichter recht gut. Ludwig Uhland, Hauff, Gustav Schwab – auch diese Namen sind mir ein Begriff.«

»Sie erstaunen mich immer wieder«, sagte Karl kopfschüttelnd. »Ich könnte stets ins Schwärmen geraten, wenn ich an die deutsche Literatur denke«, fuhr er fort. »Aber ich will Sie nicht damit langweilen, indem ich deutsche Epen rezitiere.«

Olly lächelte traurig. Auch andere Männer hatten ihr schon Gedichte vorgetragen. Worte wie Schall und Rauch, ausgesprochen und schon verflogen. Plötzlich musste sie an Alexander denken. Wo er wohl gerade war? Ob es ihm gutging?

Alexander ... Eine schöne Hülle und nicht viel dahinter. Große Versprechungen und am Ende nichts. Als es darauf ankam, war alles andere als sie wichtiger gewesen.

»Was ist, verehrte Großfürstin? Sie sehen auf einmal so traurig aus.« Karl nahm Ollys Hand, ließ sie jedoch sofort wieder los, als wäre er über sich selbst erschrocken. »Verzeihen Sie«, murmelte er und rückte auf der schmalen Sitzbank ein Stück zur Seite.

»Ich weiß nicht, ob ich traurig bin. Vielleicht bin ich nur ein bisschen wehmütig«, sagte Olly nach einer längeren Pause. Eigentlich hätte sie es schön gefunden, wenn er weiter ihre Hand gehalten hätte.

»Und woher rührt Ihre Wehmut, wenn ich fragen darf?«

Olly hielt inne. Schon vor langer Zeit hatte sie es sich angewöhnt, alle wichtigen Dinge mit sich selbst auszumachen. Allerhöchstens Anna zog sie manchmal ins Vertrauen. Andere Menschen durften längst nicht mehr in ihr Herz schauen. Warum sollte sie also ausgerechnet gegenüber Karl ihr Innerstes nach außen kehren? Sie blickte in seine freundlichen dunkelbraunen Augen und fragte sich: Warum *nicht*?

Zaghaft hob sie an: »Gestern Abend kam mein Vater noch zu mir. Wir unterhielten uns über dies und das. Ich musste plötzlich an all die verlorenen Chancen und Jahre denken, die hinter mir liegen. An all die brachliegenden Träume. An alles, was ich einst hatte besser und anders machen wollen. Ach, ich hatte so viel vor ...« Sie lachte auf, peinlich berührt. »Verzeihen Sie – normalerweise rede ich nicht von derart persönlichen Dingen, ich weiß nicht, was in mich gefahren ist. Es soll nicht wieder vorkommen.«

Karl schaute sie an. »Ich freue mich über Ihr Vertrauen. Aber ...« Er biss sich auf die Unterlippe.

»Ja?«, fragte Olly leise.

»Sie reden, als wäre das Leben schon vorüber, dabei hat es doch noch gar nicht angefangen! Sie sind so klug, so wunderschön ... Das eine Dame wie Sie, eine Großfürstin noch dazu, überhaupt unglücklich sein kann, will mir nicht in den Kopf.«

Olly musste über seine Worte lachen. »Ich und klug ...« War sie nicht die Dümmste von allen?, fragte sie sich stumm. Da hing sie jahrelang irgendwelchen Träumen nach, und das eigentliche Leben floss unaufhörlich an ihr vorbei.

Den Blick aufs Meer gerichtet, sagte er: »Die vielen Blautöne, die unendlich erscheinende Weite des Himmels, das satte, wohlduftende Grün – ich kann mich gar nicht sattsehen an der Schönheit Italiens! Was meinen Sie, Großfürstin, würden Sie mir in den nächsten Tagen eventuell die Ehre erweisen, mich auf den Monte Pellegrino zu begleiten?«

Dankbar für sein Ablenkungsmanöver nickte Olly. Auf einmal musste sie ein Gähnen unterdrücken. Ihre Lider wurden schwer, ihre

Gedanken träge. Sie war so müde. Müde von ihrer Besichtigungstour, müde vom Leben ... War sie zu sorglos mit dem sprudelnden Quell ihrer Jugend umgegangen?

»Ich weiß, wie Sie sich fühlen. Und ich weiß, wovon Sie sprechen, wenn Sie von verlorenen Träumen reden«, sagte Karl plötzlich.

Olly runzelte die Stirn. Warum glaubte eigentlich jeder zu wissen, was sie dachte und fühlte? Hatte sie kein Recht auf ihre ureigenen Gedanken? Wie sie dieses mitleidige Getue hasste! Plötzlich war sie wieder hellwach.

»Woher wollen ausgerechnet Sie etwas über verlorene Träume wissen? Sie haben Ihr Theaterspiel und Ihre Pläne für die Villa. Meine Träume hingegen sind einer nach dem anderen wie Seifenblasen geplatzt.«

»Verzeihen Sie mir meine Forschheit, ich wollte Ihnen nicht zu nahe treten.« Erschrocken sah Karl sie an.

»Schon gut. Jetzt haben Sie mich neugierig gemacht, also, was wollten Sie sagen?«, sagte Olly und schämte sich dafür, ihn so angefahren zu haben.

Er musterte sie mit undurchdringlichem Blick. »Wenn ich von Träumen rede, dann meine ich nicht das Theater. Dann spreche ich von ganz anderen Hoffnungen und Wünschen. Schauen Sie sich doch um in der großen, weiten Welt!« Er machte eine weit ausholende Handbewegung. »Die Reichen werden immer reicher, die Armen umso ärmer. Seit ich in England gesehen habe, welche Auswirkungen der Bau immer neuer Fabriken hat, bin ich geradezu besessen von dem Wunsch, wenigstens in meinem Land für andere Verhältnisse zu sorgen. Es muss doch möglich sein, Menschen ein Leben in Arbeit und Brot zu geben! Ein menschenwürdiges Leben. Ich will verhindern, dass Württemberger in Fabriken dahinsiechen, wie dies in England der Fall ist. Hier gilt es, Gesetze zu schaffen, die so etwas verbieten.«

Faszediert hatte Olly ihm zugehört. Dieselben Dinge beschäftigten auch sie. Seit Jahren schon! Umso enttäuschter war sie, als er nun verächtlich abwinkte.

»Am besten vergessen Sie gleich wieder, was ich gerade gesagt habe. Dafür interessiert sich sowieso kein Mensch. Mein Vater hat für mich, den einzigen Sohn, ganz andere Pläne. Die hohe Diplomatie – das hatte er für seinen Thronfolger wohl im Sinn. Aber er lässt mich jeden Tag spüren, dass ich seinen Wünschen in keiner Weise gerecht werde. Wenn es nach ihm ginge, müsste ich lieber heute als morgen mit dem Theaterspielen aufhören. Reine Zeitverschwendung ist das in seinen Augen. Und die Pläne für die Villa sollte ich am besten verbrennen.« Er schnaubte.

Olly glaubte nicht richtig zu hören. »Ihr Vater sollte stolz auf Sie sein. Stolz darauf, dass Sie so mannigfaltige Interessen haben. Und dabei nicht nur an sich selbst denken, sondern auch noch das Wohl anderer im Sinn haben!«

»Mein Vater hat nur sein eigenes Wohl im Sinn«, entgegnete Karl bitter. »Übrigens hat er längst ein Domizil für mich in Auftrag gegeben. Direkt gegenüber vom Schloss, wo er mich ständig unter Kontrolle hätte. Sollte ich nicht wie geplant in seinen Prinzregentenbau einziehen, würde er mir die Hölle auf Erden bereiten.«

»Aber die Villa ist Ihre große Passion! Und es ist normal, dass sich Kinder irgendwann ein eigenes Heim wünschen, das muss Ihr Vater doch verstehen«, entgegnete Olly vehement. »Meine Schwester Mary zum Beispiel hatte auch genaue Vorstellungen von ihrem Palast, und nicht all ihre Ideen fanden die Zustimmung unseres Vaters. Mary ist schon immer ihren eigenen Weg gegangen, ganz gleich, was andere davon hielten.«

»Den eigenen Weg gehen, das haben Sie schön gesagt.« Karls Augen glänzten. »Das versuche ich schon mein Leben lang. Aber Vater traut mir selbständiges Gehen nicht zu. Deshalb hat er mir auch Friedrich Hackländer als Sekretär zugewiesen. Er verwaltet nicht nur mein Geld – vor allem soll er ein Auge auf mich haben, damit ich keine Dummheit anstelle. Wahrscheinlich sitzt er gerade jetzt über einen Brief gebeugt, um meinem Vater Rechenschaft über mein Treiben abzulegen.«

»Ich dachte, Herr Hackländer ist Ihr Freund?« Olly war nun völlig verwirrt. War bei Karl denn gar nichts so, wie es auf den ersten Blick erschien?

»Hackländer ist ein netter Kerl, er ist wirklich sehr besorgt um mich und will nur mein Bestes«, sagte Karl. »Aber ich habe es so satt, dass ständig Leute versuchen, mir Vorschriften zu machen. Ich will meinen eigenen Weg gehen, verstehen Sie?«

Olly nickte. O ja, das verstand sie sehr gut.

»Dann tun Sie es«, sagte sie eindringlich. »Gehen Sie Ihren Weg! Auch wenn Sie dabei einen Umweg in Kauf nehmen müssen. Oder zuerst Steine wegräumen müssen, die Ihnen andere vor die Füße legen. Lassen Sie sich nicht aufhalten. Dann steht Ihnen die Welt offen.« Nichts anderes hatte ihr Anna ein Leben lang gesagt. Und ihr Vater hatte ähnliche Ratschläge für sie parat gehabt. Nicht immer hatte sie diese Worte hören wollen, aber nun spürte sie, wie eine lange verschüttete Kraft sie durchströmte. Sie straffte ihren Rücken.

Sie war eine Romanow. Eine Romanow ließ sich nicht unterkriegen. Vom Leben nicht und von Stolpersteinen erst recht nicht.

Noch während diese Erkenntnis sie durchdrang, wurde ihr bewusst, dass Karl diese innere Stärke nicht gegeben worden war. Von wem auch? Von seinem garstigen Vater? Doch alles musste man sich als braver Sohn oder als brave Tochter auch nicht gefallen lassen. Vielleicht sollte sie das Karl einmal sagen.

»Wir zwei, wir wären ein prächtiges Paar, mit Ihnen könnte ich bis ans Ende der Welt gehen«, sagte er unvermittelt. »Es ist wirklich seltsam, aber in Ihrer Gegenwart fühle ich mich so stark und selbstsicher wie sonst nie. Wobei ... das stimmt eigentlich nicht. Den ersten Schritt auf meinem Weg habe ich immerhin schon getan. Denn wäre es nach dem Willen meines Vaters gegangen, säße ich nicht hier.«

»Aber ... Ich dachte, Sie haben mich nur auf ausdrücklichen Wunsch des Königs aufgesucht?«, fragte Olly stirnrunzelnd. »Jetzt verstehe ich gar nichts mehr – hat nicht Ihr Herr Vater mir einen Brief geschrieben?«

Karl lachte. »Das schon, der Gedanke, eine russische Großfürstin als Schwiegertochter zu bekommen, besitzt in seinen Augen einigen Charme. Aber er weiß nicht, dass ich *Ihren* Vater schon vor Wochen in Venedig getroffen habe. Und er weiß auch nicht, dass ich längst bei Ihnen in Palermo bin. Ich bin ihm also zuvorgekommen.« Mit einer gehörigen Portion Trotz in der Stimme führte er weiter aus: »Ich wollte Sie zu *meinen* Bedingungen treffen. Glauben Sie mir, als Ihr Vater mir erlaubte hierherzukommen, war ich der glücklichste Mann auf der ganzen Welt, und ich bin es noch.«

»Tatsächlich?«, hauchte Olly. Auf einmal fehlten ihr die Worte. Karl war aus freien Stücken hier? Nicht, weil sein Vater es ihm befohlen hatte? Oder Hackländer ihm dies souffliert hatte?

Zaghaft nahm Karl ihre Hand. »Vielleicht halten Sie mich für ein wenig verrückt, wenn ich Ihnen das sage, aber ich hatte schon im Vorfeld unseres Kennenlernens ein seltsames Gefühl … Als ob Sie und ich füreinander bestimmt sind. Ich kann es nicht besser erklären, aber es war erhebend, mächtig und auch ein wenig erschreckend zugleich.«

»Füreinander bestimmt?«, wiederholte Olly und kam sich vor wie ein Papagei.

Er nickte. »Liebste Großfürstin, ich wünsche mir nichts sehnlicher, als Sie näher kennenlernen zu dürfen. Und wer weiß – vielleicht kann ich Sie eines Tages so glücklich machen, dass Ihnen das Leben selbst wie ein Traum vorkommt.«

»Keine Angst, ich frage dich nicht, wie dein Tag war oder ob der Prinz dir gar schon einen Antrag gemacht hat«, sagte Anna, als Olly am frühen Abend zurückkam. »Aber dafür, dass du vor ein paar Tagen noch sterben wolltest, siehst du ziemlich glücklich aus.« Prüfend hielt sie einen Finger in das Fußbad, das sie für Olly vorbereitet hatte.

»Sei nicht so gemein! Nach allem, was mir widerfahren ist, könntest du ruhig ein wenig mitfühlender reden«, erwiderte Olly lachend und ließ ihre schmerzenden Füße genussvoll von dem warmen Wasser und ein paar Zitronenscheiben umspülen. »Ach, es war ein herrlicher Tag! Ich bin noch ganz überwältigt von den vielen Eindrücken. Die schönen Villen, die herrlichen Gärten – ich weiß gar nicht, wo ich anfangen soll«, sagte sie, während Anna ihren rechten Fuß massierte.

Anna hob drohend die Brauen. »Wehe, du erzählst mir etwas von Pilastern und Säulengängen!«

»Interessiert dich das etwa nicht?«, sagte Olly neckend. Als Anna den Schwamm hob und so tat, als wolle sie ihn nach ihr werfen, fuhr sie lachend fort: »In Ordnung, kommen wir gleich zum Wesentlichen. Der erste gute Eindruck, den Karl hinterlassen hat, hat sich heute bestätigt. Er ist liebenswert, freundlich und gebildet. Aber darüber hinaus steckt mehr in ihm, als man auf den ersten Blick vermutet. Ob du's glaubst oder nicht, er hat mich heute mehr als einmal überrascht, und zwar sehr positiv.« Versonnen wanderte ihr Blick aus dem Fenster, durch das der Duft von frisch geschnittenem Gras hereinwehte.

»Er strahlt etwas sehr ... Solides aus. Ich weiß, das hört sich seltsam an, aber nach all den Turbulenzen der vergangenen Jahre erscheint er mir wie eine Insel der Ruhe. Wie ein Ort, an dem ich mich endlich ausruhen kann. Bei ihm muss ich mich nicht verstellen, sondern kann sein, wie ich wirklich bin.«

»Das klingt schön«, sagte Anna leise.

Olly lächelte. »Und er schaut mich so bewundernd an, als wäre ich längst eine Königin. Ganz andächtig ist er dabei. Seine Bewunderung tut mir gut, das gebe ich gern zu.« Sie lachte. »Ja, ich würde ihn gern noch näher kennenlernen. Wenn Mutter es erlaubt, will er morgen mit mir durch die Stadt fahren. Er hätte eine kleine Überraschung für mich vorbereiten lassen, meinte er vorhin beim Abschied.« Ihre Augen weiteten sich vor Schreck, als sie sagte: »O Gott, er wird mir doch hoffentlich keinen Antrag machen?«

»Aber das wäre doch eine wundervolle Überraschung! Und so romantisch. Du die Königin von Württemberg – damit würden all deine Wünsche doch noch in Erfüllung gehen. Und hast du nicht gerade selbst gesagt, der Mann gefalle dir?«

Olly jagte Grand Folie weg, der von dem Zitronenwasser trinken wollte.

»Ja, schon. Aber das alles kommt so plötzlich. Dass ich mich überhaupt wieder für einen Mann interessiere, ist für mich nach allem, was geschehen ist, ein Wunder. Aber gleich heiraten? Ich weiß, was du sagen willst«, bemerkte sie, kaum dass Anna den Mund öffnete. »Eigentlich müsste ich froh sein, dass sich bei meiner Vorgeschichte überhaupt noch ein Mann für mich interessiert. Und noch dazu ein so lieber Kerl. Karl wäre bestimmt ein guter Ehemann«, sagte sie mehr zu sich als zu Anna. »Er hat jedenfalls mehr Herz und Verstand als die meisten anderen Herren, die mir bisher über den Weg gelaufen sind. Er sagte, er wolle mich so glücklich machen, dass mir das Leben wie ein Traum vorkommt.«

»Das hört sich doch alles märchenhaft an! Warum vernehme ich trotzdem ein stummes Aber?«

»Ach Anna, niemand kennt mich so gut wie du!« Olly lachte, wurde aber gleich wieder ernst. »Vielleicht ... habe ich einfach Angst. Das alles ist zu schön, um wahr zu sein, findest du nicht? Da kommt der Prinz von Württemberg daher und erobert mir nichts, dir nichts mein zu Eis erstarrtes Herz. Wo ist der Haken? Jahrelang will mich niemand haben, und dann soll ich innerhalb kürzester Zeit doch noch unter die Haube kommen?« Olly schüttelte heftig den Kopf.

»Ich kann deine Gefühle zwar gut verstehen, aber nicht gutheißen. Nur weil du mit ein, zwei Herren schlechte Erfahrungen gemacht hast, kannst du dein Misstrauen doch nicht auf die ganze Männerwelt ausbreiten«, erwiderte Anna. »Wenn nun alles tatsächlich wahrhaft und gut wäre? Wenn es keinen Haken gäbe? Würdest du Karls Antrag dann mit frohem Herzen annehmen?«

In dieser Nacht lag Olly lange wach. Annas Frage geisterte wie ein Gespenst durch ihren Kopf.

Auf einmal hatte alles so viel Gewicht, war alles so endgültig geworden. Ach, wenn nur Mary da wäre! Mit ihrer pragmatischen Art hätte die Schwester gewiss einen Rat für sie. »Denk nicht so viel nach«, hörte sie Mary im Geist schon sagen. »Sag einfach ja!« Oder Adini. Bestimmt wäre sie von Karl überaus entzückt und fände alles schrecklich romantisch. Olly lächelte wehmütig.

Doch am meisten fehlte ihr Maria Bariatinski. Welchen Rat würde die beste Freundin aus Jugendjahren ihr geben? *Folge dem Ruf deines Herzens? Lass die Vernunft walten? Tue, was deine Eltern erwarten?*

Olly wusste es nicht, aber eines war klar: Ihr Vater wäre sehr stolz auf sie, die zukünftige Königin Württembergs! Und sie selbst wäre im tiefsten Inneren auch froh, das Thema Heirat ein für alle Mal hinter sich gebracht zu haben und sich endlich wichtigeren Dingen widmen zu können. Im Gespräch mit Karl war ihr deutlich geworden, dass ihre alten Träume zwar verschüttet, aber noch lange nicht tot waren. Und wie in Karls Träumen spielten auch bei ihr die Armen und Schwachen der Gesellschaft eine große Rolle. Helfen können. Einen Beitrag leisten. Zusammen mit Karl wäre ihr das möglich.

Wenn sie nur ein klein wenig verliebter in ihn wäre. Wenn es in ihrem Bauch kribbeln würde so wie einst bei Alexander. Oder bei der Vorstellung, den geheimnisvollen Stephan endlich kennenzulernen. Aber sie konnte noch so innig in sich hineinfühlen – von einem Kribbeln fehlte jede Spur.

Betrübt zog sie ihre Bibel vom Nachttisch. Seit ihrer Ankunft in Palermo hatte sie nur sehr sporadisch darin gelesen. Trotzdem hatte sie das Gefühl, Gott inmitten der großartigen Landschaft sehr oft nahe zu sein. Ob er ihr abermals antworten würde, wenn sie ihn um Rat fragte? Oder hatte er längst die Geduld mit ihr verloren? Sie schlug die Bibel auf. Wie in alten Zeiten wisperte das dünne Papier leise, als ihr Daumen die Seiten durchfächerte.

Ist der Geist Gottes in euch, so wird Gott, der Jesus von den Toten auferweckte, auch euren sterblichen Leib durch seinen Geist wieder lebendig machen; er wohnt ja in euch. Darum, liebe Brüder, müssen wir nicht länger den Wünschen und dem Verlangen unserer alten menschlichen Natur folgen. Denn wer ihr folgt, ist dem Tode ausgeliefert. Wenn du aber auf die Stimme Gottes hörst und ihr gehorchst, werden die selbstsüchtigen Wünsche in dir getötet, und du wirst leben. Alle, die sich vom Geist Gottes regieren lassen, sind Kinder Gottes.

Der Römerbrief. Im Neuen Testament. Genau diese Stelle hatte sie schon einmal aufgeschlagen! Damals in Bad Ems, als Alexander ihr den Kopf verdreht hatte. Auf die völlig falsche Fährte hatte der Römerbrief sie damals gebracht. Vielleicht war sie auch nur zu dumm gewesen, die Botschaft richtig zu deuten? Und heute sollte sie klüger sein? Mehr als skeptisch las sie erneut Satz für Satz.

Wenn du aber auf die Stimme Gottes hörst und ihr gehorchst, werden die selbstsüchtigen Wünsche in dir getötet, und du wirst leben.

War es Gottes Stimme, die ihren Vater in Wien das endgültige »Nein!« hatte sprechen lassen? Um ihr weitere Qualen zu ersparen?

Wenn du aber auf die Stimme Gottes hörst … Wenn du aber auf die Stimme Gottes hörst … Stumm sagte sie sich die Worte immer wieder vor, bis sie in einer Art Widerhall in ihrem Inneren erklangen.

Hatte Gott dafür gesorgt, dass Karl ihr ausgerechnet in der Stunde ihrer größten Not über den Weg lief?

Vielleicht war es gar nicht nötig, so viel zu grübeln. Vielleicht sollte sie auch nicht ständig in sich hineinhören und auf ein Bauchkribbeln warten? Wahrscheinlich wusste Gott wirklich besser als sie, was gut und richtig war.

Nach und nach entspannten sich Ollys verkrampfte Muskeln, aufatmend ließ sie ihren Kopf aufs Kissen sinken. Ein tiefer Frieden durchströmte sie. Sie würde abwarten, was der morgige Tag brachte. Und der Tag danach. Und der Rest ihres Lebens. Gott würde wissen, was gut für sie war.

Während in der Villa Olivuzza die letzten Lichter gelöscht wurden, brannten im Salon des Palasts der Marchesa Sessa – dem Quartier der Württemberger – die Kerzen weiter.

Nach einem opulenten Mahl und etlichen Flaschen gutem Rotwein wünschten General Spitzemberg und der Architekt Leins weit nach Mitternacht dem Prinzen endlich eine gute Nacht. Auch der Thronfolger erhob sich von der Tafel. Zu Friedrich Hackländers Erleichterung war ihm jedoch nicht nach Schlafen zumute, sondern lediglich nach einem menschlichen Bedürfnis.

Während er auf Karls Rückkehr wartete, schenkte Hackländer sich und dem Thronfolger großzügig Wein nach. Mit hinter dem Kopf verschränkten Armen schaute er in die träge Nacht hinaus und atmete durch. Endlich ein wenig Ruhe. Keine Minute länger hätte er dem Tischgespräch lauschen wollen.

Die schöne Olga hier, die wundervolle Olga da. Er konnte ja verstehen, dass der Prinz aufgrund des bisherigen Verlaufs seiner Brautschau enthusiastisch war, aber mussten die anderen ihm derart schmeichelnd nach dem Mund reden?

Sicher, die Russin wäre eine glanzvolle Trophäe für Württemberg. Würde Karl mit ihr als Braut nach Hause kommen, wären seine zahlreichen Säumnisse aus der Vergangenheit sicher schnell vergessen. König Wilhelm wäre voll des Lobes für den Sohn, der in seine Fußstapfen trat, indem er eine Zarentochter zur Frau nahm.

Wilhelm voll des Lobes für Karl? An dieser Stelle kam selbst Hackländers blühende Phantasie für einen Moment ins Stocken. Bestimmt würde der König auch hier das Haar in der Suppe finden. Dabei konnte der junge Prinz nüchtern betrachtet wirklich keine bessere Partie machen.

Warum war er trotzdem so skeptisch, was die Großfürstin anging?, fragte sich Hackländer nicht zum ersten Mal. Trieb ihn die Sorge um, dass sich Karl in Bezug auf Olga Hals über Kopf in viel zu tiefe Gewässer stürzte? Und das, wo es ihm die meiste Zeit kaum gelang, den Kopf über Wasser zu halten!

Seit er, Hackländer, vor drei Jahren den begehrten Posten als Karls Sekretär bekommen hatte, lag es an ihm, dem Königssohn die Welt zu erklären und ihn vor jedweder Dummheit zu bewahren. Er liebte diese Aufgabe mehr als jede andere, die er zuvor innegehabt hatte, und glaubte, gute Arbeit zu leisten. Er hatte Karls Ohr, der junge Kronprinz mit seinen vielen Ideen und Idealen schaute zu ihm, dem welterfahrenen Literaten, auf. Selbst König Wilhelm hatte sich schon lobend über seinen positiven Einfluss geäußert. Vor allem darüber, dass es ihm gelang, Karl davon abzuhalten, seine Ideen in die Tat umzusetzen. Dabei war so mancher Denkansatz von Karl eigentlich sehr lobenswert. Aber wem nutzte das, wenn der König es anders sah?

Hackländer gestand sich ein, dass auch er von dieser Beziehung profitierte: Der Glanz des Königssohns färbte auf ihn ab, er schätzte die vielen Reisen, die sie gemeinsam unternahmen, und er genoss es, als einfacher Mann ungewöhnlichen Ereignissen beizuwohnen. Am allermeisten liebte er es jedoch, durch den Thronfolger die Bekanntschaft so vieler hochrangiger Persönlichkeiten zu machen. Prinzen, Könige, nun sogar der russische Zar – wer hätte gedacht, dass er, der arme Literat aus Preußen, einmal den Mächtigsten der Mächtigen gegenüberstehen würde?

Umso weniger gefiel ihm der Verlauf ihrer Italienreise. Dass die Zarin und Olga ihn bei ihren Einladungen einfach ignorierten, verstand er nicht. Natürlich war ihm von Anfang an klar gewesen, dass der russische Zarenhof im Umgang mit Untergebenen eigenen Regeln folgte, aber mit so viel Arroganz hatte er nicht gerechnet. Wussten die Zarin und ihre Tochter denn nicht, welch wertvolle Stütze er für Karl war? Ohne ihn, den langjährigen Wegbegleiter, war der Thronfolger doch nahezu hilflos! Oder war genau das womöglich erwünscht? Wurde hier versucht, einen Keil zwischen sie zu treiben? Aber warum sollte dies jemand tun?

Selten hatte sich Hackländer so verunsichert gefühlt wie hier in Palermo. Seit Tagen hatte er seinen Zögling nur noch zwischen Tür und Angel gesehen. Wann immer Karl zu einem weiteren Ausflug mit Olga aufbrach, verspürte er ein nervöses Rumoren im Bauch. Was würde der junge Prinz anstellen? Welche Torheiten – wilde Versprechen gar – äußern? In welche Gefahren würde er sich begeben?

Nun, da er ihn endlich wieder einmal ganz für sich hatte, war es höchste Zeit herauszufinden, wie die Dinge wirklich lagen.

»Wie träumerisch Sie dreinschauen, mein lieber Prinz! Bestimmt sind Sie in Gedanken längst erneut bei Großfürstin Olga?«, sagte Hackländer, kaum dass Karl wieder saß.

Karl nahm einen tiefen Schluck Wein und nickte. »Olga ist so wundervoll! So liebenswert und schön und klug und …« Er machte mit seiner rechten Hand eine hilflose Geste. »Eigentlich fehlen mir die Worte, um ihr gerecht zu werden.«

»Verzeihen Sie, mein Prinz, aber es macht mir fast ein bisschen Angst, Sie so reden zu hören.«

»Wieso das? Sie wissen doch, dass ich es mit den Worten nicht so habe.« Karl lachte. »*Sie* sind der Literat, nicht ich. Eigentlich sollte ich Sie anweisen, ein Gedicht für Olga zu schreiben.«

»Nichts würde ich lieber tun«, sagte Hackländer gedehnt.

»Aber?« Der Prinz lachte noch immer. »So reden Sie schon, sonst sind Sie doch auch nicht so zurückhaltend, mir Ihre Ansichten kundzutun.«

Resolut stellte Hackländer sein Glas weg.

»Ich freue mich wirklich, Sie so heiter zu sehen, lieber Prinz. Aber mich treibt die Sorge um, dass Ihnen das Lachen bald vergehen könnte.« Er legte den Kopf schräg, als grübele er über einer besonders schwierigen Rechenaufgabe. Tatsächlich wägte er ab, wie offen er mit dem Königssohn reden sollte.

»Könnte es nicht sein, dass die Großfürstin ein wenig *zu* schön, *zu* klug und *zu* liebenswert ist? Ich meine … Ist es denn normal, all diese hehren Eigenschaften in einem einzigen Weib vereint zu sehen? Mir macht das ein wenig Angst. Ich frage mich, wie wohl der Herr beschaffen sein muss, der sich dieser Frau einmal annimmt. Ein jeder Tor würde ihr nämlich gewiss nicht gerecht werden!«

Das Lächeln auf Karls Gesicht gefror. Seiner Sache nun schon sicherer, fuhr der Sekretär fort: »Wenn ich darüber nachdenke, sehe ich vor meinem inneren Auge einen Herrn von Welt. Einen sehr männlichen Herrn, breitschultrig, groß, stark. Einer, dem die Damenwelt zu Füßen liegt. Mächtig sollte er sein und über einen starken Willen verfügen. Dann wäre er der richtige Mann für eine Zarentochter.«

»Und Sie finden, ich bin all das nicht? Dann haben Sie eine schöne Meinung von mir. Aber wissen Sie was, lieber Hackländer? Es ist mir egal. Olga sagte erst heute Mittag wieder, man solle die Meinung der anderen nicht gar so wichtig nehmen.«

Einen Moment lang verschlug es Hackländer die Sprache. So weit war es also schon!

»Oh, ich rede nur so dahin, meine Worte waren gar nicht auf Sie gemünzt, verehrter Prinz«, sagte er wegwerfend. »Immerhin ist Olga eine Dame allerhöchsten Adels. Da kommt unsereins nicht nur ins Schwärmen, sondern auch ein wenig ins Grübeln.«

Karl seufzte. »Wenn ich darüber nachdenke, von welch hoher Herkunft Olga ist, wird mir auch ganz anders«, sagte er. »Auf der anderen Seite ist sie sehr natürlich. Ich dachte anfangs auch, dass eine Dame wie sie hochnäsig sein müsse, aber dies ist nicht der Fall. Das Parlieren mit ihr macht wirklich Spaß. Ganz eigene Ansichten hat sie!« Karl schüttelte fast andächtig den Kopf. »Ich bewundere die Großfürstin dafür, wie sie ihren eigenen Weg geht. Es ist eigentümlich, aber ihre Stärke färbt ein wenig auf mich ab. Ich habe das Gefühl, als könnte ich zusammen mit ihr große Dinge bewegen.«

Der Sekretär kniff missmutig die Lippen zusammen. Die Großfürstin führte also große Reden. Und sein Zögling hörte ihr mit offenen Ohren zu. Wenn das so weiterging, verlor er seinen wohlwollenden Einfluss auf den Prinzen schneller, als er dachte.

»Ich weiß, dass Sie leicht zu begeistern sind. Dass hohe Feuer der Leidenschaft in Ihnen lodern, durfte ich in der Vergangenheit ja schon mehrmals erleben. Doch nicht immer wirkten sich diese Brände am Ende zu Ihren Gunsten aus, wenn ich das anmerken darf. Manchmal konnte man von Glück reden, dass es sich nur um ein Strohfeuer handelte. Was die Großfürstin angeht, sollten Sie nicht übersehen, dass es für die junge Dame ein Leichtes ist, ihren eigenen Weg zu gehen. Wer so reich und mächtig ist, dem werden selten Hindernisse in den Weg gestellt. Ich muss jedoch nur einen Blick in unsere sehr geschrumpfte Reisekasse werfen, um zu wissen, dass Sie, lieber Prinz, keine großen Sprünge machen können.«

»Geld, Geld, Geld! Was kann ich dafür, dass mein Vater mich so knapphält? Habe ich Sie nicht vor der Reise angewiesen, ein gutes Wort für mich bei ihm einzulegen? Hätten Sie diese Aufgabe vernünftig erledigt, gäbe es heute kein Gejammer über leere Kassen. Ich will davon nichts mehr hören!« Karl schlug mit der flachen Hand eine der Motten tot, die in Scharen um die Kerze flatterten.

Das war wieder einmal typisch. Da drehte er jeden Taler dreimal um, um aus ihren bescheidenen Mitteln das Beste zu machen – und was war der Dank? Jetzt sollte er auch noch schuld sein an ihrer finanziellen Misere.

»Ich werde der Großfürstin gewiss nicht verraten, wie armselig es in unserem Portemonnaie aussieht. Oder wie bescheiden der Lebensstil am Stuttgarter Hof ist, verglichen mit dem, den sie und die

Zarin hier führen«, sagte er beschwichtigend. »Reden wir lieber von etwas Schönem: Erzählen Sie, lieber Prinz, wie fühlt sich die Liebe nun tatsächlich an?« Noch während er sprach, huschte ein leises Lächeln über sein Gesicht. Vielleicht waren Karls Hochzeitspläne doch keine so dumme Idee. Ihre finanziellen Sorgen wären sie dank Olgas Mitgift jedenfalls für lange Zeit los.

28. KAPITEL

Die Prinzessin hatte fahlblonde Haare und trug ein silbernes Kleid mit Schleppe. Im Augenblick lag sie auf dem Boden, ihre Arme und Beine erschlafft von sich gestreckt. Währenddessen jagte der Prinz eine Horde in Lumpen gekleideter Räuber über die linke Ecke der kleinen Theaterbühne davon. Der Prinz selbst trug eine grüne Joppe, eine rote Hose und hatte eine Krone auf dem Kopf, deren goldene Farbe etwas abblätterte. Mit staksigen Bewegungen ging er jetzt zu der am Boden Liegenden und kniete sich nieder.

Unwillkürlich wanderte Ollys Blick zu Karl, der an ihrer rechten Seite saß. Seine Wangen waren gerötet, er schien vom Geschehen auf der kleinen Puppenbühne ganz gefangen zu sein und wirkte hellwach.

Sie wurde aus ihm nicht schlau, dachte Olly nicht zum ersten Mal. Hier und jetzt war Karl Feuer und Flamme. Dagegen hatte er vorhin, als er und Hackländer sie und Anna abgeholt hatten, kaum den Mund zu einer Begrüßung aufgebracht. Unter seinen Augen hatten dunkle Schatten gelegen, scherzhaft hatte Olly ihn gefragt, ob ihre Gespräche vom Vortag ihm den Schlaf geraubt hätten. Er hatte tatsächlich genickt.

Sein Sekretär Friedrich Hackländer hingegen war bester Laune gewesen. Lachend und scherzend hatte er Anna und sie auf der Fahrt in die Stadt unterhalten, während Karl stur aus dem Fenster der Kutsche schaute und nur mühsam ein Gähnen vermied.

Konsterniert hatte Olly Anna angeschaut. Was hatte das zu bedeuten?

Die Hofdame hatte unmerklich mit den Schultern gezuckt und Olly auf Russisch zugeraunt, sie solle ihm Zeit lassen.

Als sie vor dem Theater angekommen waren und Hackländer Anna vorschlug, einen Spaziergang mit ihm zu machen, hätte Olly am liebsten gerufen: »Bleib hier, lass mich nicht allein!« Stattdessen hatte sie Anna lächelnd nachgewinkt. Lachen, um nicht zu weinen – das konnte sie.

Auf der Bühne folgte ein heftiger Wortwechsel auf Italienisch, den Olly nicht verstand. Aber dass es um Liebe ging, erschloss sich ihr dennoch. Während die Kinder und die Frauen, die das Publikum zum größten Teil ausmachten, begeistert applaudierten, seufzte sie leise auf.

Wenn es im Leben nur auch so einfach wäre: Der Prinz rettete die Prinzessin aus einer misslichen Lage, die beiden heirateten und waren glücklich bis ans Ende ihrer Tage. Stattdessen brachten *ihre* Prinzen sie von einer misslichen Lage in die nächste.

Karl beugte sich zu ihr herüber, seine Augen funkelten. »Und? Hat es Ihnen gefallen?«

Olly nickte. »Ganz reizend, es war eine zauberhafte Idee von Ihnen hierherzugehen. Ich wusste gar nicht, dass die Italiener so leidenschaftliche Marionettenspieler sind.«

»Ob das auf alle Italiener zutrifft, bezweifle ich. Die Besitzerin hat mir erzählt, dass sie aus Venedig stammt. Vielleicht sieht sie in diesem kleinen Puppentheater einen Ersatz für den venezianischen Karneval, der in früheren Zeiten groß gefeiert wurde. Wie gern hätte ich dieses Spektakel einmal in natura erlebt!« Während sie das Theater verließen, beschrieb Karl ihr das bunte Karnevalstreiben, das ein Ende gefunden hatte, als Venedig durch Napoleon seine Selbständigkeit verlor. Enthusiastisch schilderte er ihr die unterschiedlichen Masken, hinter denen die Feiernden ihre Identität verbargen. Und er erzählte von den Maskenmachern selbst, deren Handwerk so gut wie ausgestorben war.

Olly sagte an den richtigen Stellen erstaunt »Oh!« und interessiert

»Ach ja?«. Es war nicht so, dass ihr der venezianische Karneval sehr am Herzen gelegen hätte, aber sie war froh, dass Karl überhaupt wieder mit ihr sprach. Sie wollte schon innerlich aufatmen, als sein Redefluss urplötzlich abbrach. Seine gerade noch offene Miene verschloss sich, mit stur geradeaus gerichtetem Blick lief er durch die Straßen der Stadt.

Olly blieb nichts übrig, als ihm zu folgen. Was war nun schon wieder los? Hatte sie etwas Falsches gesagt? Warum hatte sich seine Zuneigung ihr gegenüber so abgekühlt? Hatte jemand schlecht über sie geredet?

Es war ein herrlicher Tag voller Sonnenschein. Der Himmel über Palermo war so strahlend blau wie eh und je. Der Winterjasmin, der sich an Häusermauern und an Zäunen entlang in die Höhe rankte, duftete betörend. Doch angesichts Karls Schweigsamkeit wollte Olly nicht einmal eine belanglose Bemerkung bezüglich des Wetters einfallen. Wann und wo trafen sie eigentlich Anna und Hackländer wieder?, fragte sie sich und hielt krampfhaft nach den beiden Ausschau.

Nachdem sie einen Park durchquert hatten, zeigte Karl auf ein großes weißgekalktes Eckhaus, vor dem unter einer mit Wein bewachsenen Laube ein paar Tische und Stühle standen. »Darf ich Sie zu einem Glas Wein einladen, bis unsere Begleiter wieder zu uns stoßen?«, sagte er in fast mürrischem Ton.

Die Stühle waren hart und wackelten. Der Wein schmeckte sauer. Außerdem brannte die Sonne unangenehm durch das spärliche Blätterdach der Weinlaube. »Was für eine pittoreske Umgebung«, sagte Olly, dann schwiegen sie wieder.

Nach kurzer Zeit schob Karl abrupt sein Glas von sich. »Das hat doch alles keinen Sinn – was fällt mir nur ein, Sie in diese schreckliche Spelunke zu schleppen! Und davor dieser kindische Theaterbesuch … Bestimmt halten Sie mich für einen großen Dummkopf. Hackländer hatte schon recht, als er gestern Abend sagte, dass es mir, was die Damenwelt angeht, an Erfahrung und Feingefühl fehlt. Bitte verzeihen Sie meine lächerlichen Avancen. Wenn Sie mögen, besorge ich auf der Stelle einen Wagen und bringe Sie nach Hause, bevor Sie noch mehr von Ihrer kostbaren Zeit für einen Tölpel wie mich vergeuden und –«

»Karl, um Himmels willen, was reden Sie da?« Fassungslos schaute Olly auf das Häufchen Elend, das ihr gegenübersaß. »Ich bin doch gern mit Ihnen zusammen«, sagte sie. Es hätte nicht viel gefehlt und sie wäre aufgesprungen, um den verzweifelten Mann in den Arm zu nehmen. Aber es war schon gewagt genug, sich allein mit ihm in der Öffentlichkeit zu zeigen. Wehe, jemand aus ihren Kreisen sah sie hier bei einem Glas Wein zusammensitzen – der Klatsch würde kein Ende nehmen. Und wenn schon, dachte Olly trotzig bei sich, es wäre nicht das erste Mal, dass die Leute über sie redeten!

»Sie sind so liebenswert«, sagte Karl leise. »Aber für mich müssen Sie nicht lügen. Sie und ich … Das war ein Traum, wie ich ihn mir nicht herrlicher hätte vorstellen können. Und als Sie dann gestern so freundlich zu mir waren, schöpfte ich in der Tat Hoffnung, dass dieser Traum eines Tages Wirklichkeit werden könnte. Aber gestern Abend, als Hackländer und ich beieinandersaßen, wurde mir schmerzlich bewusst, wie dürftig ich bin. Wie langweilig und alltäglich. Wie dumm und ungeschickt. Ein Tölpel aus dem armen, biederen Württemberg. Und daneben Sie, die wunderschöne, russische Großfürstin. Ich kann froh sein, dass mein Sekretär mir noch rechtzeitig die Augen geöffnet hat, bevor ich mich endgültig lächerlich machte. Ich war so dumm. Verzeihen Sie mir.« In einer tragisch anmutenden Geste hob er sein Weinglas, als habe er gerade einen besonders klugen Trinkspruch zum Besten gegeben. Er trank sein Glas in einem Zug aus, dann atmete er tief durch. »Jetzt wissen Sie Bescheid über mich.«

Ollys Augen funkelten. Wie weggewischt war ihr Mitgefühl mit Karl. Stattdessen war sie furchtbar wütend.

»O ja, ich weiß sehr wohl Bescheid. Und zwar darüber, dass Sie von Menschen umgeben sind, die Ihnen nichts, aber auch gar nichts zutrauen. Die Ihnen durch wichtigtuerische Reden das Selbstvertrauen nehmen, statt Ihnen den Rücken zu stärken. Wahrscheinlich fühlen sich diese Personen dadurch selbst besser. Schämen sollten die sich!«, sagte sie mit bebender Stimme. Wehe, dieser Sekretär lief ihr hier und jetzt über den Weg. Der Mann gehörte schleunigst aus Karls Umkreis entfernt!

»Aber –«

»Kein Aber! Sie sind ein wundervoller Mensch. Sie haben wundervolle Ideen, die ich mit Ihnen teile. Und ich mag Sie!«

»Sie ... mögen mich?«

»Sehr sogar.« Sie ergriff Karls Hand.

»Der gestrige Tag war der schönste, den ich seit langem erleben durfte. Ich habe jede Minute genossen, Sie haben mich sehr glücklich gemacht. Dabei habe ich schon nicht mehr daran geglaubt, dass ich jemals wieder würde glücklich sein können.«

Er schaute sie skeptisch, fast misstrauisch an. »Und Sie reden nicht nur so daher?«

Olly verneinte mit einem liebevollen Blick.

»*Ich* habe *Sie* glücklich gemacht?« Ruckartig zückte Karl sein Portemonnaie und warf ein paar Münzen auf den Tisch. »Dieser Gedanke versetzt mich in Champagnerlaune! Kommen Sie, es wird höchste Zeit, dass wir diese Spelunke verlassen.«

»Aber wollten wir uns nicht hier mit Anna und Herrn Hackländer treffen?«, protestierte Olly schwach.

Karl winkte ab. »Die finden uns schon!«

Beim Blick in sein frohes Gesicht wurde es auch Olly leicht ums Herz. »Gehen wir Champagner trinken! Wir Russen haben immer einen Grund zum Feiern. Lassen Sie uns auf das Leben trinken. Und darauf, dass Gott uns zueinandergeführt hat.«

Karl schaute sie fasziniert an. »Sie sind nicht nur wunderschön, sondern außerdem klug. Worauf warten wir noch?«

Hand in Hand liefen sie davon.

Noch nie hatte ein Glas Champagner so prickelnd geschmeckt. Während Olly Karl zum wiederholten Male zuprostete, ließ sie ihren Blick über die weitläufige Terrasse ihres Restaurants schweifen. Keine Spur von Anna oder Hackländer. Gut so. Wenn es nach ihr ging, brauchten die beiden heute gar nicht mehr zu erscheinen.

»Liebste Olly, Sie haben den glücklichsten Menschen aus mir gemacht«, sagte Karl und trank sein Glas in einem Zug leer. Dann ergriff er ihre Hand und drückte einen stürmischen Kuss darauf. »Ich möchte Ihnen mit Liebe alles tausendfach zurückgeben. Erlauben Sie mir wirklich und wahrhaftig, um Ihre Hand anzuhalten?«

Das war er also. Der große Moment. Gleich würde Karl vor ihr auf die Knie fallen, während der leise Duft von Bergamotte sie beide umschmeichelte. Voll froher Erwartung nickte Olly ihm zu, als dicht neben ihnen eine Stimme ertönte: »Scusi?« Schelmisch lächelnd hielt eine junge Frau Karl einen Strauß Blumen entgegen. »Fiori per la donna?«

Karl lachte lauthals auf. »Das nenne ich Geschäftssinn, zur rechten Zeit am rechten Ort. Aber nur die Veilchen, bitte!«

Kaum war die Blumenverkäuferin fort, überreichte er Olly das kleine Sträußchen.

»Veilchen gelten bei uns als ein Symbol der Hoffnung, der Liebe und der Treue. Es würde mir ärmlich vorkommen, Ihnen andere Blumen zu schenken.«

Gerührt betrachtete Olly die lilafarbenen samtenen Blüten.

»Olly, Sie sind der Engel, der mir von Gott geschickt wurde. Aus Angst und aus Feigheit habe ich es fast nicht gewagt, dieses Geschenk anzunehmen. Doch nun, da Sie mich ermutigt haben …« Er ergriff ihre Hand. Diesmal war sein Handkuss voller Zärtlichkeit. Seine Lippen wanderten von Finger zu Finger, sein warmer Atem strich liebevoll über ihre Haut. »Darf ich Ihrem Vater schreiben und um Ihre Hand bitten?«

»Ja«, flüsterte Olly ergriffen. »Ja.«

Die Nachricht verbreitete sich in Palermo wie ein Lauffeuer. Unter den adligen Russen, die im sonnigen Süden überwinterten, gab es keinen, der nicht in der Villa Olivuzza auftauchte, um seine Glückwünsche zu überbringen. Nach alter russischer Tradition küssten die Gratulanten Ollys Hände, ihr Verlobter Karl bekam Küsse auf die Schulter gedrückt. Ein Fest folgte dem nächsten, der Champagner floss in Strömen, die Württemberger – an so viel Feierlaune nicht gewöhnt – kamen aus dem Staunen nicht mehr heraus, machten jedoch eifrig mit. General von Spitzemberg, Karls Adjutant Berlichingen und allen voran Friedrich Hackländer – sie alle betrachteten Karls anstehende Verheiratung als ihren ureigenen Triumph. Schließlich wäre ohne ihre persönliche und fortwährende Unterstützung des Thronfolgers solch ein sensationeller Coup doch gar nicht möglich gewesen! König Wilhelm würde ihnen daher zu tiefer Dankbarkeit verpflichtet sein. Täglich wurden Briefe und Eildepeschen nach Stuttgart versandt, jeder Briefeschreiber beeilte sich, seine Teilhabe an Karls Erfolg ins bestmögliche Licht zu rücken.

Auch zwischen Palermo und St. Petersburg wanderten Briefe hin und her. Der wichtigste erreichte Olly, vier Wochen nachdem Karl um ihre Hand angehalten hatte.

»Er hat zugestimmt!« Freudestrahlend wedelte sie mit dem Brief des Zaren durch die Luft. »Vater erlaubt meine Heirat mit Karl. Mir fallen tausend Steine vom Herzen! Da, lies selbst.«

Während sich Olly einen Apfel aus der Obstschale nahm, die tagtäglich mit frischen Früchten gefüllt im Salon bereitstand, überflog Anna die dichtbeschriebenen Seiten. Glückwünsche, Dankesworte an Gott, den Allmächtigen. Schon in der Mitte des zweiten Absatzes kam der Zar zur Sache. Anna hatte nichts anderes erwartet.

Die Vorbereitungen für die Hochzeit seien bereits im vollen Gange. Das Fest sollte noch in diesem Sommer stattfinden. Fürst Wolkonski war dabei, Ollys Aussteuer zu komplettieren, während mehrere Minister gleichzeitig mit der Ausarbeitung eines Ehevertrages beschäftigt waren. Ein Rohentwurf lag dem Brief bereits bei. Darin wurde jedes Kleid, jeder zur Aussteuer gehörende silberne Kerzenhalter en détail erwähnt. Es wurde vertraglich festgelegt, wer das Gehalt von Ollys Zofen bezahlte und wer das von Ollys Leibkutscher. Sogar was im Falle des Ablebens eines der beiden Ehegatten mit Ollys Aussteuer und ihren Angestellten zu geschehen hatte, war von den Ministern des Zaren schriftlich fixiert worden. Nicht, dass sie dabei etwas anderes als Ollys Bestes im Sinn hatten! Laut den Hausgesetzen der Romanows sollte Olly zu ihrer Verehelichung eine Million Silberrubel erhalten – Geld, über das allein sie und nicht ihr Gatte zu verfügen hatte.

Dennoch verspürte Anna angesichts der vielen Paragraphen ein leichtes Unbehagen. Die Diplomatenware Zarentochter. Was hatte das alles mit Liebe zu tun? Sie wunderte sich nur, dass Olly noch keine Bemerkung in dieser Richtung gemacht hatte – früher hatte sie in solchen Dingen ziemlich empfindlich reagiert.

Anna legte den Brief zur Seite. »Dein Vater und seine Advokaten haben wirklich an alles gedacht. Du und deine Kinder werdet bestens versorgt sein.«

Olly schaute von ihrem Apfel auf. »Und ob. Ich werde reich und unabhängig sein und all das tun können, wovon ich immer geträumt habe. Wovon *wir* immer geträumt haben!«, korrigierte sie sich. »Meine Tante Katharina hat so viel Wohltätiges in Württemberg geleistet. Karl hat mir erzählt, wie es ihr einst gelungen ist, während einer großen Hungersnot das schlimme Elend der Menschen zu lindern. Ich werde alles daransetzen, ihr Werk würdig weiterzuführen. Ihr alle sollt stolz auf mich sein.« Herzhaft biss sie erneut von ihrem Apfel ab.

»Das sind wir doch ohnehin«, erwiderte Anna. »Glücklich sollst du sein, endlich glücklich! Und nicht immer nur an die anderen denken. Jetzt bist du an der Reihe.« Sie zeigte auf den Stapel Briefe, der auf dem Salontisch lag. »Wer hat denn noch geschrieben?«

»Frag lieber, wer *nicht* geschrieben hat, dann sind wir schneller fertig«, sagte Olly lachend. Sie legte den Apfelbutzen zur Seite und blätterte den Stapel durch. »Cerise, Sascha, Mary, sogar meine kleinen Brüder haben zu Papier und Feder gegriffen. Und dieser Brief hier ist aus Stuttgart. Fürst Gortschakoff bereitet alles für unsere Ankunft im Herbst vor. Bis unsere italienische Villa fertig ist, sollen Karl und ich im Stuttgarter Schloss wohnen. Gortschakoff schreibt, er lasse gerade eine russische Kapelle für mich errichten, so dass ich vom ersten Tag an meinen Glauben ausüben kann. Das ist doch nett, oder?« Schon nahm sie einen weiteren Umschlag in die Hand, öffnete ihn, überflog die wenigen Zeilen. »Von Mary. Sie gratuliert mir und fragt im selben Atemzug, ob ich Karl auch wirklich liebe.

Was ist denn das für eine Frage? Natürlich liebe ich ihn. Glaubst du, sie missgönnt mir mein Glück? Was kann ich dafür, dass ich bald die Königskrone tragen werde? Jeder bereitet sich das Bett, in dem er liegen wird, selbst, heißt es nicht umsonst.«

Statt sich auf eine Deutung von Marys Brief einzulassen, zog Anna ein Ablenkungsmanöver vor. »Ich sehe, Großfürstin Helene hat ebenfalls geschrieben?«

Olly rümpfte die Nase. »Meine Tante, ja. Sie scheint als Einzige mit meiner Wahl nicht einverstanden zu sein. Kein Wunder«, fügte sie angesichts des fragendem Blicks von Anna hinzu. »Ich habe von einer russischen Bekannten hier in Palermo gehört, dass Helene Karl im Stillen für eine ihrer Töchter vorgesehen hatte. Tja, da müssen sich meine Cousinen wohl nach einem anderen Freier umsehen. Ausnahmsweise hat einmal die alte Jungfer Olly die Nase vorn.« Auf ihrem Gesicht erschien ein Hauch der alten Bitterkeit.

Anna verstand ihren Zögling nur zu gut. Dennoch sagte sie: »Sei nicht so hochnäsig! Erzähle mir lieber, was der Zarewitsch schreibt.«

»Sascha? Er und Cerise freuen sich wahrhaftig für mich.« Ollys Miene wurde wieder weicher. »Ich kann es kaum erwarten, sie wiederzusehen.«

»Bald ist es ja so weit«, sagte Anna tröstend. Sie tippte auf einen Brief, der ungeöffnet abseits der anderen lag. »Ist der hier etwa von –«

»Von Alexander, ja«, unterbrach Olly sie. »Es hätte mich gewundert, wenn er sich nicht zu Wort gemeldet hätte. Scheinbar glaubt er immer noch, mir etwas mitteilen zu müssen.« Noch während sie sprach, leerte Olly die Obstschale aus. Äpfel, Orangen und kleine Birnen kullerten über die auf Hochglanz polierte Nussbaumplatte des Salontisches. Mit spitzen Fingern nahm Olly den Brief und legte ihn in die Schale. Sie entzündete ein Streichholz und hielt es an eine Ecke des Umschlags. Schwarze Rauchschwaden züngelten aus der Schale empor, der Brief löste sich in Asche auf.

Schweigend schaute Anna Olly bei ihrem Werk zu. Wie kompromisslos sie noch immer war, wenn es um Alexander ging. Oder traute sie sich selbst nicht?

Kaum war Anna gegangen, betrachtete Olly die Schale mit den weißen Ascheflocken. Ein Gefühl von Erleichterung und Zufriedenheit erfüllte sie. Ihr kam es so vor, als wären mit der Asche auch ihre letzten Zweifel verflogen. Alexander war eine schöne Illusion gewesen. Eine heißblütige Liebschaft, die sie im Rückblick ihrer Jugend und Unerfahrenheit zuschrieb. Ein Mann fürs Leben war er jedoch nicht. Olly schürzte die Lippen und blies die Asche über den Tisch. Nichts als Schall und Rauch ... Leichten Herzens wandte sie ihren Blick ab.

So viele Briefe. Manche Zeilen waren ihr seltsam fremd vorgekommen, dabei standen die Schreiber ihr eigentlich nahe. Wie viel anders erging es ihr dagegen mit Karls Briefen! Obwohl sein Schreibstil etwas steif und förmlich ausfiel, spürte Olly seine Liebe in jedem seiner Worte. Sie konnte es nicht erwarten, ihn endlich wiederzusehen.

Nach gerade einmal zehn Tagen hatte eine Eildepesche aus Stuttgart ihr junges Glück zunichtegemacht. Karls Vater sei sehr krank, und da der König schon vierundsechzig Jahre zählte und man mit allem rechnen müsse, sei Karls Anwesenheit in Stuttgart dringend erforderlich, so hatte die knappe Nachricht gelautet. Schweren Herzens war Karl nach Württemberg aufgebrochen. Seitdem war fast täglich eine Nachricht von ihm eingetroffen. Und dennoch ... Er fehlte ihr.

Olly ging zu dem kleinen Sekretär, der in einer Ecke des Salons stand, und kramte Papier und Feder hervor.

Liebster Karl,

wie freue ich mich zu hören, dass Deine Baupläne für unsere italienische Villa Fortschritte machen! Wenn wir uns in Florenz treffen, musst Du mir unbedingt mehr davon erzählen.

Wie schön, dass es Deinem Vater wieder bessergeht. Es ist eine große Ehre für mich, dass er den weiten Weg bis nach Salzburg auf sich nimmt, um mich baldmöglichst kennenzulernen. Ich bin schrecklich aufgeregt, wenn ich daran nur denke. Aber gemeinsam werden wir jede Hürde meistern. Jetzt und in aller Ewigkeit.

Deine Dich liebende Olly

Olly drückte dem Briefbogen einen Kuss auf, bevor sie ihn mit rotem Siegelwachs und ihrem Siegel verschloss.

Sie hatte schon einen guten Teil ihrer Korrespondenz beantwortet, als sie ihre Feder sinken ließ. Nachdenklich betrachtete sie ihr Werk: Gortschakoff in Stuttgart, Sascha und ihr Vater in St. Petersburg, Mary und Cerise auch in ihren Stadtpalästen – allen hatte sie geschrieben und sich für die Glückwünsche bedankt. Sie war auf Vorschläge eingegangen, hatte Fragen beantwortet und hier und da auch einen Wunsch geäußert.

Den Brief, der ihr jedoch am meisten am Herzen lag, hatte sie bisher nicht geschrieben. Sollte sie es überhaupt tun?

Für einen langen Moment starrte Olly ins Leere. Dann griff sie tief Luft holend nach einem weiteren Bogen Papier. Sie lächelte, als sie die Feder erneut ins Tintenfass tauchte.

Geliebter Engel Adini,

in diesen Tagen muss ich noch öfter als sonst an Dich denken. Du fehlst mir! Die Verlobung ist gerade vorbei, im Sommer steht meine Hochzeit ins Haus – plötzlich geht alles ganz schnell. Genau wie einst bei Dir und Friedrich. Sag, hattest Du damals keine Angst vor Deiner eigenen Courage? Mir geht es nämlich so. Vielleicht ist es gut, dass mir nicht viel Zeit zum Nachdenken bleibt.

Ich glaube, Karl würde Dir gefallen. Er ist so anders als die meisten Männer, die wir kennen. Sehr feinfühlig und sensibel. Und nicht solch ein Draufgänger wie … Du weißt schon, wer. Er hat mir übrigens geschrieben, ich habe seinen Brief gerade eben verbrannt. Falls Gott mich damit prüfen wollte, habe ich mit Bravour bestanden, oder?

Ich muss so oft daran denken, was Du sagtest, als Du mir zum Abschied das Saphirarmband überreicht hast: Du wolltest mir damit ein Stück vom Himmel schenken. Nichts anderes erlebe ich gerade mit Karl – den Himmel auf Erden. Liebste Schwester, Du hattest so wenig Zeit, Dein Glück zu genießen. Ich verspreche Dir deshalb, dass ich fortan doppelt glücklich sein werde. Einmal für mich – und einmal für Dich.

Deine Olly

29. KAPITEL

Der letzte Tag in Palermo war angebrochen. Olly und ihre Mutter standen am offenen Fenster und schauten ein letztes Mal aufs Meer.

»Es ist schon seltsam, obwohl mir so viel Schönes bevorsteht, fällt mir der Abschied von Palermo schwer.« Seufzend schwenkte Ollys Blick hinüber zum Monte Pellegrino. Würde sie ihn je wiedersehen? Würde sie jemals wieder den einzigartigen Duft der Wandelröschen und Mispeln einatmen dürfen?

In einer selten vertrauten Geste legte die Zarin einen Arm um ihre Tochter. »Dieser verzauberte Ort ist wirklich segensreich für uns gewesen. Mir kommt es so vor, als wären wir beide neugeboren. Als stünde uns ein völlig neues Leben bevor.«

»Olly? Eure Hoheit? Die Kutschen sind abfahrbereit«, ertönte Annas Stimme hinter ihnen.

Olly holte tief Luft. »Dann wollen wir mal!«

Ihre Reise führte über Neapel, wo am Hof ein großer Empfang für sie gegeben wurde. Dann folgte eine nicht enden wollende Seereise nach Livorno, von wo aus es über Pisa nach Florenz ging. Inmitten des florentinischen Frühlings kam es endlich zu einem Wiedersehen mit Karl, der ihnen entgegengereist war, kaum dass es seinem Vater wieder besserging. Er wohnte im selben Hotel wie die Zarin und ihre Tochter. Die Begrüßung samt scheuer Umarmung war gerade erst zu Ende, als er seine Geschenke auspackte: ein weicher Schal aus feinster Wolle für die Zarin, die so leicht fröstelte. Und ein Stapel Bücher verschiedener deutscher Dichter für Olly. Schüchtern überreichte er ihr außerdem eine seltene Versteinerung, die auf der Schwäbischen Alb, einer Berglandschaft in der Nähe von Stuttgart, gefunden worden war.

Entzückt betrachtete Olly die versteinerte Muschel. »Dass du dir meine Vorliebe für Mineralien gemerkt hast!«

Karl lächelte verlegen. »Ich habe kein einziges Wort von dir vergessen. Wer weiß, vielleicht ist diese Versteinerung der Anfang einer Fossiliensammlung? Württemberg besitzt zwar keine wertvollen Bodenschätze, aber versteinerte Käfer und Muscheln findet man dafür umso mehr.«

Im silbernen Licht der Toskana unternahmen die Verlobten einige Ausflüge: Sie fuhren nach Poggio a Cajano, machten eine Landpartie entlang des Arno, besichtigten einige Kunstgalerien. Während Karl, der Florenz von einem früheren Besuch kannte, kenntnisreich über all die Bilderschätze und architektonischen Kunstwerke plauderte, hörte Olly nur mit halbem Ohr hin. Das war ja alles schön und gut, aber nicht das, was sie hören wollte. Nach einem besonders ermüdenden Galerierundgang fasste sie sich ein Herz.

»Mein lieber Karl, es ist wirklich unglaublich, wie gut du dich mit den Künsten auskennst. Aber die Präraffaeliten interessieren mich derzeit eher weniger, wo ich so gern mehr über *dich* erfahren möchte! Wie warst du zum Beispiel als Kind? Ein frecher Junge? Ein braver Schüler? Und was ist mit deinen Geschwistern? Kamt ihr gut miteinander zurecht? Eigentlich weiß ich noch gar nichts über dich.« Spielerisch versetzte sie ihm einen kleinen Stoß.

»Warum soll ich dich mit Geschichten aus meiner Kindheit betrüben?«, antwortete er mit Grabesstimme, ohne auf ihren leichten Ton einzugehen. »Ich bin froh, dass diese Zeit vorüber ist. Meine Kinder- und Jugendjahre waren geprägt von Einsamkeit und Gefühlskälte. Vater hat es wahrlich gut verstanden, einer Kinderseele ständig neue Wunden zuzufügen. Wenn ich morgens aufwachte, war mein erster

Gedanke: Was wird er mir heute wieder antun? Nimmt er mir mein Kätzchen weg? Entlässt er die Köchin, weil er gesehen hat, dass ich mich am Vortag bei ihr ausweinte? Welche gemeine Strafe hat er sich für mich ausgedacht, um mir das Weinen ein für alle Mal auszutreiben? Im Grunde hatte ich immer nur Angst vor ihm.«

Angst vor dem eigenen Vater? Olly runzelte die Stirn. Respekt, das schon. Aber doch nicht Angst. »Und was war mit deiner Mutter? Hat sie sich nicht schützend vor dich gestellt?«

Karl winkte müde ab. »Mutter! Die hat doch selbst schreckliche Angst vor seinem Zorn, daran hat sich bis zum heutigen Tag nichts geändert. Ich kann mich nicht daran erinnern, dass sie sich ihm jemals widersetzt hätte. Niemand stand mir bei, nicht meine Erzieher, nicht meine Geschwister und auch sonst auch keiner. Alle kuschten sie vor dem großen, mächtigen König. Das waren einsame Jahre …«

Olly floss das Herz über vor lauter Mitgefühl. Sie umarmte Karl spontan und nahm sich vor, dass es ihm fortan an Liebe nicht mehr mangeln würde. Mit der Zeit würde er dann lernen, selbst auch zärtlich und verschwenderisch mit seinen Gefühlen zu sein.

Auch Friedrich Hackländer war des Öfteren mit von der Partie. Stets begegnete er Karl und Olly warmherzig und mit großem Respekt. Dass er es gut mit dem Prinzen meinte, daran gab es für Olly keine Zweifel. Trotzdem konnte sie sich nicht für den Mann erwärmen, vielmehr nahm sie ihm noch immer übel, wie negativ er in Palermo auf Karl eingeredet hatte, statt ihm den Rücken zu stärken.

»Kann es sein, dass du eifersüchtig auf ihn bist? Die beiden Männer stehen sich doch sehr nahe«, sagte Anna, was Olly jedoch heftig bestritt. Sie und eifersüchtig auf einen Mann? Nie und nimmer!

»Was für ein schreckliches Wetter«, murmelte die Zarin vor sich hin, während ihre Kutsche die ersten Straßenzüge von Salzburg passierte. Es regnete in Strömen, die Häuserfronten waren triefnass und dunkel. Der weiße Flieder, der in den Vorgärten und Parks verschwenderisch blühte, war vom vielen Regen braun und duftlos geworden.

Alexandra zog ihre Pelzstola enger um sich. Ein heißes Bad, eine Tasse Schokolade und ein bisschen Ruhe – dafür hätte sie alles gegeben! Ausruhen an einem prasselnden Kaminfeuer, keine angestrengte Konversation, irgendwann die Augen schließen und sanft in einen traumlosen Schlaf hinübergleiten. Reiß dich zusammen!, schalt sie sich. Solchen Wunschgedanken durfte sie sich heute nicht hingeben.

»Ob das Wetter ein schlechtes Omen ist?«, fragte Olly. »Mir ist gar nicht wohl zumute, und Bauchweh habe ich auch. Vielleicht werde ich krank. Womöglich wäre es am besten, das Treffen mit deinem Vater zu verschieben. Was meinst du?« Fragend wandte sie sich an Karl, doch der starrte nur mit leerem Blick hinaus in den Regen.

»Du kommst auf Ideen! Karls Eltern sind doch extra aus Stuttgart angereist, um uns zu treffen«, erwiderte Alexandra. Sanfter fügte sie hinzu: »Mach dir keine Sorgen, der König und die Königin werden dich lieben, du wirst schon sehen.« Olly sah wenig überzeugt aus. Ihre angestrengte Miene mit der steilen Falte auf der Stirn erinnerte Alexandra sehr an Nikolaus kurz vor einer seiner schrecklichen Migräneattacken. Fing das Elend bei ihrer Tochter nun etwa auch an?

Karl schaute währenddessen so bedrückt drein, als stünde ihm der Gang zum Scheiterhaufen bevor und nicht ein Besuch bei den Eltern. Auch Anna Okulow hatte die Angespanntheit der jungen Leute bemerkt.

»Olly, schau – ist das nicht der berühmte Salzburger Dom? Verehrter Prinz, waren Sie eigentlich schon einmal in Salzburg?«, fragte sie betont fröhlich.

Sowohl Olly als auch Karl antworteten einsilbig und verfielen dann wieder in dumpfes Schweigen. Olly kaute nervös am Nagel ihres Zeigefingers. Erst als Alexandras strafender Blick sie traf, hörte sie damit auf.

Alexandra schmunzelte. So verunsichert kannte sie ihre Tochter gar nicht, normalerweise war sie doch eher forsch. Aber natürlich war es ihr außerordentlich wichtig, dass das erste Treffen mit ihren zukünftigen Schwiegereltern gut verlief. Im Augenblick sah es jedoch so aus, als würde Olly bis zum Abend ein reines Nervenbündel sein – nicht gerade die besten Voraussetzungen, um den König von Württemberg auf Augenhöhe zu begegnen.

Hatte sie einst auch so viel Angst davor gehabt, Nikolaus' Mutter kennenzulernen? Alexandra konnte sich nicht erinnern. Die Begegnung mit seinem Vater war ihr jedenfalls erspart geblieben – als Nikolaus sie nach Russland geholt hatte, war Zar Paul schon viele Jahre tot gewesen. Auch er war anscheinend ein seltsamer Kauz gewesen, sie hatte also Glück gehabt. Wahrscheinlich wäre sie ansonsten auch tausend Tode gestorben, so wie Olly dies gerade tat.

Auf einmal konnte Alexandra das Elend ihrer Tochter nicht mehr mit ansehen. »Weißt du, ich freue mich wirklich sehr, das Königspaar zu treffen, aber ich bin all dieser offiziellen Empfänge so müde! Immer geht es so schrecklich streng und ernsthaft zu.«

Sofort hellte sich Ollys Blick auf. »Meinst du, es gibt eine Möglichkeit, das Treffen aufzuschieben?«

Die Zarin lächelte. »Das nicht, aber warum ignorieren wir das gestrenge Protokoll nicht einfach und statten dem König einen spontanen Besuch ab? Wir fahren in sein Hotel und stellen uns vor. Très léger. Tout de suite.«

»Jetzt?« Ollys Augen weiteten sich vor Schreck.

Auch Karl fuhr herum. »Ich weiß nicht, ob das eine gute Idee ist«, sagte er vorsichtig. »Mein Vater ist solche Überraschungen nicht gewöhnt und –«

»Umso erfreuter wird er sein!«, unterbrach Alexandra ihren zukünftigen Schwiegersohn. Sie hatte längst Gefallen an ihrer Idee gefunden. Je schneller sie dieses erste Treffen hinter sich brachten, desto besser.

Noch während sie im Salon des Hotels darauf warteten, in die Räume des Königs vorgelassen zu werden, bereute Alexandra ihre spontane Idee allerdings schon wieder. Sie war es nicht gewohnt zu warten und stellte ärgerlich fest, dass sich auch bei ihr ein unangenehmes Grummeln in der Magengegend einstellte. Wie mochte es da erst Olly gehen. Scheinbar musste der König erst seinen Mittagsschlaf beenden, bevor er bereit war, seine Gäste zu empfangen. Was für ein Affront! Obwohl Alexandra vor Wut kochte, tat sie Olly und Karl gegenüber so, als sei alles ganz normal. Es musste nicht sein, dass sich ihre Tochter ebenfalls ärgerte. Sie sollte ihren Schwiegereltern unvoreingenommen begegnen.

Endlich kam ein Page, um sie zu holen. Während sie die Treppen zur Fürstensuite hinaufstiegen, tobte vor den Fenstern ein heftiger Frühjahrssturm. Der Himmel hing schwer und düster über der Stadt. Ob das Wetter doch ein schlechtes Omen für diese Begegnung war?, fragte sich Alexandra bang.

Der württembergische König Wilhelm I. und seine Frau Pauline standen im spärlich beleuchteten Entree ihrer Suite, um sie zu begrüßen. Da kein Zeremonienmeister anwesend war, übernahm Karl die offizielle Vorstellung. Er hatte noch nicht zu Ende gesprochen, als sein Vater ihn zur Seite schob.

»Die hochverehrte Zarin von Russland! Und ihre Tochter, die Großfürstin Olga!« Mit großer Geste breitete Wilhelm seine Arme aus, als wollte er sie umarmen. Stattdessen ergoss sich ein Schwall russischer Worte über Alexandra, von denen sie nur die Hälfte verstand. Als sie nicht gleich antwortete, gab es eine peinliche Pause.

»Verehrter König!« Lächelnd trat Olly einen Schritt nach vorn und bedankte sich ebenso wortreich für seine Grußworte. »Es ehrt uns, dass Sie uns in unserer Landessprache begrüßen. Allerdings ist meine Mutter des Russischen kaum mächtig. Und Karl und ich unterhalten uns sehr unkompliziert auf Französisch, es ist also nicht nötig, dass Sie unsertwegen solche Anstrengungen unternehmen.«

Noch während Alexandra Olly im Stillen für ihre Flucht nach vorn lobte, traf sie der strenge Blick des Württembergers.

»Die Zarin von Russland kann kein Russisch? Sehr erstaunlich.« Er wandte sich an Olly. »Das wird's bei uns nicht geben, Sie werden schon ordentliches Deutsch lernen müssen. Mit dem Französischen allein kommen Sie am Stuttgarter Hof nicht weit.«

»Oh, ich habe fest vor, mein Deutsch zu verbessern. Karl hat mir Bücher Ihrer berühmten deutschen Dichter geschenkt, da macht das Üben umso mehr Spaß. Und da ich mehrere Sprachen fließend spreche, wird mir eine weitere nicht schwerfallen«, antwortete Olly freundlich.

»Dann ist es ja gut. Jedenfalls geht es nicht an, dass mein Sohn ständig nur auf Französisch parliert. Ist dir unsere Sprache etwa nicht mehr gut genug?«, fuhr er Karl an.

In dem engen Eingangsbereich roch es nach verstaubten Vorhängen, Schimmel und feuchtem Teppich. Alexandras Nase kräuselte sich, sie musste niesen. Was sollte das alles? Wann bat der König sie endlich einzutreten? Und warum stand Königin Pauline nur mit weit aufgerissenen Augen da, statt die Rolle einer Gastgeberin zu übernehmen?

»Vater, bitte, wollen wir nicht hineingehen? Eine Tasse Tee oder Kaffee kämen ebenfalls gelegen.« Unruhig trat Karl von einem Bein aufs andere, während seine Mutter ihm irgendwelche Handzeichen gab, die Alexandra nicht zu deuten wusste. Was für ein seltsamer Empfang! Sie war sich nicht sicher, ob sie Nikolaus davon erzählen sollte. Bestimmt wäre er über so wenig Ehrerbietung sehr ungehalten. Seit der Kränkung in Wien war er in dieser Hinsicht noch empfindlicher als sonst. Womöglich würde er dann wieder so heftig reagieren, unbedachte Worte äußern oder gar per Depesche versenden, und Ollys Hoffnung auf einen Ehemann würde sich noch einmal zerschlagen. Das konnte sie nicht riskieren. Alexandra holte tief Luft und sagte:

»Ich hoffe, unser kleiner Überfall kommt nicht ungelegen. Aber wir konnten es nicht mehr erwarten, Sie endlich kennenzulernen. Ich habe so viel von Ihnen gehört ...« Jenes Lächeln, von dem die ganze Welt behauptete, es wäre unwiderstehlich, trat auf ihr Gesicht. Der König schien Alexandras Ausstrahlung gegenüber jedoch immun zu sein.

»Ungelegen? Du lieber Himmel, nein«, sagte er leichthin. »Von meinem Sohn bin ich nichts anderes gewohnt, als dass er sämtliche Regeln des Anstands außer Kraft setzt. Dass er allerdings Hoheiten wie Sie ebenfalls dazu verführt, ist neu. Wusste Herr Hackländer von deinen Plänen? Wo ist er eigentlich?«, raunte er Karl zu, während er sie endlich in den Salon geleitete.

Dasselbe fragte sich Alexandra auch. Sie wusste, dass Olga Karls Sekretär nicht sonderlich mochte – ihr persönlich wäre der redselige Mann im Augenblick jedoch willkommen gewesen.

»Wollen wir uns nicht setzen? Bestimmt sind Sie durstig«, sagte Pauline endlich.

Sie nahmen an einem großen Tisch aus Nussholz Platz. Nachdem ein Dienstmädchen Getränke ausgeschenkt hatte, erkundigte sich der König nach ihrer Anreise. Olly war gerade dabei, von ihrem unfreiwilligen dreitägigen Aufenthalt in Trient aufgrund überfluteter Straßen zu erzählen, als er sie unterbrach. Ohne erkennbaren Zusammenhang begann er, von eigenen Reiseerfahrungen aus vergangenen Zeiten zu erzählen.

Wollte er ihnen damit zeigen, dass auch er ein weitgereister Mann von Welt war?, fragte sich Alexandra. Das zweifelte doch niemand an. Sie setzte eine interessierte Miene auf und nutzte den Moment, um ihr Gegenüber genauer zu betrachten.

Karls Vater war ein stattlicher Mann, groß, breitschultrig, kernig. Sein Blick war geradeheraus, hatte jedoch nichts Herzliches, vielmehr lag ein Hauch Herablassung darin. Dafür, dass er schon über sechzig Jahre alt und vor kurzem schwer krank gewesen war, wirkte er sehr rüstig, befand Alexandra. Obwohl sie ihn nicht sonderlich sympathisch fand, konnte sie sich seiner Ausstrahlung nur schwer entziehen. Als junger Mann war er gewiss sehr anziehend gewesen. Kein Wunder, dass sich Nikolaus' Schwester einst in ihn verliebt hatte.

Die Königin hingegen war ein fades, blasses Wesen. Sie wirkte erschöpft und blutarm. Ihr Körper schien keinerlei Spannkraft zu besitzen, Alexandra kam es so vor, als koste es Pauline immense Kraft, ihren Rücken gerade zu halten. Dabei war sie bestimmt wesentlich jünger als ihr Gatte und ebenfalls von kräftiger Statur. Unter einem üppigen Busen spannte sich ihr Kleid unschön über einer nicht vorhandenen Taille, auch an den Oberarmen saß der feine Stoff ihrer Robe viel zu eng. Ihr aufwendiges, wertvolles Kleid war das einzig Bemerkenswerte an ihr, befand Alexandra. Das und ihr Blick, der angstvoll auf ihren Gatten gerichtet war, als fürchte sie, im nächsten Moment wieder einmal seinen Zorn auf sich zu ziehen.

»Ich muss schon sagen, Sohn, mit Großfürstin Olga hast du dir eine wahre Schönheit ausgesucht. Wurde auch Zeit, dass endlich etwas Anschauliches ins Haus kommt«, sagte Wilhelm just in diesem Moment, und Alexandra kam es so vor, als werfe er seiner Gattin dabei einen besonders unwirschen Blick zu.

Die Unterhaltung verlief in ähnlicher Art weiter. Wilhelm war nicht unhöflich, doch für Alexandra war es offensichtlich, dass der Monarch schlecht gelaunt war. Während sie und Olly von seinen verbalen Nadelstichen verschont blieben, bekamen Karl und Pauline umso mehr ab. Beide wussten sich nicht zu wehren, wurden immer unsicherer, schwiegen am Ende fast die ganze Zeit. Es war Olly, die mit leiser Ironie Wilhelms Bemerkungen parierte oder ihn ablenkte. Ihr gelang es sogar, Wilhelm hie und da ein Lächeln zu entlocken. Alexandra war beeindruckt – so viel Contenance und diplomatisches Geschick hätte sie ihrer Tochter gar nicht zugetraut. Sie würde beides bitter nötig haben.

Nach einer ewig dauernden Stunde verabschiedeten sie sich schließlich. Karl blieb bei seinen Eltern, für den nächsten Tag verabredete man sich zu einem zweiten Treffen.

»Das lief doch ganz wunderbar, finden Sie nicht auch, Maman? Der König und die Königin sind wirklich reizend«, sagte Olly, während sie die Treppe hinabstiegen. »Wir werden sicher bestens miteinander auskommen.«

Alexandra glaubte nicht richtig zu hören. »Sehr reizend, wirklich«, murmelte sie lahm.

»Es war einfach nur schrecklich. Karls Vater hatte eine furchtbare Laune!« Wütend schleuderte Olly ihre Stiefel durchs Zimmer. »Karl hatte recht, er scheint Überraschungen nicht wirklich zu schätzen.«

»Deine Mutter hat es nur gut gemeint«, erwiderte Anna und sammelte Ollys Stiefel wieder ein.

Olly nickte missmutig. »Wenigstens habe ich dieses erste Treffen jetzt hinter mir und weiß, woran ich bin. Etwas mehr Herzlichkeit hätte ich mir allerdings schon gewünscht, immerhin werde ich Wilhelms Schwiegertochter. Ich heirate seinen einzigen Sohn, werde Teil seiner Familie. Wenn ich nur an die vielen Glückwünsche von Vater und meinen Geschwistern denke, die an mich *und* Karl gerichtet waren! König Wilhelm hingegen sprach mit mir, als wäre ich eine fremde Gräfin, die er zufällig auf einem Ball getroffen hat. Und wenn er überhaupt mit Karl sprach, dann in sehr herablassendem, fast abfälligem Ton. Von Friedrich Hackländer scheint er dafür umso mehr eingenommen zu sein. In epischer Breite hat er uns von einem Report über eine Orientreise vorgeschwärmt, den Hackländer in seinem Auftrag geschrieben hat. Karl saß ganz belämmert daneben – wie kann ein Vater nur so gemein sein!«

Dass sich Karl nicht zur Wehr gesetzt hatte, wunderte sie einmal mehr. Natürlich mussten Kinder gegenüber ihren Eltern gehorsam und ergeben sein, aber alles brauchte man sich doch nicht gefallen lassen. War Karl immer so? Oder hatte er sich ihretwegen heute besonders zurückgenommen? Olly konnte sich darauf keinen Reim machen.

»Und die Königin? Wie ist sie?« Die Neugier in Annas Stimme war nicht zu überhören.

Olly seufzte. »Genau wie Karl sie mir geschildert hat. Lieb und nett, aber mir kam es so vor, als wage sie es kaum, in Gegenwart des Königs einen Atemzug zu machen. Ich hatte das Gefühl, sie mag mich, traut sich aber nicht, ihre Sympathie offen zu zeigen. Seltsam, oder?« Würde sie zu dieser verzagten, im wahrsten Sinne des Wortes nichtssagenden Frau je eine herzliche Beziehung aufbauen können?, fragte sich Olly.

»Schau nicht so sorgenvoll drein«, sagte Anna. »Ich glaube mich zu erinnern, dass Großherzogin Helene einmal erwähnte, es sei recht schwierig, mit ihren Landsleuten warm zu werden. Die Württemberger sind wohl ein Menschenschlag, der eine gewisse Zeit braucht, bis er jemandem sein Vertrauen schenkt. Gib deinen neuen Verwandten eine Chance.«

»Meinst du? Karl ist doch ganz anders«, sagte Olly skeptisch. »Ich glaube vielmehr, Wilhelm passt es nicht, dass sich Karl eigenmächtig mit mir getroffen hat, ohne ihn zuvor zu informieren. Heute wollte der alte Brummbär mir wohl zeigen, wer in seiner Familie in

Wahrheit das Sagen hat.« Noch während sie sprach, spürte sie, wie Beklommenheit und Ärger von ihr abfielen. Was bedeutete schon ein erster Eindruck? Sie hatte alle Zeit der Welt, die guten Seiten von Pauline und Wilhelm – und von Karls Schwestern noch dazu – kennenzulernen. Ein Gefühl von Stärke erfüllte sie, ihr Blick bekam einen energischen Ausdruck. Sie würde sich ihr Glück nicht kaputtmachen lassen, von Wilhelm nicht und auch von sonst niemandem!

»Der württembergische König ein Brummbär – wenn dich deine Mutter hören könnte.« Anna hob missbilligend die Brauen, konnte aber ein leichtes Schmunzeln nicht verhindern. »Das Wichtigste ist, dass du mit Karl gut auskommst. Und was seinen Vater angeht: Du wirst bestimmt Wege finden, den *Brummbären* milde zu stimmen.«

Olly lächelte. »Da bin ich mir sicher. Aber wenn der König denkt, dass ich ihn besonders hofieren werde, hat er sich getäuscht. Es mag ihm gelungen sein, jahrelang Pauline und Karl zu verschrecken, aber eine Romanow lässt sich nicht so leicht einschüchtern. Ich –« Sie brach ab, als es an ihrer Tür klopfte.

»Egal wer es ist, sag, ich würde ruhen«, flüsterte Olly Anna zu. Ihr Bedarf an Gesprächen war für den heutigen Tag gedeckt. Sie wollte allein sein und über die seltsame Familie nachdenken, in die sie einheiraten würde.

»Ein Laufbursche. Er sagt, im Foyer sei ein Blumenstrauß für dich abgegeben worden«, bemerkte Anna, als sie von der Tür zurückkam.

»Ja und? Warum bringt er ihn nicht hoch?«

Die Hofdame zuckte mit den Schultern. »Er meinte, es wäre unbedingt notwendig, dass du nach unten kommst.«

»Wie bitte? Na, ich ahne schon, wer sich so was ausdenkt«, sagte Olly. »Wahrscheinlich tut Wilhelm sein Verhalten von vorhin bereits leid. Nun will er mich mit einem besonders großen Bukett beeindrucken. Und damit die ganze Welt mitbekommt, wie großzügig er ist, soll ich die Blumen im Foyer in Empfang nehmen. Bitte, dann tue ich ihm den Gefallen eben!« Missmutig hangelte sie erneut nach ihren Stiefeln. Grand Folie, der einen Spaziergang witterte, wedelte freudig mit dem Schwanz.

»Warte, ich komme mit. Wenn der Strauß wirklich so groß ist, wirst du ihn kaum allein tragen können«, sagte Anna.

Olly schnappte ihr Schultertuch und die Hundeleine. »Woher willst du wissen, dass ich ihn überhaupt annehme? Aber wenn ich schon einmal unten bin, gehe ich gleich mit Grand Folie spazieren. Ein bisschen frische Luft wird mir guttun.« Und ein bisschen Ruhe, fügte Olly im Geist hinzu.

»Allein? Aber Kind, das geht doch nicht!«, rief die Hofdame, doch da hatte Olly die Tür schon hinter sich zugezogen.

»Du?« Unter Ollys Füßen begann der Boden der Empfangshalle zu schwanken. Der blaugemusterte Teppich, die Kronleuchter, die Hotelgäste um sie herum – alles verschwamm vor ihren Augen. Ein Gefühl der Unwirklichkeit überfiel sie, sie atmete tief durch, um gegen den Schwindel in ihrem Kopf anzukämpfen.

Alexander warf den riesigen Blumenstrauß, hinter dem er sich versteckt hatte, einem Gepäckjungen zu, der ihn im letzten Moment auffing. Dann ergriff er Ollys Hand.

»Verzeih meine Scharade, aber wie hätte ich denn sonst ... Olly, warte, du musst mit mir reden, ich –«

»Gar nichts muss ich!«, zischte sie. »Lass mich los, oder ich fange auf der Stelle an zu schreien.« Sie lächelte dem Empfangschef, der ihnen einen fragenden Blick zuwarf, gezwungen zu.

Endlich ließ Alexander sie los. »Aber bitte lauf nicht weg. Bitte!«

»Fünf Minuten. Und wehe, du fasst mich noch einmal an«, flüsterte sie wütend, während sie ihrem schwanzwedelnden Hund nach draußen folgte. Ihr Herz raste, sie war zu keinem klaren Gedanken fähig. Alexander war hier. Was hatte das zu bedeuten?

Inzwischen hatte es aufgehört zu regnen. Das Kopfsteinpflaster glänzte schwarz und stand in krassem Kontrast zu den gelben und weißen Häuserfronten. Obwohl es schon früher Abend war, war ungewöhnlich viel los auf den Straßen: Passanten, die einen Schaufensterbummel machten, Hausfrauen, die ihre Einkäufe noch nicht erledigt hatten, Fremde, die sich die Barockstadt anschauen wollten, Handwerker, die Waren auslieferten. Immer dichter wurde das

Gedränge, so dass Olly nichts anderes übrigblieb, als Grand Folie auf den Arm zu nehmen, damit er nicht getreten wurde.

»Halte dich bei mir fest, sonst gehst du noch verloren.« Vorsichtig hielt Alexander Olly seine Hand hin. Sie fühlte sich warm und stark an. Als kenne er Salzburg wie seine Westentasche, führte er sie auf kürzestem Weg aus den engen Gassen hinaus. Nach wenigen Augenblicken landeten sie auf der Promenade, die sich entlang der Salzach schlängelte.

»Hier haben wir ein wenig Ruhe«, sagte Alexander und zeigte auf den sprudelnden und gurgelnden Fluss. »Wie in Bad Ems, findest du nicht?«

Bad Ems. Warum musste er damit anfangen? Was versprach er sich davon? Olly ließ Grand Folie auf den Boden, wo er sofort ein paar Tauben hinterherjagte. Sie richtete sich auf und funkelte Alexander an.

»Fünf Minuten, mehr nicht! Und bevor du anfängst, sag mir nur eines: Woher weißt du eigentlich, dass wir hier sind?«

»Cerise hat es mir verraten. Da du auf meine Briefe nicht geantwortet hast, musste ich einfach hierherkommen, Liebste.«

»Ich bin nicht deine Liebste, was fällt dir ein!« Sie war so wütend! Auf sich, weil sie nicht auf der Stelle kehrtgemacht und wieder auf ihr Zimmer gegangen war. Auf Alexander, der es wagte, ihr wie ein Wegelagerer aufzulauern. Auf das seltsame Gefühl in ihrem Bauch, das sie noch gut von früher kannte.

»Olly, ich weiß, zwischen uns ist einiges schiefgelaufen. Keine Sorge, ich werde nicht die alten Geschichten aufwärmen«, winkte er eilig ab, als er ihre düstere Miene sah. »Aber du glaubst gar nicht, wie leid mir alles tut.«

»Dir tut es leid?«, fuhr sie ihn an. »Leid tut es einem, wenn man jemandem auf den Fuß tritt und nicht –« Sie verstummte. *Wenn man jemandem das Herz bricht*, hatte sie sagen wollen. »Ach Alexander, was soll das alles?«, fragte sie müde. »Warum lässt du mich nicht endlich in Ruhe?«

»Dich in Ruhe lassen und zusehen, wie du den größten Fehler deines Lebens machst? Du darfst Karl nicht heiraten!«, brach es aus ihm heraus. »Du liebst ihn doch gar nicht.«

Olly glaubte nicht richtig zu hören. »Was fällt dir ein? Natürlich liebe ich Karl –«

»Hör mir zu«, fiel Alexander ihr ins Wort. Er nahm ihre beiden Hände in die seinen, seine Augen ließen sie nicht mehr los.

Schau mich nicht so an, das darfst du nicht!, wollte Olly am liebsten sagen. Nur mit Mühe wandte sie ihren Blick ab.

»Bestimmt haben dein Vater und Sascha heftig auf dich eingeredet, diesen Württemberger zu heiraten. Ich höre im Geist schon ihre Reden: ›*Es gilt, die Verbindung zwischen Russland und Württemberg zu stärken!*‹ und ›*Russlands Macht wird sich dank dir bis weit in den Westen ausdehnen!*‹« Der Hohn in seiner Stimme war nicht zu überhören. In normalem Ton fuhr er fort: »Aber es kann doch nicht angehen, dass du wegen Russlands Machtstreben dein Glück hintanstellst.«

»Wie kommst du darauf, dass ich das tue? Karl ist mein Glück! Und was fällt dir ein, so über meinen Vater und Sascha zu reden? Beiden geht mein Glück über alles, wer etwas anderes behauptet, ist ein Lügner.« Olly bebte vor Wut. Wie einen Sohn hatte der Zar Alexander einst aufgenommen und Sascha ihn wie einen Bruder ins Herz geschlossen – Undank war der Welten Lohn!

Verzweifelt und zornig zugleich stampfte Alexander mit dem rechten Fuß auf den Boden. »Es tut mir leid, wenn ich dich verletzt habe. Ich kenne deine Loyalität gegenüber deiner Familie und finde sie ehrenwert«, sagte er gequält. »Aber ich frage dich noch einmal: Was bedeuten Macht und Reichtum, wenn es um die große Liebe geht? Seit ich dich zum ersten Mal gesehen habe, gehört mein Herz dir. Ich liebe dich noch immer. Dich und nur dich allein!«

Olly verdrehte im Geiste die Augen. Liebe. Schöne Worte. Wie die Zeilen eines Gedichts. Wie Luftblasen.

»Du liebst nur mich, aha. *Das* ist also der Grund, warum du in ganz St. Petersburg als Frauenheld verschrien bist«, sagte sie bitter. Für wie dumm hielt Alexander sie eigentlich? Glaubte er, sie wisse nicht Bescheid? Fast jede der jüngeren Hofdamen wusste süffisante Geschichten darüber zu erzählen, mit welchen Damen er auf diversen Bällen gesichtet worden war: angefangen bei der blutjungen

Gräfin Schuwalow über Maria Stolypin bis hin zu allen möglichen Schauspielerinnen. Selbst der Name von Ollys Cousine Luise war gefallen. Was Olly jedoch am meisten schmerzte: Auch mit Julia von Haucke war Alexander mehrmals gesehen worden.

»Du solltest nicht alles glauben, was man dir zuträgt«, murmelte er mürrisch. »Olly, noch ist es nicht zu spät! Wir zwei können glücklich miteinander werden. Und wenn es den größten Skandal erzeugt, den St. Petersburg je gesehen hat – komm mit mir. Wir brauchen weder Geld noch Ruhm, solange wir *uns* haben. Vielleicht finden wir Aufnahme bei meinem Bruder in Hessen. Oder ich werde Offizier in der österreichischen Armee. Oder bei den Italienern. Ein mutiger Soldat wird überall gut besoldet! An meiner Seite wirst du gewiss nicht hungern müssen, das verspreche ich dir.«

»Ich soll mich heimlich davonschleichen und dir in eine ungewisse Zukunft folgen? Ich soll meine Eltern im Stich lassen? Ich soll all die Menschen enttäuschen, die mir in den schweren Zeiten zur Seite gestanden haben?« Olly wusste nicht, ob sie lachen oder weinen sollte. Das Gespräch war so aberwitzig, dass sie sich fragte, ob sie nicht in einem verrückten Traum gelandet war. Das war wieder einmal typisch, Alexander dachte nur an sich.

»Warum schaust du mich so böse an? Kannst du stattdessen nicht einfach auf die Stimme deines Herzens hören? Dann wüsstest du, dass ich recht habe.«

»Was weißt du schon von der Stimme meines Herzens!«, fuhr Olly auf. »Würdest du Karl kennen, wüsstest du, wie gut wir zwei zusammenpassen.«

»Das tut ihr eben nicht. Ich habe Dinge über den Prinzen gehört – Olly, das kann nicht gutgehen! Ich beschwöre dich, lass es bleiben.«

Sie schaute ihn voller Abscheu an. »Du würdest alles tun oder sagen, um mir mein Glück zu nehmen, nicht wahr? Hättest du dich nur damals, als es um *uns* ging, ebenso engagiert. Aber nein, du konntest ja nicht einmal die Zeit bis nach Saschas Hochzeit abwarten, sondern hast dich vor lauter Ungeduld in Julias Arme gestürzt. *Damals* hättest du mir solch einen verrückten Vorschlag machen sollen, statt …« Sie winkte ab. Damals wäre sie wahrscheinlich mit ihm weggelaufen. Sie hätte *alles* für Alexander aufgegeben. Und was hatte er getan? Ihre Liebe mit Füßen getreten. Eine andere geküsst.

Mit vor Aufregung zitternder Stimme fuhr sie fort: »Und dann in der Zeit nach Adinis Tod, als du in der Stadt warst und wir uns wieder öfter sahen. Wer weiß, wozu ich in meiner Trauer fähig gewesen wäre. Das Zusammensein mit dir hat mir gutgetan, ich war so verletzlich, so ... Doch gerade zu jener Zeit, als ich dich wirklich gebraucht hätte, warst du plötzlich wieder weg. Ein auswärtiges Manöver deines Regimentes, bei dem du nicht fehlen durftest. Dabei hätten Sascha oder Cerise gewiss ein gutes Wort für dich eingelegt, hättest du in St. Petersburg bleiben wollen. Aber das war dir wohl nicht wichtig genug. *Ich* war dir nicht wichtig genug. Und heute kommst du daher und willst mir etwas von Liebe erzählen? Du weißt doch gar nicht, was Liebe ist.« Mit fahrigen Bewegungen leinte sie ihren Hund an. Sie hatte dieses Gespräch so satt! Was bildete sich Alexander überhaupt ein? Erst lockte er sie unter falschem Vorwand aus ihrem Zimmer, und dann glaubte er, sie würde mir nichts, dir nichts ihre ganzen Zukunftspläne über den Haufen werfen.

»Ich danke dir für deinen Besuch«, sagte sie gestelzt. »Aber nun muss ich dringend zurück ins Hotel. Meine Mutter und ich müssen noch etliche Einkäufe erledigen. Du glaubst ja nicht, was es für eine so große Hochzeit alles zu besorgen gilt.«

30. KAPITEL

Peterhof, im Juni 1846

Fast acht Monate waren Olly und ihre Mutter fort gewesen. In der duftenden Blütenfülle Italiens hatte sie gar nicht gemerkt, wie sehr sie Russland vermisste. Nun durchströmte sie ein immenses Glücksgefühl, wann immer sie durch die langen Gänge des Großen Palastes in Peterhof spazierte oder in einem Wagen durch St. Petersburg fuhr. Endlich wieder zu Hause! Der Anblick einer goldenen Kuppel, der Duft einer Tasse schwarzen russischen Tees, der Klang der herrlichen Gesänge beim Willkommensgottesdienst – alles ließ Tränen der Rührung in ihr aufsteigen. Wohin sie kam, wen immer sie traf, jeder gratulierte ihr zu ihrem Bräutigam, dem zukünftigen König von Württemberg. Olly nahm die Glückwünsche lächelnd entgegen, blieb innerlich jedoch unberührt: Die Hofdamen, Cousinen und Bekannten, die ihr heute schmeichelten, waren oftmals dieselben, die sie vor nicht allzu langer Zeit als alte, glücklose Jungfer verspottet hatten. Nicht zum ersten Mal empfand Olly den höfischen Zirkus als oberflächlich und scheinheilig. So bitter diese Erkenntnis auch war, sie erleichterte ihr den Gedanken an den nahenden Abschied. Die meisten Hofdamen und Kammerherren würde sie gewiss nicht vermissen.

Stundenlang beschäftigte sie sich mit dem Sichten und Verpacken ihrer Aussteuer und der Geschenke, die täglich zahlreich eintrafen. Daneben gab es genügend andere Hochzeitsvorbereitungen, bei denen ihr Mary, Cerise und die Zarin mit Rat zur Seite standen. Olly genoss diese Stunden im Kreis ihrer Lieben, aber sie vertrieben ihre Sehnsucht nach Karl nicht.

Täglich schrieb sie ihm lange Briefe. *Er* war es, nach dem sie sich sehnte. Ganz gleich, wie sehr sie ihre Familie und ihre Freunde liebte – tief in ihrem Inneren spürte sie, dass sich ein Teil von ihr schon abgelöst hatte.

Gedankenverloren sah Olly aus dem Fenster. Es war der dreißigste Juni. Morgen, am ersten Juli, war der Geburtstag ihrer Mutter. Morgen feierten ihre Eltern außerdem ihren Hochzeitstag. Den wievielten, wusste Olly nicht.

Morgen würde sie Karl heiraten.

Die meisten Gäste waren schon vor dem fünfundzwanzigsten Juni zur großen Verlobungsfeier angereist: die Verwandtschaft aus Berlin, Potsdam und Weimar, die württembergische Gesandtschaft natürlich, dazu etliche befreundete Monarchen, Würdenträger und Angehörige verschiedener europäischer Höfe. Die übrigen Gäste waren im Laufe des Tages angekommen. Karls Eltern nahmen an dem Fest nicht teil – eine plötzliche Verschlechterung von Wilhelms Gesundheitszustand hatte die lange Reise verhindert. Olly wusste nicht, ob sie diesen Umstand bedauern sollte.

Wie Karl sich heute Nacht wohl fühlte? Ob er schon schlief? Feierte er mit Friedrich Hackländer, dem General von Spitzemberg und anderen Männern aus seinem Gefolge seinen letzten Abend als unverheirateter Mann?

Oder war er noch spazieren gegangen? Karl war ein eifriger Spaziergänger, der sich weder von Wind noch Wetter aufhalten ließ, das hatte sie inzwischen herausgefunden. Neben ihrer Begeisterung für die Literatur, die Architektur und die Kunst hatten sie also auch die Liebe zur Natur gemeinsam. Wann immer die mit Terminen gefüllten Tage ihnen eine kurze Verschnaufpause ließen, spazierten sie ein Stück am Strand entlang. Einmal hatte Karl ihr dabei erzählt, dass sein Vater mitten in Stuttgart einen herrlichen botanischen Garten hatte anlegen lassen, in dem es sich ganz wunderbar flanieren ließ. Und ihre Villa Berg würde auch einmal inmitten einer herrlich hügeligen Landschaft stehen, so dass sie ihre morgendlichen Spaziergänge direkt vor der Haustür würden beginnen können.

Stuttgart ... Sosehr sie sich auch anstrengte, bisher wollte kein Bild vor Ollys innerem Auge entstehen, wenn sie an ihre neue Heimat dachte. Dabei wurde Karl nicht müde, ihr Württemberg in den leuchtendsten Farben zu schildern. Dennoch blieb Württemberg in ihrem Kopf weiterhin nur ein Phantasiegebilde.

»Hier bist du«, ertönte plötzlich Annas Stimme hinter ihr. »Dachte ich mir doch, dass du noch nicht schläfst.«

Olly drehte sich lächelnd um. »Dabei wäre schlafen das Klügste. Wenn ich an den anstrengenden Tag morgen denke, wird mir ganz schlecht vor Aufregung. Ihr wart spazieren?« Sie wies auf Grand Folie, der sich hechelnd der Länge nach auf dem kühlen Marmorboden ausstreckte.

Anna nickte. »Ich habe dich unten am Strand vermutet. Ein letzter Blick übers Meer ...«

Olly seufzte. »Ach Anna, wie gut du mich kennst. Ich bin wirklich schon den ganzen Tag dabei, Abschied zu nehmen. Bei jedem Bild, bei jeder Treppenstufe und jedem Baum – Schritt für Schritt wurde mir bewusst, dass ich die Dinge zum letzten Mal sehe.« Bevor sie wusste, wie ihr geschah, schossen ihr die Tränen in die Augen.

Ihre letzte Nacht als unverheiratete Frau. Ihre letzte Nacht mit Anna. Auf einmal waren all die guten Vorsätze, die sie für ihren Abschied von Russland gefasst hatte, wie weggeblasen. Ihr war nur noch schwer ums Herz. So schwer, dass sie am liebsten die ganze Hochzeit abgesagt hätte.

»Kannst du nicht doch mit nach Stuttgart kommen? Bitte!« Der Gedanke war so tröstlich, dass Ollys Zittern sofort aufhörte. »Du und ich, wie in alten Zeiten«, seufzte sie sehnsuchtsvoll.

Die Hofdame lachte. »Vielleicht besuche ich dich einmal. Aber ein Umzug für immer? Dafür bin ich zu alt. Ab jetzt wirst du deinen Weg ohne mich gehen müssen. Du hast einen wundervollen Mann an deiner Seite, durch Karl wirst du in Stuttgart viele neue Freundschaften schließen und mich schnell vergessen.«

»Nie, nie im Leben!«, rief Olly, und schon liefen neue Tränen über ihr Gesicht.

»Nicht weinen, dafür gibt es keinen Grund. Vielmehr sollten wir unserem Gott danken für alles, was wir zusammen erleben durften«, murmelte Anna und strich ihr übers Haar, wie sie es all die Jahre gemacht hatte. »Ganze zehn Jahre durfte ich an deiner Seite sein, allein das macht mich zu einer sehr glücklichen Frau. Nun brauchst du mich nicht mehr, also werden wir beide neue Wege gehen. Ich freue mich auf alles Neue, was da kommen mag.«

Olly nickte stumm. Im Anschluss an die morgige Hochzeitszeremonie sollte Anna vom Zaren das Abzeichen des Katharinenordens bekommen – eine große Ehre, die nur wenigen Damen zuteil wurde. Finanziell hatte er Anna auch bestens abgesichert. Außerdem wollte er ihr den Schlüssel zu einem sehr hübschen Stadtpalais überreichen. Der Gedanke, wie glücklich ihre alte Freundin sein würde, wenn sie erfuhr, dass ihr neues Zuhause am sonnigen Fontanka-Ufer lag, vertrieb Ollys Traurigkeit ein wenig. Im Geist sah sie Anna und Grand Folie am Ufer des Kanals spazieren gehen. Anna wusste noch nicht, dass Olly ihren geliebten Hund bei ihr lassen würde. Das wollte sie ihr erst kurz vor der Abreise sagen. So würde für immer ein Stück von ihr bei Anna bleiben. Sie umarmte die alte Freundin stürmisch.

»Zehn Jahre … Als wir uns kennenlernten, war ich ein mürrisches, unglückliches Mädchen. Ich fühlte mich einsam und unverstanden, und wütend war ich auch. Auf alles und jeden. Wer weiß, was ohne dich aus mir geworden wäre.«

»Natürlich ein genauso schöner Schmetterling, wie du heute einer bist, was denn sonst?«, sagte Anna lachend.

»Ich danke dir von Herzen.« Olly sah sie liebevoll an. »Ohne dich hätte ich wahrscheinlich irgendwann aufgegeben, an mein Glück zu glauben. Aber mit dir an meiner Seite blieb mir nichts anderes übrig, als glücklich zu werden. Dabei …« Sie schmunzelte. »Mit deinem unerschütterlichen Optimismus bist du mir manchmal ziemlich auf die Nerven gegangen, weißt du das?«

»Habe ich am Neujahrstag nicht recht behalten, als ich sagte, du würdest fortan nur noch auf Rosen gehen? Haben sich nicht all deine

Wünsche erfüllt? In Stuttgart wirst du das Leben führen können, von dem du immer geträumt hast. Ich finde, wir zwei haben unsere Sache gut gemeistert. Allen Widrigkeiten zum Trotz!«, sagte Anna und klang sehr zufrieden dabei.

Unwillkürlich musste Olly lachen. »Ja, das haben wir.« Sie griff nach der Flasche Champagner, die irgendjemand zusammen mit ein paar Gläsern in ihr Zimmer gestellt hatte, und öffnete sie mit ungeübten Fingern. »Lass uns anstoßen! Auf die wunderschönen Erinnerungen, die uns niemand nehmen kann. Auf die Zukunft, die vor uns beiden liegt. Und darauf, dass wir uns nie vergessen werden!«

»Dein Karl ist ein guter Mann«, sagte Anna unvermittelt. »Ist dir eigentlich aufgefallen, wie glücklich er wirkt, seit er hier ist?«

»Ich will doch hoffen, dass unsere gemeinsame Zukunft ihn glücklich stimmt!« Schmunzelnd hob Olly ihr Glas. Mit jedem Schluck des eisgekühlten Champagners hob sich ihre Feierlaune mehr.

»Ich meine ausnahmsweise einmal nicht dich. Vielmehr glaube ich, dass der Prinz von Württemberg die allgemeine Aufmerksamkeit genießt«, sagte die Hofdame. »Denke doch nur daran, wie großartig dein Vater seinen zukünftigen Schwiegersohn empfangen hat. Nach allem, was du von Karls bisherigem Leben erzählt hast, nehme ich an, dass er solch ein feierliches Spektakel zu seinen Ehren selten erlebt hat ...«

Olly verzog den Mund. »Ihn schon im Hafen von Kronstadt mit ohrenbetäubendem Kanonendonner willkommen zu heißen, hielt ich für ein wenig übertrieben. Karl hat zwar nichts gesagt, aber bestimmt war er zu Tode erschrocken. Und dass Vater ihn dann auch noch nötigte, an Ort und Stelle die Uniform der Nischni-Nowgorod-Dragoner überzuziehen, also ich weiß nicht ...« Ihre Brüder hatten ihr das ganze Erlebnis in glühenden Farben geschildert, Karl selbst hatte jedoch kein Wort darüber verloren. Grün im Gesicht vor lauter Seekrankheit, hatte er sich bei der ersten Gelegenheit zurückgezogen.

»Es mag ja sein, dass dein Karl dem Militärischen wenig abgewinnen kann, aber dass ihm dein Vater eine große Ehre erwiesen hat, ist ihm gewiss nicht entgangen. Glaube mir, er genießt die Zuneigung deiner Familie in vollen Zügen, ja, sie tut ihm richtig gut! Hast du nicht bemerkt, dass er schon viel gesprächiger ist als damals in Palermo? In einer Unterhaltung schaut er nicht mehr schüchtern zu Boden, sondern seinem Gegenüber in die Augen. Er bewegt sich sogar nicht mehr so verkrampft und steif, sondern wie ein Großfürst. Sicher und selbstbewusst.«

Olly runzelte die Stirn. »So schlimm war er nun auch wieder nicht. Ansonsten muss ich mich wirklich fragen, warum ihr mir alle zu dieser Heirat geraten habt.«

»Jetzt tu nicht so beleidigt. Du solltest dich vielmehr freuen, dass es ist, wie es ist: Durch die Liebe und Zuneigung, die dein Karl bekommt, blüht er auf wie eine Blume, die endlich genügend Wasser und Sonne erhält. Ich glaube, an deiner Seite wird er sich prächtig entwickeln.«

Ein Strahlen ging über Ollys Gesicht. »Ach Anna, du hast wie immer recht, aber was du sagst, gilt nicht nur für Karl, sondern genauso für mich.«

Am nächsten Morgen wurde Olly durch laute Militärmusik aus dem Schlaf gerissen. Woher rührte sie? War sie Tag, war sie Traum? Blinzelnd schaute sie auf die geleerte Champagnerflasche, die kopfüber neben ihrem Bett in einem silbernen Kühler steckte. Eine kleine Wasserlache hatte sich rund um den Boden gebildet. Champagner, es gab also etwas zum Feiern …

Schlagartig erinnerte sie sich: Mutters Geburtstag! Der Hochzeitstag der Eltern! Ihre Hochzeit!

Sie sprang so schnell aus dem Bett, dass ihr schwindlig wurde. Auf einem der Balkone rechts von ihr erblickte sie ihre Eltern. Huldvoll winkte das Zarenpaar den Musikern in ihren prächtigen Uniformen zu.

Während unten ein strammer Marsch gespielt wurde, brach Olly oben am Fenster in Freudentränen aus.

Der Winterpalast, Zarskoje Selo, Pawlowsk – schöne Orte gab es in und um St. Petersburg mehr als genügend. Olly hatte sich für ihre Hochzeit die Sommerresidenz Peterhof ausgesucht, zum einen wegen der unbeschreiblich schönen Lage am Meer, die ideal war, um zwischen den zahlreichen Soupers, Galadiners und Tanzveranstaltungen kleine Spaziergänge zu unternehmen. Zum anderen wegen des im barocken Stil erbauten Großen Palastes, der in Ollys Augen noch prunkvoller war als der Katharinenpalast in Zarskoje Selo. Der große Tanzsaal lud dazu ein, die Nächte durchzufeiern, die Gästehäuser rund um den Großen Palast sorgten für genügend Komfort für die weitgereisten Gäste, und die Schlosskirche, deren goldene Kuppeln mit der Sonne um die Wette strahlten, war ein Garant für ein besonders feierliches Ambiente. Dazu der Park mit seinen ungewöhnlichen Wasserspielen – Kenner behaupteten, es gäbe keinen schöneren Ort auf der Erde. Olly war mit ihrer Wahl vollauf zufrieden.

Auch was die Hochzeitsvorbereitungen anging, war trotz der Kürze der zur Verfügung stehenden Zeit an die kleinsten Details gedacht worden. Die Kühlhäuser quollen über vor Champagnerkisten und Bergen feinster Speisen. Die Gästeresidenzen blitzten vor Sauberkeit, die Betten waren mit frischem, hochfeinem Leinen bezogen worden, eine ganze Armee von Zimmermädchen stand parat, um die kleinste Staubfluse sofort zu entfernen. Der Ablauf der Feierlichkeiten war von Obersthofmarschall Schuwalow bis auf die Minute durchgeplant worden. Die Sonne schien, auch für die nächsten Tage wurde bestes Wetter erwartet. Doch selbst Regenwetter hätte den Feierlichkeiten keinen Abbruch getan. Die Zarenfamilie konnte von ihren Gemächern aus trockenen Fußes in die Schlosskirche gelangen, indem sie einfach die sechzehn Säle und Galerien des Palastes durchschritt.

Eigentlich konnte nichts mehr schiefgehen.

Obwohl sie sich diesen Satz gebetsmühlenartig vorsagte, war Olly ein einziges Nervenbündel, als sie sich zum Ankleiden im Adlersalon einfand, einem in Braun- und Goldtönen gehaltenen Zimmer im ersten Stock des Palastes. Außer ihrer Mutter, Anna, Cerise und Mary wuselte ein halbes Dutzend Zofen um sie herum. Hier wurde ein Kragen festgesteckt, da eine Spitzenbordüre glattgestrichen, Unmengen von Schmuck wurden ihr angelegt. Gleich drei Damen auf einmal machten sich an Ollys Haaren zu schaffen: Unzählige Zöpfe wurden geflochten, Perlen eingefädelt, ein wertvolles Diamantdiadem befestigt. Die Luft war erfüllt vom Parfüm der Frauen, von freudiger Aufregung und liebevollen Neckereien.

Olly bekam von alldem nichts mit. In ihrem Kopf war nur ein dumpfes Summen, das keinen Raum ließ für irgendeinen vernünftigen Gedanken. Bestimmt würde sie gleich ohnmächtig werden. Dass alle ihr sagten, ihre Nervosität sei völlig normal, machte die Sache für sie auch nicht besser.

Nach gut zwei Stunden traten acht Kammerherren in den Salon, die Unmengen von wallendem Stoff zwischen sich trugen.

»Von nun an heißt es tapfer sein. Und keine menschlichen Bedürfnisse mehr zu verspüren«, raunte Mary Olly zu.

»Du schaffst das«, flüsterte Anna und drückte ihr kurz die Hand.

Auf ein Zeichen der Zarin traten je vier Männer an Ollys linke und rechte Seite. Nach einer tiefen Verneigung machten sich zwei der Kammerdiener daran, die Schleppe mit Hilfe mehrerer Schleifenbänder an Ollys Brautkleid zu befestigen. Kurz darauf spürte sie eine zentnerschwere Last auf ihren Schultern. Sie schaute an sich hinab und sah Unmengen von tiefrotem Samt, verbrämt mit weißem Hermelin, unterfüttert mit schwerem goldfarbenem Seidenstoff. Der großfürstliche Mantel. Jetzt wurde es ernst. Und noch immer war da dieses dumpfe Summen in ihrem Kopf.

Ihr Vater erschien im Türrahmen, mit zittriger Stimme verkündete er, dass der Bräutigam bereitstünde, um Olly in Empfang zu nehmen. »Eine so schöne Braut wie dich habe ich noch nie zuvor gesehen. Ich bin so stolz auf dich«, flüsterte er ihr ins Ohr. Olly hörte seine Worte und hatte das Gefühl, immer tiefer in Trance zu fallen.

Irgendjemand – Anna oder Mary – raunte ihr zu, dass es nun losging. Olly setzte einen Fuß vor den anderen. Bei jedem Schritt klimperten die diamantbesetzten goldenen Armbänder, wisperten ihre Perlenstränge und raschelte der Stoff ihrer bodenlangen Robe. Obwohl die Schleppenträger eifrig bemüht waren, ihr Schritttempo dem der Braut anzupassen, wurde Olly vom Gewicht der langen Schleppe stetig nach hinten gezogen. Sie spürte, wie sich ihre Nackenmuskeln verspannten und leichtes Kopfweh einsetzte. Nicht auch das noch.

Als sie die Treppe erreichte, blieb sie so abrupt stehen, dass einer der vorderen Schleppenträger fast über sie gestolpert wäre. Erschrocken wich der Mann zurück, während sich Olly fragte, wie sie ins Erdgeschoss kommen sollte, ohne sich das Genick zu brechen.

Mary und Cerise schauten sich wissend an, Olly glaubte auf Marys Gesicht einen Hauch von Schadenfreude zu sehen.

»Eine Stufe nach der anderen, das wird schon!«, sagte die Zarin streng. »Und ihr zwei hört auf zu kichern. Euch ist es einst keinen Deut besser ergangen.«

»Eben«, murmelte Mary.

Als hätte die ältere Schwester einen Zauberspruch gesprochen, lichtete sich der Nebel in Ollys Kopf urplötzlich. Sie straffte ihre Schultern, wies die Schleppenträger an, den Stoff etwas höher zu halten, dann atmete sie noch ein letztes Mal tief durch. Wenn Mary – und viele Romanow-Frauen vor ihr – es geschafft hatten, in dieser Aufmachung vor dem Traualtar zu erscheinen, dann würde sie nicht die erste sein, die zuvor in Ohnmacht fiel oder sich ein Bein brach.

Im Erdgeschoss angekommen, führte ihr Weg sie durchs Blaue Empfangszimmer hinein in den Tschesme-Saal. Ihr Herz schlug so laut, dass sie glaubte, jeder in ihrem Gefolge könne es hören. Gleich würde sie ihn sehen. Ihren Karl. Ihren Bräutigam.

Er wartete in der Mitte des Thronsaals auf sie. Das durch beide Fensterreihen hereinfallende Sonnenlicht umstrahlte ihn wie eine besonders wertvolle Ikone. Die goldenen Epauletten seiner Gardeuniform blitzten mit seinen Augen um die Wette. Ehrfürchtig schaute er sie an.

»Olga, wie schön du bist …«

Lächelnd legte sie ihre rechte Hand auf seinen linken Arm.

Gemeinsam durchschritten sie den Audienzsaal, den Porträtsaal, kamen durch den großen Konzertsaal in die lange Galerie, von wo aus sie schließlich in die Palastkirche gelangen würden. Hatte sich Olly zuvor gefühlt, als sei sie von dichtem Nebel umgeben, so nahm sie nun jedes Detail umso deutlicher war: die gerührten Mienen der

Gäste, die ihren langen Weg säumten. Die vielen mit duftenden Blumen gefüllten Prunkvasen. Der Teppich aus Rosenblättern, über den sie im Porträtsaal schritten – war dies Annas Idee gewesen? Die Kronleuchter mit Aberhunderten brennender Kerzen. Karl, der königlich aufrecht neben ihr ging. Sein Arm, der sicheren Halt bot. Am Eingang zur Schlosskirche hielt Olly inne. Sie holte tief Luft, dann sagte sie mit fester Stimme:

»Es ist so weit. Lass uns vor Gott treten.«

Die Peterhofer Schlosskirche übertraf alles, was Friedrich Hackländer bisher an Prunk gesehen hatte: Gold und Silber an den Wänden, farbige Ikonen, eingefasst in Edelsteine, dazu Marmor in verschiedenen Farben.

Ließ er seinen Blick über die Gäste schweifen, erging es ihm nicht anders. Die Männer in Festuniformen, die Frauen in wertvollen Roben – von dem Geld, das für diese Gewänder ausgegeben worden war, hätte man sämtliche russischen Notleidenden – und die von Württemberg noch dazu – satt bekommen.

Wenigstens musste man sich für Prinz Karl von Württemberg nicht schämen: In seiner dunkelblauen Uniform mit den vielen Orden an der Brust gab auch er ein stattliches Bild ab. Dazu hielt er sich königlich aufrecht. Ja, er durfte wirklich stolz auf seinen Zögling sein, befand Hackländer. Er und Olga waren ein schönes Paar. Wie schade, dass der König dies nicht miterleben konnte. Da sein Gesundheitszustand eine so weite Reise nicht erlaubte, hatte er den Prinzen von Hohenlohe-Öhringen als seinen Vertreter geschickt, der gerade hinter vorgehaltener Hand ein Gähnen zu unterdrücken versuchte. König Wilhelm hätte die langwierige Hochzeitszeremonie auch einiges an Geduld abverlangt, vielleicht war es ganz gut, dass er nicht zugegen war. Selbst Hackländer, der an fremdem Brauchtum sehr interessiert war, fand die Liturgien, Rituale und Gesänge nach fast zwei Stunden ermüdend. Warum hatte er sich vorher nicht genauer über den Ablauf einer russisch-orthodoxen Hochzeit informiert?, ärgerte er sich. Dann wüsste er nun, warum das Brautpaar zum wiederholten Mal von einem der Priester um den Altar herumgeführt wurde. Und warum der Mann dabei ihre Daumen aneinanderdrückte. Dann wüsste er auch, was es bedeutete, dass Olgas Brüder einen Schritt hinter Olga und Karl liefen und goldene Kronen über deren Köpfe hielten, statt sie einfach auf den Häuptern des Brautpaares abzusetzen.

Auch wenn er den Sinn von alldem nicht verstand, wurde er doch von der feierlichen Stimmung in den Bann gezogen.

Wie ärmlich würde dagegen die protestantische Trauung wirken, die im Anschluss stattfinden sollte. Da es weit und breit keine evangelische Kirche gab, war für die Zeremonie in einem der vielen Säle des Palastes ein kleiner Altar aufgebaut worden. Dieser wurde von einem schlichten weißen Leintuch bedeckt und von einem Strauß Blumen geziert. Bei ihnen würde es kein Herumlaufen um Altäre geben, bei ihnen würde das Brautpaar auf einer hölzernen Betbank knien, während der protestantische Pfarrer die kurze Trauungsformel sprach. Den Geistlichen hatten sie aus Württemberg mitgebracht – ein wortkarger dicklicher Mann, dem der ganze Prunk und Pomp körperliche Schmerzen zu verursachen schien. Jedenfalls drückte er ständig eine Hand auf seine Magengegend, was etwas befremdlich wirkte. Danach würden noch die Ringe getauscht werden, und das war es auch schon. Alles in allem würde die zweite Zeremonie höchstens eine halbe Stunde dauern.

Hackländer konnte ein Grinsen nur mit Mühe unterdrücken. Nun würde es nicht mehr lange dauern und Olga Nikolajewna Romanowa, die Schönste der Schönen, würde einen ersten Vorgeschmack darauf bekommen, was sie in ihrem neuen Zuhause erwartete.

Vorsichtig, um ihre dunkle Augenumrahmung nicht zu verschmieren, tupfte sich die Zarin ein paar Tränen der Rührung fort, während sie Karl und Olga beim Hochzeitswalzer zuschaute. Was für ein schönes Paar. Zum Glück sah Olly noch nicht aus wie vierundzwanzig, mit ihrer taufrischen Haut, ihrem klaren Blick und ihrem seidig glänzenden Haar wirkte sie höchstens wie achtzehn. Karl hingegen sah wesentlich älter aus als die dreiundzwanzig Lenze, die er zählte. Ein kleiner Schatten huschte über Alexandras Miene. Dass die Braut fast ein Jahr älter war als der Bräutigam – so etwas hatte sie auch noch nicht erlebt. Aber über solche Details durfte man sich nun wirklich keine Gedanken machen. Vielmehr galt es, Gott zu danken, dass für Olly doch noch alles gut geworden war. Fast hätte sie nicht mehr daran geglaubt …

Ein neuerlicher Schatten legte sich über Alexandras Miene, sie warf ihrem Gatten einen unfreundlichen Blick zu, den dieser jedoch nicht mitbekam. Wenn man es genau nahm, war es *seine* Schuld, dass Olly als alte Braut vor den Altar treten musste. Es hatte ja unbedingt der österreichische Erzherzog Stephan sein müssen! Dass sich Nikolaus jahrelang von den Österreichern hatte hinhalten lassen, verstand Alexandra bis heute nicht. Ihr wären in der Zwischenzeit noch etliche andere Kandidaten eingefallen, aber auf sie hatte ja niemand gehört. Wahrscheinlich wäre Olly und Nikolaus eh keiner gut genug gewesen.

Vorbei und vergessen, heute war ein Tag zum Feiern! Alexandra ließ sich ein frisches Glas Champagner geben und schaute hinüber zur Tanzfläche, wo das Hochzeitspaar einen weiteren Walzer begann. Oje – was tänzerisches Können anging, vermochte sich Karl mit Nikolaus die Hand zu reichen. Beide waren eher dürftige Tänzer, dachte sie schmunzelnd. Schon im nächsten Moment gefror ihr Lächeln. Die plötzliche Rechtsdrehung und gleich darauf der Schwenk nach links – war es tatsächlich Olly gewesen, die dort bestimmte, wo es langging? Hoffentlich hatte dieser Tanz keinen symbolischen Charakter …

Ein Übermaß an Willensstärke würde nicht einmal ein nachgiebiger Charakter wie Karl zu schätzen wissen. Männer waren nun einmal so, alles musste immer nach ihren Köpfen gehen.

Alexandra seufzte tief auf.

Ein guter Tänzer war sein Schwiegersohn nicht, dachte der Zar missmutig bei sich. Nicht, dass ihn dies wunderte. Karl konnte schließlich auch mit Pferden so wenig umgehen, dass er mit seinen »Reitkünsten« jede Militärparade durcheinanderbrachte. Warum sollte es ihm da besser gelingen, eine Dame über die Tanzfläche zu führen?

Es hätte nicht viel gefehlt und Nikolaus wäre nach vorn gestürmt, um Olly aus den Armen ihres unbeholfenen Ehemannes zu retten. Stattdessen erlaubte er den anderen Gästen per Handzeichen, nun ebenfalls die Tanzfläche zu erobern. Den auffordernden Blick seiner Gattin ignorierend, nahm er einen tiefen Schluck Wein und lehnte sich zurück. Die Zeiten, in denen er das Tanzbein geschwungen hatte, waren endgültig vorbei.

Was für ein Tag! Sein kleines Mädchen verheiratet. Seine Olga. Die Beste von allen.

Während sich immer mehr Paare im Takt der Musik wiegten, spürte Nikolaus, dass er von einer leisen Melancholie überfallen würde. Der Gedanke, seine Lieblingstochter an Württemberg zu verlieren, war hart. Wehe, Karl würde sich nicht gut um sie kümmern! Er würde ihm sämtliche Knochen brechen.

Andererseits war die Hochzeit politisch gesehen von großer Wichtigkeit, seine Beobachter berichteten schon seit einigen Jahren über besorgniserregende Entwicklungen in Württemberg: Kommunale Selbstverwaltung. Bürgerlicher Liberalismus. Eine demokratische Monarchie!

Scheinbar konnten sich unter König Wilhelm allzu liberale Kräfte entfalten. Dass ein Monarch nur noch unter Mitwirkung verschiedener Parteien zu regieren vermochte, war etwas, was sich Nikolaus' Verständnis völlig entzog. Einer musste doch die absolute Kontrolle über das große Ganze haben! Und dies *konnte* niemand anderes sein als der Monarch, der durch Gottes Gnade seinem Land vorstand.

Demokratie! Sozialismus! Der Ruf nach einer Revolution! Es war höchste Zeit, dass der schwache König Wilhelm abgelöst wurde, bevor sich die »württembergische Krankheit«, wie Nikolaus es nannte, in weitere Länder ausbreiten konnte. Nicht, dass er dabei Angst um Russland gehabt hätte. Natürlich wusste er, dass es auch in seinem Land nach wie vor Geheimzirkel gab, in denen man sich diese Schimpfwörter zuraunte. Zu seinem Ärger bewegten sich in diesen Kreisen nicht wenige Literaten. Dabei – war er nicht immer ein Förderer der Literatur gewesen? Und wie dankten Fjodor Dostojewski, Iwan Turgenjew, Nikolai Gogol und all die anderen Schreiberlinge es ihm? Sie beklagten in doppeldeutigen Werken das »armselige Dasein« der Bauern, die der Willkür »boshafter Beamter« ausgesetzt waren. Andere forderten in geheimen Pamphleten sogar die Befreiung der Bauern, faselten über Agrar- und Gemeindesozialismus und andere Utopien. Hielten diese Männer ihn, den Zaren, für dumm? Er wusste doch am besten, was machbar war und was nicht. Durch Tagträume und Utopien war jedenfalls noch kein Land gut regiert worden, so viel stand fest!

Nikolaus seufzte tief auf. Er würde über neue Formen der Zensur nachdenken müssen, bevor es in Russland zuging wie im kleinen Württemberg, wo anscheinend schon Rufe nach einer Revolution laut wurden.

Das Orchester spielte einen Tusch, Karl verbeugte sich tief vor Olga und unter dem skeptischen Blick von Nikolaus begann das Brautpaar einen neuen Solotanz.

Der Zar mochte Karl. Sehr sogar. Aber er hatte ihn in den vergangenen Wochen leider auch als verträumten Phantasten kennengelernt, der mehr Energie auf die Baupläne seiner Villa verwendete als auf alles andere. Angesprochen auf die geheimen, revolutionären Umtriebe in Württemberg, hatte er nur mit den Schultern gezuckt und gemeint, gegen den Wandel der Zeit könne man wohl nichts machen.

In diesem Moment war Nikolaus klargeworden, wie wenig Eindruck die Zurschaustellung militärischer Stärke auf den Schwiegersohn gemacht hatte. Die prachtvollen Uniformen, die edlen Pferde, der perfekte Gleichklang der Zarengarde, die großen Paraden auf dem Marsfeld – vergebliche Liebesmüh!

Umso wichtiger würde Ollys Einfluss sein. Als Zarentochter hatte sie ihr ganzes Leben lang miterlebt, dass sich Macht *immer* auf den Spitzen von Bajonetten gründete. Dieses Wissen würde sie auch als Königin von Württemberg in sich tragen. Und sie würde dem Gatten mit sicherer Hand und geführt von Gott den richtigen Weg weisen – hatte sie damit hier, auf der großen Tanzfläche des Peterhofer Tanzsaales, nicht längst begonnen?

Nikolaus lachte befreit auf.

Ein so schönes Kleid wie das, welches Olly zu ihrer Hochzeit trug, hatte Mary noch nie gesehen: feinste weiße Atlasseide, bestickt mit Aberhunderten von Brillanten, die bei jeder Bewegung herrlich glitzerten.

Auf *ihrem* Brautkleid waren einst lediglich Rubine und Rosenquarze aufgenäht worden sowie Blumen aus Silberfäden. *Ihre* Frisur war lediglich von einem kleinen Krönchen geschmückt gewesen. Olly hingegen trug ein funkelndes Brillantdiadem, welches aus dem Besitz Katharinas der Großen stammte. Weder ihre Mutter noch Cerise oder sie hatten dieses prachtvolle Schmuckstück je tragen dürfen.

Auch ihr Brautschatz konnte bei weitem nicht mit dem von Olly mithalten. Neidisch dachte Mary an die riesige Malachitschale, die Olly von ihrem Onkel Michael bekommen hatte. Eine solche Schale würde ihren Salon auch bestens zieren! Wenn sie sich richtig erinnerte, hatte sie von Großfürst Michael einst lediglich ein dreiteiliges silbernes Toilettenbesteck bekommen.

Wie bei allen Zarentöchtern üblich, würde Ollys Aussteuer nächste Woche öffentlich ausgestellt werden. Mary verzog den Mund. Sie sah im Geiste schon jetzt die feine Petersburger Gesellschaft vor sich, wie sie mit vor Ehrfurcht offenen Mündern Ollys prachtvollen Brautschatz bestaunte und mit dem der ältesten Zarentochter verglich, der einst wesentlich bescheidener ausgefallen war. Nicht, dass jemand ihr gegenüber diese Unterschiede ansprechen würde – vielmehr würden sie sich hinter ihrem Rücken die Mäuler zerreißen.

Ihre Hochzeitsfeierlichkeiten hatten damals nur zwei Tage gedauert. Wahrscheinlich hatte sie alles mit dem verklärten Blick der Liebe gesehen und schön empfunden. Im Nachhinein kam es ihr jedoch geradezu ärmlich vor.

Ollys und Karls Fest würde eine ganze Woche dauern. Als Höhepunkt hatte ihr Vater ein riesiges Feuerwerk geplant. Die Wasserfälle, die Gebäude, der See, die Anpflanzungen – der ganze Park von Peterhof und der Uferbereich des Meeres noch dazu sollten illuminiert werden. Vater hatte etwas von »bengalischen Feuern« erzählt – unter strengster Geheimhaltung natürlich – und vielen weiteren technischen Raffinessen. Damit die Aufbauten rechtzeitig fertig wurden und alle Feuer gleichzeitig gezündet werden konnten, hatte er die ganze Flotte mit viertausend Matrosen aus Kronstadt kommen lassen. Was für ein Aufwand ... Aber für Olly war ja das Beste gerade gut genug. Schließlich hatte sie den zukünftigen König von Württemberg geheiratet. Wohingegen sie ...

»Wollen wir tanzen, meine Liebe?«

Mary schaute ihren Gatten an. Immerhin war Max ein besserer Tänzer als der hochwohlgeborene Kronprinz.

»Sehr gern«, sagte sie lächelnd.

»Jetzt dauert es nicht mehr lange und Olly verlässt uns. Ob nicht doch ich derjenige sein sollte, der sie nach Württemberg begleitet? Vielleicht ist Kosty für diese Aufgabe noch ein wenig zu jung.«

Sascha mit nach Württemberg? Und sie wochenlang allein in St. Petersburg? Resolut schüttelte Cerise den Kopf.

»Dein Bruder platzt beinahe vor Stolz, dass dein Vater ihn ausgewählt hat. Du kannst ihm diese Freude nicht nehmen. Außerdem – der Zar braucht dich an seiner Seite.«

»Du hast ja recht«, sagte Sascha mit hängendem Kopf. »Es ist nur ... Ich vermisse Olly jetzt schon. Die Gespräche mit ihr. Ihre Vorstellungskraft, wenn es um Neuerungen geht. Die Art, wie sie mir immer so offen ihre Meinung sagt, ganz gleich, ob ich sie hören will oder nicht. Ihr Mitgefühl für die Armen und Schwachen, die unsereins so gern übersieht ...«

Cerise runzelte die Stirn. »Du tust gerade so, als würde Ollys Fortgehen dich in tiefe Einsamkeit stürzen. Sie ist ja nicht vollends aus der Welt. Und außerdem hast du noch mich. Von jetzt an können wir uns öfter unterhalten, das ist doch auch schön.«

»Gewiss«, sagte Sascha unlustig.

»Also wirklich, du könntest dich ruhig ein wenig für deine Schwester freuen, andere Leute bemühen sich auch, dies zu tun«, sagte sie vorwurfsvoll. Ihr Blick ging dabei in Richtung ihres Bruders, der zusammen mit Julia von Haucke und anderen Hofdamen an einem der äußeren Tische saß. Wie laut Alexander lachte! Wie übertrieben fröhlich er sein Weinglas schwenkte. Dabei wusste sie, dass ihm viel eher nach Heulen zumute war.

Er war sich so sicher gewesen, Olly bei seinem Besuch in Salzburg umstimmen zu können. Als er unverrichteter Dinge nach Hause kam, hatte sie ihm jedes Wort aus der Nase ziehen müssen. Olly sei kalt wie Eis gewesen, ihr Herz, das einst so heftig für ihn geschlagen hatte, sei heutzutage versteinert, hatte er gemeint und hinzugefügt, dass er sich das alles nicht erklären könne.

Armer Alexander! Nun musste er mit ansehen, wie ein anderer seine große Liebe zum Altar führte. Ein zukünftiger König noch dazu. Kein Habenichts wie er. Hoffentlich würde er vor lauter Verzweiflung keine Szene machen! Cerise nahm sich vor, Julia von Haucke bei der nächstbesten Gelegenheit nochmals zu ermahnen, ein Auge auf Alexander zu haben und dafür zu sorgen, dass er dem Wein nicht allzu sehr zusprach.

»Und – sind Sie zufrieden, meine Liebe?« Wassili Shukowskis Wangen waren gerötet, die Augen hinter den dicken Brillengläsern leuchteten, als er Anna ein Glas in die Hand drückte. Irgendwo hatte er eine Flasche Birnenbrand aufgetrieben. Die Flüssigkeit glänzte seidig im Glas.

Anna lächelte. Birnenbrand – Wassilis Heilmittel in allen Lebenslagen …

»Dasselbe haben Sie mir bei unserem ersten Treffen im *Wolf und Béranger* auch verabreicht, erinnern Sie sich? Sie waren todtraurig, weil Ihr Freund Puschkin gestorben war. Und ich war ebenfalls schrecklich verzweifelt. Der Zar hatte so große Hoffnungen in mich gesetzt, ich jedoch kam bei Olly keinen Schritt weiter, sie war verstockt wie ein Fisch!«

Der alte Mann lachte. »Und schauen Sie nur, was aus dem verstockten Fisch geworden ist. Sie strahlt von innen heraus wie eine Heilige. Ist es nicht so: Nur wer auch den Schatten kennt, weiß die Sonne zu schätzen.«

Anna lachte. »Dass Olly ins Sonnenlicht kommt, war höchste Zeit. Möge sie für immer und ewig vom Glück bestrahlt werden.«

»Davon bin ich überzeugt, schauen Sie doch nur, wie verliebt der Prinz die Großfürstin anschaut. Davon einmal abgesehen wird unsere Zarentochter eine würdige Vertreterin Russlands sein, wo immer sie erscheint. Woran *Sie* keinen unerheblichen Anteil haben, meine Liebe. Sie dürfen wirklich stolz auf sich sein.«

Anna nickte. Das war sie auch. Stolz und glücklich.

»Auch in deiner Straße wird es einmal ein Fest geben«, murmelte sie leise vor sich hin.

Hatte sich Großmutters Sprichwort am Ende doch als richtig herausgestellt.

31. KAPITEL

Als Olly aufwachte, wusste sie einen Moment lang nicht, wo sie war. Berlin? Würzburg? Heilbronn?

Sie warf einen Blick auf den kleinen Kalender, den Anna ihr zum Abschied geschenkt hatte. Darin waren die Tage nach der julianischen Zeitrechnung angegeben, so wie sie dies zeitlebens gewohnt war. Unter dem jeweiligen Wochentag stand jedoch außerdem das Datum nach der gregorianischen Zeitrechnung, welche ihr zukünftiges Leben bestimmen würde. Laut dem gregorianischen Kalender war heute der dreiundzwanzigste September.

Über drei Wochen waren sie nun schon unterwegs. Jede Nacht ein anderes Bett, andere Wirtsleute, eine andere Tafel. Da war es doch kein Wunder, wenn man den Überblick verlor. Das Essen fremd, die Dialekte ebenfalls. Für Olly hatten die gutturalen Laute, die sie seit einigen Tagen zu hören bekam, nichts mit der Sprache zu tun, die sie einst gelernt hatte und die am preußischen Hof ihres Onkels gesprochen wurde. Dieses Kauderwelsch sollte Deutsch sein? Zu ihrem Entsetzen sprachen die wenigsten Menschen, denen sie begegnete, Französisch. Wie also sollte sie sich unterhalten, fragte sie sich verzagt. Doch weitere Gedanken verschwendete sie an das Sprachproblem nicht, dazu war die Reise viel zu anstrengend. An manchen Abenden war sie so erschöpft gewesen, dass sie, ohne etwas zu essen, direkt ins Bett gegangen war. Wo immer möglich, hatte Karl für sie ein heißes Bad herrichten lassen – eine Wohltat für ihre Knochen, die durch die endlosen Stunden auf der Straße kräftig durchgerüttelt waren. Mehrmals am Tag hatten sie die Kutsche wechseln müssen, nicht jedes Gefährt war zu ihrer Zufriedenheit gefedert gewesen. Schon seit Tagen tat Ollys unterer Rücken weh, ihr Nacken war verspannt, und ihre rechte Hand hatte sie sich auch verstaucht, als ihre Kutsche vor drei Tagen in einem Schlammloch steckengeblieben war.

Wie gut, dass sie Grand Folie diese Strapaze erspart hatte, dachte sie nicht zum ersten Mal. Bei Anna hatte es ihr alter Weggefährte aus Kinderzeiten viel besser.

Anna ... Ihr Hündchen ... Sascha und ihre lieben Eltern. Bevor eine Woge Heimweh sie überfiel, widmete sich Olly erneut ihren Reiseeindrücken. Vor allem die letzten Tage hatten es ihr sehr angetan.

Württemberg war ein schönes Land. Seine Landschaften waren viel abwechslungsreicher als Russlands steppenartige Wiesenflächen, auf denen hie und da ein paar verstreute Birken standen. Nach und nach hatte sich das weiße Blatt »Württemberg« vor ihrem inneren Auge in ein farbiges Bild mit Weinbergen, lieblichen Tälern und satten Wiesen verwandelt, auf denen gutgenährte Kühe standen. Und zwischendrin dunkelbraun glänzende Ackerflächen. Jetzt, zur Erntezeit, waren auf den Feldern entlang der Straßen bäuerlich gekleidete Männer und Frauen unterwegs, die eine reiche Ernte einfuhren: Krautköpfe, Bohnen, Rüben und vielerlei anderes Gemüse türmten sich auf Leiter- und Pritschenwagen. Die Frauen trugen außerdem Körbe voller Pflaumen, Mirabellen, Birnen.

Olly war angesichts dieser Fülle nicht aus dem Staunen herausgekommen. All diese Sorten konnten in Russland mit seinen viel zu kurzen Sommern nur in Gewächshäusern herangezogen werden. Dagegen war Württemberg ein Schlaraffenland!

Karl hatte angesichts ihrer Begeisterung gestrahlt und voller Stolz erzählt, dass im Lieblingsgarten seines Vater, der Stuttgarter *Wilhelma*, im Frühsommer sogar Erdbeeren wuchsen. König Wilhelm, der diese Früchte über alles liebte, habe einst einen französischen Hofgärtner angeworben, damit dieser für ihn Terrassenbeete anlegte, auf denen die zarten Früchte genügend Sonne bekamen. Die

Erdbeerzeit sei zwar für dieses Jahr längst vorbei, aber vielleicht – mit ein wenig Glück – würden die Früchte ein zweites Mal tragen.

Erdbeeren … Olly spürte, wie ihr im Halbschlaf das Wasser im Mund zusammenlief. Ob es möglich war, sich ein Frühstück aufs Zimmer bringen zu lassen? Ein duftendes Stück Weißbrot und dazu Erdbeermarmelade …

Abrupt setzte sie sich auf. Wo war sie eigentlich? In einem Schloss? Einem Gasthof?

Ihr Schlafzimmer war groß, sehr herrschaftlich und ganz in Hellblau gehalten. Über der Tür prangte ein Wappen, darunter standen die drei Worte »Furchtlos und treu«. Olly runzelte die Stirn. War das nicht der Wahlspruch des Königshauses Württemberg? Und hatte sie das Wappen am gestrigen Abend nicht mehrfach gesehen?

Die königliche Residenz in Ludwigsburg. Sie waren nur noch einen Steinwurf von Stuttgart entfernt. Jetzt wurde es ernst! Am liebsten hätte sie sich die Decke über den Kopf gezogen und sich weit, weit weg geträumt. Wenn nur schon alles vorbei wäre …

Laut Fürst Gortschakoff, der am gestrigen Abend zu ihnen gestoßen war, würden sie in den nächsten sieben Tagen aus dem Feiern nicht mehr herauskommen.

»Sie werden in einer offenen Kutsche in die Stadt fahren, der König und die Königin fahren separat hinterher, das Augenmerk des Volkes soll sich ganz auf Ihre Hoheit und den Kronprinzen richten«, hatte der russische Abgesandte erklärt. »Seit Wochen laufen die Planungen für diese Fahrt, sie soll einem Triumphzug gleichen. Das Volk wird in Jubelrufe ausbrechen, die Sonne wird strahlen …«

An dieser Stelle hatte Olly lächelnd eingeworfen, wie grandios es doch sei, dass die Organisatoren das schöne Wetter gleich mitbestellt hätten.

Während alle ihren Scherz mit Gelächter goutierten, schaute Karl stirnrunzelnd in die Runde.

»Ich weiß nicht, ob das nicht alles zu viel des Guten ist. Die Stuttgarter sind ein eigenes Volk. Vielleicht ist ihnen der ganze Aufwand zu viel? Womöglich bewerfen sie uns sogar mit faulen Eiern …«

»Aber Karl, wie kommst du auf so eine Idee?«, rief Olly entsetzt, während sie Hackländer misstrauisch beäugte. Hatte er wieder Zweifel in Karl gesät?

»Mein lieber Prinz, Sie haben nichts dergleichen zu befürchten«, hob der Sekretär eilig an. »Wo Sie doch darauf bestanden haben, anlässlich Ihrer Vermählung den Armen und Kranken der Stadt äußerst großzügige Spenden zukommen zu lassen.«

»Du hast was?« Stirnrunzelnd schaute Olly ihren Mann an. Spenden für die Armen – warum war *sie* nicht auf diese Idee gekommen?

Karl nickte. »Ich dachte mir ... Zur Feier des Tages. Alles nicht der Rede wert.«

»Von wegen! Ein Glas Rotwein zur Stärkung für die Erwachsenen. Und eine Brezel für jedes Kind«, erwiderte Hackländer schmallippig. »Nicht gerade ein billiges Vergnügen, es hat in unsere Kasse ein tiefes Loch gerissen. Ich hatte den Eindruck, dass sich die Anzahl der Stuttgarter Kinder von einem Tag auf den anderen verdoppelt hat.«

»Und wenn schon«, sagte Olly lachend. Dann wandte sie sich an Karl. »Warum hast du mir von dieser schönen Idee nicht früher erzählt? Ich hätte mich gern an den Kosten beteiligt.«

»Oh, das können Sie immer noch –«

»Ich wollte dich überraschen«, unterbrach Karl seinen Sekretär. »Dir sind die Armen doch so wichtig.«

Liebevoll strich Olly über seine Wange. »Was bist du nur für ein wundervoller Mensch ...«

Fürst Gortschakoffs Hüsteln beendete den innigen Moment.

»Eine sehr großzügige Geste, in der Tat. Aber wenn ich anmerken darf: Die Freude über die Ankunft von Großfürstin Olga wäre auch ohne Brezeln allerorts riesengroß gewesen. Schulkinder, Winzer, Bauern, die Neckarfischer und die Handwerkszünfte – alle wollten unbedingt ihren Beitrag zu diesem Freudentag leisten. Auf jedem freien Fleck in der Stadt werden Musikkapellen spielen, es wird Aufführungen von Trachtengruppen geben, Tänze und Gesang. Viele Menschen sind extra für diesen Tag von weit her angereist!« Gortschakoffs Augen glänzten vor Begeisterung, während er sprach. Seine Hände fuchtelten wild, als wolle er jede Aussage noch unterstreichen.

Olly schmunzelte. Mit jedem Wort strahlte er Kraft und Energie aus. Dass er zudem über einen klugen Kopf, über politisches Gespür und ein gutes Urteilsvermögen verfügte, wusste sie aus ihrem Briefwechsel der vergangenen Wochen. Kein Wunder, dass der Zar ausgerechnet ihm einst diesen wichtigen Posten in Stuttgart übertragen hatte. Fürst Gortschakoff würde ihr ein wertvoller Berater sein, dachte Olly frohen Herzens, während sie seinen weiteren Ausführungen lauschte.

Nach dem Festumzug war ein großes Diner im Kreis der königlichen Familie eingeplant, am darauffolgenden Tag würde Karl und ihr die Ehre gebühren, das Cannstatter Volksfest zu eröffnen – eine große Feier zu Ehren der Bauern. Auf dem Programm stand auch ein Festakt zur Eröffnung einer Bahnstrecke von Stuttgart in einen Vorort. Und ein Pferderennen zu ihren Ehren. Für den letzten Tag der Feierlichkeiten habe der König eine große Überraschung eingeplant. Außerdem –

An dieser Stelle hatte Olly ihren russischen Landsmann unterbrochen. »Mir scheint, uns steht ein endloser Reigen an Festen bevor. Ist auch ein Besuch in unserer zukünftigen Villa geplant? Ich kann es kaum erwarten zu sehen, wie weit die Bauarbeiten fortgeschritten sind.«

Noch während sie sprach, fuhr Karls Kopf nervös herum. Hackländer und Gortschakoff wechselten einen Blick, den Olly nicht deuten konnte. Sie lachte irritiert.

»Was ist? So ungewöhnlich ist mein Anliegen doch gar nicht, oder?«

»Ich verstehe Ihre Neugier«, hatte Gortschakoff gesagt. »Aber der Hausbau läuft Ihnen nicht davon. Nun sollten Sie sich erst einmal an den Festlichkeiten erfreuen.«

Karl und Hackländer hatten heftig genickt.

Durchs halbgeöffnete Fenster waren nun schon die ersten Sonnenstrahlen zu sehen, die Luft war erfüllt vom Duft nach reifen Äpfeln, nach Birnen und Trauben. Der heutige Tag würde strahlend schön werden.

Ollys Anspannung ließ ein wenig nach. Gortschakoff hatte recht.

Der Alltag kehrte bald genug ein – zuvor galt es, jede Minute der Feierlichkeiten zu genießen.

Sieben Uhr. Bald würde eine der Zofen kommen und ihr beim Ankleiden helfen. Sehnsüchtig schaute Olly in Richtung Tür. Ihr wäre es lieber gewesen, wenn *Karl* zu ihr käme. Und ihr eine Tasse Tee ans Bett brächte, so wie er es während ihrer Reise schon des Öfteren gemacht hatte. Ihr Karl ... Er war so rücksichtsvoll. Und so besorgt um sie. Er war ein unruhiger Schläfer, der teils im Schlaf sprach, manchmal sogar um sich schlug. Um nur ja nicht ihre Nachtruhe zu stören, hatte er daher vorgeschlagen, dass sie während der Reise in getrennten Zimmern übernachten sollten. Spätestens in Stuttgart würden sie dann wieder ein gemeinsames Schlafzimmer beziehen.

Olly, die sich die Reise in die neue Heimat nicht so anstrengend vorgestellt hatte, genoss zwar ihre nächtliche Ruhe einerseits. Andererseits konnte sie es kaum erwarten, endlich wieder an Karl geschmiegt einzuschlafen.

»Schon wach, Schwesterherz?« Die Tür wurde aufgerissen, die Vision einer heißen Tasse Tee löste sich vor Ollys innerem Auge in Luft auf.

»Kosty! Bist du verrückt, hier so einfach hereinzustürmen?«

Der Neunzehnjährige winkte gleichgültig ab. »Ich wusste ja, dass du allein bist. Deine Zofen sitzen in der Küche und trinken heiße Schokolade. Und Karl läuft unten im Salon wie ein Tiger im Käfig auf und ab. Als ich ihn ansprach, nahm er mich kaum zur Kenntnis. Kann es sein, dass dein Gatte ein wenig aufgeregt ist?«

Spielerisch schlug Olly nach ihrem Bruder, der sich zu ihr ans Bett gesetzt hatte. »Du weißt ganz genau, dass Karl und ich beim Gedanken an unseren Einzug in Stuttgart vor Aufregung fast sterben.«

»Dann wird es höchste Zeit, dass dich jemand auf andere Gedanken bringt. Los, zieh dich an. Ich möchte dir etwas zeigen, das glaubst du nicht, bevor du es nicht mit eigenen Augen gesehen hast!«

»Und was ist mit Karl? Wenn er wirklich so aufgeregt ist, sollte ich ihm vielleicht ein wenig gut zureden.« Stirnrunzelnd schaute Olly den jüngeren Bruder an. »Also wirklich, heute ist nicht der Tag, um –« Bevor sie wusste, wie ihr geschah, zog Kosty ihre Decke vom Bett.

»Karl kann ja mitkommen, wenn er will. Es würde ihm auf alle Fälle guttun. Der Ernst des Lebens hat euch beide bald genug in seinen Fängen.«

Vor dem Schlosseingang trafen sie auf Friedrich Hackländer, der ein schwarzes Gewand über dem Arm trug. Der Sekretär sah abgehetzt und verschwitzt aus.

»Was für ein herrlicher Morgen, finden Sie nicht auch?«, sagte Olly betont fröhlich. »Und dazu dieses laue Lüftchen …«

Der Sekretär nickte säuerlich. »Ein schöner Tag, gewiss. Genießen Sie das laue Lüftchen nach besten Kräften. Es kann gut sein, dass Ihnen bald ein rauerer Wind um die Nase weht.«

»Was hatte das zu bedeuten?« Stirnrunzelnd schaute Kosty hinter Hackländer her.

Olly machte ein grimmiges Gesicht. Was für ein Spielverderber! Wahrscheinlich konnte Hackländer es einfach nicht ertragen, dass die Planungen für den heutigen Tag auch ohne ihn reibungslos verlaufen waren – schon gestern Abend hatte er mehr als eine spitze Bemerkung gegenüber Gortschakoff gemacht.

»Mit manchen Menschen werde ich einfach nicht warm. Leider gehört Karls Sekretär auch dazu.«

Kurze Zeit später kam sie aus dem Staunen nicht mehr heraus: Direkt vor ihnen, in einem abgelegenen Teil des Gartens, stand ein Karussell mit bunt bemalten, hölzernen, lebensgroßen Pferden. Ein paar Meter weiter gab es eine Schiffschaukel, daneben einen Scherzbrunnen wie in Peterhof. Ein sogenanntes Russisches Rad vervollständigte die Runde.

»Ein Spielplatz für Erwachsene – ich muss Karl unbedingt fragen, wer sich das ausgedacht hat. Doch nicht etwa sein Vater? Also wirklich, diese Vorstellung ist zu abwegig.« Lachend schüttelte Olly den Kopf.

Kosty grinste. »Einer der Gärtner hat mir diesen Platz bei meinem morgendlichen Spaziergang gezeigt, mein Deutsch reichte leider nicht aus, um den Mann nach Einzelheiten zu fragen.«

Sehnsuchtsvoll schaute Olly auf das Karussell mit den Pferden. Auf einmal fühlte sie sich unbändig jung und sorglos. Sie lachte befreit auf.

»Ich weiß, es ist kindisch – aber ob wir es wohl ausprobieren könnten?«

Kosty schüttelte bedauernd den Kopf. »Um das Karussell in Gang zu bringen, bedarf es einiger kräftiger Männer. Scheinbar werden dafür Gefangene eingesetzt, die unterirdisch an Rädern drehen.« Kosty schaute seine Schwester liebevoll an. »Ich habe nicht die geringste Ahnung, was deine neue Heimat sonst noch alles zu bieten hat – aber dass es hier einen Spielplatz für Erwachsene gibt, ist doch schon mal ein gutes Zeichen, oder?«

Olly nickte. Sie drückte Kosty einen Kuss auf die Wange. Arm in Arm spazierten sie in Richtung Residenzschloss.

Der Festzug kam nur langsam voran, immer wieder musste die begleitende Eskorte Schaulustige, die in die Straßenmitte drängten, zurück an den Rand dirigieren. Viele Menschen hielten kleine Präsente in die Höhe – Blumen, Weinflaschen und Gebäck –, um sie dem Kronprinzenpaar zu überreichen. Auch sie wurden sicherheitshalber zurückgedrängt.

»Können wir nicht ab und an halten?«, fragte Olly, der die enttäuschten Blicke der Menschen nicht entgingen. Doch Karl schüttelte nur den Kopf. In diesem Fall würden Chaos und Unordnung überhandnehmen. Das Schloss würden sie dann gar nicht mehr erreichen.

So blieb Olly nichts anderes übrig, als den Menschen lächelnd zuzuwinken. Sie und Karl führten den Zug in einer offenen Prunkkutsche an, das Königspaar folgte erst an zweiter Stelle. Dahinter reihten sich weitere Kutschen ein, in denen Karls Schwestern saßen: Sophie, Königin der Niederlande, Marie, Auguste, Katharina sowie weitere weibliche Verwandte. Ollys Bruder Kosty und andere Adelsherren begleiteten den Zug hoch zu Pferd.

Der Weg führte sie durch die Neckarstraße, die Esslinger und die Hauptstätter Straße, bis sie schließlich auf die Königstraße gelangten. An deren Ende liege der Schlossplatz und das Schloss, erklärte Karl Olly, während sie fassungslos auf die riesige Menschenmenge schauten, die ihnen zujubelte.

»Hoch lebe Olga!«

»Hoch lebe das Hochzeitspaar!«

»Ehre unserem Kronprinzen!«

»Schaut nur, was für ein schönes Paar!«

Es wurde gesungen, getrommelt, gepfiffen und geschrien. Die Glocken sämtlicher Kirchen läuteten, Kanonendonner schallte durch die Straßenschluchten, Blumen wurden geworfen. Und immer wieder ertönte ein Name: »Olga!« »Olga!« »Olga!«

Olly konnte sich nicht sattsehen an den glückstrahlenden Gesichtern. Natürlich waren ihr solche Menschenspaliere nicht fremd, von jeher hatten die Menschen den Romanows zugejubelt, wo immer sie auftauchten. Aber die Ehrerbietung der Stuttgarter hatte eine andere Qualität, sie wirkte so ehrlich, so herzlich. In ihren Jubelrufen lag nicht der Hauch von Neid oder gar Aggression, so wie Olly es manchmal in den Straßen von St. Petersburg zu spüren geglaubt hatte.

Sie hatten gerade einen besonders überfüllten Platz passiert, als rechts von ihnen eine Gruppe Schulmädchen in ihr Blickfeld kam. »Freude schöner Götterfunken« erschallte aus einem Dutzend Mädchenkehlen. Noch nie hatte Olly dieses Chorstück aus Beethovens Neunter Symphonie so leidenschaftlich gesungen gehört. Ein blondes Mädchen in der ersten Reihe, ein Gebäckstück in beiden Händen haltend, sang besonders laut und inbrünstig.

»Anhalten! Bitte!«, rief Olly dem Kutscher zu. Sofort kam Unruhe in die Menge, hier wurde gedrängelt, da gestoßen, Hände streckten sich dem königlichen Gefährt entgegen, alle wollten die Kutsche, besser noch ihre Insassen, berühren.

»Olly, wir können nicht stehen bleiben. Das ist viel zu gefährlich!«, raunte Karl ihr nervös zu.

»Nur kurz, bitte«, sagte sie und winkte den Mädchenchor zu sich heran. Die ältere Dame, die den Chor dirigiert hatte, wies die Mädchen eilig an, einen tiefen Knicks zu machen, und tat es ihnen gleich.

»Schön habt ihr gesungen«, sagte Olly in bemühtem Deutsch. »Ich danke euch.«

»Meine Großmutter sagt, du wirst einmal unsere neue Königin Katharina – stimmt das?« Neugierig schaute das blonde Mädchen, das noch immer krampfhaft sein Gebäck festhielt, Olly an.

Die ältere Dame sah aus, als würde sie vor Schreck in Ohnmacht fallen. Auch Olly stutzte einen Moment lang.

»Wenn deine Großmutter das sagt«, antwortete sie dann lächelnd. »Ich heiße aber Olga, nicht Katharina.«

»Verzeihen Sie den Fürwitz meiner Enkelin«, stotterte die ältere Dame, der die Röte ins Gesicht geschossen war. »Es ist nur ... Wir freuen uns so sehr über Ihre Ankunft in Stuttgart! Gott beschütze Sie auf allen Wegen.«

»Sie kannten meine Tante Katharina?«, fragte Olly, die drängenden Blicke ihres Gatten ignorierend.

Die ältere Dame nickte. »Königin Katharina hat mir ermöglicht, zusammen mit den Töchtern aus höherem Haus das Katharinenstift zu besuchen. Ich habe Ihrer Tante viel zu verdanken.«

»Ich gehe auch auf diese Schule«, piepste das blonde Mädchen vergnügt. Dann hielt sie Olly das Gebäckstück hin. »Die habe ich aufgehoben. Extra für Sie!«

»Meine erste Brezel! Das Gebäck, durch das drei Mal die Sonne scheint.« Olly lächelte das Mädchen gerührt an. »Mein Gatte hat mir davon erzählt, aber ich habe noch nie eine in der Hand gehalten. Vielen Dank.«

Karl hatte das Gespräch lächelnd verfolgt. Nun sagte er: »Eine Brezel zu essen bringt Glück, sagt man. Ich werde dafür sorgen, dass du fortan täglich einen ganzen Korb Brezeln bekommst!«

Und weiter ging es durch die überfüllte Stadt. Eine halbe Stunde später kam ein großes U-förmiges Gebäude in Sicht, vor dem sich ebenfalls Tausende von Menschen versammelt hatten.

»Schau, das Schloss. Bis unsere Villa fertig ist, werden wir dort wohnen.« Zärtlich strich Karl Olly über die Wange. »Und, wie ist dein erster Eindruck von Stuttgart?«

»Alles ist noch tausendmal schöner, als ich es mir vorgestellt habe«, flüsterte Olly mit tränenerstickter Stimme, während die Olga-Rufe der Stuttgarter Bürger immer lauter wurden.

Karl schüttelte den Kopf. »Unglaublich, so etwas habe ich noch nicht erlebt. Du hast das Herz der Württemberger wirklich im Sturm erobert!«

»Meinst du? Und ich hatte solche Angst ...« Olly stieß einen tiefen Seufzer der Erleichterung aus. »Dass die Stuttgarter mich so herzlich aufgenommen haben, werde ich ihnen nie vergessen. Ach Karl, du hast mir in Palermo nicht zu viel versprochen: Du schenkst mir wirklich den Himmel auf Erden.«

ANMERKUNGEN

Beim historischen Roman darf ich mir als Autorin Freiheiten nehmen, die beim Schreiben einer klassischen Biographie oder eines historischen Fachbuchs nicht möglich wären. Hier ein paar Beispiele, welcher Art diese Freiheiten sind:

- Die erste Eisenbahnstrecke Russlands wurde im Herbst 1838 eingeweiht, ich habe dieses Ereignis ein halbes Jahr vorverlegt.
- Olgas Hund, ein Windspiel, hieß in Wahrheit Dandy und nicht Grand Folie. Er war auch nicht der einzige Familienhund, fast jedes Familienmitglied hatte seinen eigenen Vierbeiner.
- Um all die Marys, Marias und Maries besser unterscheiden zu können, bekam Ollys Schwägerin Marie von der Zarenfamilie einen Kosenamen, sie wurde Doucey genannt. Da Sascha seine Braut jedoch tatsächlich Kirschen essend kennenlernte, fand ich Cerise passender.
- Eine Information zu Prag: Die Stadt gehörte damals zum Vielvölkerstaat Österreich-Ungarn. Erzherzog Stephan übernahm im Jahr 1844 die General-Statthalterschaft in Böhmen und hatte daher seinen Hauptwohnsitz in Prag. Palatin von Ungarn wurde er 1847. Während der ein Jahr später stattfindenden Unruhen musste er sein Amt schon wieder aufgeben und fliehen.
- Alle Gedichte von Wassili Andrejewitsch Shukowski wurden folgendem Buch entnommen: Wassili Andrejewitsch Shukowski,

Traumsegel. Ausgewählte Werke, © Insel-Verlag Anton Kippenberg, Leipzig, 1988. Gedicht »Nähe des Frühlings«: Nachdichtung von Kurt Drawert, Gedichte »Liebe«, »Schwermut«, »Sinnen und Trachten«: Nachdichtung von Roland Erb.

Wer sich intensiver in Olgas Leben und die Geschichte der russischen Zaren einlesen möchte, kann sich unter www.die-zarentochter.eu eine Liste meines Recherche-Materials herunterladen. Dort finden Sie außerdem weitere Informationen rund um das alte Zarenreich.

Sämtliche Kosenamen für die Mitglieder der Zarenfamilie wurden Olga Nikolajewnas Memoiren *Traum der Jugend gold'ner Stern* entnommen und sind somit historisch verbrieft.

Wenn Sie wissen möchten, wie es mit Olga weitergeht, lesen Sie hier die ersten Seiten von Petra Durst-Bennings neuem Roman *Die russische Herzogin.*

Stuttgart, Herbst 1863

Während draußen auf den Straßen der Stadt das Leben in vollem Gange war, herrschte im Frühstückssalon des Kronprinzenpalais noch morgendlicher Müßiggang. Wie so oft war Thronfolger Karl auch am Vorabend erst sehr spät nach Hause gekommen und saß nun blass und in sich gekehrt am Frühstückstisch. Obwohl er nach seinem nächtlichen Ausgang die Kleidung gewechselt hatte und einen Morgenrock trug, roch er aus allen Poren nach Zigarettenrauch und Wein.

Was für ein schrecklicher Mann!, dachte Baronin Evelyn von Massenbach nicht zum ersten Mal bei sich, während sie ihm und seiner Gattin, der Kronprinzessin Olga, aus diversen Zeitungen vorlas. Karls Leib und sein Gesicht waren infolge seiner Lebensweise von Jahr zu Jahr aufgedunsener und schwammiger geworden, und seine Augen wirkten kleiner. Lag das nur daran, dass der Thronfolger regelmäßig mit befreundeten Herren durch sämtliche obskure Stuttgarter Gasthäuser zog und die Nacht zum Tage machte? Gott sei Dank wusste Evelyn nicht, mit wem er unterwegs gewesen war und zu welchem Zweck. So brauchte sie, wenn seine Gattin sie fragte, nicht zu lügen. Je weniger sie wusste, desto besser! Andere hielten sich mit ihrer Neugier nicht derart zurück, und so wurde in den Salons der Stadt heftig über das »unziemliche« Verhalten des Kronprinzen getratscht. Wie gut, dass seine Gattin davon nichts mitbekam!

Im Gegensatz zum derangierten Kronprinzen wirkte Olly, wie Kronprinzessin Olga von allen genannt wurde, an diesem Herbstmorgen frisch und ausgeschlafen. Das grün-silbern karierte Kleid, das sie erst kürzlich gemeinsam im feinsten Modehaus der Stadt ausgesucht hatten, stand ihr ausnehmend gut, befand Evelyn zufrieden. Der Blick, den sie Olly zuwarf, war voller Bewunderung, Zuneigung und Hingabe. Mit ihren einundvierzig Jahren war die Zarentochter noch immer schlank wie eine russische Birke, ihr Blick war klar, und keinerlei Fältchen oder Linien krochen über ihr edles Antlitz. Für die dreiunddreißigjährige Evelyn, die ebenfalls als äußerst attraktiv galt, stand fest, dass ihre Herrin eine sehr schöne Frau war. Und dieser Meinung schlossen sich die meisten an. Sogar der berühmte Maler Franz Xaver Winterhalter hatte bei seinem letzten Besuch verlauten lassen, dass er an sämtlichen europäischen Höfen lange suchen musste, um eine Schönheit wie Olly zu erblicken.

Schönheit … Nun, sie war allerdings kein Garant für ein glückliches Leben.

Eine Welle von Unmut schwappte über Evelyn, während sie versuchte, den Geruch nach Zigarettenrauch, der von dem Prinzen ausströmte, zu ignorieren. Der elegante Salon, von Olly mit feinsten Möbeln, Bildern und Accessoires eingerichtet, kam ihr auf einmal stickig vor. Am liebsten hätte sie eigenhändig die schweren Samtvorhänge aufgezogen, um Licht und frische Luft in den Raum zu lassen.

In neutraler Stimmlage fuhr sie fort, den Zeitungsartikel über den Frankfurter Fürstentag vorzulesen, und zumindest Olly schien er sehr zu interessieren. Karl widmete sich derweil eingehend seinem üppigen Morgenmahl. Dass Preußens König Wilhelm I. dem Treffen in Frankfurt ferngeblieben war, welches daraufhin ohne Ergebnis zu Ende ging, schien den Kronprinzen weniger zu interessieren als die gebundene Rinderconsommé, von der er sich nun schon zum zweiten Mal auftragen ließ. Die vergangene Nacht musste anstrengend gewesen sein, wenn der Herr einen solchen Hunger verspürte. Der Anblick, wie er tief über den Teller gebeugt seine Suppe verschlang, ließ Evelyns Ärger erneut aufwallen. Wer würde denn in absehbarer Zeit König von Württemberg werden und große Politik machen? Doch nicht Olly! Trotzdem war es die russische Zarentochter, die sich – im Gegensatz zu ihrem Mann – regelmäßig über die Weltpolitik informierte.

Es war Evelyns Aufgabe, aus dem dicken Stapel deutscher und französischer Tageszeitungen, der täglich angeliefert wurde, wichtige Berichte herauszupicken und beim Frühstück vorzulesen. Anschließend saß die Kronprinzessin dann meist stundenlang an ihrem Schreibtisch und schrieb Briefe an ihr vertraute Herren aus Politik, Wissenschaft und Kultur, in denen sie deren politische Einschätzungen erfragte oder selbst ihre Meinung äußerte. Vor allem der Briefwechsel mit dem russischen Staatskanzler Gortschakow, den Olly aus seiner Zeit als Gesandter in Stuttgart sehr gut kannte, war ihr wichtig. Was würde eine so kluge Prinzessin alles ausrichten können, wenn man sie nur ließe! Evelyn war es rätselhaft, wie die Schwester des russischen Zaren es aushielt, seit Jahren zu politischer Untätigkeit verdammt zu sein. Eine Untätigkeit, unter der sie unbestritten litt, die aber ihrem Mann Karl nichts auszumachen schien …

Was für ein seltsames Paar. In den zwölf Jahren, in denen sie nun schon als Hofdame und engste Freundin an Ollys Seite war, war es ihr nicht gelungen, das Geheimnis dieser Ehe zu lüften.

Ein Seufzen unterdrückend, nahm Evelyn die nächste Zeitung zur Hand und begann zu lesen:

»*Die Hamburger St.-Nikolai-Kirche wurde im laufenden Jahr so weit fertiggestellt, dass sie am 27. September eingeweiht werden konnte. Obwohl die Bauarbeiten des Turms, der einmal hundertfünfzig Meter hoch werden soll, noch andauern, gilt sie schon heute als bisher höchstes Gebäude der Welt.*« Evelyn, die wusste, wie abgöttisch Olly ihren Vater, den Zaren Nikolaus, über dessen Tod hinaus verehrte, hatte diese eher zweitrangige Nachricht aufgrund der Namensgleichheit bewusst ausgewählt.

Wie erwartet erschien auf Olgas vornehmer Miene ein zartes Lächeln. »Was für ein schöner Name! Ich nehme trotzdem nicht an, dass es in irgendeiner Form mit meinem Vater zu tun hat. Wahrscheinlich ist die Kirche vielmehr dem heiligen Nikolaus gewidmet.«

Evelyn bejahte dies und blätterte eine Seite weiter. Dort hatte sie einen Bericht über die erste Hundeausstellung Österreichs eingerahmt. Immerhin war Olly eine große Hundeliebhaberin, wovon ihr Windspiel zeugte, das ihr nie von der Seite wich.

»Es ist übrigens ein Brief aus St. Petersburg angekommen. Sascha hat mir geschrieben ...«, kam es unvermittelt von Olly, bevor Evelyn zu lesen beginnen konnte.

Zum ersten Mal an diesem Morgen horchte der Kronprinz auf. »Der Zar hat geschrieben? Kommt Sascha uns etwa besuchen?« Ein Leuchten zog über sein Gesicht, das Evelyn trotz allem berührte.

Es war wirklich ein Jammer: Einzig bei Olly und ihrer Familie fand Karl die Zuneigung, die ihm sein eigener Vater und seine Schwestern seit jeher versagten. In den Augen König Wilhelms war Karl nur ein dummer, nichtsnutziger Faulpelz. Anstatt seinen einzigen Sohn an die zukünftige Aufgabe als Regent von Württemberg heranzuführen, hielt er ihn seit Jahren von jeglichen Regierungsgeschäften fern. Ihn – und Olly gleich mit dazu. Karls Schwestern, die nichts unversucht ließen, um sich beim König einzuschmeicheln, war das nur recht. Königin Pauline versuchte vergeblich, die Animositäten zu beseitigen – eine Hilfe war sie ihrem Sohn jedoch nicht. Was für eine Familie!

»Ein Besuch steht nicht an«, sagte Olly mit Bedauern in der Stimme. »Sascha hat vielmehr vor, seinen Sohn in Nizza zu besuchen. Nikolajs Tuberkulose schreitet voran, er sei nur noch Haut und Knochen, schreibt er.«

Karl runzelte die Stirn. »Schlägt die Behandlung in Nizza auch nicht an? Armer Sascha, da hat er einen Thronfolger und nichts als Sorgen mit ihm!«

»Noch ist Nikolaj nicht gestorben«, erwiderte Olly rau. »Aber lassen wir das, Saschas Brief handelt eigentlich von etwas anderem: Es geht um Wera, mein Patenkind ...«

»Na dann ... Evelyn, die Zeitung bitte.« Karls Interesse an der Depesche des Zaren hatte offensichtlich rapide nachgelassen.

Dennoch faltete Olly den Brief, den sie in ihrer Rocktasche getragen haben musste, auseinander, um daraus vorzulesen. Evelyn nutzte den Moment, um die erste Tasse Kaffee des Morgens zu genießen.

»Liebste Olly, ich hoffe, mein Brief erreicht Euch bei bester Gesundheit. Hier kommt der Winter dieses Jahr mit Siebenmeilenstiefeln daher und –« Irritiert durch Karls Zeitungsrascheln, hielt Olly inne. »Am besten komme ich gleich zum Wesentlichen: *Liebstes Schwesterherz, heute möchte ich Dich um einen Gefallen bitten. Wie Du weißt, hat der König von Griechenland ein Auge auf Kostys und Sannys älteste Tochter Olgata geworfen. Ich muss Dir nicht erklären, dass solch eine gute Partie auch eine Stärkung der russisch-griechischen Beziehungen bedeuten würde. Sanny ist seit König Georgs Besuch völlig überdreht. Romantisch, wie sie ist, sieht sie darin eine Wiederholung ihrer eigenen Geschichte.«* Olly schaute auf, suchte Evelyns Blick. »Mein Bruder Kosty hat sehr jung geheiratet. Er und Sanny haben sich sozusagen im Kinderzimmer kennengelernt. Beide behaupten nach wie vor, es wäre gleich die große Liebe gewesen, aber meiner Ansicht nach war es vor allem Kostys große Sehnsucht, endlich der Knute seiner schrecklich strengen Erzieher entfliehen zu können.« Sie zuckte in einer für sie typischen Geste mit den Schultern. Dann las sie weiter.

»Nun setzen Kosty und Sanny alles daran, Olgatas Erziehung in den nächsten zwei, drei Jahren zu vollenden. Sich gleichzeitig um Weras Erziehung zu kümmern überfordert die beiden allerdings sehr, vor allem, da Wera derzeit in einer schwierigen Phase ist ...« Olly stockte, ihr Blick flog über das Blatt, erst dann las sie weiter.

»Olly, Du kennst unseren Bruder und unsere liebe Schwägerin selbst gut genug, um zu wissen, dass es angeraten ist, ihnen in solch einer Situation helfend zur Seite zu stehen. Geliebte Schwester, wäre es nicht schön, wenn Du als Patentante die kleine Wera für eine gewisse Zeit aufnehmen würdest? Bei Dir und Karl wüsste ich unsere Nichte bestens versorgt.« Olly ließ den Briefbogen sinken.

»Sascha fügt noch an, ich würde Russland einen großen Dienst erweisen. Das hätte er nun wirklich nicht extra sagen müssen. Ich helfe doch immer, wo es geht.«

Evelyn runzelte die Stirn. Was war denn am Besuch eines Kindes derart staatstragend, dass sich der Zar höchstpersönlich darum kümmerte?

»Wera hat eine schwierige Phase, aha. Und da sollst ausgerechnet du sie aufnehmen?«, fragte Karl.

»Traust du mir das etwa nicht zu?«, fuhr Olly auf. »Nur weil wir keine eigenen Kinder haben, heißt das noch lange nicht, dass ich unfähig bin, solch ein kleines Wesen liebzuhaben und zu betreuen.« Wie immer, wenn es um das Thema Kinder ging, begannen Ollys Augen verdächtig zu glänzen. Wut, Trauer, ein Hauch von Resignation – selten hatte Evelyn eine Frau mit so viel Tiefe im Blick gesehen wie Olga. Es schien, als würden ihr noch viele weitere Worte auf den Lippen liegen, aber wie so oft schluckte sie diese hinunter.

War so viel Contenance nicht zu viel des Guten?, fragte sich Evelyn. Vielleicht wäre es wirklich besser, die Prinzessin würde ihrem Mann einmal gehörig die Meinung sagen! Oder tat sie dies, heimlich, hinter verschlossenen Türen? Es konnte doch nicht immer nur eitel Sonnenschein zwischen den beiden herrschen, oder?

»Aber warum gibt Ihr Bruder Konstantin seine Tochter nicht zu jemandem in Obhut, der in der Nähe wohnt? Russland und Württemberg liegen ja nicht gerade nur einen Katzensprung voneinander entfernt«, fragte sie vorsichtig.

»Und wenn schon!«, sagte Olly leichtherzig. »Wir Geschwister sind uns im Herzen nahe. Davon abgesehen, bin ich Weras Patentante. Also ist es selbstverständlich, dass meine Familie mich um Hilfe bittet.« Olly langte über den Tisch, ergriff die Hand ihres Mannes.

»Karl, stell dir vor: wir zwei und ein kleines Mädchen! Du könntest Wera bei deinen Spaziergängen mitnehmen, ihr Stuttgart zeigen. Wir könnten zusammen mit ihr in der Bibel lesen. Und zu dritt musizieren. Mit ihren neun Jahren ist sie bestimmt schon sehr klug und verständig, aber dennoch kindlich genug für Späße wie eine Schlittenfahrt im Winter!«

»Die Hügel direkt von der Villa hinab, das wäre was! Und die Stuttgarter Seen sind ideal zum Eislaufen. Ein Besuch in der Wilhelma würde der Kleinen sicher ebenfalls gefallen, meinst du nicht auch?« Bereitwillig spielte Karl mit.

»Ach Karl, wir wären endlich eine richtige Familie …«

Für einen langen Moment schauten sich die beiden Eheleute in die Augen. Und wieder spürte Evelyn das unerklärlich starke, unsichtbare Band, das dieses ungleiche Paar zusammenschweißte. War es wirklich Liebe? Abrupt stand sie auf, um endlich die Vorhänge aufzuziehen. Sogleich tauchten die einfallenden Sonnenstrahlen den Salon in ein goldenes Licht.

Karl blinzelte heftig. »Aber wie würde ich mich mit unserem Kind unterhalten? Deutsch wird die kleine Wera ja nicht können, spricht sie denn wenigstens Französisch? Du weißt ja, wie schlecht mein Russisch ist.«

»*Unser* Kind – wie schön sich das anhört!« Olly strahlte ihren Mann an.

»Ich habe noch nicht ja gesagt. Solch ein Schritt will wohlüberlegt sein. Was wird mein Vater dazu sagen, dass wir uns mit dem Gedanken tragen, ein fremdes Kind an den Hof zu holen? Wäre das in seinem Zustand nicht zu anstrengend für ihn?« Karl warf einen fast angstvollen Blick in Richtung Schloss.

Sein Vater. Das hatte ja kommen müssen, schoss es Evelyn durch den Kopf.

»Deinen Vater wollen wir mit dieser Entscheidung nicht belästigen, sie ist allein unsere Angelegenheit. Schließlich benötigt der König seine ganze Kraft, um zu genesen«, sagte Olly und tätschelte Karls Hand in mütterlicher Manier. »Außerdem ist Weras Aufenthalt ja nur für eine gewisse Dauer.« Der gütige Tonfall verschwand, Ollys sanfte Miene wurde plötzlich eisern. »Das Kind kommt. Daran gibt es nichts zu diskutieren!«

Die große Glasbläser-Saga von
Bestsellerautorin Petra Durst-Benning

Die Glasbläserin

Roman. ISBN 978-3-548-25761-7

Die Amerikanerin

Roman. ISBN 978-3-548-25691-7

Das gläserne Paradies

Roman. ISBN 978-3-548-26791-3

www.ullstein-buchverlage.de

Die junge Marie wird im Jahr 1890 zur ersten weiblichen Glasbläserin der kleinen Stadt Lauscha. Ihre kunstvollen gläsernen Weihnachtskugeln finden selbst in Amerika reißenden Absatz. Auf der Suche nach dem Glück zieht es Marie ins mondäne New York der zwanziger Jahre. 1911 kehrt Wanda, Maries Nichte, zu ihrer Glasbläserfamilie in den Thüringer Wald zurück – denn das gläserne Paradies ist in Gefahr …

»Eine von Deutschlands First Ladies des historischen Romans.« *Bild am Sonntag*

UB516

ullstein

Petra Durst-Benning
Die russische Herzogin

Roman.
512 Seiten. Gebunden mit Schutzumschlag.
ISBN 978-3-471-35028-7

Liebe und Intrigen am Hof von Württemberg

Die Zarentochter Olga ist Königin von Württemberg geworden. Aus Liebe hat sie sich für Stuttgart entschieden, obwohl für sie ein anderes Leben vorgesehen war. Dann bittet der Zar sie um einen außergewöhnlichen Gefallen. Olga soll die junge russische Großfürstin Wera bei sich aufnehmen und gesellschaftsfähig machen. Wera ist eine Rebellin, die sich von den strengen Regeln des Hochadels erdrückt fühlt. Die Begegnung verändert das Leben der beiden Frauen für immer.